LA SECTA

Planeta Internacional

CAMILLA LÄCKBERG
Y HENRIK FEXEUS

LA SECTA

Traducción de Claudia Conde

Planeta

Obra editada en colaboración con Editorial Planeta – España

Título original: *Kult*

Bajo el sello editorial PLANETA M.R.
Avenida Presidente Masarik núm. 111,
Piso 2, Polanco V Sección, Miguel Hidalgo
C.P. 11560, Ciudad de México
www.planetadelibros.com.mx

Primera edición impresa en España: febrero de 2023
ISBN: 978-84-08-26830-7

Primera edición en formato epub en México: marzo de 2023
ISBN: 978-607-07-9797-2

Primera edición impresa en México: marzo de 2023
ISBN: 978-607-07-9796-5

Impreso en los talleres de Litográfica Ingramex, S.A. de C.V.
Centeno núm. 162-1, colonia Granjas Esmeralda, Ciudad de México
Impreso en México - *Printed in Mexico*

PRIMERA SEMANA

Fredrik comprueba como por centésima vez que la bolsa de plástico no deja ver su contenido. No quiere revelar la sorpresa antes de tiempo. El sol del verano le abrasa la cara. Deben de estar por lo menos a veintinueve grados en la calle. Pese al calor decide caminar desde la oficina en Skanstull hasta la escuela infantil de Ossian, cerca de Zinkensdamm. Es miércoles, pero ha salido del trabajo un poco antes de lo habitual. Nadie mantiene horarios fijos con ese calor. De hecho, la mayoría de sus colegas ya deben de estar sentados en alguna terraza, a la sombra, con una cerveza fría en la mano.

Aunque puede cubrir la distancia en unos veinte minutos, no habría sido mala idea llevar agua para el camino. Se ha quitado el saco y se ha remangado la camisa, que ya se le empieza a pegar en la espalda por el sudor. No importa. Hoy todo es exactamente como debe ser.

Vuelve a mirar la bolsa. La caja de Lego Technic es tan grande que casi sobresale hasta llegar a las asas. Es un set para construir un McLaren Senna GTR. La afición de Ossian por los coches es un misterio, sobre todo teniendo en cuenta que tanto Fredrik como Josefin cultivan una indiferencia casi militante hacia el mundo del motor. Pero el entusiasmo por la construcción con piezas de Lego es compartido por padre e hijo.

Según indica la caja, es un set para mayores de diez años y Ossian solo tiene cinco, pero Fredrik está convencido de que su hijo podrá armarlo sin problemas. Es muy listo. «Más que su papá», piensa Fredrik sin poder contener la risa bajo el sol abrasador. Así es. El genio de su padre le acaba de comprar un regalo que lo mantendrá ocupado durante horas dentro de casa, en uno de los días más esplendorosos del verano. Bueno, qué se le va a hacer. Seguramente mañana también hará buen tiempo.

Además, Ossian ya ha pasado el día entero al aire libre. Lo necesita. No aguanta estar encerrado en casa, a menos que esté jugando con sus piezas de Lego. Se sube por las paredes. Josefin comenta a veces que quizá sería conveniente que lo viera un especialista. Tal vez más adelante. De momento el nivel de actividad de Ossian es positivo, sobre todo en comparación con muchos de los niños de su clase, que con cinco años se lanzan sobre los iPhones de sus padres al terminar las clases. Es muy triste.

A pocos metros de la escuela infantil de Backen, Fredrik consulta el reloj. Pese al calor, ha caminado tan rápido que ha llegado demasiado pronto. Es probable que los niños no hayan regresado todavía del parque de Skinnarvik.

—*Ey, sexy lady...* —canturrea Fredrik mientras sube la cuesta hasta la escuela.

Últimamente *Gangnam Style* es la canción favorita de Ossian. «¡Qué le vamos a hacer!», piensa Fredrik sonriendo. Incluso ha ensayado la coreografía con su hijo.

En lo alto de la cuesta hay un parque grande con juegos infantiles y una zona arbolada, que para Ossian es todo un bosque. Le encanta jugar en la espesura.

—*Oppa Gangnam Style...* —canta Fredrik, y los niños, que apenas le llegan a las rodillas, levantan la vista desconcertados antes de volver a sus juegos.

Visten chalecos amarillos con logos de diferentes colegios. Varias escuelas infantiles llevan a los niños a jugar a ese parque. Gritos y risas saturan el aire. Será mejor dejar la caja de Lego para otra ocasión. La tarde parece hecha expresamente para jugar a las escondidas entre los árboles. Fredrik no tiene prisa por regresar a casa, ya que Josefin ha prometido preparar la cena.

Mira a su alrededor y ve a Tom, uno de los educadores de la escuela infantil de Backen.

—¡Hola! —saluda sonriendo al maestro, muy ocupado sonándole los mocos a uno de sus chiquillos.

—*Opp, opp, opp, opp* —responde Tom alegremente entonando la conocida melodía—. Adivina quién ha elegido hoy la música para el paseo.

—Te lo advertí. Antes de que acabe la semana tendrás a los treinta niños bailando el *Gangnam Style*. Por cierto, ¿sabes por dónde anda el genio de la danza? No lo veo...

Tom termina de limpiarle la nariz a su alumno y se queda pensando unos segundos.

—Asómate a los columpios —sugiere—. Le gusta quedarse por allí.

Claro que sí. Cuando Ossian rebaja un poco el nivel de actividad le encanta columpiarse. O, mejor dicho, sentarse en un columpio. Es su refugio, el sitio perfecto para reflexionar sobre cosas trascendentes sin que nadie lo moleste.

Fredrik se dirige hacia los columpios. Algunos están ocupados, pero no por Ossian. Caminando en su misma dirección va Felicia, una de las niñas del grupo de los mayores, y aprieta el paso para alcanzarla.

—Hola, Felicia. ¿Has visto a Ossian?

—Antes sí. Ahora no.

Fredrik frunce el ceño. Una leve sensación de que algo no cuadra comienza a abrirse paso en su mente. Sabe que es una reacción irracional, característica del radar sobreprotector que suelen tener padres y madres. Es una alarma interior que se dispara a la menor señal de peligro, sin pruebas objetivas de que exista un riesgo real. Puede que haya sido una buena estrategia de supervivencia en la sabana ancestral, pero en el mundo actual está totalmente injustificada. Fredrik lo sabe de manera racional, pero eso no le sirve de nada. La sensación le produce una incómoda molestia en el cuello, un aliento frío en la nuca. La caja enorme de Lego, que hasta hace un momento lo llenaba de entusiasmo, ahora es una molestia que le impide regresar tan rápido como querría al lugar donde está Tom.

—Tampoco está en los columpios —le dice cuando llega.

—¡Qué raro! —Tom consulta una lista con los nombres de los niños—. Debería estar... Ah, no, ¡espera! Jenya ha vuelto ya a la escuela con el grupo de los pequeños. Ossian debe de haberla acompañado para ir al lavabo y después debe haberse quedado ahí. Lo siento. Jenya tendría que haberme dicho que se lo llevaba. Pero ya sabes cómo son estas cosas.

Sí, Fredrik lo sabe. La sensación de peligro desaparece y ya puede respirar aliviado. Tanto Tom como Jenya son buenos profesionales, pero los niños tienen voluntad propia y una habilidad increíble para estar donde no deben. Se compadece un poco de Tom porque nota que está muy avergonzado. Pero con los niños pequeños uno no puede bajar nunca la guardia. Cualquier otro padre le habría armado un escándalo por mucho menos.

—Claro —responde—. Que pases un buen fin de semana, Tom. Hasta el lunes. *Oppa, oppa...*

Fredrik baja la cuesta a paso rápido, de regreso a la escuela. La puerta está abierta. Entra en el vestíbulo, donde se alinean los colgadores con los nombres de los niños y las cajas con ropa extra. El colgador de Ossian está vacío, pero eso no quiere decir nada. Si ha vuelto al colegio para ir al lavabo, lo más probable es que su chamarra se haya quedado tirada en el suelo del baño. Fredrik se arrepiente de habérsela puesto en un día tan caluroso. El pobre niño debe de haber pasado mucho calor.

Fredrik no se molesta en quitarse los zapatos para internarse por las instalaciones.

—¿Ossian? —lo llama golpeando la puerta del primero de los dos lavabos—. ¿Estás ahí?

Por el pasillo se acerca Jenya. A sus espaldas se asoma una multitud alegre de niños de dos años que intentan pintarse las caras unos a otros con pintura de dedos entre gritos de risa y horror a partes iguales.

—Hola, Fredrik —saluda—. ¿Se te olvidó algo? Ossian está en el parque con Tom.

La sensación de alarma regresa y lo embiste con una fuerza que está a punto de derribarlo. Ya no es un aliento frío en la nuca, sino un puñetazo directo al estómago.

—No está en el parque —responde—. Vengo de allí. Tom me ha dicho que debía de estar contigo.

—No, aquí no está. ¿Ya revisaste en los columpios?

—Claro que ya revisé. Y tampoco estaba. Mierda.

Gira sobre los talones y vuelve a salir a toda prisa. Ya ha pasado alguna vez que un niño se ha escapado de la escuela. Felicia, por ejemplo. Consiguió hacer todo el trayecto hasta su casa antes de que los maestros se dieran cuenta de que se había ido. Sus padres deben de padecer dolor de estómago desde entonces. Fredrik se pregunta si será posible habituarse alguna vez a esa sensación. Es espantosa.

Sube la cuesta corriendo. La maldita caja de Lego le va golpeando las piernas. Hay niños por todas partes. Busca desesperadamente a su hijo entre ellos, mientras intenta calmarse. No va a ganar nada con un ataque de pánico. Pero ninguno de esos niños es Ossian.

Ninguno es su hijo.

Tom pone cara de asombro cuando ve que Fredrik ha vuelto, y parece comprender de inmediato la situación.

—Tiene que estar aquí —dice Fredrik mientras suelta la bolsa para moverse con más agilidad por el parque.

Tom pregunta al grupo de niños más cercano si alguien ha visto a Ossian. ¿No estará escondido en las casitas de madera? Fredrik corre hacia esa parte del parque, aunque de lejos ya ve que las casitas están vacías. ¿Dónde más puede haberse metido? ¿Entre los árboles? ¿Solo? Si ha sido así, alguien tiene que haberlo visto.

Felicia.

Ha dicho que lo había visto antes.

Fredrik corre otra vez en dirección a Tom y el resto de los

niños. La tensión le oprime la garganta y el sudor le baja por la frente y la espalda. Felicia está con los demás, construyendo una torre de arena con una cubeta. Como si no hubiera pasado nada fuera de lo corriente. Como si el mundo no estuviera a punto de derrumbarse.

—Felicia —le dice Fredrik esforzándose por no parecer tan fuera de sí como sabe que está—. Has dicho que antes habías visto a Ossian. ¿Dónde?

—Cuando estaba hablando con esa señora tonta —responde la niña, sin levantar la vista de la arena.

—Esa señora tonta... —repite Fredrik, sintiendo que las mucosas de la garganta se le convierten en papel de lija—. ¿Cómo era esa señora? ¿Era muy mayor?

Felicia niega decididamente con la cabeza, al tiempo que nivela la torre de arena con una pala.

—No, no mucho —responde—. Como mi mamá. Mi mamá tiene treinta y cinco años. Lo sé porque hace poco fue su cumpleaños.

Fredrik traga saliva. Alguien ha estado en el parque y ha hablado con su hijo, alguien que no era una maestra ni una madre. Una desconocida. Se agacha al lado de Felicia, reprimiendo el impulso de sacudirla para extraerle toda la información.

—¿Sabes quién era? —le pregunta, haciendo un gran esfuerzo para no gritar—. ¿Y por qué dices que era tonta?

Felicia levanta la vista desde su torre de arena, con lágrimas en los ojos. Fredrik tiene que dar un paso atrás para no perder el equilibrio. Lo ve en la mirada de la niña. Sabe enseguida lo que ha pasado. Lo que nunca debe pasar. Lo que no puede pasar.

—A mí me daban igual sus cochecitos de juguete —dice Felicia—. A Ossian le gustaban. A mí no. Pero yo también quería ir a acariciar a los cachorritos. Nos ha dicho que los tenía en el coche, pero no me ha dejado ir con ellos a verlos. Ha dicho que solo podía llevar a Ossian. Y se han marchado los dos.

Un agujero negro se abre en el pecho de Fredrik, que se precipita sin remedio en el abismo.

Mina se detuvo delante de la entrada y examinó el local. No había mucha gente en el gimnasio por la tarde. Mejor así. Además, los pocos que quedaban eran mayores. Los adolescentes, las chicas del *crossfit* y los tipos musculosos ya se habían ido. A las tres de la tarde de un día laboral los usuarios más maduros son los reyes del gimnasio, por lo menos durante una hora. Mina se alegraba, porque sabía que esos usuarios limpian con más cuidado los restos de sudor de los aparatos, tanto al llegar como al marcharse. Aun así no se confiaba. En el bolsillo de la sudadera llevaba siempre guantes desechables, dos aerosoles pequeños de desinfectante, paños de microfibra y una bolsa reutilizable para guardarlas después de haberlas usado.

Su programa de entrenamiento para el día indicaba ejercicios de piernas y torso. Tras ponerse los guantes se dirigió a una de las máquinas para las piernas y comenzó a rociar concienzudamente los diferentes elementos con un aerosol. Había visto que algunas personas aplicaban el desinfectante solo en las asas o, peor aún, en el asiento, como si la suciedad y las bacterias de los otros usuarios no fueran a extenderse por el resto del aparato. No podía entender que la gente pudiera ser tan descuidada.

Dobló el paño, lo introdujo en la bolsa reutilizable y sacó uno nuevo. Entrar en el gimnasio era internarse en un potencial foco de infección. Por eso le resultaba imposible acudir al de la jefatura. Allí conocía a los usuarios y sabía que eran unos cochinos. En este al menos la mierda era anónima.

Le habría gustado entrenar con la mascarilla puesta, teniendo en cuenta los gérmenes que flotarían en el aire del interior del gimnasio. Había oído decir que a los levantadores de pesas a menudo se les escapaba alguna ventosidad, y desde entonces le resultaba difícil respirar pensando en las bacterias fecales que debían de circular por el sistema de ventilación. Pero con la mascarilla puesta llamaría todavía más la atención y no tenía ninguna necesidad de hacerse notar. Por otro lado, quizá podría conseguir una máscara de entrenamiento, de las que se usan para ejercitar la musculatura respiratoria.

—¿Vas a usar la máquina o solo la vas a limpiar? Si has terminado ya, déjamela a mí.

Sobresaltada, Mina levantó la vista del respaldo que estaba desinfectando. Un hombre de unos setenta años, de cabello blanco y lentes de cristales redondos, la miraba con expresión interrogativa. Vestía una camiseta roja, pero no una prenda transpirable especialmente diseñada para el entrenamiento, sino una camiseta de algodón normal y corriente, con una gran mancha oscura de sudor en el pecho. Mina se incorporó.

—¿Sabía usted que es muy antihigiénico hacer ejercicio con ese tipo de prendas de algodón? —dijo—. Se empapan de sudor, que después se queda en los aparatos. No debería estar permitido entrenar con esa ropa.

El hombre la fulminó con la mirada y enseguida negó con la cabeza y se marchó. Era evidente que no la consideraba digna de su atención, pero a ella no le importaba. Dio unas pasadas más con el paño y a continuación lo guardó junto con los guantes en la bolsa reutilizable. Se sentó en el aparato y ajustó las pesas. El hombre de la camiseta roja estaba en el banco de musculación, de espaldas a ella. Como era previsible, también tenía por detrás una gran mancha de sudor. Mina arrugó la nariz. Si era preciso elegir entre caerle bien a la gente o estar sana, tenía clara su decisión. Los demás se podían guardar tanto su simpatía como sus bacterias.

Estaba acostumbrada a que todos la consideraran un bicho

raro. No necesitaba a nadie en su vida. Toda la historia de conectar con las otras personas era un mito tan grande como el de las almas gemelas, el amor verdadero y todos esos conceptos irreales que vendía Hollywood, con el resultado de que la gente normal acababa deprimida y angustiada. Incluso había estudios que así lo confirmaban. Había leído que la gente valoraba peor su relación sentimental y a su pareja después de ver una comedia romántica, ya que ninguna relación podía resistir la comparación con el ideal del supuesto amor eterno.

Hacía tiempo que Mina no experimentaba ninguna conexión verdadera con nadie. Antes tampoco la había sentido, a decir verdad, a excepción del breve periodo junto a su hija. El hombre con el que había convivido en otro tiempo no despertaba en ella ningún sentimiento positivo. No, no había vivido nunca ninguna unión verdadera con nadie.

Salvo...

Con él.

El mentalista.

Pero había pasado mucho tiempo.

En Facebook había visto publicidad del nuevo espectáculo de Vincent y por un momento se había planteado comprar entradas. Pero descartó la idea. No sabía cuál sería su reacción al verlo en el escenario. ¿Y si él no la reconocía entre el público?

¿Y si la reconocía?

Frunció el ceño. Era mejor mantener la distancia. Por seguridad. Vincent ni siquiera había vuelto a llamarla. Y ella entendía por qué. Para empezar, tenía una familia. No le habría extrañado que su mujer desconfiara, preguntándose qué había pasado entre ellos casi dos años atrás. Vincent le había dicho que Maria ya era de por sí muy celosa. Y los sucesos de la isla debían de haber agravado aún más su desconfianza. Mina y Vincent habían estado al borde de la muerte juntos. Era probable que su mujer la odiara desde entonces. La culpa no había sido suya, pero, después de todo, ella era policía.

Además, Vincent y ella habían compartido algo que no se

podía explicar. La experiencia vivida en la isla los había unido todavía más.

Pero justo ese vínculo había sido un obstáculo para mantener el contacto. Se habían acercado demasiado, física y emocionalmente. Más de lo que ella podía soportar. Era mejor respetar la distancia. Cuando Mina estaba sola, dentro de su castillo amurallado, se sentía segura. Era probable que Vincent sintiera lo mismo.

Pero aun así...

—Deben recordar —dijo Vincent— que lo que verán ahora no es real. Es solo la demostración de que es posible aparentar habilidades sobrenaturales sin poseerlas. Porque yo no las tengo, créanme.

Arqueó levemente una ceja, como para dejar espacio a la duda, y la mitad del público estalló en carcajadas. Pero era una risa incómoda, insegura. Justo lo que Vincent buscaba.

El auditorio Crusellhallen de Linköping estaba lleno pese a ser un día entre semana. Mil doscientos espectadores de la ciudad y de las localidades vecinas habían acudido un miércoles por la noche a ver al maestro mentalista. En realidad, era un público demasiado numeroso para su gusto, pero su participación en la investigación de unos asesinatos, dos años atrás, había multiplicado su notoriedad. De no haber sido ya un personaje conocido anteriormente, se habría hecho famoso a raíz de aquellos sucesos. Sin embargo, el famoso no era él. Nadie conocía al verdadero Vincent, por supuesto. Pero los medios adoraban al maestro mentalista. Y el público también. La venta de entradas se había duplicado cuando se supo que había estado a punto de morir ahogado en un tanque de agua.

Por fortuna, Umberto había conseguido mantener en secreto los detalles más íntimos de su implicación en el caso, porque, de no haber sido así, su carrera habría terminado de forma abrupta. Su imagen ante la sociedad habría cambiado de forma radical de haber trascendido que era el causante indirecto del asesinato de tres personas. Vincent era inocente, por supuesto. Al menos en lo referente a los asesinatos. Pero la inocencia es siempre relativa para la prensa. Por eso tanto él como su agente habían hecho todo lo posible para ocultar los motivos y la verdadera identidad de Jane, algo que la desaparición de Kenneth y de la propia Jane les había facilitado en gran medida.

Durante un breve periodo el diario sensacionalista *Expressen* había intentado desenterrar la historia de la madre de Vincent, pero Umberto había caído sobre ellos como un halcón. Los amenazó con no volver a enviarles comunicados de prensa y con no concederles nunca más entrevistas exclusivas con ninguno de los artistas a los que representaba. ¿Realmente estaba Umberto dispuesto a sacrificar el contacto con una parte importante de la prensa sueca del espectáculo? Lo más probable era que no. Pero Vincent suponía que el temperamento italiano de su agente había contribuido a volver más creíble su amenaza.

Aun así el detalle de que los criminales habían escrito su nombre en código, utilizando para ello las fechas de los asesinatos, se había filtrado a la prensa, que lo había difundido. Era una historia demasiado jugosa para que no cobrara vida propia.

A partir de entonces multitud de desconocidos habían empezado a enviarle sus propios enigmas, adivinanzas y acertijos, sin preocuparse de lo doloroso que pudiera ser para él recordar la experiencia vivida. Pero si fuera fácil entender a la gente, Vincent no necesitaría ser mentalista.

—Lo que voy a hacer ahora les parecerá quizá propio del espiritismo decimonónico —prosiguió—. Pero en la actualidad se siguen empleando los mismos métodos para fundar religiones. O, para el caso, sectas.

La decoración imitaba un salón de finales del siglo XIX y Vincent iba vestido de manera acorde con la escenografía. Había dos sillones de cuero enfrentados en diagonal y en uno de ellos había un hombre sentado, bastante nervioso.

Poco antes Vincent había preguntado si alguien entre el público tenía formación médica o sabía al menos tomar el pulso, y ese hombre había levantado la mano. Estaba muy tranquilo cuando Vincent lo invitó a subir al escenario. De hecho, incluso se rio. Pero cuando el mentalista le hizo firmar un documento que lo eximía de toda responsabilidad jurídica o médica sobre lo que pudiera pasar y hacía recaer sobre el propio Vincent las posibles consecuencias, el voluntario se había puesto visiblemente nervioso. Y no solo él, sino todo el público. Vincent estaba encantado. La firma del documento era una forma sencilla de crear un ambiente de dramática expectación. Sin embargo, cada vez que se lo hacía firmar a alguien recordaba que el número podía salir mal.

—Bueno, Adrian —dijo sentándose en el sillón vacío, orientado oblicuamente hacia el hombre—. Vamos a intentar ponernos en contacto con el más allá. Con los muertos. ¿Tienes algún familiar fallecido con el que te gustaría comunicarte? Percibo en ti que echas de menos a alguien... Pero no es tu abuela, porque siento que todavía vive... ¿Podría ser tu abuelo? ¿Lo echas de menos?

El hombre soltó una risita nerviosa y se retorció un poco.

—Sí, la abuela Elsa vive —contestó—. Pero Arvid, mi abuelo materno, murió hace diez años.

Era un truco fácil, al alcance de cualquier médium. Se trataba de una simple deducción. El hombre no parecía mayor de treinta años, lo que significaba que sus padres debían de tener entre cincuenta y sesenta años. Y sus abuelos, por lo tanto, entre ochenta y noventa. Como las mujeres viven más que los hombres, la estadística indicaba que su abuela tenía más probabilidades de estar viva que su abuelo. En cualquier otro contexto Vincent se habría avergonzado de la treta, sobre todo al notar lo mucho que habían afectado sus palabras al hombre que tenía delante. Pero en ese número intentaba demostrar los mecanismos que utilizan los estafadores para engañar a la gente, ganarse su confianza y en último término quedarse con su dinero, de modo que todo estaba permitido.

—Muy bien. Pues trataremos de encontrar al abuelo Arvid

—anunció Vincent. Después dirigió la mirada al público—. Una vez más deben recordar que nada de esto es real. —Se volteó hacia Adrian con expresión seria—. Voy a tratar de establecer una comunicación con el otro lado —explicó—. Pero, para conseguirlo, primero tengo que... cruzar la frontera.

Tomó un cinturón y lo levantó para que todos lo vieran. Se lo pasó por el cuello e introdujo un extremo por la hebilla, para formar un lazo. Después le tendió el brazo izquierdo al voluntario, que estaba cada vez más pálido.

—Tómame el pulso —le dijo—. Y golpea el suelo con el pie al ritmo de mis pulsaciones, para que todos lo puedan oír.

El hombre sostuvo su muñeca y buscó con el pulgar y el índice hasta encontrar el pulso. Cuando lo consiguió empezó a golpear con el pie en el suelo, marcando el ritmo de las pulsaciones de Vincent. El mentalista lo miró a los ojos.

—Nos vemos a mi regreso —se despidió—. O al menos eso espero. No dejes de marcar el ritmo con el pie.

Se ciñó el cinturón alrededor del cuello e hizo una mueca. En esa parte del número no tenía que fingir, porque el dolor era auténtico. Siguió apretando el cinturón mientras Adrian marcaba el ritmo con el pie. Al cabo de unos segundos los golpes comenzaron a espaciarse.

Vincent cerró los ojos y dejó caer la cabeza, pero no paró de apretarse el cuello. Adrian dio unos pocos golpes más en el suelo, de manera irregular e insegura, y al final se detuvo. Un murmullo de estupefacción y nerviosismo se difundió entre el público. Adrian seguía con los dedos apoyados sobre la muñeca de Vincent, pero ya no movía el pie. Era evidente lo que eso significaba. El mentalista ya no tenía pulso. Se había estrangulado.

Vincent esperó a oír el ruido de los espectadores moviéndose intranquilos en sus butacas. Era la señal de que empezaban a estar asustados. Entonces levantó lentamente la cabeza y aflojó la presión del cinturón. Se volteó hacia Adrian y lo miró con ojos turbios.

—Adrian —murmuró.

El voluntario se sobresaltó.

—Hay un espíritu en esta sala que dice llamarse Arvid —prosiguió Vincent con voz ronca—. Vamos a asegurarnos de que de verdad es tu abuelo. Pregúntale algo que solo tú y él sepan, algo que haya sucedido cuando eras pequeño... ¡Espera! Arvid me está diciendo... que te enseñó a andar en bicicleta. ¿Tal vez algo relacionado con eso?

Adrian asintió, visiblemente asombrado.

—Pregúntale dónde me hice daño —dijo.

Vincent guardó silencio unos segundos, como si estuviera escuchando una voz que solo él pudiera oír.

—En una rodilla —declaró al final—. Se pusieron de acuerdo en no decirle nada a tu madre. Todavía tienes la cicatriz.

Adrian le soltó el brazo a Vincent con expresión atónita. Lo cierto es que la mayoría de las personas recuerdan haberse hecho daño en una rodilla en algún momento de la infancia. El resto era una simple suposición. Pero los recuerdos son maleables. Aunque no hubiera pasado exactamente lo que acababa de decir Vincent, ahora Adrian lo tendría en su mente y en su memoria.

—Arvid tiene un mensaje para ti —prosiguió el mentalista—. Dice... que perseveres y que no dejes de creer en ti mismo. Dice que lo lograrás. Te llevará más tiempo de lo que pensabas, pero no debes darte por vencido. ¿Sabes a qué se refiere?

Adrian asintió con gesto grave.

—A mi empresa —respondió—. Fue lo último que hablamos antes de su muerte. Todavía no he conseguido que el proyecto despegue.

—Dice que se arrepiente de lo sucedido. ¿Qué quiere decir?

—Estábamos un poco distanciados en los últimos tiempos —dijo Adrian cabizbajo—. Habíamos discutido.

—Sí, debe de ser eso. Ahora se arrepiente. También dice que te quiere mucho.

Una lágrima corrió por la mejilla de Adrian. El número del más allá era uno de los momentos culminantes de la función, pero Vincent sufría por lo mucho que afectaba a los voluntarios. En realidad, consistía tan solo en aprovechar el llamado «efecto Forer», también conocido como «efecto Barnum», por el cual unas afirmaciones sumamente genéricas y abiertas a cualquier interpretación son consideradas por la mayoría de las personas como referidas a su caso particular. El truco clásico de los espiritistas consistía en inducir al cliente a interpretar por sí mismo los «mensajes del más allá», porque de ese modo nunca se equivocaban. Si algo no cuadraba, culpaban al cliente por no haber desentrañado de forma correcta el significado del mensaje.

—La comunicación empieza a ser débil —anunció Vincent fingiendo que se esforzaba por mantenerla—. ¿Quieres decirle algo a tu abuelo, antes de que pierda el contacto?

—Solo... agradecerle —susurró el voluntario—. Darle las gracias.

Vincent estiró un brazo y dejó caer otra vez la cabeza, aparentemente inconsciente. En la sala reinaba un silencio absoluto. Con gesto dubitativo, Adrian volvió a buscar el pulso del mentalista. Al cabo de unos segundos empezó a golpear una vez más con el pie en el suelo, primero despacio y de manera irregular. Pero enseguida los golpes se hicieron más rítmicos y rápidos, hasta que Vincent recuperó el pulso normal.

El mentalista abrió los ojos, tomó a Adrian de la mano y lo miró con una sonrisa. El número del más allá nunca suscitaba grandes ovaciones. El público estaba demasiado aturdido para reaccionar y se preguntaba aún si sería cierto lo que había visto. Pero Vincent sabía que todos los espectadores hablarían durante meses de la experiencia que acababan de vivir.

—Deben recordar... —dijo al público. Eran las mismas palabras utilizadas al comienzo del número, pero ahora las repetía en un tono mucho más suave—, que yo no puedo comunicarme con los espíritus. De hecho, pienso que nadie es capaz de hacerlo, porque no creo en la existencia de espíritus. Sin embargo, puedo aparentar que lo hago, tal como hacen videntes y espiritistas, de una manera que a veces resulta muy convincente. Algunas personas emplean las mismas técnicas psicológicas y verbales utilizadas hace un siglo y medio para hacernos creer que pueden ponerse en contacto con nuestros seres queridos ya fallecidos a cambio de unos honorarios. Como siempre, cuando algo parece demasiado bueno para ser verdad, suele ser un engaño. Gracias por acompañarme esta noche.

Abandonó el escenario antes de que empezaran los aplausos. Quería dejar al público inmerso en un mar de dudas.

Le dolía el cuello. Se había hecho daño con el maldito cinturón. En la siguiente función tendría más cuidado. Además, esta vez se había quedado sin pulso demasiado tiempo. La comunicación con los fantasmas era falsa, pero la parada del pulso era real, aunque el cinturón en el cuello no tenía nada que ver y el método afectaba únicamente a la muñeca y no al resto del cuerpo. La existencia de técnicas para parar el pulso en diferentes partes del cuerpo era uno de los secretos mejor guardados de los mentalistas, y Vincent jamás se lo habría revelado a nadie. Pero no importaba que fuera solo el brazo. Después de treinta segundos el riesgo comenzaba a ser elevado. Por lo general le soltaban el brazo en cuanto se le paraba el pulso, pero Adrian no lo había soltado y Vincent se había visto obligado a continuar. Estaba deseando que acabara de una vez la gira. No era bueno bloquear tan a menudo la circulación de la sangre.

Bajó a la sala del subsuelo y vio tres botellas de agua mineral sobre la mesa. Apretó los dientes. Ver tres botellas era como oír una nota disonante. Abrió rápidamente el refrigerador y sacó una más para que fueran cuatro. Solo entonces pudo relajar la quijada. Después llenó un vaso con agua de la llave, se sentó en el sofá y exhaló un suspiro.

Los espectadores continuaban aplaudiendo. Dejó que lo hicieran un rato más. Habría sido demasiado fácil regresar, sonreírles y convertir su experiencia en algo inocuo. Pero él quería que siguieran desconcertados.

Descansaría unos minutos y a continuación se cambiaría de

ropa. Llevaba un tiempo intentando no acostarse en el suelo después de cada función. A veces lo conseguía, pero por lo general no era capaz. Buscó el teléfono. Había visto entre el público a su amigo Sains Bergander, el fabricante de material de ilusionismo que lo había ayudado en la investigación acerca de Tuva y los otros asesinatos, y quería saber qué le había parecido el nuevo espectáculo. Tal como esperaba, Sains le había escrito un mensaje. Por la hora indicada se lo había enviado en el preciso instante en que Vincent había abandonado el escenario. Pero el mensaje de Sains podía esperar. Cabía la posibilidad de que alguien más le hubiera escrito.

Otra persona.

Vincent repasó la lista de los mensajes recibidos. Había varios sin leer, por supuesto, pero ninguno de ellos era el que buscaba: un mensaje de la persona que había cambiado su vida durante el breve periodo en que formó parte de ella, de la mujer con quien había podido sincerarse y revelar su yo más íntimo, antes de que desapareciera de su mundo tan abruptamente como había llegado.

Era octubre cuando la había visto por última vez. Después llegó el invierno, vino la primavera, el verano, otro otoño... y ahora volvía a ser verano. Hacía más de un año y medio que no hablaba con ella. Pronto habrían pasado dos años. No había intentado retomar el contacto, pese a lo mucho que deseaba hacerlo. Había iniciado una terapia de pareja con Maria y no quería alimentar innecesariamente sus celos.

Al cabo de un tiempo dejaron la terapia, porque no les había dado el resultado esperado, pero para entonces ya habían transcurrido muchos meses. No quería aparecer de repente sin más, después de un largo silencio. Sabía lo mucho que ella valoraba su privacidad y él la respetaba, aunque habría dado cualquier cosa por pasar tiempo juntos.

Obviamente no había ninguna razón para que ella buscara comunicarse con él. Le había expresado con claridad que se las arreglaba muy bien sola. Además, Vincent no podía saber qué había sucedido en su vida desde la última vez que la había visto. Puede que se hubiera casado, que tuviera una familia o que se hubiera ido a vivir al extranjero.

Pero no podía evitarlo. La había conocido después de una función y no dejaba de buscarla con la mirada cada vez que abandonaba el escenario. Aun así la lista de mensajes de su teléfono era inequívoca.

Tampoco en esta ocasión Mina había intentado comunicarse con él.

Se quitó los lentes y le sonrió. Después se cruzó de piernas y se inclinó hacia delante en la silla. Estaban sentados frente a frente, sin ninguna mesa entre ambos. Al principio la disposición de los sillones le había parecido a Ruben profundamente incómoda. Lo hacía sentirse expuesto. Pero se había acostumbrado. De hecho, ya ni siquiera intentaba mirarle el escote cuando ella se inclinaba hacia delante. Ya no, y no porque Amanda no fuera atractiva.

—¿Quieres decir que ya hemos terminado? —preguntó Ruben mirando el reloj.

Llevaba apenas media hora en la consulta, pero Amanda parecía dispuesta a poner fin a la sesión.

—En realidad esto nunca se acaba del todo —respondió ella—, pero no veo ninguna razón para que sigas viniendo a verme, a menos que surja algo nuevo. En cualquier caso, la decisión solo te corresponde a ti. ¿Cómo te sientes?

Ruben miró a Amanda, la psicóloga a cuya consulta había acudido todos los jueves durante el último año. ¿Cómo se sentía? Vaya mierda de pregunta. Aunque últimamente no lo irritaba tanto como al principio.

—Los sentimientos se los podemos dejar a Freud —dijo—. Si algo he aprendido es que los míos no siempre son lo que parecen. He decidido no actuar movido por mis sentimientos, sino por mi mente racional. De ese modo he podido mantener la abstinencia sexual durante medio año, pese a que mis sentimientos me impulsaban constantemente a coger.

Amanda arqueó una ceja en un silencioso gesto interrogativo.

—No, no he ido detrás de ninguna chica —aclaró—, tal como acordamos. Es lo que quiero decir. No voy a dejarlo por completo; después de todo, soy un hombre en la flor de la vida. Pero ya no me parece tan importante ahora que conozco la necesidad que cubría ese comportamiento.

—¿Y cuál era esa necesidad?

Ruben suspiró. Siempre volvían a lo mismo. A los malditos sentimientos.

—Saber que podía conquistar a cualquier mujer me hacía sentir poderoso. Pero esa conducta también satisfacía una necesidad más básica de... —Volvió a suspirar—. De afecto —añadió contrariado—. ¿Estás contenta ahora?

«Necesidad de afecto». Jamás habría imaginado que alguna vez iba a decir algo así. ¡Ni que fuera gay! Pero también había aprendido que esa reacción era un mecanismo de defensa. ¡Qué perra es la vida! Gunnar y los otros colegas del cuerpo de policía se habrían partido de risa de haber sabido que estaba en terapia con una psicóloga. Gunnar decía de sí mismo que estaba hecho «de madera del norte». Su solución a todos los problemas consistía en irse al bosque con una botella de aguardiente casero. Los compañeros de la jefatura lo habrían tomado por un debilucho afeminado si hubieran sabido que acudía cada semana a la consulta de Amanda. Volvió a echar un vistazo al reloj de pared. Eran poco más de las ocho y media. Ya tendría que estar en su puesto de trabajo, antes de que los demás empezaran a preguntarse qué hacía algunas mañanas. No podía usar la excusa habitual todos los días. ¿Cuántas veces más podría decir que le había costado mucho despedirse de la chica que se había llevado a casa la noche anterior?

Una mujer en su casa, sí, seguro. Hacía tanto tiempo que no ligaba que ya ni recordaba cómo se hacía. Por puro automatismo había intentado seducir a Amanda nada más conocerla, pero no le había salido bien.

—Solo me falta una cosa —dijo—. Quiero volver a ver a Ellinor.

—Ruben —replicó la psicóloga en tono de advertencia—, recuerda lo que platicamos. La imagen de Ellinor se ha cernido sobre ti como un espectro durante todos estos años. Tu comportamiento ha sido una reacción a esa presencia fantasmal. Tienes que quitártela de encima. Mientras no lo hagas, no habrás acabado con el proceso.

—Lo sé. Y por eso mismo quiero verla, para ponerle punto final. Te prometo que solo la saludaré y nada más. Necesito bajarla del pedestal donde la tengo colocada, para asegurarme de que el antiguo Ruben no va a regresar.

—Eso que dices me parece... inusualmente sensato, viniendo de ti —admitió Amanda observándolo con atención—. ¿Estás seguro?

—Lo peor que puede pasar es que tenga que pagarte unas horas más de terapia —respondió él riendo.

Pero no le cabía ninguna duda. Se había convertido en otro Ruben, una persona mejor en comparación con el Ruben del año anterior. Le importaba una mierda lo que dijera Gunnar.

Se pusieron de pie y se estrecharon la mano para despedirse. Ruben tuvo que reprimir por centésima vez el impulso de invitar a Amanda a tomar una copa. Pero sabía que sus pensamientos no tenían ninguna relevancia mientras no los pusiera en práctica. Después de todo, seguía siendo Ruben y no podía dejar de pensar en esas cosas. Además, tenía otras inquietudes. Ya había averiguado la dirección de Ellinor. No haría más que saludarla brevemente. Quizá le pediría perdón. Con eso habría terminado.

Vincent respiró hondo antes de ir a desayunar. Sabía que su mujer llevaba alrededor de una hora en la cocina y que, en cuanto entrara, una intensa oleada aromática lo asaltaría de manera abrumadora. Tal como esperaba, las diferentes variedades de velas perfumadas, mezclas de hierbas y jabones habían generado en la cocina una espesa neblina de fragancias que lo envolvió como una manta húmeda.

—Cariño, ¿cuánto tiempo vamos a tener todo esto en casa? —preguntó mientras buscaba una taza en el armario.

La que encontró tenía una inscripción graciosa: NO ES QUE YO SEA INMADURA, ES QUE TÚ YA ESTÁS CADUCADO. Se sirvió café de la cafetera y se sentó a la mesa.

—¿No recuerdas lo que nos decía la psicóloga? —replicó Maria, sentada en el suelo—. ¿Aquello de que era importante que me apoyaras en todos mis proyectos?

Ni siquiera se volteó para hablarle. Siguió dándole la espalda mientras guardaba con sumo cuidado unos angelitos de cerámica en una caja grande de cartón.

—Claro que lo recuerdo. Y ya sabes que te apoyo en todo lo que te propongas. Esta tienda *online* es... una idea muy interesante. Pero quizá sería más conveniente guardar los productos en... ¿un almacén?

Maria soltó un suspiro sin dejar de darle la espalda.

—Como nos dijo Kevin, no es precisamente barato alquilar un almacén —replicó—. Y teniendo en cuenta que tu nuevo espectáculo todavía no ha cubierto los costos de producción, me corresponde a mí ser la persona adulta de la familia y asumir la responsabilidad de nuestros gastos.

Vincent la miró sorprendido. Era el argumento más juicioso que le había oído a su mujer en los últimos años. Quizá los cursos de emprendimiento a los que asistía no eran una pérdida de tiempo después de todo. Sin embargo, tenía que reconocer que estaba bastante harto de que Maria sacara relucir el nombre de Kevin, el director de los cursos, cada dos frases. Vincent sabía que su mujer necesitaba un líder. Era su naturaleza. Pero no se esperaba que su más reciente gurú fuera un consultor para nuevos emprendedores.

—¿Responsabilidad? —preguntó Rebecka, que acababa de entrar en la cocina—. Esto no nos traerá más que gastos. No creo que nadie quiera comprar estas mierdas.

En los últimos tiempos el rictus amargado de Rebecka se había vuelto permanente. Levantó con disgusto un cartel pintado sobre madera blanca y leyó en voz alta:

—«Vive, ríe, ama». ¿De verdad? ¿No sería más realista «Llora, odia, muere»?

—Por favor, Rebecka. Intenta ser más amable —le rogó Vincent, aunque en su fuero interno estaba bastante de acuerdo con su hija.

—Kevin dice que tengo un instinto increíble para los negocios —repuso Maria mirando desafiante a la adolescente.

Sin prestarle atención, Rebecka fue a abrir el refrigerador.

—Pero ¿qué demonios...? ¡Aston!

Desde la sala de estar el niño le respondió a todo volúmen:

—¿QUÉ PASA?

—¿Le echaste a tu cereal toda la leche que había? ¿Y guardaste el envase vacío en el refrigerador?

—¡NO ESTÁ VACÍO! ¡QUEDA UN POCO!

La voz de Aston retumbó en las paredes. Rebecka giró el envase hacia abajo y lo sacudió demostrativamente, mirando a Vincent. Cayeron tres gotas al suelo.

—Pero ¿qué haces? —exclamó Maria incorporándose—. Eso lo tendrás que limpiar.

Al levantarse, el angelito que tenía en la falda cayó y se rompió en mil pedazos. El material era muy frágil.

—¡Oh, no! ¡Mira lo que he hecho por tu culpa, Rebecka!

—¿Por mi culpa? —La hija de Vincent se indignó—. ¿Tengo yo la culpa de tu torpeza? Es típico de ti meter la pata y culparme a mí. Los palos me los llevo siempre yo. Y tú, papá, ¿por qué no me defiendes nunca? ¿Por qué dejas que Maria me trate como le dé la maldita gana? Ya no los aguanto. Me voy a casa de Denis.

Vincent abrió la boca para contestar, pero ya era tarde. Rebecka ya estaba saliendo.

—¡Vuelve antes de las ocho! —le gritó Maria—. Recuerda que es jueves.

—Estoy de vacaciones —le respondió Rebecka, poniéndose una chamarra ligera, antes de marcharse con un portazo.

—Sí, claro. Gracias por tu ayuda —dijo Maria, de brazos cruzados, mirando a su marido con expresión severa—. Date prisa y lleva a Aston a la escuela de verano antes de que se le haga tarde.

Vincent volvió a cerrar la boca. Era mejor no decir nada. Seguía sin saber qué hacer ante esas tormentas emocionales y cualquier cosa que dijera podía ser un error. Por eso su nueva estrategia consistía en quedarse callado en la medida de lo posible.

Hurgó en su memoria en busca de algo útil que hubiera dicho la psicóloga en la terapia de pareja. No le había resultado sencillo aceptar ayuda de alguien cuyos conocimientos eran similares a los suyos, pero se había esforzado en ser amable.

Al principio habían hablado de su necesidad de iniciar una terapia individual para procesar lo sucedido con su madre cuando era niño y los recuerdos reprimidos desde hacía cuarenta años. Sin embargo, se había negado. No soportaba la idea de que un desconocido esculcara en su pasado. Había una sombra en su interior que custodiaba con excesivo celo ciertos rincones de su ser y le impedía abrirse a nadie.

De alguna manera había esperado que la terapia fuera una especie de cura milagrosa que le permitiera reencontrarse con Maria. Confiaba en volver a entenderla, como la entendía antes, y deseaba que ella dejara de sentir celos cada vez que él viajaba a otra ciudad, como estaba obligado a hacer a causa de su trabajo. Los dos lo habían intentado, sobre todo ella.

La psicóloga había señalado como causa evidente de los celos de Maria su falta de confianza en sí misma, así como las particulares circunstancias del comienzo de su relación, cuando Vincent había dejado a la que entonces era su mujer, Ulrika, para iniciar una relación con Maria, la hermana menor de esta.

Pero Vincent sabía que no era tan sencillo. Había algo más en Maria que ni él ni la terapeuta habían podido captar, algo que despertaba su agresividad cada vez que Vincent prestaba atención a cualquier cosa que no fuera la casa o la familia. Sabía que no podía culparla por comportarse de esa forma. Era un impulso instintivo, el mismo que en ese momento la inducía a mirarlo como si fuera un extraterrestre. Y como tantas veces en el pasado, se preguntó una vez más qué querría ella de él.

Había sido fácil al principio, cuando la pasión los había impulsado a renunciar a todo lo que no tuviera que ver con su amor. Vincent recordaba la sensación y estaba convencido de que aún la conservaba en alguna parte de su corazón. Añoraba la época en que eran capaces de terminar las frases del otro y de comunicarse con una sola mirada. Pero poco a poco, con cada año que pasaba, habían dejado de entender el lenguaje del otro, en lugar de compenetrarse cada vez más. Vincent habría deseado recuperar el pasado, pero no sabía qué hacer para reconectar con Maria y que los dos volvieran a ser los de antes.

Notó que ella estaba esperando a que él dijera algo, de modo que repasó de nuevo mentalmente las sesiones de terapia de pareja en busca de algún consejo útil. La psicóloga le había sugerido que demostrara interés cada vez que Maria se sintiera contrariada, aunque le pareciera injusto su enfado, porque de esa forma crearía un ambiente de seguridad y confianza que a su vez le proporcionaría a ella una base más sólida para expresar sus sentimientos de manera constructiva antes de que estallara el conflicto. En otras ocasiones no había funcionado, pero no costaba nada intentarlo otra vez.

—Cariño, veo que estás enfadada —le dijo en un tono de voz deliberadamente tranquilo y amable—. Pero la ira no es buena para tu cuerpo. Se te tensan los músculos y las articulaciones, la circulación sanguínea se te ralentiza y se te alteran los equilibrios naturales, tanto nerviosos como cardiovasculares y endocrinos. Además, tu presión arterial aumenta, lo mismo que el pulso y la testosterona en sangre, y se te dispara la producción de bilis, que acaba en partes del organismo donde no debería estar.

Maria lo miró con cara de incredulidad. El consejo de la psicóloga parecía estar dando resultado.

—Cuando te enfadas —prosiguió Vincent—, la actividad de tu cerebro se altera, sobre todo en los lóbulos temporal y frontal. Por eso te digo que la ira no es buena para el cuerpo. ¿No crees que hay maneras más constructivas de comunicarte con Rebecka?

Guardó silencio y se arriesgó a sonreírle levemente a su mujer. Ella se limitó a quedarse mirándolo. Después hizo una mueca como si hubiera mordido un limón, giró sobre sí misma y se marchó sin decir nada.

La felicidad de haber regresado le llenó los ojos de lágrimas. Julia jamás habría imaginado que anhelaría tanto encontrarse otra vez entre las feas paredes de la jefatura de Kungsholmen, que además en ese momento parecía un sauna. El aire acondicionado se había estropeado justo cuando Estocolmo estaba viviendo el verano más caluroso de la historia. Abanicándose con una hoja de papel abrió la puerta de la sala de reuniones. Para sus colegas podía ser un día como cualquier otro, pero para ella era el paraíso.

Al menos hasta que les contara por qué los había convocado.

—¡Julia! —exclamó un hombre barbudo que daba la impresión de alegrarse mucho de verla.

Sorprendida, Julia reconoció a Peder.

—No es una barba de hípster —aclaró él al notar la mirada de su jefa—, sino de padre de familia.

—Es de hípster, digas lo que digas —masculló Ruben entrando en la sala justo detrás de Julia—. Por suerte, hace demasiado calor para que te pongas el gorro de lana que llevaste toda la primavera.

Todo estaba igual que siempre, con la única diferencia de que Mina y Christer se veían un poco más animados que de costumbre.

—Felicidades, aunque ya sé que debería habértelo dicho hace meses —murmuró Christer.

Bosse, el golden retriever, jadeaba acostado en el suelo, a su lado, exactamente en el mismo lugar donde Julia lo había dejado la última vez, hacía medio año. Pero ahora el perro tenía demasiado calor para levantarse y saludarla como merecía. Se limitó a mirarla con ojos felices y emitir un breve ladrido.

—Sí, ¡felicidades! —exclamó Mina contemplando con cierto horror la chamarra de su jefa.

Julia bajó la vista hacia el punto donde Mina había fijado la vista y soltó una maldición.

—¡Mierda! Es imposible llevar nada puesto más de dos horas sin acabar con una mancha de vómito en el hombro.

Se quitó la chamarra y, cuando iba a dejarla en el respaldo de la silla, notó la mirada reprobadora de Mina y tuvo que levantarse para ir a colgarla de un gancho junto a la puerta.

—Mientras solo sea papilla, es fácil de limpiar —intervino Peder con una sonrisa comprensiva—. Ya verás cuando empiece a ser plátano o salsa boloñesa. Lo único que funciona en esos casos es poner la prenda a remojar con Vanish (mejor si es en polvo, el del bote rosa) y lavarla después a noventa grados con cloro. Por eso los primeros años conviene vestir siempre de blanco, con prendas que resistan el lavado a noventa grados...

—Lo tendré en cuenta —respondió Julia levantando una mano para hacer callar a Peder—. Por cierto, buenos días.

Llevaba demasiado tiempo inmersa en el trabajo interminable y continuado que supone cuidar a un bebé, por lo que prefería cambiar de tema cuanto antes. No necesitaba que nadie le adelantara las plagas que caerían sobre ella en las futuras etapas de crecimiento de su hijo.

—Muy bien. Me alegro de estar de vuelta y de verlos a todos otra vez. Obviamente, he seguido muy de cerca su trabajo mientras estaba de baja y puedo decirles que estoy orgullosa de ustedes. Mina, has dirigido muy bien la unidad en mi ausencia. Pero ahora he regresado y estoy lista para empezar a trabajar. No diré que estoy fresca y descansada, porque mentiría. Pero no es posible tenerlo todo.

Dejó escapar una risita que en el fondo era amarga. Una parte de ella habría querido hablar de las terribles discusiones que habían precedido su llegada a la jefatura esa mañana. A raíz de esas discusiones había descubierto que la relación igualitaria que creía tener con su pareja no era más que una ilusión, una simple ficción que se había mantenido mientras no habían tenido que dividirse la responsabilidad de cuidar al hijo de ambos. Los argumentos que había escuchado Julia eran los mismos que le habían hecho arrugar la nariz cuando los había oído en boca de sus amigas: que biológicamente ella estaba mejor preparada para cuidar a un bebé, que para Torkel era imposible ausentarse del trabajo durante mucho tiempo, porque entonces todo se vendría abajo, la empresa iría a la quiebra, el PIB de Suecia se desplomaría, la cotización del euro caería en picada y la catástrofe generalizada precipitaría el fin del mundo.

Pero lo que más la indignaba era que los dos habían asumido un compromiso: ella se tomaría los primeros seis meses de baja y él, los seis siguientes. Lo habían solicitado en sus respectivos trabajos y les habían dado el visto bueno. Sin embargo, lo que ella no se esperaba era que para Torkel todo fuera una farsa, un simple teatro para quedar bien. Por lo visto su marido nunca se había creído de verdad que ella tuviera intención de que se dividieran el trabajo. Todavía le parecía ver su expresión de perplejidad cuando la semana anterior le había recordado que el jueves volvería a la oficina.

Torkel estaba convencido —como él mismo había dicho— de que ella «comprendería por sí misma que su lugar estaba en casa con Harry» y de que «por su propia voluntad» renunciaría a regresar al trabajo.

Habían pasado varios días sin dirigirse la palabra.

Después de arreglarse para salir, hacía apenas unas horas, Julia se había sentido como si su marido fuera un extraño. Desgreñado, con cara de pánico y mirada de ira, Torkel se había puesto a desvariar sobre el «apego», la «herencia biológica» y la tremenda dificultad para explicárselo a su jefe. Al final Julia se había limitado a dejarle a Harry en los brazos y salir por la puerta a toda prisa. Todavía no se había atrevido a llamarlo por teléfono.

—Bienvenida —le dijo Ruben con sonrisa de lobo.

Julia trató de pasar por alto el hecho evidente de que a Ruben le estaba costando bastante quitarle la vista del escote. Hacía una semana que había dejado de amamantar a Harry, pero sus pechos no parecían haberse dado por enterados. No veía la hora de volver a usar brasieres de copa B en lugar de los E que aún tenía que ponerse.

—Si estás cansada tengo lo mejor para animarte antes de que empecemos —anunció Peder alegremente, sacando el teléfono del bolsillo.

—¡No, otra vez no! —suplicaron Mina, Christer y Ruben al unísono.

Peder ni se inmutó. Le puso el teléfono en las manos a Julia y reprodujo un video.

—Son las trillizas —gorjeó—. Están cantando la canción que presentó Anis Don Demina en el concurso para ir a Eurovisión. ¿Verdad que son adorables?

Julia vio a tres niñitas en pañales que se movían con entusiasmo delante de una pantalla enorme de televisión. Supuso que serían lindísimas, pero le costaba bastante apreciar la belleza infantil en sus circunstancias, porque lo último que necesitaba en ese momento de su vida era ver más niños pequeños.

—Espera. Le pondré el sonido —dijo Peder—. Cantan muy bien, ¿no?

Las protestas de los demás se volvieron más estridentes.

—Sí, son muy lindas —contestó ella devolviéndole el teléfono a Peder—. Preciosas. En todo caso, propongo que nos pongamos a trabajar ya mismo. Ayer por la tarde se recibió el aviso de un niño desaparecido: Ossian Walthersson, de cinco años. Por error no quedó marcado como prioritario y hasta esta mañana no lo ha visto nadie.

—¡No! —exclamó Peder—. ¡Eso no puede pasar!

—Pero ha pasado. Sea como sea, nos han asignado el caso y quieren que lo consideremos de máxima urgencia.

Mina asintió y bebió un sorbo de una botella de agua. Cuando volvió a dejarla sobre la mesa pareció esforzarse por alejarla todo lo posible de la barba de Peder. Notando el movimiento, Bosse se levantó del suelo y se acercó a Mina con la lengua colgando y la mirada expectante.

—¡Christer! —exclamó ella—. Si vas a traer al perro a la oficina, al menos dale agua antes de venir. Si se acerca un centímetro más a mi botella tendrás que comprarme otra.

—No te pongas así —replicó Christer suspirando—. La lengua de los perros suele estar limpia. Pero la próxima vez traeré un plato de agua, teniendo en cuenta todo el tiempo que pasamos en esta sala. Para Bosse tampoco es divertido, te lo aseguro.

Le hizo una señal al perro, que le lanzó a Mina una mirada de reproche antes de volver a echarse a los pies de su amo. Julia dudó si debía explicarle a Christer que las lenguas de los perros no podían considerarse limpias, que su flora bacteriana era diferente de la humana y que algunas de esas bacterias podían ser patógenas. Pero el amor que desprendía Christer cada vez que miraba a Bosse la hizo desistir.

—Se me había olvidado que parecen niños de primaria —protestó—. A ver si nos concentramos y nos ponemos a trabajar cuanto antes. A partir de ahora nuestro grupo contará con la colaboración de una persona que ya tiene experiencia en un caso similar. Viene del grupo de negociación... de negociadores... Bueno, no acaban de decidirse por un nombre, pero ya saben a qué me refiero.

Hizo una pausa viendo las caras de asombro de sus colegas.

—Sí. Por cierto, ¿cómo es que todavía no le han puesto nombre a esa unidad? —preguntó Peder arqueando las cejas.

—Por una cuestión psicológica —respondió Julia—. Si no tienen nombre, no existen como grupo. Y si no existen, resulta más difícil saber quiénes son y, por lo tanto, criticarlos o meterse con ellos.

—¡Vaya! —exclamó Peder sorprendido.

—En cualquier caso, esta persona ya no pertenece a ese grupo y es una bienvenida a nuestra pequeña familia. Ya tiene algunas ideas sobre el caso de Ossian y de un momento a otro se incorporará a la reunión.

—¿Realmente necesitamos ser más? —preguntó Mina frunciendo el ceño.

—¿Quieres decir que nosotros ya colmamos todas tus aspiraciones? —bromeó Christer fingiendo que le daba un codazo a Mina, pero sin llegar a tocarla.

Conocía lo suficiente a su colega para saber que no toleraba ningún tipo de contacto físico. Pero Julia ya se esperaba la reacción de Mina. Los cambios nunca eran del gusto de Mina Dabiri, sobre todo cuando implicaban nuevas relaciones con personas desconocidas. Pero ella más que nadie podía beneficiarse de la ampliación de la unidad. Desde que había finalizado la colaboración con Vincent, hacía dos otoños, Julia no la había visto hablar con nadie que no fueran sus compañeros de trabajo más directos. Y daba por sentado que las habilidades sociales de su colega no habrían florecido de pronto durante su baja por maternidad. La incorporación de un nuevo miembro al grupo solo podía ser positiva para Mina.

—Debe de ser algún tema de política interna —intervino Christer rascándole el cuello a Bosse y recibiendo a cambio una mirada de amor incondicional—. Lo que está de moda ahora es la igualdad de género y la diversidad. Pero como ya tenemos dos mujeres en el grupo, es probable que nos toque un inmigrante o un maricón.

—¡Christer! —exclamó Peder mirando con severidad a su compañero—. Precisamente por hacer ese tipo de comentarios te enviaron aquí. ¿No te han hecho ningún efecto los cursos esos tan caros que te paga la policía de Estocolmo para sacarte de la Edad de Piedra?

Christer suspiró sin dejar de rascar a Bosse detrás de las orejas.

—Era una broma —contestó un poco turbado—. Últimamente la gente se pone muy nerviosa con todo. Además, no he hecho ningún juicio de valor, como tú mismo sabrías si hubieras tomado los mismos cursos que yo.

—El hecho de emplear determinadas palabras implica por sí solo que...

Unos golpes discretos en la puerta interrumpieron la réplica de Peder. Todos miraron hacia la entrada.

—Justo a tiempo —dijo Julia señalando con la mano en dirección a la puerta—. Les presento al nuevo miembro de nuestro grupo, Adam Balondemu Blom.

—Pronuncias muy bien mi nombre —la elogió el hombre que acababa de entrar en la sala—. Pero con decir Adam Blom ya es suficiente.

La señora es muy tonta. Me dijo que tenía unos cachorritos, pero no tenía nada. Lo que sí tiene es un coche deportivo de verdad. Es como los de juguete, pero el suyo es auténtico.

Cuando vino ayer al parque me preguntó si quería subirme a su coche para ver cómo era por dentro un deportivo y yo le dije que sí. Pero se subió ella también y arrancó. Me dijo que íbamos a dar una vuelta y que volveríamos enseguida. Que solo sería un minuto, para que viera cómo corría su coche. Pero no volvimos.

Entonces tuve miedo. Cada vez más.

Sentía la barriga como cuando le quitas el tapón a la tina y se va toda el agua formando un remolino.

Se lo dije, pero ella no me contestó.

Y seguimos mucho rato por la carretera. Mucho. Ahora estamos en su casa. Me gustaría estar de vuelta con papá y mamá. No quiero estar aquí. «Dentro de poco», dice la señora. Le pregunto y ella siempre dice: «Dentro de poco». Y después me pide que deje de llorar.

Hay más gente aquí. Más adultos. No los conozco y me dan miedo. Van y vienen. Me dicen que puedo jugar Roblox *todo lo que quiera en un iPad, pero no se me antoja. Aquí todo es muy raro y huele diferente a como huele mi casa.*

Me he pasado toda la noche mirando al techo. Estaba todo oscuro, sin ninguna luz.

Me he puesto a gritar y he llamado primero a papá y luego a mamá. Pero no han venido.

—Ossian, tienes que quedarte un poco más —me ha dicho la señora esta mañana—, unos días más. Después podrás volver a casa.

La comida que me dan está muy mala, pero me da igual porque no quiero comer. Le pregunto a la señora por qué tengo que estar aquí y no me responde. Nadie me responde nunca. Solo me dicen que deje de llorar. Y que todo saldrá bien.

Cuando hablan parecen buenos. Pero en los ojos se les ve que son malos.

Mina miró con curiosidad al nuevo miembro del grupo, intentando ser discreta. Los demás no fueron tan prudentes, en particular Ruben, que se puso a estudiarlo abiertamente, sin ninguna inhibición y no sin cierta hostilidad. A Mina no le sorprendió su reacción. Adam Blom era un perfecto espécimen de deportista, con los bíceps bien desarrollados y la tableta de chocolate que se podía percibir con claridad a través de la ceñida camiseta blanca. Mina observó divertida que Ruben erguía la espalda y metía barriga.

A ella no la atraían los cuerpos musculosos. Prefería un físico masculino esbelto y elegante, de porte altivo y más bien estilizado. Y mejor aún si iba bien vestido, con un traje bien cortado y... Sacudió la cabeza, irritada. A veces los pensamientos se le iban a la deriva hacia sitios inesperados. Se obligó a concentrarse y escuchar a Julia, que estaba de pie junto al pizarrón. Por su expresión grave era evidente que estaba a punto de decirles algo importante.

—Como ya les he adelantado, vamos a investigar la desaparición de Ossian Walthersson.

—De cinco años —apuntó Peder con amargura.

Mina entendía su angustia. La desaparición de un niño era la pesadilla de todo padre o madre, e incluso para un policía experimentado era difícil considerarla con cierto distanciamiento. Además, Peder era padre de tres niñas pequeñas. Y aunque había pasado mucho tiempo desde que ella misma había estado en esa situación, no le costaba nada ponerse en el lugar de los padres.

—Así es. Se sospecha que Ossian fue secuestrado ayer de la escuela infantil a la que asiste en el barrio de Södermalm. Tenemos que interrogar cuanto antes a todos los implicados. Pero es interesante señalar que existen algunas similitudes entre la desaparición de Ossian y un caso anterior. Nos han pedido que prestemos especial atención a ese aspecto de la investigación. —Julia se volteó hacia el nuevo miembro del grupo—. Quizá Adam lo pueda explicar mejor.

El recién llegado se aclaró la garganta. Julia fue a sentarse y le indicó a Adam con un gesto que ocupara su lugar. Mina envidió enseguida la facilidad de su nuevo colega para situarse delante de un grupo de desconocidos, que además lo contemplaban con escepticismo. Ella solía sentirse incómoda incluso en circunstancias mucho más favorables.

—Antes me gustaría presentarme y contarles de dónde vengo.

Christer se volteó para lanzarle a Peder una mirada cargada de intención. Si llegaba a preguntarle a Adam si se refería a Kenia o a Gambia, Mina pensaba agarrarlo por las solapas y echarlo de la sala. Con perro y todo.

—Vengo del grupo de negociadores —explicó Adam—. Nos ocupamos desde el principio del caso de la niña Lilly Meyer, hace un año. Teníamos razones para creer que la desaparición guardaba relación con el conflicto entre su padre y su madre por la custodia de Lilly. Supusimos que se la habría llevado alguien de la familia. Ahí entraba yo, por si era preciso negociar con la persona que la había secuestrado.

—Pero la encontraron muerta, ¿no? —preguntó Peder en voz baja.

Aunque había transcurrido un año entero desde el trágico suceso, Mina recordaba perfectamente el caso. La noticia había caído como una bomba. El cuerpo sin vida de la niña había sido hallado bajo una lona, en un muelle de Hammarby, a pocos metros de un quiosco de helados muy frecuentado. Los medios habían crucificado a los responsables de la investigación por no señalar enseguida a un sospechoso, a pesar de que la identificación del cadáver había sido inmediata. Los padres habían hecho extensas declaraciones a la prensa. El caso era una herida abierta para la policía de Estocolmo y, lo que era más grave, seguía sin resolverse.

Bosse pareció reconocer el estado de ánimo de Peder y se coló por debajo de la mesa para ir a apoyarle la cabezota sobre las rodillas. Mina observó con disgusto que el hocico del animal dejaba una mancha de humedad en el pantalón de su colega.

—Correcto. Lilly desapareció y fue hallada muerta a comienzos del verano. La encontraron en la terraza del Lugnet, sobre el muelle, justo enfrente del puerto de Norra Hammarby.

—Sí, pero llegaron a la conclusión de que la muerte estaba conectada con la disputa por la custodia, ¿no es así? —intervino Ruben en tono levemente hostil—. Entonces ¿qué relación puede tener ese caso con el nuestro? ¿Y por qué necesitamos a alguien del grupo de negociadores?

Mina observó que seguía sumiendo el estómago. Debía de estar a punto de reventar.

—A la primera pregunta te contestaré «sí y no». Aún no hemos identificado al culpable y la única pista que tenemos señala a una pareja mayor que se encontraba próxima al lugar de la desaparición. Nos la dio una maestra de preescolar, que estaba muy estresada y no se había fijado bien. Por eso nunca se han disipado del todo las sospechas que apuntaban a los miembros de la familia. Todavía no hemos descartado esa línea de investigación. Sin embargo, personalmente no creo que la familia esté implicada, sobre todo teniendo en cuenta que las circunstancias que rodean al caso de Ossian son idénticas.

—¿Idénticas? ¿Qué quieres decir? —preguntó Mina frunciendo el ceño.

—Ambos niños son secuestrados de la escuela infantil por un desconocido que nadie llega a ver —contestó Adam—. Es algo bastante menos corriente de lo que pueden hacernos creer las series policiacas. En la vida real, cuando un niño desaparece, lo más frecuente es que se lo haya llevado alguien de la familia, a veces para enviarlo al país de origen del padre o de la madre o, en otros casos, por un conflicto sobre la custodia del menor. Pero ¿que se lo lleve un desconocido que ni la policía ni el personal de la escuela son capaces de identificar? Eso no pasa casi nunca. Sin embargo, ha sucedido dos veces. Y los jefes opinan que mi conocimiento del caso de Lilly podría resultarles útil. No disponemos de mucho tiempo, pero les puedo compartir de manera rápida y eficaz todo lo que sé sobre el caso, tanto lo que figura en los archivos como lo que he podido leer entre líneas.

—Yo también creo que la presencia de Adam será una aportación valiosa para resolver este caso —dijo Julia mirando en especial a Ruben—. ¿Les parece que continuemos? ¿Ruben?

Ruben murmuró algo inaudible, pero enseguida asintió.

—El cuerpo de Lilly apareció al cabo de tres días, ¿verdad? —preguntó Christer, secándose el sudor de la frente con la manga de la camisa.

El calor en la sala de reuniones era abrumador y a Mina le costaba mucho dominar la sensación de creciente incomodidad.

—Entonces, si Ossian desapareció ayer y las circunstancias son las mismas, no nos queda mucho margen para encontrarlo, ¿no? —apuntó Christer.

—Un momento —intervino Peder—. ¿Estamos atribuyendo este segundo secuestro a la misma persona que cometió el primero?

—No, por ahora no —contestó Julia antes de aclararse la garganta—. Pero ya hemos visto que las circunstancias son iguales. Por lo tanto supondremos que nos queda poco tiempo. De hecho, me han pedido que organice una rueda de prensa hoy mismo, a última hora de la tarde. Hasta entonces quiero que Adam y Ruben interroguen al personal de la escuela de Ossian. Mina y Peder irán a hablar con los padres del niño.

—¿No pueden ir Adam y Christer a interrogar al personal

de la escuela? —preguntó Ruben consultando el reloj—. Yo tengo que estar en un sitio dentro de muy poco.

—Christer tiene que quedarse a repasar el registro de delincuentes sexuales conocidos —replicó Julia—. Necesito una lista de los que han salido en libertad en el último año. Para asegurarnos. Además, Ruben, tengo entendido que eres un oficial de policía, ¿verdad? Ahora este caso es tu máxima prioridad.

—Lo cual significa que tu cita de Tinder tendrá que esperar —comentó Mina.

—¿Otra vez el registro? —se quejó Christer.

—No estoy en Tinder. —Ruben resopló—. No me hace falta. En cambio a ti, Mina... ¿O estás considerando meterte en un convento?

Mina sacó el teléfono y, a la vista de Ruben, descargó la aplicación.

—¿Te sientes mejor ahora? —preguntó—. ¿Se ha apaciguado lo suficiente tu preocupación por mi bienestar emocional y sexual como para ponerte a trabajar de una vez? —Pensaba eliminar el Tinder de su teléfono en cuanto acabara la reunión.

—¡Orden, por favor! Parecen niños —dijo Julia alzando la voz—. Todos a trabajar. Esto es muy serio.

Adam estaba a su lado, con cara de no saber dónde se había metido.

—Como puedes ver —lo tranquilizó Julia volteando hacia él—, no somos el grupo más disciplinado que existe, pero trabajamos muy bien. La mayoría de las veces.

—Me alegro —replicó Adam con expresión grave—, porque como tú misma has dicho, ya ha pasado un día. Tenemos prisa.

Christer no soportaba trabajar encerrado en su caluroso despacho, de modo que fue a sentarse a una de las mesas de la zona diáfana. Sacó el teléfono y se puso a contemplar las sesenta y cuatro casillas que aparecieron en la pantalla. La partida estaba completamente perdida desde hacía tiempo, pero le costaba reconocerlo.

Siempre se había considerado un jugador bastante bueno de ajedrez, pero no porque hubiera jugado muchas partidas en su vida, sino porque le parecía que tenía que serlo. Era algo que cuadraba a la perfección con el resto de los atributos que conformaban su manera de ser: el whisky, la soledad, el jazz... Ya no estaba tan solo como antes, desde que Bosse había entrado en su vida, pero el perro también encajaba muy bien en la imagen.

Sin embargo, la percepción de su propia habilidad ajedrecística había cambiado desde el día en que encontró una aplicación gratuita de ajedrez. Desde entonces había practicado casi a diario, tanto con el teléfono como con la computadora. Hacía ya casi medio año desde que había comenzado y todavía no había pasado del nivel de principiante. Ni había ganado ninguna partida. Soltó un suspiro, marcó en la aplicación que se rendía y dejó el teléfono sobre la mesa. No tenía sentido seguir aplazando sus obligaciones.

Mina fue a sentarse a su lado con una *laptop*.

—Puedo ayudarte un rato. ¿Empezamos? —lo presionó—. No hay tiempo que perder.

—Sí, hay que poner manos a la obra —respondió él resignado—. Otra vez el registro de delincuentes sexuales... Hurra.

Miró su café con expresión apática. Estaba frío. Y había pasado demasiado tiempo en la cafetera. Volvió a suspirar ruidosamente, lo que indujo a Bosse a girarse hacia él.

—Vuelve a echarte, chiquitín. Papá tiene que trabajar un rato en la computadora. Tú tienes tu plato de agua y tu cama.

Le rascó la cabeza al perro, que, satisfecho con la atención recibida, fue a acostarse en su cesta después de dar las tres vueltas de rigor.

—Bueno —dijo Christer abriendo el programa—. A ver a cuántos degenerados encontramos.

Siempre era reacio a ese tipo de trabajo: pasar horas y horas, página tras página, buscando una aguja en un pajar. Era una tarea incómoda y desagradecida que casi siempre le asignaban a él. Si lo ayudaba Mina, como ahora, era un poco más agradable. Pero por lo general lo dejaban solo.

Ya no lo enviaban a perseguir criminales por la ciudad. Tampoco le apetecía, pero no le habría importado que de vez en cuando se lo propusieran, solo por cortesía entre colegas, como un pequeño reconocimiento a su experiencia y a los muchos años que había pasado patrullando las calles. Prefería no tener que hacerlo, pero al menos podrían ofrecérselo.

—¿Te parece que compruebe si han investigado a alguno de estos tipos en relación con Lilly? —preguntó Mina—. Por si estamos ante un reincidente. Mientras tanto, tú puedes averiguar si alguno ha salido en libertad.

—Perfecto —respondió él, y se puso manos a la obra.

Fichero tras fichero, pantalla tras pantalla de escoria humana. Si la gente supiera la cantidad de sujetos repugnantes que existen, nadie saldría nunca a la calle. La Unión por el Futuro de Suecia pretendía hacer creer que el peligro se llamaba Ahmed o Mohammed, pero en el registro que Christer tenía delante abundaban los nombres escandinavos: Sven Westin, Karl-Erik Johansson, Peter Lundberg... Todos ellos blancos como la nieve. Y aficionados a los niños pequeños. Por las fotografías, tenían el típico aspecto que en retrospectiva hace decir a los vecinos: «¡Pero si era muy amable! ¿Quién lo habría dicho?». O también: «Tiene que ser un error. A mis hijos siempre los trataba muy bien».

Bosse gimió en sueños, agitando las patas como si corriera. Christer se preguntó qué estaría persiguiendo. Seguramente no serían pederastas, aunque esa escoria se habría merecido eso y más. ¡Carajo! Esperaba que Julia se equivocara y que ninguno de los desechos humanos que desfilaban por la pantalla tuviera nada que ver con la desaparición de Ossian. El mundo no necesitaba ser peor de lo que ya era.

Recorrió con la mirada el resto de las mesas. La oficina estaba más vacía que de costumbre. Era época de vacaciones. La mayoría de sus colegas estarían bebiendo cerveza a bordo de un velero en Sandhamn, o fotografiando las formaciones rocosas de Gotland, o descansando en una cabaña en el bosque.

Mina se levantó.

—Por mucho calor que haga aquí dentro, necesito un café —dijo—. ¿Te traigo a ti también? Solo puedo quedarme un rato más a ayudarte, después tendré que ir con Peder a hablar con los padres de Ossian.

Christer asintió con expresión sombría. El tiempo corría y era preciso atrapar a los secuestradores del niño. Casi podía oír el tictac del reloj. Tenía muchas horas de búsqueda por delante, analizando a los sujetos más despreciables de los archivos policiales. Sin duda alguna, él también necesitaría cafeína.

—¿Realmente somos los más indicados para esto? —preguntó Peder con cara de desolación.

Mina se daba cuenta de que había dicho «somos», pero en el fondo estaba hablando de sí mismo. ¿De verdad era lo más indicado encargar esta tarea al padre de tres niñas pequeñas?

—Si no te sientes capaz de hacerlo, no vengas —replicó ella con suavidad—. Puedo hacerlo yo sola. Sin ningún problema.

Peder negó con la cabeza.

—No, no, es parte de mi trabajo y lo sé. Pero hagámoslo ya y acabemos de una vez.

Cuando bajaron al garage, Mina lo dejó ponerse al volante de uno de los coches de policía. Si se concentraba en conducir, no tendría que pensar en lo que les esperaba. Para mayor seguridad Mina orientó la conversación hacia el tema de sus hijas, una maniobra de distracción que siempre funcionaba. Después se puso a mirar por la ventana, dejando vagar los pensamientos, mientras Peder parloteaba interminablemente sobre sus trillizas.

—... y, de repente, esta mañana, Meja ha dicho con toda claridad que quería «un plato de avena con arándanos» —estaba contando—. ¿Te das cuenta de lo inteligente que es esta niña? ¡Tiene apenas tres años! La mayoría de los niños de su edad pedirían a lo mucho «avena», pero ella pide «un plato de avena con arándanos». De verdad te digo que tendremos que llevarla a una escuela para niños superdotados. He oído decir que los niños con una capacidad intelectual excepcional pueden ser un desafío tan grande para los padres como los niños con alguna discapacidad, pero tanto Anette como yo estamos dispuestos a asumir esa responsabilidad. Por otro lado, también tenemos que pensar en Majken, que me parece tiene un gran futuro como deportista. Tendrías que verla escalar la estructura que hay en el patio de su escuela. ¡Qué equilibrio! ¡Qué fuerza! Seguramente destacará en algún deporte de alta competición, así que ya nos hemos mentalizado para llevarla a los entrenamientos, a los campeonatos... Molly también es una niña fuera de serie. Tiene una mano increíble para los animales. El otro día encontró un pajarito herido. Le hicimos un nido en una caja, con mucho algodón, y deberías haber visto cómo lo cuidaba. Parecía la mamá. Al final el pobre pájaro murió, pero la sensibilidad que tiene Molly para los animales es algo de otro mundo. Es como si hablara su lenguaje. Supongo que será veterinaria, tal vez en una reserva de animales, o quizá en el zoológico. En cualquier caso, creo que...

Mina volvió a mirar por la ventana, dejando que el entusiasmo de Peder le entrara por un oído y le saliera por otro. Pasaron por Stureplan, repleto de gente con lentes de sol caros, ropa elegante y bronceados perfectos. En la terraza del restaurante Sturehof no había ninguna mesa libre y las copas de vino rosado resplandecían al sol. Mina envidió la tranquila despreocupación de aquellas personas, que aparentemente disponían de todo el tiempo del mundo. Ella en cambio iba con el corazón encogido, de camino a tomar declaraciones a unos padres desesperados que no sabían dónde podía estar su pequeño de cinco años. Y era posible que el tiempo se estuviera agotando. Tal como se había agotado para Lilly.

Tom, el maestro de educación infantil, se veía más afectado de lo que Ruben hubiera creído posible en un hombre adulto. En la estrecha sala de profesores de la escuela de Backen también estaban presentes Jenya, colega de Tom, y Mathilda, la directora de la escuela. Con Ruben y Adam, apenas cabían en la sala. Las ventanas estaban abiertas de par en par, pero no parecía servir de nada, según pudo observar Ruben. Tom tenía la nariz y las mejillas perladas de sudor.

Ruben intentó concentrarse. Por la mañana, antes de que Julia los convocara, ya estaba pensando en Ellinor y en lo que iba a decirle. Había supuesto que la reunión sería un breve encuentro del equipo para darle la bienvenida a la jefa y que enseguida podría marcharse, pero les habían asignado el caso de Ossian y estaba obligado a prestarle toda su atención. No podía distraerse con la perspectiva de volver a ver a la persona cuyo recuerdo lo atormentaba desde hacía más de diez años. Ya tendría tiempo de pensar en Ellinor más adelante, cuando todo hubiera terminado. Ahora era preciso encontrar a Ossian. El chiquillo merecía que Ruben hiciera bien su trabajo.

Ahuyentó a Ellinor de sus pensamientos y contempló al resto de los presentes en la atiborrada sala de profesores de la escuela infantil. Pero antes de que pudiera abrir la boca Adam ya había empezado a hablar.

—Muy bien —dijo su colega—; respecto a los sucesos de ayer, ¿cómo es que nadie notó la ausencia de Ossian?

¡Cielo santo! Eso sí que era ir al grano. ¿No se suponía que Adam era un experto negociador? Hasta Ruben sabía que nunca debía iniciarse un interrogatorio con una acusación. Por las caras que pusieron era evidente que las tres personas que tenían delante ya se veían entre rejas. Si se sentían presionadas sería imposible sacarles nada útil. Tom estaba contemplando los dibujos pegados en la pared, en los que los niños habían representado con mayor o menor acierto a sus maestros.

—Solo tratamos de determinar dónde se encontraba cada uno de ustedes cuando se llevaron al niño —los tranquilizó Ruben, con toda la amabilidad de que fue capaz.

Se veía que Tom habría deseado hundirse en el suelo y desaparecer. Sacó un pañuelo de papel de una caja que había sobre la mesa y se secó las lágrimas.

—Cuando salimos al parque de Skinnarvik llevamos a muchos niños —dijo finalmente—. No siempre podemos verlos a todos al mismo tiempo y los mayores no necesitan tanta supervisión como los más pequeños. Todos saben que no pueden irse del parque sin avisarnos. Intentamos vigilarlos todo el rato, pero no es raro que uno de ellos se nos pierda de vista durante unos minutos, como pasó con Ossian.

Hizo una pausa y volvió a fijar la mirada en los dibujos. En uno de ellos se veía la figura de un hombre representado con sorprendente detalle, dentro de un corazón enorme. El hombre del dibujo vestía una camiseta con una T pintada. En una esquina de la hoja, una mano infantil había escrito trabajosamente «opp, opp», junto con la firma del artista: *Ossian*. De repente Ruben sintió un nudo en la garganta y se vio obligado a carraspear.

—El mundo de estos niños —prosiguió Tom con la voz quebrada—, nuestro mundo... suele ser un lugar seguro.

—Lo comprendemos —replicó Adam—, pero no podemos pasar por alto que aquí ha habido una negligencia, tanto en lo referente a la seguridad como a la vigilancia de los menores.

Pero, ¡por Dios bendito! Ruben empezaba a entender por

qué había tenido que dejar Adam el equipo de negociadores. Miró a Tom y vio que comenzaban a correrle lágrimas por las mejillas.

—Fue un error humano —continuó Adam—. Me he limitado a constatarlo, sin hacer ningún juicio de valor. Pero tienen que entender que esa actitud será la que se encontrarán ustedes de ahora en adelante, sobre todo entre los padres de los otros alumnos. Cuanto más sepamos acerca de lo que realmente sucedió, más podremos ayudarlos a transformar esa actitud en empatía.

Adam se volteó hacia Mathilda, la directora, y la miró a los ojos.

—Supongo que sería lo deseable, sobre todo teniendo en cuenta la baja asistencia que ha tenido hoy la escuela —añadió.

Parecía que Adam no era tan torpe después de todo. Pero lo que tenían entre manos no era una negociación, sino una conversación con un grupo de testigos. Y era evidente que el recién llegado no tenía mucha experiencia en ese ámbito. Ruben no pudo evitar cierto sentimiento de satisfacción. Adam podía aparecerse con su tableta de chocolate y su metro noventa de estatura, pero al final el que tendría que dirigirlo todo era él.

—Nos gustaría saber —dijo— si han visto o conocen ustedes algo que pueda ayudarnos en la búsqueda. Por ejemplo, ¿tienen alguna idea de quién era la mujer que se llevó al niño?

Jenya negó con la cabeza. Aunque iba con hiyab, no parecía tan agobiada como Tom. Ruben tuvo que reprimir el impulso de preguntarle si no hacía demasiado calor para llevar ese pañuelo en la cabeza. Supuso que ya se lo habían preguntado tantas veces que había perdido la cuenta.

—Hemos interrogado a todos los niños —repuso Jenya—. Conocen bien a los padres y a los hermanos mayores de sus compañeros, pero ninguno sabía quién era esa mujer.

Adam se puso de pie y fue hacia la ventana que dominaba la colina donde había desaparecido Ossian. Tras reflexionar un momento volvió a su puesto.

—Eso significa que estamos de vuelta en el punto de partida —expresó—. ¿Por qué no la vio ninguno de ustedes y en cambio los niños sí? ¿No les parece un poco extraño?

—¿Está diciendo que mi personal tuvo algo que ver con la desaparición? —Mathilda se indignó—. ¿Insinúa que les estamos ocultando información deliberadamente? Les puedo asegurar que tanto Tom como Jenya son dos de los mejores educadores con los que he trabajado. Respondo por ellos. Y no creo que tenga sentido seguir adelante con esta conversación sin la presencia de un abogado, si lo que pretenden es inculparnos.

Ruben levantó las dos manos como para detener el curso de los acontecimientos. ¡Vaya por Dios! Los testigos ya estaban hablando de abogados. ¡Lo que faltaba! Si ese Adam seguía empeñado en cavar su propia tumba, Ruben pensaba ayudarlo para que se enterrara él solo. La próxima vez llevaría una pala. Le parecía fantástico que Adam demostrara su ineptitud como policía, pero no tenía ninguna intención de hundirse con él.

—No, nada de eso. Simplemente pensamos que la persona en cuestión no quería ser vista —replicó Ruben con la mayor amabilidad—. Esperó el momento adecuado para actuar. Nada de lo sucedido fue una coincidencia. Nadie los está acusando a ustedes de nada.

Con eso Mathilda pareció serenarse.

—Una última pregunta —intervino Adam—. No acabo de entender que el niño se fuera con ella por voluntad propia. ¿Suele irse Ossian con desconocidos?

—No, pero le encantan los coches deportivos —respondió Tom en voz baja—: Lamborghini, Koenigsegg, Porsche... Conoce todas las marcas y modelos. Tanto si son coches de verdad como modelos de juguete, lo vuelven loco, siempre que parezca que corren mucho. Y si son rojos, mejor aún.

—Y tengo entendido que la mujer en cuestión le enseñó unos coches de juguete —observó Adam asintiendo.

—Eso ha dicho Felicia. Que tenía unos coches de juguete y unos cachorritos. Y no hay ninguna razón para que la niña se lo haya inventado. Otra cosa es que de verdad hubiera unos perritos, porque Felicia no llegó a verlos.

—Y nadie había visto nunca a esa mujer —terció Ruben repasando sus notas—, lo cual no significa necesariamente que no conociera al niño. ¿Habían notado algo extraño en la conducta de Ossian en los últimos días? ¿O en el comportamiento de sus padres?

Tom negó con la cabeza.

—No, todo era exactamente igual que siempre. Una semana de verano como cualquier otra, hasta... hasta ayer.

—Sí, hasta ayer —repitió Adam poniéndose de pie —. Bueno, eso es todo. Gracias por su ayuda.

Mathilda se levantó para acompañarlos a la puerta. Ruben la observó de nuevo impresionado. La mayoría de la gente se volvía dócil y sumisa cuando trataba con la policía. Pero ella no. Cuando había sido preciso se había comportado como una leona defendiendo a su manada. Y tampoco estaba nada mal físicamente. Ruben se preguntaba si sería igual de dominante entre las sábanas. En otro tiempo habría hecho todo lo posible por averiguarlo cuanto antes. Pero ahora tenía que conformarse con la idea. Maldita Amanda y su puta psicología.

—También abriremos una exhaustiva investigación interna, por supuesto —dijo Mathilda tendiéndole la mano—. Pero ahora ya saben lo mismo que nosotros. Les agradeceré que nos mantengan informados sobre la búsqueda. Somos conscientes de nuestra responsabilidad en todo esto, créanme.

Ruben y Adam se despidieron de los maestros estrechándoles la mano. La de Tom parecía la de un muerto. Con toda probabilidad tardaría mucho tiempo en recuperarse.

—Has estado fantástico —le comentó Adam a Ruben cuando estuvieron fuera—. Con el método del poli bueno y el poli malo hemos conseguido toda la información que necesitábamos en poco rato. Y ahora la rapidez es lo más importante.

Ruben lo miró fijamente. ¿Creían todos los negociadores que estaban en una película? Hasta donde él sabía, los miembros del equipo de negociación eran expertos en cultivar las relaciones personales para ganarse la confianza de las personas. Pero Adam había hecho todo lo contrario. Por otro lado, no podía criticarlo, porque era verdad que habían averiguado todo lo que querían saber.

—Aunque la próxima vez —añadió Adam— yo seré el poli bueno.

Sí, seguro que sí. Ruben se dijo que no debía olvidar la pala para ayudarlo a cavar su propia tumba.

Vincent miró por la ventana de la oficina de ShowLife Productions en la calle Strandvägen. El sol del mediodía brillaba en el cielo y arrancaba al agua reflejos movedizos. Pero él no prestaba atención al deslumbrante juego de los rayos solares sobre la superficie acuática, porque estaba demasiado ocupado tratando de imaginarse a sí mismo lanzado por una catapulta o atravesando una habitación repleta de insectos, vestido únicamente con una ceñida malla de deporte. Se estremeció. La idea le resultaba espeluznante.

—No seas tan quisquilloso —le dijo Umberto, situado a sus espaldas—. Será muy positivo para tu imagen. Necesitamos que presentes al público una faceta más... humana. Si es que la tienes.

Vincent se apartó de la ventana y se sentó de nuevo. Esta vez no había ninguna bandeja de galletas caras en el despacho de su agente, lo cual podía significar que su relación con Umberto volvía a ser cercana e informal, o bien que su agente empezaba a cansarse de él. Por otro lado, el pan dulce que había sobre la mesa indicaba que aún lo consideraba parte de su agencia.

—Bueno, pero... *¿Prisioneros en el fuerte?* —replicó Vincent con escepticismo, tomando rápidamente un pan al ver que Umberto tendía la mano hacia la bandeja.

Gracias a su veloz intervención quedaron dos panes sobre la mesa en vez de tres. Alguien debía mantener el orden.

—Tiene que haber otro programa de televisión más... a mi

medida —continuó—, aunque tampoco veo la necesidad de salir en la tele.

Umberto dejó escapar un suspiro y se echó hacia delante, apoyando la barbilla sobre la yema de los dedos.

—Vincent, *amico mio*, escúchame un momento. Mi trabajo consiste en asegurarme de que mucha gente compre entradas para tus funciones. Porque ¿qué pasa si nadie compra entradas?

—Que tú te quedas sin ingresos —respondió Vincent.

—Exacto. Pero antes te quedas tú sin un céntimo. Es muy fácil de entender. Es economía básica. Si quieres seguir ganándote la vida con lo que haces, tendremos que vender más entradas porque los costos han aumentado. Ya sé que hemos estado vendiendo mucho más que de costumbre gracias a lo sucedido con Jane. Pero el interés de la gente no es eterno. Cada poco tiempo tenemos que recordarle al público que existes y conseguir que te preste atención. Y eso significa que de vez en cuando tienes que ir a la televisión a hacer de hombre bala.

Vincent intentó disimular el grado de estrés que le estaba generando la propuesta. *Prisioneros en el fuerte.* Fuerte, prisioneros, fuerte... A la letra *f* le correspondía el número seis en el alfabeto, y a la P, el dieciséis. Fuerte, prisioneros, fuerte... Las iniciales formaban el número 6166. Mucho tiempo atrás Vincent le había comprado a su hijo Benjamin una caja de Lego con bloques variados. Cuando alguien se tomaba en serio los juegos de construcción que les compraba a sus hijos, como había hecho Vincent con Benjamin en otro tiempo y últimamente con Aston, solía fijarse en los números de serie de cada caja, porque podía haber sets diferentes que sirvieran para construir lo mismo. Por eso estaba bastante seguro de que aquella caja con bloques variados tenía el número 6166. Pero la relación entre ese número y *Prisioneros en el fuerte* no pasaba de ser fortuita, por supuesto. Por otro lado, las letras de la palabra «Lego» ocupaban las posiciones 12, 5, 7 y 15 en el alfabeto. Y #125715 era el código hexadecimal del color verde musgo, un matiz de verde bastante aproximado al del agua que rodeaba la fortaleza donde se desarrollaba el programa. Al menos cuando bajaba la marea. Se dijo satisfecho que todo guardaba relación con todo si uno realmente quería encontrar las conexiones.

—¡Vincent! —exclamó Umberto—. ¿Adónde te has ido?

Por el tono de voz daba la impresión de que ya lo había llamado varias veces sin que él reaccionara.

—Los bloques de Lego... —empezó a decir Vincent.

Pero Umberto no le prestó atención.

—Tienes que hacerlo —insistió.

Vincent asintió con desgana, sin poder creerse aún que hubiera aceptado considerar la propuesta. Pero al final tendría que darle la razón a Umberto. Iba a tener que entrenar de manera intensiva para estar a la altura de las exigencias físicas del programa. Se dijo que el entrenamiento sería una buena ocupación durante el verano, para distraerse y no pensar en otras cosas.

En Mina, por ejemplo.

Umberto tomó uno de los dos panes que quedaban y Vincent suspiró.

Ya se había comido sin ganas uno y ahora tendría que comerse otro más. Pero no le quedaba otra. Un solo pan abandonado en el plato sería una imagen casi obscena, que de ningún modo podía permitir. Tomó el último y notó una sonrisa fugaz en el rostro de su agente. Maldito Umberto. Lo había hecho adrede.

—De acuerdo, diles que sí —convino—. Iré al *Fuerte*. ¿Cuánto tiempo tengo para prepararme?

—Un mes, más o menos.

Vincent sintió que se le encogía el estómago. ¿Un mes? Tendría que reservar un entrenador personal para esa misma tarde.

Le han dicho que no tenga miedo. Pero ¿cómo no va a tener miedo si no le dejan ver a su papá y su mamá, y no sabe dónde están? Podría haberles pasado algo.

A Ebba, una niña de la escuela, se le murió su mamá. Fueron a buscarla sus abuelos y los maestros dijeron que Ebba tenía que irse a casa. Su mamá tenía una cosa que se llama cálcer.

¿Y si su papá y su mamá hubieran enfermado de cálcer*?*

¿Y si se hubieran muerto?

Quizá por eso se lo habían llevado de la escuela. Pero entonces ¿por qué no habían ido a buscarlo sus abuelos? Se acurruca en el colchón. Huele raro. Todo allí tiene un olor extraño.

Hace mucho tiempo que no se chupa el pulgar. Los niños grandes no lo hacen, y él ya es un niño grande. Su abuela le ha dicho que, si se chupa mucho tiempo el pulgar, los dientes le pueden salir torcidos. Pero ahora necesita chuparse el dedo.

Siente el cuerpo pesado y entumecido. No ha dormido en toda la noche. No ha hecho más que pensar en papá, mamá y el cálcer.

Oye voces a lo lejos. Pero no parece que sean las de papá y mamá.

Cierra los ojos.

Si se queda dormido es posible que hayan vuelto cuando despierte.

El departamento de la calle Bellmansgatan era pequeño pero acogedor. Se notaba que allí vivía un niño. Entre los zapatos, delante de la puerta, había una bolsa de plástico con una caja grande de Lego sin abrir, un set para construir un coche deportivo. Había varios juguetes dispersos por el recibidor. Todo hacía pensar que allí vivía una familia muy activa. En la puerta del refrigerador había dibujos y también fotos de las vacaciones. Sobre la mesa del comedor quedaban los restos del desayuno de un niño: cereal reseco en un tazón de plástico.

—Perdonen el desorden, pero...

Josefin, la madre de Ossian, no terminó la frase. Por su mirada perdida Mina supuso que estaría bajo los efectos de algún calmante particularmente potente. En cambio Fredrik, el padre del niño, parecía más entero. Solo el leve temblor de su mano cuando les indicó que se sentaran revelaba su tormenta interior.

—Ven, cariño, siéntate aquí.

Le tocó suavemente un brazo a su mujer y la condujo hasta el sofá blanco de Ikea. Se sentó a su lado y se puso a acariciarle la mano sobre el tapizado, donde podía verse una mancha bastante extensa.

—Fue un error comprar un sofá blanco justo antes de tener un bebé. Pero creíamos... pensábamos que todo sería como en las revistas o en la televisión. Que tendríamos un bebé hermosísimo que se pasaría el día durmiendo. Creíamos... que todo sería sencillo. A Fredrik y a mí nos gustaba mucho la hípica cuando éramos adolescentes, y nos imaginamos que cuidar a un niño no podía ser mucho más difícil que cuidar a un caballo. Pero entonces... llegó él...

—Josefin..., no hace falta que... —Fredrik le apoyó una mano sobre el brazo, pero ella se la apartó sollozando.

—Nació Ossian y no hacía más que llorar y llorar. Todo el día. Como si estuviera enfadado. No podíamos entender que estuviera tan irritado todo el tiempo. Era como si detestara al mundo y nos odiara a nosotros. Y yo a veces pensaba... A veces deseaba no haberlo tenido. Pensaba que ojalá nos hubiéramos quedado como estábamos antes de que él naciera. Ya sé que no se deben decir estas cosas y que nadie se arrepiente de haber tenido un hijo. Pero antes éramos felices, ¿recuerdas, Fredrik?

Se volteó hacia su marido, que la miró con tristeza.

—Josefin, cariño, estás en estado de *shock*. Te sientes culpable y tratas de buscar una explicación —replicó él—, pero tú no tienes la culpa de nada. Y... sí, lo recuerdo.

Intentó de nuevo apoyar una mano sobre el brazo de su mujer y esta vez ella se lo permitió.

—Es cierto que al principio fue muy difícil con Ossian —continuó Fredrik—. Tienes razón. Pero lo superamos, ¿no? Salimos adelante juntos. Dejó de llorar. Se reconcilió con el mundo. Ahora es un niño alegre. «*Oppa Gangnam Style*», ¿verdad? A veces hace berrinche, como cualquier niño, pero por lo general está de buen humor. Y le encantan los Legos, ¿no es así, cariño?

Josefin asintió con la mirada perdida.

—Sí, es un niño feliz. Pero recuerda todas las veces que deseé no haberlo tenido, sobre todo al principio. ¿Y si todo ese karma se hubiese acumulado? ¿Y si hubiese alguien allá arriba que me ha oído y ha creído que lo decía en serio?

La cara de Fredrik se contrajo en una mueca de dolor. Le soltó el brazo a su mujer y fijó la vista en la alfombra blanca.

—No es así y lo sabes. Ossian volverá con nosotros. Estoy seguro. Volverá a casa. Dentro de muy poco. —Echó un vistazo al reloj y después se volteó hacia ellos e intercambió una mirada con Mina—. Volverá, ¿verdad? —preguntó—. En principio podemos confiar en que pronto aparecerá, ¿no? Solamente ha pasado un día. Veinticuatro horas exactas. Dentro de muy poco lo encontraremos, ¿verdad?

Mina tragó saliva. Ella sabía mejor que nadie que a veces la gente desaparecía para no volver jamás. Pero su desaparición había sido voluntaria. El caso de Ossian era diferente.

—La mayoría de los niños desaparecidos son localizados al cabo de unas horas —dijo—. Ossian lleva todo un día en paradero desconocido y eso ya es menos frecuente, pero de momento no hay ninguna razón para pensar que no vayamos a encontrarlo en breve. Su búsqueda es absolutamente prioritaria para nosotros.

Evitó mencionar que los niños que aparecían al cabo de unas horas por lo general se habían perdido o se habían ido de visita a casa de un amigo sin decir nada a nadie. No se los había llevado una señora con el coche lleno de juguetes.

Sentía en cada célula de su cuerpo la angustia de que Ossian no hubiera aparecido aún.

—Respecto a la mañana de ayer —intervino Peder, dirigiéndose a ambos padres—, ¿notaron algo fuera de lo corriente? ¿Alguna cosa que les llamara la atención cuando llevaron al niño a la escuela? ¿Alguien merodeando por los alrededores?

—Ayer lo llevé yo —respondió Josefin repasando con un dedo los contornos de la mancha del sofá—. La publicidad es engañosa, ¿saben? Anuncian detergentes que quitan todas las manchas y sin embargo yo he probado todos los productos que hay en el mercado (con prelavado, con cloro, a noventa grados...) y puedo asegurarles que esta mancha no se quita con nada. Es de chocolate. Le dimos un huevo Kinder y se sentó a comerlo en el sofá, pero enseguida lo dejó a un lado porque solo le interesaba la sorpresa. ¿Te acuerdas, Fredrik? Creo que era un robot pequeño, que venía desarmado en cinco piezas. No paró hasta que...

Su voz se fue apagando.

—Cariño, intenta concentrarte —le pidió su marido—. Estas personas quieren saber si viste algo extraño cuando dejaste a Ossian en la escuela, cualquier cosa. Algo que pueda servirles para averiguar quién se lo llevó.

—Nada. No vi nada. Todo estaba como siempre. Padres, niños... Soy una de esas madres que nunca se aprenden los nombres de los otros padres. Y que ni siquiera saben qué niño es hijo de quién.

—Josefin...

Fredrik le acarició un brazo, pero ella lo apartó, sacudiéndose como un perro mojado.

—También soy una de esas madres que nunca recuerdan que hay reunión de padres, o excursión, o día temático... Ayer mismo tendría que haberle preparado una mochila con el almuerzo, pero se me olvidó. Como siempre. A Ossian le encantan las *crêpes* frías enrolladas. Si me hubiera acordado, todo habría sido diferente, ¿verdad? No se habría...

Josefin guardó silencio.

—Siento no poder ayudarlos más —se disculpó Fredrik.

—Hay algo más que pueden hacer —repuso Mina—: dar su autorización para difundir la imagen de Ossian en una rueda de prensa, dentro de unas horas. La colaboración ciudadana suele ser muy útil.

Fredrik miró a su mujer, que había vuelto a bajar la vista hacia el tapizado del sofá, pero aun así asintió en silencio.

—Haremos lo que haga falta —dijo él.

Se levantó y fue a la cocina, donde eligió algunas de las fotografías pegadas con imanes a la puerta del refrigerador.

—Aquí tienen varias fotos de Ossian —anunció al regresar—. Creo que les servirán.

Mina notó que sostenía las fotos de tal manera que su mujer no pudiera verlas. Josefin sofocó un sollozo. Parecía imposible que una sola persona pudiera albergar toda la tristeza que había en su llanto.

—Gracias —dijo Peder—. Recuerden que estas imágenes aparecerán publicadas en la prensa. Quizá sea aconsejable para ustedes evitar los periódicos y la televisión en los próximos días.

—Una última pregunta —añadió Mina—. ¿Hay alguien en su círculo de quien sospechen, aunque solo sea remotamente, que pueda querer hacerles daño a ustedes o a Ossian? ¿O que por alguna razón quisiera llevárselo?

Fredrik reflexionó un momento, pero enseguida negó con la cabeza convencido.

—Si se nos ocurriera algo que nos pareciera interesante para ustedes, por mínimo que fuera, se lo diríamos. Pero nosotros somos... gente normal. Yo trabajo de creativo en una agencia publicitaria y Josefin es redactora en una editorial. Tenemos una historia corriente, una familia corriente, amigos corrientes... Y nuestra vida es normal... O al menos lo era, hasta ahora.

Mina vio que su compostura comenzaba a resquebrajarse. Intercambió una mirada con Peder y los dos se levantaron.

—Podemos entenderlos, créanme —dijo—. Mi compañero tiene tres niñas de tres años y yo... —Contuvo las palabras a tiempo y respiró profundamente. Había estado a punto de decirlo. Notó la expresión de curiosidad de Peder, pero procuró no mirarlo a los ojos—. Haremos todo lo posible para encontrar a Ossian —añadió como conclusión.

Josefin seguía sentada, pero levantó la vista hacia Mina.

—No compren nunca un sofá blanco —les aconsejó.

Mina asintió. Al pasar por el recibidor evitó deliberadamente fijarse en los zapatos infantiles que había junto a la puerta.

Julia sintió que se le tensaban los pechos nada más de acercarse a la puerta de su departamento. Eran muy curiosos los reflejos condicionados. Respiró hondo antes de abrir. Dentro se oía el llanto de Harry.

—¿Hola? —Intentó que su voz sonara alegre y despreocupada.

No le contestó nadie. Llamó de nuevo, pero tampoco esta vez obtuvo respuesta, aparte de los agudos chillidos de un bebé obviamente furioso.

De camino a la recámara pasó junto a la cocina. Parecía que hubiera caído una bomba: frascos de papilla vacíos, platos sucios, cáscaras de plátano, toallitas de papel arrugadas y una cantidad indeterminada de tazas de café medio vacías. Interesante. Cuando ella se quedaba con Harry Torkel la miraba con reprobación si se encontraba la cocina en ese estado al volver a casa. Nunca dejaba pasar la ocasión de preguntarle qué había hecho en todo el día.

Con cuidado, empujó la puerta de la habitación.

Harry yacía en su cuna, con las mejillas enrojecidas. Lloraba con toda la fuerza de sus pulmones, que no era nada desdeñable. A su lado roncaba Torkel, acostado en la cama matrimonial, tapado de la cabeza a los pies.

Julia miró el reloj y soltó una maldición. En realidad no tenía tiempo para volver a casa, pero había regresado porque necesitaba cambiarse de ropa con urgencia antes de la rueda de prensa. La que llevaba puesta estaba impregnada de sudor. Además, quería darle un beso a Harry en sus regordetas mejillas. El torrente de mensajes que Torkel le había enviado a lo largo del día finalmente había conseguido crearle mala conciencia, aunque sabía que no tenía ningún motivo para sentirse culpable.

Levantó a Harry, que dejó de llorar en cuanto estuvo en sus brazos. En el mismo instante Julia percibió el motivo del llanto: un penetrante olor a caca. Lo llevó de inmediato al baño para cambiarlo. Una vez limpio el pequeño se puso a gorjear de felicidad, tendiendo los deditos al colgante de colores puesto sobre el mueble cambiador. Parecía como si quisiera hablar con las coloridas figuras. Los móviles eran una auténtica droga para los bebés. A Julia no le extrañaba que fueran tan populares.

—Ven, chiquitín —lo llamó—. Puedes acompañar a mamá mientras se cambia de ropa, pero después iremos a despertar a papá. Mamá tiene que volver al trabajo, ¿sabes? En algún lugar hay un niño un poco mayor que tú que ahora debe de estar triste y asustado, esperando con impaciencia volver con su mamá.

Harry le respondió con otro gorjeo e intentó jalarle el cabello. Sus manitas infantiles tenían una habilidad inconcebible para atrapar siempre el mechón de cabello que nace justo al lado de la oreja —el que más duele— y jalar con una fuerza asombrosa.

—¡Ay, no le hagas daño a mamá! —exclamó ella con una mueca de dolor al tiempo que apartaba con cuidado las manos de Harry de su cabellera.

Lo sentó en su sillita para que la acompañara mientras se cambiaba. Primero, la ducha de los vagabundos: lavado rápido de axilas y desodorante. Después, una blusa nueva y unos pantalones limpios. Y ya estaba lista para seguir trabajando tanto como fuera preciso.

Cuando terminó levantó a Harry, hundió la cara en el hueco de su cuello y aspiró el aroma de su piel de bebé. El contacto hizo reír al pequeño a carcajadas y ella sintió que algo se disolvía su interior. Tenía las mejillas encendidas.

Hasta ese momento había logrado mantener separadas las

dos cosas: la desaparición de un niño y el hecho de ser madre. Había conseguido no mezclar a Ossian con Harry. Pero ahora los dos niños se entremezclaban en su mente en rápidos fogonazos.

Ossian.

Harry.

Ossian.

Harry.

Uno mayor y otro más pequeño. Los dos con un papá y una mamá. Uno suyo y el otro no. Uno desaparecido y el otro allí, en sus brazos.

Tenía que volver al trabajo cuanto antes, por Harry. La jornada no había acabado aún. Abrazó con fuerza a su bebé. Sintió la suavidad de su manita apoyada en el cuello. Respiró hondo y se dirigió a la recámara. Acostó a Harry junto a Torkel y movió con cuidado a su marido. Torkel se despertó sobresaltado y miró a su alrededor.

—¿Qué? ¿Qué pasa?

—Soy yo. He vuelto a casa solamente para cambiarme de ropa. Tengo que salir enseguida. Le he cambiado el pañal a Harry, pero me parece que tiene hambre.

Torkel se levantó de un salto y la miró con los ojos desencajados.

—¿Cómo? ¿Tienes que salir de nuevo? ¿Y yo? He estado todo el día cuidando al niño. Pensaba que al menos estarías en casa por la tarde. Ni siquiera te has dignado a contestar a mis mensajes. ¿Sabes una cosa? No creo que esto vaya a funcionar. Me han llamado de la oficina y tengo un millón de correos. Y además...

Julia salió de la habitación, dando la espalda a las quejas de Torkel. En su mente veía el rostro de Ossian.

Y, a su lado, el de Harry.

Tomó el bolso y se dirigió a la puerta. Las palabras de Torkel seguían resonando a sus espaldas, sin nadie que les prestara atención.

La batería de la *laptop* apoyada sobre las rodillas de Vincent tenía la carga casi completa. Él mismo se había asegurado de que así fuera, porque no quería correr el riesgo de perderse nada por falta de batería. Un reloj en la pantalla mostraba los minutos y segundos que faltaban para las cinco, el momento en que la web de la policía comenzaría a emitir en directo. En el comunicado de prensa aparecía solamente el nombre de Julia, ya que ella se dirigiría a los periodistas. Vincent ni siquiera sabía si Mina seguía formando parte de su equipo. Esperaba que sí.

Con suerte, podría verla.

Con mucha suerte.

Sintió cómo la sombra se retorcía en su interior. La oscuridad habitaba en él desde la infancia, cuando sucedió lo de su madre. La sentía desde entonces. Pero enseguida había aprendido a mantenerla bajo control, concentrándose por ejemplo en un cálculo o intentando descubrir las conexiones ocultas entre cosas diferentes. A veces le costaba distinguir entre los vínculos auténticos y los que él se inventaba, pero no siempre era importante establecer ese tipo de distinciones, como en aquel momento, cuando las artesanías de inspiración birmana que su mujer acababa de recibir le sugirieron una de esas conexiones. «De todo lo que podrías decir, di Birmania», pensó, satisfecho al comprobar que «di Birmania» era un anagrama perfecto de «Mina Dabiri». Lo importante era mantener activo el pensamiento lógico y analítico, para no dejar espacio a los sentimientos oscuros.

Con el tiempo se había acostumbrado tanto a hacer caso omiso de sus tinieblas interiores que ya casi había olvidado que seguían ahí. Su familia era de gran ayuda. Si tenía que ocuparse del almuerzo de Aston o inquietarse por el supuesto amigo de Rebecka, no le quedaba tiempo para pensar en la oscuridad que habitaba su alma. Aunque, cuando había conocido a Mina, las sombras se habían disipado por completo. Con ella había llegado a sentirse como una persona normal.

Pero eso había terminado.

Había dejado de verla.

Y la sombra había regresado, con más fuerza que antes. Los deseos de venganza de su hermana la habían devuelto a la vida y esta vez su familia no le bastaba para hacerla desaparecer. No le preocupaba que la oscuridad se apoderara de él por completo, porque hacía demasiado tiempo que formaba parte de su ser. Era más bien una especie de polizón. O un mal amigo. Una mala compañía cuya voz se hacía oír cada vez con más fuerza.

La perspectiva de ver a Mina en la rueda de prensa había hecho retroceder momentáneamente las sombras. En la pantalla de su computadora desapareció el reloj y apareció en su lugar una sala. Se veía un atril en el centro de la imagen, pero todavía no había salido nadie. Se oían voces y un rumor de gente que se movía inquieta. Probablemente serían los periodistas convocados, situados fuera del campo de la cámara. Cinco micrófonos se erguían sobre la mesa, a la espera de la conferenciante. Vincent suspiró. Ni siquiera la policía sabía mantener el orden. Apoyó una pluma sobre la pantalla para que ocupara el lugar de un sexto micrófono.

El resultado fue mucho más agradable.

Al cabo de unos minutos apareció Julia y fue a ocupar su puesto detrás del atril. Brillaron algunos destellos de flashes y los presentes guardaron silencio.

—Gracias por venir —dijo Julia—. Si me permiten, iré al grano. Ayer, entre las tres y media y las cuatro de la tarde, desapareció el menor Ossian Walthersson, de cinco años, alumno de la escuela infantil de Backen, del barrio de Södermalm, en Estocolmo.

No se veía a ningún otro miembro del grupo de investigación. Vincent había deseado con tanta fuerza ver a Mina que su ausencia le dolía en el pecho. Pero era posible que apareciera al cabo de unos minutos. Tenía que serenarse.

Ossian.

El nombre empezaba por O.

Omega. La última de las veinticuatro letras del alfabeto griego, de ahí su significado simbólico. En el cristianismo antiguo omega era el fin del mundo, el día del juicio. ¿Y qué mejor manera de precipitar ese desenlace que secuestrando a un niño? Vincent notó que no se había serenado. Al contrario.

—Tenemos indicios que apuntan a un secuestro —prosiguió Julia—. Por eso también buscamos a una mujer de mediana edad que fue vista en los alrededores de la escuela infantil en el momento de la desaparición de Ossian. Por desgracia, no disponemos de su descripción, pero sabemos que conducía un coche deportivo. Existe una posibilidad de que llevara en el coche unos cachorros de perro, aunque no sabemos de qué raza.

Hizo una pausa para enseñar una fotografía de Ossian. Parecía haber sido tomada en Gröna Lund, el parque de atracciones. El niño tenía el cabello largo, rubio y rizado, y sonreía con media cara enterrada en una nube de algodón de azúcar. Vincent levantó la vista de la pantalla y se volteó hacia la puerta de la habitación de Aston, detrás de la cual estaría jugando su hijo. Le había costado media hora de discusión conseguir que hiciera algo por su cuenta. En general Aston discutía mucho más con Vincent que con su madre, aunque esta vez el conflicto había sido particularmente intenso. Pero, por mucho que discutieran, Vincent adoraba a su hijo. No podía imaginar lo que sentiría si de repente desapareciera. La sola idea le producía mareos. No quería pensar cómo se sentirían en esos momentos los padres de Ossian.

—Esta fotografía les ha sido enviada a todos ustedes por correo electrónico —anunció Julia a los periodistas—. Cualquier información sobre Ossian, pero también sobre la mujer que acabo de mencionar, es de la mayor importancia para nosotros. No hace falta decir que se trata de un caso urgente.

Se vieron una vez más los destellos de los flashes.

—¡¿Qué dicen los padres?! —gritó alguien fuera de plano.

—Los padres de Ossian ruegan su colaboración —contestó Julia— y esperan que comprendan que en estos momentos no están en condiciones de hacer declaraciones a la prensa. Pero les han enviado un mensaje.

La fotografía de Ossian ocupó entonces toda la pantalla, con un texto sobreimpreso:

Este es Ossian. Le gusta cantar y bailar.
Ossian es toda nuestra vida. Ayúdennos a encontrarlo
para que vuelva a sonar la música.

A continuación aparecía un número de teléfono y varias direcciones de diferentes redes sociales.

—Cualquier pista será bienvenida —añadió Julia—. Pueden contactarnos a través de Facebook o Instagram y también, naturalmente, por teléfono o correo electrónico. También agradeceríamos que todos ustedes, en cada uno de sus medios, ofrecieran un teléfono propio de contacto. A veces puede resultar más fácil llamar a un periódico que a la policía.

—¿Tienen alguna teoría? —dijo alguien.

Julia se quedó mirando en la dirección de donde procedía la pregunta. Tenía la musculatura de la cara tensa. Vincent se dijo que debería impartirle un taller de control del lenguaje corporal. De hecho, no habría sido mala idea ofrecer esa formación a todo el cuerpo de policía. Quizá Mina se apuntaría al curso, aunque en realidad no lo necesitaba. Su lenguaje corporal era siempre de una claridad ejemplar. La imagen de Mina y su manera de moverse se materializaron en la mente de Vincent e hicieron que algo se agitara en su interior. Tuvo que hacer un esfuerzo para rechazar el recuerdo, sobre todo porque no quería perderse ningún detalle de la rueda de prensa. Julia pareció relajarse un poco y dejó caer los hombros.

—A decir verdad, no —contestó finalmente unos segundos más tarde.

Por su tono de voz era evidente que la conferencia estaba llegando a su fin. Esta vez los periodistas tendrían que hacer solos la mayor parte del trabajo. Mina no intervendría. Vincent pensó que tal vez fuera mejor así, porque no sabía cuál habría sido su reacción si de repente la hubiera visto.

En ese momento se abrió la puerta y entró Maria. Se quitó la chamarra con un resoplido de cansancio y se desplomó en el sofá, junto a Vincent.

—No me malinterpretes. Le estoy increíblemente agradecida a Kevin por su ayuda —explicó estirando los músculos—, pero estoy agotada.

Una vez finalizado el último curso de emprendimiento, Kevin se había ofrecido para seguir asesorando a Maria de manera individual. Vincent no era capaz de comprender cuánto asesoramiento más podía necesitar su mujer. Al fin y al cabo su negocio era una simple tienda *online* de jabones y angelitos de cerámica. No es que fuera a hacerle la competencia a Amazon. Consultó con discreción el reloj. Había estado fuera tres horas.

—¿De verdad te hacen falta tantas horas de asesoramiento? —repuso—. Se ven prácticamente todas las tardes. Aston siempre está preguntando por ti.

En cuanto lo dijo se arrepintió. Se había propuesto de veras ser atento y generoso. Maria necesitaba hacer algo que fuera solo suyo, una actividad que le permitiera desarrollar su potencial. Y ahora tenía la tienda. Vincent recibía mucho reconocimiento por su profesión. Tenía a su público, su audiencia, una multitud de desconocidos que lo alababan y glorificaban. Pero Maria no tenía nada de eso. De hecho, Vincent debía admitir que ni siquiera él le ofrecía todo el reconocimiento que merecía. Pensó que debería decir algo, pero permaneció en silencio. Sin un manual de instrucciones, estaba perdido.

Insertó la llave en la cerradura y abrió la puerta. La ligera resistencia que tuvo que vencer con la llave le recordó de repente y de manera inesperada a otro departamento. Por un momento el recibidor que Mina creyó ver ante sí no era el de su piso en Årsta, sino otro. Se esforzó por apartar el recuerdo. Llevaba todos esos años intentando eludir las trampas de la memoria y la cerradura de su departamento siempre había estado un poco dura. ¿Por qué precisamente ahora tenía que recordarle a otro tiempo y a otra vida? Trató de rechazar la sensación que la sobrecogía, pero no siempre era fácil quitársela de encima cuando había empezado a invadirla.

El otro departamento, el de Vasastan, era más pequeño, pero tenía espacio suficiente para los dos. Para su marido y ella. Y para Nathalie.

Nathalie era pequeña y dormía con ellos en su cama. La imagen que de repente le vino a la memoria le hizo tanto daño que le cortó la respiración. La manta azul que tanto le gustaba a Nathalie. Se ponía inconsolable cada vez que había que lavarla y tenía que dormir abrazada a otra manta. Al final, para que no llorara, le habían comprado tres mantitas iguales.

«No pienses más en eso. No dejes que te atrape».

No debía pensar en lo que había perdido, en todo lo que su adicción había destruido. Había hecho un largo trabajo en Alcohólicos Anónimos, durante muchos años, para asimilar lo sucedido y perdonarse. ¿Cómo iba a imaginar que los analgésicos recetados tras la operación por complicaciones en el parto iban a ser para ella una marea destructora, una avalancha que la sepultaría durante años? Eran unas simples píldoras blancas de aspecto inocente en la palma de su mano y, sin embargo, le habían arrebatado todo lo que le importaba en la vida.

Había pasado demasiado tiempo preguntándose por qué se había vuelto adicta y qué defecto genético podía explicar que hubiera sucedido con tanta rapidez. Sin embargo, tenía el antecedente de su madre, que había escogido otras drogas pero había caído en la adicción con la misma facilidad y había perdido tanto como ella.

Al quitarse los zapatos en la alfombra del recibidor notó que una piedrecita caía al suelo. Se sorprendió, porque siempre frotaba con mucho cuidado las suelas de los zapatos al entrar por la puerta. Cerró la puerta con llave, fue al baño y se lavó concienzudamente las manos. Había tocado una llave sucia y una piedrecita. Necesitaba lavarse por lo menos dos veces. A continuación se desnudó, tiró a la basura la ropa interior usada y se dio un baño con agua fría. Había sido una jornada larga, y en condiciones normales se habría bañado con agua caliente, para quitarse toda la suciedad. Pero el calor que hacía en el departamento la haría sudar en cuanto saliera del baño y, para evitarlo, le convenía enfriar el cuerpo todo lo posible.

Mientras se bañaba se esforzó para no recordar. Era difícil. Le venía a la memoria, por ejemplo, el restaurante griego que había debajo de su departamento en Vasastan. Hacía quince años que no lo visitaba, pero aún le parecía percibir el olor a aceitunas, ajo y carne asada.

Al salir del baño abrió un paquete nuevo de diez calzones desechables y otro de camisetas sin mangas. Después, vestida solamente con la ropa interior, fue a sentarse al sofá de la sala.

Algunos días era fácil mantener a raya los recuerdos, pero otros no. Por eso no podía dejar que entrara nadie más. Ni en su casa, ni en su corazón. Ya tenía demasiadas cosas que olvidar.

Lo peor de todo era que ella misma lo había elegido. Se había marchado, creyendo que actuaba por altruismo, por el bien de los demás. ¿Cómo había podido ser tan ingenua? Y tan egoísta.

Se apretó los párpados con los dedos para contener las lágrimas. El llanto solía contener impurezas y prefería no tener que lavarse las mejillas con gel hidroalcohólico. La última vez le había irritado bastante.

Era muy joven cuando se había marchado, empeñada en no repetir la historia de su madre. Después había pasado muchos años odiando a su ex, porque la había obligado a elegir. Pero no era cierto. Él tan solo se había asegurado de que ella cumpliera su promesa.

Y la había cumplido. O casi.

Aparte del breve encuentro con Nathalie en Kungsträdgården, hacía dos años, cuando ni siquiera había revelado su identidad, se había mantenido apartada. No se había puesto nunca en contacto con ella. Se había limitado a observarla de lejos. Y había pasado incontables tardes y noches siguiendo el punto que indicaba la localización de Nathalie, en la aplicación conectada al transmisor que le había colocado en la mochila.

Se acercó al escritorio y contempló la fotografía de su hija. Después abrió el cajón y leyó el mensaje que le había dejado Vincent aquel verano.

No voy a preguntarte nada. Pero cuando quieras hablar conmigo, estaré aquí para escucharte. Perdóname por el cubo.

Cerró el cajón. «Cuando quieras hablar conmigo». Eso no pasaría nunca.

Volvió a la puerta principal y comprobó que estuviera bien cerrada. En su casa no iba a entrar nadie.

Vincent estaba agotado y esa misma noche tenía otra función. En verano solo triunfaban los espectáculos al aire libre, pero el suyo había tenido tanto éxito que habían decidido prolongarlo unos meses más. Umberto estaba encantado con el aumento de los ingresos, pero él empezaba a lamentarlo. Aun así le quedaban solo dos semanas de funciones. Después podría descansar durante un tiempo y quizá llevar a la familia de vacaciones, siempre que consiguiera reunirla en casa el tiempo suficiente para salir todos juntos.

Cuando entró en la cocina Benjamin ya iba por la mitad del desayuno. Siempre comía lo mismo: dos tostadas de pan de caja, mantequilla ligeramente derretida sobre el pan caliente y una rebanada de jamón. Y en los últimos tiempos también bebía café. Desde que Vincent había invertido en una cafetera de cápsulas, el consumo de café en la casa había aumentado considerablemente.

Mientras sacaba dos cápsulas y colocaba una en la cafetera nueva, Vincent echó un vistazo a la antigua, que en otro tiempo solía funcionar a pleno rendimiento a esa hora de la mañana. Seguía en la barra, pero empezaba a acumular una fina capa de polvo. Vincent no pudo evitar una sensación de pérdida. Encendió la cafetera nueva, murmuró un «buenos días» a su hijo mayor y se dirigió después a la recámara de Aston.

—¡El desayuno! —exclamó mientras asomaba la cabeza por la puerta.

El pequeño de nueve años soltó un gemido y se tapó la cabeza con la manta.

—¡No quiero ir a las clases de verano!

—No, nadie quiere ir a la escuela. Pero hoy es viernes y mañana podrás dormir lo que te dé la gana. Ven a desayunar.

Aston sacó un pie de debajo de las sábanas, como para tantear el mundo, y enseguida lo volvió a meter.

—Tres minutos —le advirtió Vincent.

Regresó a la cocina y cargó la segunda cápsula en la cafetera. Las mañanas le exigían siempre doble dosis de cafeína. Además, solo los locos podían utilizar un número impar de cápsulas.

Maria estaba sacando unos tazones del armario.

—Podrías haber puesto la mesa para todos —le dijo a Benjamin.

—Lo siento, pero no he podido. Tengo que estar pendiente de la apertura.

—Pero la Bolsa no abre hasta las nueve, ¿no? —intervino Vincent, reprendiendo a su hijo con la mirada—. Las cosas como son: te falta empatía hacia tu familia.

Maria apoyó su taza de té sobre la mesa con brusquedad.

—No me gusta que hagas eso —le soltó a Benjamin—. Me parece profundamente inmoral ganar dinero con la especulación. ¿Desde cuándo te has vuelto tan capitalista?

Vincent se abstuvo de recordarle que ella había abandonado la carrera de trabajadora social para seguir unos cursos de emprendimiento y abrir una tienda. Estaba convencido de que el desprecio de su mujer hacia el pasatiempo de Benjamin se debía sobre todo a la cantidad de dinero que estaba ganando, probablemente más de lo que ella podría generar en varios años de vender ángeles y velas aromáticas.

—¡Ven, Aston! —le insistió a su hijo pequeño—. Hay una caja nueva de cereal.

—¡No! —gritó el niño desde su habitación. Y al cabo de unos segundos añadió—: Bueno, está bien... ¿Tenemos mermelada?

Desde hacía unos meses ya no desayunaba yogur con trozos

de manzana y prácticamente había dejado de comer cualquier cosa que no estuviera dentro de un pan. Su dieta se componía de hamburguesas, pizza y *hot dogs*. Y, en lugar de fruta y yogur, desayunaba cereal azucarado. Solía echar tantos Cheerios en el tazón que la mitad acababan en el suelo.

El pequeño salió de su cuarto bostezando. Se sentó a la mesa y, como era de esperar, comenzó a formar una pirámide de cereal en su tazón. Mientras tanto, Maria miraba por la ventana.

—Por cierto, no sé si conocen ese programa, *Prisioneros en el fuerte*... —empezó Vincent.

—¿Alguien ha visto a Rebecka? —lo interrumpió Maria junto a la ventana—. ¿Se ha despertado ya?

Su mujer ni siquiera lo había escuchado.

Quizá fuera mejor así. No tenía ganas de hablar de su forma física durante el desayuno.

—No ha dormido en casa —respondió Benjamin llevándose a los labios la taza de café—. Le debe haber enviado un mensaje a papá para decírselo.

Vincent detuvo el movimiento de la mano, que se alargaba hacia la caja de cereal de Aston.

—No, no me ha enviado nada —repuso.

—Sí, seguro que sí —lo contradijo Benjamin—. Pero no has vuelto a mirar el teléfono desde que lo pusiste a cargar anoche.

—¿Estará con ese *Tenis*? —preguntó Vincent tomando un puñado de cereal antes de que su hijo se acabara el paquete.

—¡Papá! —protestó Aston.

—Se llama Denis —lo corrigió Benjamin—. Es francés. Podrías prestar un poco de atención.

—*Oui, monsieur* —contestó Vincent, exagerando la pronunciación francesa, mientras colocaba la caja de cereal fuera del alcance de Aston.

Todavía no había asimilado el hecho de que su hija tuviera diecisiete años y empezara a hacer lo que le diera la gana. Había intentado decirle que mientras viviera bajo su mismo techo debía respetar las reglas de la familia y que incluso la ley así lo establecía, pero sospechaba que Rebecka ya no lo veía como una figura de autoridad. Puede que fuera el curso natural de las cosas. Curiosamente, Maria no estaba tan preocupada como él por Rebecka. Al contrario. Parecía alegrarse de que pasara menos tiempo en casa.

—Denis, *l'homme mystérieux* —dijo Vincent frunciendo el labio superior y encogiéndose de hombros, en una caricaturesca versión de un conocido personaje francés de dibujos animados—. ¿Cuándo podremos verlo? ¿Existe de verdad? *C'est réel?*

—Justamente por eso no lo trae nunca a casa —replicó Benjamin con un suspiro, antes de levantarse de la mesa.

—Mientras lo haga con protección... —comentó Maria lavando su taza en el fregadero.

Vincent tosió con fuerza. ¿Por qué no podía su mujer ser un poco menos franca? Se dijo que nunca le preguntaría qué hacía ella a los diecisiete años.

—¿Protección? ¿Como el casco de la bici? —intervino Aston, con la boca llena de Cheerios.

Algunos se le cayeron por la comisura de los labios y acabaron en el montón que ya se estaba formando en el suelo.

—No exactamente —respondió Maria—. Papá te lo puede explicar.

Vincent hundió la cara entre las manos. Si no tenía ganas de hablar de *Prisioneros en el fuerte* y de su forma física, menos aún le apetecía iniciar una conversación sobre las abejas y las flores.

—Muy bien, pero no quiero ir al colegio —dijo Aston cambiando de tema para alivio de Vincent.

—No es el colegio. Es la escuela de verano —le explicó—. Y solo faltan unos días para que termine. Después empezarán las vacaciones de verdad.

—¡Dios mío, qué calor hace ya! —observó Maria abriendo la ventana—. Y todavía no son ni las nueve. Voy a buscar el bloqueador solar para Aston.

Mientras Maria iba al baño, Vincent se puso a limpiar los restos de cereal del suelo. Al agacharse se secó con la manga las primeras gotas de sudor del día. En ese momento se materializó en su mente el recuerdo de una habitación fresca y espaciosa, con las paredes pintadas de gris claro. Un lugar donde reinaba el orden más absoluto y no había manchas de yogur en el suelo, ni potenciales malentendidos flotando en el aire.

La casa de Mina.

Solo había estado allí en dos ocasiones y las dos veces la situación había sido complicada. La primera, Mina estaba desconsolada después de un encuentro con Nathalie. La segunda, prácticamente lo había acusado de asesinato. Pero no le importaba. Habría dado cualquier cosa por volver a ese departamento. Mina no imaginaba hasta qué punto era un lujo vivir en un sitio como el suyo.

Le pareció reconocerla. No recordaba de dónde, pero estaba segura de haberla visto. Nathalie miró a la mujer por encima del hombro. Se había quedado a dormir en casa de una amiga, con varias de sus compañeras, y solamente ella volvía al centro por la mañana. Las demás esperaban el metro al otro lado del andén.

—Hola.

Nathalie se sobresaltó. La mujer la había saludado. Se preguntó si debía contestarle o no. Se sentía dividida entre las advertencias recibidas desde la infancia de no hablar con desconocidos y los sermones sobre la necesidad de ser amable con las personas mayores. La mujer no parecía peligrosa. Al contrario. Era guapa para su edad. Cabello largo y rubio, recogido en un moño sobre la nuca. Sin maquillaje. Pestañas naturales larguísimas que enmarcaban unos ojos muy claros. Sin demasiadas arrugas. Nathalie no sabía muy bien qué edad debía de tener. En general, le costaba bastante adivinar la edad de la gente mayor. ¿Unos sesenta años, quizá?

—Hola —respondió con cautela, mientras el tren entraba en la estación.

La mujer accedió al vagón después de ella. Nathalie fue a sentarse en un lugar rodeado de asientos libres. Aunque era viernes por la mañana, el metro iba casi vacío porque mucha gente estaba de vacaciones.

La señora ocupó un asiento frente al suyo. Nathalie miraba

por la ventana, un poco incómoda. El tren se puso en marcha y las casas empezaron a desfilar a los lados con creciente rapidez. La adolescente se secó el sudor que le perlaba la frente mientras echaba un vistazo discreto a la mujer que tenía delante. El breve paseo hasta el metro la había hecho sudar. Hacía un calor insoportable y el aire acondicionado del vagón era un bienvenido paréntesis en el bochorno veraniego. Pero la señora tenía aspecto fresco, sin manchas de sudor en la blusa ni en la falda, ambas inmaculadamente blancas.

La mujer intercambió con ella una mirada. Molesta, Nathalie desvió la vista hacia la ventana. No era correcto mirar a los ojos a una desconocida. Sin embargo, seguía teniendo la sensación de que la conocía. Su mente se puso a repasar febrilmente cada rincón de su memoria en busca de algún detalle que le sirviera para identificar el rostro que tenía delante. Poco a poco algo comenzó a agitarse en la periferia de su cerebro, algo que quería salir a la luz y se hacía notar cada vez más, pero manteniéndose siempre fuera de su alcance. En cuanto pensaba que podía atraparlo, el recuerdo se le escabullía.

Quizá la explicación era sencilla. Tal vez había visto a la mujer por televisión y por eso le resultaba familiar, como a veces nos parecen conocidos los famosos sin que hayamos coincidido nunca con ellos en persona. Mucha gente saludaba cordialmente al padre de Nathalie cuando lo veían por el centro de Estocolmo. Pero enseguida, en cuanto comprendían que lo conocían solo de haberlo visto en las noticias, se sonrojaban.

Una voz femenina anunció la siguiente parada por los altavoces del tren: *Gullmarsplan.*

La mujer se puso de pie. Nathalie intentó no mirarla, pero algo la obligó a voltearse y mirar a la mujer rubia, vestida de blanco, que en ese momento le estaba tendiendo una mano.

—Nathalie —le dijo con suavidad—, no debes tenerme miedo. Soy tu abuela. ¿No te acuerdas de mí?

Todas las piezas del rompecabezas encajaron de golpe. Nathalie no recordaba haber visto nunca a su abuela. Ni siquiera sabía que estaba viva. Pero enseguida comprendió por qué la había reconocido. De alguna manera se había visto reflejada en aquel rostro amable. La sensación era abrumadora, era como encontrarse con una parte de sí misma que no sabía que existía. Y, junto con la sensación, llegó el convencimiento de que todo era cierto.

Realmente era su abuela.

Nathalie contempló su mano tendida. Tenía una liga para el cabello en la muñeca. Le debía de apretar un poco, porque le había dejado una marca rojiza. Era difícil sentirse amenazada por una señora mayor con una liga para el cabello en la muñeca.

—Ven conmigo, cariño —le dijo su abuela invitándola a seguirla con un gesto de la mano—. Quiero enseñarte una cosa. Llevo mucho tiempo esperando este momento.

Cuando me despierto me siento con la espalda contra la pared para poder vigilar y ver si viene alguien a hacerme daño. Porque no creo que sean buenos, por mucho que me den helado para cenar y me dejen ver La gran aventura Lego *todas las veces que quiera.*

No creo nada de lo que dice esa señora tan mala. No le creo cuando me dice que podré volver a casa. No quiero ver La gran aventura Lego. *Es horrible.*

Hace muchísimo tiempo que estoy aquí. Cien días. Aunque sé que solo han sido dos.

Ya no lloro casi nunca. He preguntado varias veces si mamá y papá se han muerto de cálcer, *pero no me contestan. Ojalá pudiera irme a casa.*

Ayer se lo dije. Mil veces les dije que me llevaran a casa. Al final me dolía tanto la barriga que ya no podía ni hablar.

Quiero ir a la escuela. Ayer no fui. Ni tampoco el día anterior. Íbamos a construir cohetes para el proyecto espacial. El mío iba a ser un Ferrari. Y me habían prometido que podría enseñar a los otros niños a bailar el Gangnam Style. *Pero no he hecho nada de eso. Y toda la culpa la tiene esa señora.*

Ahora ha venido y me ha dicho que hay más helado, pero no le he contestado. Creo que la señora no existe.

Esta habitación tampoco.

Ni los adultos idiotas.

No existe nada.

Yo no existo.

—Buenos días —dijo Julia.

Mina le devolvió el saludo agitando la mano sin entusiasmo. La jefa estaba de pie junto al pizarrón blanco, al frente de la sala, y se veía exhausta.

—Nos ha contactado mucha gente después de la rueda de prensa de ayer —prosiguió Julia—. Un niño desaparecido despierta mucho interés. Los teléfonos no han parado de sonar. Por otro lado, no debemos olvidar que esta tarde se cumplirán cuarenta y ocho horas desde la desaparición de Ossian. Debemos sacar el máximo partido a la jornada. Por cada hora que pasa se reducen las probabilidades de encontrarlo con vida.

Bosse intervino con un breve ladrido. El perro se había separado momentáneamente de su amo para ir a acostarse a los pies de Peder, que no hacía ningún intento de quitárselo de encima, pese al calor que estaría pasando. Mina pensó que no se atrevería, para no enemistarse con Christer. Todos sabían que nadie podía rechazar impunemente al ojito derecho de Christer. Pero el ruido agudo del ladrido le sirvió a Mina para concentrarse.

—Como siempre —continuó Julia—, los datos que recibimos son un revoltijo de delirios, especulaciones y buenos deseos. Han visto a Ossian por todas partes, desde Kiruna hasta Ystad, e incluso lo han reconocido en Noruega y Dinamarca. Cuando tengamos que separar el trigo de la paja será como buscar una aguja en un pajar, si me permiten la mezcla de expresiones. Pero no es nada que no hayamos hecho antes. Christer ha empezado a investigar a los delincuentes sexuales y contamos con Sara, de la unidad de seguimiento y análisis, que ha venido a ayudarnos.

Sara saludó al grupo con una inclinación de la cabeza. Su contribución había sido muy valiosa en el caso de la hermana de Vincent, cuando había sido preciso efectuar el seguimiento de las llamadas telefónicas. Por lo tanto, era muy bienvenida su ayuda en la tarea de procesar la información recibida.

Mina notó que Ruben parecía hacer todo lo posible para no mirar directamente a Sara. Era un cambio interesante, teniendo en cuenta que hasta hacía poco solía fijarse en todas las mujeres de una manera tan descarada que casi rozaba el acoso. Recordó que también la vez anterior había habido cierta tensión entre ellos. Se preguntó si habría pasado algo. Por supuesto que sí, tratándose de Ruben. Sin embargo, Mina tenía la impresión de que a lo largo del último año su colega se había moderado un poco. Seguía diciendo las mismas tonterías que antes, pero su actitud había cambiado.

—Peder, a ti se te dan muy bien las listas, por eso he pensado en ponerte con Sara a analizar sistemáticamente todas las llamadas y clasificarlas en tres grupos: las inútiles, las dudosas y las que pueden servirnos. Pero no sean demasiado estrictos en la clasificación. No quiero que un dato importante acabe por error en la pila de las llamadas inútiles. No tenemos margen para equivocarnos.

A Mina le caía bien Sara. Era una excelente analista y se veía que Peder estaba encantado de trabajar con ella, probablemente porque le gustaba colaborar con alguien tan aficionado como él a acumular datos e información diversa. Por un momento pareció que Peder iba a moverse, pero Bosse gimió en sueños y, en lugar de apartarse, se apoyó todavía más contra las piernas del policía.

—Ruben, tú trabajarás con Christer. Entre los dos averiguarán si hay alguien a quien debamos prestar particular atención.

—De acuerdo —asintió Ruben.

—Muy bien —prosiguió Julia—. Ahora, a trabajar. Y recuerden que Ossian no encaja en el perfil de los niños desaparecidos de larga duración, que por lo general han sido secuestrados por uno de sus padres, por un pariente o por una persona conocida de la familia. En su caso no tenemos nada que apunte a un posible culpable. Solo podemos guiarnos por las similitudes con el caso de Lilly Meyer, en el que transcurrieron tres días desde el secuestro hasta el hallazgo del cuerpo de la niña. Podemos rezar para que no suceda lo mismo, pero no debemos correr ningún riesgo. Ossian lleva dos días desaparecido y, por lo tanto, tenemos que encontrarlo hoy mismo. No nos queda alternativa.

Ruben se pasó una mano por la cara y suspiró.

—No entiendo por qué tenemos que ser dos —dijo.

—Para avanzar el doble de rápido —respondió Christer—, aunque para eso deberías entrar tú también en los archivos.

Ruben no tenía la menor intención de pasar la mañana revisando el registro de delincuentes sexuales. Estaba demasiado nervioso.

El día anterior se había propuesto ir a ver a Ellinor, pero había tenido que aplazarlo. Por supuesto, entendía que Ellinor podía esperar, mientras que el caso de Ossian era urgente. Pero algo había comenzado a moverse en su interior y no podía frenarlo. Sentía la necesidad de actuar.

—Voy a ver qué hacen Peder y esa chica, Sara —anunció poniéndose de pie—. Les preguntaré si necesitan que vayamos a algún sitio a hacer alguna comprobación. Cuando vuelva te traeré un café.

Christer abrió la boca como para protestar, pero la promesa del café pareció hacerlo cambiar de idea.

—Julia se enfadará si ve que no estás haciendo nada —masculló—. Pero tráeme una taza grande.

Ruben fue al despacho de Peder y asomó la cabeza por la puerta. Su colega estaba tomando notas mientras escuchaba con unos auriculares la grabación de las llamadas. Sara, por su parte, estaba revisando lo que parecía una pila de mensajes de correo electrónico impresos.

—Aquí están mucho más cómodos que en la unidad de análisis —comentó Ruben sonriéndole a Sara.

Había coincidido brevemente con ella varias veces y en cada ocasión había sentido que lo miraba con antipatía. No sabía qué había hecho para merecer ese trato, pero estaba dispuesto a cambiarlo. Sara era muy guapa y tenía unas curvas muy atractivas, pese a ser más o menos de su edad y por lo tanto unos años mayor que las chicas con las que salía habitualmente. O quizá no debería decir «habitualmente», ya que esa costumbre era cosa del pasado, como Amanda se habría apresurado a recordarle.

—Me costaría mucho caminar hasta allá, con este calor —añadió.

Sara lo miró de arriba abajo.

—Sin embargo, te vendría bien moverte un poco —replicó con frialdad.

Vaya respuesta. Debía de ser el calor, que tenía a todo el mundo de mal humor.

—¿Han encontrado algo interesante? —preguntó, renunciando a parecer amable.

Sara le enseñó unos mensajes.

—De momento estos son los prioritarios —contestó—. Esperemos que haya más, pero por desgracia la mayoría son totalmente inverosímiles. No podemos descartar nada, pero debemos concentrarnos en los más probables.

Ruben miró por encima las hojas que le enseñaba Sara. No eran más de cinco. Los secuestradores de Ossian habían hecho muy bien el trabajo de pasar inadvertidos. De repente uno de los mensajes le llamó la atención. Alguien en Östermalm había oído la voz de un niño a través de la pared. El texto en sí mismo se parecía a los demás, pero había algo en la dirección: Danderydsgatan. ¿De dónde la recordaba Ruben?

Sacó el teléfono y le envió un mensaje a Christer.

Si encuentras la calle Danderydsgatan
en el registro de delincuentes
sexuales, te llevo la cafetera entera.

—¡Sabes que estoy aquí! —le gritó Christer desde el otro lado del pasillo—. ¿Por qué no me hablas directamente?

Sara se echó a reír y Peder levantó la vista.

—¿Ruben? ¿Querías algo? —preguntó quitándose los auriculares.

—Demasiado tarde —contestó Ruben por encima del hombro mientras salía del despacho—. Tienes suerte de que Sara te ayude. Por cierto, gracias, Sara.

Dobló la esquina del pasillo, de camino hacia la cocina y la cafetera, en el preciso instante en que Julia salía de su oficina. Cuando se cruzaron le sonó en el teléfono la notificación de un mensaje de Christer:

No he encontrado la calle. ¿Habrá whisky
para echar un chorrito en el café?

Aprendía pronto el condenado.

Julia iba con el teléfono apoyado en la oreja y ni siquiera pareció verlo. Por su actitud se veía que no estaba del mejor humor, pero Ruben no podía hacer nada al respecto. El café de Christer tendría que esperar.

—¡Julia, espera un momento! —la llamó, y se echó a correr tras ella—. Hay algo que...

—Los pañales tienen que ser desechables, tipo calzón, ya lo sabes —estaba diciendo la jefa al teléfono—. Si los quieres de tela tendrás que lavarlos tú. —Puso fin a la conversación y miró a Ruben—. ¿Qué estabas diciendo? —preguntó abanicándose con la mano.

El aire del pasillo dio la impresión de congelarse a la espera de su respuesta.

—Sí, verás, yo... ¿Qué tal estás? Me ha parecido que... Bueno, solo te he visto por detrás, pero ¿estás bien?

Julia lo miró con gesto severo.

—¿Por detrás? Si es una de tus insinuaciones...

—¡No, no! Solo quería decirte que... Da igual —replicó

él—. Acabo de leer una de las comunicaciones que hemos recibido. De Östermalm. De la calle Danderydsgatan. Alguien ha oído la voz de un niño desconsolado al otro lado de la pared y dice que su vecino no es el tipo de persona que tiene niños en casa.

—Sí, por desgracia hemos recibido muchos mensajes de ese estilo. —Julia suspiró—. En la ciudad hay un montón de padres de niños pequeños con vecinos desconfiados.

—Es posible. Pero algo en esa comunicación ha hecho que se me disparen las alarmas. Christer no ha encontrado nada en el registro de delincuentes sexuales, pero aun así... La dirección me suena familiar.

Julia lo escrutó con cara de evidente preocupación. Ruben no podía pasar por alto que su jefa tenía dos manchas en la camisa a la altura de los pezones, pero hizo un esfuerzo para no fijarse en ellas.

—No es propio de ti, Ruben —comentó ella—. Normalmente no te dejas llevar por la intuición.

—Lo sé, pero... esta vez es diferente. No puedo explicarlo todavía, pero me parece... No, no «me parece». Estoy seguro de que hay algo.

Julia lo miró fijamente.

—Perfecto —replicó al fin—. Tienes una hora para demostrármelo. No puedo concederte más tiempo. Hay demasiados mensajes y llamadas pendientes de comprobar.

Una hora. Ruben sabía que tenía razón. El problema radicaba en convencer a los demás sin nada concreto que ofrecerles. Pero tenía claro que había oído mencionar la calle Danderydsgatan en algún momento, mucho tiempo atrás. Muchos años quizá. El recuerdo era como un espectro en su subconsciente, casi invisible pero indudablemente presente. Disponía de una hora. Una hora para descubrir algo que pudiera salvar a Ossian.

—No hace falta que me acompañes. ¡Qué tontería!

Miriam Blom no había dejado de protestar ruidosamente desde que habían salido de Åkersberga, pero Adam no le hacía caso. Le encantaba el sonido de su voz, incluso cuando estaba enfadada. Siempre le había hablado en sueco, desde pequeño, pero su acento swahili seguía presente y añadía una melodía propia que no era característica de la lengua escandinava.

—Tienes mejores cosas que hacer —insistió ella—. Y muchísimo trabajo. No puedes pedir horas libres.

Adam encontró un lugar de estacionamiento frente a la unidad de oncología del hospital Karolinska y no respondió hasta haber terminado de maniobrar en el estrecho espacio disponible.

—Quédate sentada. Ya voy yo a ayudarte.

Rodeó rápidamente el coche por delante, porque sabía que si no se daba prisa intentaría salir por sí sola.

—¡Cielo santo, no me trates como si fuera una inválida!

—Se dice «minusválida».

—¡No corrijas a tu madre! —replicó ella pegándole un coscorrón con expresión risueña.

Adam agachó la cabeza, como había hecho tantas veces. Cuando era pequeño, si no se andaba con cuidado en cualquier momento podía caerle un golpe del cucharón de madera. Otras veces salía disparada una sandalia de su madre y no le daba tiempo de agacharse.

—Tendrías que cuidar a otra persona —dijo Miriam—. ¿Cuándo piensas encontrar novia?

Adam suspiró. Era un tema de conversación conocido y más que trillado.

—No es buen momento —contestó—. Con todo el trabajo que tengo y...

—Ya sabes que no me importa si es blanca —lo interrumpió su madre—. Solo quiero que sea lista y que tenga buenas caderas para darme muchos nietos —añadió apoyándose con fuerza en el brazo de su hijo.

—¡Ah, entonces es eso! —replicó Adam riendo—. No te preocupa mi vida sentimental. Lo único que quieres es ser abuela.

—¡Claro! —exclamó ella—. Quiero tener nietos para atiborrarlos de golosinas.

Siempre había sido corpulenta, desde que Adam tenía memoria. Cuando era pequeño le encantaba acurrucarse en su regazo, rodeado de su calidez. Miriam siempre había sido su seguridad. Su centro. La persona que lo anclaba en el mundo y le hacía pensar que la vida no era tan mala, a pesar de todo lo que veía en el trabajo.

—Ya hay una mujer en mi vida, como bien sabes —prosiguió él—. Es cierto que ahora tenemos mucho trabajo en la jefatura, pero pueden arreglárselas sin mí durante una hora o dos. En cambio yo no podría arreglármelas sin ti si te pasara algo. Te prometo que iré directamente al trabajo en cuanto te haya dejado en casa.

—¡Nada de eso! Volveré en taxi —protestó Miriam.

—No tienes dinero para un taxi —respondió Adam—. Ya sé que te encanta tu trabajo, pero también sé lo que te pagan en la oficina de servicios sociales. Te esperaré y te llevaré a casa.

—Testarudo como él solo —masculló Miriam secándose el sudor de la frente con un pañuelo.

—¿De quién lo habré heredado? —dijo Adam abriendo para ella la puerta de la recepción—. Y tus nietos serán iguales.

Intentó no mirar el rótulo: DEPARTAMENTO DE ONCOLOGÍA. Nunca se había fijado en esa palabra, pero ahora la odiaba con todo su ser.

—Tenemos cita con el doctor Stjärngren —le dijo a la señora del mostrador.

—Pueden sentarse. Los llamarán —replicó la recepcionista detrás del cristal, señalando la sala de espera.

Los ambientes hospitalarios siempre le producían cierto malestar. Ayudó a Miriam a acomodarse y fue a buscar un poco de agua para los dos, en sendos vasos de plástico. Por suerte había aire acondicionado en la sala de espera y el sudor de las axilas se le empezaba a secar. Contempló el perfil de su madre mientras bebía ávidamente el agua que le había llevado. Cuando dejó el vaso de plástico, la tomó de la mano. Miriam la retiró enseguida, mirándolo sorprendida. Después se puso de pie y le dio otro coscorrón.

—*Simama!* —exclamó.

—¿Qué? ¿No puede uno demostrarle un poco de cariño a su madre? —repuso Adam riendo.

Ella resopló.

—Haces que me preocupe todavía más. *Simama!*

Adam volvió a tomarla de la mano. Esta vez ella no la retiró.

Sentada junto a Christer delante de su computadora, Mina veía desfilar por la pantalla las caras de los delincuentes. ¡Cuánta carroña! ¡Cuánta escoria dispuesta a destruir la vida de un niño, solo por experimentar un instante de poder o una satisfacción sexual pasajera! Sabía que no podía pensar en ese tipo de criminales como si fueran seres racionales, ya que la mayoría padecían algún trastorno mental y no controlaban del todo su conducta. Como policía necesitaba tener en cuenta ese aspecto. Pero no le habría importado que volviera a implantarse la pena de muerte para ciertos tipos de crímenes.

Ruben estaba de pie a su lado, con los brazos cruzados, mientras Christer buscaba una vez más en el registro, siguiendo las instrucciones de su colega, que aparentemente tenía una pista. Las manchas de sudor en las axilas de Ruben eran evidentes, a pesar de tener los brazos cruzados. Mina se estremeció cuando Christer le tendió a su compañero un miniventilador. Había encontrado una tienda que los vendía a diez coronas la unidad y, a juzgar por el tamaño del paquete sobre la mesa, debía de haber comprado por lo menos cincuenta.

Después Christer miró a Mina con expresión interrogativa, pero ella negó con la cabeza. Lo último que deseaba era alborotar el aire sobre las partículas de sudor de Ruben y Christer, que para entonces ya se habrían esparcido en una espesa niebla por toda la habitación, incluida su cara. Por mucho calor que hiciera, no quería agitarlas todavía más.

Christer llegó al final del archivo.

—De los que viven en Estocolmo no hay ninguno ni siquiera en los alrededores de Danderydsgatan. —Suspiró—. Ya lo hemos comprobado. También hemos buscado en el registro los nombres de todas las personas empadronadas en Danderydsgatan 12, la dirección de donde procede el mensaje. Nada. ¿Qué les parece si empezamos a prestar atención al resto de los mensajes?

—No —insistió Ruben decidido, negando con la cabeza—. Está aquí. ¿Quizá la persona culpable tiene la identidad protegida y por eso no aparece en el registro?

—Imposible. Solo las personas en peligro mortal pueden tener la identidad protegida. Y no recuerdo ningún caso reciente, especialmente tratándose de una mujer, Porque sabemos que a Ossian se lo llevó una mujer, ¿no?

—Pero eso no significa que ahora esté con ella —replicó Ruben.

Mina sacó su teléfono y lo limpió con una toallita húmeda. Después abrió Google Maps y buscó Danderydsgatan. Escogió la vista del satélite y movió la imagen hasta hacerse una idea bastante ajustada del aspecto de la zona.

—¿Has mirado también los habitantes de las fincas vecinas? ¿Danderydsgatan 10 y 14? —preguntó.

—No, ¿por qué iba a hacerlo? —protestó Christer levantando la vista de la pantalla.

—Porque el número 12 está en medio de un bloque. Según la ubicación del departamento del que procede la comunicación, podría tener vecinos tanto en el número 12 como en el 10 o en el 14.

Les enseñó a sus colegas la pantalla del celular para que lo vieran por sí mismos. Christer dejó escapar un suspiro y se puso a buscar en el padrón los nombres de los vecinos.

—Danderydsgatan 14 —anunció—. Allí viven Mats Palm, Ingrid Börjesson y Gerhard Frisk. El resto son oficinas. ¿Les suena algún nombre?

Ruben hizo un gesto negativo.

—Veamos ahora Danderydsgatan 10... —prosiguió Christer—. Tampoco hay muchas viviendas. Tenemos a Andreas Wilander, Lenore Silver, Matti...

—¡Para! —gritó Ruben—. ¡Esa! ¡Lenore! ¿Tienes su foto?

Christer hizo varias búsquedas rápidas en Google.

—Curioso —dijo al cabo de un momento—. No parece que tenga redes sociales. Tiene una cuenta en Facebook, pero no la actualiza desde hace cinco años. Lo último que hizo fue cambiarse la foto de perfil.

—Cinco años —repitió Ruben inclinándose para ver mejor la pantalla—. Podría ser. Miró la página de Facebook en la computadora de Christer y señaló la última fotografía de Lenore—. ¡Por supuesto que es ella! —exclamó—. Se ha teñido el cabello y se ha cambiado el peinado. Tiene menos..., ejem..., pecho. Pero es ella.

Mina no tenía la menor idea de lo que estaba diciendo Ruben.

—Ya saben que nunca olvido una cara —continuó él—. Es uno de mis muchos superpoderes. Con las direcciones no soy tan bueno, pero una cosa así es difícil de olvidar. Al menos para alguien como yo.

—Y para los que no somos tú —le dijo Christer pacientemente—, ¿podrías iluminar nuestra ignorancia con la luz de tu sabiduría?

—Con mucho gusto. ¿Recuerdan el escándalo de la venta de niños, hace cinco años? Hubo diez condenados por secuestro y trata de personas. Operaban desde el centro de Estocolmo, rodeados de vecinos que no sospechaban nada.

Mina recordaba muy bien el caso. El tribunal se había pronunciado con dureza a causa de la edad de los niños y había aplicado todos los agravantes. Aun así las sentencias habían sido de entre cuatro y diez años de cárcel. Mina habría preferido que fueran mucho más largas.

—La persona identificada como cabecilla de la operación

fue un tal Kaspar Silver —explicó Ruben—, pero su hermana declaró en su favor durante el juicio. Lo exculpó totalmente y dijo que había otra persona detrás de todo. Sin embargo, no mencionó ningún nombre cuando la presionaron para que lo revelara.

—Y no le sirvió de nada —recordó Christer asintiendo—, porque a Kaspar le cayeron más años que al resto de la banda.

—Tras la notoriedad mediática del juicio su hermana hizo todo lo posible para desaparecer del mapa —prosiguió Ruben, señalando la pantalla—. Cambió de estilo de vestir y de peinado y, al cabo de un tiempo, dejó de actualizar sus redes sociales. Pero el cambio no es tan radical como para no reconocerla. Esta que ven aquí es Lenore, la hermana de Kaspar Silver, la misma que declaró en sede judicial que otra persona movía los hilos de la banda de ladrones de niños. Otra persona... que podría ser ella misma. Creo que Lenore ha reanudado la actividad en el punto donde la había dejado.

El miniventilador que Christer tenía en la mano pareció atascarse de pronto y paró de funcionar. Sin el menor gesto de contrariedad, Christer lo colocó sobre la pila de los que ya se habían estropeado.

—Se lo diré a Julia —anunció Mina—. Ruben, tú llama a las patrullas. Tenemos que desplazarnos cuanto antes al número 10 de Danderydsgatan.

Vincent contemplaba los peces que nadaban en el acuario mientras doblaba el papel amarillo, intentando recordar las instrucciones. Esa noche, por una vez, actuaba en Estocolmo, por lo que aún disponía de varias horas antes de salir de casa.

Cuando los niños eran pequeños siempre le estaban pidiendo una mascota, un animalito al que dar de comer y acariciar. Le suplicaban y le prometían que ellos mismos lo cuidarían, pero Vincent sabía que no mantendrían la promesa más allá de una semana.

Por eso les compró peces. Después de varios intentos los únicos que habían sobrevivido eran los peces cebra, un nombre que por alguna razón Aston encontraba histéricamente divertido. Decía que eran sus cebras. Dar de comer a «las cebras» no era lo mismo que cuidar a un perro o un gato, pero había tenido que conformarse.

A toda la familia le había sorprendido que el único en encariñarse de verdad con los peces fuera Vincent. Algunos días tenía la sensación de que eran sus únicos amigos. Le sucedía cuando su oscuridad interior se apoderaba de él. Últimamente tenía muchos días de esos, en los que se sentía atrapado en algo semejante a la sombra de un eclipse: la parte más profunda y oscura del fenómeno, donde la luz del sol queda bloqueada por completo. La madre de todas las sombras.

Terminó de doblar el papel y empezó con el siguiente. Era el cumpleaños de su madre, pero no se lo había dicho a nadie de la familia. Cuanto menos le preguntaran acerca de su pasado, mejor. Marcó los últimos pliegues del papel y juntó las dos piezas del animal que representaban. Era un modelo demasiado complicado para hacerlo con una sola hoja. Solo le faltaban las manchas. Después estaría lista la versión del leopardo en papiroflexia. Ya lo había hecho el año anterior y pensaba repetirlo cada año, como un pequeño homenaje a la imagen de su madre en el último cumpleaños que habían celebrado juntos. El problema era que el leopardo también le recordaba a Jane y el suyo era un recuerdo que de momento prefería no tocar.

Era mejor concentrarse en los peces cebra. De la familia de los ciprínidos. Con esas letras podía formar *indicio*, *risco* y *ricino*, entre otras palabras. Pero por mucho que se exprimió el cerebro, no encontró ningún anagrama que incluyera todas las letras, ni menos aún alguno que le permitiera hallar una relación interesante.

Negó con la cabeza. Algunos días las conexiones simplemente no se dejaban captar. Era como si en el mundo no hubiera nada más que los peces y él. Si la casa estaba vacía, como en ese momento, podía convencerse de que su familia era un producto de su imaginación. El fruto de su mente delirante. Solo cuando Rebecka entraba con la nariz pegada al celular, o cuando llegaba Aston y corría al baño sin quitarse los zapatos, podía apartar de su cabeza esa idea y relajarse.

Por otro lado, cuando estaban en casa, tenía que esforzarse continuamente para estar a la altura de su imagen de buen padre o de buen marido, con la constante impresión de que nunca lo conseguiría.

Se echó un poco de comida para peces en la palma de la mano.

Pero con Mina...

Con ella había podido ser él mismo.

No había tenido que esforzarse en ser otra persona.

Pensaba en eso muchas veces, aunque sabía que no le convenía. Mina ya era historia y tenía que aceptarlo. Pertenecía al pasado, no al presente. Ni siquiera había aparecido en la rueda de prensa. Habría seguido adelante con su vida.

Sin embargo, eso no desmentía el hecho de que se había sentido bien con ella. Simplemente bien.

Mientras los peces mordisqueaban la comida sobre la palma de su mano, se puso a reflexionar sobre el significado de esa realidad.

—¿Por qué no te he conocido antes? ¿Tal vez porque papá no quiso? ¿O eras tú la que no quería?

Nathalie miraba con curiosidad a su abuela. Hasta ese momento ni siquiera había sabido que existía. Mejor dicho, sabía que en el pasado había tenido una abuela, del mismo modo que había tenido una madre. Pero, por algún motivo, había supuesto que su abuela había muerto, igual que su madre. Su padre nunca le había hablado de esa parte de la familia, ni siquiera cuando ella le había preguntado. Por eso era razonable suponer que no quedaría nadie vivo de su familia materna. Quizá ella misma había decidido creérselo. Ya le costaba bastante añorar a una madre de la que prácticamente no recordaba nada. No se sentía capaz de lamentar la ausencia de nadie más. Pero ahora su abuela Ines estaba ahí. Y Nathalie empezaba a cuestionarse todo lo que creía saber.

—Ya responderé más adelante a todas tus preguntas —dijo la señora.

—¿Dónde estamos? —preguntó Nathalie mirando a su alrededor.

Habían ido de Gullmarsplan a Slussen y allí habían tomado un autobús hasta Värmdö. La ciudad había quedado atrás y a los lados del camino no había más que arbustos, prados donde pacían ovejas y unas pocas casas dispersas.

—Aquí es donde vivo —contestó su abuela.

Nathalie se ajustó la correa de la mochila que colgaba en

diagonal sobre su pecho. Sintió vibrar el teléfono en el bolsillo. Debía de ser su padre una vez más. Hacía una hora que la llamaba sin parar. Era normal, porque ella le había dicho que iría directamente a casa. Pero a Nathalie le daba igual que estuviera preocupado. Lo tenía bien merecido. Cuando pensaba que le había ocultado que tenía una abuela, se ponía furiosa. Toda su vida la había estado controlando. Decía que lo hacía para protegerla, pero en la práctica la tenía encerrada. Y si la dejaba ir a algún sitio, Nathalie sabía que los guardaespaldas nunca andaban demasiado lejos. No siempre los veía, pero los conocía. Y encima su padre tenía la desfachatez de preguntarle por qué le costaba tanto hacer amigos. ¿Se podía ser más imbécil?

Cuando decidió irse con su abuela, le había enviado un mensaje.

Me voy con la abuela. Ya sabes, con MI ABUELA. No me esperes para comer.

Luego le había mandado el emoji de una mano con el dedo medio levantado. Se le revolvió un poco el estómago pensando en lo que había hecho. Nunca se había enfrentado tan abiertamente con su padre. En parte podía entender que fuera tan sobreprotector. Ellos dos estaban solos en el mundo. Después del accidente de su madre era normal que hiciera todo lo posible para velar por su hija e impedir que le pasara nada malo.

Pero ahora Nathalie había descubierto que no era verdad que estuvieran solos. Toda su vida había anhelado una familia más grande y alguien que pudiera ayudarla a cultivar el recuerdo de una madre que apenas era una sombra en su memoria. Y esa persona que tanto necesitaba había estado cerca todo el tiempo. Su abuela. Pero su padre se la había ocultado. Por eso a Nathalie no le importaba su preocupación. Que se fuera al infierno.

—Solo queda subir esta cuesta y habremos llegado.

Su abuela le señaló una colina. En lo alto se veía un cartel: EPICURA.

—¿Qué es? Parece uno de esos lugares donde se hacen congresos. ¿Vives en un sitio así? —Nathalie frunció el ceño, pero enseguida se le iluminó la cara cuando subieron un poco más la pendiente y pudo ver la casa que se erguía ante ellas—. ¡Vaya!

—Sí, es muy bonita —dijo su abuela orgullosa—. Y sí, aquí es donde vivo, pero no organizamos congresos. Impartimos cursos.

—¿Cómo lo hacen?

Nathalie sintió que el sudor le corría por la espalda y comenzaba a formar una gran mancha húmeda en la camiseta.

—Te lo explicaré en una visita guiada. Es más fácil si lo puedes ver.

En lo alto de la cuesta Nathalie se detuvo para recuperar el aliento. Se dio cuenta de que tenía la respiración más acelerada que su abuela, que para su edad parecía fuerte y en plena forma.

La casa que se levantaba en lo alto de la colina relucía al sol. Era de un blanco deslumbrante, de estilo moderno y con un anexo a cada lado.

—¡Está increíble! —exclamó la adolescente—. Ojalá hubiera podido pasar aquí mis vacaciones de verano, en lugar de quedarme con papá en la ciudad.

Su abuela sonrió. Después enganchó con un dedo la liga azul que tenía en la muñeca, la estiró y la soltó. Cuando le golpeó la muñeca con un chasquido audible, cerró los ojos apretando con fuerza los párpados durante una fracción de segundo.

—¿No te duele? —preguntó Nathalie desconcertada.

—Esa es la idea —respondió su abuela—. Te lo explicaré más adelante. Pero mira a tu alrededor. ¿Sientes la energía? Aquí no hay más que energía positiva. Puedes respirar a fondo. ¿Lo percibes?

La abuela cerró los ojos y se llenó de aire los pulmones. Sintiéndose un poco tonta, Nathalie la imitó, porque por alguna razón quería complacerla. Cuando cerró los ojos, el mundo desapareció a su alrededor. Solamente se oía el ruido de su propia respiración y la pulsación de la sangre en sus venas. El aire en sus pulmones era limpio y fresco, y el viento susurraba entre los árboles.

De pronto se dio cuenta de algo. No había hombres con auriculares escondidos entre los árboles. No se había presentado nadie para llevársela. Curiosamente, los guardaespaldas no la habían seguido. La única explicación posible era que su padre les había ordenado que la dejaran en paz. Y eso significaba que conocía a su abuela. A Nathalie le costaba creer que su padre confiara en su abuela, teniendo en cuenta que ni siquiera le había mencionado su existencia. Pero no había ninguna otra explicación. De todos modos le preocupaba muy poco el motivo de la desaparición de los guardaespaldas. Lo importante era que ya no estaban. Por primera vez en su vida se sentía libre.

Sintió una mano en la suya.

—Ven. Te voy a enseñar mi casa.

Una sensación de calidez que emanaba de la mano de su abuela se difundió por todo su cuerpo. El teléfono comenzó a vibrar de nuevo. No le prestó atención.

La camioneta del cuerpo especial se estacionó en Engelbrektsgatan, a una calle del departamento de Lenore Silver. No había razón para despertar sospechas, sobre todo teniendo en cuenta que los indicios no eran muy sólidos, a menos que contara como prueba el absoluto convencimiento de Ruben. Adam habría preferido que Ruben no los acompañara en el operativo. La última vez que habían trabajado juntos, cuando habían ido a visitar la escuela de Ossian, no se había sentido cómodo con él. Aun así necesitaban todo el apoyo posible. Los efectivos de la policía estaban dispersos por la ciudad, siguiendo en paralelo todas las pistas verosímiles del caso de Ossian.

—Lenore Silver, ¿no? —gruñó Gunnar.

Antes, cuando Ruben había hecho las presentaciones, le había susurrado a Adam que podía contar los segundos hasta que Gunnar afirmara que estaba hecho «de madera del norte».

—Claro que me acuerdo de Lenore —prosiguió Gunnar—, especialmente de sus melones.

Hizo un gesto con ambas manos ahuecadas delante del tórax, para que no quedara ninguna duda de lo que quería decir. Los demás negaron con la cabeza con expresión reprobadora, pero sus sonrisas oblicuas revelaban que en el fondo no tenían nada contra la imagen que acababa de conjurar su compañero. Adam suspiró. Estaba visto que siempre había en todas partes un tipo como ese.

—Pero ¿dices que ahora se le han encogido? —preguntó

Gunnar—. ¡Qué pena! Hay gente que no sabe apreciar lo que tiene. Aun así, no me importaría darle un poco de... madera del norte. —Completó la frase con un guiño cargado de intención.

—Con esta panza cervecera, dudo que te hiciera ningún caso —lo contradijo Ruben, dándole unas palmaditas en el abdomen—. Pero el uniforme ayuda. Lo sé por experiencia, créeme...

Ruben dejó la última frase suspendida en el aire, hasta que todos en la camioneta comprendieron a qué se refería exactamente. Adam no se tragó ni por un momento que Ruben se hubiera acercado siquiera a Lenore, pero Gunnar estalló en carcajadas y le dio un manotazo en la espalda a su colega.

—¡Debí suponerlo! —exclamó entre risas—. Contigo nada que se mueva puede estar a salvo.

Durante una fracción de segundo Adam intercambió una mirada con Ruben y lo que vio le sorprendió. Sus ojos parecían casi atormentados. Pero no estaban en el lugar adecuado para hablar al respecto. Tenían un trabajo que hacer y el tiempo corría.

—Bueno, chicos, ¡concentración! —los instó Adam—. Debemos pensar en lo que nos ha traído hasta aquí. No sabemos con certeza si Lenore tiene a Ossian, ni si hay alguien más en el departamento. Tenemos que estar seguros de la situación antes de actuar. No podemos correr ningún riesgo y por eso hemos desplegado un grupo completo, ante la eventualidad de que realmente encontremos al niño. Pero tampoco queremos que Lenore se asuste y se dé a la fuga. Será cuestión de mantener un complicado equilibrio. Hasta ahora Julia ha dirigido el operativo, pero, como está siguiendo otras pistas, me ha delegado el mando.

Un gruñido de disgusto se oyó por el lado de Gunnar, pero Adam no le prestó atención. No le apetecía pararse a pensar si la contrariedad de su colega se debía al color de su piel o al hecho de no haberse reído de su comentario sobre los pechos de Lenore. O a que fuera una mujer quien coordinaba el conjunto de la investigación.

—Julia ha enviado varios agentes de paisano, que ya se encuentran al otro lado de la calle —explicó—. Según el conserje de la finca, solo se puede entrar o salir por la puerta principal. También hay una puerta que da al patio interior, pero el patio está encajonado entre los muros de las otras fincas y no tiene salida a la calle. Aun así también allí hemos puesto vigilancia, para no correr riesgos inútiles.

—Ese era el plan —comentó Gunnar—. ¿Vamos ya y le echamos la puerta abajo?

—No. Primero hablaré yo con ella.

—¿Qué? ¿Hablar con ella? —repitió Ruben—. ¿Piensas negociar la libertad de Ossian? Ya sé que habías pedido ser el poli bueno la próxima vez que trabajáramos juntos, pero no creo que este sea el mejor momento para ese tipo de jueguecitos.

Adam miró fijamente a Ruben. No necesitaba una competencia de testosterona, ni en ese instante ni nunca.

—Yo no negocio con gente como Lenore —respondió con sequedad—. Pero tengo suficiente habilidad para engañarla y hacerle bajar la guardia. De ese modo tendré ocasión de juzgar la situación sobre el terreno. Si nos hemos equivocado de departamento, no queremos alarmar al verdadero culpable, que quizá se encuentre en uno de los pisos vecinos. ¿No sabes que este es mi trabajo? Es lo que hago a diario y lo que estoy preparado para hacer. ¿O tal vez piensas que tú lo harías mejor?

Vio un destello en los ojos de Ruben y notó que se le relajaba la mandíbula. Adam lo había provocado deliberadamente, pensando que su colega entendería ese lenguaje y lo respetaría. Y no se había equivocado.

—El espectáculo es todo tuyo —replicó Ruben.

Adam asintió. Se puso un suéter con el logo de la agencia administradora de fincas ConfiaCasa bordado en el pecho; tomó una carpeta negra y una pluma, y salió a la calle. Enseguida dobló la esquina, caminando a paso rápido. El conserje lo estaba esperando delante del recibidor de Lenore. Cuando desde la acera de enfrente los policías de paisano le indicaron con un gesto que todo estaba en orden, señaló al resto del equipo que ya podían seguirlo. Corriendo para ser vistos el menor tiempo posible, los agentes entraron en el edificio y se dispersaron en silencio por los diferentes tramos de escalera debajo del piso de Lenore. Adam siguió subiendo y se dirigió a la puerta de la sospechosa.

Cerró los ojos.

La adrenalina había comenzado a circular por sus venas. En pequeñas dosis era una ayuda, pero pasado cierto punto podía impedirle hacer su trabajo de forma correcta. Hizo una inspiración profunda por la nariz y soltó el aire por la boca, mientras fingía hacer unas comprobaciones en su carpeta, por si alguien lo estaba vigilando a través de la mirilla.

Una vez más, inspiró por la nariz y exhaló por la boca.

Después tocó el timbre.

Al cabo de siete segundos Lenore abrió la puerta. Fue bastante rápida, pero no lo suficiente como para no haber tenido tiempo de ocultar algo... o a alguien. Adam no reconoció de inmediato a la persona que había visto en Facebook. Iba descalza y vestía pantalones cortos y camiseta sin mangas. No era la ropa ideal para huir. No estaba preparada para su visita.

Adam le dedicó su mejor sonrisa, capaz de derretir un iceberg.

—Hola —la saludó con cordialidad—. Vengo de parte del administrador. Como probablemente ya sabrá, estamos comprobando la fuga de agua del cuarto piso.

En ese momento ni siquiera intentó echar un vistazo al resto de la casa detrás de Lenore. Un interés excesivo podía despertar sospechas. Se limitó a mirarla a los ojos y sonreír, a la espera de que mordiera el anzuelo. Le había dicho «como probablemente ya sabrá» para que ella se preguntara enseguida qué querría decir con eso.

—Yo no sé nada —replicó Lenore frunciendo el ceño.

Desvió la vista mientras pensaba y Adam aprovechó la oportunidad. Mantuvo la cara orientada hacia ella, pero desplazó un poco los ojos para observar lo que había detrás. Vio un largo pasillo, al final del cual había una cocina. Solo se distinguía la entrada, pero Adam pudo ver una tostadora y un frigobar de vino fijo en la pared. No había nada extraño. Nada que no debiera estar ahí ni que pudiera llamar la atención.

Bajó los ojos y fingió mirar sus papeles, aunque en realidad estaba comprobando si había zapatos infantiles en el suelo del recibidor. Tres pares de zapatos de tacón de la marca Jimmy Choo se alineaban uno junto a otro, pero no había nada que pudiera servir para calzar a un niño. Volvió a levantar la vista. En el perchero había colgados varios abrigos y chamarras. El espejo necesitaba limpieza. Pero nada más.

El análisis le había consumido un máximo de tres segundos.

Y todavía no disponía de ningún indicio de que hubiera un niño en el departamento. Era preciso entrar.

—Debería haber recibido un aviso por correo electrónico —dijo—. Pero no importa. Hace dos días hubo una fuga de agua grave en el cuarto piso y ahora estamos comprobando si ha habido filtraciones en el resto de la finca. En caso de desperfectos podrá hacer una reclamación a la compañía de seguros basándose en nuestro informe. ¿Me permite que entre y eche un vistazo a su baño? —Al decirlo, inclinó ligeramente el cuerpo hacia delante. Dar un paso habría sido demasiado agresivo.

—En realidad... No es un buen momento —replicó Lenore lanzando una mirada furtiva por encima del hombro—. Ahora mismo iba a salir.

Mierda. Empezaba a desconfiar de él. O quizá trataba de proteger algo. Porque era muy dudoso que estuviera a punto de salir, descalza y con la escasa ropa que llevaba puesta. ¿Qué intentaba ocultar? En cualquier caso, Adam sabía que en ese instante no podría averiguarlo. Tendría que retroceder y ofrecerle todo el espacio necesario para disipar la suspicacia que notaba en sus ojos.

—Ningún problema —afirmó con una sonrisa mientras se

guardaba la pluma en el bolsillo—. Tenemos todo el día de hoy y el de mañana para hacer las comprobaciones. Estaré por aquí. Cuando le resulte conveniente, dígamelo. Y si tiene tiempo, eche usted misma un vistazo en su baño. Hasta pronto.

Se despidió y dio un paso atrás, sin darle tiempo para responder. Lo último que vio antes de que Lenore cerrara la puerta fue el espejo sucio del recibidor. Con pequeñas marcas alargadas, como de grasa. Después se cerró la puerta.

Pequeñas marcas alargadas.

Cinco marcas paralelas, una al lado de la otra.

Aproximadamente a un metro de altura.

Como las que habrían dejado los dedos de un niño.

Era un indicio demasiado frágil.

Pero ¿y si...?

Bajó los peldaños de dos en dos y dio la señal en cuanto llegó al piso inferior.

Cinco nuevos mensajes de Torkel hicieron vibrar el teléfono. Julia comenzaba a plantearse seriamente la idea de bloquearlo. Pero no podía bloquear el teléfono de su marido. Del padre de su hijo.

¿O sí?

De hecho, era una molestia para ella cuando estaba trabajando. A medida que crecía el número de mensajes sin leer acumulados, se sentía cada vez más alterada. Se preguntaba si por una vez sería cierto que tenía algo importante que comunicarle. Pero nunca lo era. Las irritantes preguntas de Torkel le robaban bastante tiempo y le restaban concentración cuando más necesitaba prestar atención a lo que hacía, sobre todo teniendo en cuenta que la jornada laboral estaba muy lejos de haber terminado. Quizá la solución fuera conseguir otro teléfono con un número nuevo que solo Torkel conociera y dejarlo sepultado en las profundidades del bolso.

Mientras miraba en los ajustes para ver cómo se bloqueaba un número —más por curiosidad que porque fuera a hacerlo realmente—, sonó el teléfono. Era Adam.

Respondió y lo escuchó con atención. Le hizo una pregunta. Después puso fin a la llamada y salió a la zona diáfana de oficinas, donde Mina, Peder y Christer trabajaban en la comprobación de la última pista recibida. Ninguno de ellos había querido quedarse en su despacho a causa del calor insoportable. Pero tampoco se estaba mucho mejor en la zona diáfana. Al menos

Christer disponía de miniventiladores para todos. Incluso Mina tenía uno y lo estaba usando con una mueca de disgusto. Se notaba que se esforzaba para que el aire no le diera de lleno en la cara.

—¿Cómo va todo por aquí? —preguntó Julia.

—No muy bien —contestó Mina sacando una toallita húmeda para limpiar el ratón de la computadora—. Hasta ahora las pistas solo nos han conducido a familias con niños pequeños en departamentos con las paredes demasiado delgadas. Y eso cuando nos han conducido a algún sitio. ¿Y tú? ¿Tienes alguna noticia del operativo?

Mina tiró la toallita a la papelera, donde ya se había acumulado una pequeña montaña de desperdicios iguales.

—Adam acaba de llamar —dijo Julia—. Han encontrado a una criatura de cinco años en el número diez de Danderydsgatan, en el departamento de Lenore Silver. Y todo hace pensar en un secuestro. La intuición de Ruben ha tenido premio.

Mina, Peder y Christer la miraron fijamente, sin salir de su asombro.

—Bueno, gracias a Dios todo ha terminado. —Peder suspiró con cara de estar a punto de derramar lágrimas de alivio—. Ya está. Podemos volver a dormir por la noche.

Pero Julia negó con la cabeza.

—Eso les quería decir —replicó—. No es Ossian. Es una niña.

—¡Tan pronto y ya en casa! No son ni las cuatro —dijo Anette—. ¿Tendrá planeado este señor tan elegante pasar una noche de viernes divertida en compañía de su media naranja?

—Ojalá —le respondió Peder a su mujer—. Pero he venido solo para un rato. Después tengo que volver al trabajo.

Abrazó con fuerza a Anette, inhalando su aroma, que era una mezcla de su perfume favorito de Chloé y... ¿pan recién horneado? Cuando distinguió los restos que habían quedado en la cocina tras la preparación de unos *muffins*, dejó escapar un suspiro de incredulidad.

—¿Cuándo has tenido tiempo de hacer *muffins*? —preguntó—. Acabas de volver a casa, ¿no?

—No he podido negarme —contestó Anette—. Las niñas tienen una nueva maestra con un talento sobrenatural para la repostería que les enseña a hacer estas cosas. Me han obligado a comprar virutas de colores en el camino de vuelta a casa.

—Eres una supermujer, Anette —apuntó Peder, y negó con la cabeza—. Pero voy a tener que hablar seriamente con esa maestra sobre el exceso de azúcar en la dieta infantil. ¿Dónde están las niñas?

—Pegadas delante de la tele, viendo las *Winx*.

—¿Nuevos episodios?

—No, los mismos de siempre. Pero no se lo digas a ellas. Ya están lo bastante preocupadas porque Bloom vuelve a estar en apuros.

—¿Le ha prendido fuego a algo?

Anette lo contempló con una sonrisa.

—No sé si es *sexy* o inquietante que sepas tanto acerca de dibujos animados con hadas como protagonistas —observó.

—Intento combinar las dos cosas —comentó Peder mientras se dirigía a la sala—. ¡Inquietantemente *sexy*! —Aunque hizo todo lo posible por mantener un tono alegre, se dio cuenta de que no resultaba del todo convincente.

Con mucha cautela avanzó por el campo minado de juguetes que era el suelo del salón. Lo asaltó la mala conciencia. Esos días en los que casi vivía en la jefatura eran muy duros para Anette, obligada a hacer frente al día a día con tres niñas de dos años y medio, además de atender a su trabajo de profesora de secundaria. Se prometió que le permitiría dormir todo el fin de semana.

—¡Papá!

Tres vocecitas gritaron a coro cuando las trillizas se levantaron del suelo de un salto. Era un gran mérito suyo que por su causa dejaran de prestar atención por un momento a las mágicas aventuras de Bloom.

Tres pares de bracitos le rodearon el cuello y Peder tuvo que hacer un esfuerzo para contener las lágrimas. El contacto con sus hijas le recordó la razón por la que debía ausentarse. ¿También Ossian abrazaría así a sus padres? Seguro que sí.

—Tengo que volver a salir enseguida —les dijo estrechándolas con fuerza—. Pero he querido venir a casa para estar un rato con mis princesitas.

—Pero, papá, nosotras no somos princesas. ¡Somos hadas como las del *Winx Club*!

—¡Perdón! ¡Claro que sí! A papá se le había olvidado. El problema es que yo... ¡me como a las hadas!

Soltó un rugido y comenzó a darles mordisquitos mientras las trillizas gritaban encantadas. Pero entonces ocurrió algo todavía más espectacular en la pantalla de la televisión y las tres se lanzaron al suelo y se engancharon otra vez a los dibujos animados.

Peder se quedó un rato mirándolas y después regresó a la cocina con Anette. Solo pensaba darse un baño, cambiarse de ropa y volver al trabajo, pero necesitaba un momento para reponerse. Solo unos minutos. Pese al caos que reinaba siempre en su casa, solo junto a Anette y las niñas sentía que se recargaba de energía. Y le resultaba muy necesario hacerlo para soportar las atrocidades que a veces encontraba en el trabajo.

—¿Qué tal te ha ido el día?

Anette lo miró por debajo del flequillo mientras se disponía a recoger y limpiar los restos de *muffins*. No parecía tarea fácil. Tras un momento de duda Peder le contó lo de la niña que había sido hallada horas antes. El código ético de la policía le prohibía revelar las incidencias de la jornada de trabajo, pero si no hubiese compartido ciertas cosas con Anette no habría sido capaz de sobrellevarlas. Su mujer era su válvula de escape. A veces se preguntaba si tenía derecho a hacerla partícipe de tanto horror. Pero ella nunca se quejaba. Y a él le hacían mucha falta su comprensión y su apoyo.

—Entonces ¿aún no han localizado al pequeño? —preguntó ella mientras depositaba todos los cazos y utensilios sucios en el fregadero, con agua y detergente—. Por cierto, ¿quieres uno? —Le señaló la pila de *muffins* decorados con todos los colores del arcoíris.

—No, gracias. Comeré algo en la oficina —contestó tomando un paño para ayudarla a limpiar.

—Déjalo. Ya lo hago yo.

Anette le quitó el paño de la mano y él no protestó. Se cruzó de brazos y se apoyó en la barra.

—Respondiendo a tu pregunta, no —dijo—. No lo hemos encontrado. Y el tiempo sigue corriendo. Si no se ha agotado ya.

—Hacen todo lo que pueden. No se les puede pedir más —señaló Anette mientras limpiaba con energía los restos de glaseado y virutas que quedaban sobre la isla central.

—¿Tú crees? —preguntó él suspirando—. No lo sé. No parece que ninguno de nosotros sepa qué hacer a continuación, ni dónde buscar. La única pista que teníamos nos ha llevado a descubrir otro crimen. No hacemos más que dar palos de ciego, y quizá mañana nos enteremos de que hemos estado mirando en todos los sitios equivocados.

—No pueden hacer más de lo que hacen —insistió Anette—. Y como tú mismo has dicho, han encontrado a una niña. —Enjuagó el paño, lo dejó colgado de la llave, se secó las manos con una toalla y abrazó a Peder—. No vuelvas muy tarde, cariño —le dijo con la cara apoyada contra su cuello—. La oferta de diversión del viernes por la noche expira a las doce en punto. —Pareció que iba a estornudar, pero se contuvo. Después levantó la cabeza y lo miró directamente a los ojos—. Y cuando todo esto termine —añadió—, tendremos una conversación tú y yo acerca de esta barba.

—¡Qué sitio tan increíble! —exclamó Nathalie mirando a su alrededor—. ¿Vives aquí?

Habían entrado en el edificio principal y todo a su alrededor eran grandes paneles de vidrio.

—Sí, aquí vivo.

—Es fantástico. Pero ¿no chocan los pájaros con los cristales?

Su abuela hizo una mueca.

—Sí, alguna vez ha pasado. Pero no muy a menudo.

Nathalie asintió. La cabeza le daba vueltas con solo pensar en todo lo que había sucedido en un par de horas. Había conocido a su abuela. Había llegado a ese sitio, en un paraje apartado y solitario. Y se había liberado de sus cadenas, al menos por un tiempo.

—¿Quieres que te enseñe el edificio? —le ofreció su abuela.

Nathalie aceptó encantada. El lugar era tranquilo y apacible. Sabía que no estaba desierto porque había visto a varias personas, pero no hacían ruido. Era como si todos hubieran aprendido a moverse en el más absoluto silencio. Tampoco le hablaban. Se habían limitado a saludarla con una inclinación de la cabeza y una gran sonrisa. Parecían las personas más felices del mundo.

—¿A qué se dedican? —preguntó.

Su abuela emprendió el paso delante de ella. Antes de seguirla Nathalie dejó la mochila apoyada contra una pared, porque ya empezaba a pesarle. No parecía un lugar donde nadie fuera a robarle nada.

—Básicamente formamos líderes. Nova, la propietaria y directora de la sociedad, es una de las mejores profesionales del sector. Ha asesorado a algunos de los principales ejecutivos del país y a varios altos cargos de la administración. También ofrecemos cursos de desarrollo personal, de gestión del estrés, de procesamiento del duelo e incluso de desprogramación para antiguos miembros de sectas. Nova es una de las pocas personas en Suecia que domina el tema. También la llaman a veces del extranjero.

Nathalie abrió mucho los ojos, maravillada.

—¡Vaya...! Estrés y sectas... ¡Genial!

Fue lo único que se le ocurrió decir, pero enseguida se avergonzó de haber hecho un comentario tan típico de una adolescente. No quería que su abuela la tomara por tonta, pero no encontró otras palabras para expresar lo que sentía.

El edificio era muy diferente de todo lo que había visto hasta entonces. ¡Tan blanco, tan limpio, tan... transparente! La construcción contrastaba con el entorno de árboles y prados floridos.

—La casa data de los años sesenta —le explicó su abuela, como si adivinara su pensamiento—. La mandó construir el abuelo de Nova, que tenía varios hoteles repartidos por Suecia. Quería que este lugar fuera un centro de conferencias. Cuando murió, Nova lo heredó y desde entonces le ha sabido imprimir un sello propio, igual que al resto de la empresa.

Nathalie se detuvo delante del retrato de un hombre con barba poblada y ojos de mirada amable.

—¿Es él? —preguntó.

—Así es. Baltzar Wennhagen. —La abuela se situó a su lado, contemplando también el retrato—. Nova era su ojito derecho. Solo había tenido un hijo y ella era su única nieta. Fue él quien le enseñó a Nova los principios del epicureísmo, la filosofía que ha inspirado toda su obra.

—Epicu... ¿qué? —Nathalie intentó recordar si había visto algo parecido en los libros de texto o en las muchas horas transcurridas en las aulas, pero la palabra no le sonaba de nada.

—Ven, vamos al jardín. Te lo explicaré mientras tomamos un tentempié.

La abuela la tomó de la mano y Nathalie sintió el impulso de retirarla. No estaba acostumbrada a que nadie la tocara. Su padre la quería mucho, pero no era el tipo de persona que daba besos y abrazos. Por eso nunca la tomaba de la mano y ella estaba habituada a que así fuera. No recordaba si había sido cariñoso con su madre, porque había muerto cuando ella era pequeña.

Pero ahora podría preguntarle a su abuela acerca de su madre. Dejó que le tomara la mano y la siguió por un luminoso pasillo hasta un extenso jardín. No estaban solas, pero casi no se notaba la presencia de los demás. La diferencia con la vida de la ciudad no podía ser mayor. La gente a su alrededor hablaba en voz tan baja que ninguno de los sonidos de la naturaleza quedaba sofocado. Se oía el viento entre las ramas de los árboles, los trinos de los pájaros y el zumbido de las abejas en torno a los rosales, junto a las paredes blancas.

—Hay galletas recién horneadas —le anunció su abuela—. Puedes agarrar las que quieras. ¿Bebes café? ¿O prefieres un jugo de fruta? —Señaló con un gesto una mesa, donde encontraron servida una comida.

—Jugo, gracias. Y unas galletas.

La abuela se sirvió café, agarró un vaso de jugo para Nathalie y se sentó a una mesa, mientras su nieta escogía las galletas que más le gustaban. Tras sentarse y comer un par de bocados, la abuela empezó a contarle la historia.

—Baltzar, el abuelo de Nova —le dijo—, estudió la filosofía griega en su juventud y se enamoró del epicureísmo, una antigua doctrina que destaca la importancia de la ecuanimidad.

—Ecuanimidad —repitió Nathalie saboreando la palabra. Sabía a conversación de adultos. Y a ella le encantaba que su abuela le hablara como a una persona mayor, aunque el tema fuera aburrido.

—El propósito del epicureísmo es alcanzar la ataraxia, es decir, la paz física y mental, gracias a la eliminación del temor a la muerte. Otra meta importante es la aponía, que es la ausencia definitiva de dolor.

Nathalie le dio un sorbo a su bebida. Era un jugo de fresa bastante dulce y muy bueno, que debía de ser casero.

—Los pilares del epicureísmo son cuatro —prosiguió su abuela—. Puedes verlos como las reglas que han de respetar las personas para alcanzar sus principales objetivos vitales: la serenidad de ánimo y la felicidad. La mejor manera de lograr esos objetivos, según el epicureísmo, es evitando todo lo que genera preocupación y conflicto, como la política. Pero también es importante vivir en un ambiente apacible, rodeado de amigos, como aquí. Un tercer aspecto es la búsqueda de todo aquello que nos produce placer, pero no un placer fugaz, sino una satisfacción perenne y duradera. El último pilar es al mismo tiempo el más simple y el más difícil. Es la ausencia de dolor, que según el epicureísmo es el bien más preciado.

—La ausencia de dolor... —reflexionó Nathalie—. Pero ¿y la liga que llevas en la muñeca? Eso duele, ¿no?

Su abuela asintió. Enseguida enganchó la liga con un dedo y la soltó, produciendo el mismo chasquido que antes. Al recibir el golpe en la muñeca, se estremeció. Pero Nathalie observó también que las comisuras de los labios se le curvaban en una leve sonrisa.

—Tienes toda la razón —admitió la abuela—. Me duele. Pero es solo un segundo. A veces es preciso exponerse a algo para después saber evitarlo. El dolor cumple una función importante en la vida. Y sería presuntuoso por mi parte hacer como que ya he alcanzado el bien supremo.

Nathalie hizo un gesto afirmativo. No había entendido ni la mitad de la explicación, pero quería prolongar el momento. ¡Era tan guapa su abuela y tenía una voz tan cálida...! El jardín las rodeaba con sus aromas y sonidos. Tenía en la boca el agradable dulzor de las galletas y, a su alrededor, todos le sonreían con expresiones cordiales y sinceras.

Y nadie, absolutamente nadie, la vigilaba.

Era probable que en cualquier instante se presentara su padre para recogerla y llevársela, por lo que pensaba disfrutar al máximo de cada segundo.

—Abuela —dijo de pronto entusiasmada—, ¿podría quedarme? ¿Solo hasta mañana?

Su abuela la miró con los ojos azules rebosantes de amor. El sol a sus espaldas convertía su cabello en un halo de gloria. Le hizo un gesto afirmativo.

—Veré lo que puedo hacer. Pero, si te quedas, tendré que dejarte un rato sola esta noche, porque Nova y yo saldremos en un programa de televisión.

Mina observó que Peder ya no estaba tan animado como antes. El Peder que ahora veía sentado a la mesa de la sala de reuniones, cansado y con la cabeza apoyada sobre las manos, le recordaba al de antes, cuando las trillizas acababan de nacer. Cuando abrió una lata de bebida energética con expresión ausente, Mina reconoció enseguida su gesto.

Ruben y Adam también parecían cansados, de pie y apoyados contra la pared. La marea de adrenalina generada por el registro de la casa de Lenore Silver había comenzado a retirarse. Ese caso ya no estaba bajo su responsabilidad. Otra unidad se encargaba ahora de aclarar las circunstancias en torno al hallazgo de la niña secuestrada, mientras que el grupo de Julia volvía a concentrarse en la búsqueda de Ossian.

Sobre la mesa había una pila de sándwiches envueltos en papel. Aunque eran un pobre sucedáneo de la cena, nadie parecía estar especialmente hambriento.

Las ojeras de Julia eran casi negras, pero Mina supuso que no se debían tan solo al trabajo, sobre todo viendo que su jefa se empeñaba en ignorar la larga sucesión de mensajes que cada poco tiempo le iluminaban la pantalla del celular. Julia había silenciado el teléfono, pero no había desactivado las notificaciones. Mina observó que todos los mensajes procedían de un mismo remitente, identificado por Julia como «el maldito pesado».

El único que no parecía cansado era Christer. Masticaba frenéticamente uno de los sándwiches, como un auténtico tornado. A sus pies yacía Bosse, que miraba a su amo con cara de preocupación.

—Muy bien, resumamos un poco la situación —dijo Julia—. Para empezar, debo decirles que lo han hecho muy bien estos últimos días. Además de cumplir con sus obligaciones, han organizado un operativo que ha permitido hallar a una niña secuestrada.

—¿La han identificado ya? —preguntó Adam enderezando la espalda.

—Aún no —respondió Peder con tristeza—. Están revisando todas las denuncias de niños desaparecidos presentadas en los últimos dos meses, tanto en Estocolmo como en el resto de Suecia. También hemos dado aviso a la Interpol, por si la hubieran traído de otro país. Tarde o temprano la identificarán. Lenore va a pagar caro lo que ha hecho.

—¡Maldita escoria! —murmuró Christer limpiándose la boca con una servilleta—. ¿Cómo puede hacerle eso a una criatura? ¡Me saca de quicio cuando lo pienso...!

Bosse profirió un breve ladrido, como para expresar que estaba de acuerdo con su amo.

—Muy bien visto lo de Lenore, Ruben —lo elogió Julia.

Ruben pareció a punto de dedicarle una de sus sonrisas no aptas para menores, pero enseguida se contuvo. Era evidente que también para él la jornada había sido agotadora.

—Por desgracia, no hemos avanzado nada en lo referente a la localización de Ossian —prosiguió Julia—. Sus secuestradores sencillamente se han esfumado.

—¡Pero eso es inaceptable! —exclamó Peder mientras dejaba sobre la mesa la lata vacía. Ahora hablaba bastante más rápido que antes—. Mañana será jueves —dijo—. Para entonces habrán pasado tres días. Si su caso de veras es similar al de Lilly...

No hizo falta que acabara la frase. Mina sabía exactamente lo que quería decir, y los demás también. Si su caso era como el de Lilly, Ossian sería hallado sin vida al día siguiente, a menos que ellos lo impidieran. Pero ¿qué podían hacer? Mina sacó un frasco de gel hidroalcohólico y se echó unas gotas en las manos. No lo necesitaba, ya que acababa de lavárselas. Pero tenía que hacer algo. Cualquier cosa.

—Como ya he dicho antes —replicó Julia—, nada indica que ambos casos estén relacionados. Lo más seguro es que los culpables sean personas distintas. Dicho esto, cabe la posibilidad, al menos en teoría, de que alguien haya decidido copiar el caso de Lilly del verano pasado. No podemos descartar nada. Y estoy de acuerdo contigo, Peder: esto es inaceptable. Pero no sé qué más podemos hacer.

Mina se preguntó, como había hecho a menudo a lo largo del último año, si la presencia de Vincent habría supuesto alguna diferencia. ¿Podría él ayudarlos? Probablemente no. No disponían de datos para trazar un perfil psicológico, ni había nada en el caso relacionado con trucos de magia, ni un complicado patrón oculto que fuera preciso descubrir. Solo había un niño secuestrado al que aún no habían conseguido salvar.

—Confiemos en que alguien haya visto algo —dijo Julia para finalizar—. Por lo general la gente se fija mucho. Hoy ya han hecho todo lo que estaba a su alcance. Otras unidades de la casa continuarán trabajando con las llamadas y los mensajes que lleguen durante el resto de la noche. Aunque las comunicaciones ya no son tan numerosas como al principio, estamos siguiendo todas las pistas. Sara colabora con nosotros y se mantiene en contacto permanente conmigo. Ahora volved a casa e intentad dormir un poco.

—¿Cómo demonios quieres que me vaya a dormir? —masculló Christer—. Bosse y yo nos quedaremos un rato más.

—Yo también —dijo Peder—. Para ayudar a Sara.

Julia levantó ambas manos en un gesto de resignación. La fuerza que en otro tiempo desprendía había desaparecido. Mina se dijo que le recordaba a un balón que estuviera perdiendo lentamente el aire. En ese momento una nueva notificación apareció en la pantalla de su teléfono.

—Pero por el amor de... —murmuró mirando con furia el celular—. Sí, sí. Hagan lo que quieran —prosiguió—. No pienso obligarlos. Incluso es posible que yo también me quede un rato más. Peder, dile a Sara que te ayude e investiga con ella a todas las personas que hayan hablado últimamente con Lenore Silver. Puede que tengamos suerte y que esté implicada también en esto, siendo como es una mujer de negocios. Adam, tú que conoces bien el caso de Lilly, analiza una vez más todos los detalles desde el momento del secuestro e intenta encontrar algún parecido más con el caso de Ossian. Quiero tener sobre mi mesa de manera inmediata cualquier conclusión a la que hayas podido llegar. Mina y Ruben, ustedes pueden repasar otra vez las declaraciones de los padres de Ossian y del personal de la escuela. Cualquier pequeño detalle puede ser una pista. Christer, comprueba si alguno de los delincuentes sexuales conocidos ha alterado de alguna forma sus patrones de conducta en los últimos días. Ya sé que lo has hecho antes, pero vuelve a hacerlo. Y recuerden que los necesito despiertos y despejados. Peder compartirá con ustedes sus bebidas energéticas si hace falta, porque no sabemos qué nos deparará el día de mañana.

En el televisor colgado de la pared se veía a una presentadora entrevistando a alguien que por lo visto era famoso por algún motivo. Vincent no tenía la menor idea de quién podía ser. A pesar de ser él mismo una persona relativamente conocida, sabía muy poco de las otras celebridades, incluso de las que eran bastante más famosas que él. Esa característica suya le había generado varias situaciones incómodas a lo largo de los años, cuando en diferentes actos y ceremonias le habían presentado a personas que representaba que debía conocer pero que en realidad le resultaban del todo ignotas.

Tras un incidente especialmente embarazoso, cuando confundió a una famosa actriz de la televisión sueca con una escenógrafa con la que había trabajado en otro tiempo, Vincent le prometió a su mujer que empezaría a leer las revistas de chismes, para aprenderse los nombres y las caras de los famosos. Lo había intentado, pero sin éxito. La gente común le interesaba bastante, pero los famosos y su ambiente le generaban muy poco entusiasmo.

Había visto un avance del programa y sabía que saldría una colega suya del circuito de conferencias. No había podido verla en directo porque a esa hora estaba actuando en el teatro, pero nada más regresar a casa había recuperado el programa en el servicio a la carta de TV4. Al menos a ella la reconocería. De hecho, su colega era bastante famosa. Era una de esas personas de las que basta decir el nombre de pila para que toda Suecia sepa quién es.

La presentadora sonrió a la cámara.

—Mi próxima invitada no necesita presentaciones —dijo, expresando en voz alta lo que acababa de pensar Vincent—, al menos para quien siga las redes sociales o haya abierto alguna vez un periódico en los últimos años. ¡Bienvenida, Nova! ¡Encantada de tenerla con nosotros! ¡Y damos también la bienvenida a Ines Johansson!

Dos mujeres entraron y tomaron asiento en el sofá del estudio. Una de ellas, Nova, tenía el cabello oscuro y un aspecto que a los periodistas les gustaba describir como exótico, lo cual significaba que, además de ser guapa, podría ser originaria de cualquiera de los cinco continentes. Tenía unos cuarenta años, mientras que su acompañante, que por lo visto se llamaba Ines, parecía al menos veinte años mayor que ella.

La mujer de más edad era elegante, con el cabello rubio recogido en un moño y la piel casi transparente. Vincent se había encontrado varias veces con Nova a lo largo de los años en el circuito de conferencias y siempre le había resultado interesante escucharla. Pero Ines lo dejó sin aliento. Aparte de ser toda ella de una claridad casi blanca, como un personaje de un cuento de hadas, era prácticamente igual a Mina. Los mismos rasgos, los mismos ojos. Pero mucho mayor y de piel clara.

O puede que fueran imaginaciones suyas.

Mirándola mejor, mientras ella se ajustaba el peinado, el parecido se disipó. Vincent negó con la cabeza avergonzado. Por fortuna, Maria estaba absorta en su teléfono, sentada a su lado en el sofá, y no notó que se había sonrojado. Probablemente había deseado ver a Mina en la rueda de prensa del día anterior con más fuerza de lo que él mismo estaba dispuesto a reconocer. Lo había deseado tanto que a la primera oportunidad su cerebro se la había mostrado, aunque hubiese sido en el rostro de una mujer mucho mayor y con el cabello de diferente color. Después de casi dos años sin verla, un cerebro normal habría intentado debilitar la asociación con la oficial de policía, en lugar de reforzarla. Vincent dejó escapar un suspiro. Veinte meses eran demasiado tiempo para tener instalada aún su imagen en los lóbulos frontales.

—Empezaremos por usted, Nova —dijo Tilde volviéndose hacia la mujer de cabellos oscuros—. Es todo un fenómeno en Instagram, donde comparte videos de cuidada producción con reflexiones y consejos para vivir una buena vida. Es una conferenciante habitual y su rostro aparece a menudo en la prensa y la televisión. Según mis datos, lleva cinco años publicando semanalmente nuevas entradas en sus redes sociales. Son... muchos videos, ¿no? Pero también es verdad que tiene más de un millón de seguidores. Incluso en el extranjero siguen sus publicaciones, y no solo en Europa. Un tres por ciento de sus admiradores la siguen desde Brasil.

—¿Más de un millón? —Nova sonrió con timidez—. ¿Tantos? Bueno, si usted lo dice...

Vincent no conocía a Nova personalmente, pero le parecía una persona agradable y competente en su campo. Había oído algunas de sus conferencias y le habían resultado interesantes. Merecía ser entrevistada en el programa de la noche del viernes de TV4. Lo único que no le gustaba de Nova era su aparente costumbre de abrazar a la gente en lugar de estrechar la mano. Por lo visto era su manera de saludar incluso a los desconocidos.

—Pero no ha venido aquí para hablar de su cuenta de Instagram —prosiguió Tilde, enseñando un libro a la cámara—, sino de este libro que ha escrito, titulado *Épico*. Tengo entendido que se trata de un paso más en un viaje que emprendió en su juventud, tras sufrir un accidente de tráfico. ¿Es así?

Maria levantó la vista del celular a la televisión.

—¿No es un poco cursi y superficial esta señora?

Vincent abrió la boca para responder, pero volvió a cerrarla enseguida. El hecho de que Maria, con sus angelitos, sus libros de autoayuda y sus cursos de superación personal, llamara «cursi y superficial» a Nova, con toda su filosofía de la vida, lo había dejado sin palabras.

Su mujer se encogió de hombros y volvió a concentrarse en la pantalla del celular. Probablemente estaría leyendo un artículo sobre «*marketing* de guerrilla» que le había enviado Kevin. Vincent no estaba seguro de que la guerrilla fuera la mejor táctica para la venta de los ángeles de cerámica, pero no pensaba inmiscuirse. Deseaba con todo su corazón que Maria tuviera éxito en sus negocios, pero tampoco tenía claro que hubiera elegido el camino correcto. Vio que se encendía la pantalla de su teléfono con la notificación de un mensaje y distinguió el nombre del remitente: «Gurú Kevin». Una sonrisa iluminó el rostro de su mujer y Vincent continuó viendo el programa. Pese a la sensación de malestar que se extendía por su estómago, no permitió que los pensamientos siguieran la dirección que estaban tomando y se obligó a prestar atención a la televisión.

—Y tengo entendido que padece dolor crónico en las piernas a raíz del accidente —continuó Tilde de Paula Eby en la pantalla—, un accidente que, además de dejarle secuelas de por vida, le arrebató a sus padres.

Vincent recordaba los titulares de los periódicos, aunque había pasado mucho tiempo. El padre de Nova, que si no recordaba mal se llamaba John, tenía una granja donde se desató un incendio. Todos los animales murieron calcinados. Mientras la familia huía en coche de las llamas, el padre de Nova se salió de la carretera con consecuencias fatales. Solo Nova había sobrevivido. Pero la operación a la que fue sometida con posterioridad había salido mal y desde entonces Nova se veía obligada a tomar diariamente potentes analgésicos. A lo largo de los años la prensa había repetido varias veces su historia.

—De hecho, Tilde, estoy convencida de que todos padecemos dolor crónico —respondió Nova con expresión grave—. Si no es en el cuerpo, en el alma. Pero como solía decir mi padre: «Todo es dolor, sufrir purifica». Aunque parezca paradójico, a veces las adversidades son buenas para nosotros. Para después poder superarlas. Y aquí es donde entra *Épico*. No es únicamente un libro, sino una filosofía y un estilo de vida que a muchos les resultaría beneficioso adoptar. La mayor parte de lo que escribo en las redes sociales viene de ahí. Y ahora, con mi libro, quiero ofrecer a todos la posibilidad de hacer del epicureísmo una parte de sus vidas.

—A propósito del dolor, ¿qué hace para no sentir rencor hacia los médicos que la operaron después del accidente?

—Caminos hamiltonianos —contestó Nova, sonriendo una vez más. Esta vez, sin embargo, se traslucía cierta amargura en sus ojos—. Se trata de un concepto matemático —se apresuró a explicar al notar la cara de desconcierto de Tilde—. Es una manera de desplazarse entre los puntos de una figura geométrica pasando una sola vez por cada punto. Intento vivir mi vida del mismo modo. Cada vez que nos atormentamos por algo que nos ha sucedido, volvemos a un punto por el que ya hemos pasado de forma totalmente innecesaria. Si tenemos que escoger entre revivir el pasado o crear nuevas experiencias, lo más sano es inclinarse por lo segundo.

Tilde asintió, pero con una leve arruga en el entrecejo, como si pensara que la afirmación de Nova no era una verdad tan evidente como ella pretendía. Sin embargo, no insistió en el tema. Vincent supuso que el programa empezaba a tocar a su fin y hasta ese momento solo Nova había tenido oportunidad de hablar.

—Ya va siendo hora de que usted también participe en la conversación, Ines —dijo Tilde volviéndose hacia la señora rubia—. Si no me equivoco, Nova y usted han fundado juntas una organización, ¿verdad?

—Así es —respondió Ines con su voz rica y profunda—. Primero fui discípula de Nova, pero ahora trabajamos juntas. Ofrecemos cursos personalizados de liderazgo y gestión desde el epicureísmo. Formamos a personas de todo el mundo. Y el contenido de nuestros cursos puede aplicarse a toda la vida y no solo al ámbito empresarial.

—Cursi y superficial —repitió Maria, con la nariz metida en el celular—. ¡Qué pesadez!

Vincent no coincidía del todo con ella. El epicureísmo era una doctrina filosófica reconocida, que además tenía mucho sentido. Pero a veces el problema no era la filosofía en sí, sino la manera de asimilarla e interpretarla. Él mismo había participado como conferenciante invitado en suficientes cursos de desarrollo personal como para saber que, en muchos de ellos, el ambiente era casi de fervor religioso y de absoluto convencimiento de que la vida de los participantes cambiaría para bien. Pero también sabía que esas sensaciones solían desaparecer quince minutos después de terminar el curso.

Aun así consideraba que el epicureísmo era bastante más sensato que muchas de las filosofías y de los métodos caseros que los gurús modernos de la autoayuda vendían a precio de oro a quienes buscaban la luz. Incluso pensaba que el epicureísmo era casi tan interesante como el estoicismo. La gente podía gastarse el dinero en cosas bastante peores que el libro o los cursos de Nova, que además era una mujer muy competente y una persona seria, lo cual en su sector nunca podía darse por sentado.

—Gracias, Nova e Ines —dijo Tilde para concluir—. Les recuerdo que Nova acaba de publicar este libro, *Épico*, que según me han dicho ha vendido ya miles de ejemplares en la preventa. Así que los felicito por adelantado, Nova.

Maria levantó otra vez la cabeza del celular y le dirigió a Vincent una mirada reprobadora.

—¿Lo ves? Vender muchos libros es posible. Si hicieras caso de mis consejos y escribieras cosas un poco más accesibles, tú también triunfarías. ¿Has pensado en una novela policial?

Vincent suspiró. Las investigaciones policiales inventadas estaban muy abajo en su lista de intereses. Ya había suficientes novelas en el mundo.

Hoy está consiguiendo un buen tiempo. Su velocidad media ha sido de seis minutos y medio por kilómetro, mucho mejor que ayer. Pero el calor ha amainado un poco este sábado por la mañana e incluso se ha levantado una brisa agradable que la refresca mientras corre junto al agua.

Aun así, sus tiempos siguen siendo peores que los de hace un año. El divorcio no solo la ha afectado en el aspecto psíquico sino también en el aspecto físico. Algo más que añadir a la larga lista de cosas que él le ha arrebatado.

¡Qué increíblemente estúpida ha sido! Tendría que haberlo visto venir.

Se supone que es una mujer inteligente, con formación superior y un cargo de responsabilidad en uno de los principales bancos de Suecia. Y además suele acertar todas las preguntas en los concursos de la televisión. Pero no se dio cuenta. No fue capaz de ver los indicios, que sin embargo podrían haber figurado uno tras otro en un manual sobre cómo saber si tu marido te engaña. ¿Porsche rojo? Sí. ¿Repentino interés por la forma física? Sí. ¿Cabello teñido para tapar las canas? Sí. ¿Jornadas de trabajo que se prolongaban hasta la madrugada? Sí. ¿Nuevo estilo de vestir? Sí, también.

Todo cuadraba.

Había notado los cambios, por supuesto. No era tan rematadamente tonta. Pero los había interpretado como una manifestación de la crisis de los cincuenta.

En cierto modo no se había equivocado. Lo que no sabía era que su marido se había enamorado de una princesa que había asistido a la fiesta de celebración de sus cincuenta años invitada por el embajador de Suecia en Nigeria. Tenía que ser algo extraordinario, como todo lo que concierne a Rolf.

Lo que más le fastidia es que estaba dispuesta a pasar por alto su infidelidad, incluso después de que le llegaran noticias de la princesa nigeriana. Pero cuando le propuso a su marido, con la mayor magnanimidad, olvidar, perdonar y seguir adelante, él se limitó a mirarla desconcertado.

—Esto es algo serio —le dijo—. Muy serio.

Como si sus veinte años de matrimonio hubieran sido un juego, una especie de antesala del amor verdadero.

Ahora corre junto a los barcos amarrados en el muelle de Skeppsholmen. Habitualmente tiene que abrirse paso a codazos entre los corredores que han convertido el recorrido en torno a la isla en parte de su rutina mañanera. Pero a medida que han ido avanzando las vacaciones, ya no hay tanta gente corriendo y en cambio han aumentado las parejas de turistas con cara de cansancio que han salido demasiado pronto por la mañana con sus hijos pequeños. El calor también ha disuadido a muchos corredores.

Cuando alcanza la parte sur de la isla, pasa por delante del pequeño puente de Kastellholmen y se dispone a seguir las curvas de la costa para volver al norte.

Solo se permite una pausa al llegar al *af Chapman*, el hermoso velero de tres mástiles convertido en albergue juvenil y atracción turística. Pensaba hacer el recorrido entero sin parar, pero necesita beber agua. Saca la botella de la mochila pequeña y ligera que lleva siempre cuando sale a correr. Tiene los dedos entumecidos y le cuesta desenroscar el tapón, que está muy apretado. Lo intenta con todas sus fuerzas, pero no lo consigue. Un viandante la observa con expresión interrogativa, pero ella rehúye su mirada. Ni muerta piensa pedirle ayuda a un hombre. Por un momento se plantea renunciar al agua y aceptar así una de las muchas pequeñas contrariedades que se acumulan en su vida. Tarde o temprano una nadería como esa la hará estallar, como la chocolatina de menta en *El sentido de la vida* de los Monty Python.

Pero está demasiado sedienta. Al final consigue desenroscar el tapón y bebe a largos sorbos, agradecida por haberlo logrado, mientras contempla el majestuoso barco blanco que tiene delante, el *af Chapman*. Ha leído en algún sitio que lo construyeron en el siglo XIX para enviarlo a Australia. Pero en lugar de partir a la otra punta del mundo, ha acabado aquí en Estocolmo. Y ahora es un albergue juvenil. Resopla disgustada, pensando que Rolf ni siquiera debe de saber lo que es eso. Ella al menos fue una vez en Interrail hasta Berlín cuando tenía diecinueve años.

El sol produce sombras bajo la pasarela de acceso al velero, pero el efecto es extraño. Se hace pantalla con la mano sobre los ojos y fuerza la vista. Debe de ser una ilusión óptica. Lo más probable es que lo sea, pero parece como si hubiera algo en el muelle, encajado entre la pasarela y el suelo. Se acerca e intenta bloquear con el cuerpo el resplandor del sol, para ver mejor.

Es un zapato de niño.

Algún turista no se habrá percatado de que su hijo, amarrado al cochecito, se quitaba un zapato y lo tiraba. Ella siempre tenía en cuenta esa posibilidad cuando sus hijos eran pequeños. Recuerda lo mucho que discutía con Rolf por esa causa.

Se agacha para recoger el zapatito. Si lo deja encima de la pasarela será más fácil que sus padres puedan encontrarlo. Está atascado. Jala con más fuerza, hasta conseguir que se suelte.

Solo entonces ve el piececito y la pierna que sobresalen bajo la pasarela.

Vincent siguió el sendero de losas que serpenteaba por el bosquecillo de la memoria, en el cementerio. Se había acercado en coche a primera hora de la mañana, mientras el resto de la familia dormía. No tenía sentido hacer que se levantaran al amanecer en fin de semana. Además, los niños todavía estaban de vacaciones.

Había pedido que Jane y Kenneth fueran declarados muertos un año después de los sucesos de Lidön, no porque buscara nada para él sino para ofrecer a su hermana algún tipo de conclusión. Jane siempre había vivido escondida, y lo menos que podía hacer Vincent era sacar a la luz su muerte. Su cuerpo nunca había sido hallado, pero él estaba seguro de que había fallecido. Habría sido incapaz de explicar por qué. Simplemente lo intuía.

Al no haber sido encontrados los cadáveres, había sido preciso esperar por lo menos un año desde la desaparición de Jane y Kenneth para iniciar los trámites. Vincent lo había hecho el día en que se cumplía un año de la última vez que había visto a su hermana. La ley exigía además «un alto grado de probabilidad» de que la persona en cuestión hubiera fallecido y también ese requisito se cumplía. Incluso sin el íntimo convencimiento que tenía Vincent de que su hermana ya no pertenecía a este mundo, era muy poco probable que Jane y Kenneth hubieran podido escapar de la isla y permanecer escondidos durante tanto tiempo. Seguramente habrían caído al agua y se habrían ahogado. Y aunque hubieran conseguido huir, el estado de salud de ambos les habría impedido sobrevivir solos y aislados durante tanto tiempo. Aun así al principio las autoridades no dieron su visto bueno. La respuesta inicial fue que sería necesario esperar cuatro años más antes de declararlos oficialmente muertos.

Aunque Jane había intentado asesinarlos a Mina y a él, la decisión de las autoridades lo había decepcionado. Su hermana merecía un punto final. Si no había tenido seguridad en la vida, al menos debía tenerla en la muerte.

Al cabo de un tiempo, tras presentar un recurso, la decisión resultó favorable. Jane y Kenneth fueron declarados muertos y Vincent buscó un lugar donde preservar su memoria.

Y allí estaba, caminando entre las hileras de lápidas. Su madre estaba enterrada en Kvibille, en la región de Halland. A su muerte la parroquia había intentado localizar al padre de Vincent, Erik, sin éxito. Al final la enterraron en el municipio donde había fallecido. Pero Vincent no quería sepultar a Jane en la misma tumba que su madre. Quería tenerla cerca. Ella no había pedido la vida que la había transformado y llenado de odio. A pesar de todo lo sucedido seguía siendo su hermana. Por eso había elegido para ella el nuevo cementerio junto a la iglesia de Tyresö.

Se detuvo delante de una lápida plantada directamente en la tierra. JANE BOMAN Y KENNETH BENGTSSON, rezaba la inscripción, además de los años de nacimiento y muerte de cada uno. Nada más. Cualquier otra palabra que Vincent hubiera hecho grabar en la piedra habría sido una mentira. Se agachó y pasó la mano por la superficie cálida y pulida. El nombre de Jane tenía cuatro letras y eso estaba bien. Pero el de Kenneth tenía siete. No era de extrañar que nunca le hubiera caído bien ese hombre.

Una arañita caminaba con sus ocho patas por la J de Jane. Vincent intentó imaginar el mundo desde la perspectiva de la araña. En ese momento el mundo para ella era una hondonada de suaves pendientes, un refugio temporal para protegerse del sol despiadado. Pero el valle también era un obstáculo, un barranco del cual tendría que esforzarse para salir. Una vez arriba el mundo se convertiría en una llanura resbaladiza de piedra pulida. Si la araña tenía suficiente valor para atravesarla sin ninguna protección contra la intemperie o los depredadores, el mundo volvería a transformarse en un laberinto de nuevos cañones cuando llegara a la letra *a*.

Pero la araña no podía imaginar que la forma de los dos barrancos tenía un significado, ni que ambos se relacionaban entre sí, en un patrón más extenso. Tampoco podía saber que ese patrón era una palabra, ni que esa palabra representaba a un ser humano que había vivido en el pasado, con todo lo que había sido y todas las personas a las que había conocido y en las que había influido. Para la araña nada de eso existía. Para ella solo había cambios fortuitos en el terreno, a los que debía adaptarse para sobrevivir pero que olvidaba en cuanto llegaba al siguiente reto.

Como las rodillas empezaban a dolerle, Vincent se levantó. A veces se preguntaba si no viviría él como la araña, si las cosas que experimentaba no formarían parte de algo mucho más grande, algo tan grande que quizá enloqueciera si alcanzaba a vislumbrarlo.

No le extrañaba que la gente se volviera creyente o incluso profundamente religiosa. Pero él se sentía incapaz de creer en un ser omnisciente que lo hubiera creado todo y que incluyera los asuntos humanos en su vasto plan general. No era necesario recurrir a un ser superior para explicar la realidad. La navaja de Occam, como habría dicho Benjamin.

La araña había llegado al final de las letras y empezaba a bajar hacia la hierba. Le esperaba otra transformación radical de la realidad. Vincent sabía lo que sentiría.

Adam contempló las piernecitas desnudas que asomaban debajo de la pasarela. Unos calzoncillos de *Las Tortugas Ninja* se entreveían en el límite de las sombras donde desaparecía el cuerpo.

—Los pies deben de ser del número treinta, como mucho —dijo Mina a su lado—. Sin ver nada más diría que hemos encontrado a Ossian. Ha ocurrido justo lo que no debía ocurrir.

Con un nudo en la garganta, Adam apartó la mirada. Había participado en situaciones con rehenes que habían salido mal. Había visto sufrir a personas inocentes sin poder evitarlo y había vivido circunstancias de gran violencia. En comparación con todo eso, las piernecitas que asomaban bajo la pasarela le parecían casi apacibles.

Pero pertenecían a un niño.

El equipo había fracasado. Él había fracasado. No habían hecho lo que debían con la celeridad o la inteligencia necesarias. A pesar del trabajo intenso de los últimos días, no habían sido capaces de encontrar a tiempo a los secuestradores. Y Ossian había pagado su ineficacia con la vida. Había sido un fracaso catastrófico e imperdonable.

Los técnicos de la policía científica estaban documentando todos los detalles del lugar donde había sido hallado el cuerpo. Recogerían todas las pruebas y en cualquier momento llegaría el médico forense para tomar la temperatura del cuerpo y extraer muestras de humor vítreo antes de introducir el cadáver en una bolsa y trasladarlo al Instituto de Medicina Forense.

Los tipos que se ocupaban del traslado solían ser personajes un poco raros, a los que normalmente les gustaba hacerse amigos de los técnicos. Adam había oído muchas historias de pruebas encontradas durante el transporte, después de que los técnicos de la policía científica las pasaran por alto.

Sin embargo, se obligó a pensar en el chico que tenía delante. Los mecanismos de defensa de su cerebro querían derivar hacia otros temas, lejos del niño muerto que yacía en el suelo. Pero respiró hondo y se concentró en el presente, tratando de captar y registrar tanto como fuera posible de su entorno.

El cadáver no había quedado escondido, pero tampoco del todo a la vista. Había sido preciso que pasara una corredora matinal particularmente observadora para hallarlo. Al principio la mujer había intentado sacarlo del agua, pero al ver las manchas cadavéricas había comprendido la situación y había llamado a la policía. Ya le habían tomado muestras, porque era muy probable que encontraran trazas de su ADN en el cadáver.

Adam se tapó la boca con la mano. No sabía qué hacer ni cómo continuar. Su especialidad era la negociación. Estaba preparado para tratar con gente armada e incluso para gestionar situaciones con rehenes y dar con una solución sin que nadie saliera herido. Pero su papel consistía siempre en hablar. Lo de ahora era completamente diferente.

Por suerte, no tenía hijos, porque de lo contrario no habría tenido fuerzas para quedarse donde estaba. Su hermana, en cambio, tenía un niño de cinco años, de la edad de Ossian. Incluso podrían haber ido a la misma escuela.

Los técnicos habían acordonado una buena parte de Skeppsholmen. No querían curiosos, ni nadie que tuviera la mala idea de publicar fotos en las redes sociales. Con mucha precaución, empezaron a levantar la pasarela para acceder al cuerpo.

Adam reconoció enseguida el rostro de Ossian, por las fotografías que les habían facilitado sus padres. Parecía dormido, pero el color de la piel no era el que debería: gris y con manchas. Y el maxilar inferior estaba hundido. Mierda. ¡Qué horror!

—Hay algo más aquí abajo —dijo uno de los técnicos señalando un objeto junto al cuerpo que antes quedaba oculto por la pasarela.

Era una mochila infantil de *My Little Pony* y estaba tan sucia como Ossian.

La mochila fue casi lo peor. Adam podía convencerse de que el cuerpecito era un muñeco o parte del atrezo de una serie de detectives, pero la presencia de la mochila hacía que todo se volviera mucho más real. Allí había guardado Ossian su botella de agua. Allí llevaba su almuerzo cuando salía de excursión con la escuela. Su sobrino solía llevar sándwiches de Nutella cuando iba de excursión.

Los bolsillos laterales debían de estar llenos de piedrecitas, destinadas a engrosar la colección de piedras que todos los niños de cinco años parecían tener. Y probablemente en el fondo de la mochila habría algún peluche escondido. Su sobrino tenía una jirafa raída que llevaba a todas partes. De repente Adam notó que le corrían lágrimas por las mejillas sin poder evitarlo. Para no ver más el cuerpecito y la mochila, desvió la mirada hacia el agua, mientras se secaba la cara con el dorso de la mano. Las vistas desde el muelle de Skeppsholmen eran de una belleza incongruente con el horror que yacía en el suelo a escasos metros de sus pies. Pequeñas embarcaciones se mecían sobre las olas, relucientes al sol de la mañana, y en la orilla opuesta se extendía Gamla Stan, con sus tejados verdes.

—Este lugar, con el barco y el muelle, me recuerda algo —dijo Mina—. Tú más que nadie debes de saber dónde hallaron a Lilly, ¿verdad?

Adam no había notado que se le había acercado y la tenía a su lado.

—En un embarcadero —respondió él, asintiendo—. Lo sé. Todo esto es muy parecido a lo sucedido entonces. Demasiado parecido. E igual que aquella vez, han transcurrido tres días. Teníamos tres días y los hemos desperdiciado.

Mina hizo un gesto afirmativo y siguió la mirada de Adam por encima del agua.

Ruben también se acercó a ellos.

—¿Vienes? —le preguntó a Adam—. Tú y yo tenemos que hablar con el personal del barco e interrogar a los mochileros que han pasado aquí la noche. Puede que algunos de los turistas hayan visto algo, si no iban demasiado borrachos o colocados.

Adam asintió pensativo. Por fin tenía algo que hacer. Le habían encargado precisamente lo que sabía hacer mejor. Intentaría conseguir alguna información útil. Cualquier cosa era preferible a quedarse ahí, contemplando la tragedia con impotencia.

—Vamos a atrapar a los que han hecho esto —le dijo Mina cuando él ya se disponía a seguir a Ruben—. Lo haremos por Lilly y por Ossian. Y, sobre todo, para que nunca más vuelva a ocurrir.

Adam se detuvo y miró a Mina.

—¿Crees que volverá a pasar?

—Yo no creo nada —replicó ella secándose la frente con una toallita húmeda.

La suave brisa de la mañana había desaparecido y el calor había regresado con todas sus fuerzas. Adam percibió un leve aroma a limón y estuvo a punto de decirle a Mina que las toallitas le resecaban aún más la piel, pero prefirió callar.

—Lo único que sé es que el calor enloquece a la gente —comentó Mina—. ¿Sabes que según un estudio estadounidense a partir de los veintinueve grados la tasa de crímenes violentos aumenta casi en un seis por ciento?

Adam echó un vistazo a su reloj inteligente. Marcaba treinta y dos grados de temperatura.

—Y el verano no ha hecho más que empezar.

—Todos saben lo que ha pasado —comenzó Julia.

Nadie respondió. Solo se oía el traqueteo del aire acondicionado, como si estuviera a punto de darse por vencido, mezclado con los gemidos de Bosse, que yacía en un rincón junto a su nuevo tazón de agua. Hasta Torkel parecía dispuesto a dejar en paz a su mujer por un tiempo. No le había enviado ni un solo mensaje en toda la mañana.

—Ossian ha sido hallado hace dos horas y media —prosiguió Julia—. Aún estamos pendientes de la identificación definitiva, por supuesto, pero en realidad no hay ninguna duda. Adam y Ruben están todavía en Skeppsholmen, interrogando a los huéspedes del *af Chapman* y a los vecinos de las casas cercanas, por si alguien ha visto algo. Hay casi un centenar de personas alojadas en el barco, por lo que es probable que alguien pueda darnos algún dato útil. Aun así tenemos que darnos prisa, porque la mayoría pasa solo una noche en el albergue. Mina y Peder, ustedes estuvieron el jueves en casa de los padres de Ossian. Quizá sería conveniente que regresaran para darles la noticia. Aunque pensándolo bien... —Hizo una pausa y miró a Peder, que parpadeaba frenéticamente para reprimir las lágrimas. No quería someterlo a otro mal trago, si podía evitarlo. Sabía que su decisión era poco profesional, pero no se pudo contener—. ¿Puedes ir tú, Christer? —preguntó—. Mina tiene que ir a hablar con Milda.

El veterano policía suspiró y se cruzó de brazos.

—Ya, como siempre —afirmó—. Cuando hay un muerto de por medio, me toca a mí. No sé si tienen la idea de que soy amiga de la catrina o qué. Pero sí, claro. Alguien tiene que hacerlo. Y te entiendo, Julia. Mientras tanto, Peder puede averiguar qué tipo de vigilancia hay en Skeppsholmen y alrededores. Ver si hay cámaras de seguridad y esas cosas.

Julia notó la mirada rápida que Christer le echaba a Peder. El más viejo de la unidad era un poco gruñón, pero tenía buen corazón y lo demostraba siempre que hacía falta.

—Eso precisamente era lo que pensaba proponer —dijo—. Te compraré pienso de calidad extra para Bosse, en señal de agradecimiento.

—¿Y podré poner un plato para su comida aquí en la sala?

—Podrás ponerlo —aceptó Julia.

El aire acondicionado hizo más ruido que nunca y de repente se quedó en silencio. Julia sintió que una gota de sudor le recorría el cuello. No veía la hora de volver a casa. Y no solo para darse un baño con agua fría, sino para tener a Harry a su lado, percibir su olor y sentir su piel contra la suya. Necesitaba saber que estaba vivo y bien. Se quedaría con él y le diría a Torkel que podía salir con uno de sus amigos.

Peder se aclaró la garganta para hablar.

—Solo una cosa —dijo—. Supongo que hemos dejado de pensar que las similitudes con el caso de Lilly son pura coincidencia. Ahora tendremos que averiguar si la tragedia de Ossian ha sido una copia del secuestro de Lilly, perpetrada por alguien que leyó al respecto en los periódicos, o si estamos ante un mismo delincuente. Ningún niño en la ciudad estará seguro mientras no sepamos la respuesta.

Julia asintió.

—Mina, ve a ver a Milda en cuanto puedas y pregúntale si tiene algo que decir sobre la autopsia de Lilly —ordenó—. Le he pedido que busque el informe.

Peder había abierto una puerta que desde hacía varios días Julia sabía que sería preciso franquear. Sin embargo, hasta ese momento se había negado a reconocer que podía tratarse del mismo criminal que había atacado de nuevo, el mismo que la vez anterior no habían podido atrapar. Porque, de ser así, ellos también eran culpables de la muerte de Ossian.

Milda Hjort se preguntaba a veces si existiría una balanza enorme que mantuviera el equilibrio en la vida y controlara que las porciones de suerte y de infortunio no fueran demasiado abundantes, para que nunca le correspondiera a nadie un exceso de una cosa o de la otra. En su caso la balanza parecía funcionar de tal manera que cuando una situación difícil se resolvía, aparecía otra para tomar el relevo.

Su hijo Conrad había superado por fin su fase conflictiva. Se había matriculado en un ciclo formativo, tenía novia y todo hacía pensar que había dejado atrás los peores problemas. Pero entonces la balanza se había inclinado y había vuelto a aparecer su hermano Adi.

—¿La coses tú? Yo ya he terminado —dijo. Señaló con un gesto el cuerpo que yacía delante de ella, sobre la mesa metálica.

Veinticinco años. Suicidio. En el cadáver aún había huellas de intentos anteriores fallidos, pero la última vez lo había conseguido. Muerte por ahorcamiento. Hallada por su madre en el sótano de la casa familiar. Una imagen que quedaría impresa para siempre en la retina y la memoria de la madre, junto con los primeros pasos, el primer diente caído y el primer día de escuela. Todo lo que había sido la vida quedaría eternamente entrelazado con el recuerdo de la muerte.

Y ahí estaba Milda, en una soleada tarde de sábado que parecía ajena a todas las preocupaciones del mundo, convertida en la última persona que vería a esa mujer antes de que su cuerpo material también dejara de existir.

Se quitó los guantes y los tiró al bote de basura. Loke, su asistente, se encargaría de suturar la incisión en forma de I que ella había abierto en el cadáver. Por lo general se ocupaba ella misma de esa tarea, aunque en realidad le correspondía a su ayudante. Pero en ese momento tenía demasiadas cosas en la cabeza para concentrarse y, además, él tenía mejor mano para las suturas. La minuciosidad era una de las virtudes de Loke. De hecho, su asistente era casi patológicamente meticuloso.

Después del habitual ritual de higiene, Milda se puso la ropa de calle y se dirigió a su despacho. El calor la abrumó en cuanto abrió la puerta. Primero dio un paso atrás, pero luego respiró hondo y entró. Al sentarse notó el asiento caliente. Miró con tristeza las plantas marchitas en el alféizar de la ventana. Tal como se veían las plantas, así se sentía ella.

La conversación con Adi no debería haberla sorprendido, pero así había sido, y quizá por eso estaba más enfadada consigo misma que con su hermano. Con Adi pasaba lo de la fábula del escorpión que atravesaba un río a lomos de una rana. El escorpión le clavó el aguijón a la rana cuando iban por la mitad de río, lo cual significaba una muerte segura para ambos. Cuando la rana le preguntó por qué lo había hecho, el escorpión le respondió que no había podido evitarlo. Que era su naturaleza.

A su hermano Adi le sucedía lo mismo. Desde que ambos eran pequeños nunca había pensado en nada que no fueran sus propios deseos. Era como si no pudiera entender que las otras personas también tenían necesidades y derechos. Todo era suyo. Los muchos intentos de sus padres por enseñarle lo que estaba bien y lo que no, lo que era suyo y lo que no lo era, habían fracasado estrepitosamente. Por eso Milda se había asombrado cuando él le había permitido, después de su divorcio, quedarse a vivir con sus hijos en la casa que ambos habían heredado de sus padres. Le sorprendió que no insistiera en disfrutar de su parte.

En aquel momento lo había tomado como una señal de madurez por parte de su hermano. Con los años se había habituado a la situación y se había convencido de que todo seguiría igual para siempre. El statu quo. Y a ella le encantaba el statu quo. Pero el día anterior su hermano la había llamado. Frío, contenido. La voz de Adi casi nunca dejaba traslucir emociones, a menos que estuviera enfermo o furioso.

Quería su parte de la casa. De inmediato. Lo había intentado otra vez, hacía casi dos años. En aquella ocasión Milda había recibido una carta del supuesto abogado de Adi, con un ultimátum para ella: o se mudaba, o le pagaba a Adi su parte, o se la cambiaba por la mitad de la casa del abuelo Mykolas cuando este muriera. Milda supuso que quería presionarla para no dejarla pensar racionalmente.

Pero en lugar de responder a la carta, se la había enseñado a sus amigos de la policía. Le había parecido extraño que su hermano le propusiera un acuerdo sobre la casa del abuelo Mykolas cuando el anciano todavía vivía. Y su intuición no le había fallado. Adi no tenía ningún derecho a negociar por adelantado con la herencia del abuelo. Y si no se echaba atrás la policía estaba dispuesta a considerar su acción como un chantaje. Cuando además descubrieron que el «abogado» de Adi ni siquiera tenía el título correspondiente y por lo tanto se presentaba fraudulentamente como letrado, su hermano huyó con el rabo entre las piernas.

Pero Adi tenía razón en una cosa. La casa donde ella vivía con sus hijos les pertenecía a los dos. Tenía todo el derecho a exigirle que le comprara su parte si pretendía quedarse. Y era justo lo que había hecho.

Ella había intentado explicarle que no tenía medios para pagarle y que además sabía que él no lo necesitaba. Adi siempre había ganado suficiente dinero. Le había pedido que esperara unos años más, hasta que los niños se fueran de casa. Y se lo había dicho en un tono de súplica que a ella misma le había dolido. Detestaba el efecto que su hermano ejercía sobre ella, la manera en que la obligaba a encogerse, a hacerse pequeña e invisible. Pero incluso antes de que él le contestara ya sabía lo que le iba a decir. Y se maldijo por haberse permitido olvidar que ella era la rana y su hermano, el escorpión.

Unos golpes en la puerta la sobresaltaron.

—Adelante —dijo, pero notó que la voz se le quebraba y tuvo que aclararse la garganta.

—¿Molesto? —Mina la estaba mirando desde la puerta con expresión interrogativa—. Me gustaría hablar del caso de Lilly Meyer. Y leer el informe de la autopsia.

Milda negó con la cabeza.

—No, no molestas en absoluto. Bienvenida a mi sauna.

Mina contempló con tristeza las plantas que Milda tenía en la ventana. Parecían a punto de doblegarse bajo el peso del calor abrumador que reinaba en el pequeño despacho. Y se podría decir que Milda estaba incluso más acalorada que ella. Mina había leído en algún sitio que el sudor no solo era el mecanismo que tenía el cuerpo para controlar la temperatura, sino también su manera de eliminar la suciedad y las toxinas. La sola idea la hizo estremecerse. Tuvo que luchar contra el instinto de quitarse la ropa allí mismo. Habría dado cualquier cosa por una ducha refrescante. Pero no podía perder la compostura en la oficina de Milda.

—Las riego, pero se beben el agua con más rapidez de lo que yo alcanzo a ponérsela —comentó Milda con gesto sombrío, señalando los tiestos.

Mina la miró. Había algo que no iba bien. Echó un vistazo a la silla delante del escritorio y se planteó la posibilidad de sentarse. Pero el material plástico del asiento parecía caliente y pegajoso. Seguramente proliferarían las bacterias sobre su superficie brillante.

—Ya he preparado lo que necesitas. Lo tengo aquí —dijo Milda abriendo un cajón—. Julia me ha llamado hace un momento. Me ha dicho que estarán todos de servicio durante el resto del fin de semana. —Sacó una carpeta y se la tendió a Mina, no sin antes limpiarla con una toallita húmeda.

Mina se lo agradeció con la mirada y abrió la carpeta, con

toda la información sobre la autopsia de Lilly cuidadosamente impresa y ordenada.

—Eres fantástica —la alabó Mina con sinceridad—. ¿Nunca descansas?

Milda era la imagen misma de la serenidad. Una forense competente, segura de sí misma, objetiva y experta. Sí, era probable que *segura de sí misma* fuera la mejor manera de describirla. Pero esta vez parecía preocupada por algo.

Por un momento Mina consideró si debía preguntarle por sus circunstancias personales, pero no encontró las palabras. Su relación con ella era puramente profesional y no supo qué decirle. De repente comprendió que así debía de sentirse Vincent en casi todas las ocasiones, con la mayoría de las personas.

—Léelo con calma —le indicó Milda—. Yo estaré aquí para responder las preguntas que puedas tener. Pero ¿de verdad crees que este caso guarda relación con el del niño que han hallado?

—En realidad, no lo sé —contestó Mina apoyando la carpeta contra el pecho—. Pero Adam Blom parece estar convencido de que sí.

Sentía que la ropa se le pegaba al cuerpo. Tendría que bañarse y cambiarse cuanto antes. Se hizo un breve silencio. La expresión de Milda era sombría y enigmática, como si callara alguna cosa, algo que estaba a punto de estallar en cualquier momento. Mina abrió la boca. pero enseguida volvió a cerrarla. Se dirigió a la puerta y se marchó, después de darle las gracias a la forense.

Se estacionó en la calle Hornsgatan, justo al lado de la plaza de Mariatorget. No había razón alguna para estacionar el coche de policía justo delante de la entrada y que se supiera adónde iba. Además, el corto paseo hasta la calle Bellmansgatan le permitiría ordenar las ideas.

Christer no culpaba a Julia por haberlo enviado. Un policía tenía que ser capaz de desconectarse a veces de sus emociones. Pero un buen policía también necesitaba expresarlas cuando se volvían demasiado intensas. Por eso le había tocado a él ir a ver a los padres del niño. Al menos no tendría que darles la noticia. Ya los había visitado antes un policía uniformado, acompañado de un sacerdote.

Se acercó a la entrada y tocó el timbre. Cuando llegó al piso correspondiente, encontró abierta la puerta del departamento. Una mujer que debía de ser la madre del pequeño lo estaba esperando con los brazos cruzados. Su postura quería ser desafiante, pero tenía los hombros caídos.

—No entiendo para qué sirve todo esto —dijo—. El niño que encontraron no puede ser Ossian. No tenía nada que hacer en Skeppsholmen.

—De eso precisamente queremos asegurarnos —replicó Christer con suavidad—. Yo soy la persona con la que han hablado ustedes por teléfono hace un momento. No sé si recordará mi nombre. Me llamo Christer.

La madre de Ossian había perdido todo el color del rostro,

a excepción de las negras ojeras. Era evidente que no había dormido desde el miércoles, el día de la desaparición de su hijo. Y ahora se encontraba en la fase de negación, la primera de las cinco que componían el proceso del duelo. Con el tiempo pasaría a la siguiente fase, la de la ira. Entonces los padres de Ossian le reprocharían a él y al resto del cuerpo no haber cumplido con sus obligaciones y quizá los amenazarían con una demanda o con denunciarlos ante los medios de comunicación. Cada persona gestiona la ira a su manera. Pero cualquiera que fuera la forma que adoptara la de Fredrik y Josefin, tendrían motivos para sentirse furiosos. Christer estaría de acuerdo con ellos. La policía no había hecho su trabajo. Él personalmente había fallado. Era cierto que las circunstancias habían impedido encontrar a Ossian a tiempo, pero aun así se sentía culpable. Habían hecho todo lo posible, pero no había sido suficiente. Ni por asomo.

Sin embargo, en ese instante Josefin no había asimilado aún la información de que su hijo ya no existía. Algunos allegados no pasaban nunca de esa fase.

El padre de Ossian apareció detrás de su esposa.

—¿No sería mejor que fuéramos ahora mismo a la morgue? —preguntó—. Para ver al niño y confirmar que no es Ossian.

Christer entendía su deseo. Mientras Fredrik y Josefin no vieran a Ossian con sus propios ojos, podrían aferrarse a la idea de que aún vivía y de que alguien había cometido un error. Y esa idea podía empujarlos a la locura. Pero por muy inhumano que fuera pedirles que esperaran, tenía que hacerlo.

—Podrán ir más adelante —respondió—. Pero ahora tenemos que dejar que los técnicos hagan su trabajo.

No había ninguna necesidad de explicarles detalladamente lo que eso significaba. Ossian iba a ser sometido a una autopsia. Su hijo iba a ser abierto en canal y Christer prefería mantener a Josefin y Frederik lo más lejos posible de esa idea. Sin embargo, parecieron comprenderlo. Josefin palideció todavía más y hundió la cara entre las manos, tambaleándose en el rellano. Fredrik le tendió los brazos para sostenerla, pero tampoco a él se le veía con fuerzas para permanecer en pie.

—Si Ossian tiene pasaporte con chip electrónico, podremos identificarlo por las huellas dactilares —explicó Christer—. En caso contrario, un cepillo de dientes será suficiente para tomar muestras de ADN.

—Iré a buscar su cepillo —dijo Fredrik internándose en el departamento. Parecía casi aliviado de tener algo concreto que hacer.

—Su ropa y su mochila forman parte de la investigación en este momento —prosiguió Christer—. Espero que lo comprendan.

—¿Su mochila? —Josefin reaccionó con cara de desconcierto—. ¿Para qué la quieren?

Señaló una mochila amarilla de tamaño infantil que yacía junto a los zapatos en el recibidor. Era un modelo pequeño de la marca Fjällräven.

—Ossian tendría que haber llevado la bolsa con su almuerzo el miércoles, cuando... cuando... —A Josefin se le quebró la voz—. Por una vez me acordé de preparársela y de guardarla. Pero al final se me olvidó darle la mochila.

Christer se obligó a no mirar durante más tiempo del necesario la mochilita amarilla. Le hacía sentir un nudo en el estómago.

—¿No tiene otra? —preguntó—. ¿Una con un dibujo de *My Little Pony*?

Josefin seguía observando la mochila Fjällräven de su hijo y ya no parecía prestarle atención a Christer.

—¡Qué pregunta tan extraña! —dijo Fredrik, que ya estaba de vuelta con un pequeño cepillo de dientes en una bolsa de plástico—. Pero no. No tenemos ninguna mochila como la que usted dice.

Christer frunció el ceño. Ossian había sido hallado con una mochila. Pero si no era suya, ¿de quién era? Había algo que no encajaba.

El despacho de Milda en el Instituto de Medicina Forense era un auténtico horno. Pero el ambiente en la jefatura no era mucho más fresco. Todavía no había acudido el técnico para reparar el aire acondicionado estropeado. Debía de haberse tomado vacaciones. La única solución era salir al aire libre y buscar un rincón a la sombra donde refugiarse del calor.

Con la carpeta bajo el brazo, Mina salió por la puerta principal y dobló la esquina. Un mar de colillas la recibió en el suelo. Debía de ser el lugar de reunión de los fumadores más empedernidos del cuerpo de policía. Probablemente la mayoría de ellos conviviría con alguien dispuesto a jurar que su pareja no fumaba. A Mina le fascinaba lo poco que la gente sabía de las personas más cercanas, aunque compartiera con ellas su vida. A veces se preguntaba si sería posible conocer de verdad a alguien, o si cada uno viviría en su propia burbuja, sin revelar a nadie su verdadero yo. Supuso que Vincent habría tenido mucho que decir al respecto.

Era un fastidio tener que sentarse, pero no le pareció viable estudiar de pie el contenido de la carpeta, por lo que se vio obligada a sacar todo su equipo del bolso: toallitas húmedas, aerosol antibacteriano y gel hidroalcohólico. Con mucho cuidado limpió el pequeño banco, estratégicamente situado junto a una papelera llena a rebosar. Intentó no mirarla. Varias avispas revoloteaban alrededor de la papelera, pero Mina no les tenía miedo. Eran un peligro visible, y a ella la atormentaban sobre todo las amenazas que no se podían ver.

Cuando terminó se sentó con cautela y colocó la carpeta a su lado, sobre el banco. Se estaba bien a la sombra y una suave brisa se le colaba por debajo de la ropa y le secaba el sudor de la piel. Respiró hondo varias veces. Sin el calor oprimente sintió que las vías respiratorias se le abrían de nuevo.

Con los pulmones llenos de oxígeno, abrió la carpeta. El primer documento era el informe de la autopsia. Sabía que no sería fácil leerlo. Ni siquiera los policías más curtidos podían permanecer impasibles ante la muerte de una criatura. Y Lilly tenía cinco años. Por una vez los tópicos de los libros de detectives se habían cumplido. Un hombre que paseaba a un perro había encontrado el cadáver bajo una lona.

Mina se obligó a sacar las fotografías y colocarlas una junto a otra sobre el banco. La niña tenía el cabello largo, oscuro y rizado. Su cabellera se extendía como un abanico sobre la mesa metálica de autopsias. Su rostro era apacible. Parecía dormida.

Había muerto por asfixia. Eso ya lo sabía Mina, pero como no se había ocupado del caso, no estaba al corriente de los detalles. La curiosidad la llevó a leer con atención el informe. No quería pasar por alto ningún dato que pudiera ser importante. En los casos de asesinatos los detalles más nimios podían ser decisivos.

Una avispa se posó en medio del papel y Mina la ahuyentó irritada. Pero el insecto no tardó en regresar, aparentemente despreocupado por la evidente superioridad física de su contrincante. El coraje de las avispas la intrigaba. La mayoría de los animales tenían un respeto natural por las especies de mayor tamaño. Pero las avispas hacían gala de una especie de arrogancia infinita, como si su aguijón les asegurara el triunfo, independientemente de las dimensiones de su rival. Le recordaban a algunos hombres que había conocido a lo largo de su vida.

Volvió a ahuyentarla con la mano. Esta vez la avispa captó la indirecta y salió volando hacia un envoltorio de helado que había en la papelera.

El informe de Milda, como todos los que hacía la forense,

estaba bien estructurado y era fácil de entender. Lo que resultaba difícil de asimilar era la información que contenía. La causa de la muerte era engañosamente simple. Asfixia. Hipoxia. El cerebro se había visto privado de oxígeno hasta que se había apagado y las funciones del organismo se habían detenido. Mina siguió leyendo. No había ningún cuerpo extraño en las vías respiratorias que pudiera haber causado la asfixia. Solo pequeños restos de fibras. Tampoco había agua en los pulmones, por lo que el ahogamiento había sido descartado. Sin embargo, Milda había dejado constancia de unas marcas en los pulmones, indicadoras de que se había ejercido una fuerte presión sobre las costillas. Mina frunció el ceño. ¿Qué podía haber causado esa presión sobre el cuerpo?

Sabía que los cadáveres hallados en aguas profundas podían presentar lesiones similares a las observadas, pero en el caso de Lilly no había agua en los pulmones.

¿Podía haber sido un golpe? Aunque Milda descartaba esa posibilidad en el informe, como pudo leer Mina más abajo. Los golpes habrían dejado un rastro de hematomas bajo la piel, y no había nada de eso.

¿Una caída? Había visto bastantes víctimas de caídas desde cierta altura, tanto en circunstancias accidentales como deliberadas. Pero en esos casos los daños solían ser menos localizados y no se notaban únicamente en el tórax, como Milda también había señalado en el informe. La forense indicaba como causa más probable de la asfixia una fuerte presión, con la salvedad de que dicha presión no había podido ser rápida ni violenta, porque en ese caso también habría dejado hematomas bajo la piel. En su opinión, tenía que haber sido una presión constante sobre el cuerpo, prolongada en el tiempo. Mina se rascó la cabeza pensativa. Era difícil establecer la causa de la muerte.

¿Muerte por presión?

El momento del fallecimiento también era de la mayor relevancia, sobre todo ahora, a la luz de los sucesos de Ossian. Como había dicho Christer, habían transcurrido casi exactamente tres días desde la desaparición de Lilly hasta el hallazgo de su cuerpo. A juicio de Milda, la habían mantenido con vida todos esos días y no la habían sometido a ningún tratamiento violento. Al contrario. El contenido del estómago permitía asegurar que los secuestradores la habían alimentado bien. Al menos eso. A Lilly la habían matado poco antes de que fuera hallada.

Mina volvió al contenido de la carpeta, donde se combinaba el informe de Milda con el resultado de las investigaciones de la policía científica. Los técnicos habían encontrado unas fibras en la axila derecha, que según los análisis coincidían con las halladas en la garganta de la niña. Eran fibras de lana.

La avispa regresó, si es que era la misma. Se posó una vez más sobre el papel que Mina estaba leyendo y con eso consiguió colmar su paciencia. La mujer sacó una toallita húmeda del bolso, apuntó con cuidado y la aplastó. La imaginó atacando a ciegas la servilleta con su aguijón, una agresividad desesperada que no le serviría de nada. También eso le hizo recordar a algunos hombres que había conocido. Desdobló la toallita y contempló a la avispa. Muerta por aplastamiento. Volvió a doblarla y la tiró a la papelera.

Cuando hubo leído detenidamente el informe de la autopsia, sacó los últimos documentos para mirarlos. Eran fotografías de la ropa y las pertenencias de Lilly, encontradas junto a su cuerpo. No faltaba nada, según sus padres, y era la misma ropa que llevaba puesta el día de la desaparición. También había varios tesoros personales, hallados en sus bolsillos: una piedra blanca y reluciente, un separador de libros con brillantina, un duende de grandes ojos para insertar en el extremo de un lápiz y un borrador con forma de gato. Mina sonrió, aunque seguía viendo con el rabillo del ojo la imagen de la niña sobre la mesa de autopsias. Había algo enternecedor en la alegría descarada de los niños de cinco años por todo lo que fuera bonito o especial: la brillantina, los caballos, los cachorritos de perro, el color rosa, las plumas, los flamencos, los gatitos, las lentejuelas y otras mil cosas que los mayores dejaban de apreciar, a menos que se estuvieran preparando para Eurovisión o para el desfile del orgullo gay.

Recogió todo con cuidado, lo colocó en el orden original y cerró la carpeta. Después respiró hondo, antes de volver al calor de la calle. Consultó el reloj. La jornada prácticamente había terminado. Había averiguado algunos datos más, pero sentía sobre todo que tenía más interrogantes que antes. No había visto nada que pudiera ayudarlos a encontrar a los secuestradores de Ossian o de Lilly. Estaba avanzando a tientas en un callejón sin salida. Y el asesino todavía andaba suelto.

Vincent estaba en su estudio. Maria había tenido que ir una vez más a ver a Kevin, para ajustar su estrategia comercial. Vincent se había cruzado con ella en la puerta al volver del cementerio. Por lo visto, Kevin había tenido una idea brillante que no podía esperar. Rebecka había llevado a Aston al cine, lo cual apenas un mes antes habría sido impensable. Pero de pronto el pequeño había empezado a idolatrar a su hermana mayor y ella no parecía tener nada en contra de que la vieran en compañía de su hermanito de siete años, aunque todo hacía pensar que ya tenía novio. Debía de ser el calor, que los tenía un poco mareados, pero un cine con aire acondicionado en plena tarde parecía una buena elección.

Benjamin estaba encerrado en su cuarto, haciendo lo que fuera que hacían los chicos de veintiún años cuando se encerraban en su habitación. Vincent esperaba que estuviera buscando piso en algún sitio web inmobiliario.

Como consecuencia, tenía todo el sábado por la tarde para él solo.

En otro tiempo se habría alegrado de poder quedarse a solas con sus pensamientos, pero ya no. Desde que Jane había sacado a la luz lo sucedido con su madre, necesitaba distraerse para mantener la mente controlada. Tenía miedo de dejar vagar libremente la imaginación, porque no sabía adónde podía llevarlo.

Tomó uno de los cubos de Rubik que tenía en la estantería y

empezó a juguetear con él entre los dedos. Era el que le había dado Mina. Había intentado resolverlo antes, pero las piezas estaban un poco sueltas y no se atrevía a hacerlas girar. Se preguntó una vez más qué habría hecho Mina con él. Parecía como si se hubiera roto y ella lo hubiera vuelto a armar. El pequeño objeto despertó en él recuerdos para los que no estaba preparado: la sala de estar de Mina, donde había visto el cubo sobre el escritorio, y la propia Mina, desconsolada en el sofá. Sintió que se le aceleraba el pulso y que sus pensamientos se encaminaban precisamente en la dirección que intentaba evitar. Abrió un cajón para guardar el cubo fuera de su vista y entonces su mirada se posó en el sobre con el sello navideño. Al cabo de unos segundos de duda lo sacó del cajón.

Era una tarjeta que había recibido unos dos meses después de finalizar su colaboración con la policía. Contenía uno de los muchos misterios y enigmas caseros que le había enviado la gente cuando se hizo pública su participación en el caso.

A decir verdad, se había divertido resolviendo la mayoría, tras comprobar que no contenían nuevas amenazas de muerte. Muchos eran rudimentarios, pero había unos cuantos bastante complicados. Y también algunos totalmente incomprensibles, como el que tenía en la mano. En el interior del sobre había una tarjeta navideña corriente, de las que se pueden comprar en los supermercados, y varios trozos de papel coloreados, recortados como si fueran figuras del Tetris. La tarjeta no estaba firmada.

Vincent esparció los trozos de papel sobre la mesa, con la misma sensación que la primera vez que los había visto. De inmediato había sentido que ese rompecabezas era diferente a los demás. No podía explicarlo de manera racional, pero la sola visión de las piezas le había producido una vaga e indefinible inquietud, y la sensación volvió a ser tan intensa como entonces.

Las piezas tenían algo escrito, con unas pocas letras en cada trozo de papel, y era evidente que era preciso componer el rompecabezas para poder leer el mensaje. Pero el remitente le había tendido una trampa mental y Vincent había caído en ella en cuanto intentó resolverlo por primera vez. Sonrió para sus adentros. No era frecuente que alguien lograra enredarlo, y él apreciaba el esfuerzo. Como las piezas se parecían a las figuras del Tetris, había tratado de colocarlas haciendo coincidir los bordes, sin dejar espacios libres, tal como convenía hacer en el juego. Pero, por mucho que cambiara el orden de las piezas, el mensaje seguía siendo ilegible.

Al final había comprendido que la asociación con el videojuego era una pista falsa. De hecho, en la tarjeta no había ninguna indicación de que fueran piezas del Tetris. Las conocidas formas y figuras lo habían hecho pensar de manera automática en esos términos, lo cual probablemente había sido el propósito del remitente. La persona en cuestión debía de haberse informado sobre las técnicas que él mismo empleaba en sus espectáculos. El truco de desviar la atención del público, dirigiéndola hacia un objeto irrelevante, era uno de los pilares del ilusionismo. Los magos lo llamaban *misdirection*.

Pero el hecho de que el remitente lo hubiera investigado a él y a los trucos que utilizaba le producía cierta inquietud. Tras comprender su error, había podido recomponer el mensaje en pocos segundos, con solo concentrarse en el texto. Había una única solución.

Tomó las piezas que yacían sobre la mesa y las ordenó tal como había hecho muchas veces. El texto se podía leer, pero era incomprensible. La frase que formaban las letras era: «Imagine a Greta acabada». El mensaje, si es que era un mensaje dirigido a él, seguía desconcertándolo. No conocía a ninguna Greta, ni lograba imaginar a ninguna, ni acabada ni sin acabar. Sin embargo, enseguida comprendió que la frase debía de ser un código. Pero ¿de qué tipo?

Había intentado buscar diferencias en el mensaje manuscrito, pero estaba trazado con especial cuidado y todas las letras parecían exactamente iguales, lo que permitía descartar el código Bacon, también conocido como «clave baconiana», que por lo general requería que cada letra del alfabeto tuviera dos apariencias diferentes. Comprobó el código ROT13 y el más conocido cifrado por sustitución, en el que cada letra representaba a otra del alfabeto, pero esos sistemas no solían producir palabras tan completas como las del mensaje que había recibido. Lo mismo podía decirse de todas las variantes que consistían en cambiar unas letras por otras.

Fue a la sala y puso el álbum «Pollen» de Aes Dana en el plato del tocadiscos. Pero antes, como siempre, se acercó el disco de vinilo a la nariz para olerlo.

Toda su familia criticaba su insistencia en utilizar productos físicos y analógicos. Pero los libros de papel y los discos de vinilo se podían oler. Tenían un perfume que prometía aventuras y descubrimientos inesperados. Los servicios de *streaming* eran prácticos, pero no olían a nada. Eran como las cafeteras de cápsulas. Podían resultar cómodos, pero con ellos se perdía irremisiblemente una parte de la experiencia.

Cuando sonaron las primeras notas por los altavoces subió el volumen para oír la música desde el estudio. Se podía decir muchas cosas de los franceses, pero no había dudas de que la música electrónica era lo suyo. Quizá Rebecka no se había equivocado del todo con ese Denis.

Volvió a su escritorio y miró otra vez el críptico mensaje. Tenía que haber una capa más profunda de significado a la que aún no había podido acceder. Solo quedaba la posibilidad de que fuera un anagrama, en el que no contaran las mayúsculas ni los signos de puntuación. Probablemente bastaría con cambiar el orden de las letras para leer el mensaje correcto. Pero con veinte letras habría millones de combinaciones posibles. Sin una pista ni siquiera tenía sentido intentarlo.

Suspiró y guardó las piezas en el sobre. Por supuesto, también existía la posibilidad de que el rompecabezas no tuviera ningún sentido y de que él hubiera sobreestimado a su creador. No era la primera vez que recibía tonterías por correo. Pero dos hechos sugerían lo contrario. El primero era su instintiva sensación de inquietud, que se negaba a desaparecer.

Y el segundo, la recepción de otra tarjeta navideña, seis meses atrás, con más piezas.

Mina había tenido pesadillas toda la noche, pero no podía recordarlas. Solo sabía que al despertarse por la mañana estaba tan sudorosa que la rutina de higiene matinal le había llevado el doble de tiempo que de costumbre, por lo que se le había hecho tarde para ir a la jefatura. Julia había convocado la reunión del equipo a primera hora, ya que el trabajo del domingo dependería de lo que todos hubieran podido averiguar el día anterior. Mina esperaba que alguno de sus colegas hubiera encontrado mejores pistas que ella.

Al salir de su recibidor se paró en seco. Había visto un coche grande, negro y reluciente estacionado justo delante y de inmediato supo de quién podía ser. El corazón se le aceleró como un colibrí aleteando en el pecho. ¿Por qué quería ponerse en contacto con ella? ¿Por qué precisamente en ese momento? Era casi como si ella misma hubiera conjurado su presencia, por haber recordado unos días antes el departamento de Vasastan. Corrió hacia el coche y abrió la puerta trasera.

—¿Ha pasado algo?

—Siéntate —le dijo él secamente.

Esa única palabra hizo que todos sus recuerdos volvieran en tropel. Él nunca había sido generoso con las palabras y su tono era autoritario, como si siempre estuviera impartiendo órdenes, lo cual resultaba del todo apropiado, dada su posición. Incluso al principio, cuando vivían juntos y él solo había comenzado a escalar en su carrera profesional, ya se comportaba como si quisiera mandar a los demás.

Entró en el coche y se sentó, después de inspeccionar el asiento. Estaba impoluto, desde luego. Había personas cuya única responsabilidad consistía en mantener el coche en perfecto estado.

—¿Ha pasado algo? —preguntó echando un vistazo al conductor.

Resultaba extraño que dentro del coche hubiera un completo desconocido mientras ellos hablaban. Lo miró a través del retrovisor, pero sus lentes de espejo le impidieron ver su expresión. Tenía la cabeza orientada hacia delante, hacia la calle. Lógicamente, formaba parte de su trabajo comportarse como si fuera ciego y sordo en determinadas ocasiones.

Mina dirigió una vez más la mirada hacia el hombre que tenía a su lado en el asiento trasero. La preocupación hizo que se le encogiera el corazón. ¿Por qué estaba ahí? ¿Por qué había acudido en su coche, que era de todo menos discreto?

Había quedado claro que no quería incluirla en su vida. Ni en la de Nathalie. Y ella lo comprendía y lo aceptaba. Era la condición que le había impuesto. Si lo dejaba, tendría que cortar todos los vínculos. Ese había sido el trato. Y así había sido durante muchos años. Él no se acercaba a ella y ella no se acercaba a él. Sencillo y sin complicaciones. Hasta que la habían sorprendido, dos veranos atrás. Desde entonces no había sabido nada más de él y se había cuidado de mantener las distancias. Había dejado de acudir a la estación de Blåsut, para mirar desde el andén, y tampoco frecuentaba ya el parque de Kungsträdgården. Pero ahora, de repente, se había presentado en su calle.

Estaba delante de su entrada.

Se concentró en una pequeña mancha que descubrió en el respaldo del asiento delantero, una diminuta irregularidad en una superficie de piel que por lo demás era perfecta.

Respiró hondo.

Y volvió a respirar.

Después se volteó hacia él, que le devolvió la mirada. Su expresión era firme, pero había una chispa de preocupación en sus ojos azules, tan parecidos a otros ojos. Mina sintió una opresión en el pecho.

—La ha abordado —dijo él—. Tendrías que haberla mantenido apartada.

No hizo falta preguntarle a quién se refería.

—Hace mucho tiempo que no hablo con mi madre —replicó Mina.

—Nathalie está con ella desde el viernes. Mis empleados observaron el primer contacto, desde luego, pero les pedí que no intervinieran.

Mina pensó en lo sucedido dos veranos antes, cuando no había podido evitar la tentación de tomar un café con su hija, pero los guardaespaldas se la habían llevado prácticamente antes de que pudieran sentarse.

—En otras ocasiones no tuviste ningún problema para intervenir de inmediato —dijo.

—Lo sé —repuso él—. Pero, como consecuencia, mi relación con Nathalie se ha vuelto... un poco tensa. No quería empeorarla aún más innecesariamente. De todos modos, sé dónde vive tu madre y, además, ahora está más mayor... que antes. En cualquier caso, Nathalie me envió un primer mensaje diciendo que se había encontrado con su abuela. Y después otro, para comunicarme que pensaba quedarse a dormir con ella. Eso fue el viernes. Desde entonces no ha respondido a ninguno de mis mensajes, ni ha contestado el teléfono. Y ya es domingo. Sé muy bien que los adolescentes son rebeldes, pero todo tiene un límite.

Mina se mordió la lengua. Había adquirido la costumbre de seguir los movimientos de Nathalie en su teléfono celular. El pequeño emisor de GPS que le había escondido en la mochila debía de estar en un compartimento que su hija no utilizaba nunca, porque sus movimientos diarios indicaban que todavía no lo había descubierto. Sin embargo, el caso de Ossian había consumido todo su tiempo en los últimos días y no había vuelto a mirar la localización de Nathalie desde el miércoles por la mañana, cuando estaba en casa de su padre. Se avergonzó. Si hubiera estado más atenta a su hija, habría estado al corriente de su paradero.

—Entonces ¿por qué no la vas a buscar? —preguntó—. Sabes dónde y con quién está.

Mina notó inseguridad en el rostro del hombre. Conocía esa expresión. Nunca pasaba de ser un destello, algo tan fugaz que jamás podía estar segura de haberlo visto realmente. Pero, en esa ocasión, duró más de lo habitual.

—No sé —respondió él—. Nuestro acuerdo establece que no puede haber ningún contacto. Pero es su abuela. Y han pasado tantos años... No sé qué hacer.

Las palabras quedaron flotando en el silencio que se instaló entre ellos. Mina volvió a observar de reojo el retrovisor y comprobó que el conductor seguía mirando directamente adelante, sin mover un músculo detrás de sus lentes de sol.

No era difícil comprender el dilema. El padre de Nathalie temía el juicio de la opinión pública si llegaba a saberse que mantenía a su hija apartada de su familia más directa.

—Entiendo que quieres que yo haga algo, ¿no?

El hombre negó con la cabeza y por un momento pareció estar buscando las palabras. Mina pensó que esa era una de sus principales características. Nunca hablaba de manera precipitada o imprudente. Era una de las cosas que lo habían conducido a su actual posición.

La gente que pasaba miraba el coche con curiosidad, porque de hecho destacaba, estacionado delante de un edificio de departamentos normal y corriente. Los cristales polarizados invitaban a imaginar quién podía ocultarse dentro del vehículo.

—Quiero que hables con tu madre —dijo él por fin—, sin que Nathalie lo sepa. A mí tu madre no me va a escuchar, pero puede que a ti sí. Tenemos que gestionar este asunto con discreción.

Mina tuvo que obligarse a respirar hondo para serenarse. En

su interior se había desencadenado un torbellino de sentimientos, una marea de recuerdos y sensaciones que le había costado enormemente reprimir. Eran todas las cosas que había tenido que aprender a dejar atrás.

—Estoy en medio de una investigación urgente —replicó.

—El niño desaparecido —repuso él asintiendo—. Vi la rueda de prensa. Según mis fuentes, hallaron el cadáver ayer por la mañana.

—Entonces entenderás que no puedo hacer nada más en este momento. Además, creo que Nathalie estará bien. No estoy preocupada por ella.

Sus miradas volvieron a encontrarse.

—No, pero tal vez debería preocuparte lo que pueda oír —dijo él.

La ansiedad se apoderó de Mina. El padre de su hija tenía razón. Los dos habían llegado a un acuerdo, pero su trato era tan endeble como un castillo de naipes. Por cada segundo que Nathalie pasara con su abuela, era mayor el riesgo de que el castillo se derrumbara. Y si se venía abajo, no solo sepultaría a Mina, sino también a su hija.

—Puedo intentarlo —respondió en voz baja.

El hombre tendió la mano hacia el asiento delantero y el conductor le entregó un bloc y una pluma. Con una caligrafía que Mina conocía muy bien, el padre de Nathalie escribió varias líneas rápidas, arrancó la hoja y se la dio. La inseguridad había desaparecido como por arte de magia de su rostro. Ahora su expresión era de absoluta serenidad y firmeza.

Mina abrió la boca para decir algo. Había tantas cosas pendientes, tantas preguntas que le habría gustado hacer... Pero se contuvo y, en lugar de hablar, se dispuso a abrir la puerta del coche. Había renunciado al derecho a hacer preguntas.

Cuando el coche negro dobló la esquina y se perdió de vista, ella se quedó contemplando el punto por donde había desaparecido. Después miró la hoja que tenía en la mano. Sacó el teléfono y marcó el número garabateado. Si no lo hacía de inmediato no se atrevería nunca. Saltó un contestador automático. Tras hacer una profunda inspiración, dejó un mensaje. Luego volvió a la entrada, marcó el código que abría la puerta y subió por la escalera a su departamento. Solo después de asegurarse de que la puerta estaba bien cerrada se puso a gritar.

El sol de la mañana de domingo brillaba sobre los tejados en el barrio de casas bajas de Vallentuna. Recordaba que los muros eran marrones cuando él vivía allí, pero en algún momento habían decidido pintar todas las casas de diferentes colores. Ruben llevaba varios días pensando en hacer la visita, pero la búsqueda de Ossian había sido prioritaria y lo había obligado a aplazar sus planes. El día anterior había hablado con todas las personas a bordo del *af Chapman* y con el personal del Museo Nacional y de la Escuela de Bellas Artes, que se encontraban en las proximidades. Nadie había visto nada. Por supuesto que no. Adam se había ofrecido para cubrir el resto de la isla el domingo. Si el asesino había llegado en barco, había una posibilidad de que algún ocupante de las otras embarcaciones amarradas en la costa lo hubiera visto. Ruben le había dicho que tenía algo que hacer a primera hora, pero que después se reuniría con él y lo ayudaría. De repente pensó que habría sido mejor ir directamente a Skeppsholmen. Pero no. Era preciso hacer de una vez por todas lo que había ido a hacer allí.

Además, el caso de Ossian lo había desequilibrado y necesitaba sentir que tenía un punto de referencia, o al menos que lo había tenido en el pasado. La amistad entre colegas que compartía con Gunnar y los demás no le aportaba esa sensación de pertenencia. Era a la vez camaradería y rivalidad. Era una competición por ver quién contaba la mejor historia, quién había visto las tetas más grandes durante el fin de semana o quién se había corrido la mejor juerga. Se animaban entre sí. Confiaría ciegamente en cualquiera de ellos si hiciera falta, pero en ese momento necesitaba otra cosa.

Le había resultado fácil encontrar a Ellinor. Todavía vivía en la casa que habían compartido. Se quedó unos segundos dentro del coche estacionado, contemplando las viviendas, calle abajo. La amarilla era la de Ellinor. Salió del coche y abandonó el estacionamiento. Había niños jugando en el parque.

Niños.

Hasta ese instante no se le había ocurrido la idea. ¿Y si Ellinor se hubiera casado y tuviera hijos? Era domingo. Era posible que toda la familia estuviera en casa. En caso de que le abriera la puerta su marido, le diría que se había equivocado de dirección.

Cuando se iba acercando a la casa amarilla vio una bicicleta infantil tirada sobre la hierba, delante de la puerta. Fue como si la hubiera conjurado con sus pensamientos. Y no era una de las que se usan para aprender. Era más grande. Debía de hacer bastante tiempo que Ellinor había formado una familia. Cada vez le parecía peor idea haber ido a verla, pero ya que estaba ahí quería acabar cuanto antes. Si no lo hacía se quedaría para siempre con la duda.

Subió los peldaños y tocó el timbre. Cuando oyó que alguien se acercaba a la puerta desde dentro, retrocedió un poco para no intimidar.

Le abrió la puerta Ellinor.

—¿Sí?

Lo primero que le llamó la atención a Ruben fue que estaba muchísimo más guapa ahora que cuando lo había dejado. Ya entonces había sido una belleza, desde luego, pero ahora tenía diez años más. Diez años de experiencia, de acumular conocimientos y vivencias. De ser madre. De tener una vida propia. Todo eso lo notó nada más verla. Y se quedó sin aliento. Ella tardó unos segundos en reconocerlo. Luego frunció el ceño.

—Ruben Höök —dijo—, ¿qué haces aquí?

No era el tono de voz que habría empleado para decir

«¡Cuánto me alegro de verte, después de tantos años!», sino más bien lo contrario: «Vete antes de que llame a mi marido».

—Hola —saludó él, con tanta suavidad como pudo—. Perdóname por aparecer así de improviso, pero he pensado que... ¿Podemos hablar un momento?

Alguien se movió detrás de ella. Ruben intentó ver quién era, pero Ellinor se situó de tal manera en la puerta que le bloqueó la vista.

—No es nada, Astrid —dijo—. Dame un minuto.

En el rostro de Ellinor Ruben pudo ver el daño que le había causado en otro tiempo y lo mucho que ella deseaba dejar atrás el pasado.

—¿Astrid? —tanteó.

—No tienes nada que hacer aquí —respondió ella—. Vete o llamo a la policía.

Ruben aventuró una sonrisa.

—Pero, Ellie... —repuso—. La policía soy yo.

—Ya sabes lo que quiero decir. Vete y no vuelvas nunca más. Y no te atrevas a llamarme Ellie.

Una figura menuda apareció de repente al lado de Ellinor.

—¡Hola! Soy Astrid. ¿Tú cómo te llamas?

—Este señor ya se va, Astrid —replicó Ellinor bruscamente—. Adiós.

Empujó a la niña hacia atrás y le cerró la puerta a Ruben en las narices. Enseguida se oyó que ponía el seguro. El policía retrocedió un poco más hasta la hierba y se quedó parado, sin saber qué hacer. Pero allí no podía permanecer mucho tiempo. Los vecinos empezarían a murmurar. A él no le preocupaban los vecinos, pero era probable que a Ellinor sí.

Caminó de regreso al coche. ¡Qué mañana de mierda! Amanda, la psicóloga, no se había equivocado. Había sido una de las peores ideas que había tenido en su vida. La Ellinor que él había amado y con la que había convivido, la Ellinor a la que había defraudado, ya no existía. Era cosa del pasado. De su vida en común solo le quedaban recuerdos desagradables. Había seguido adelante y tenía una familia. No era culpa suya que él no hubiera hecho lo mismo.

Se subió al coche y permaneció parado unos instantes antes de ponerlo en marcha. Había sido sorprendente ver a Ellinor con una niña. La pequeña tenía los ojos de su madre y la boca de otra persona que él no conocía. Ellinor siempre había tenido unos labios suaves y carnosos, que sabían a sal en verano, cuando sudaba. Ruben tuvo que hacer un esfuerzo para dejar de pensar en sus labios. No podía permitir que lo ahogaran una vez más los recuerdos.

La niña se llamaba Astrid, como la abuela de Ruben. Ellinor le tenía mucho aprecio a la abuela Astrid y ella a menudo le seguía preguntando a él por su encantadora novia. Hasta ahora no había podido darle una respuesta, pero al día siguiente iría a verla y tomaría un café con ella, como todos los lunes. Habían adquirido esa costumbre desde que la abuela había ingresado en una residencia, que por suerte se encontraba a tan solo cinco minutos de la jefatura. Esta vez, cuando la viera, podría contarle que Ellinor estaba bien y que tenía una hija tocaya suya. Seguramente se alegraría.

Respiró hondo y arrancó. Ya estaba hecho. Había puesto el punto final. Amanda podría sentirse orgullosa.

—Varias cosas me han llamado la atención en el informe de la autopsia de Lilly —dijo Mina por teléfono. Todavía le dolía la garganta por lo mucho que había gritado—. Pero nada que arroje luz sobre el caso de Ossian —añadió—. Tendremos que esperar a que le practiquen la autopsia al niño.

Oyó que Julia dejaba escapar un suspiro.

—Las pesquisas de Adam y Ruben tampoco han aportado ninguna pista —repuso la jefa—. Y Peder no ha encontrado ninguna cámara de seguridad cerca de la pasarela.

—¿Tampoco en el puente de acceso a la isla? ¿Ni en el *af Chapman*?

—Hay cámaras en el Museo Nacional, junto al puente, pero solo permiten ver lo que está relativamente cerca. Además, si el asesino llegó en barco, ni siquiera le hizo falta pasar por el puente. Cualquiera pensaría que el *af Chapman* contaría con cámaras en la entrada, pero solo las tiene en el interior. Así que no tenemos nada. Esperaba que tú pudieras aportar algo.

—Aún no. Como ya te he dicho, hay cosas interesantes en el informe, pero nada que pueda ayudarnos en el caso de Ossian. Por otro lado, creo que Adam tiene razón cuando dice que deberíamos analizar de nuevo el secuestro de Lilly.

Julia suspiró otra vez.

—La mujer de Peder me odiará todavía más cuando vuelva a llamarlo —dijo—. Con un poco de suerte conseguiremos localizar a la madre de Lilly hoy mismo. Tengo entendido que el padre está de viaje. Pero creo que tú ya no puedes hacer nada más por hoy. Llámame si se te ocurre algo. Si no, nos vemos mañana.

—Sí, desde luego.

Mina colgó el teléfono. El encuentro inesperado con el padre de Nathalie la había sacudido tanto que no había podido asistir a la reunión convocada por Julia. Se sentía a punto de desmoronarse y no quería perder el control en la jefatura. A Julia le había dicho que tenía anginas y no quería contagiar a los demás, por si fuera algo serio. Después de haber gritado prácticamente hasta quedarse afónica, no era del todo mentira.

Se puso a caminar inquieta por todo el departamento. Julia le había encargado algunas tareas que podía hacer desde casa, pero estaban terminadas y no aliviaban su sensación de estar demasiado lejos del centro de la acción. De repente las familiares paredes dejaron de parecerle seguras. Necesitaba distraerse. Tanto Nathalie como Ossian ocupaban sin tregua sus pensamientos y le impedían razonar de manera constructiva.

No habían encontrado a Ossian a tiempo y no había nada que hacer al respecto. Ella, por su parte, no tenía ninguna pista y, por mucho que se empeñara, no iba a hallar ninguna con los datos que tenía. Lo sabía muy bien. Por otro lado, se alegraba de que Julia no le hubiera pedido que fuera a la jefatura, porque todavía estaba demasiado afectada por su encuentro con el padre de Nathalie.

Como si no fuera suficiente tener constantemente en la cabeza la tragedia de Ossian, ahora resultaba que su hija se había topado con su madre y estaba con ella. Ines aún no le había devuelto la llamada, pero estaba segura de que el número que le había dado el padre de Nathalie era el correcto. Por supuesto, lo más sencillo habría sido comprobar la señal de GPS para ver dónde estaba y presentarse allí como policía. Pero eso no habría hecho más que empeorar las cosas. No tenía más remedio que esperar. Y preocuparse por lo que Ines pudiera contarle a Nathalie. La sola idea la paralizaba de miedo. Había secretos que no podían ni debían ser revelados. Se habían construido tantas cosas sobre ellos, que todo el edificio se vendría abajo, y el desmoronamiento los arrastraría a todos. Nadie saldría indemne del caos resultante. Pero no había nada que pudiera hacer ella en ese momento; Nathalie estaba con Ines y solo cabía esperar.

Pero Mina no sabía quedarse a la espera. Ya había terminado el trabajo asignado por Julia y solo podía rezar para que le enviara nuevas instrucciones y nuevos encargos.

Necesitaba desesperadamente una distracción. Levantó el teléfono y empezó a mirar las diferentes aplicaciones. Había respondido a todos los correos electrónicos y a los pocos mensajes recibidos a lo largo del día. ¿Habría algo más? ¿Un artículo interesante o algún...? Se detuvo al ver una llamarada blanca sobre fondo rojo. Tinder. Maldito Ruben. ¿Por qué había tenido que meterla en eso? Aunque, a decir verdad, no la había obligado. Ella había descargado la aplicación solo para que se callara y dejara de atormentarla. Sin embargo, era posible que el Tinder fuera la distracción perfecta para ese momento. ¿Quién había dicho que ella nunca lo usaría? ¿No era lo que hacían las personas modernas? ¿Las personas normales? Ella no era ninguna puritana. Además, los hombres de los perfiles no se enterarían de que ella los había mirado. De ese modo, todo le resultaría un poco más fácil. No mucho, pero lo suficiente.

O al menos eso esperaba.

Se preparó primero para lo que iba a ver, leyendo algunos artículos en la computadora. Por lo visto, a los hombres les recomendaban que subieran fotos con sus mascotas, con sus amigos e incluso con la familia, además de imágenes donde aparecieran practicando alguna actividad, porque eso gustaba a las mujeres, según la autora del artículo. Y sí, por supuesto, Mina podía entender las ventajas psicológicas de presentarse como una persona atenta y empática, con vida social e intereses variados.

El problema era que cientos de miles de personas habrían leído esos mismos consejos, lo que probablemente restaría autenticidad a las fotografías destinadas a pregonar esas características.

Hizo una inspiración profunda, roció con aerosol la pantalla del teléfono, abrió la aplicación y se registró como usuaria.

El primer hombre que apareció en la pantalla sostenía orgulloso —quizá con excesivo orgullo, en opinión de Mina— un pez enorme que aparentemente había pescado. Mina no se lo esperaba y no supo muy bien cómo clasificar la imagen. ¿Se suponía que el pez era una mascota, una actividad o una muestra de fuerza? ¿O tal vez un miembro de la familia? Imaginó que era un símbolo de virilidad. Una demostración de la capacidad de cazar, pescar y matar para comer. El hombre de la foto llevaba puestos unos lentes de sol, por lo que Mina solo podía basarse en el pez para deducir su personalidad.

Y en el hecho de que lo estaba agarrando con las manos desnudas.

Mina se estremeció de horror.

¿Qué mujer en su sano juicio permitiría que esas manos que sostenían con orgullo un besugo de grandes dimensiones la tocaran después a ella? La sola idea le produjo náuseas y enseguida sintió la necesidad de volver a rociar la pantalla con desinfectante. Se olió los dedos. Casi le pareció percibir olor a pescado.

Sin ganas de ver nada más, deslizó rápidamente la foto hacia la izquierda.

Echó un breve vistazo a la siguiente y volvió a hacer el mismo movimiento.

Tras repetir el ejercicio varias veces, le quedó claro que todos los hombres del mundo habían leído los mismos artículos que ella. Había perdido la cuenta de los señores con abuelo, señores con mascotas exóticas, señores en el gimnasio e incluso señores entre cojines que había visto en los perfiles, por no mencionar la cantidad desproporcionada de señores que parecían convencidos de que la imagen más atractiva de sí mismos era una foto sosteniendo un pez enorme. De verdad, ¿qué les pasaba a los hombres con los peces? Se dijo que si veía otra captura más, tendría que lavarse los ojos con sosa cáustica.

Ruben podría reírse de ella todo lo que quisiera, pero no pensaba seguir.

De repente detuvo el dedo en el aire. Un par de ojos castaños la miraban desde la pantalla. Cabello oscuro y rizado, recogido en una coleta no muy bien anudada. Barba incipiente muy visible en las mejillas y la barbilla. Un hombre bien parecido, pero sin exagerar. Se le veía un poco cansado. No era una foto de estudio, sino una selfi tomada a toda prisa. Una fotografía sin pretensiones. En la siguiente aparecía sentado detrás de un escritorio, con la cabeza apoyada en las manos. No miraba a la cámara, sino a algún punto fuera del cuadro. Llevaba camisa blanca remangada. Podía ser su lugar de trabajo. No había ninguna foto más. Ni gimnasios, ni peces. Mina suspiró aliviada y leyó la descripción.

> Me llamo Amir y soy abogado. No tengo muchas aficiones ni intereses, por culpa del trabajo, pero es algo que quiero cambiar. ¿Lo intentamos juntos?

Un abogado sin aficiones. Sin embargo, era guapo. Y, a diferencia de los demás, no parecía tan... desesperado por tener sexo. Ruben tendría que tragarse sus palabras. Se propuso contactar a Amir, pero no para verlo personalmente, desde luego. Eso ya habría sido demasiado. Tenía que concentrarse en el caso de Ossian, pero le restregaría a Ruben por la nariz que había conocido a alguien. Nunca más podría acusarla de fobia social. Apoyó el dedo índice sobre la pantalla y dudó un segundo. Después deslizó rápidamente la imagen hacia la derecha, antes de que fuera a arrepentirse.

—Le he prometido a Anette que me ocuparía de las mellizas por la tarde —dijo Peder—. Tiene pensado ir a tomar una copa con unas amigas.

Julia y él se abrían paso a codazos entre las hordas de turistas que no parecían capaces de maniobrar por una acera abarrotada de gente.

—Llama a tu mujer y dile que tendrá que esperar hasta que encontremos al asesino de Ossian —replicó Julia con brusquedad.

Se arrepintió de inmediato. Su tono había sido innecesariamente abrupto. Todavía seguía irritada con Torkel.

—Perdona —dijo—. No debería haberte hablado así.

Peder se limitó a asentir.

—Por suerte, la madre de Lilly vive cerca de la jefatura —continuó—. No debería llevarnos mucho tiempo. Después podrás volver directamente a casa y Anette podrá salir con sus amigas. Soy la última persona que privaría a una madre de un poco de tiempo para ella misma, créeme. —Sacó el teléfono y consultó los mensajes. Tenía dos nuevos de Torkel, que borró sin leer—. La madre de Lilly vive en... el número siete de la calle Garvargatan —leyó—. Al otro lado de la plaza de Kungsholm. Pronto llegaremos. Ojalá esté en casa.

Peder se paró en seco delante de un hombre de pantalones cortos, sandalias y camiseta con la leyenda: I LOVE HJO. Estaba en medio de la acera, con cara de desconcierto, y tuvo que rodearlo para poder pasar.

—Malditos turistas —murmuró Peder entre dientes—. ¿En ese pueblo suyo de Hjo no existirá el concepto de mantener la derecha para circular?

—Pero, Peder —replicó Julia con una sonrisa irónica—, ¿no presumías de haber adquirido una paciencia de santo gracias a las trillizas? ¿O la reservas para las niñas?

—No —respondió él—, pero me da envidia la gente que no parece tener ninguna preocupación en la vida.

Un tercer mensaje de Torkel apareció en la pantalla del teléfono antes de que Julia se lo guardara en el bolsillo.

—Si llego tarde, siempre podré sobornar a Anette con un Aperol Spritz mientras se cambia —prosiguió Peder—. Mejor para mí. Está tremendamente *sexy* cuando bebe una copa en ropa interior.

—Eso no me hacía falta saberlo, Peder —repuso Julia apurando el paso.

Una parte de ella habría querido matarlo. Le parecía muy injusto. Torkel ni siquiera le habría preparado un vaso de jugo si ella se estuviera vistiendo para salir con amigas y fuera a dejarlo solo con Harry. Además no solía salir con amigas, sino solo para trabajar. Las copas eran un fenómeno que había desaparecido en su vida, ni los domingos ni ningún otro día. Se habían esfumado, igual que toda lejana probabilidad de sentirse *sexy* delante de Torkel.

—Ahora concentrémonos en los padres de Lilly —prosiguió—. Tengo entendido que su madre sigue de baja laboral. Como es comprensible, la desaparición de Lilly la ha afectado profundamente. Pero por lo que he podido leer sobre la batalla por la custodia, antes tampoco era una persona fácil de tratar, así que tendremos que ir con cuidado.

La calle Garvargatan resultó estar a la sombra. Rebajaron el ritmo de la marcha y disfrutaron de un fugaz momento de frescor antes de llegar a la fachada número siete. Llamaron al timbre y subieron en ascensor al departamento de Jenny y Anders Holmgren. Les abrió la puerta un hombre de treinta y cinco años que intentaba apartar con un pie a un chihuahua exasperado.

—Hola, soy Julia Hammarsten. He llamado hace un rato —se presentó Julia, tendiéndole la mano para saludarlo.

La mano de Anders le pareció blanda y sudorosa cuando estrechó la suya.

—Pasen, por favor. Y no se preocupen por Mollberg, solamente hace ruido. Se cree un pastor alemán. Jenny está aquí, en la sala.

Los condujo hacia el interior de la casa, con Mollberg ladrando detrás. La habitación a la que llegaron era un salón con cocina americana. El ambiente era agradable. Todas las ventanas estaban abiertas y bastaba estirar un poco el cuello para adivinar a lo lejos la bahía de Riddarfjärden.

—Tomen asiento, por favor. ¿Les apetece un té con hielo?

Peder y Julia aceptaron el ofrecimiento y Anders se dirigió a la cocina. La madre de Lilly estaba sentada en el sofá. Su mirada parecía vacía. Tenía una delgadez enfermiza e irradiaba nerviosismo. Con un pie golpeaba rítmicamente el suelo.

—¿Supongo que habrán venido por el chico desaparecido? —preguntó mientras encendía un cigarro.

—¿No habíamos acordado que no volverías a fumar dentro de casa?

Anders estaba delante del refrigerador, sacando cubitos de hielo. Un profundo surco se le marcaba en el entrecejo. Jenny no le contestó. Dio una larga calada y exhaló despacio varios anillos de humo.

—Así es —dijo Peder respondiendo a la pregunta de Jenny sobre el niño—. Se llama Ossian Walthersson.

Jenny dio varias caladas más mientras Anders preparaba los vasos en la cocina.

—No nos hemos vuelto a ver desde el funeral, ¿lo sabían? Mauro y yo. El padre de Lilly. Pero por supuesto que lo saben. No nos hemos visto ni hemos hablado. ¿Para qué? Mauro se salió con la suya. Lo único que quería era quitarme a mi hija. —Apagó con gesto airado la colilla en un plato sobre la mesa.

—Cariño, ya hemos hablado de eso. Sabes bien que Mauro solo quería que la niña estuviera una semana con él y otra contigo —intervino Anders, pero enseguida pareció arrepentido de haber abierto la boca.

—¡Una semana con él y otra conmigo! —repitió Jenny levantando la voz—. ¡Me habría perdido la mitad de la vida de mi hija, cuando fue él quien la abandonó! Fue decisión suya renunciar a su familia y a Lilly para irse con una rubia despampanante.

—Cecilia es morena —repuso Anders en voz baja.

—Estoy segura de que Mauro mató a Lilly —prosiguió Jenny—, con la ayuda de su familia de psicópatas. Estaban dispuestos a todo con tal de quitarme a mi hija. Para que Lilly no tuviera a su mamá. ¡Querían que ese putón rubio hiciera de madre! ¡De madre de mi hija!

Julia había leído la sentencia. Habían estado a punto de retirarle a Jenny las visitas quincenales. Habían considerado que carecía de la estabilidad mental necesaria para cuidar de una niña. Julia se había sorprendido, ya que en los juicios por la custodia de un menor los jueces solían ponerse de parte de la madre, fuera cual fuese la situación. Esos juicios eran quizá la única circunstancia en esta sociedad en la que ser hombre podía ser una desventaja. Pero la agresividad de la mujer sentada en el sofá la hizo comprender las reservas del tribunal.

—Hay semejanzas notables entre el caso de su hija y la desaparición de Ossian el miércoles pasado —le explicó Julia con calma—. Por eso hemos venido a hablar con usted. Sentimos mucho que esta conversación pueda reabrir heridas.

Aceptó agradecida el vaso que le tendió Anders. Grandes cubos de hielo flotaban en un líquido dorado, que olía fresco y dulce. Bebió un trago. Estaba claro que Anders sabía lo que hacía. Peder ya se había terminado el suyo.

—La policía investigó a fondo todas las sospechas de que

alguien de la familia pudiera estar detrás del secuestro de Lilly —intervino Peder, y enseguida se aclaró la garganta—. También las acusaciones que presentó usted contra Mauro ante el tribunal. Pero no encontraron pruebas que respaldaran la hipótesis de...

—¡Pruebas! —Jenny resopló—. ¡Era lo único que sabían decir!

Anders le sirvió más té a Peder y se sentó en el sofá al lado de su mujer. El perro se subió de un salto y le apoyó la cabeza sobre una rodilla. Parecía haber aceptado de momento la presencia de Julia y Peder. Al menos había parado de ladrar.

—Tú lo sabes bien —añadió Jenny volviéndose hacia su marido—. Cada vez que regresaba de casa de Mauro tenía la entrepierna enrojecida. La llevé varias veces al médico para demostrarlo. Pero hoy en día los médicos... tienen mucho miedo de equivocarse. El pediatra me dijo que los calzones que le había comprado eran de talla pequeña y que el elástico le había dejado marca. ¡Vaya imbécil!

El largo cabello negro le caía sobre la cara y Julia pensó que debió de haber sido guapa antes de que el dolor le transformara la cara en una máscara de furia y amargura.

—Jenny —le recriminó Anders en voz baja—, sabes bien que no debes hablar así. Mauro jamás le habría hecho daño a Lilly. La quería tanto como tú.

Jenny desvió la vista a la ventana y encendió otro cigarro.

—Hoy no es un buen día —dijo Anders a los policías, sin dejar de mirar a su mujer.

—¿No hay nada más que recuerde del día de la desaparición? —preguntó Peder.

Jenny negó enérgicamente con la cabeza.

—Enseguida supe que Mauro se la había llevado. Y que la tendría escondida en algún sitio.

—Pero el personal de la escuela declaró que Lilly no se había ido con su padre —la contradijo Julia con cierta determinación—, sino con una pareja mayor.

—Mauro es un canalla —respondió Jenny—, pero no es tonto. Por supuesto que no se arriesgó a que la vieran con él. Envió a otros. Seguramente serían parientes suyos. Sus padres están muertos, pero se lo habrá pedido a cualquier otro viejo de la familia. Son todos unos psicópatas. De psiquiátrico todos. —Su voz se quebró en un falsete. Sobresaltado, el perro levantó la cabeza del sofá.

—Ya sabes que esa actitud no es constructiva —intervino Anders—. ¿De verdad te has tomado hoy tu medicina?

—¡Constructiva! —repitió Jenny en un tono de voz que era más bien un gemido—. Mi hija está muerta y antes de morir su vida fue un infierno. Hice todo lo posible para salvarla de ese maldito... monstruo. Y sin embargo no pude... hacer nada... —Jenny temblaba de furia. Encendió otro cigarro con la colilla del anterior e inhaló con tanta fuerza que pareció como si fuera a arrancarle el filtro.

—Pero ahora tenemos un nuevo caso con otro niño —dijo Julia despacio y con tanta claridad como pudo—. Las circunstancias son semejantes a las de Lilly, como ya les hemos explicado. Por lo tanto...

—¡Es tan terriblemente listo el cabrón! —la interrumpió Jenny. Se dio unos golpecitos en la sien mientras se balanceaba adelante y atrás—. Aún debe de preocuparle que descubran lo que le hizo a Lilly. ¿Qué ha hecho entonces? Ha desviado la atención para que nadie sospeche de él. Intenta hacerles creer que hay uno de esos... Un... —Chasqueó los dedos en el aire, buscando las palabras—. Un asesino en serie —dijo por fin.

—¿Es lo que cree la policía? —preguntó Anders en voz baja, acariciando a Mollberg.

Peder le lanzó una mirada a Julia, que discretamente hizo un gesto negativo antes de que él pudiera responder.

—Por desgracia, no es mucho lo que sabemos en este momento —dijo Peder—. Tenemos abiertas varias líneas de investigación. Por eso hemos venido.

Jenny puso los ojos en blanco y señaló a Peder con el cigarro en la mano. El exceso de ceniza acumulado en el extremo cayó al suelo y la brasa quemó la alfombra de color claro, dejando una diminuta marca circular. Julia notó que Anders había seguido con los ojos la trayectoria de la ceniza hasta el suelo sin decir nada. Se limitó a acariciar a Mollberg con un poco más de intensidad.

—Se creyeron la mierda que les contó la otra vez y se volverán a creer lo que les cuente ahora. Lo sé. Mauro es un canalla, pero es muy listo. Lo siento, no puedo seguir hablando con ustedes. —Jenny se incorporó, salió al balcón y desde allí continuó hablándoles, dándoles la espalda—. Vayan a interrogar a Mauro y verán. Es lo único que les digo. Hablen con él y con su maldita familia de psicópatas. Tendrían que estar todos encerrados.

Julia y Peder se pusieron de pie y Anders los acompañó hasta el recibidor sin decir nada. Cuando la puerta se cerró tras ellos oyeron que Mollberg volvía a ladrar con renovada furia.

—¡Hola!

Nathalie se sobresaltó. Una hermosa mujer de cabellos oscuros iba hacia ella con una gran sonrisa. Enseguida comprendió quién era.

—¿Puedo sentarme contigo?

Nova se acomodó frente a ella sin esperar respuesta. Nathalie se encogió de hombros. La abuela la había dejado sola a la hora de la comida, después de que llegara una persona y le susurrara algo al oído. El almuerzo había consistido en una sopa acompañada del pan recién hecho más delicioso que Nathalie hubiera probado en su vida. En general la comida no estaba mal, aunque ella tampoco habría rechazado una hamburguesa con papas fritas. Pero las porciones eran un poco escasas para su gusto.

Su abuela siempre estaba atendiendo a gente que le pedía o le decía cosas. Eso en cierto sentido la hacía sentirse orgullosa, porque quería decir que su abuela Ines era una persona importante. Incluso la invitaban a la televisión. Pero en algunos momentos se sentía un poco perdida y abandonada. Y aún no había obtenido respuesta a ninguna de sus preguntas. «Paciencia», le decía su abuela cada vez que le planteaba sus dudas.

Todavía no había regresado y ya era casi de noche. A Nathalie no le preocupaba quedarse sola en Epicura, pero le habría gustado saber dónde estaba la comida. Había intentado buscar las galletas del día de su llegada, pero habían desaparecido.

—¿Estás a gusto con nosotros? —preguntó Nova mientras agradecía con un gesto a la mujer que le llevaba una taza de té. Pero ninguna galleta.

—¿Te agrada el sitio o lo encuentras extraño?

—Las dos cosas —respondió Nathalie sorprendida por su propia sinceridad.

—Lo entiendo —dijo Nova—. Intentamos romper moldes y vivir de una manera que nuestra sociedad moderna ha olvidado. Puede parecer extraño lo que hacemos, pero en el fondo es lo más natural.

—Mi abuela me ha dicho que tu abuelo fue el inspirador de todo esto.

—Sí, así es. Mi abuelo era un hombre muy culto e inteligente, que no tenía miedo de plantear las preguntas más difíciles. Podríamos decir que buscaba el sentido de la vida, si no te resulta demasiado... delirante.

—A decir verdad, todo este sitio me parece bastante raro.

Nova soltó una carcajada. Su risa era cálida y amable.

—¿Sabes qué? —dijo—. Tienes razón. Aquí todos deliramos un poco, pero muchos encuentran aquí un sentido a la vida, a sí mismos o a la sociedad...

—¿Tus padres eran como tu abuelo?

—Mi padre sí. Era un buscador, igual que su padre. A veces sus caminos coincidían y otras veces no. Pero escribía muy bien. De hecho, muchas de las frases que ves aquí en las paredes son suyas. Dedicó mucho tiempo a estudiar el epicureísmo con el abuelo, pero después sintió que debía encontrar sus propias respuestas. Eso fue unos años antes de... —Se quedó en silencio y una expresión de amargura le ensombreció el rostro.

—¿Antes de qué?

Nova parpadeó.

—Antes de que falleciera —respondió—. Eres demasiado joven para recordar la historia. Y creo que será mejor guardarla para otro día.

—Mi madre también murió cuando yo era pequeña —manifestó Nathalie con tristeza.

—¿Cuántos años tenías? —preguntó Nova.

Nathalie dudó un momento.

—Es curioso, no lo sé. Cada vez que pregunto, mi padre me dice solamente que yo era pequeña. Pero no debía de ser muy pequeña, porque la recuerdo. O al menos recuerdo algo: un olor, una sensación, una silueta en la puerta, una risa... Son cosas que tengo en la memoria. O tal vez solo recuerdo haber soñado con ella. —Se aclaró la garganta—. Así que me siento identificada con eso de buscar respuestas. Me gustaría encontrarlas. Pero nadie me las quiere dar, ni mi padre ni ahora mi abuela. En cualquier caso aquí se está muy bien, pero pronto mi padre se hartará y enviará su coche negro a buscarme, me guste o no. Y antes de que eso pase, me encantaría ver a los animales al menos una vez.

Notó el tono desafiante de su voz y se arrepintió de inmediato. Lo último que deseaba era parecer una niña caprichosa. Todos habían sido amables con ella en ese lugar. Podía irse a casa cuando quisiera y ella misma había decidido quedarse.

Nova se levantó de la mesa. Por fortuna, no parecía enfadada.

—Hablaré con tu abuela —repuso—. Sé que ha planeado algo especial para ti. Ni yo misma sé qué es. Pero desde luego que podrás ir a ver a los animales. ¿Por qué no llamas a tu padre y le dices que quieres quedarte un poco más? Ahora tengo una reunión en la ciudad, pero me gustaría seguir hablando contigo en otro momento.

Nathalie asintió.

Nova le sonrió y se despidió. La adolescente echó un vistazo a su teléfono. Sabía que no iba a llamar a su padre. Por supuesto que no. Sería mejor enviarle un mensaje. Pero el tono del último que le había mandado había sido un poco brusco y ahora no se le ocurría qué decir para no empeorar las cosas. Dejó escapar un suspiro y volvió a guardarse el teléfono. Le enviaría el mensaje más tarde. Pronto, pero ahora no. Podría quedarse un día más sin ningún problema.

SEGUNDA SEMANA

Mina miró la pantalla de la computadora e intentó concentrarse, pero no pudo evitar que los pensamientos se le desbocaran. La noche anterior le había costado conciliar el sueño debido al encuentro con el padre de Nathalie, que la había atormentado todo el día. Y por la mañana le había costado todavía más despertarse.

En el ascensor de la jefatura alguien había colgado un cartel: ¡ES LUNES! ¡A SACUDIRSE LA MODORRA! Ahora el cartel yacía arrugado en una bola, en la papelera de Mina.

Se miró las manos, que le temblaban ligeramente. Tanto tiempo y tantas energías invertidas en dejar atrás el pasado... Tantos recuerdos ocultos en lo más profundo de su mente, convencida de que nunca más tendría que recuperarlos... Pero la vida se empeñaba en devolver el pasado al presente de las maneras más imprevistas. Le había bastado con ver un momento al padre de Nathalie el día anterior para borrar de un plumazo los últimos diez años. «Más de diez años», se apresuró a corregirse. En la memoria volvía a vivir de repente todo lo que había sucedido entonces, todo lo que consideraba enterrado para el resto de su vida. De hecho, era el acuerdo al que habían llegado. Y por el que ella había pagado un precio muy alto.

El día anterior había intentado varias veces hablar con su madre, pero siempre le saltaba el contestador. Le resultaba muy difícil pensar en otra cosa que no fuera lo que podía haberle revelado a Nathalie. O lo que no le habría dicho.

Sacó el celular y activó el rastreador de GPS, para poder al menos observar a su hija desde la distancia, pero la aplicación no consiguió localizar el dispositivo emisor. En los últimos tiempos ocurría cada vez más a menudo. Probablemente se estaría agotando la batería, hacía mucho tiempo que su hija lo llevaba en la mochila.

Sonó una notificación mientras tenía el teléfono en la mano. Era un mensaje enviado desde la recepción, para anunciarle que tenía una visita. ¿Habría escuchado su madre sus mensajes y habría ido a verla?

Pero se sorprendió al ver el nombre de la persona en cuestión. No era su madre. En cierto modo fue un alivio. No sabía si estaba preparada para el reencuentro.

Sacó una toallita antiséptica de la caja y desinfectó el teléfono. Después se dirigió al ascensor y bajó a la recepción.

Una mujer elegantemente vestida la estaba esperando. Solo tuvo tiempo de pensar que nunca la había visto antes de que la desconocida se le acercara y se fundiera con ella en un estrecho abrazo.

—¡Mina! —exclamó—. ¡Cuánto me alegro de conocerte por fin en persona!

Todas las sinapsis del cerebro de Mina estallaron al mismo tiempo, con mil preguntas sobre quién sería la mujer, dónde habría estado antes, si se habría lavado, qué habría comido y a quién habría tocado. Sentía un millón de bacterias dispersándose por su cuerpo, como si la mujer que la rodeaba con los brazos fuera un reservorio que le estuviera transmitiendo todos sus parásitos para que se extendieran y proliferaran. Habría querido liberarse, pero estaba como paralizada, sin poder moverse ni decir nada.

Al final la mujer la soltó y dio un paso atrás. Mina tuvo que reprimir un fuerte impulso de arrancarse la ropa y salir corriendo desnuda por el pasillo, gritando, hasta la regadera más próxima.

—Creo que no nos... —empezó.

—¡Tu madre me ha hablado tanto de ti! —la interrumpió la mujer, con una sonrisa radiante que parecía bien ensayada, como si estuviera habituada a que la fotografiaran.

Incluso sumida en el pánico, Mina no pudo dejar de observar que era muy guapa, con una larga y espesa cabellera oscura que le caía por la espalda sobre una blusa blanca de seda. Las piernas largas y esbeltas se perfilaban bajo la falda, también de seda blanca. Los grandes ojos azules contrastaban con el tono oliváceo de la piel. Apenas llevaba maquillaje, pero el poco que lucía era perfecto. Sin duda, era una mujer que llamaba la atención. Y que abrazaba a la gente.

Mina comprendió también algo más. La sonrisa había sido el elemento decisivo. Se había equivocado en su primera impresión. Sabía perfectamente quién era esa mujer.

—¿Mi madre, has dicho? —preguntó mirando con discreción a su alrededor, por si alguien la estuviera oyendo—. Será mejor que subamos.

Dejó pasar a la recién llegada por el control de seguridad y la condujo hasta el ascensor.

—Perdona, pensaba que Ines te habría prevenido de mi visita —aclaró la mujer mientras subían—. Me llamo Nova. Trabajo con tu madre, o quizá sería más exacto decir que ella trabaja conmigo. Pero a ti y a mí no nos habían presentado.

—No, porque lo recordaría —replicó Mina—. Pero sé quién eres. Diste una charla para mi antigua unidad hace unos años. Hablaste de tu organización y de... ¿Epson? ¿El filósofo?

—Epicuro.

—Eso es. Sígueme, por favor. Iremos a la sala de reuniones. —Recorrió el pasillo a paso rápido para alejar cuanto antes a Nova de las miradas curiosas de sus colegas.

—Supongo que te estarás preguntando por qué he venido yo en lugar de tu madre. —comenzó Nova.

Mina oía detrás el repiqueteo de sus tacones.

—Sí, sobre todo por que la había llamado a ella —respondió

secamente mientras abría la puerta de vidrio que daba acceso a la sala de reuniones.

Nova se sentó y extendió una mano hacia la caja de toallitas húmedas sobre la mesa.

—¿Puedo tomar una? ¡Hace tanto calor en la calle!

Mina asintió, pensando que tendría que tirar la caja en cuanto Nova se marchara. En realidad daba lo mismo, porque ya estaba contaminada de pies a cabeza con todos los gérmenes que la visitante había llevado consigo. Detestaba con toda su alma a las personas que iban abrazando a la gente.

Nova sacó una toallita de la caja y se la pasó por el cuello para refrescarse. Después la usó para limpiarse las manos, la arrugó en una bola y la tiró a la papelera más cercana.

—Bueno, ¿de qué se trata? —preguntó Mina con cierta brusquedad—. ¿Dónde está mi madre? ¿Y dónde está Nathalie?

No tenía tiempo para esa conversación. Y estar allí sentada anhelando una ducha purificadora —o incluso una limpieza profunda con chorro de arena— volvía la situación casi insoportable.

—Me lo ha contado todo —reveló Nova con la misma sonrisa de antes—. Sobre ti, sobre ustedes, sobre Nathalie... Puedes hablar conmigo con toda confianza, como hablarías con tu madre. Ella... está en plena curva ascendente de desarrollo personal. Acaba de recuperar a una nieta. Todavía no está preparada para hablar contigo.

Mina sintió que la ira, esa vieja furia, surgía en su interior. Era tan intensa y corrosiva que le llenó los ojos de lágrimas.

—No me interesa lo más mínimo su curva ascendente, ni su desarrollo personal, ni como quieras llamarlo. Solo me interesa Nathalie. Y a su padre le pasa igual que a mí. Supongo que sabes quién es, ¿no?

Nova asintió.

—Sí, sé quién es su padre, y puedes asegurarle que no hay razón para que se preocupe. Pero hay un proceso curativo en desarrollo y estos procesos son muy delicados. Sería mucho peor para Nathalie si ahora se inmiscuyeran él o tú y lo interrumpieran, porque no ha hecho más que empezar.

—¿Me estás amenazando? ¿En serio? Eres consciente de que estás hablando con una oficial de policía, ¿verdad?

Nova suspiró y negó con la cabeza. Después volvió a sonreír.

—Más allá de lo que tú pienses o creas, tu madre ha emprendido su propio viaje —replicó suavemente—. Hace mucho tiempo que cambió de vida, pero hay elementos de su pasado que aún la atormentan. Como solía decir mi padre: «Todo es dolor, sufrir purifica». Nathalie forma parte del viaje. Y tú también.

—Nathalie es menor de edad —protestó Mina—. ¿Te parece ético que mi madre la aborde de repente, sin autorización de sus tutores legales? Estoy a segundos de denunciarlos por secuestro.

Se obligó a respirar hondo varias veces. No podía perder los estribos porque entonces se abrirían puertas que debían permanecer cerradas. Calma y control. Para que esas importantes puertas no se abrieran.

—Secuestro —repitió Nova—. Ya veo. Supongo que el caso del niño desaparecido te ha pasado factura. Es comprensible que durante un tiempo veas el mundo a través de ese prisma. Y puede que tengas razón y que hubiera sido necesario pedirles autorización a ti o al padre. Pero tu madre toma sus propias decisiones y yo no puedo hacer nada al respecto, aunque no siempre esté de acuerdo con ella. En cualquier caso, ahora las cosas están como están y, pese a todo, ella es la abuela de Nathalie. Nadie ha obligado a nadie a hacer nada. Simplemente se están conociendo. Nathalie tiene total libertad para entrar y salir, pero ya ha dicho que quiere quedarse unos días más. He venido para pedirte que se lo permitas. Las dos lo necesitan. Y tú eres la única que puede convencer al padre de Nathalie de que le dé esa oportunidad. Yo no puedo pedírselo. Solo tú puedes hacerlo. He venido porque quería mirarte a los ojos cuando te dijera que tienes que dejar que esto ocurra. ¿Crees que será posible?

Dubitativa, Mina observó a Nova. Estaba enfadada y decepcionada con su madre, que no había tenido el valor de ir a verla. Y racionalmente quería odiar con todas sus fuerzas a la hermosa mujer enfundada en seda blanca que no parecía afectada en lo más mínimo por el calor. Mina empezaba a sospechar que el número de la toallita húmeda no había sido más que teatro. Nova seguía ahí sentada... perfecta e impecable. Y a Mina le estaba destrozando los nervios.

Sin embargo, sentía la obligación de como mínimo plantearse la idea de que su madre y su hija quizá estaban construyendo algo bueno para ambas. Y en ese caso puede que le doliera un poco que todavía no la hubieran incluido, pero tal vez con el tiempo eso cambiaría. Al menos tenía el rastreador de GPS. Suspiró.

—Solo quiero que quede clara una cosa —advirtió—. Creo que todo lo que hacen es charlatanería. Desarrollo personal, autoayuda, curación, sanación, vudú o como quieran llamarlo. No son más que muletas mentales para gente incapaz de hacerse responsable de su propia vida. A mi entender, lo suyo no es muy diferente de una secta. —Observó satisfecha que la sonrisa de Nova desaparecía.

—No sabes cuánto te equivocas —replicó esta—. De hecho, parte de nuestra labor en Epicura consiste en desprogramar a personas que han logrado salir de diferentes sectas. Empecé a interesarme por el tema cuando un participante de uno de mis cursos refirió su experiencia en la secta de Knutby. Había sido uno de los primeros en abandonarla, antes de que se produjeran los asesinatos. En ese momento comprendí que podíamos desempeñar una importante función social y que nuestra filosofía era muy adecuada para devolver a los antiguos sectarios a una existencia lo más normal posible.

—O para hacerlos cambiar de secta —ironizó Mina.

—Hablo en serio. Es fácil subestimar a las personas que caen víctimas de una de esas organizaciones. Pensamos que son débiles o que no tienen criterio propio, pero eso es simplificar demasiado las cosas. A menudo el problema está en las relaciones personales. Si en la infancia te han maltratado, creces con ciertas expectativas. Estableces relaciones de opresión o de sumisión. Y las sectas saben aprovecharlo. Pero también puede ocurrir lo contrario. Una infancia feliz puede hacernos confiar en todo el mundo y eso produce indefensión delante de personas con malas intenciones. No pasa solo con las sectas. Seguramente lo verán todos los días en su trabajo.

—Pero en Suecia no hay sectas, ¿no? —objetó Mina—. Aparte de la de Knutby, pero ya no...

—En Suecia existen entre trescientas y cuatrocientas asociaciones que pueden clasificarse como sectas —la interrumpió Nova—. De ellas, entre treinta y cuarenta son destructivas. La policía debería controlarlas un poco más.

Mina no supo qué responder. Tendió la mano hacia la caja de toallitas húmedas, pero la retiró enseguida al recordar que Nova la había tocado. En lugar de eso sacó del bolsillo un frasco de gel hidroalcohólico.

Nova le sonrió. Otra vez.

—Y en lo que respecta a la autoayuda, tú misma has seguido el programa de Alcohólicos Anónimos, ¿no es así? —le soltó—. Tu madre me ha dicho que habías completado los doce pasos. ¿Consideras que no te ha servido? ¿Crees que lo habrías hecho mejor tu sola?

Mina frunció el ceño. *Touché.* Nova tenía razón. También era cierto que había estado a punto de perder la vida como consecuencia de aquellas reuniones, pero no podía culpar a Alcohólicos Anónimos de que Kenneth y Jane la hubieran encontrado allí. La asociación había sido su tabla de salvación durante muchos años. La rutina de acudir a las reuniones y de conocer a personas con sus mismos problemas, sin necesidad de sentirse rara o defectuosa, había sido una gran ayuda. Se había sentido comprendida. Si no hubiese sido por ellos no lo habría conseguido.

—De acuerdo, tú ganas —respondió Mina—. Intentaré hablar con el padre, pero con una condición. No quiero que mi madre le cuente todo a Nathalie. Hay secretos que no le corresponde a ella revelar.

Nova hizo un gesto afirmativo.

—Haré lo que pueda. Y te ruego que me perdones por haberte abrazado. No me había dado cuenta de lo inapropiado que era, dadas tus ... preferencias personales.

Nova miró la caja de toallitas y el frasco de alcohol sobre la mesa y Mina suspiró. ¿Por qué no podía ser un poco más normal y tener la misma tolerancia a la suciedad que el resto de la gente? Por otro lado, los demás solían pasar mucho más tiempo enfermos que ella.

—Tendrás mucho que hacer. No hace falta que me acompañes hasta la salida —dijo Nova, incorporándose—. Bueno, hemos quedado en que yo hablo con tu madre y tú con el padre de Nathalie, ¿no es así?

Así era, aunque Mina habría preferido no tener que hablar con él.

—Tengo que acompañarte hasta la recepción —explicó—. Tú sola no podrás salir.

Era cierto, pero de ese modo también tendría unos minutos de respiro antes de llamar al padre de Nathalie. Bajaron por el ascensor y Mina acompañó a Nova hasta el control de seguridad.

—Una cosa más —dijo cuando Nova ya se disponía a salir—. La próxima vez quiero hablar con mi madre, no contigo.

Cuando volvió a la sala de reuniones se envolvió la mano con su propia manga, tomó la caja de toallitas húmedas y la tiró a la papelera. Después tomó el teléfono. Pero no para llamar al padre de Nathalie, sino a un número que llevaba dos años esperando tener una razón para marcar.

—Hola, Vincent. Soy yo.

Se quedó paralizado. Había contado los segundos, las horas, los días y finalmente los meses transcurridos desde la última vez que había oído esa voz. Y, sin embargo, ahora que ella lo había llamado, no estaba preparado para oírla. Habría querido arreglarse la ropa, peinarse mejor y comprobar que no le olía el aliento, aunque ella no pudiera verlo ni tampoco estuviera cerca.

Parpadeó con fuerza, sintiendo un cosquilleo en toda la piel.

—Hola, Mina —dijo en voz baja, escabulléndose hacia su estudio.

Era preferible que Maria no lo oyera ni lo viera, porque sabía que se sonrojaría como un niño, como antes.

—¿Cómo va todo? —preguntó ella.

Por el tono ligeramente atropellado, Vincent se dio cuenta de que la pregunta había sido una simple formalidad. Mina quería hablar de algo más.

—Bien, gracias. El coche funciona y sigo acostándome con mi mujer una vez al mes —respondió él.

—¡Vincent!

—Me has llamado por algo importante. Ve al grano.

—De acuerdo —replicó Mina mucho más tranquila—. ¿Podrías venir a la jefatura hoy, después de comer? Necesito hablar contigo de una cosa, en privado.

Vincent se dejó caer pesadamente en la silla de su escritorio, sintiendo de pronto la boca seca. En privado. Después de comer. Estaba a una hora de distancia, más o menos. No tenía nada que hacer durante el resto del día. Los lunes solían ser tranquilos. Pero... ¿ese día? ¿En ese momento?

En privado con Mina.

No estaba preparado. El corazón le palpitaba como si estuviera en una audición para ser el batería de una banda de rock. Había anhelado ese instante y al mismo tiempo se había esforzado por no anhelarlo. Y de repente... ¿ese día?

En privado con ella.

¿En ese momento?

—Sí, por supuesto —contestó, esforzándose por sonar indiferente—. Tendré que consultar la agenda, pero creo que estoy libre.

Ruben compró la habitual bolsa de almuerzo con un sándwich y un jugo en la cafetería de la esquina de la jefatura, como hacía todos los lunes. Había dedicado la mañana a pasar a la computadora todas las notas tomadas a mano durante los interrogatorios del fin de semana. Si hubiera sido cualquier otro día habría comido en su despacho, pero no era un día cualquiera. Era lunes. Y los lunes eran especiales. Por eso se comió el sándwich mientras iba caminando por la calle de camino a ver a su abuela. Era su pequeña tradición semanal. Su abuela era lo único que le quedaba. Siempre había podido contar con ella, desde la infancia. Y ahora era su turno. Los documentos sobre Lilly Meyer podían esperar cuarenta y cinco minutos. Se terminó el jugo justo cuando llegaba a la puerta. La abuela Astrid lo esperaba, como siempre, en su habitación.

—¡Hola, abuela!

—¡Hola, corazón!

Como otras veces, se le iluminó la cara al verlo. Giró un poco la cabeza para que su nieto le besara la mejilla arrugada. Olía como de costumbre a algodón recién lavado y a lavanda, con una leve nota de almendras que probablemente provenía de las galletas escondidas en el cajón de la mesa de noche.

—Te he traído algo que te gustará —dijo Ruben enseñando la otra bolsa que había comprado. Bollos rellenos de crema, los favoritos de la abuela.

—Me estás cebando. Me voy a poner rechoncha —protestó la anciana con un sonrisa y tocando su vientre hundido.

Ruben sonrió. La abuela era un saco de huesos y los dos sabían que nunca volvería a engordar. Pero mientras conservara el apetito y siguiera escondiendo sus galletas de almendras, no había grandes razones para preocuparse.

Se sentó en la cama, junto a ella. El otro asiento disponible era un sofá destartalado en un rincón, pero prefería estar más cerca de su abuela. Sentir su olor, recordar los momentos en la casita de Älvsjö, retroceder en el tiempo hasta la cocina que siempre olía a *hot cakes* recién hechos y a mermelada de fresa casera. A todos los veranos que había pasado con su abuela, los dos solos, cada vez que su madre quería irse de vacaciones con un hombre nuevo sin un molesto niño agarrado a su falda. En casa de la abuela siempre había lugar para él.

—¿Quieres partirlo? —preguntó señalando un bollo.

Pero la abuela negó con la cabeza.

—La vida es demasiado corta para comer medios bollos —respondió sonriendo.

Todavía tenía todos los dientes, blancos y fuertes, algo de lo que siempre se había sentido orgullosa. «Ni una caries», solía decir señalándose la dentadura perfecta.

La anciana apoyó sobre el regazo una mano nudosa y manchada por la edad.

—Cuéntame, Ruben. ¿Cómo te va la vida?

Era la misma pregunta que le hacía todas las semanas cuando la visitaba. Nunca se interesaba por su trabajo, lo que le ahorraba a él la necesidad de contarle lo horrible que puede llegar a ser el mundo. Pero le preguntaba por todo lo demás. Y él le relataba cada semana una nueva historia sobre su animada y fabulosa vida. Los dos sabían que todo era mentira, pero la abuela no se quejaba.

Esta vez, sin embargo, no quería mentir. Le contó que había visitado a Ellinor y la abuela le dio unas palmaditas en la rodilla.

—Ya sabes lo que pienso. Que fuiste un estúpido al dejar escapar a esa chica, que no solo era una belleza por fuera, sino también por dentro. Pero eras joven y tonto. Suele pasarle a los chicos.

—Sí, debo de haberlo heredado de papá —replicó, y, como siempre que mencionaba a su padre, su voz se volvió amarga.

Su padre se había ido de casa cuando él era pequeño. Se había marchado a un congreso y no había regresado. Aún vivía, como había podido comprobar Ruben en Facebook. Pero ni la abuela ni él habían vuelto a verlo.

La abuela Astrid no respondió al comentario. Hacía mucho que había renunciado a disculparlo. Su hijo había tomado una decisión y ella a cambio había ganado un nieto.

—¿Estaba bien Ellinor? —preguntó con curiosidad—. ¿Se ha casado? Si no es así, puede que todavía estés a tiempo de...

Ruben sonrió y dio un buen bocado al bollo de crema. El relleno se le extendió por los dientes, como cuando era pequeño y comía esos mismos bollos en el comedor de la abuela. La mitad del placer consistía en relamerse los restos de crema de los dientes.

—No sé si se ha casado. Probablemente sí. En todo caso, tiene una hija, la he visto. ¿Y a que no sabes cómo se llama, abuela? ¡Astrid! Se llevaban tan bien Ellinor y tú que creo que ha debido de ponerle ese nombre por ti.

—¿De verdad? ¡Qué linda! —exclamó la abuela encantada—. ¿Es un bebé?

—No, debe de tener unos diez años. Una niña muy guapa, con los ojos de Ellinor.

La abuela miró a Ruben con un destello en los ojos.

—¿Y no tienes ninguna foto? ¿No estará en ese sitio donde la gente pone cosas?

—¡Qué chismosa eres! —Ruben rio, pero sacó el teléfono y se puso a buscar en Facebook.

No fue difícil encontrarla. Allí estaba, con su nombre de soltera. Su cuenta estaba llena de fotos de su hija. Ruben seleccionó una donde aparecía la niña con la corona de flores de la fiesta de Midsommar, una amplia sonrisa y los ojos rutilantes de alegría.

—Aquí está. ¿Verdad que se parece a Ellinor? Y a alguien más, claro. No sé quién será su padre, pero algunas de sus facciones deben de ser suyas.

Ruben frunció el ceño, con la cabeza junto a la de su abuela. ¿Sería posible que conociera al padre? De alguna manera los rasgos de la niña le resultaban familiares. Todavía tenía en los dientes un poco de crema del bollo que había comido. Se lo quitó con el dedo índice y se lamió el dedo.

La abuela miró la foto y se echó a reír. Después se incorporó lentamente, negando con la cabeza.

—Ruben, para ser tan inteligente, eres bastante tonto.

Con cierto esfuerzo se acercó a una cómoda antigua cubierta con un tapete de encaje, uno de los pocos muebles que había podido llevar consigo a la residencia. Sobre el tapete blanco había varios retratos enmarcados, casi todos de Ruben, a diferentes edades. Eligió una de las fotografías y volvió cojeando hasta la cama, donde se sentó. Levantó la foto y la colocó al lado de la imagen de la niña.

Ruben abrió mucho los ojos. Ahora sabía por qué le resultaban tan familiares sus rasgos.

Mina estaba sola en la sala de reuniones. Desde que había visto a Vincent por última vez, la pared que tenía delante se había llenado de imágenes, se había despejado y se había vuelto a llenar de fotografías, documentos y textos de caligrafía enrevesada, que hacían referencia a otras víctimas y a otros destinos. Las fotos de construcciones caseras para números de ilusionismo estaban archivadas y olvidadas. Ahora aquel caso le parecía tremendamente distante, como si lo hubiera visto en otra vida.

En aquel momento había sido difícil determinar dónde acababa la investigación y dónde comenzaba la vida de Vincent. Todo había resultado muy personal para él, aunque al principio no lo sabían. Pero esta vez era diferente.

Dos niños habían sido asesinados.

Eran unas tinieblas en las que daba miedo adentrarse. Y no porque fuera la primera vez que Mina veía víctimas infantiles. Al contrario. Era bastante habitual en el trabajo policial ver niños maltratados, explotados o viviendo en condiciones miserables que deberían avergonzar a cualquier sociedad desarrollada.

Pero el asesinato no era frecuente. Por eso los pocos casos que se habían resuelto solían ser ampliamente conocidos. El de Helén, asesinada por Ulf Olsson. El de Engla, víctima de Anders Eklund. O el de Bobby, que había muerto a manos de su padrastro, con la ayuda de su madre. Esos casos y otros más habían quedado grabados para siempre en la memoria de la sociedad sueca.

La pregunta era siempre la misma: ¿cómo podía ser alguien capaz de tanta maldad?

Mina no estaba segura de querer saber la respuesta. Se trataba de monstruos y nada más. No necesitaba comprenderlos. Solo tenía que encontrarlos y encerrarlos. Pero ahora tenían delante dos muertes perpetradas de la misma manera. Era probable que hubiera un patrón que ella ni siquiera quería ver.

Se preguntó cómo reaccionaría Vincent cuando le explicara el caso. En realidad no pensaba pedirle ayuda. Lo había llamado por otro motivo. Pero seguramente le preguntaría en qué estaba trabajando y ella se lo contaría. Y Vincent tenía familia. Era padre. No podría ver con indiferencia las fotografías de Lilly y de Ossian. Pero, fuera cual fuese su reacción, sabía que Vincent no era tan racional ni controlaba tan bien sus emociones como pretendía hacer creer a los demás. Durante el breve periodo en que lo había frecuentado, había notado destellos de algo más, de otra cosa que sugería más bien lo contrario. Había vislumbrado un abismo de emociones. Y algunas de ellas le habían parecido muy oscuras.

Era difícil definirlo con exactitud. Era como cuando vemos algo con el rabillo del ojo que sin embargo desaparece en cuanto queremos mirarlo directamente.

Eso le pasaba a Mina con Vincent: no podía captarlo del todo.

Tampoco deseaba captarlo. Ni a él ni a nadie. No se esperaba un *match* al deslizar la foto de Amir hacia la derecha. Lo había contactado, sí, pero por pura terapia cognitivo-conductual. Nada más.

Sin embargo, Vincent se escabullía cada vez que ella creía verlo con claridad. Y ahora, cuando llevaba casi dos años sin verlo, su figura le parecía más borrosa que nunca.

Una parte de ella ya se estaba arrepintiendo de lo que había iniciado. Habría sido mejor seguir manteniendo a Vincent alejado de su vida. Pero otra parte suya, más profunda, deseaba con todas sus fuerzas tenerlo a su lado.

Y ahora estaba de camino.

El teléfono sobre la mesa vibró. Una nota le recordó que su visita llegaría dentro de unos minutos. Mina se incorporó y se dispuso a recibir al mentalista.

Había empezado a sudar nada más entrar en el taxi. Sin embargo, observó que el aire acondicionado del vehículo estaba regulado a un máximo de quince grados. Un pingüino se habría sentido como en casa. Pero Vincent sabía que el motivo de su sudor no era el calor exterior, sino el nerviosismo interno. La sola idea de ver a Mina le había generado un enjambre de mariposas en el estómago.

No podía seguir así. Necesitaba pensar en algo diferente, porque de lo contrario estaría hecho un manojo de nervios cuando llegara. El taxista tomó la curva de la carretera Tyresövägen con excesiva velocidad y, durante un instante fugaz, Vincent se imaginó a Mina visitándolo en una habitación de hospital.

Accidente de tráfico.

¿No había hablado alguien acerca de un accidente de tráfico últimamente? El taxi adelantó a un autobús que llevaba en un lateral un anuncio de analgésicos. El texto rezaba en grandes letras: ¿TE DUELE?

Dolor.

También había oído decir algo acerca del dolor. ¿A quién...? ¡Ah, sí! «Todo es dolor, sufrir purifica». Nova había citado esa frase en su entrevista del viernes, en la televisión. Y ella misma había sufrido un accidente de tráfico en el que había perdido a su padre, quien a su vez tenía algo que ver con el epicureísmo.

Como distracción podía ser suficiente. Sacó el teléfono y

buscó la página web de Epicura. Moderna y bien diseñada, con un logotipo de aspecto comercial.

Recorrió una serie de videos, que en su mayoría parecían ser breves charlas de Nova explicando diferentes conceptos, y llegó finalmente a una especie de resumen programático del epicureísmo.

> *Epicuro aconseja para la nueva era lo mismo que para épocas pasadas. Acepta solo la inquietud que pasa rauda como una estrella por el vasto cielo: fugaz e imperceptible. La calma purifica. No has de padecer ni sufrir. Olvida los anhelos y evita el deseo que es condena. Aléjate con ahínco del dolor. Busca la paz. Así lograrás el éxito cuando alcances el Todo*
>
> *John Wennhagen*

John Wennhagen, el padre de Nova. Vincent recordaba su nombre. Supuso que la manera un poco anticuada de presentarse en una web tan moderna debía de ser un homenaje de Nova a la memoria de su padre. Leyó un par de veces más las poéticas líneas del texto, pero no logró verle mucho más sentido que la primera vez.

—Hemos llegado, señor —anunció el conductor con exagerada cortesía, mirándolo por el espejo retrovisor.

Vincent se dio cuenta de que el taxi llevaba un rato parado. Pagó sin fijarse en lo que marcaba el taxímetro, a causa del nerviosismo, y se bajó. El sol incidía directamente sobre la fachada de la jefatura y le impedía ver a través de los grandes ventanales. Pero sabía que en algún lugar del edificio estaba ella, esperándolo. Podía sentirla. Mejor dicho, no podía, claro que no, pero el cóctel hormonal de serotonina, dopamina, cortisol y adrenalina que la llamada telefónica de Mina había agitado en su interior seguía alterándole considerablemente la percepción de la realidad. Ni siquiera él mismo, con todos sus conocimientos, comprendía por qué estaba tan afectado. Una parte de él deseaba producir en ella el mismo efecto.

Por lo general tenía explicaciones científicas para sus pensamientos y sentimientos, pero esta vez el conjunto de lo que sentía era mayor que la suma de sus partes. Había algo inexplicable en Mina y en las emociones que le provocaba. Y ahora lo estaba esperando. Pronto volvería a verla.

Se aclaró la garganta, sintiendo de repente la boca seca. Se alisó el saco y se quitó de la manga un cabello de Maria. Enseguida se arrepintió de haberse puesto traje. Subió la escalera hasta la entrada y empujó la puerta. Mina lo estaba esperando en el vestíbulo.

—Hola —le dijo al verlo entrar—. Cuánto tiempo...

—Hola —la saludó él, y ya no pudo decir nada más.

Casi lo había olvidado. El cabello negro, más largo que la última vez, aunque no tanto aún como para hacerse la coleta de antes. Los ojos oscuros y los labios carnosos, rojos de forma natural. La blusa blanca de verano, que cambiaría por un suéter de cuello alto —Vincent lo sabía— en cuanto el tiempo lo permitiera. Y la pequeña línea de preocupación en el entrecejo. Pero, ante todo, la mirada. Vincent se sintió un poco mareado.

Mina ya no era un ser ficticio en lo alto de un pedestal, sino que había vuelto a ser una persona de carne y hueso. Pero eso no hacía más que empeorar las cosas.

Vincent estaba convencido de haber continuado perfectamente su vida sin ella. Creía haber guardado sus recuerdos en un cajón de la mente para seguir adelante. Pero ahora comprendía que se había equivocado. Los ojos que ahora lo miraban inquisitivos lo habían acompañado siempre. Cada día, detrás de cada pensamiento, había estado ella. Y ahora la tenía delante.

—¿Qué... qué tal ha ido todo? —tartamudeó finalmente. Señaló los finos guantes desechables que Mina llevaba puestos—. Eso es nuevo. ¿Has empeorado? —preguntó.

¡Genial! ¿Cómo podía ser tan idiota? Seguro que eso era lo último de lo que quería hablar Mina. Pero ella reaccionó con una carcajada.

—No, no, estaba manipulando unas fotografías y no quería mancharlas —respondió—. Espero que no hayas tenido muchos problemas para venir. Por cierto, vas muy elegante. Pero ¿no te da calor el traje?

Vincent se sonrojó y se quitó el saco. Mina tenía más razón de lo que creía.

—Me parece que Maria se ha alegrado de que viniera —replicó—. Está poniendo en marcha una tienda *online* y pasa todo el tiempo dedicada a su negocio.

Guardó silencio y los dos se miraron. Deseó poder leerle a Mina los pensamientos. Por un lado parecía como si nada hubiera cambiado; pero, por otro, todo era diferente. Veinte meses eran tiempo suficiente para casarse, tener hijos y divorciarse. Él no era el mismo de antes. Y seguramente ella tampoco. Aun así...

Mina desvió la vista hacia un lado y después hacia el otro, como si buscara algo. Tal vez una idea o algo que decir.

—Bueno..., ¿subimos? —propuso.

Lo hizo pasar a través de la conocida barrera de seguridad y tomaron el ascensor para subir a la sala de reuniones. A Vincent le pareció ver un destello en sus ojos, como si estuviera a punto de mencionar otra ocasión en la que ambos habían subido juntos en ascensor, pero no dijo nada.

—Me he estado entrenando, si es eso lo que estabas pensando —afirmó él, pero enseguida comprendió que sus palabras podían interpretarse de varias maneras—. Me refiero... al ascensor. No al gimnasio. De hecho, sería raro que te lo contara, aunque a decir verdad... Vamos a este piso, ¿no?

Las puertas del ascensor se abrieron y lo salvaron de hacer un ridículo todavía mayor. Tosió aparatosamente y se apresuró a salir antes de que ella le notara las mejillas encendidas.

Sobre la mesa de la sala de reuniones Mina había colocado las fotografías y los documentos en dos filas ordenadas a la perfección, y Vincent se concentró en ellas. Cada una de las filas estaba marcada con un nombre: Lilly y Ossian.

—Vi la rueda de prensa acerca del niño —dijo señalando la foto de Ossian.

—Sí —asintió ella—. ¿Sabes algo de niños desaparecidos?

—Solo que en Suecia desaparecen cientos de niños todos los años. Pero no mucho más.

—Así es —confirmó ella—. Los medios hablan con frecuencia del número de menores no acompañados que desaparecen, pero de hecho son más los niños de familias refugiadas que se esfuman sin dejar rastro. Es un misterio. Se desvanecen y no volvemos a saber nada de ellos.

—¿Tráfico?

—En muchos casos. Es horrible. Pero, aparte de eso, la mayoría de los niños desaparecidos reaparecen al cabo de unas horas.

Vincent señaló la mesa.

—Entonces ¿Ossian ha vuelto ya con su familia?

Mina negó con la cabeza y frunció el ceño. Aun sin saber qué significaba su gesto, Vincent pensó de repente en Aston y se le hizo un nudo en el estómago.

—Lo encontramos el sábado por la mañana —reveló Mina en voz baja—. Llevaba varias horas muerto. El verano pasado ocurrió lo mismo con Lilly, esta niña que ves aquí. Dos niños en un año. Desde el punto de vista estadístico es extremadamente improbable. Por eso estamos investigando si hay una relación entre los dos casos.

Vincent observó las fotografías sobre la mesa. Lilly. Ossian. Podrían haber sido imágenes de Aston unos años atrás. Sintió que le costaba respirar, como si se estuviera agotando el oxígeno de la habitación. Se inclinó sobre una de las carpetas, pero Mina le apoyó una mano encima.

—Es mejor que no veas esas fotos —le dijo—. Créeme.

A él todavía le resultaba difícil encontrar el tono justo para dirigirse a ella. Quería ser prudente y no dar por sentado que todo volvería a ser como antes. Pero una investigación policial era al menos un tema neutral del que podían hablar.

—Entonces ¿en qué puedo ayudarles? —preguntó—. Lo haré con mucho gusto, por supuesto. No me importaría recuperar aquellas noches de insomnio e incluso de terror. De hecho, las he echado un poco de menos.

Esbozó una leve sonrisa, pero Mina pareció primero desconcertada y, después, desolada.

—¡No, perdona! —exclamó—. No es un... No te necesitamos... Es decir... No para la investigación. No hay nada que puedas hacer tú. En realidad, ni siquiera deberías ver estas fotos. Solo he venido a recoger mis cosas.

Tomó un teléfono y un llavero que había sobre la mesa. Las fotos y las carpetas se quedaron donde estaban, junto a una *laptop* cerrada, señal de que no pensaba pasar mucho tiempo fuera de la sala. Cuando salieron Vincent le sostuvo la puerta para que pasara, haciendo lo posible para no parecer decepcionado. Automáticamente había supuesto que el material expuesto sobre la mesa era la razón de que ella lo hubiera llamado. Se había imaginado que volvería a formar parte de su mundo. Pero la visita había terminado antes incluso de comenzar.

—Necesitaba hablar contigo de otra cosa, de algo... privado —le anunció Mina, y el corazón volvió a palpitarle a Vincent en el pecho.

Mina se detuvo, lo miró a los ojos y después bajó la vista. Fuera lo que fuese, no debía de ser fácil decirlo.

—Es algo referente a mi hija —explicó finalmente—. Se llama Nathalie. Creo que viste una vez una foto suya sobre mi escritorio, en casa. ¿Damos un paseo?

—¿Te ha gustado la conferencia?

Nathalie movió un poco un pie, sin saber qué decir. No quería ser descortés, pero no había prestado mucha atención a lo que había dicho Nova en el auditorio. Comprendía que había sido muy amable invitándola a una conferencia que era de pago, encargada por una empresa. Pero había aceptado asistir solo por tener algo que hacer mientras esperaba el regreso de su abuela. Se puso a ajustar una de las correas de la mochila para no tener que responder.

—Está bien, no hace falta que digas nada —añadió Nova riendo—. Me doy cuenta de que el tema debía de ser aburridísimo para una adolescente, sobre todo para alguien que no ha sufrido aún las experiencias más dolorosas de la vida, que es donde se necesita nuestra intervención.

—¿Por qué lo dices? ¿Me consideras una mocosa malcriada que siempre lo ha tenido todo hecho? —le soltó Nathalie, pero enseguida se arrepintió—. Lo siento —murmuró mientras intentaba seguirle el ritmo a Nova, que se dirigía a paso rápido hacia una especie de establo, un poco apartado del edificio principal.

Hasta ese momento Nathalie solo lo había visto de lejos. También había visto caballos que pacían delante, en el prado. Su padre nunca la había dejado montar a caballo, aunque ella se lo había suplicado de todas las maneras posibles cuando era pequeña. Decía que la hípica era una actividad cara, exigente, peligrosa y elitista. Eso último era casi una broma, teniendo en cuenta quién era él. Para compensarla, le había comprado un hámster. Nathalie decidió que era hembra, le puso de nombre Lisa y lloró amargamente cuando la encontró muerta debajo de un montón de serrín solo tres semanas después.

—Perdóname a mí también. He sido injusta —dijo Nova con suavidad, volviendo la vista hacia Nathalie mientras seguía caminando hacia las cuadras.

—¿Por qué lo dices? —Nathalie tropezó con una raíz que sobresalía del suelo.

—Es evidente que has experimentado dolor y tristeza. Sé que has perdido a tu madre. Y eso es algo que puedo comprender.

Nathalie se limitó a asentir. No estaba acostumbrada a hablar de su madre. Nunca nadie hablaba con ella al respecto. Y su padre menos que nadie.

—¡Ya está aquí Ines! —exclamó Nova alegremente.

La abuela iba hacia ellas tendiendo los brazos, con una gran sonrisa. Si Nathalie había estado un poco molesta con ella por su larga ausencia, su enfado se esfumó por completo al verla. No pudo menos que dejarse abrazar y devolverle la sonrisa.

—¡Hola, Nathalie! —la saludó la abuela—. Lo siento, pero he estado muy ocupada. Espero que esto ayude a cerrar las heridas.

Nova le apoyó a Ines una mano sobre el hombro y después regresó al edificio principal, dejándola sola con su nieta. De repente la abuela se detuvo y Nathalie resplandeció de dicha cuando comprendió por qué. Había seis caballos en el prado, un poco más adelante. Sintió que se le aceleraba el corazón. Siempre le habían encantado los caballos. Eran hermosos, salvajes, valientes y libres, todo lo que ella no era.

—Ven. —La abuela la tomó de la mano y apuró el paso.

Los caballos levantaron la cabeza, olfatearon el aire y alzaron las orejas. Después se voltearon en dirección a Ines y Nathalie, y se acercaron trotando a la valla. Una vez allí asomaron la cabeza, apiñados y resoplando, hasta que Ines los hubo saludado a todos, acariciándoles el morro reluciente.

—¿Quieres entrar? —le preguntó a la chica, señalando con la cabeza un portón en la valla.

Nathalie sentía como si el corazón se le fuera a salir del pecho. No estaba habituada a ver caballos de cerca. Siempre los había adorado desde la distancia. Eran tan grandes que sintió cierto temor y por un instante dudó, pero al final aceptó encantada. Confiaba en su abuela.

—Claro que sí.

Pasaron por el portón y de inmediato los seis caballos las rodearon, resoplando ansiosos.

—Calma, calma. —Ines rio mientras sacaba del bolsillo de la chamarra unas zanahorias y unos trozos de manzana—. Toma —le dijo a Nathalie—. Los sobornos son la manera más fácil de ganar su afecto.

La adolescente empezó a darles de comer, intentando ser equitativa. Uno de los caballos era más pequeño que los demás, pero lo compensaba con descaro y rapidez de reflejos. Varias veces consiguió arrebatarle de las manos un trozo destinado a uno de sus compañeros más grandes. Nathalie sonreía, pero aun así estaba un poco asustada, porque los dientes de los animales eran enormes.

—Este de aquí es Amuleto, un auténtico bandido.

Nathalie le rascó el morro y el caballito se apoyó cariñosamente contra ella. De repente la adolescente sintió en su interior una marea incontenible de emociones. Todas las lágrimas que nunca había podido derramar fluyeron como un río capaz de derribar cualquier dique. Y los caballos parecieron entender lo que estaba pasando. La rodearon con sus cuerpos cálidos. Le transmitieron proximidad y confianza, y en el pecho de Nathalie palpitaron todos los sentimientos que siempre había reprimido.

Lloró por la ausencia, la rabia, la pena y la frustración. Por las preguntas jamás planteadas y las puertas que nunca le habían permitido abrir. Por todo lo que no sabía acerca de su madre, su abuela y su verdadera identidad.

Entonces se dio cuenta de que también Ines la estaba envolviendo con los brazos. Se sintió extraña entre los brazos de una mujer casi desconocida y rodeada de caballos. Pero cuando Amuleto le apoyó el hocico contra la mejilla, pensó que la situación no tenía nada de extraña. Al contrario. Era como haber encontrado su verdadero hogar.

Después de un tiempo que habría podido ser una eternidad, Ines se apartó de ella.

—¿Tenemos que volver ya? —preguntó Nathalie.

Le habría gustado quedarse más tiempo con los caballos.

—No, no volveremos —respondió Ines—. Tú y yo seguiremos adelante.

Había algo raro en su voz. El tono suave que solía emplear para dirigirse a Nathalie había desaparecido.

—Iremos a un lugar al que solo pueden acceder los miembros del círculo más íntimo —anunció la abuela.

Entonces tiró de la liga azul que tenía en la muñeca y dejó que golpeara con un chasquido la marca enrojecida de golpes anteriores mientras miraba a Nathalie a los ojos.

—Recoge todas tus cosas. No sé si regresaremos.

A pesar del calor del verano y del amor que le inspiraban los caballos, de pronto Nathalie sintió frío.

Iban paseando por el parque de Rålambshov. La última vez que lo habían visitado juntos estaba nevado y Vincent le había explicado a Mina en qué consistía el número de magia conocido como *La captura de la bala*. Ahora el sol abrasaba la tierra y había varios grupos con manteles de pícnic instalados a la escasa sombra de los árboles.

Siguieron la línea de la costa hasta los amarraderos. La vez anterior no había ninguna embarcación, pero ahora se concentraban a los lados de los muelles como hojas blancas a lo largo de una rama. Mina se preguntó si Vincent tendría un barco. Si lo tenía, debía de ser a motor. Le costaba mucho imaginarlo arriando velas o navegando. Pensó que aún no le había preguntado nada acerca de Nathalie. Debía de estar esperando a que ella empezara. Habría querido hacerle muchas preguntas, pero ninguna respecto a su hija. Le habría gustado saber, por ejemplo, por qué no la había llamado, o cómo había estado durante todos esos meses. A ella también le habría gustado contarle muchas cosas, pero no sabía por dónde empezar. En lugar de eso respiró hondo y comenzó a hablar de Nathalie antes de perder el valor de hacerlo.

—Ayer por la mañana vino a verme el padre de mi hija. Nathalie vive con él. Yo no tengo ningún contacto con ellos, ni mi madre tampoco. Pero el sábado mi madre abordó a Nathalie, se la llevó y desde entonces mi hija está con ella.

—Y me cuentas todo esto... ¿por qué razón?

—Supongo que sabrás quién es Nova —dijo ella.

Vincent arqueó una ceja y asintió.

—Sí, desde luego —respondió—. De hecho, la vi hace poco en...

—Ha venido a verme esta mañana —lo interrumpió Mina—. Mi madre vive con ella, en una especie de granja donde imparten cursos. Por lo visto trabajan juntas. Ahora Nathalie está allí. Su padre se puso frenético al ver que no volvía y me tocó a mí tranquilizarlo. Sin embargo, no sé si debería preocuparme.

De repente Vincent estalló en carcajadas y Mina frunció el ceño. No era la reacción que esperaba. Sin embargo, no estaba mal la risa. Mucho mejor que lo contrario.

—El viernes vi a Nova por televisión —explicó—. En el taxi, mientras venía hacia aquí, he buscado información sobre Epicura. Y ahora tú sacas el tema. ¿Qué probabilidades hay de que se produzca semejante coincidencia?

—El maestro mentalista debería ser capaz de calcularlo —replicó ella—. Pero puede que no sea tan improbable, porque últimamente Nova aparece hasta en la sopa.

—Entonces, la abuela de Nathalie es... —Vincent se asombró—. ¡Claro! Eso significa que el viernes no vi visiones. Noté el parecido contigo, pero me dije que debían de ser imaginaciones mías. Tu madre se llama Ines, ¿no? También estuvo en aquel programa de televisión.

Mina sintió un calor especial en el pecho. Cualquiera que fuera la razón por la que Vincent no la había llamado, al menos no la había olvidado. Incluso había pensado en ella hacía solamente unos días.

—Así que... ¿piensas en mí cuando ves la televisión? —preguntó.

Vincent tosió con fuerza.

—Bueno, en realidad... —Vaciló—. Dicho así, parecería... Presentado de esa manera... Lo que quería decir es que...

Ya volvía a ser el Vincent que Mina recordaba. Siempre temeroso de cometer un error imperdonable en el plano social, porque no tenía la menor idea de cómo funcionaban las relaciones humanas. Pero había pensado en ella.

—Tranquilo —le dijo—. Era broma.

Daba la impresión de que Vincent se había quedado demasiado desconcertado para responder, pero de repente reaccionó.

—Antes sí que aparecías a menudo en mi televisor, pero hace unos meses se estropeó la cámara de vigilancia que instalé en tu departamento —le soltó.

—Calla, Vincent, que me das miedo —contestó ella riendo.

El mentalista pareció satisfecho.

—En cualquier caso —continuó Mina—, volviendo a lo de mi madre... Verás, ese tipo de organizaciones me generan mucha desconfianza. Esos cursos de desarrollo personal impartidos en una granja, en medio del campo, me suenan a secta. Se lo he dicho esta mañana a Nova.

—¿Y ella qué te ha respondido?

—Que no eran una secta, claro. Pero me interesa más conocer tu opinión. Porque supongo que la conocerás como colega. Imagino que habrán coincidido en más de un ciclo de conferencias. ¿Debería preocuparme por Nathalie?

Vincent pareció reflexionar antes de contestar, mientras el sendero describía una curva que los condujo hacia el gran anfiteatro del parque.

—Sí, he coincidido con Nova varias veces —confirmó—. Creo que su punto de vista es interesante y original. No son muchos los que se dedican actualmente a la filosofía de Epicuro. Pero no puedo decir que la conozca bien. Y aún menos a su organización.

—Ya, pero sabes mucho más del funcionamiento de la mente humana que cualquier otra persona que yo conozca. ¿Estará bien Nathalie con ellas?

—Hasta donde yo sé, Epicura se dedica sobre todo a la formación de directivos. Es cierto que ha elevado a su líder a la categoría de gurú; pero, aparte de eso, no me parece que encaje en el patrón habitual de las sectas. Incluso tengo entendido que se encarga de desprogramar a víctimas de grupos sectarios. Algunos cursos de desarrollo personal son solo eso y nada más. Sin embargo, hay algunas señales de alarma que merece la pena tener en cuenta. ¿Puede Nathalie relacionarse con otra gente y volver a casa cuando quiera? ¿Ha comenzado a regalar sus cosas y a cambiar sus opiniones según los criterios de Nova? ¿Parece mentalmente estresada o agotada? ¿La notas cansada? ¿Con cambios de humor frecuentes?

—¿Cómo quieres que lo sepa? ¿No acabo de decirte que vive con su padre? No lo sé. No tenemos ningún contacto. Pero estamos hablando de una adolescente. Supongo que estar cansada y con cambios de humor frecuentes es lo normal a su edad.

Cuando llegaron al anfiteatro Vincent fue a sentarse en uno de los bancos de concreto. Abrió su bolsa y sacó dos botellas de agua, una de las cuales era para Mina. Ella se quedó mirando la botella e intentó con todas sus fuerzas no pensar en todas las manos que la habrían tocado antes de que llegara a la bolsa de Vincent. Apoyársela en los labios habría sido como lamerles la palma de la mano a veinte desconocidos.

Pero entonces Vincent hurgó en la bolsa y extrajo un paquete de popotes desechables. Mina dejó escapar un suspiro de alivio. Se había acordado.

Abrió agradecida la botella, introdujo un popote y bebió un poco de agua fresca. Le habría gustado echársela en la cara para combatir el calor, al menos provisionalmente.

—Como todas las organizaciones de su estilo, Epicura debe de ofrecer una experiencia bastante intensa —continuó Vincent, después de beber un buen trago de agua—. Pero si Nathalie está en busca de respuestas, te aseguro que podría toparse con organizaciones mucho peores. Quizá descubra que el epicureísmo es para ella, o puede que se canse y lo deje. No creo que ninguna de las ideas que propone Nova sean perjudiciales o destructivas. Sin embargo, sí me parece que tu hija es un poco joven para apreciar esa filosofía. Supongo que tu madre tendrá buenas intenciones, pero tal vez sería conveniente que hablaras con ella. Ve a verla y juzga por ti misma.

—Imposible —replicó ella bajando la vista hacia la botella—. Antes de este fin de semana Nathalie ni siquiera sabía que tenía una abuela. Y todavía no sabe que yo existo.

Se sentía débil. Habría querido reclinar la cabeza sobre el hombro de Vincent y sentir físicamente su apoyo, pero no estaban en esa fase de su relación. Aún no. Quizá más adelante. Pero todavía no. Ni siquiera sabía cómo se habría tomado él lo que acababa de decirle.

Vincent se puso de pie y miró a su alrededor.

—Por cierto, hay algo acerca de Nova que te convendría saber. Le gusta abrazar a la gente.

—Sí, ya lo sé. Ojalá hubiera tenido esa información hace unas horas.

A veces pensaba que sería buena idea encargar una camiseta con la advertencia: ¡STOP! ¡ES MI CUERPO! ¿De verdad era tan difícil hacer entender a algunas personas que no estaba bien abrazar a la gente sin más? A Mina ni siquiera le gustaba que se le acercaran.

—Creo que todavía me huele la ropa a su perfume —comentó.

Vincent se inclinó hacia delante, como si estuviera a punto de olfatearla, pero pareció arrepentirse y retrocedió.

—Me gusta mucho este parque —dijo de repente—. ¿Sabes que es uno de los primeros parques funcionalistas de Estocolmo? Fue diseñado desde el principio pensando en el uso que le daría la gente y no en hacerlo lo más bonito posible. Con el tiempo, por supuesto, todos los parques empezaron a proyectarse de la misma manera, que en círculos arquitectónicos pasó a conocerse como el «estilo de Estocolmo». Pero Erik Glemme y Holger Blom fueron los primeros, con este parque, en los años treinta. Teatro al aire libre de concreto. Senderos trazados sobre las líneas naturales que de todos modos habría marcado la gente caminando de un sitio a otro. Y todo llano y despejado. Mira ahí, por ejemplo.

—Perdona, pero ¿qué tiene que ver todo esto con Epicura? —preguntó Mina mirando en la dirección que le señalaba Vincent.

Un poco más allá un grupo de jóvenes con el torso desnudo jugaban un partido improvisado de futbol.

—Eso sería imposible si hubiera por en medio un montón de árboles, arbustos o promontorios —respondió Vincent satisfecho.

Por lo visto la conversación sobre Epicura había quedado relegada momentáneamente. El mentalista estaba buceando en las profundidades de su memoria, como era su costumbre. Mina no pudo reprimir una sonrisa. También recordaba esa faceta de Vincent, el hombre para quien la información nunca era excesiva. Siguió observándolo, sin la menor intención de interrumpirlo.

—¿Quién ha dicho que los parques no pueden ser prácticos? —prosiguió Vincent—. Además, por aquí hay algunas esculturas que son una locura.

—Has saltado de Nova al diseño de parques y a las esculturas en tan solo diez segundos —señaló Mina—. Te lo digo solo para que lo sepas. Debe de ser un récord, incluso para ti. ¿A qué esculturas te refieres?

—Ven.

Vincent caminó hacia el grupo de futbolistas y Mina no tuvo más remedio que seguirlo.

Sobre la vasta extensión de hierba había una gran escultura de bronce de más de tres metros de altura. Mina la había visto otras veces, pero nunca le había prestado atención. Se hizo pantalla con la mano sobre los ojos para verla en su conjunto. Parecía una tijera con las puntas clavadas en el suelo, coronada por un hacha. O quizá fuera un extraño ser de piernas estilizadas con un hacha donde debería haber tenido la cabeza.

—Hay más, pero esta es mi favorita —dijo Vincent—. Se llama *Monumento al hombre hacha*. Por lo visto, el artista, Eric Grate, era todo un personaje. La escultura que hizo para el hospital Karolinska fue tan controvertida que al principio las autoridades del hospital se negaron a instalarla, pero ahora puedes verla delante de la entrada principal. Esta que ves aquí sigue siendo un enigma. Nadie sabe realmente qué quiso decir el escultor, pero hay quien asegura que alude al paganismo. ¿Ves el falo en el centro? También podría ser un homenaje a la diosa de la fertilidad.

Vincent levantó la vista hacia el hacha y pareció perderse en sus pensamientos, contemplando los reflejos del sol en el bronce. Mina notó que aún no había terminado. Pero era difícil saberlo, incluso tratándose de él. Se dijo que todo lo anterior podía ser un intento de hablar de otra cosa para lo que aún no había encontrado las palabras adecuadas. Esperó un momento, pero Vincent no dijo nada más.

—¿La diosa de la fertilidad? —repitió ella.

Vincent asintió sin apartar los ojos de la escultura.

—Creo que Maria me engaña —dijo entonces.

Mina no sabía bien qué esperaba oír, pero seguramente no era eso.

—Con Kevin —prosiguió él—, el tipo que la está ayudando a poner en marcha el negocio.

A Mina se le escapó una risita breve, casi como un gemido, pero logró reprimirla deprisa.

—Perdona —se disculpó—. ¿Kevin? Nombre de monitor de tenis.

Vincent no sonrió.

—¿Quieres que vea si tenemos algo sobre él? —preguntó—. No sé qué podré hacer, pero...

—No, nada de eso —replicó Vincent enseguida, mirándola con los ojos muy abiertos—. No quiero saber nada. ¿Hemos terminado de ver la escultura?

Mina asintió y los dos caminaron otra vez por los senderos del parque.

—¿Por qué no quieres saber nada? —preguntó, y bebió agua por el popote.

Vincent se encogió de hombros. A pesar del sol abrasador Mina disfrutaba del paseo con él. Podía fingir que el motivo de su encuentro era un poco más agradable que el inminente hundimiento del castillo de naipes que había construido en los últimos diez años y el hecho de que la mujer de Vincent tuviera una aventura extramatrimonial.

—Si es verdad que me engaña, pueden pasar dos cosas —dijo él—. La primera es que utilice a su amante como trampolín para salir de nuestra relación y me deje. En ese caso me enteraré de todo cuando llegue la hora. Me sentiré traicionado, por supuesto, pero durante menos tiempo que si lo supiera desde ahora. No hay necesidad de sufrir por adelantado si va a suceder de todos modos. Lo otro que puede ocurrir es que Maria necesite esa relación en este momento por algún motivo y que después vuelva conmigo como si nada hubiera pasado. Si es así, es preferible no saber nada. Puede que su aventura refuerce nuestra relación desde su punto de vista. Pero si yo estuviera al corriente de todo me costaría olvidarlo. Y entonces lo echaría todo a perder justo cuando podría haberse arreglado.

Siguieron paseando en silencio. Mina no podía decidir si lo que acababa de decir Vincent era lo más sensato que había oído en mucho tiempo o si su amigo estaba más discapacitado a nivel emocional de lo que habría podido imaginar. Una cosa era la dificultad que tenía ella para dejar entrar a la gente en su vida, pero otra muy distinta era la aparente indiferencia de Vincent hacia la posible aventura de su mujer con otro hombre. ¿De verdad era tan racional? ¿Dónde quedaba entonces el amor?

—Perdona si me meto donde no me llaman —se disculpó ella—, pero ¿no te gustaría saber al menos si ella es el tipo de persona capaz de tener una aventura?

Ya casi habían llegado al puente de Lilla Västerbron. La pista de *skate* bajo el puente estaba llena de aficionados practicando con sus tablas. El traqueteo de las ruedas sobre el concreto se mezclaba con la música de *hip-hop* que atronaba desde varios altavoces. Los dos hicieron una mueca de disgusto y volvieron sobre sus pasos hacia la esquina del parque donde habían empezado el paseo.

—¿Sabes? —dijo Vincent—. Creo que la mayoría de las personas son capaces de casi todo. Solo hay que ver en qué punto de su vida se encuentran. No somos seres estáticos. Casi todas nuestras células son sustituidas de forma periódica por otras. Hace apenas tres semanas toda tu epidermis era diferente de la que es hoy. Tu cerebro genera nuevas células cada tres meses. Desde un punto de vista meramente físico no eres la misma persona que hace cinco años, ni la que serás dentro de unos meses. Y ocurre lo mismo con las opiniones, los juicios y las ideas. La Mina de hoy es capaz de cosas que la Mina de hace cinco años jamás habría podido hacer.

«Como saltar dentro de un contenedor lleno de visones muertos», pensó ella. Desde luego, no tenía la menor intención de repetir la hazaña, pero entendía lo que Vincent quería decir.

—Lo más probable es que al menos una de todas las versiones de Maria con las que he estado y estaré sea capaz de tener una aventura —continuó él—. Pero no gano nada averiguando si la de ahora lo es, porque puede que la siguiente versión de Maria no lo sea. O también es posible que la actual Maria sea incapaz de engañarme pero la próxima decida dejarme por otra persona. ¿Lo entiendes? Solo puedo saber algo sobre la Maria del presente. Pero eso no tiene ningún interés, porque voy a vivir el resto de mi vida con sucesivas versiones de la Maria futura.

—Es muy... curioso eso que dices —comentó Mina—. Entonces ¿estás seguro de que toda esta charla sobre lo poco que te importa no es más bien una manera de decir que sería un alivio para ti que Maria tuviera una aventura con Kevin después de lo que hiciste tú con Ulrika, tu exmujer, en el Gondolen hace dos veranos?

Vincent palideció.

—Espero de todo corazón que en la posible aventura de Maria con Kevin haya mucho menos odio que en aquel encuentro con Ulrika. Pero, sí, lo que dices es una posibilidad. Estoy en deuda con ella.

Llegaron al final del parque y emprendieron de nuevo el camino hacia la jefatura. Tras acabarse el agua de su botella Mina la tiró a una papelera. Pensó en contarle a Vincent lo de Amir, ya que él se había sincerado sobre Maria. La sola idea de decírselo la ponía nerviosa, aunque él no tuviera ningún derecho a opinar al respecto. Pero quería que lo supiera.

—Es cierto que la Mina de ayer no es la misma que la de hoy —comenzó después de aclararse la garganta—. De hecho, no te lo vas a creer, pero tengo una cita.

Notó que a él se le congelaba la sonrisa a su lado. Pero solo por un instante.

—¿Quién es el afortunado? —preguntó Vincent enseguida.

—Se llama Amir. Es abogado. No sé mucho más. Estuvimos chateando y entonces... En realidad, no sé muy bien cómo ha sido. Pero hemos quedado para vernos.

La temperatura era más alta en la calle que en el parque. Los muros devolvían el calor y el aire temblaba sobre el asfalto.

—¿Has oído hablar de la fóvea, el punto focal de la retina? —preguntó Vincent—. La fóvea capta información de un área bastante limitada. Por eso, para ver por ejemplo las casas de la acera de enfrente, tienes que desplazar todo el tiempo el enfoque, como si miraras todas las piezas de un rompecabezas una a una. Después el cerebro reúne las piezas y reconstruye el rompecabezas. Pero a los ojos no les da tiempo a ver todas las piezas y entonces el cerebro «pinta» las que faltan, para completar el conjunto. Por lo tanto, parte de lo que ves de aquellas casas son simples suposiciones de tu cerebro.

Una vez más los pensamientos de Vincent habían derivado hacia una dirección del todo imprevisible. En cierto modo Mina comprendía a Maria. Debía de ser bastante más fácil mantener una conversación con ese tal Kevin. Aunque sin duda más aburrido.

—Has vuelto a cambiar de tema —lo reprendió ella—. Los

cambios bruscos no son buenos, Vincent. ¿No habíamos dicho que tenías que practicar tus habilidades sociales?

—No he cambiado de tema. Estoy hablando de tu cita —le explicó él—. Verás, cuando vemos a una persona, pasa lo mismo. El punto focal se mueve en un triángulo, entre los ojos y la nariz del otro, para captar el conjunto de la cara. Pero cuando comenzamos a sentir atracción por otra persona, nos fijamos también en otras partes..., ¿cómo decirlo?..., más... húmedas y carnosas. Ya sabes...

Mina lo miró entrecerrando los ojos y vio que de repente parecía muy interesado en una mota de polvo que tenía en una uña.

—Vincent, ¿te has sonrojado?

—En cualquier caso —respondió él carraspeando—, los labios son precisamente una de esas partes del cuerpo, sobre todo si son rojos como los tuyos, o si son..., bueno, ¿cómo se llamaba...? ¡Ah, sí! Amir. Si Amir siente atracción por ti, verás que su mirada empieza a moverse desde tus ojos hacia tu boca, en lugar de centrarse en la nariz. La boca tiene un componente erótico que...

—¡Demasiada información, Vincent! —exclamó ella alejándose de él con fingido escándalo—. Además, no es exactamente una cita. Hemos quedado en el Museo del Mediterráneo. En pleno día.

Ya estaban cerca de la jefatura. Dentro la esperaban las fotografías de Lilly y Ossian. Pero no llegaría a ninguna conclusión mirándolas. Habría deseado quedarse con Vincent en el parque, hablando de las estatuas.

El mentalista pidió un taxi a través de una aplicación del celular y, a los pocos minutos, el coche lo estaba esperando en la puerta de la jefatura. En silencio, Mina lo vio abrir la puerta del asiento trasero. No habían tenido ningún contacto durante casi dos años, ni siquiera un mensaje de texto, pero ahora parecía como si todos esos meses no hubieran existido, como si nunca se hubieran separado. Para ella había sido una alegría enorme volver a verlo. Había oído sus respuestas y ahora tenía que regresar al trabajo. Pero no quería que se acabara. Todavía no. Buscó desesperadamente una razón para pedirle que se quedara, pero no encontró ninguna.

—Intentaré averiguar un poco más sobre Epicura, si quieres —le dijo él—. Nunca está de más informarse. Procura hablar con Nathalie. No creo que la formación en liderazgo de esa organización esté dirigida a adolescentes. Y una cosa más, Mina... —Se volteó y la miró arqueando una ceja—. La fóvea. —Sonrió—. No diré nada más.

—¿No te ibas ya? —replicó ella cruzándose de brazos.

Vincent soltó una carcajada, se montó en el vehículo y cerró la puerta. El taxi arrancó y Mina lo observó hasta que dobló la esquina y desapareció. Una parte de ella se fue con él. Podría haberle suplicado que se quedara, sin ninguna razón en particular.

Solo pedirle que no se fuera.

Pero no lo había hecho. Vincent tenía razón acerca de Nathalie, por supuesto. Si su hija no regresaba de la granja antes del fin de semana, Mina pensaba ir a buscarla personalmente aunque el padre de la niña se enfadara. Si no quería que la viera tendría que adelantarse y recogerla él. Pero Nathalie tenía vacaciones y Mina confiaba lo suficiente en su madre como para dejarlas a las dos en paz unos días. Tenía otras cosas en que pensar.

—La fóvea... —repitió entre dientes y negó con la cabeza.

¿Para qué le habría dicho que tenía una cita? Vaya tontería.

El ambiente en la sala de reuniones no había mejorado respecto al del fin de semana. Se acercaba el final de la jornada y, aunque pareciera imposible, hacía todavía más calor.

Los pensamientos de Mina seguían girando en torno a la visita del mentalista. La sensación que le había producido era a la vez familiar y un poco inquietante. Había esperado encontrar al Vincent de siempre, pero él mismo había observado que todas las personas se renuevan y cambian constantemente. ¿Quizá el nuevo Vincent no la entendía tan bien como el de antes? ¿Quizá le costaría más a ella comprenderlo? Sin embargo, no se lo había parecido. A su lado se había sentido como antes. O casi. Y esperaba que a él le hubiera pasado lo mismo.

—Escúchenme —dijo Julia abanicándose con las manos—, ya sé que están cansados. Los sucesos del fin de semana han sido un duro golpe para todos y hoy llevo todo el día evitando a los periodistas. De momento están ocupados con la historia de éxito de la niña que encontramos el viernes. Pero son como sabuesos que han olfateado la presa. Y la regla de oro del periodismo dice que todo lo que se elogia también se debe criticar. Construyen para después derribar. Es solo cuestión de tiempo antes de que descubran que Ossian ha sido hallado muerto y que no tenemos ninguna pista. Si hubiese sido por la prensa, unos cuantos policías se habrían quedado sin trabajo después del caso de Lilly. Pero por suerte no son los periodistas los que deciden.

Bosse estaba comiendo en un reluciente plato metálico nuevo, en un rincón de la sala. Julia había mantenido su promesa. Mina hacía lo posible para no ver la lengua carnosa del perro removiendo el alimento, ni los pelos que se le desprendían del denso pelaje y se quedaban flotando en el aire. Cualquier día Christer le llevaría también una cesta para que se echara a dormir en la sala de reuniones.

—Dicho esto —prosiguió Julia—, no podemos cometer errores. Esta vez tenemos que encontrar al culpable o los culpables. A la espera del informe de la autopsia, podemos repasar una vez más todo lo que sabemos acerca de la muerte de Lilly Meyer. Empezaremos por los allegados. Seguramente estarán cansados de la policía, pero no tenemos alternativa. Peder y yo ya hemos hablado con la madre. Ha sido... una experiencia curiosa. La mujer sigue sosteniendo lo mismo que durante el juicio: que quien mató a la niña fue Mauro, el padre de la menor. Mina y Ruben, ustedes irán a hablar con él. Ha estado fuera de la ciudad durante el fin de semana, pero regresa esta noche. Vayan a verlo a primera hora de la mañana del martes. Es decir, mañana a primera hora.

—¿Y yo? —preguntó Christer.

—Tú al registro, por supuesto —replicó Julia de inmediato—. No, espera. Tenemos que analizar las descripciones de los secuestradores de Lilly: la pareja de personas mayores que fue vista en las proximidades de la escuela infantil. Encárgate de eso. Pero, después, vuelve al registro. Alguien tiene que hacerlo, ya lo sabes.

Christer había empezado a alegrarse, pero enseguida se le ensombreció de nuevo la cara.

—Me parece que esta sala necesita un poco de endorfinas —comentó Peder—, para que todos trabajemos mejor.

Una chillona melodía comenzó a brotar del teléfono que tenía en la mano.

—Son las trillizas, cantando con Adis...

—¡Ya lo sabemos! —gritó Ruben golpeando la mesa con la

palma de la mano—. Pero ya han pasado cinco meses del concurso para ir a Eurovisión. ¡Cinco meses! Hemos visto ese video de las trillizas prácticamente cada día desde entonces. ¿Cuántas veces más nos lo vas a enseñar?

Peder bajó la vista avergonzado.

—Solo quería animarlos —repuso en voz baja.

—Y tu intención es muy loable —intervino Julia—. Todo lo que pueda hacernos más llevadera la jornada es bienvenido, pero hay algunas cosas que en lugar de animarnos aumentan el nivel de estrés. ¿Qué te parece si esperamos un poco y dejamos a las trillizas para cuando realmente las necesitemos?

Peder asintió un poco más conforme.

—¿Por dónde iba? —preguntó Julia—. Ah, sí. Además de estudiar el caso de Lilly Meyer, es posible que debamos ampliar nuestras miras en lo referente a posibles culpables. Como las descripciones de los secuestradores son muy diferentes entre sí, es tentador pensar que los dos casos no están relacionados. Sin embargo, hay demasiadas similitudes para dar por buena esa teoría. Adam lo ha señalado desde el principio y, después del hallazgo del sábado, me inclino a darle la razón. Los dos niños tenían la misma edad, fueron secuestrados a plena luz del día sin que nadie reaccionara, estuvieron tres días desaparecidos y al final fueron hallados muertos sin lesiones visibles. No puede ser casualidad. Pero la posibilidad de que haya al menos tres personas detrás de los dos secuestros plantea nuevas preguntas sobre su identidad y sus motivos. No recuerdo ningún otro caso similar, así que tenemos que averiguar más al respecto. ¿Alguna idea, Adam?

Adam se aclaró la garganta y todas las miradas se dirigieron hacia él.

—Como ya sabrán, hoy por hoy no contamos con ningún psicólogo criminalista en la jefatura —respondió—, desde que Jan Bergsvik se marchó.

—Desde que fue despedido —lo corrigió Ruben con una tos fingida.

—Desde que decidió irse en busca de nuevos horizontes profesionales —continuó Adam, con una sonrisita en la comisura de la boca—. Por eso me he tomado la libertad de consultar con una persona experta en conductas extremas, porque más allá de que estemos tratando con uno o varios delincuentes, no podemos dejar de calificar su comportamiento como algo indudablemente extremo. Con un poco de suerte, esta persona podría ayudarnos a entender mejor lo que tenemos entre manos. ¿Qué les parece?

—¿Por qué no llamamos a Vincent? —propuso Mina ansiosa—. Si vamos a contratar a un asesor externo, podríamos proponérselo a él.

Adam no podía imponerles un asesor diferente cuando era posible recurrir a Vincent.

—¿A quién? —preguntó Adam desconcertado.

—A Vincent Walder —le explicó Julia—. Colaboró con nosotros hace un tiempo, en un caso en el que al final resultó estar implicada su hermana.

Adam dejó escapar un silbido.

—Sí, lo recuerdo.

—Respondiendo a tu pregunta, Mina —prosiguió Julia—, Adam ya se ha puesto en contacto con esa otra persona. Veamos qué puede ofrecernos antes de considerar a Walder. Vincent es muy competente, pero todo se vuelve un poco... especial cuando él está involucrado.

Mina asintió, aunque no estaba de acuerdo. Acababa de despedirse de Vincent y se arrepentía de haberlo dejado marchar. Además, Vincent le había salvado la vida y era muy poco probable que el asesor invitado por Adam pudiera decir lo mismo.

—La persona con la que he hablado también tiene amplios conocimientos sobre comportamiento grupal, especialmente en sus manifestaciones más extremas, como ya les he dicho.

—¿Comportamiento grupal? —preguntó Peder interesado.

—Sí, es una idea que he empezado a explorar —contestó Adam— y quiero ver qué les parece. Hasta ahora partimos del supuesto de que Ossian fue asesinado por la misma persona que mató a Lilly o por alguien que reprodujo su manera de actuar por la razón que fuera. Pero creo que hay una tercera posibilidad, que explicaría mejor por qué tenemos secuestradores con descripciones diferentes cuando el modus operandi es prácticamente idéntico. —Adam hizo una pausa y miró a sus colegas. En la sala solo se oía la respiración agitada de Bosse—. Puede que estemos ante un grupo organizado —prosiguió Adam—. Creo que nuestros secuestradores se conocen entre sí.

Nadie dijo nada. La idea era horripilante. Sin embargo, tal como había afirmado Adam, era una buena explicación.

—Como no me canso de repetir —dijo Julia—, no podemos descartar ninguna posibilidad. Y esta hipótesis es sin duda muy interesante.

—Solo quería mencionarla para poder preguntarle al respecto a la persona a la que he invitado —explicó Adam—. En los últimos tiempos ha salido mucho en los medios, por lo que supongo que la reconocerán. Por suerte tenía un hueco en su agenda cuando la he llamado. Vendrá el miércoles por la mañana. Se llama Jessica Wennhagen, aunque les sonará más el nombre de Nova.

Mina se quedó mirando a Adam sin decir nada. No podía ser.

Nathalie no había entendido adónde iban. Sin más explicaciones, la abuela la había conducido hasta un coche estacionado detrás de las cuadras. En un principio la niña pensó que el lugar mencionado por su abuela debía de estar cerca, pero llevaban por lo menos media hora de trayecto. El conductor se llamaba Karl. Era alto y rubio, con una sonrisa resplandeciente y la misma calma de todas las personas que Nathalie había conocido en Epicura. Envidiaba su serenidad.

Ella habría deseado sentir esa misma paz. No tener un padre sobreprotector, una abuela desconocida y unas amigas que solo se preocupaban por lo que pensaban los demás.

¿Tendría también ese Karl motivos de inquietud o de enfado en la vida? En todo caso, no lo parecía. De hecho, a pesar de la comida escasa, el ambiente de Epicura se le había empezado a contagiar. En los últimos días se había sentido más feliz y serena que de costumbre.

—Entonces ¿qué es ese círculo íntimo del que hablabas? —le preguntó a su abuela, que iba en el asiento delantero.

Pero, antes de que la abuela contestara, se le adelantó la mujer sentada junto a Nathalie en el asiento trasero.

—Lo que enseña Nova en Epicura no es más que el primer paso —explicó—. Para los que asisten a sus cursos, es suficiente. Pero para entender realmente el legado de John Wennhagen, hace falta algo más. Ines te está haciendo un gran regalo de amor al abrirte tan pronto esta puerta. A otros les lleva muchos años acceder al círculo interno. Por cierto, me llamo Monica.

—¿John Wennhagen? —repitió Nathalie—. No entiendo. ¿No se llamaba Baltzar el abuelo de Nova?

Ines se volteó hacia atrás desde el asiento delantero. Su mirada estaba llena de secretos, pero también de promesas.

—John era el padre de Nova —respondió—, el único que supo ver la verdad. Nosotras seguimos sus huellas.

El coche circulaba por un camino forestal. Los árboles pasaban velozmente a los lados y los rayos del sol temblaban inseguros entre las ramas. Un poco más adelante Nathalie vislumbró una casa. De repente se dio cuenta de que nadie conocía su paradero en ese momento, ni siquiera su padre. Ni siquiera ella misma.

—Todo es dolor, sufrir purifica —dijo su abuela, dejando que la liga azul le golpeara con fuerza la muñeca una vez más.

—Todo es dolor, sufrir purifica —murmuraron al unísono Karl y Monica.

—¿Han...? ¿Han averiguado algo más sobre Lilly?

La directora de la escuela infantil de Nyckelpigan buscó ansiosamente la mirada de Christer.

—Porque... ha venido por eso, ¿no? Ya sé que ha pasado un año entero, pero pensaba que... Todavía no hemos perdido la esperanza de encontrar una respuesta. O... ¿es por lo del niño?

Christer tardó unos segundos en contestar. Una de las partes más difíciles de su trabajo era el hecho de no poder dar respuestas a las personas que las necesitaban. La desaparición de Lilly seguía siendo una herida abierta en la escuela, tanto para el personal como para las familias que llevaban allí a sus hijos. Era comprensible. Nadie podía haber quedado indiferente. Y todos querían saber exactamente qué había pasado. Pero Christer no tenía respuestas que ofrecerles y en cambio había ido allí a plantearles más preguntas.

—No puedo hacer comentarios acerca de investigaciones en curso —dijo escogiendo la salida más fácil—. ¿Le parece que hablemos un poco más en privado?

Era la respuesta habitual. Fría, impersonal y marcando una clara distancia con su interlocutora.

—Aquí estaremos bien —repuso la directora—. Los niños están jugando y nadie nos oye. Además, tengo que quedarme a vigilar. Todo el personal es necesario cuando estamos fuera. —La directora, que se llamaba Johanna, recorría incesantemente con la mirada el patio lleno de niños—. ¿Son los mismos que se llevaron a Lilly? ¿Los que secuestraron al chico? —preguntó al cabo de un momento.

—Lo siento, pero no puedo... —Las palabras se fueron apagando.

Bosse corría como un cachorro entre los niños, encantados con su visita. Al principio Christer lo había dejado atado fuera, pero cuando los pequeños fueron a amontonarse en la reja para verlo, una de las maestras le había preguntado si le parecía bien que el perro entrara a saludar. Bosse no cabía en sí de felicidad. Adoraba a todo el mundo y sobre todo a los niños.

—Como ya le he dicho, me gustaría hablar con las personas que estaban trabajando en la escuela el día que Lilly desapareció. A veces la memoria nos sorprende y se vuelve más clara con el paso del tiempo. No podemos dejar nada al azar.

—Ahora mismo los llamo —asintió Johanna levantándose del banco donde los dos estaban sentados—. ¡Leopold! ¡Aysha!

Un hombre joven y una mujer de mediana edad se voltearon hacia ellos y se acercaron. Por su expresión tensa se veía que ya sabían de qué se trataba. Un poco más allá un niño soltó un chillido agudo y furibundo, tomó un puñado de arena y se lo tiró a la cara al chiquillo que tenía delante. Pero un maestro intervino rápidamente y logró restablecer la paz. Antes de que Leopold y Aysha llegaran adonde los esperaban Johanna y Christer, los dos niños ya estaban otra vez jugando juntos.

Christer se dijo que ojalá todo fuera tan sencillo en el mundo de los adultos.

Saludó a los dos educadores, que se sentaron en un banco cercano. Johanna, la directora, se despidió con una disculpa.

—¿Es sobre Lilly? —preguntó la mujer.

—¿O es sobre el niño desaparecido estos últimos días? ¿Se lo ha llevado la misma pareja? —quiso saber el hombre joven, sin dejar de vigilar a los niños que jugaban en el patio.

—No puedo decir nada al respecto —se excusó Christer por segunda vez.

Bosse se acercó brevemente y Christer le rascó el cuello por detrás de las orejas, antes de que el perro saliera corriendo otra vez, jadeando y con la lengua fuera, para seguir jugando con sus nuevos amigos.

—Su perro ha sido todo un éxito —comentó Aysha con una sonrisa que le iluminó los cálidos ojos oscuros.

Una niña fue corriendo a ella para que la ayudara a ajustarse el gorro que la protegía de sol y se fue tan rápidamente como había llegado.

—Las jornadas aquí deben de ser agotadoras —observó Christer contemplando el mar de niños que se movían todos a la vez en diferentes direcciones, con un nivel de ruido que hacía estallar los tímpanos.

—Sí, pero también divertidas —contestó Leopold recostándose en el respaldo del banco.

—¿Qué recuerdan del día en que Lilly desapareció?

Christer había decidido ir al grano. No tenía tiempo que perder.

—Fue un día como cualquier otro. No hubo nada fuera de lo corriente, nada que nos llamara la atención. Aysha y yo vimos pasar a la pareja, pero no notamos nada raro. Parecían gente normal.

—Eran una pareja normal de personas mayores —confirmó ella—. Los dos tenían el cabello gris. Él era más bien bajo y ella... bastante elegante.

—Con lentes —añadió Leopold.

Un niñito con pantalones demasiado grandes se plantó justo delante de Christer y empezó a llorar. Leopold se apresuró a levantarlo en brazos, lo consoló, le sacudió la gravilla que tenía en la ropa y lo envió a jugar otra vez en cuanto se hubo calmado.

—¿Nada que les llamara la atención? —preguntó Christer.

Hasta ese momento no le habían dicho nada que no hubiera leído ya en el informe.

—No. Parecían... unos abuelos normales. Vienen muchos por aquí. No tenían nada fuera de lo corriente. Nada en absoluto. Pero no vimos el secuestro propiamente dicho. Cuando nos dimos cuenta de que Lilly había desaparecido, algunos de los niños dijeron que los abuelitos se la habían llevado. Pero ya sabe cómo son los niños.

—¿Cómo supieron que se referían a la misma pareja que habían visto ustedes?

—Los niños mencionaron un abrigo lila —dijo Aysha—. Y la mujer que habíamos visto Leopold y yo llevaba un abrigo de ese color. Por eso supusimos que era la misma pareja. El lila no es muy habitual en prendas de abrigo.

—¿Y no los habían visto antes? ¿Con Lilly o con alguno de los otros niños? ¿O simplemente por aquí?

Los dos negaron con la cabeza.

—No podría asegurarlo con absoluta certeza —respondió Leopold—, pero no recuerdo haberlos visto antes.

—Yo igual —confirmó Aysha.

Christer reflexionó un momento. Ya sabía que era poco probable obtener pistas nuevas. Tanto Leopold y Aysha como el resto del personal habían sido interrogados minuciosamente tras la desaparición, e incluso habían prestado declaración varios de los niños.

—Bueno, no los molesto más —dijo incorporándose.

Le dolían las articulaciones y tenía los pantalones pegados a los muslos por el calor. Llamó a Bosse con un silbido, que el perro no pareció oír. Pero después de varios silbidos más y una amenaza, el animal acudió con desgana, con una fila de niños saltando detrás.

—Deja que se quede el perrito —le pidió una niña de trenzas rubias que llevaba impreso en la camiseta el dibujo de una princesa rodeada de un remolino de copos de nieve.

—El perrito tiene que irse; tenemos trabajo que hacer —replicó Christer mientras enganchaba la correa al collar de Bosse.

Al principio el perro se negó a moverse, con cuatro niños abrazados a su cuerpo. Su mirada era suplicante.

—No; debemos irnos.

Volvió a jalar la correa y entonces Bosse caminó a regañadientes hacia la salida, pero con varios niños agarrados aún de su pelaje dorado.

—Tienen que soltar ya al perrito, nos vamos a casa —les dijo Christer.

Con el rabillo del ojo veía que Leopold y Aysha lo estaban mirando divertidos. Siguió jalando la correa y, cuando Bosse finalmente aceleró el paso, los niños se vieron obligados a soltarlo. Al llegar a la puerta Bosse se volteó con nostalgia y echó un último vistazo a sus amigos antes de saltar dentro del coche con expresión abatida.

—¿Mina?

La estaban llamando desde un número oculto y aun así había contestado, con la esperanza de que no fuera quien pensaba que sería.

—Soy yo —dijo una voz masculina.

Mina suspiró. Claro que era él. ¿Quién más podría haberla llamado por la noche?

—¿Has hablado con ella? —prosiguió el padre de Nathalie—. ¿Qué es eso que se oye de fondo?

—El aire acondicionado. Y la he llamado, pero todavía no he hablado con ella.

—Entonces ya sé lo que tengo que hacer. Es lunes por la noche y aún no ha vuelto. Mandaré a alguien a buscarla. Esto es inaceptable.

Mina se obligó a respirar hondo varias veces antes de responder.

—No, por favor, no lo hagas —replicó tratando de aparentar más confianza de la que en realidad sentía.

Por un instante le pareció como si él estuviera ahí, en su departamento, como si se hubiera infiltrado en el oasis de limpieza que ella había creado. El departamento era su protección, su seguridad, su fortaleza. Pero él podía entrar donde quisiera. Siempre lo había hecho.

Ahora guardaba silencio. Estaba esperando una explicación.

¿Y qué iba a decirle? ¿Que Nathalie era lo más importante

del mundo para ella? ¿Que incluso en los peores momentos, cuando estaba completamente destrozada, la idea de Nathalie era lo único que la había mantenido a flote? ¿Que el acuerdo de apartarse de la familia por el bien de Nathalie había estado a punto de costarle la vida? No había palabras que pudieran ayudarla y ella lo sabía. El padre de Nathalie era una persona adulta, responsable de sus actos. ¡Pero ella había estado enferma, por el amor de Dios! ¿Por qué le costaba tanto entenderlo?

—Ya sé que no puedo decirte lo que tienes que hacer —dijo por fin en voz baja—, ni cómo manejar esta situación. Ya sé que he perdido ese derecho. Pero esta vez has venido tú a pedirme ayuda y por eso te ruego que me concedas un poco más de tiempo. Creo que presionarla justo ahora podría ser perjudicial. Nathalie tiene derecho a hacer preguntas, tiene derecho a saber. Y necesita tiempo. Nosotros decidimos ocultarle la verdad, pero ella nunca ha elegido vivir una mentira. Por favor, no hagas nada precipitado. Dame la oportunidad de resolver esto primero. Si no confías en mí, quizá puedas confiar en Nathalie.

Oía su respiración en el auricular. Estaba reflexionando. Mina sabía que en ese momento habría trazado mentalmente dos columnas, una con los pros y otra con los contras. La profundidad de la respiración revelaba el grado de concentración con que estaba sopesando todas las posibilidades. La sorprendía comprobar hasta qué punto lo seguía conociendo y lo muy familiar que le resultaba incluso lo que decía entre líneas.

—De acuerdo —dijo él finalmente—. Pero estaré vigilando.

—Gracias.

Mina volvió a hundirse en los cojines del sofá, aliviada.

El padre de Nathalie guardó silencio y ella tampoco encontró nada más que decir. El sentimiento de culpa la impulsaba a decir algo, cualquier cosa que consiguiera hacerle entender, aunque fuera insuficiente o ya fuera demasiado tarde. Pero el instante pasó y el hombre colgó el teléfono.

Con el ceño fruncido Mina se puso de nuevo a ver la televisión y trató de entender el programa que estaban transmitiendo antes de que sonara el teléfono. No oía bien lo que decían, por el ruido de los dos grandes aparatos de aire acondicionado que había instalado, uno en la sala y otro en la recámara. Derramaban aire frío por las habitaciones y expulsaban el aire caliente a través de una gruesa manguera que salía por un hueco de la ventana. Como resultado, su departamento era el único lugar donde no sudaba. Y eso era maravilloso. La parte negativa era que el estruendo de los aparatos le impedía oír sus propios pensamientos.

Los participantes en el programa de televisión iban y venían en parejas y sonreían nerviosos ante las cámaras, sin conseguir despertar en ella el más mínimo interés. Eran personas emparejadas por expertos que se encontraban por primera vez ante el altar, para casarse.

¡Cielo santo! ¡Qué obsesión tenía la sociedad con el emparejamiento compulsivo de la gente! Como si la soledad fuera una enfermedad que necesitara una cura a cualquier precio, pero dentro de unos marcos muy estrictos. ¿Había sido en la Biblia donde había quedado establecido que la dualidad era la norma? ¿Había empezado con Adán y Eva o con las parejas de animales del arca de Noé? Ahora el arca de los seres humanos se llamaba Tinder, la aplicación a la que muchos se aferraban desesperadamente con la esperanza de no hundirse en la soledad. Como si vivir solo fuera algo malo.

La historia de Adán y Eva ya había puesto de manifiesto algunos de los defectos de la lógica dual. Siempre había una serpiente en el paraíso. Mina se preguntó cuántas de las parejas que estaba viendo seguirían juntas en la fecha de emisión del programa. Probablemente ninguna, supuso, dada la frialdad que parecía demostrar la mayoría. El amor no respondía a ninguna lógica. No había un código matemático del amor que se pudiera descifrar. Era una de las pocas cosas que Mina sabía sobre el amor.

Le habría gustado saber qué opinaba Vincent al respecto. Imaginó que tendría mucho que decir y además intentaría explicarlo con esquemas y diagramas. Ojalá lo hubiera contratado su equipo para colaborar en el caso, en lugar de recurrir a Nova. Sobre todo teniendo en cuenta la situación con Nathalie. Toda la historia podía acabar siendo un caos. No quería que Nova se metiera todavía más en su vida.

Deberían haber llamado a Vincent.

Cambió de canal y se puso a ver un concurso de preguntas y respuestas en el que participaban famosos. Al menos era mejor que el otro programa.

Vincent.

Él también se había infiltrado en su fortaleza. Pero había sido diferente. Ella lo había dejado entrar. La decisión había sido suya y él la había aceptado. Le había permitido ser tal como era. Con Vincent en su casa se había sentido... bien. También cuando habían ido a pasear por el parque. Quizá demasiado bien, porque ella sabía que no podía ser. Era mejor así. Sola en su fortaleza. Sin nadie más.

Sola se sentía fuerte.

Vincent apoyó una mano en el árbol. En la otra tenía un palo que había recogido del suelo, con el que intentó rasparse el barro de la suela del tenis. El calor y la falta de lluvia a lo largo de varias semanas habían resecado la tierra e incluso incrementado el riesgo de incendios. Pero Vincent, como de costumbre, se las había arreglado para encontrar el único charco en varios kilómetros a la redonda y se había metido en el lodo hasta los tobillos.

Por suerte se había puesto un par de tenis en lugar de los zapatos que solía usar, porque no habrían sobrevivido. Pero no habría estado mal que los tenis no fueran blancos.

Había salido con la idea de dar un paseo matinal por el bosque, para respirar aire fresco y pensar un poco. Pasaba muy poco tiempo en la naturaleza, a pesar de vivir prácticamente en medio del bosque. Pero nunca era tarde para empezar. En el bosque echaba de menos la posibilidad de observar a otras personas, como hacía cuando paseaba por la ciudad, pero varios estudios psicológicos y biomédicos indicaban que las actividades en el medio natural disminuían la concentración de las hormonas del estrés y reducían la presión arterial. Incluso había quien ofrecía sesiones de «terapia forestal». Y después de las experiencias del día anterior, realmente necesitaba serenarse. Recuperar el control.

Por eso estaba allí, apoyado en el árbol, dándole una oportunidad al bosque. Y era cierto que el ambiente lo hacía sentirse bien. Era agradable. Pero no podía concentrarse.

Porque había visto a Mina.

Hacía solo veinticuatro horas.

Mina, con sus cabellos negros. Con su mirada que dejaba traslucir que comprendía más de lo que estaba dispuesta a reconocer. Con su voluntad de mantenerse al margen del mundo. Con todo el amor que sentía por su hija.

Y después de tanto esperar, había sido ella quien lo había llamado, quien había querido hablar con él. En retrospectiva Vincent se avergonzaba de no haber dado señales de vida. ¿Qué pensaba? ¿Que ella no sentiría lo mismo? ¿Que no querría hablar con él? Podría haberla llamado mucho tiempo antes. Debería haberlo hecho.

Pero quizá había sido un error por su parte sacar el tema de Kevin. No tenía por qué importunarla con esas tonterías. Aunque ella se había sincerado y le había hablado de su familia, y él había querido corresponderla de alguna manera.

Y después se habían despedido.

Nada de «hasta la próxima». Nada de «nos vemos».

Era cierto que había conseguido dejar en el aire una endeble promesa de averiguar un poco más acerca de Epicura, pero no creía que fuera a encontrar nada interesante. Y si no había nada que decir, no tendría una verdadera razón para llamarla. Mierda.

Se quitó los últimos restos de lodo de la suela y se incorporó. ¿Por qué se había metido en ese oscuro bucle de pensamientos? Ya estaba bien. No pensaba cometer el mismo error que la vez anterior. El hecho de que no hubieran fijado una fecha para un próximo encuentro no significaba que no pudiera llamarla. ¡Eran amigos, por el amor de Dios! Y los amigos se llaman de vez en cuando. Sacó el celular del bolsillo y marcó el número de Mina.

Mientras esperaba a que contestara el teléfono, se le acercó una ardilla corriendo y se paró en seco al verlo. Lo miró de arriba abajo, juzgando si sería o no una amenaza para ella. Al final se armó de valor, pareció decidida a arriesgarse, trepó por el tronco y pasó justo a su lado, temblando de miedo, en el preciso instante en que aceptaban la llamada. Vincent supo exactamente cómo se sentiría la ardilla.

Mina desvió la pantalla del teléfono en dirección opuesta a Ruben. No quería que viera quién la estaba llamando.

—¿No vas a contestar? —gruñó él, sentado al volante—. Si sigo oyendo ese tono de llamada, acabaré saliéndome de la carretera. Al menos podrías silenciarlo.

En ese instante tomó un desvío para entrar en una urbanización de casas adosadas, en el municipio de Upplands Väsby.

—Espera un momento —replicó ella mientras se ponía en los oídos un par de auriculares que acababa de limpiar minuciosamente—. Sí, ¿diga?

Intentó que su tono de voz sonara tan neutro como fuera posible.

—Hola, Mina. Soy Vincent.

Silencio. Era difícil oír algo por encima del ruido de la carretera, pero a Mina le pareció oír trinos de pájaros al otro lado de la línea.

—Solo quería... —dijo él, y volvió a callar—. ¿Todo bien? ¿Con aquello de lo que hablamos?

Mina habría querido preguntarle a qué se refería. ¿A la investigación, que parecía un callejón sin salida? ¿O al hecho de que Nathalie no hubiera regresado aún de la casa de su abuela y ella misma siguiera muerta de miedo por lo que pudiera averiguar?

No, nada iba bien, aunque ahora todo le parecía un poco mejor. Pero no podía decirlo, por supuesto. Más que nada porque no estaba sola en el coche.

Ruben se detuvo delante de una casa pintada de blanco y apagó el motor. Después miró a Mina con expresión interrogativa. Ella asintió y señaló el teléfono.

—Ahora no puedo hablar —le dijo a Vincent—. Estamos a punto de interrogar a unos testigos. Pero me gustaría... charlar un poco más del tema, más tarde. ¿Te llamo luego?

Esperaba que Vincent comprendiera por qué le hablaba en tono tan cortante y que supiera que no lo hacía por él, pero tardó unos segundos en responder.

—En realidad solo quería saludarte —afirmó por fin, en un tono que hacía pensar en una sonrisa—. Fue... agradable... el paseo de ayer. ¿Has buscado ya la fóvea en Google?

Mina tosió mientras Vincent ponía fin a la llamada. Por suerte, Ruben ya se había bajado del coche. Fue a reunirse con él en el instante en que Mauro Meyer salía a la puerta a recibirlos.

—Buenos días —los saludó estrechándoles las manos—. Tengo entendido que ya han hablado con la madre de Lilly y me imagino lo que les habrá dicho de mí. Pero créanme, el único crimen que cometí fue el de enamorarme de otra persona.

Apartó un triciclo del recibidor para que pudieran pasar. Era evidente que había niños pequeños en la casa. En la entrada también había una vitrina con medallas y trofeos.

—Fui muy activo en mi juventud —explicó Mauro cuando notó que Mina contemplaba las copas—. Hice de todo, desde hípica hasta esgrima. Pero eso fue antes de conocer a Jenny. Según ella, era demasiado pretencioso, y creo que tenía razón. Vengan, nos sentaremos en la galería.

Los condujo a través de la casa hasta la parte trasera, donde una bonita galería dominaba un jardín pequeño pero bien cuidado. Un bebé chapoteaba en una piscina hinchable junto a una mujer en avanzado estado de gestación, con los pies metidos en el agua. Mauro la presentó como su esposa, Cecilia.

Mina y Ruben se instalaron a la agradable sombra de un toldo y aceptaron una taza de café, que ya estaba preparado en un termo, aunque ella habría preferido algo fresco.

—Disculpen que no venga a sentarme con ustedes —les dijo Cecilia desde su puesto junto a la piscina—, pero tengo los pies a punto de estallar y el agua me hace bien.

—Ya sabemos lo que es eso —respondió Ruben con una sonrisa—. Uno de nuestros colegas tuvo trillizas hace tres años.

—¡Trillizas, santo cielo! —exclamó Mauro horrorizado mientras se sentaba a su lado, después de ir a buscar un envase de leche de avena para dejarlo sobre la mesa—. No sé si sería capaz de sobrevivir a algo así.

—De hecho, creo que nuestro colega murió y ahora es un zombi —bromeó Ruben—. Pero tampoco debe de ser fácil tener dos tan seguidos...

Extrañada, Mina miró a Ruben.

No solo estaba siendo amable, sino que hablaba de niños. Y no parecía estar fingiendo. Además, el hecho de que Cecilia estuviera en bikini debería haberlo entusiasmado, aunque la mujer estuviera embarazada. Pero ni siquiera parecía haberlo notado. Mina solo esperaba que no fuera a ponerse enfermo. El grupo necesitaba a todos sus miembros.

—¿Dos? —Mauro rio—. Estos son solo la mitad de la tropa. Tenemos dos más. Cecilia tiene un niño de siete años y otro de cinco, de una relación anterior. Pero ahora están jugando en casa de los vecinos.

—¿Les parece que hablemos del motivo de nuestra visita? —propuso Mina.

Empezaba a cansarse de la cháchara sobre niños, por muy beneficiosos que fueran los lazos sociales que Ruben estaba creando con el padre de Lilly y su actual esposa.

—Sí. A decir verdad, nos sorprendimos cuando nos llamaron. ¿Qué quieren saber? —Mauro intercambió una mirada fugaz con su mujer.

—Dos colegas nuestros fueron a hablar ayer con la madre de Lilly, que sigue acusándolo a usted de la muerte de la niña.

—Bueno, ya veo que no se andan con rodeos —contestó Mauro, y después bebió un sorbo de café—. Pero así es —prosiguió—. Jenny se ha fijado el objetivo vital de castigarme. Reconozco que empecé la relación con Cecilia cuando todavía estaba casado con ella. No lo niego. Tengo una empresa de construcciones y Cecilia trabajaba (y sigue trabajando) en nuestras oficinas. Pero Jenny yo nos llevábamos mal desde hacía tiempo. Ella... tenía sus problemas, que de hecho no guardaban ninguna relación conmigo. Pero lo más fácil era convertirme en el chivo expiatorio. Al cabo de un tiempo me enamoré de Cecilia, y Jenny nunca me lo pudo perdonar. Enseguida empezó a atacarme por mi flanco más vulnerable: nuestra hija.

—Convirtió nuestra vida en un infierno desde el primer día —intervino Cecilia acariciándose el vientre—. Odia a Mauro y a toda su familia de manera totalmente irracional.

—¿Por qué a toda su familia y no solo a él? —preguntó Ruben echando un chorrito de leche de avena en su café.

Mina sabía que Ruben nunca le echaba leche al café. ¿Qué le estaba pasando?

—En mi familia estamos todos muy unidos y a ninguno de ellos les ha gustado nunca Jenny —explicó Mauro—. Siempre creyeron que había sido un error por mi parte. En cambio, quedaron encantados con Cecilia nada más conocerla y quizá lo manifestaron demasiado abiertamente. En Facebook, en Instagram...

—Lo peor fue la acusación que presentó contra Mauro ante los tribunales.

La voz de Cecilia se quebró y Mina comprendió que la herida aún estaba abierta.

—Por suerte, no le creyeron. No había ninguna prueba, solo lo que ella pretendía afirmar y las palabras que intentó poner en boca de Lilly con posterioridad.

—Nunca quise separarla de nuestra hija —añadió Mauro apartándose de la frente un mechón de cabello negro—. Le propuse la custodia compartida: una semana con ella y otra conmigo. Pero para Jenny tenía que ser todo o nada. Y trataba a Lilly como si fuera de su propiedad.

—Nos ha destrozado la vida —intervino Cecilia con amargura, entrelazando los dedos de ambas manos.

—Daría cualquier cosa por saber quién nos arrebató a nuestra Lilly —dijo Mauro con voz temblorosa—. Lo único que sé con seguridad es que no fui yo.

—Nosotros tampoco lo creemos —replicó Mina—. Por eso hemos venido a hablar con ustedes. Quizá hayan oído hablar de un niño de la misma edad que Lilly que desapareció la semana pasada en circunstancias similares. Estamos investigando si hay alguna relación entre los dos casos. ¿No tienen ustedes la menor sospecha de quién pudo haber secuestrado a Lilly?

—Ya dijimos todo lo que sabíamos la vez pasada —respondió Mauro bajando la mirada—. Cuando la fui a buscar a la escuela, no estaba. Y tres días después...

El cabello oscuro volvió a caerle sobre la frente.

—¿Y no hay ninguna conexión entre su familia y la del menor desaparecido? ¿Reconoce a los padres del niño? —le preguntó Mina, al tiempo que le enseñaba una foto en el celular de los padres de Ossian y le decía los nombres.

Mauro contempló durante un rato la fotografía, pero al final negó con la cabeza.

—No, no me suenan de nada. No puedo decirlo con certeza, porque nunca recuerdo las caras de la gente. Pero, sinceramente, creo que nunca los he visto.

Mina asintió y procedió a enseñarle la foto a Cecilia, que negó con la cabeza. Decepcionada, volvió a guardarse el teléfono en el bolsillo. No habían conseguido nada.

—Cariño, ¿puedes ir a buscar más hielo? —le pidió Cecilia a su marido, que de inmediato se levantó.

—Por supuesto.

—¿Alguna idea de quiénes pueden ser las dos personas mayores? —preguntó Ruben.

Cecilia frunció el ceño como si no entendiera a quiénes se refería.

—¡Ah, sí! —dijo al cabo de un instante, cayendo en la cuenta—. No. Hasta donde sabemos, ni siquiera los vieron con Lilly, sino en las proximidades de la escuela. Sigue siendo un misterio quién se llevó a la hija de Mauro. Podría elegir el camino fácil y decir que probablemente fue Jenny. Pero no. No creo que fuera ella.

—¿Había algún anciano de la familia que estuviera involucrado en la batalla por la custodia, ya sea en lo emocional o desde un punto de vista práctico? ¿En la familia de Jenny? ¿En la suya? —insistió Ruben, pero Cecilia hizo un gesto negativo.

—No, imposible. Los padres de Jenny han muerto y los de Mauro... son muy mayores y les cuesta moverse. Podemos darles sus señas si necesitan hablar con ellos, por supuesto.

—Sí, se lo agradecería —replicó Ruben, pero la intuición le decía a Mina que Cecilia no mentía.

Estaban en un callejón sin salida, por decirlo claramente. Miraran por donde miraran, no lograban descubrir nada nuevo. Al día siguiente sería miércoles. Habría transcurrido una semana entera desde la desaparición de Ossian y seguían sin saber nada más que el primer día. Incluso parecía que supieran menos. ¿Cómo habían llegado a esa situación? Eran buenos policías, de eso no tenía dudas. Sin embargo, no eran capaces de avanzar.

Después de hurgar en el congelador, Mauro regresó con un recipiente de plástico lleno de cubos de hielo. Se acercó a Cecilia y los echó en el agua donde se estaba refrescando los pies.

—¡Ah..., qué gusto! —exclamó ella entrecerrando los ojos.

Mauro le dio un beso en los labios y le acarició el cabello. Mina sintió envidia al notar el evidente amor que había entre ambos. Mauro nunca tendría que posar con un pez enorme entre las manos para llamar la atención de Cecilia. Lo suyo era auténtico.

—No vamos a molestarlos más —dijo poniéndose de pie de pronto.

Quería llamar a Vincent. Necesitaba oír su voz una vez más, sin tener que colgarle precipitadamente. Estaba dispuesta a escuchar otra de sus largas y detalladas explicaciones sobre un tema que no le interesaba a nadie.

La soledad no la volvía fuerte, por mucho que quisiera engañarse.

Cuando regresaron de Upplands Väsby a la jefatura, Ruben se apresuró a ponerse una camisa blanca recién planchada que había llevado de su casa. Esa mañana no se había afeitado, porque sabía que la barba incipiente le daba un aire un tanto agreste, que en combinación con el trabajo de policía le confería una imagen peligrosa y excitante. Aunque de momento había dejado de perseguir activamente a las chicas, seguía intentando que la primera impresión fuera buena. Después de todo, solo había acordado con la psicóloga que se abstendría de tomar la iniciativa, pero no había dicho nada sobre la posibilidad de que una mujer se le insinuara. Si su imagen encaminaba a la mujer en cuestión en la dirección correcta, ¿qué podía hacer él? Y si al final se decidía a abordarlo, era su decisión.

No podía parar de pensar en lo que había descubierto cuando había ido a visitar a su abuela. Astrid era su hija seguro. ¿Qué demonios iba a hacer con esa información?

Por ahora tendría que guardársela, porque pronto iba a conocer a la experta en comportamiento grupal con la que había contactado Adam. En cualquier momento llegaría Nova, que debía de estar acostumbrada a ser el centro de atención solamente por su aspecto físico. Por su maravillosa tez dorada, que podía ser originaria tanto de Brasil como de Asia o de Estados Unidos. Por su sonrisa amable, pero segura de sí misma. Por su manera de reír. Lo menos que podía hacer Ruben era tratar de estar a su altura en imagen y estilo.

Y esperar que no lo recordara.

Había varios cientos de policías en la conferencia que les había impartido unos años antes. El riesgo de que se acordara de él era mínimo, a pesar de que le había pedido dos veces que saliera con él después de la conferencia. Y de que había intentado seducirla en el cuarto de las fotocopiadoras. Pero esas cosas debían de pasarle a diario a una mujer como Nova.

Todo se estaba yendo al infierno y ella todavía no había llegado. Mientras Adam bajaba a buscarla a la recepción, Peder colocó sobre la mesa una bandeja de bollos rellenos de crema. A una mujer como Nova no había que invitarla con unos bollos pegajosos de azúcar, sino con una copa de cava. O unos canapés veganos.

—Se te va a quedar la crema en la barba —le dijo a Peder mientras se sentaba a la mesa.

Ruben se había puesto unas gotas de Montblanc a la hora exacta para que el perfume tuviera tiempo de mezclarse con su olor natural al comienzo de la reunión. Unos instantes antes habría parecido recién perfumado, lo cual era un error habitual de novato. Pero si pasaba demasiado tiempo, el aroma sería demasiado débil. ¿Por qué tardaba tanto esa Nova? ¿Y por qué lo miraba Mina tan fijamente?

—¿Algún problema? —le soltó con más brusquedad de la que hubiera deseado expresar.

Mina se encogió de hombros.

—Solo estaba pensando que pareces un poco nervioso —dijo—. ¿Ha pasado algo?

—¿Nervioso? —repitió él forzando una carcajada—. ¿Yo? La última vez que me puse nervioso fue cuando tuve que pedirle el documento de identidad a una chica que me había llevado a casa para comprobar que no fuera menor.

—¡Ruben! —exclamó Julia con firmeza—. No sé cuántas veces tendré que decirte que... ¡Ah, ya están aquí!

Adam y Nova entraron en la sala, interrumpiendo así la conversación. En el mejor momento para el perfume de Ruben.

Además, ya no tendría que explicarle nada a Mina. Hacía casi un año que se inventaba historias nuevas de conquistas cada vez que veía a Gunnar y a los otros colegas en el comedor. Estaba tan habituado a contar anécdotas falsas que a veces le brotaban automáticamente, incluso cuando las circunstancias no lo aconsejaban. Como en ese instante. Pero era solo cuestión de tiempo antes de que descubrieran su impostura. Se estaba quedando sin material.

En cualquier caso Mina ya no parecía interesada en él. Se le había ensombrecido la cara desde que Nova había entrado en la sala. Típica envidia femenina. Mina sin duda era guapa en su estilo sobrio y severo, al menos si uno no se fijaba en la piel de las manos enrojecida y descamada, pero jamás podría competir con la elegancia mundana de Nova. Sin embargo, así eran las mujeres. Suspiró para sus adentros y enderezó la espalda.

—Hola. Me llamo Julia Hammarsten y soy la responsable de este grupo —dijo la jefa tendiéndole la mano a Nova—. A Adam ya lo conoces. También están aquí Ruben, Mina, Christer y Peder.

Ruben le sonrió a Nova al tiempo que entrecerraba un poco los ojos y asentía de manera casi imperceptible. Era una vieja técnica que solía emplear en los interrogatorios. Hacía que la otra persona se relajara y sintiera de forma subconsciente que había una comprensión mutua entre ellos o que tenían algo en común. Nova asintió cortésmente en respuesta y después se volteó hacia Peder, dedicándole una cálida sonrisa. Mierda. El encanto de Ruben debía de haberse oxidado. Pero, por suerte, Nova no parecía haberlo reconocido. Y como ya no lo estaba mirando, Ruben pudo contemplar a gusto los dos botones desabrochados de su blusa blanca. Era una pena que la falda fuera tan amplia, porque no le permitía apreciar los contornos de las caderas. Por otro lado, dejaba un margen enorme a la fantasía. Las mujeres no siempre se ponían calzones debajo de la falda. Amanda podía decir lo que quisiera, pero su pensamiento seguía siendo libre.

La sonrisa de Nova se volvió rígida cuando saludó a Mina, que no le tendió la mano aunque la tenía muy cerca. En realidad Mina casi nunca le daba la mano a nadie. Debería aprender un poco de cortesía. O ponerse unos guantes.

—Como ya te habrá informado Adam, estamos trabajando en el caso de Ossian, un niño secuestrado —empezó Julia cuando Nova hubo saludado también a Christer—. Se trata de un tipo de delito poco frecuente que sin embargo es idéntico en todas sus circunstancias al secuestro de una niña que se produjo hace un año. Por eso sospechamos que puede haber una conexión.

—¿Cómo de poco frecuente es «poco frecuente»? —preguntó Nova, sentándose a la mesa.

Estaba justo enfrente de Ruben y él se alegraba. De hecho, no le habría importado que se desabrochara un botón más. Peder le acercó la bandeja con los bollos de crema y ella se sirvió uno. Cuando lo mordió, le quedaron en los labios varias miguitas, y Ruben observó que las recogía con la punta de la lengua.

De repente Nova lo miró fijamente y al cabo de un momento abrió un poco más los ojos. ¡Oh, no! Lo había recordado.

—Me parece que ya nos conocemos —afirmó ella con frialdad—. ¿Has vuelto a necesitar ayuda para imprimir documentos en el cuarto de las fotocopiadoras?

Ruben notó que se le encendían las mejillas.

—No, últimamente lo hago todo yo solo —respondió. Enseguida se dio cuenta de que podía malinterpretarse lo que acababa de decir—. Bueno, me refiero a... —soltó—. Solo quería... Eh... Mejor lo dejamos así.

El resto de los presentes los miraron desconcertados, mientras los ojos de Nova resplandecían de risa contenida. Uno a cero para ella. ¿Y por qué no? Se lo merecía.

—Contestando a tu pregunta, Nova —intervino Adam—, todos los años se presentan cientos de denuncias de niños desaparecidos, pero casi todos aparecen al cabo de unas horas. Lo más habitual es que hayan ido a casa de un amigo y que se les haya pasado la hora sin darse cuenta. Sin embargo, lo que tenemos aquí son casos de menores secuestrados y asesinados: el crimen que todo padre teme, aunque casi nunca sucede. Casi nunca.

—¿Asesinados? —preguntó Nova, dejando el bollo sobre la mesa con cara de disgusto.

Julia le señaló la cafetera con expresión interrogativa, pero ella negó con la cabeza.

—Lilly Meyer fue hallada el verano pasado en un embarcadero de Hammarby —suspiró Christer—, cubierta con una lona. Y a Ossian lo encontramos muerto el sábado, debajo de la pasarela de un barco. Muy siniestro todo.

—Y, como comprenderás, todo esto es oro para la prensa sensacionalista —añadió Ruben—. Dentro de unos días las noticias de la televisión se habrán convertido en una serie de HBO para la familia sueca media sentada en el sofá de su casa. Y todos sentirán un gran alivio de que las víctimas no sean sus hijos.

Nova bajó la mirada.

—La niña que desapareció el verano pasado fue hallada tres días después —prosiguió Julia—. Y con Ossian ha ocurrido exactamente lo mismo. Lo encontraron junto al *af Chapman*, en Skeppsholmen, cuando llevaba tres días desaparecido. Hasta ahora hemos conseguido mantener alejada a la prensa, pero en cualquier momento se filtrará la noticia. La similitud de las circunstancias podría ser casual, pero también podría indicar que estamos ante un mismo delincuente.

—Disculpa —dijo Nova mirándola fijamente—, pero ¿cuál es mi papel aquí? Me cuesta ver cómo puedo ayudarles, por mucho que me gustaría colaborar con ustedes. Yo no sé nada de... asesinos.

—El método empleado en los dos secuestros es el mismo —le explicó Adam—, pero las personas que los perpetraron son distintas. En ambos casos disponemos de descripciones. A Lilly se la llevó una pareja de personas mayores, mientras que a Ossian lo secuestró una mujer de unos treinta años. O bien la mujer conocía el caso de Lilly y simplemente lo copió, o bien...

—... todas esas personas se conocen —completó Nova—. Y eso significa que podría tratarse de un grupo quizá no muy grande capaz de manifestar conductas de gravedad extrema. Ahora lo entiendo.

—Sí, exacto. Tú eres experta en ese tipo de grupos y conductas —confirmó Julia—. Y necesitamos saber cómo piensan esas personas.

—La diferencia entre esa gente y nosotros es menor de lo que solemos creer —replicó Nova volviéndose hacia el grupo—. A través de los años he acumulado experiencia sobre grupos de conducta extrema y en particular sobre las sectas. Todo empezó cuando llegó a mi organización una joven cuyos padres llevaban mucho tiempo intentando desvincularla de un grupo con claras características sectarias. Venía contra su voluntad, pero conseguimos liberarla. Y ahora trabaja conmigo. Aprendí mucho de aquella experiencia. Se corrió la voz y comenzamos a recibir a más personas con el mismo problema. Actualmente la desprogramación de víctimas de sectas no es nuestra principal ocupación, pero es una de las más importantes. Espero que los conocimientos que he adquirido en todos estos años puedan serles útiles para su trabajo.

Ruben se preguntó si sería igual de dulce y suave en la cama, con esa blusa blanca totalmente desabrochada. Esperaba que no. Quizá no habría sido mala idea preguntarle si le apetecía bajar a imprimir unos cuantos documentos más. Pero enseguida vio ante sí la cara furiosa de Amanda y se arrepintió. Sin embargo, solo había sido un pensamiento fugaz. Y de hecho llevaba más de medio año de abstinencia. Cinco meses y tres semanas más de lo que acostumbraba.

—Cualquier persona puede verse envuelta en una organización sectaria y cometer actos de los que nunca se habría creído capaz —continuó Nova—. Y todo a cambio del sentimiento de pertenencia a una comunidad.

—¿Como la «familia» de Manson? —preguntó Christer pensativo.

—Sí, o como la novia de Cristo y sus acólitos en Knutby. De hecho, en Epicura tenemos a dos antiguos miembros de la secta de Åsa Waldau —respondió Nova.

—He oído que ahora Åsa lleva una vida oscura y recluida en una pequeña localidad, en compañía de su padre anciano —murmuró Christer—. Nada que ver con sus sueños narcisistas de dinero y poder. Lo tiene bien merecido.

—Perdonen, pero ¿en qué momento hemos llegado la conclusión de que se trata de una secta? —intervino Peder acariciándose la barba—. ¿Por qué no pueden ser tres lunáticos que se conocen por casualidad? Además, ¿no son religiosas las sectas? ¿Quién secuestra por motivos religiosos?

—No hemos llegado a ninguna conclusión definitiva —contestó Julia, abanicándose con una carpeta de plástico—. Estamos considerando todas las posibilidades. Pero seguramente coincidirás en que es muy raro que un grupo de personas se pongan de acuerdo para perpetrar un crimen de este tipo y repetirlo al cabo de un año. No creo que sean «tres lunáticos». Sus acciones parecen demasiado preparadas. Y son extremas, por lo que volvemos a la especialidad de Nova.

—Asociar necesariamente sectas con religión es un error común —dijo la invitada.

Ruben notó por su actitud que estaba centrada en el trabajo. Sería mejor olvidar el cuarto de las fotocopiadoras, después de todo.

—Existen toda clase de sectas —prosiguió Nova—. Algunos investigadores han demostrado paralelismos entre las sectas religiosas, los movimientos políticos y las ideologías totalitarias en general. Lo que todos ellos tienen en común son ciertos patrones extremos de pensamiento. Es cierto que en todas las sectas hay alguna forma de culto, pero el objeto de adoración puede ser tanto una divinidad como el presidente de un país. Ya se trate de Donald Trump o del fundamentalismo, solo es preciso convencer a la gente. Y si es verdad que sus secuestradores se conocen entre sí, estoy segura de que comparten una fe o alguna otra forma de creencia firme. De lo contrario no serían capaces de cometer unos asesinatos tan terribles. Porque fueron asesinatos, ¿no?

Christer asintió con expresión sombría mientras le rascaba el cuello a Bosse.

—Sí, Lilly Meyer y Ossian Walthersson fueron asesinados —dijo—. Tenían cinco años.

Bosse gimió y miró a su amo con ojos tristes.

—No es necesario que la creencia sea religiosa —prosiguió Nova—. Solo hace falta un líder con autoridad suficiente para enviar a otras personas a secuestrar niños.

Ruben resopló discretamente. «Algunos investigadores han demostrado...». Casi le parecía estar oyendo a Vincent. Pero tener a Nova en la sala era sin duda mejor que soportar al mentalista, aunque la invitada dirigiera la mayor parte de su atención hacia el lado de la mesa donde se encontraba Peder. Quizá Ruben había subestimado el atractivo de la barba de hípster de su colega. Pero Julia tenía razón. Estaban ante un caso poco corriente y debían considerar todas las líneas de investigación, incluso las más inusuales. Y si eso significaba más visitas de Nova, él no se opondría.

—¿Un líder? —preguntó Julia.

—Sí, cuando un grupo humano manifiesta patrones extremos de comportamiento, con acciones al margen de las normas e incluso de la ley, casi siempre hay detrás un líder, que por su capacidad de manipulación, su poder o el miedo que infunde en los demás es obedecido por todos.

—Supongamos, solo como hipótesis, que estamos ante uno de esos grupos —propuso Julia—. ¿Qué nos dice la ejecución de esos asesinatos? ¿Cómo son sus miembros?

Nova reflexionó un momento.

—Verán —dijo finalmente—, todas las sectas, ya sean políticas, religiosas o de otro tipo, aprecian los rituales, porque encuentran en ellos una manera de definirse. Y es evidente que hay elementos rituales en los casos que han descrito. Por no hablar de los aspectos simbólicos. Tanto Lilly como Ossian estuvieron tres días desaparecidos antes de ser hallados. El tres, como probablemente sabrán, es el más sagrado de los números. Ya Pitágoras, en la antigua Grecia, lo consideraba el número perfecto. Representa el nacimiento, la vida y la muerte. El principio, el centro y el final. La Santísima Trinidad en el cristianismo. En los cuentos tradicionales todo sucede tres veces, según el principio psicológico de presentación, desarrollo y desenlace. El problema es que el número tres tiene demasiados significados posibles y no es fácil determinar cuál se aplica en este caso. El lugar donde fueron hallados los cuerpos también es interesante.

Ruben suspiró. Ahora sí que Nova hablaba como Vincent. De hecho, se preguntaba por qué no lo habrían llamado para colaborar en el caso. Sin embargo, era posible que el mentalista no supiera mucho acerca de sectas. Pensándolo bien, Ruben se alegraba de que Vincent tuviera lagunas en su banco mental de datos.

—¿Por qué lo dices? —preguntó Julia.

—Tanto Lilly como Ossian fueron hallados cerca del agua. ¿Se habían ahogado?

—No —respondió Mina—. Lilly murió por asfixia. La causa de la muerte de Ossian aún no se ha determinado. Pero estaba seco cuando lo encontramos.

Ruben notó que era la primera vez que intervenía Mina desde el comienzo de la reunión.

—Entonces ¿por qué estaban junto al agua, que es un elemento con un simbolismo muy potente, casi divino? —insistió Nova.

—Entiendo. Tenemos que buscar a unos fanáticos adoradores del agua con debilidad por el número tres —replicó Mina secamente—. Parece mucho más probable que..., no sé..., una banda de pedófilos o de traficantes de niños que acaban matando a dos de sus víctimas. Ya saben, las cosas que pasan en el mundo real.

Nova se encogió de hombros.

—Estoy de acuerdo contigo —dijo—. Una secta no parece la explicación más probable. Pero quizá no debamos obsesionarnos con esa palabra. Porque los dos asesinatos, se miren como se miren, presentan claros elementos de ritual y simbolismo. Lo más extraño sería que no estuvieran relacionados. Y teniendo en cuenta las descripciones de los secuestradores, no creo que esos tres sean los únicos implicados. ¿Una pareja de personas mayores y una mujer joven? Tiene que haber alguien que los haya reunido y los haya empujado a cometer esos crímenes.

—¿Y no puede ser que uno de los secuestradores sea el líder? —objetó Mina—. ¿Por qué tiene que haber alguien más?

Nova asintió.

—Tienes razón, por supuesto. Es posible que no haya nadie más. Pero el líder de un grupo sectario siempre tiene un plan. Es poco probable que se arriesgue a participar directamente en un secuestro, ya que podría acabar en la cárcel y todo su plan se iría al garete. Por eso creo que debe de haber alguien más. —Nova se volteó hacia Julia—. No sé nada de trabajo policial —reconoció—, pero me atrevo a afirmar que no hay nadie en Suecia que tenga tanta experiencia como yo en grupos de conducta extrema. Tras oír su descripción de los hechos, mi opinión es que estamos ante actos rituales perpetrados por un grupo de personas, organizadas según una jerarquía y dirigidas por un líder. Como ya les he dicho, este tipo de acciones requieren una firme creencia en algo más grande que uno mismo. Por supuesto, también puede haber otras explicaciones del todo diferentes, que ustedes estarán mejor preparados que yo para encontrar. Yo solo puedo decirles lo que veo.

—Y te lo agradecemos mucho —contestó Julia—. Como comprenderás, no estamos acostumbrados a barajar este tipo de teorías. Pero tenemos que plantearnos todas las posibilidades.

—Asesinos que sienten predilección por el agua... —masculló Christer—. Por suerte, Estocolmo está edificada prácticamente sobre el agua. ¿Para qué encontrar una pista que nos facilite el trabajo cuando podemos encontrar una que lo vuelve todavía más difícil?

—No he dicho que el agua sea necesariamente la clave —replicó Nova—. Solo he querido señalar las conexiones más evidentes, bajo mi punto de vista.

—¿Algún comentario más, Nova? —prosiguió Julia, echando un vistazo al reloj—. En caso contrario terminaremos aquí la reunión. Si te parece bien, nos pondremos en contacto contigo más adelante para seguir valorando la situación.

Nova pareció reflexionar y al cabo de un momento negó con la cabeza. La melena oscura le cubrió la cara durante un segundo y Ruben sintió la necesidad de tocar esos cabellos. ¡Dios! La abstinencia se le estaba haciendo insoportable.

—Bueno, sí, una cosa más —dijo Nova, justo cuando Julia se disponía a ponerse de pie—. Si al final se trata de un movimiento sectario, tengan en cuenta una cosa: da igual que atrapen y encierren a los secuestradores. Probablemente serán simples peones y la secta siempre podrá conseguir más. La única manera de detenerlos es encontrando al líder del que les he hablado: la persona que ha ordenado los asesinatos. Ese debe ser su objetivo.

—¿Quieres decir que, en caso contrario, el grupo seguirá adelante hasta completar el plan que has mencionado? —murmuró Peder—. Eso significa que podría haber más niños asesinados. Más familias destrozadas.

Se hizo un silencio en la sala. Nova se quedó mirando a Peder durante un largo rato. Ruben sintió un nudo en la garganta. No quería ser el primero en hablar.

—Me temo que tienes razón —respondió Nova.

—¿Podría ser una coincidencia? —preguntó Peder contemplando preocupado la puerta forzada.

—Todo es posible —replicó Adam—. Pero deberíamos suponer que no lo es. ¿Están los padres en casa?

Con una inclinación de la cabeza, saludó a uno de los técnicos que encontraron en el departamento de la familia Walthersson, en Bellmansgatan.

La alarma había saltado poco después de la reunión con Nova en la jefatura. Adam había salido a comprar el almuerzo y, al regresar, vio que Peder ya se había marchado para acudir al lugar de los hechos. Por eso su colega ya había estado dentro del departamento cuando él todavía no había pasado de la puerta.

—Sí. Josefin y Fredrik están aquí —contestó Peder—. Han notado que la puerta había sido forzada cuando volvían de una visita a los padres de Josefin. ¿No es suficiente desgracia haber perdido a su hijo?

—Me gustaría hablar con ellos.

Adam entró con cautela y Peder lo siguió. Los dos procuraban moverse con cuidado. Obviamente, no era el escenario de un asesinato, pero si el aparente robo guardaba alguna relación con la muerte de Ossian, debían tratarlo como si lo fuera y extremar las precauciones. Lo último que deseaban era obstaculizar la investigación de la policía científica.

—Están aquí dentro —dijo Peder guiando a Adam hacia la

cocina—. Esta parte de la casa parece intacta, por lo que he creído conveniente pedirles que se queden aquí.

Fredrik se levantó a medias de la silla cuando los vio, pero enseguida se volvió a sentar.

—¿Han sido... los mismos? ¿Los que se han llevado a Ossian? —preguntó—. ¿Qué quieren ahora de nosotros? —Su expresión era de pánico, sobre un trasfondo de indecible agotamiento.

Josefin tenía la mirada desenfocada, perdida en el vacío, como si ya nada pudiera importarle, como si ya nada le concerniera. Adam supuso que estaría fuertemente medicada.

—Todavía no lo sabemos —contestó—. Pero haremos una inspección técnica detallada de todo el departamento y documentaremos todo lo que encontremos.

—No lo puedo entender —prosiguió Fredrik—. No tenemos enemigos. No hay nadie en nuestra vida ni en nuestro pasado que pueda desearnos el mal. Ya lo dije la última vez. Pensábamos que se habían llevado a Ossian por puro azar, pero ahora... ¿qué...?, ¿por qué...?

Dejó la frase sin terminar, bajó la cabeza y se llevó las dos manos a la cara, mientras Adam se sentaba a la mesa de la cocina, frente a ellos. Por su parte, Peder se puso a preparar café, sin preguntar si podía hacerlo. Adam apreció su iniciativa. El café recién hecho era la mejor arma de la policía.

—¿Cuánto tiempo han estado fuera? —dijo uniendo las manos sobre la superficie clara de la mesa, que aún conservaba marcas de plumones de diferentes colores: rojo, verde, amarillo...

Por toda la cocina había elementos que recordaban a Ossian: dibujos pegados con imanes a la puerta del refrigerador, un plato infantil con la imagen de Rayo McQueen en el escurridor, un paquete abierto de galletas con la forma de las letras del abecedario... Adam tragó saliva y desvió la mirada.

—Ayer por la noche fuimos a la casa de los padres de Josefin —explicó Fredrik— y pasamos la noche allí. Pensé que Josefin necesitaba salir un poco de este departamento. Mejor dicho, lo necesitábamos los dos. Mis suegros viven en Täby y nos quedamos a dormir en su casa, en la habitación de invitados. Hemos vuelto hace..., no sé..., quizá una hora.

—¿Y al llegar han notado que la puerta estaba forzada?

Adam sabía que estaba haciendo preguntas con respuestas obvias. Pero para hablar con personas en situación de duelo, en estado de shock o muy alteradas, la experiencia le había enseñado que las preguntas más simples obraban a menudo un efecto tranquilizador. Eran algo comprensible en un mundo que de pronto se había vuelto loco.

Peder les sirvió una taza de café caliente a cada uno.

—¿Leche?

—Para Josefin sí, gracias —respondió Fredrik acariciando el brazo de su mujer, que seguía contemplando el infinito.

Peder asintió y sacó del refrigerador un envase abierto de leche, del que procedió a comprobar la fecha de caducidad. Lo dejó sobre la mesa y Fredrik echó un chorrito en el café de Josefin.

—Aquí tienes, cariño.

La mujer no hizo el menor ademán de agarrar la taza.

—Sí, al llegar hemos visto que la puerta estaba medio abierta, por lo que enseguida hemos comprendido que había pasado algo —dijo Fredrik volviéndose hacia Adam—. Estaba seguro de haberla dejado bien cerrada. Entonces he visto las marcas en la cerradura y, nada más entrar, hemos notado el desorden.

—¿Saben si se han llevado algo? —preguntó Peder sentándose junto a Adam. Dio un sorbo a su café, con cuidado para no quemarse.

—El anillo de matrimonio de Josefin y algunas joyas: unos aretes y una pulsera de oro. Y un reloj que le habían regalado a mi padre, Allan, por su cumpleaños. Cosas con más valor sentimental que económico.

—Muy bien. Les pediremos que hagan una lista con todo lo que recuerden —dijo Peder—. A veces, cuando se produce un robo, tardamos un tiempo en notar la falta de algunos objetos.

—Ya no nos quedan fuerzas para esto... No podemos más —gimió Fredrik, aferrando la mano de Josefin, que era como un peso muerto dentro de la suya.

Era como si la mujer se encontrara en otro mundo, en una realidad diferente, donde su hijo todavía estaba vivo. Adam esperaba que al menos fuera un poco más feliz allí donde estuviera.

—No tiene por qué haber una conexión —explicó—. Vemos muchos robos a lo largo del año y no hay nada en este que se salga de lo corriente, créanme.

Fredrik asintió, pero no pareció convencido. Adam podía entenderlo. ¿Qué probabilidades había de que todo fuera una casualidad?

Oían a los técnicos haciendo su trabajo por el departamento. En circunstancias normales habrían acudido agentes especializados en robos con fuerza. Eran muy competentes y sabían buscar todas las pistas para resolver los casos y ayudar a los afectados. Mucha gente creía que la policía no se tomaba en serio los robos cometidos en domicilios particulares, pero no era cierto. De hecho, las unidades especializadas hacían un trabajo fantástico. El bajo índice de casos resueltos se debía más bien a que la mayoría de los robos eran perpetrados por bandas de delincuentes profesionales extranjeros. Sin embargo, como este robo en particular podía guardar relación con el asesinato de Ossian, habían encargado la investigación a los técnicos de la policía científica. Hasta la más mínima pista podía ser decisiva.

Adam se incorporó.

—Si descubren algo nuevo o recuerdan algún detalle, por pequeño que sea, llámennos, por favor —dijo—. Y empiecen a hacer esa lista de cosas que echan en falta. Si nos necesitan, solo tienen que llamarnos.

Fredrik asintió.

Josefin siguió mirando el vacío.

Después de intercambiar unas palabras con los técnicos, Adam abandonó el departamento y respiró profundamente. Peder salió tras él y le apoyó una mano sobre el hombro.

—Nunca es fácil.

—No, ya. —Se volteó hacia Peder—. ¿Sabes una cosa? Me iría bien ver ahora ese video. Para contrarrestar todo esto.

—¿Qué video?

—Creo haber oído algún comentario sobre un video de las trillizas. Y el concurso para ir a Eurovisión.

—Eso está hecho —respondió Peder sonriendo, y enseguida sacó el teléfono del bolsillo.

El mesero de la pequeña taberna le sirvió otra cerveza a Ruben, que masculló un agradecimiento. Tenía la costumbre de almorzar allí prácticamente todos sus días libres desde que el bar había abierto, cinco años atrás. No podía ir siempre, ya que en muchos de sus días libres se veía obligado a comer en su escritorio, porque de todos modos tenía trabajo que hacer. Además, si caían en lunes, solía ir a visitar a su abuela. También cenaba algunas veces en la taberna, porque no le apetecía ponerse a cocinar para él solo. Y no porque fuera mal cocinero. Al contrario, cocinaba mucho mejor que la mayoría de los hombres que conocía, al menos cuando se trataba de hacer carne a la parrilla. Pero cocinar cuando no había nadie con quien compartir la cena le parecía una pérdida de tiempo.

Los fines de semana también desayunaba en el bar, sobre todo cuando tenía que dejar pasar el tiempo hasta que se marchara alguna chica que hubiera llevado a casa la noche anterior. Por eso no había vuelto a desayunar allí desde el último invierno. Sin embargo, siendo honesto con Amanda y consigo mismo, debía reconocer que hacía mucho que no se sentía tan bien.

En cualquier caso, la taberna se había convertido en un segundo hogar para él. Le proporcionaba seguridad llamar a los meseros por su nombre y saber que conocían sus rutinas. Por ejemplo, sabían que siempre bebía una cerveza antes de la comida, otra durante y un café después. Pero esta vez había pedido la segunda cerveza antes de que llegaran los platos, y Mikael, el mesero, no pudo evitar extrañarse.

—¿Estás bien? —le preguntó.

—Demasiadas cosas en que pensar —respondió Ruben, y enseguida bebió un trago de cerveza—. Pero todo se arreglará.

—No te estreses demasiado, que todavía es miércoles —replicó el mesero, antes de marcharse y dejarlo tranquilo.

En paz, como a él le gustaba. Sin demasiada cháchara. Pero era verdad que tenía demasiadas cosas en la cabeza. Su mundo se había vuelto confuso en los últimos tiempos. Por un lado estaba lo de Ossian, que había sido una desgracia. La sensación de fracaso y también de tristeza le rezumaba por cada poro de la piel. Sabía que todos los policías relacionados con el caso sentían lo mismo. Nada podía afectarlos tanto como la muerte de un niño. Y el horror era aún mayor desde que había descubierto que él, Ruben Höök, tenía una hija. Lo sabía desde hacía tres días, pero todavía no había podido asimilarlo, porque paralelamente habían sucedido muchas cosas. ¡Una hija, por el amor de Dios! Una niña que podía desaparecer como Ossian. Hizo un esfuerzo para no pensarlo e intentó centrarse en los aspectos prácticos del descubrimiento. Como el nombre de la niña.

Astrid.

Astrid Höök.

No; seguramente llevaría el apellido de su madre. En cualquier caso, ¿cuál era el siguiente paso? Ellinor le había expresado con meridiana claridad que no sería bienvenido si volvía a presentarse en su casa. Pero eso había sido antes de que él supiera que tenía una hija.

—Buen provecho.

El mesero le sirvió un bistec con papas fritas, un platillo que para Ruben era el punto culminante de la evolución gastronómica de la especie humana. Con unos pocos ejotes para mejorar el efecto visual, el resultado era insuperable. Cortó un trozo de carne, pero no fue capaz de concentrarse en la comida. No podía dejar de pensar en cómo habría sido Astrid a diferentes edades. Todas las edades que se había perdido.

Apartó el plato. No conseguiría comer hasta que no hiciera alguna cosa. Se rio entre dientes. Estaba hecho un manojo de nervios. ¿Quizá debería hablar con Amanda al respecto? Probablemente podría ayudarlo. El hecho de que le pareciera buena idea consultar con la psicóloga lo sorprendió. Gunnar se habría partido de risa si lo hubiese visto en ese momento.

No, no podía hacerlo. Ya sabía lo que le diría Amanda, pero no estaba de acuerdo. Tendría que jugárselo a cara o cruz.

Sacó el teléfono, hizo una captura de pantalla de la foto de Astrid que había encontrado en Facebook y se la envió a Ellinor con el mensaje:

Creo que hay un tema del que deberíamos hablar.

Después silenció el teléfono y bebió un trago de cerveza. Las mariposas le bailaban un chachachá en el estómago. No quería saber si Ellinor le contestaba, ni qué le contestaba. Antes quería sofocar el torbellino interior con una buena dosis de carne con papas fritas.

Tenía una hija.

Una niña.

Alguien a quien proteger de toda la maldad del mundo.

Julia consultó irritada el reloj mientras pulsaba con excesiva fuerza los botones del control remoto del televisor, situado en una esquina de la sala de reuniones.

—¿Todavía no ha llegado Ruben? —preguntó.

—Volverá de comer dentro de cinco minutos. Ha dicho que viene a toda prisa —respondió Peder enseñando con cautela el pulgar levantado.

En su opinión y también en la de Adam, los Walthersson habían sufrido un robo corriente, que para ellos en particular había significado la pérdida de objetos de gran valor sentimental y un fuerte trauma emocional. Algunas personas nacían sin suerte.

Julia asintió y siguió pulsando botones, sin encontrar la señal de la computadora que había conectado. La furia iba en aumento en su interior, momentáneamente dirigida al control remoto, ya que el verdadero objeto de su ira era difuso e inalcanzable. Una de las cosas que más la indignaban era que la información que tenía la policía siempre se acababa filtrando. Habían intentado mantener en secreto la muerte de Ossian. Pero, como siempre, alguien había visto la ocasión de sacarse un dinero para las vacaciones y había avisado a la prensa. Pulsó con más fuerza aún los botones del control remoto y estuvo a punto de arrojarlo contra la pared.

—Dámelo, a ver si lo consigo —dijo Adam quitándoselo de las manos.

Al primer intento encontró el canal y enseguida se vio en el televisor la pantalla de la computadora de Julia ampliada. Era la web del periódico vespertino *Aftonbladet* y la ventana donde podrían seguir la rueda de prensa en directo que estaba a punto de comenzar. De momento solo se veía la imagen fija de un atril con dos micrófonos y una cinta de texto que informaba de que la emisión empezaría a la una en punto. Faltaban tres minutos.

—¿Qué piensa decir? —preguntó Mina, sin quitar la vista del control remoto que Adam tenía en la mano, como si el dispositivo pudiera lanzarse sobre ella y atacarla.

Julia se preguntó si Mina estaría calculando el número de personas que habrían tocado ese control desde que habían instalado el televisor nuevo en la sala de reuniones, tres años atrás. Sabía que no estaba bien pensar así de su colega; pero la actitud de Mina, que de inmediato dio un paso atrás alejándose de Adam y del control remoto, le demostró que no se equivocaba.

—Espera tres minutos y lo descubrirás —dijo—. Sabemos tan poco como tú de sus intenciones.

Se dio cuenta de la irritación que dejaba traslucir su voz. La falta de sueño, el estrés en el trabajo y en su casa, la necesidad de estar con Harry y la sensación de que no podía con todo empezaban a abrumarla. Y la noticia que le había dado la dirección no podía haber llegado en peor momento. El líder del partido ultraderechista Unión por el Futuro de Suecia, que en las últimas elecciones había logrado el veinte por ciento de los votos, había convocado una rueda de prensa para hablar del «asesinato de niños». En circunstancias normales los medios no le habrían prestado atención. Ted Hansson se habría quedado solo, ventilando sus opiniones en el canal de YouTube de su partido, como solía hacer. Pero las circunstancias habían dejado de ser normales y los periodistas habían decidido hacerle caso, con la esperanza de que supiera algo.

Julia había leído el comunicado de prensa y no había encontrado ningún adelanto de lo que pensaba decir Ted Hansson, lo cual no era buen signo, tratándose del líder de la ultraderecha. Nunca en toda su trayectoria había hecho nada que no estuviera inspirado por el oportunismo más egoísta. Julia no tenía ninguna duda de que su objetivo era avivar el odio y la inseguridad, además de sembrar la desconfianza ante la actuación de la policía. Eso siempre era bueno para su popularidad.

Si bien era cierto que hasta ese momento no había nada en la investigación que apuntara a una relación con la inmigración o con ciudadanos suecos de origen extranjero, esos detalles nunca habían sido un impedimento para Ted Hansson y sus secuaces. Si la tienda de comestibles de la esquina de su casa subía el precio del queso en rebanadas, la culpa la tenían los kurdos. Si los envíos de paquetes no llegaban a tiempo era porque la organización de correos había contratado a trabajadores de origen somalí. Y cada vez eran más los suecos que le compraban esos argumentos simplistas. Julia tuvo que relajar las mandíbulas, que sin darse cuenta había apretado con fuerza, como cada vez que pensaba en Ted Hansson.

—¡Aquí estoy! —anunció Ruben entrando por la puerta con grandes manchas de sudor en el pecho de la camisa—. ¿Ha empezado ya?

Se sentó junto a Mina, que automáticamente se apartó un poco. Todos estaban acalorados en la sofocante sala de reuniones, pero Ruben además estaba sudoroso y olía a papas fritas. Julia esperaba que Christer hubiera comprado más miniventiladores. De hecho, el cuerpo de policía podría haber subvencionado una caja o dos.

—Falta un minuto —dijo sentándose delante del televisor con expresión sombría.

Las instrucciones de la dirección habían sido claras. Era preciso poner coto a las críticas contra el trabajo de la policía. Necesitaban resultados. Con la rueda de prensa, los niños asesinados pasaban a convertirse en un asunto político y no solo humano o jurídico. Y Julia sabía que, cuando la política asomaba, su trabajo se volvía mucho más complicado.

En la pantalla, dos personas se acercaron a los micrófonos preparados sobre el atril. Se aquietó el rumor de voces de los periodistas reunidos. Estaban representados todos los medios importantes y unos cuantos de los más pequeños.

El líder de la Unión por el Futuro de Suecia se aclaró la garganta. A Julia siempre le sorprendía que pudiera caber tanto odio en una persona de aspecto tan corriente. Cabello de color rata, peinado de cualquier manera. Lentes de montura metálica, boca pequeña y barbilla poco prominente. Traje oscuro en las ocasiones más formales y pantalones *beige* con camisa blanca o azul claro el resto de las veces. Para la rueda de prensa había escogido la imagen menos formal. Y Julia observó que no tenía manchas de sudor en la camisa.

Peder sofocó una exclamación de sorpresa. Había reconocido unos segundos antes que Julia a la mujer que estaba junto a Ted. Era Jenny, la madre de Lilly Meyer. Su rostro era la imagen de la ira y todo su cuerpo parecía vibrar bajo el brazo protector de Ted.

Cuando comenzó a hablar, Ted Hansson retiró el brazo de los hombros de Jenny. Le gustaba gesticular, preferiblemente con los puños apretados, para enfatizar su mensaje. Julia dejó escapar un suspiro. ¿Por qué no veían todos que era un payaso? Peligroso, sí, pero un payaso al fin y al cabo.

—Suecia se ha convertido en un país sin ley —empezó el líder de la Unión por el Futuro de Suecia—. La criminalidad ha alcanzado niveles sin precedentes, pero cada vez hay menos presencia policial en las calles. Nuestras fuerzas del orden contemplan de brazos cruzados la creciente delincuencia que con tanta ingenuidad importaron a nuestro país nuestros predecesores políticos. Pero hoy no hablaremos de política. Hoy no me presento ante ustedes como líder del partido sueco que más ha crecido en los últimos años, sino como padre. En Suecia desaparecen niños. En Suecia están asesinando a niños. Y nuestros políticos no tienen la voluntad ni los medios para atrapar y encerrar a los culpables. Hace un año se llevaron a Lilly Meyer. ¿Cómo puedo yo, como padre, mirar a la madre de Lilly a los ojos? ¿Cómo voy a mirarla si no puedo asegurarle que Suecia y la policía sueca han hecho todo cuanto estaba a su alcance para encontrar respuestas y explicarle lo que ha pasado con su hijita? La tengo aquí, a mi lado. ¿Qué creen ustedes que puedo decirle?

Ted se volteó hacia Jenny Holmgren con lágrimas en los ojos y estallaron los flashes de las cámaras. A la prensa le encantaban esas situaciones. La imagen saldría en todas las portadas al día siguiente. Parecía como si los fotógrafos no fueran a terminar nunca. Pero Julia conocía a Ted, porque había sido compañera suya en la escuela, y ya entonces era popular por su habilidad para llorar cada vez que se lo proponía. No le importaban Jenny ni su hija, pero tenía a todos los periodistas comiendo de su mano.

—Y los padres de Ossian Walthersson —prosiguió Ted, secándose las lágrimas—, Fredrik y Josefin, también tienen derecho a obtener respuestas y a que se haga justicia. Pero hasta ahora solo han encontrado incompetencia e inoperancia.

Ted levantó la voz y agitó los puños. Se acercaba el momento estelar.

—En esta Suecia de hoy los niños ya no están seguros. En esta Suecia de hoy ya no podemos dejar a las criaturas sin vigilancia ni siquiera un segundo. El peligro acecha a la vuelta de la esquina. Y nosotros mismos le hemos abierto la puerta. Porque el peligro ha llegado del extranjero. Suecia era un país claro, hermoso y seguro. Pero ahora las calles se han vuelto oscuras.

Hizo una pausa y esperó. Después se apartó y dejó que Jenny Holmgren diera un paso al frente, hasta el micrófono. La madre de Lilly entrelazó las manos y respiró hondo varias veces. Julia tuvo sentimientos encontrados al ver su expresión tensa. Por un lado entendía la ira y la desesperación que debían de sentir los padres de las víctimas. Pero, por otro, la llenaba de indignación la manera en que el dolor de Jenny se aprovechaba para otros fines. Lo único que conseguiría la rueda de prensa sería complicar el trabajo de la policía y poner a la sociedad en su contra justo cuando más necesitaba la colaboración ciudadana.

—Maldita bestia —murmuró Christer, negando con la cabeza con expresión sombría—. No lo digo por ella, sino por ese canalla baboso.

—Es un representante electo —dijo Adam secamente, sin apartar la vista de la pantalla—. Los que votan por él se merecerían tenerlo un tiempo en el gobierno. Entonces se darían cuenta de lo que han votado.

La madre de Lilly tomó la palabra.

—Un año sin mi hija. Un año sin saber quién la mató. Y ahora han matado a otro niño. ¡Y la policía no hace nada!

—Nada —repitió Ruben apretando los puños—. Claro que no. No hacemos nada. Nos pasamos el día aquí sentados, perdiendo el tiempo.

Julia lo hizo callar para seguir escuchando.

La rueda de prensa continuó quince minutos más en el mismo tono y Julia no pudo evitar sentir un nudo en el estómago. Después de Jenny volvió a intervenir Ted Hansson, para expresar una vez más su preocupación por «una Suecia en guerra con oscuras fuerzas exteriores». A continuación llegó el turno de las preguntas de los periodistas, que en opinión de Julia parecían haber renunciado a todo espíritu crítico. Las lágrimas de Ted habían obrado su efecto. Y el suyo era un buen ángulo. Criticar a la policía y hablar de su incompetencia siempre conseguía vender periódicos. Era algo sabido desde siempre.

—Bueno, era eso —comentó Adam, mientras apagaba el televisor—. Nada nuevo bajo el sol.

Julia guardó silencio un momento. Adam era el miembro del grupo que probablemente se vería más afectado por la dura propaganda de la Unión por el Futuro de Suecia y ella se preguntaba cómo afectaría a una persona oír sin cesar que no era bienvenida. Se dio cuenta de que no podía imaginarlo.

Giró la silla para mirar de frente a su equipo.

—Sabemos que todo lo que acabamos de oír es basura. Más allá de lo que salga en los periódicos y de las tonterías que oigamos de ahora en adelante, tenemos que seguir haciendo nuestro trabajo. De hecho, puede que nos convenga evitar leer la prensa por un tiempo. Dejemos que la dirección se ocupe de los periodistas mientras nosotros nos concentramos en nuestra tarea.

—Me parece un buen plan —comentó Mina.

Julia asintió.

—Sí. Y recuerden que somos los mejores en lo nuestro. No dejen que nadie los convenza de lo contrario.

No hubo ningún comentario, pero Adam le dio una palmada en el hombro cuando salía de la habitación con los demás. Julia se quedó en la sala. Sintió que le vibraba el celular en el bolsillo con un mensaje. No había dejado de hacerlo durante toda la rueda de prensa. Lo había ignorado todo ese tiempo y pensaba seguir ignorándolo un rato más. Si Torkel no había entendido que lo estaba mandando al infierno, ya era hora de que se fuera enterando.

Mina echó un poco de gel hidroalcohólico en un pañuelo de papel y limpió las carpetas que acababa de dejar sobre la mesa de Julia.

—¿Qué más puedo hacer ahora? —preguntó.

—Vete a casa —respondió Julia mientras abría una de las carpetas.

—Imposible —replicó Mina—. Estamos en medio de una investigación y hemos desperdiciado toda la mañana hablando con Nova del agua y del número tres. ¡Menos mal que era la mayor experta de Suecia en su ámbito! Ya te había dicho que teníamos que llamar a Vincent. Porque aunque sea cierto que Nova es experta en sectas, ¿qué sabe ella de conexiones y relaciones? Ese es el punto fuerte de Vincent, mientras que Nova no hace más que especular y perderse en suposiciones.

Julia cerró la carpeta que acababa de abrir y la miró.

—A mí me ha parecido interesante —afirmó—. Y le encuentro sentido a la idea de que nuestros secuestradores se conocen entre sí. No pienso descartar la hipótesis de un grupo organizado.

Mina renunció a responder. Siempre había creído que la gente como Nova era todo fachada y nada de contenido, y la reunión no había hecho más que confirmarlo. Le daba igual que Nova hubiera ayudado a un montón de personas.

—Pero pareces tan cansada como yo —prosiguió Julia—, o incluso más. Es por culpa de este condenado edificio y del calor que hace aquí dentro. Ya sabes que hacemos todo lo que podemos. Si te exijo todavía más, corremos el riesgo de que empieces a cometer errores, y eso es peor que no hacer nada. Ojalá pudiera irme yo también a casa, como tú. Además, ¿no tenías algo que hacer esta tarde?

Durante el almuerzo Mina había mencionado de pasada que quizá tuviera algo que hacer al salir del trabajo. No había dicho qué. Pero era típico de Julia recordar esa clase de comentarios fugaces.

Ya cuando había hablado con Vincent dos días antes le había parecido poco probable que al final se decidiera a hacerlo. Ahora lo veía del todo imposible. No le importaba lo que pudiera decir Ruben. Julia la necesitaba a su lado. Seguramente habría algo urgente que hacer. Alguna tarea que la retuviera en el trabajo.

Tenía que llamar a Vincent. Había dicho que lo haría, pero aún no había tenido tiempo. Sin embargo, no quería llamarlo desde la jefatura.

—Puedo volver a comprobar el registro de todas las personas con antecedentes de delitos sexuales que ya ha visto Christer.

—Mina —dijo Julia entrecerrando los ojos—, no puedes quedarte. Vete a casa. Ponte una película. Cómete un helado. Bébete una botella de vino. Haz lo que pensabas hacer. O vete a dormir. Me da igual lo que hagas, pero quiero que desaparezcas de aquí durante por lo menos siete horas. Si trabajas todo el día, dejas de ser útil. Tómate unas horas libres y vuelve fresca y con la mente despejada.

Mina suspiró. Todo habría sido mucho más sencillo si no hubiera deslizado aquella foto hacia la derecha en Tinder. Y si Amir no le hubiera contestado prácticamente de inmediato. Ahora no le quedaba alternativa. Faltaba solo una hora para la cita. Mierda.

Nathalie buscó en la mochila, aunque sabía que era inútil. Normalmente llevaba una o dos mudas, por si se quedaba a dormir en casa de una amiga. Pero hacía tiempo que se le había acabado la ropa limpia. Karl le había dado una camiseta blanca y unos pantalones de lino como los que llevaban todos ellos para que pudiera cambiarse. Era ropa fresca y agradable para el calor, pero Nathalie habría preferido tener también algo suyo. Por no hablar de la ropa interior. Sacó de la mochila una sudadera de los Ramones y la olfateó. Olía fatal.

Le volvió a rugir la tripa. Allí eran todos muy amables y le daban de comer sin pedir nada a cambio, pero las porciones seguían siendo muy escasas. Su estómago había empezado a protestar el jueves y ya estaban a sábado. Estaba famélica. Tenía tanta hambre que le resultaba difícil pensar.

Ines y los demás eran increíblemente atentos y Nathalie se alegraba de haber podido conocer a su abuela. Pero ya iba siendo hora de regresar a casa. No había tenido ningún contacto con su padre desde que le había enviado aquel mensaje. Después se le había agotado la batería del teléfono y no había visto ningún cargador en todo el edificio. Pero ella sabía que su padre siempre encontraba la manera de arreglar las cosas. Con toda probabilidad en cuestión de minutos aparecería un coche negro con los cristales polarizados para recogerla. Ya volvería más adelante a visitar a su abuela.

—¿Vas a algún sitio?

Nathalie levantó la vista de la mochila. Karl estaba apoyado contra el marco de la puerta.

—Sí, tengo que volver a casa —respondió ella—, antes de que mi padre se enfade. ¿Has visto a mi abuela? Quiero despedirme de ella antes de marcharme.

—Ines ha salido —repuso Karl—. Regresará dentro de una hora, más o menos.

Enderezó la espalda y entró en el dormitorio que Nathalie compartía con los demás. Era muy alto. Y bastante guapo, pensó ella. Curiosamente, como todos iban vestidos de la misma manera, casi parecía que fueran de la misma familia.

—Quizá mientras tanto puedas ayudarme con una cosa —dijo él—. Estamos reconstruyendo una parte del edificio y necesito un par de manos más.

—Pero... yo no sé nada de... —empezó Nathalie.

Iba a explicarle que no había construido nada desde la clase de carpintería en la escuela y que incluso entonces el resultado había sido bastante penoso, pero Karl la interrumpió con una carcajada. Fue una risa sonora y contundente que supuso que la habría reconfortado más si no hubiera estado tan hambrienta.

—Y además, tengo que volver a casa —insistió ella.

—Supongo que al menos habrás visto fotos de cómo se sostiene un martillo —prosiguió Karl, como si no la hubiera oído—. Con eso basta. Tu padre puede esperar un poco más.

Tenía razón. Lo mínimo que podía hacer ella era corresponder a la hospitalidad ayudando en lo que pudiera. Después de todo, eran como una familia. Se apoyó una mano en el vientre, para que Karl no oyera el ruido que le hacía el estómago, y salió con él de la habitación.

Todo era actividad a su alrededor. Mina sabía que podía irse unas horas de la oficina. El trabajo avanzaba febrilmente y todos se turnaban para mantener el ritmo. Estaba convencida de que Julia tenía razón y además se alegraba de poder eludir durante un rato las masas sudorosas en que se habían convertido sus colegas. Pero le costaba marcharse, aunque era consciente de que tenía cinco minutos para salir si no quería llegar tarde a su cita con Amir.

Aun así, no podía. Era incapaz de moverse.

Miró una vez más los papeles sobre Lilly y Ossian que yacían sobre la mesa, como si pudiera obligarlos a hablar. Había registrado por escrito todo lo que habían logrado averiguar. Pensaba mejor cuando tenía delante las palabras escritas y podía hojear los documentos, subrayarlos y recortarlos. Era una de las pocas ocasiones en que se permitía ser un poco caótica. John Cleese tenía razón cuando decía que la creatividad no podía expresarse en una pantalla. Y Mina necesitaba encontrar alguna cosa. Porque nada tenía sentido.

Por muchas vueltas que le diera, no podía negar la conexión entre Lilly y Ossian, pero no estaba dispuesta a aceptar sin más la teoría de Nova sobre la naturaleza de esa conexión. Debía descubrir algo más que los uniera, un vínculo que todos hubieran pasado por alto.

Volvió a repasar el material.

Tenía sobre el escritorio la mochila de Ossian, con el logo

de *My Little Pony*. Julia había agitado su varita mágica y había conseguido que el laboratorio central de Linköping se aviniera a esperar hasta después del fin de semana para recibirla. La mochila había resultado ser de un modelo bastante corriente. Era relativamente nueva y estaba vacía. No había nada especial en eso.

Pero Christer les había revelado que no pertenecía al niño asesinado. Fredrik y Josefin, los padres de Ossian, habían declarado que su hijo nunca había tenido una mochila como esa. Christer les había enviado una foto para comprobarlo y ellos se habían reafirmado en que nunca la habían visto. Tampoco pertenecía a ninguno de los otros niños de la escuela infantil que hubiese podido prestársela a Ossian. Ruben había hecho las averiguaciones del caso, pero nadie sabía nada. Y hasta ahí había llegado la pista de la mochila, porque los técnicos tampoco habían hallado en ella trazas de ADN ni huellas dactilares. Aun así, Mina estaba convencida de que alguien la había colocado deliberadamente junto al cadáver.

Pero ¿por qué?

Levantó la vista al techo, como si fuera a encontrar allí la respuesta. Algo empezaba a agitarse en el fondo de su mente. Aún era demasiado débil para ser una idea. Pero la mochila le recordaba algo. ¿No había también algún detalle extraño en el caso de Lilly? ¿Una minucia que había ocupado brevemente un primer plano en la investigación para luego caer en el olvido cuando se descubrió la lucha por la custodia de la niña?

Mina extendió sobre la mesa las fotos de la carpeta de Lilly y volvió a mirarlas por enésima vez. Después leyó el informe. Cuando Lilly había sido hallada, tenía en los bolsillos juguetes, ligas para el cabello y un separador de libros. Los padres de la niña habían reconocido todos los objetos como pertenecientes a su hija menos uno.

El separador de libros.

Se había dado por supuesto que se lo habría prestado algún compañero de escuela. Pero ¿qué niño llevaba encima un separador de libros en estos tiempos? Mina incluso dudaba que una criatura de cinco años supiera para qué servían. De hecho, ella no había vuelto a ver ninguno desde que era pequeña, cuando el dentista solía regalarle uno en cada visita. Recordó que los tenía en una caja naranja y que todos, por alguna razón, tenían figuras de ángeles. Pero el dibujo no era lo importante, sino que tuvieran mucha brillantina. El problema era que la brillantina se pegaba a los dedos. Se estremeció al recordarlo. Ella se llevaba a casa su separador de libros metido en una bolsa de plástico y después su madre lo guardaba en un álbum. Mina nunca los tocaba. Ni siquiera abría el álbum, por miedo a que le cayera encima la brillantina. Pero era necesario elegir el más brillante y ella lo hacía, sin preguntarse por qué.

Se concentró en la fotografía de los objetos hallados en los bolsillos de Lilly. El duende que se insertaba en el extremo de un lápiz. El borrador. La piedrecita. El separador. Todos perfectamente alineados junto a unos papeles con sus correspondientes números. No se veía bien el dibujo del separador de Lilly, pero al menos no tenía brillos.

Sin embargo, había algo extraño.

Era difícil ver los detalles de la foto, pero el separador parecía... demasiado liso e intacto. Un trozo de cartulina que ha estado un tiempo en el bolsillo de una niña debería haber estado arrugado y un poco sucio, no limpio y en perfecto estado.

Era como si alguien lo hubiera puesto allí con posterioridad.

Igual que la mochila de Ossian.

Mina accedió a la base de datos de la policía, buscó los documentos sobre Lilly y seleccionó una copia digitalizada de la fotografía que tenía sobre la mesa. A continuación amplió la imagen todo lo que pudo.

Entonces sofocó una exclamación de sorpresa. Miró la mochila de Ossian. Se volteó hacia el separador ampliado en la pantalla y otra vez contempló la mochila. No. No podía ser. La idea era demasiado absurda. Debía de ser un truco de su cerebro, desesperado por descubrir patrones. Como pista era muy débil. Apenas podía considerarse una conexión. Sin embargo, era muy difícil de explicar.

Pero ¿y si no fuera tan débil? ¿Y si realmente fuera una pista?

Mina empezó a comprender cómo debía de sentirse Vincent cuando vislumbraba una conexión.

Salió al pasillo con la fotografía en la mano en dirección al despacho de Christer.

Las casillas blancas y negras de la pantalla parecían burlarse de Christer. Esta vez pensaba que iba a ganar. Ya lo estaba celebrando. Pero su rival digital le había hecho una jugada inesperada y en un par de movimientos había hecho jaque mate.

—Christer, ¿tienes un...? —empezó a preguntarle Mina al entrar en su despacho, pero enseguida guardó silencio.

Christer respiró hondo. Por lo visto, los buenos modales y el respeto se habían extinguido. En sus tiempos, la gente llamaba a la puerta y preguntaba cortésmente si podía pasar.

—¿Qué estás haciendo? —quiso saber ella, contemplando con curiosidad su computadora.

—El ridículo —respondió Christer, cerrando la ventana del programa de ajedrez—. ¿Querías algo?

—Sí. Verás, he descubierto algo extraño en la carpeta de Lilly Meyer. O quizá no. No lo sé. Pero es esto, mira.

Le tendió una fotografía. Christer la estudió, frunciendo el ceño. Primero pensó que los objetos de la foto eran restos hallados en la basura, pero después comprendió que eran los tesoros de Lilly.

—Mira el separador, al final de la fila —dijo Mina señalándolo—. No era de Lilly. Sus padres declararon que debió de dárselo algún niño de la escuela infantil. Necesito averiguar si fue así. Y tú eres el mejor de nosotros para ese tipo de investigaciones. ¿Podrías llamar a la escuela y tal vez también a todas las familias de los niños que iban al colegio de Lilly hace un año, para ver si alguien reconoce el separador de libros?

Christer apoyó la fotografía sobre el escritorio con un suspiro y se acarició la barbilla. Se había acabado el ajedrez por ese día. Y quizá por varios días más.

—Te das cuenta de que son muchas llamadas, ¿no? —replicó—. ¿Cuántos alumnos tiene una escuela infantil? ¿Treinta? ¿Cincuenta?

Intentó recordar alguna circunstancia en la que uno de sus detectives favoritos se hubiera visto obligado a pasar días enteros hablando de juguetes con los padres de unos cincuenta niños pequeños, pero no lo consiguió. Porque no lo hacían nunca. Sin embargo, estaba convencido de que todos eran maestros del ajedrez. Todavía le quedaba un largo camino para ser como el detective de la serie Bosch, a pesar del jazz y de Bosse.

—Creo que el separador podría ser importante —insistió Mina—. Aún no puedo explicarlo, pero tendrás que confiar en mí. Te he anotado el teléfono de la escuela en el dorso de la foto.

Christer dejó escapar otro suspiro, dio la vuelta a la foto y vio el número de teléfono.

—Eres consciente de que pudo haberlo encontrado en el suelo, ¿verdad? —preguntó.

—Tenemos que empezar por algún sitio. —Mina se dispuso a salir del despacho, pero a medio camino se detuvo y se volvió—. Gracias, Christer —dijo.

—¿Y tú? ¿Qué piensas hacer?

Mina reflexionó un instante antes de contestar.

—Voy a llamar a Vincent.

Ella misma pareció sorprendida, como si no lo hubiese sabido antes de decirlo. Después sonrió de una manera extraña y repitió las palabras más lentamente y con cierto énfasis.

—Sí, voy a llamar a Vincent. Ya va siendo hora de que lo traigamos a la investigación, ¿no crees?

Christer no supo qué responder.

—Hay algo que quiero enseñarle mañana por la mañana —prosiguió Mina—. Pero ahora tengo que irme, porque... Sí, tengo que irme. —La sonrisa se esfumó de los labios de Mina.

Christer asintió, sin entender del todo a su colega, y la despidió con un gesto. ¿Llevar allí a Vincent? No sabía qué podía haber descubierto Mina, pero estaba seguro de que todo sería mil veces peor y más complicado si involucraban al mentalista.

De momento solo se preguntaba una cosa. ¿Qué podía ser más humillante: ser derrotado por un programa de ajedrez para principiantes o buscar al propietario de un separador de libros entre los alumnos de una escuela infantil? Suspiró. El trabajo policial ya no era lo que había sido en el pasado.

Vincent intentó no pensar demasiado en la conversación telefónica que acababa de tener con Mina. Trató de no emocionarse como un niño. Le había pedido que volviera. Lo había citado en jefatura al día siguiente, viernes, para hablar de algo relacionado con la investigación. Si hubiese sido por él, habría tomado directamente el coche para salir hacia allá. Pero habría parecido extraño. Además, tenía una función esa misma noche. Le tocaba distraerse con otras cosas.

Por ejemplo, con los dos sobres franqueados con sellos de motivo navideño que tenía sobre el escritorio.

Los gnomos de ambos sellos lo contemplaban con una expresión que le pareció maligna. Ya había clasificado en dos montones los trozos de papel recortados como figuras del Tetris que había encontrado dentro de los sobres. Se sabía de memoria los mensajes que formaban. Los repitió deteniéndose en cada letra, como si pudiera obligarlas a revelar su significado. Pero esta vez lo averiguaría. Sería una buena historia para contarle a Mina al día siguiente.

O quizá no. Algo en los acertijos le decía que era mejor mantener la discreción durante un tiempo. Tratarlos como un secreto.

Ya había intentado combinar todas las piezas en un solo rompecabezas, pero no lo había conseguido. Todos los trozos eran la mitad o la tercera parte de una palabra y no era posible componer con ellos palabras nuevas, aparte de las que ya había formado.

La única manera de producir textos comprensibles era resolviendo los dos rompecabezas por separado. Tomó las piezas y las dispuso formando las mismas figuras irregulares que había visto decenas de veces.

Imagine a Greta acabada.
Abdica, Gea. Maria te gana.

No se le había escapado que el segundo mensaje contenía veinte letras, igual que el primero. Además, eran las mismas letras en los dos casos. Pero ¿cuál podía ser su significado y dónde buscarlo? ¿En los propios anagramas? ¿O en el número de letras? ¿O quizá solo debía prestar atención a las mayúsculas? ¿Era completamente casual que apareciera el nombre de su mujer en uno de los rompecabezas o debía considerarlo un dato relevante?

Una sonora carcajada que casi le pareció artificial resonó en la cocina. Maria debía de estar hablando por teléfono con Kevin. Antes le había comentado que estaban a punto de pasar a la siguiente fase. Vincent esperaba que se refiriera a su negocio y no a la relación entre ambos, pero no se había atrevido a preguntar.

Se levantó de la silla y se situó a un costado de la mesa para ver las piezas desde otra perspectiva. Los mejores enigmas que le habían enviado sus admiradores y que él había conseguido resolver estaban alineados en la estantería. Le habría encantado poder colocar allí también este último acertijo. Pero la inquietud que sentía en el estómago le decía que esto era diferente. Detrás del diseño sencillo y casi de aficionado de las piezas se ocultaba... algo más.

Y Vincent estaba convencido de que era importante averiguar qué era, aunque no sabía por qué.

Observó las piezas entrecerrando los ojos, para ver si ocurría algo, pero lo siguieron desconcertando. Greta y Maria eran dos nombres. Pero seguramente significaban algo. Al principio había pensado que todo era un código. Sin embargo, cabía la posibilidad de que la solución fuera mucho menos complicada.

Quizá llevaba todos esos meses intentando ver algo donde no había nada. Podía ser que el texto no tuviera ningún interés. Que solo fuera la manera de indicarle cómo situar las piezas en una configuración determinada. Una configuración que él no habría encontrado por sí solo. Tal vez lo importante era la forma, pero no la que había compuesto la primera vez, cuando había tratado las piezas como si fueran simples figuras del Tetris.

Trasladó con cuidado los dos rompecabezas a una hoja de papel, sin alterar el orden de las piezas. Después tomó un plumón y repasó los contornos de las figuras irregulares que formaban. De repente se emocionó. Había encontrado la pista. Lo sentía en todo el cuerpo.

La risa de Maria resonó aún más estridente en la cocina. No había vuelto a oírla reír de esa manera desde el principio de su relación. Era evidente que su negocio iba viento en popa. Volvió a sentir la vieja inquietud, pero, como siempre, decidió no hacerle caso.

Después de seguir los contornos de las figuras, repasó también la forma de las piezas, con cuidado para no mover ninguna. Luego las apartó del papel y observó el resultado.

Una serie de casillas asimétricas.

Nada.

Todavía no veía nada que tuviera sentido. Pero la sensación de que solo él podría descubrir el significado seguía presente, igual que la inquietud en el estómago. Y la inquietud iba en aumento. Pero esta vez no tenía nada que ver con Maria ni con Kevin.

Mina respiró hondo. Mientras caminaba por el centro de Estocolmo intentó no pensar en lo que acababa de descubrir, ni en que iba a ver a Vincent a la mañana siguiente, ni menos aún en su particular olor. Hizo un esfuerzo para no pensar en Ossian, ni en Lilly, ni en lo que pasaría si su madre se lo contaba todo a Nathalie, ni en que todo su mundo podría desmoronarse de un momento a otro. ¿Hasta dónde le contaría? ¿Mencionaría las pastillas? ¿O le daría a entender que Mina simplemente los había abandonado? Fuera cual fuese la historia, su hija la acabaría odiando. De repente sintió un fuerte dolor en el estómago y tuvo que pararse en medio de la acera.

No.

No debía pensar en eso.

Tenía que concentrarse en pasar una tarde agradable. En eso y nada más. Una tarde estupenda. Sin ideas preconcebidas.

No era fácil.

Intentó componer una sonrisa rígida, pero se arrepintió al doblar la esquina. Amir la estaba esperando en la puerta del Museo del Mediterráneo. Era exactamente igual a las fotos de Tinder, lo que ya de por sí era positivo. Mina suponía que en muchos casos habría una diferencia de varios años entre las fotografías y la realidad. Y no solo de años, sino también de kilos y de estado más o menos avanzado de la calvicie. No era algo que le preocupara en exceso, pero no le gustaban las sorpresas.

Amir se había recogido el cabello oscuro y rizado en una

coleta floja, como en sus fotos. Mina sintió la tentación de sugerirle una bandana, si pensaba peinarse con tan poco cuidado. La camisa blanca parecía alisada pero no planchada. Mina la observó, pero no descubrió ningún cabello suelto, lo que la llevó a relajar de forma imperceptible los hombros.

—Hola. Siento llegar tarde —se disculpó—. Vengo del trabajo.

—Yo también —replicó él—. Y también he llegado un poco tarde, pero gracias a ti no he tenido que excusarme.

Se volteó hacia la entrada del museo y los carteles que anunciaban las exposiciones temporales. A Mina no le interesaba particularmente lo que pudiera haber en las salas. Había elegido un museo por el aire acondicionado. Lo último que deseaba era ir sudando por la calle con un desconocido.

—¿Vamos? —propuso Amir—. Pensaba comprar las entradas, pero por lo visto es gratis.

Mina frunció el ceño. No le pareció bien que él hubiera pensado en pagarle la entrada.

—No pongas esa cara —dijo él riendo—. Como te retrasabas, he querido ganar tiempo.

Ella le respondió con una tenue sonrisa. Era cierto. Mina se había retrasado y él estaba allí por ella. Consultó furtivamente el reloj. Podía estar de vuelta en la jefatura en veinte minutos si fuera preciso.

Entraron en el museo y se dirigieron a la exposición principal.

—¿Es esta la que te interesa? —preguntó Amir leyendo el rótulo—. ¿«Chipre a través de las edades»?

—¿A ti no? —repuso ella.

—No. Para nada. Pero me puede interesar. Como digo en mi perfil, tengo que aprender a trabajar menos y a dedicarme más a otras cosas. Es solo que no esperaba empezar por las figurillas de terracota.

La principal atracción de la exposición consistía en una gran vitrina con más figurillas de barro de las que Mina podía contar. Probablemente era el lugar ideal para plantear el tipo de pregunta que recomiendan los artículos sobre primeras citas: «¿Con cuál de estas figurillas te identificas más y por qué?». Si él llegaba a decírselo, o si le preguntaba algo similar, pensaba largarse sin despedirse.

Miró a Amir, que estaba inclinado sobre la vitrina y parecía realmente interesado en las figurillas. Ojalá no fuera uno de esos que solo piensan en el hockey. Ya había demasiados entre sus colegas de la policía. Pero no. Amir tenía pinta de jugar al pádel.

—Pero aparte de trabajar harás algo más, ¿no? —le preguntó.

Amir se echó a reír y se volteó hacia ella.

—Sí, claro. Después de todo, soy abogado. Te daré una pista: todos tus prejuicios son correctos.

—No me digas que... ¿juegas al golf?

Amir se tambaleó y se inclinó hacia atrás, llevándose ambas manos al pecho como si acabara de recibir un disparo, al tiempo que conseguía parecer avergonzado. Esta vez Mina no pudo reprimir una sonrisa.

—Has acertado al primer intento —dijo él—. De hecho, empecé en la escuela, aunque entonces todavía no sabía que iba a ser abogado. Mis colegas también juegan al golf, pero más que nada porque los otros juristas lo hacen. En mi caso, no sé si fue al revés y terminé siendo abogado porque jugaba al golf.

—Es cierto. ¿Qué otra profesión podías elegir? —contestó ella—. No tenías muchas opciones. Pobrecillo.

Amir le sonrió y se dispusieron a ver el resto de la exposición. Pero a ella le costaba prestar atención a las piezas expuestas mientras escuchaba a Amir, seguramente porque no eran tan impresionantes como la gran vitrina central. Debía de ser por eso. Nada más que por eso.

—¿Y tú? —preguntó él—. Eres policía y trabajas mucho, como yo. Pero ¿qué más?

—No hay mucho más —afirmó ella.

—¡Vaya! —exclamó él, deteniéndose para mirarla con expresión seria—. Eso tendremos que cambiarlo.

Durante un segundo ella se quedó en blanco.

—Bueno... Háblame del golf —dijo al final, para no tener que plantearse si estaba flirteando con ella o no.

—¿Qué quieres saber? —replicó Amir entre sorprendido y divertido. Debía de estar habituado a que todo fuera más fácil en sus otras citas.

—Supongo que será bastante matemático, ¿no? —respondió ella—. Tendrás que calcular la altura del golpe en relación con la distancia al hoyo y esas cosas... ¿Cómo lo haces? ¿Hay alguna fórmula básica o es algo individual, que depende de la forma física de cada uno?

Debía de haber toda una ciencia detrás de la práctica del golf, sobre todo teniendo en cuenta la cantidad de gente que parecía obsesionada con el deporte. Si Vincent hubiese estado allí con ellos, se habría puesto a trazar vectores en la pared para explicarlo. Pero no porque tuviera ninguna experiencia directa con el golf. Probablemente conocería todas las ecuaciones relevantes, aunque no las necesitara para nada.

Amir pareció desconcertado.

—Bueno —empezó—, tengo bastante claro hasta dónde puedo llegar con los diferentes palos en condiciones de calma, viento en contra o viento a favor, a distintas altitudes y cosas así. Pero no es nada que calcule conscientemente. Ni siquiera sé cómo podría calcularlo si tuviera que hacerlo. Yo solo... juego. Es algo que se aprende con el cuerpo. No es necesario pensar.

Mina miró a Amir. Era atento y amable, pero no porque quisiera conseguir nada a cambio, sino por naturaleza. Le prestaba atención cuando hablaba y la escuchaba sin prisas. Su vida parecía interesante, pero no en exceso. Tenía sentido del humor y era guapo. Era uno de esos hombres con los que una mujer querría ponerse a hacer niños y que fuera después el papá de esos niños. Y no tenía el menor interés en cálculos innecesarios.

No podía funcionar.

—¡Has venido! Pensaba que no te presentarías.

Mina disimuló un bostezo con la mano mientras se sentaba a una de las mesas del fondo de la cafetería Ritorno, en la calle Odengatan, sin mirar a Ines a los ojos. Eran las siete de la mañana del miércoles y prácticamente eran las primeras que entraban en el establecimiento.

La idea de encontrarse a esa hora había sido de Mina, para poder escuchar a su madre sin prisas en caso de que tuviera algo interesante que contarle. Ines no se había opuesto, a pesar de que en su caso el desplazamiento era considerable.

Mina no sabía cómo tratar a su madre. Su relación había existido en otra época, en una vida anterior.

Aunque Ines no se había separado físicamente de su familia, en la práctica la había abandonado. A causa del alcoholismo de su madre, Mina había pasado más tiempo en casa de su abuela Ellen que en la suya. Cuando a sus quince años había muerto su abuela, había tenido que volver a vivir con su madre. O, mejor dicho, con su espectro, porque Ines casi nunca estaba en casa. Y cuando regresaba, estaba bebida.

Mina se había marchado de casa tan pronto como había podido, con la determinación de no volver a hablar con su madre nunca más. Sin embargo, cuando Nathalie nació, Ines se había acercado a ella para hacer las paces. Le había asegurado que ya no bebía y que quería ejercer de abuela. Pero poco después Mina cayó en la adicción a las pastillas.

Cuando se fue, dejando a Nathalie con su padre, Mina le prohibió a Ines que siguiera viendo a su nieta. La niña no necesitaba cambiar a una adicta por otra.

Desde entonces Mina solo había tenido noticias de su madre como máximo una vez al año, casi siempre para las fiestas navideñas. Pero habían pasado varias Navidades desde la última vez que habían hablado. Mina ya no era la misma persona y seguramente tampoco lo sería Ines. Puede que fueran madre e hija, pero también eran dos desconocidas. Al menos así lo veía Mina.

De hecho, sabía más de Amir, con quien solo había compartido dos horas el día anterior, que de su propia madre. Amir había tenido suficiente perspicacia para no sugerir una segunda cita, pero se había despedido de ella en la puerta del museo con cara de cachorrito apaleado. Mina había estado a punto de decirle «No eres tú; soy yo», pero prefirió no caer en el tópico. Todo tenía un límite.

—Buenos días para ti también —dijo Ines interrumpiendo los pensamientos de su hija—. Esta cafetería era tu preferida cuando eras pequeña, ¿recuerdas? Siempre pedías... —Hizo chasquear los dedos, mientras buscaba con la mirada en el mostrador.

Mina sintió que se irritaba aún más. Había cometido un error. Ines no era una extraña. La conocía demasiado y le evocaba demasiados recuerdos que llevaba mucho tiempo tratando de reprimir.

—Orejas de elefante —señaló secamente, volviendo del todo al presente—. Y no venía contigo, sino con la abuela.

—¡Orejas de elefante! —repitió Ines aplaudiendo—. ¡Sí, así se llamaban aquellas pastas! Y aunque no lo recuerdes, solíamos venir las dos.

Mina prefirió no responder. Sabía a la perfección que la memoria selectiva era una de las características de los adictos. Formaba parte de su ADN mejorar y embellecer el pasado. Lo volvían todo más bonito de lo que había sido en realidad para poder seguir viviendo.

—¿Quieres algo? —preguntó Mina, poniéndose de pie para ir a la barra.

—Un té, gracias —respondió Ines, y Mina asintió—. Cualquiera. No tengo preferencias.

¿Té? Era una novedad. En la memoria de Mina su madre siempre tenía delante una taza de café. Sin leche ni azúcar. Y un cigarro en la mano.

Pidió un Earl Grey para Ines y un expreso doble para ella, en taza desechable. Echó un vistazo a las pastas que había detrás del cristal. Todavía había orejas de elefante, pero no sabía cuánto tiempo llevarían bajo la campana, ni cuántas manos las habrían tocado. Por eso decidió no pedir ninguna. Abrió el envoltorio individual de una toallita húmeda y la usó para limpiar el borde de la taza antes de volver a la mesa. No era necesario que su madre la viera.

—No tengo mucho tiempo —dijo al sentarse—. Estamos en medio de una investigación.

Se dio cuenta de que estaba intentando ocultar las manos enrojecidas y su irritación creció aún más. ¿Por qué tenía que esconderse? ¿Todavía se avergonzaba? No, nada de eso. Dejó las dos manos a la vista, sobre la mesa, tras reprimir el impulso de limpiar la superficie con otra toallita húmeda.

—Querías hablar de Nathalie —indicó Ines con suavidad.

—Sí, su padre está muy preocupado. No podré seguir impidiendo durante mucho tiempo que vaya a buscarla y se la lleve por la fuerza. Si quieres que te sea sincera, empiezo a pensar que sería una buena idea. No puedes aparecer así, de repente, y llevarte a Nathalie a... al bosque. Pronto hará una semana que está con ustedes. No me parece bien.

Ines se echó a reír y se le marcaron pequeñas arrugas alrededor de los ojos. Mina tuvo que reconocer a su pesar que su madre era muy guapa. Tenía un aspecto muy saludable, completamente diferente de la última vez que la había visto, que ni siquiera recordaba cuándo había sido.

—Veo que sigues tan dramática como siempre —observó

Ines—. No me he llevado a Nathalie a ningún sitio. ¡Por favor! ¡Ni que la tuviera encerrada en una cárcel! Además, la niña está de vacaciones. ¿No te parece bien que disfrute un poco de la vida al aire libre?

Mina agitó una mano irritada.

—Has entendido perfectamente lo que he querido decir —replicó.

—Sí, lo he entendido. No pretendía ser sarcástica. —Con expresión seria, Ines se llevó el té humeante a los labios—. Comprendo que estén preocupados —añadió—, pero concédannos unos días más a Nathalie y a mí. Estamos empezando a conocernos. Te prometo que tus secretos están a salvo conmigo. La niña hace preguntas, pero yo solo le respondo lo que puedo, sin revelarle nada.

—¿En serio?

—En serio. Sé que Nathalie apreciará mucho que mantengas a su padre alejado unos días más. Yo también te lo agradeceré. Se la está pasando muy bien, ¿sabes? Disfrutamos mucho del tiempo juntas.

—De acuerdo —dijo Mina a disgusto. No había sido capaz de beber ni un sorbo de café. Se puso de pie bruscamente—. Tengo que ir a trabajar. Haré lo posible para que tengan unos días más, y que conste que lo hago por Nathalie. No me defraudes, por favor. Ya no tienes margen. Toda mi infancia contigo fue una larga decepción. No puedes volver a defraudarme.

—Ya lo sé —respondió Ines con una suavidad que a su hija empezaba a ponerle los nervios de punta.

Mina asintió, se dio la vuelta y salió de la cafetería, dejando sobre la mesa la taza desechable sin tocar.

—Pensaba que ya no veías a esa policía.

Maria lo estaba mirando por encima de una caja abierta sobre la mesa de la cocina. Había recibido las pruebas de imprenta de un folleto publicitario que enviaría con sus futuros pedidos. «Suscríbete a nuestras novedades y tendrás un quince por ciento de descuento en tu próxima compra». Vincent no necesitaba preguntar de quién había sido la idea. En ese momento llegaron a casa Rebecka y Aston, cantando a todo pulmón.

—*All we hear is...* —empezó Rebecka.

—*Radio ga ga* —siguió Aston, antes de cantar los dos a coro.

—*Radio goo goo, radio ga ga...*

En primavera Rebecka había descubierto el catálogo entero de Queen y Vincent no podía disimular su perplejidad. ¿Qué joven de diecisiete años podía conocer y mucho menos apreciar a una banda antigua como Queen en la época del *k-pop* y de grupos como BTS? Pero no se quejaba. Le encantaba que sus hijos siguieran sorprendiéndolo, aunque a veces le resultara un poco alarmante. Y teniendo en cuenta el amor sin límites que Aston parecía sentir últimamente por su hermana mayor, no era extraño que él también se hubiera contagiado de sus gustos. *Radio Ga Ga* se había convertido en su canción favorita. Vincent se emocionaba al ver que Rebecka aceptaba la compañía de su hermano e incluso la buscaba de forma activa. Suponía que el fuerte vínculo que los unía no duraría mucho más de un mes y que después volverían las discusiones. Pero de momento daba gusto verlos.

Pese a su buen humor, Rebecka y Aston callaron abruptamente al ver las expresiones de Maria y Vincent.

—¡Uy, qué mala onda! —comentó Rebecka en voz baja—. Ven, Aston, salgamos otra vez. Podemos ir a comer un helado. Después de todo, estamos de vacaciones. O a comprar leche, que me parece que te la has vuelto a acabar esta mañana.

—Espera un momento, Rebecka —la llamó Vincent—. ¿Qué semana pasarán Benjamin y tú con tu madre? Me había dicho que quería cambiar el calendario durante el verano, pero todavía no me ha propuesto nada concreto.

—¿No te ha enviado un mensaje?

Las relaciones entre Vincent y Ulrika se habían enfriado aún más tras lo sucedido en el restaurante Gondolen dos años antes. Desde entonces solo se intercambiaban mensajes de texto y únicamente cuando era imprescindible. A medida que sus hijos crecían había menos necesidad de mantener el contacto, y Vincent sospechaba que Ulrika se alegraba tanto como él de que así fuera. Pero a veces surgían malentendidos sobre los periodos que Rebecka y Benjamin pasaban en su casa. En el momento del divorcio habían acordado que vivirían una semana en casa de cada uno de ellos, pero eso solo había sido así los primeros años. Desde hacía un tiempo los chicos hacían más o menos lo que les apetecía y a Vincent, curiosamente, le parecía bien, pese a su necesidad de controlarlo todo. Por supuesto, su aceptación podía tener que ver con el hecho de que ni siquiera recordaba la última vez que se habían quedado más de un par de días en casa de Ulrika. Le gustaba tenerlos en casa, sobre todo en las épocas en que viajaba con frecuencia. Cuando volvía a casa y encontraba a toda la familia, sentía que aterrizaba en la realidad.

—Pensaba seguir aquí unas semanas más, durante las vacaciones —prosiguió Rebecka cuando él le respondió que no había tenido noticias de Ulrika—. No sé qué piensa hacer Benjamin. Pero pronto se irá de casa, ¿no? Cuando se vaya, me quedo con su habitación. Después de esterilizarla con un lanzallamas. Ven, Aston.

—Si quieres, compra leche para ti —dijo el niño—. Yo quiero el helado más grande que tengan.

Cuando Rebecka y su hermano pequeño salieron, Maria permaneció unos segundos mirando la puerta y a continuación se volteó hacia Vincent.

—Estábamos hablando de esa policía. ¿Recuerdas lo que nos dijo la terapeuta? Que no hiciéramos nada que pudiera hacernos daño. Sin embargo, ya estamos otra vez.

—Pero ¿qué dem...? Sí, de acuerdo.

Vincent tuvo que morderse la lengua. Recordaba perfectamente las palabras de la psicóloga. Pero también recordaba que se referían a los celos de Maria y a lo mucho que perjudicaban su relación. De hecho, después de la terapia Maria se había vuelto bastante menos celosa y Vincent incluso había empezado a creer que había cambiado.

Pero todo había vuelto a ser como antes en cuanto había aparecido Mina.

—No había hablado con ella desde lo sucedido con Jane —dijo—. Me sorprendió tanto como a ti que me llamara el lunes, pero quería pedirme información sobre una colega mía. Pensaba que nos conocíamos. Por eso me llamó. Estaba preocupada por su hija, eso es todo.

Resoplando, Maria cerró la caja.

—Entonces ¿no tiene nada que ver con ella que tus calzoncillos huelan a perfume de mujer? —le soltó—. ¿Ni que hoy tengas otra cita?

—Para empezar, eso de mis calzoncillos no es cierto —replicó él—. Además, esta semana me he ocupado yo de lavar la ropa, así que no habrías podido percibir ningún olor en mi ropa interior aunque lo hubiese tenido. Por otro lado, es verdad que dentro de un rato iré a ver a Mina a la jefatura. Parece ser que a pesar de todo quieren pedirme que colabore en una investigación.

Pero Maria no pensaba darse por vencida. Vincent lo vio en sus ojos antes de que abriera la boca.

—Sí, claro. Ya me parecía raro que tuvieras tanta prisa por poner la lavadora —dijo ella—. Pero supongo que querías quitar las manchas, junto con el perfume, antes de que yo las viera. ¿Te la cogiste encima de la mesa de su despacho?

Y con esas palabras fue como si todo un año de terapia se hubiera evaporado. Vincent sabía que no debía perder los estribos, pero la adrenalina le inundaba la sangre y no pudo contenerse. Habló antes de darse cuenta de lo que estaba diciendo.

—No hemos hecho nada que no hagas tú con Kevin —le espetó—. Por cierto, te ha enviado tres mensajes en los últimos quince minutos.

Se volteó y se marchó antes de que Maria pudiera responder. Tenía demasiado miedo de lo que pudiera decirle.

El aire acondicionado de la jefatura solía funcionar mejor en el vestíbulo que en el resto del edificio, pero tampoco era suficiente para combatir el calor del verano. Los ventanales eran demasiado grandes. Esperar allí era como estar bajo una lente de aumento con el sol al otro lado. Mina imaginó que el cristal comenzaba a derretirse por el calor. Se le habían acabado las toallitas húmedas. Sacó del bolsillo un pañuelo corriente de papel, lo usó para secarse el sudor de la frente y lo arrojó disgustada a la papelera más cercana. Podía esperar un minuto más. Como máximo.

Cuando no hacía más de un segundo que se había puesto ese plazo, divisó una cabellera rubia al otro lado de la ventana.

Vincent entró en el vestíbulo y fue a registrarse en la recepción.

—Siento el retraso —se disculpó al llegar a la barrera de seguridad—. He tenido una discusión con Maria y... Es igual, no necesitas saberlo.

—Si tú lo dices... —replicó ella dejándolo pasar.

Hacía demasiado calor para subir por la escalera, por lo que lo condujo hacia el ascensor. Después de todo, la última vez no había tenido ningún problema.

—¿Cómo ha ido lo de... lo que hablamos? —preguntó él con cautela.

—De repente mi madre se ha convertido en la mejor amiga de Nathalie —respondió ella—. A su padre no le hace gracia que la niña esté tanto tiempo fuera de casa, pero es problema suyo. Es él quien tiene una imagen que mantener. A mí me preocupa sobre todo que al final de todo esto Nathalie acabe triste o decepcionada.

Era más de lo que había hablado nunca con nadie acerca del padre de Nathalie. Por un momento pareció que Vincent iba a preguntarle algo, pero se contuvo. Su intuición para las relaciones sociales estaba mejorando, después de todo.

—¿Esta vez es oficial mi visita o todavía no? —preguntó en cambio.

Quizá eran imaginaciones de Mina, pero parecía un poco dolido.

—Ante todo quiero que sepas que la idea no ha sido mía —respondió ella—. Yo siempre he querido llamarte a ti, desde el principio.

—¿De qué idea me estás hablando?

—Los otros han... Verás, han decidido recurrir a Nova como asesora. Como si yo necesitarla verla todavía más.

Vincent arqueó las cejas.

—Pero desde el comienzo me pareció muy dudoso que pudiera ayudarnos en algo —prosiguió Mina—. Y me convencí aún más cuando estuvo aquí. Aunque creo que acierta en una cosa: hay algunos patrones que se repiten en los dos asesinatos. Probablemente estamos ante un asesino que actúa dentro de ciertas normas que no conocemos. Nova habla de «rituales». Pero no nos hace falta que una gurú de la autoayuda venga a hablarnos de comportamiento grupal. Necesitamos a alguien que conozca la mente humana y que sepa interpretar los actos del asesino. Te necesitamos a ti, Vincent.

—Comprendo —dijo él—. Por otro lado, Nova es muy competente en su ámbito. Y además es guapa. Su imagen mediática sería más positiva para la investigación, llegado el caso.

Mina tuvo que controlarse para no expresar su disgusto. ¿Pensaba Vincent que Nova era guapa? Habría sido mejor que se guardara el comentario, aunque a ella le daba igual su opinión. Completamente igual.

—De hecho, Nova está aquí —reveló mientras entraba en el ascensor—. Tenía una reunión con Julia.

—Me gustaría saludarla —manifestó Vincent, dejando que Mina pulsara el botón de su piso.

—No sé si tendremos tiempo —replicó ella seca.

De repente se le habían quitado las ganas de hablar. Subieron en silencio.

—Por cierto —dijo Vincent justo antes de que se abrieran las puertas—, quería decirte que... me alegro mucho de volver a verte.

Mina se volteó hacia él y encontró su mirada. Sintió que lo estaba viendo de verdad. Pero no al maestro mentalista, sino a todo lo que era él en realidad, lo que no mostraba a ninguna otra persona, lo que se había atrevido a enseñarle a ella y solamente a ella la vez anterior. Sintió que él estaba allí, a su lado. Y estuvo a punto de perder el equilibrio y caer.

—Yo también me alegro de verte, Vincent —contestó en voz baja.

Se abrieron las puertas del ascensor y los dos salieron al pasillo. Ella le indicó la dirección de su despacho.

—Recuerdo dónde está tu escritorio.

—Por supuesto que sí —dijo ella—. Pero no te pongas a hablar ahora del significado numérico de los metros cuadrados de mi oficina, por favor. Tenemos otras cosas de que hablar.

—¿Me crees capaz de algo así? —preguntó él fingiéndose ofendido.

Mina abrió la puerta. Dos ventiladores de pie zumbaban a máxima potencia, sin difundir el más mínimo frescor. Lo único que conseguían era agitar el polvo, del que probablemente Mina habría inhalado ya grandes cantidades. Pero era inevitable. Si abría la ventana entraba toda la contaminación del tráfico y eso era todavía peor.

En esta ocasión Vincent vestía camisa de manga corta, en

lugar de traje como la otra vez, pero parecía estar sudando tanto como ella.

—Me has preguntado si tu visita de hoy es oficial —dijo Mina señalando su mesa—, pero la verdad es que aún no lo sé. Justo por eso te he llamado. Porque tenemos que averiguarlo. —Tuvo la impresión de que su tono de voz sonaba más duro y autoritario de lo que habría deseado—. Necesito tu ayuda, Vincent —añadió entonces con más suavidad—. Ayúdame a mirar con claridad y dime si lo que veo está ahí o son imaginaciones mías.

Sobre una de las mitades de la mesa yacían la mochila de Ossian, las fotografías que Josefin y Fredrik habían entregado a la policía y el informe de la investigación en curso. Sobre la otra mitad Mina había colocado imágenes ampliadas de los objetos que Lilly llevaba en el bolsillo, junto con otros documentos y fotografías. Había tenido especial cuidado en disponer todos los elementos de forma que ninguno destacara particularmente por encima de los demás. Había gran cantidad de información expuesta sobre la mesa y miles de maneras de combinar los datos. Habría sido contraproducente dirigir a Vincent hacia una línea de pensamiento específica. Lo había llamado precisamente porque quería saber a qué conclusión podía llegar por sí mismo.

—Esto es lo que tenemos de los dos casos que te mencioné la vez pasada —le indicó—. ¿Qué puedes decirme?

Vincent se acercó a la mesa, rascándose la barbilla. Mina creyó percibir que sofocaba una exclamación de alegría, pero era posible que hubiera oído mal.

—Entiendo que me estás preguntando si veo alguna conexión. ¿Me permites?

—Todo lo que ves es información confidencial, pero puedes tocar todo lo que quieras.

Primero Vincent estudió los retratos de Ossian y Lilly. Mina supuso que estaría buscando similitudes. Después hojeó los informes y a continuación volvió a las fotos. Esta vez pareció prestar atención a la ropa.

—Secuestros similares, pero perpetrados por personas diferentes... —masculló—. Poco probable, pero no imposible. Hum... —Señaló los objetos—. ¿Son las cosas que... Ossian y Lilly llevaban encima cuando fueron hallados?

Mina asintió.

—Ese separador —prosiguió Vincent, indicando la fotografía— está nuevo. No encaja con los otros objetos que Lilly tenía en el bolsillo. Es posible que no fuera suyo. Y la mochila tampoco era de Ossian, según la declaración de los padres del niño que consta en el informe. Eso significa que también pudo haber sido añadida con posterioridad.

Lo había visto a la primera.

Levantó la mochila y miró de cerca el separador.

Mina contuvo el aliento.

En la mochila, alrededor del logo de *My Little Pony*, se veían siete ponis de grandes ojos, todos ellos sonrientes y de brillantes colores. El que aparecía en primer plano incluso tenía alas.

En el separador de Lilly también había una imagen impresa, pero más realista. Representaba una playa y, justo en la orilla, donde las olas alcanzaban las patas traseras del animal, se erguía un espléndido pura sangre.

—Caballos —dijo Vincent—. En los dos casos hay caballos.

Mina respiró. De todo lo que podría haber dicho el mentalista, de todas las conclusiones a las que podría haber llegado, había hecho la misma observación que ella. Consultó el reloj de pared. La información sobre Lilly había estado al alcance de la policía durante todo un año, pero Vincent solo había necesitado noventa segundos para verla.

—Yo he pensado lo mismo —dijo ella—. Pero ¿podemos considerarlo una conexión?

—Imposible saberlo —respondió él abriendo la mochila—. Me inclinaría por pensar en una coincidencia, si no fuera porque los dos objetos se añadieron con posterioridad. ¿Qué opina Nova?

—¿De los caballos? Nada. Solo los he visto yo. Y ahora tú.

Nova no ha hecho más que proponer una teoría absurda sobre la importancia simbólica que el agua y el número tres podrían tener para el asesino. Cree que detrás de los crímenes se oculta un grupo con un líder.

—¿Un grupo organizado? —preguntó Vincent arqueando las cejas—. ¿Y tú estás de acuerdo?

¡Estaba de su parte! Habría podido darle un beso. No un beso de verdad, por supuesto. Lo había pensado en sentido figurado. Aunque no exactamente como una imagen. O mejor dicho sí, como una imagen. Frunció el ceño. ¿Qué demonios le estaba pasando? Tenía que controlar el nerviosismo antes de que Vincent lo notara.

—Una banda organizada que asesina niños... —continuó él—. Parece el argumento de una novela barata, aunque tal vez estoy siendo cínico. Pero en lugar de especular, concentrémonos en lo que sabemos. Para establecer con cierta seguridad la existencia de un patrón, tiene que haber por lo menos tres apariciones del mismo elemento. El principio se aplica tanto a esa... teoría del agua de Nova como a nuestros caballos. De momento, solo tenemos dos apariciones. Lo mismo podemos decir del método empleado para los secuestros. La similitud puede ser mera casualidad. Pero una nueva repetición del elemento común confirmaría el patrón. Es un poco como cuando trazas una línea entre A y C. Para asegurarte de que lo has hecho bien deberías tener también un punto B entre los dos primeros.

—¿Qué quieres decir?

Vincent dejó sobre la mesa la mochila y repasó un momento con los dedos el dibujo del separador. Después lo dejó también y sacó un pañuelo del bolsillo. Se lo pasó por la cara para secarse el sudor y se lo volvió a guardar.

—No te preocupes —dijo, al ver la expresión de Mina—. Lo lavaré con cloro en cuanto llegue a casa. A menos que tú te ofrezcas para... —Empezó a sacar otra vez el pañuelo del bolsillo, al tiempo que le dirigía una mirada cargada de intención.

—Hasta aquí ha llegado tu participación en la investigación, la más breve de la historia —replicó ella.

Vincent volvió a guardarse el pañuelo y, para alivio de Mina, tomó un poco de gel hidroalcohólico del frasco sobre la mesa y se limpió las manos.

—Entonces —prosiguió él— tenemos dos casos: el de Lilly y el Ossian. Pero no sabemos si existe una conexión entre ellos. Preferiría no tener que hacerte esta pregunta, pero... ¿son los únicos? ¿Ha habido algún otro niño asesinado en los últimos tiempos?

—Me parece que dos ya son demasiados —contestó ella negando con la cabeza—. Si hubiese más lo sabríamos. Los asesinatos de niños, especialmente cuando se desconoce el autor, movilizan a la policía de todo el país. —Se sentó delante de la computadora y abrió la base de datos—. Por supuesto, puedo comprobar si se han registrado otras muertes violentas de niños, pero, como ya te digo, lo sabríamos. No ha sido... —De repente hizo una pausa y se quedó mirando la pantalla—. Vaya...

En la computadora había aparecido un caso de seis meses atrás. Giró la pantalla para que también Vincent pudiera verlo.

—El invierno pasado se registró la muerte de un menor de cuatro años —dijo ella—. Recuerdo el caso, aunque no lo llevamos nosotros. Las circunstancias fueron diferentes. No hubo ningún secuestro. El niño, de nombre William Carlsson, fue hallado en Beckholmen, la pequeña isla frente a Gröna Lund. ¿Sabes cuál? Aquella donde hay un antiguo astillero. Lo encontraron en el dique seco, como si hubiera caído accidentalmente y hubiera muerto a causa de la caída. Pero había una historia de violencia en la familia. Los vecinos habían denunciado al padre en varias ocasiones y el cuerpo del niño presentaba signos de malos tratos anteriores. Los responsables de la investigación estaban convencidos de que William no se había caído, sino que lo habían arrojado para ocultar los abusos sufridos. De inmediato se dictó la orden de busca y captura del padre, por sospecha de asesinato. Fue un caso bastante simple y sin cabos sueltos. No tiene nada en común con los asesinatos de Lilly y Ossian. Pero es una muerte violenta de un niño.

Vincent hizo una mueca y se inclinó sobre el hombro de Mina hacia la pantalla. Entonces ella pudo percibir su aroma un poco especiado. Ni siquiera sabía que había echado de menos ese olor. Sin poder evitarlo, por reflejo, se inclinó unos milímetros hacia atrás, para estar más cerca de él.

—¿Qué grado de seguridad tiene la policía de que el asesino del niño fuera el padre? —preguntó Vincent.

—Muy alto —respondió ella señalando un pasaje del informe en la pantalla—. El juicio se desarrolló con más rapidez que de costumbre y ahora el hombre cumple condena en la cárcel de Hall. Como puedes ver, reconoció la mayor parte de los malos tratos. Lo único que no llegó a confesar fue el asesinato propiamente dicho. Pero era consumidor habitual de drogas y es posible que ni siquiera estuviera sobrio cuando lo hizo. Toda la historia es horrible.

Leyeron juntos el informe de William Carlsson. Cuando fue hallado, el niño solo vestía camiseta gris y calzoncillos, en pleno gélido invierno. No se encontró a su lado ninguna mochila, ni ningún otro objeto que llamara la atención, con o sin caballos. Tenía cardenales por todo el cuerpo. Una tragedia terrible.

—¡Pero no podemos estar seguros! —protestó Vincent—. El padre no ha confesado. Además... —Señaló la fotografía del lugar donde había sido hallado William.

En la isla había tres diques secos, pero solo uno estaba en uso. Habían encontrado al niño entre dos embarcaciones. En la imagen el único signo del horror era la cinta policial que acordonaba la zona.

—También fue hallado cerca del agua —observó Mina—. Se confirma la teoría de Nova.

Vincent asintió, pero no pareció satisfecho.

—Puede ser —dijo—. Es una suerte que el dique no estuviera inundado, porque entonces jamás lo habrían hallado. Pero creo que deberíamos ir a echar un vistazo. El hecho de que la policía no haya encontrado nada no significa que no haya nada que ver.

—¿Insinúas que no hacemos bien nuestro trabajo? —replicó ella dándole un golpe en un brazo.

—No, nada de eso. Pero los técnicos que inspeccionaron el lugar no tenían ninguna razón para buscar cosas extrañas. Soy consciente de que las probabilidades de que todavía haya algo, si es que de entrada había alguna cosa, son mínimas. Lo más seguro es que la policía haya llegado a la conclusión correcta y que el asesino haya sido el padre de William. Nuestra pista es tan frágil que probablemente se desvanecerá al menor golpe de aire. Pero creo que debemos asegurarnos de que no hay ninguna conexión con los casos de Ossian y Lilly. Porque si la hubiera... —Dejó la frase sin terminar y empezó a sacar otra vez el pañuelo del bolsillo. Sin embargo, tras echarle un vistazo a Mina, volvió a guardárselo.

Mina estaba mirando la pantalla y, a pesar del calor, tenía la carne de gallina.

—Primero tenemos que hablarlo con Julia y el resto del grupo —dijo—. Veré si puedo convocarlos ahora mismo a una reunión. Creo que están todos en la jefatura.

—¿«Tenemos» que hablarlo? —repitió él mirándola asombrado.

—Bienvenido a la investigación, Vincent.

El grupo había crecido desde la última vez que Vincent había asistido a una de sus reuniones. La nueva incorporación, Adam, era alto, con facciones bien definidas y mirada inteligente. Parecía salido de una serie estadounidense.

—Hola. Soy Vincent —le dijo a Adam tendiéndole la mano.

Adam se la estrechó con tal fuerza que le hizo agitar la taza de café que sostenía con la mano izquierda.

—Yo soy Adam. He oído hablar mucho de ti.

Tres movimientos hacia arriba y hacia abajo, contacto visual y diez grados de inclinación del torso hacia delante. Su apretón de manos merecía la puntuación máxima. Firme y sincero, pero no dominante. Un saludo que podía expresar tanto «Tengo la situación bajo control» como «Vamos a trabajar muy bien juntos». Vincent miró al resto de los presentes. Christer y Peder lo saludaron con una apreciativa inclinación de la cabeza, que en el caso de Peder supuso un llamativo movimiento de la larga barba. Ruben, por su parte, lo recibió de brazos cruzados y con cara de disgusto.

—No te he dado las gracias por lo que me enviaste —le dijo Vincent a este último—. Significó mucho para mí. Perdona, ¿podrías aguantarme la taza mientras dejo la mochila?

Rápidamente le tendió la taza, y Ruben, de forma automática, la tomó con expresión de asombro. Vincent confiaba en que sus reflejos entrarían en acción antes de que tuviera tiempo de plantearse de manera consciente si quería aguantarle la taza o no. Ahora ya la tenía en la mano y era tarde para negarse.

En realidad el único propósito de Vincent había sido alterar el lenguaje corporal de Ruben consiguiendo que descruzara los brazos, para inducir de esa forma una actitud más abierta y receptiva hacia lo que Mina y él pensaban decir. Y el modo más sencillo de lograrlo había sido pedirle que tomara algo.

Pero Vincent también tenía motivos auténticos para dar las gracias a Ruben. Poco después de su último encuentro, del que en octubre se cumplirían dos años, le había enviado un sobre por correo con un recorte de prensa sobre la muerte de su madre. Era el artículo que Ruben había presentado como prueba de que Vincent estaba implicado en los asesinatos que estaban investigando. Y de hecho lo estaba, pero no de la manera que el policía había supuesto.

«Todavía no sé quién me ha enviado este artículo —le había escrito Ruben en la nota que acompañaba al recorte de prensa—, pero no lo necesito para nada y no creo que le interese a nadie. Quémalo o haz lo que consideres oportuno».

Vincent se había emocionado. Pero el Ruben que le había enviado aquel artículo no parecía el mismo que había acudido a la reunión, que se limitó a encogerse de hombros ante su agradecimiento y le devolvió la taza en cuanto pudo. Dicho de otro modo, todo seguía igual que siempre. Por otro lado, era poco probable que Vincent fuera a ser esta vez una parte importante de la investigación, ya que habían contratado a Nova como asesora. Como no tendría que ver al grupo demasiado a menudo, estaba dispuesto a pasar por alto ciertos comportamientos. Aun así era una suerte que por cada Ruben hubiera también un Adam en la policía.

—Me alegro de verte, Vincent —dijo Julia—. Tengo entendido que Mina y tú intercambiaron algunas ideas sobre el asunto que nos ocupa. Por supuesto, habría preferido que siguieran los canales oficiales. Si vuelves a colaborar con nosotros, al menos quiero estar informada.

—Ni siquiera sabía si sería posible —se disculpó Mina—. Quería estar segura. Y todavía no lo estoy del todo. Pero creemos que merece la pena estudiar detenidamente el caso de William Carlsson, empezando por el lugar donde fue hallado su cuerpo.

—¿El niño asesinado por su padre el invierno pasado? —preguntó Ruben enderezando la espalda—. ¿Qué tiene que ver con nuestra investigación?

—Si me permiten hacer una observación —intervino Adam—, el padre de William, Jörgen Carlsson, fue condenado por asesinato tras un juicio sorprendentemente rápido. Si no recuerdo mal, Jörgen nunca confesó ser el autor del crimen, lo que resulta un poco extraño, ya que había reconocido sin dudarlo todas las acusaciones de malos tratos. No sé si pensaría que de ese modo la condena sería más leve. Además, puede que me equivoque en los detalles, pero creo que al principio de la investigación hubo una testigo, una señora mayor que podía ver la zona de juegos del parque desde la ventana de su departamento. Esa vecina declaró haber visto a William marcharse del parque con alguien que no era su padre. Pero como la señora no veía bien y Jörgen no había podido justificar dónde se encontraba a esas horas, se desestimó el testimonio.

—Puede que haya sido un error, a la luz de los casos de Ossian y Lilly —observó Julia—. Es posible que Jörgen Carlsson dijera la verdad cuando afirmó que no había sido él. Si es así, hemos condenado a un inocente.

Ruben volvió a cruzarse de brazos e hizo una mueca como si acabara de comer algo que le hubiera sentado mal.

—Jörgen Carlsson es un cerdo de primera y está justo donde merece estar —resopló.

—Estoy de acuerdo —convino Peder—. Yo también recuerdo el caso. El niño presentaba lesiones y rastros de fracturas antiguas en prácticamente todos los huesos del cuerpo. Había recibido tantos golpes a lo largo de su vida que era un milagro que no hubiera muerto antes. Y creo que su madre había sufrido tantos abusos como él.

Bosse gimió y le lamió una mano a Peder, como si pudiera

comprender lo mucho que le dolía pensar en niños maltratados.

—No tengo la menor duda de que fue el cabrón del padre quien mató al chiquillo —dijo Ruben—. Yo mismo acudí varias veces a su casa, estando de guardia, una de ellas en Navidad. No se lo pueden imaginar. Cuando llegamos aquello era una carnicería. Jörgen había agarrado por la cabeza a su mujer, Lovis, y le había golpeado la cara contra la barra de la cocina. Había sangre por todas partes. Y detrás del árbol de Navidad, entre los regalos, las bolas de colores y la brillantina, encontramos a William. Debía de tener unos tres años. ¿Jörgen, inocente? Ni en sueños. ¡Qué va a ser inocente ese cabrón! A la gente como él hay que encerrarla y tirar la llave.

Todos guardaron silencio. Vincent fijó la vista en la única decoración de la sala, un gran plano de Estocolmo colgado de la pared frente a él, e intentó no visualizar imágenes mentales de lo que acababa de contarles Ruben. Pero ya era tarde. Miró el contorno de Gamla Stan hasta que le lagrimearon los ojos para borrar el recuerdo de los hematomas que había visto en las fotografías del cuerpo de William, unas fotografías que le habían recordado mucho a su hijo Aston tal como era unos años atrás.

Christer se aclaró la garganta.

—Estoy de acuerdo con Ruben —murmuró—. Jörgen Carlsson es escoria y merecería no ver nunca más la luz del día. Por suerte, lo que ha confesado es suficiente para tenerlo encerrado bastante tiempo. Y realmente ha sido una suerte. Porque Adam tiene razón. No podemos estar seguros de que haya matado a su hijo.

—Adam y Ruben, vayan a hablar con Lovis, la madre de William —les indicó Julia—. Interroguen también a la vecina que dijo haber visto al niño con otra persona y traten de averiguar si es cierto que no ve bien. Intenten hacer hoy mismo las dos entrevistas. El lunes irán a la prisión de Hall a ver a Jörgen. Llamaré para avisar que van.

Ruben se volteó hacia Adam.

—Esta vez puedes despedirte de que uno de nosotros sea el «poli bueno» —le soltó—. Con ese canalla, ni lo sueñes.

Adam asintió con expresión sombría. Parecía ser de la misma opinión. Julia miró a Mina y Vincent.

—No sé qué piensan encontrar —les dijo—, pero pueden ir a echar un vistazo al lugar donde fue hallado el niño. Lleven también a Peder. Si de camino pasan por una peluquería, convénzanlo para que se quite esa barba. Paga la policía. Y otra cosa, Vincent. Ya que estás aquí, nos gustaría que conocieras a una detenida. Se llama Lenore Silver.

—¿Cuánto hace que vives en Suecia?

Adam reprimió un suspiro de cansancio. Por un momento consideró la posibilidad de no contestar, pero sabía que la charla intrascendente era una parte importante de la vida en un coche de policía. Solo le habría gustado que alguna vez le preguntaran otra cosa.

—Nací aquí.

—Ah, entiendo.

Silencio. Siempre le resultaba sorprendente que la gente se asombrara tanto de su respuesta.

—Pero ¿y tus padres? ¿De dónde son? —insistió Ruben.

—De Uganda.

—Ah, Uganda.

Otro silencio.

—Tengo que reconocer que no sé nada de Uganda.

—Es normal. ¿Por qué ibas a saber algo? Yo tampoco sé mucho de Uganda.

Adam habría querido poner los ojos en blanco, pero se contuvo. Había algo en Ruben que le resultaba irritante, y no eran solamente sus preguntas estereotipadas. Conocía a muchos policías como él. Mucha atención a los músculos y poca al cerebro.

—¿Cuándo tuvo que huir tu familia de su país?

—No huimos. Mi madre vino con un contrato de profesora universitaria. Descubrió que estaba embarazada cuando ya se había instalado aquí, pero nunca había querido tener nada que ver con mi padre.

—¡Vaya! —exclamó Ruben—. ¿Y nunca te has preguntado cómo será tu padre? ¿No lo has contactado?

—No. ¿Para qué? Confío en el juicio de mi madre. Si ha considerado que no merecía formar parte de mi vida, supongo que tendrá razón.

—Sí, claro —respondió Ruben repentinamente entristecido—. Uno de esos padres...

Adam le echó un vistazo rápido, pero enseguida volvió a concentrarse en el tráfico. Le interesaba muy poco inmiscuirse en la vida privada de sus colegas, y menos aún en la de Ruben.

Cuando el edificio de Rissne donde vivía Lovis apareció ante ellos, Adam giró para entrar en el estacionamiento. Ruben seguía callado, con expresión abatida. Tras buscar la dirección en el celular, Adam comprobó que era la primera fachada después de la salida. Se la señaló a Ruben.

—Es allí. Esa debe de ser la zona de juegos infantiles donde los padres de William dijeron haberlo visto por última vez.

—Sigo sin creer ni por un momento que no haya sido su padre quien lo mató —murmuró Ruben.

—No pienso discutir contigo. Tenemos trabajo que hacer.

Adam se dio cuenta de que quizá su tono había sido demasiado brusco, pero estaba harto de los policías que siempre escogían el camino más fácil. La realidad casi nunca era sencilla. Las cosas siempre se complicaban.

Subieron los tres tramos de escalera hasta el piso de Lovis. Delante del otro departamento del rellano había un cochecito con un bebé dormido dentro. La criatura se movió un poco y gimió en sueños cuando llamaron a la puerta de Lovis. Pasó bastante tiempo sin que ocurriera nada, pero al cabo de un rato oyeron pasos que se acercaban a la puerta. Después se hizo un largo silencio. Alguien dudaba. Por fin se oyó el ruido de un pestillo y la puerta se abrió ligeramente.

—¿Sí?

La voz era ronca, e incluso a través de la rendija Adam pudo percibir el olor a alcohol.

—Policía. Venimos a hablar de William.

—¡Ah! ¿Ahora quieren hablar de William?

La mujer empezó a cerrar la puerta de nuevo, pero Adam se lo impidió con un pie.

—Lovis, déjenos entrar. Hágalo por William.

Otra vez se hizo un silencio. Después se abrió la puerta. La mujer los guio al interior del departamento. Estaba oscuro. No se filtraba ninguna luz del exterior. Todas las ventanas estaban cubiertas con cortinas negras. El olor era insoportable, una mezcla de basura, comida rancia y humo de tabaco. Detrás de Adam, Ruben tosió.

—Pueden sentarse ahí.

Lovis los hizo pasar a la sala y les señaló un sofá destartalado, lleno de manchas y quemaduras de cigarro. La mesa de centro estaba repleta de ceniceros desbordantes de colillas y de botellas de vino y de licor vacías. La única decoración de las paredes eran unas pocas fotografías enmarcadas: Lovis con William. Jörgen y Lovis juntos. Una niña, quizá Lovis, orgullosamente montada a caballo.

Adam se sentó sin dudarlo, pero vio con el rabillo del ojo que Ruben parecía decidido a quedarse de pie. Le indicó con un gesto que se sentara. Habían acudido para hablar con la madre de un niño asesinado. No tenían derecho a condenar el desorden o la suciedad. Ruben comprendió a su colega y al final se sentó en el sofá, no sin una leve mueca de disgusto.

—¿Es por Jörgen? ¿Le ha pasado algo? Ya saben que no debería estar en la cárcel. Él no mató a William. —Lovis encendió un cigarro con manos temblorosas, inhaló el humo y se los quedó mirando a ambos. De pronto pareció comprender—. ¡Es por el niño desaparecido! ¡Por eso han venido! La misma persona que mató a William se llevó a ese niño. Ya lo dije yo. Ya les he dicho que no fue Jörgen.

—Todavía no podemos revelar nada —replicó Adam con

un amplio gesto de las manos—. Pero estamos investigando una vez más las circunstancias de la muerte de su hijo. Por eso nos gustaría...

—¡Fuera!

Había ira en los ojos de Lovis.

—Necesitamos preguntarle...

Adam carraspeó. El humo le irritaba las vías respiratorias y lo hacía lagrimear.

—¡Fuera de aquí!

La mujer se puso de pie con una brusquedad que la hizo derribar una botella vacía de vodka Smirnoff. La botella cayó al suelo con un tintineo y rodó unos centímetros antes de detenerse.

—¡Quiero que salgan de mi casa! ¡Fuera!

Ruben se puso de pie y Adam lo imitó. Probablemente tendrían que regresar más adelante, pero de momento era mejor dejar que Lovis se tranquilizara.

Cuando la puerta se cerró a sus espaldas Adam negó con la cabeza, decepcionado. La conversación con Lovis no les había aportado mucho.

Pero tenían dos visitas más que hacer. Primero la vecina y después, Jörgen.

Mina conocía de memoria todos los pasillos, pero Vincent miraba con curiosidad a su alrededor mientras Julia los conducía hacia Kronoberg, el establecimiento de detención de presos preventivos, situado prácticamente dentro de la jefatura.

—Como he dicho antes, se llama Lenore Silver —explicó Julia—. Está acusada de privación de libertad y tráfico de menores. Hasta ahora ha negado toda vinculación con el caso de Ossian o con cualquiera de los otros, pero no está de más preguntárselo de nuevo. O, mejor dicho, dejar que se lo preguntes tú, Vincent.

El mentalista se detuvo frunciendo el ceño.

—Ya dije la vez anterior que... —empezó.

—Sí, ya lo sabemos —lo interrumpió Julia—. No tienes formación policial, ni como interrogador ni nada que se le parezca. No puedes asumir este tipo de responsabilidad. Tuve que oírlo más de una vez cuando trabajaste para nosotros hace un par de años, créeme. Pero al final tus intervenciones fueron muy productivas. Además, solo quiero que... hables con ella. Eso se te da muy bien.

Habían llegado a las salas de los interrogatorios. Puertas anónimas con números pintados de negro. Podría haber sido el pasillo de cualquier organismo oficial, pero la mujer que los esperaba detrás de una de esas puertas hacía que Mina se estremeciera de horror cada vez que la veía. Era todo lo que Mina no era. Segura de sí misma. Elegante. Guapa. Tenía unas uñas perfectas, en lugar de unos dedos con la piel descamada y enrojecida. Y probablemente era una psicópata.

—De acuerdo. Puedo intentarlo, pero no prometo nada —dijo Vincent—. Y lo haré a mi manera. ¿Alguien tiene una pluma?

Julia le dio uno y Vincent, con mucho cuidado, se pintó un punto de tinta en una mejilla, unos centímetros por debajo del ojo.

—¿Qué haces? —preguntó ella.

—Lo hago a mi manera —repitió él.

Julia negó con la cabeza. Parecía como si todo comenzara a discurrir ya por caminos poco habituales.

—Mina, encárgate tú de esto —le pidió—. Yo tengo que ir arriba para explicarle a la dirección nuestro siguiente paso. Lenore está en la sala número tres.

Julia se alejó por el pasillo y Mina sintió que le corría el sudor bajo los brazos. Pero no tenía nada que ver con la persona que iban a interrogar, sino con el bochorno tremendo que hacía.

Hizo una inspiración profunda y abrió la puerta de la sala donde los esperaba Lenore Silver, que, a pesar del calor y de que llevaba varios días detenida, se las arreglaba para parecer fresca, bien vestida y recién maquillada. Estaba sentada en una de las tres sillas de la sala, pero no había mesa. Probablemente Julia habría pedido que la retiraran para facilitarle la tarea a Vincent.

La sonrisa de Lenore se desvaneció en cuanto vio al mentalista.

—¿Qué hace él aquí? —preguntó—. Lo conozco de la televisión.

—Vincent te hará unas preguntas —respondió Mina ocupando una de las sillas frente a Lenore.

Ya se sentía un poco mejor. No tan sudorosa. Vincent se sentó a su lado.

—No pienso hablar sin la presencia de un abogado —anunció Lenore cruzándose de brazos—. Estoy aquí desde el viernes.

¿Qué día es hoy? ¿Miércoles? No pueden tenerme encerrada mucho tiempo más.

—Es cierto —convino Mina—. Pero, Lenore, la niña que encontramos en tu casa ya ha sido identificada. Sabemos que es hija de una familia inmigrante, con domicilio en Midsommarkransen. Y que pensabas venderla, tal como hiciste hace cinco años. Además, los otros detenidos están dispuestos a implicarte a cambio de una reducción de la pena.

Lo último era mentira. No había ningún detenido más. Solo habían identificado a la niña y ahora el caso lo llevaba otro grupo de policías. Pero la treta de Mina pareció funcionar, porque Lenore apretó visiblemente los puños.

—Ningún abogado quiere ocuparse de tu caso —prosiguió Mina—. Por supuesto, se te asignará un letrado de oficio, pero dudo que te toque el más listo de la clase. Te estamos ofreciendo la oportunidad de demostrar que quieres cooperar. Y harías bien en aprovecharla.

Lenore se sentó más erguida en la silla, con las manos sobre los muslos.

—¿Qué preguntas quiere hacerme? —replicó señalando al mentalista.

—Será más bien como un juego —respondió Vincent sonriendo—. Yo digo una palabra y tú me contestas con lo primero que te venga a la mente al oírla. No te pares a pensar. Lo más importante es que digas lo primero que se te ocurra, por muy raro que te parezca. ¿Hacemos una prueba?

Lenore suspiró y asintió con la cabeza.

—Muy bien —dijo Vincent— Empezamos. Caballo.

—Montura —contestó Lenore, mirando a Vincent a los ojos.

—Agua —continuó Vincent.

—Sed.

—Niño.

—Ajeno.

Lenore volvió a cruzarse de brazos, sin dejar de mirar fijamente al mentalista.

—Muerte.

—Vida.

—Ossian.

—Irlanda.

—Lilly.

—Bodas.

Vincent arqueó una ceja.

—Hay una tienda de vestidos de novia que se llama así —explicó Lenore.

—¿Tienes pensado casarte? —dijo Mina.

—Eso es asunto mío. ¿Ya está?

—Casi —respondió Vincent—. William.

—Shakespeare.

—Matar.

—Detectives.

—Gracias, muy bien —dijo Vincent poniéndose de pie—. Hemos terminado. Gracias por colaborar con nosotros.

Le tendió la mano y Lenore la tomó automáticamente. De repente Vincent colocó la mano izquierda bajo la muñeca de ella y retiró la otra mano. Como resultado, el brazo de Lenore quedó extendido en el aire, apoyado sobre la mano de Vincent. Con cuidado, el mentalista empezó a balancearle el brazo, moviéndolo con suavidad adelante y atrás, mientras le señalaba el punto pintado debajo de uno de sus ojos.

Mina lo contemplaba fascinada.

—Lenore, mira este punto —dijo Vincent en un tono completamente diferente.

Su voz era amable pero a la vez dominante. Mina tuvo que hacer un esfuerzo para no mirar también el punto. La situación era tan extraordinaria que estaba dispuesta a seguir las instrucciones solo porque podía entenderlas. Supuso que ese era el propósito del ejercicio.

La mirada de Lenore comenzó a perderse en el vacío. No parecía tener conciencia de su brazo.

—Y mientras miras —prosiguió Vincent— sentirás que los

pensamientos se te desenfocan tanto como la mirada. Cuanto menos te concentres, menos tendrás que pensar. En lugar de obsesionarte, podrás dejarte fluir y flotarás en tus pensamientos, que son como un vasto mar acogedor que te recibe en su interior. Vas a sumergirte en las profundidades de ese mar. Lo harás... ahora.

Dejó de sostenerle el brazo, que cayó como un peso muerto y, con el impulso, arrastró la cabeza de Lenore hacia delante. Mina vio que había cerrado los ojos.

—Muy bien, sigue así —dijo Vincent, apoyando una mano sobre la nuca de Lenore para que mantuviera la cabeza inclinada hacia delante—. Sumérgete un poco más, hasta encontrarte en un lugar seguro y agradable. ¿Has llegado?

Lenore asintió. Mina no creía en la hipnosis, pero no era capaz de darle otra explicación a lo que Vincent le estaba haciendo a Lenore. Probablemente ni siquiera estaría permitido. Aun así, Mina sospechaba que Julia esperaba algo así del mentalista cuando había aceptado su colaboración.

—Ahora voy a repetir las mismas palabras —anunció Vincent— y esta vez me responderás con lo que encuentres allá abajo, en lo más profundo de tu mente. ¿De acuerdo?

Lenore volvió a asentir. Lo único que se oyó en la habitación fue el crujido de la silla cuando se sentó frente a la mujer.

—Caballo —dijo.

—Heroína.

La voz de Lenore era clara, muy diferente de como Mina había imaginado que hablaría una persona hipnotizada. Pero no creía que estuviera fingiendo. Era bastante evidente que se hallaba en otra parte.

—Agua —dijo Vincent.

—Ahogados.

—Ossian.

—Océano.

Vincent se volteó fugazmente hacia Mina y ella le hizo un gesto para que continuara.

—Niños.

—Dinero.

—Muerte.

—Yo.

—Lilly.

—Lirios blancos.

—William.

—Willy.

—Matar.

—Pesadillas.

Vincent volvió a tomar el brazo de Lenore y lo alzó, separándolo de su cuerpo. Cuando lo soltó, se quedó levantado en el aire.

—Mientras sientes que tu brazo desciende poco a poco —dijo—, te sumergirás todavía más hondo en tus pensamientos.

El brazo comenzó a moverse muy lentamente hacia abajo. La mujer segura de sí misma que habían encontrado al llegar había desaparecido. La expresión de Lenore parecía más bien la de una niña pequeña.

—Y cuando tu mano toque la rodilla, se abrirá la puerta del lugar donde guardas los sueños.

La mano entró en contacto con la rodilla y Lenore frunció el ceño.

—Quiero preguntarte algo acerca de lo último que has dicho —prosiguió Vincent—. ¿Has querido decir que alguien quiere matarte en tus pesadillas o que eres tú la que mata a alguien?

—Lo segundo —respondió Lenore. Su voz se había vuelto mucho más grave y áspera, como si le surgiera de lo más profundo de la garganta—. Pero cuando lo hago, dejan de ser pesadillas. Se acaba la oscuridad.

—¿Matas para acabar con la oscuridad?

—Sí.

—¿Qué hay en la oscuridad, Lenore?

—Mi tío Ulf.

Vincent hizo una pausa y Mina notó que su expresión era de absoluta desolación.

—Voy a contar hacia atrás, desde cinco hasta uno —le anunció a Lenore—. Cinco. Empiezas a nadar hacia la superficie, de regreso adonde estamos nosotros. Cuatro. Te sientes mejor y más despierta. Tres. Puedes elegir qué quieres recordar de lo que hemos hablado y qué prefieres olvidar. Dos. Respiras hondo. Y uno. Abres los ojos.

Lenore abrió los ojos y miró a su alrededor, desconcertada.

—¿Qué ha pasado? —preguntó—. ¿De qué estábamos hablando?

—De nada en particular —contestó Vincent poniéndose de pie otra vez—. Te agradecía que nos hubieras dedicado tu tiempo. No vamos a molestarte más. Solo una cosa: ¿cómo nada el Rey León?

Lenore pareció todavía más perpleja.

—¿Qué? ¿Qué quieres decir?

Vincent salió de la sala y Mina no tuvo más opción que seguirlo. Cuando cerró la puerta, Lenore aún los estaba mirando desconcertada.

—¿El Rey León? —preguntó Mina, ya en el pasillo.

—Si quieres favorecer la amnesia después de una hipnosis —explicó Vincent—, es recomendable ofrecer alguna distracción al cerebro, para que no se ponga a pensar en lo que acaba de suceder.

—¿Has podido averiguar algo?

—Tú misma lo has oído —replicó él mirándola con cierto asombro—. Me ha llamado un poco la atención cuando ha asociado el agua con ahogados y luego a Ossian con el océano. Al principio he pensado que podía ser una pista, pero creo que solo ha sido una simple asociación por el sonido de las palabras. Además, habíamos mencionado el agua poco antes, por lo que no es raro que aún tuviera en la mente ese concepto. Y los nombres de William y Lilly no han producido ninguna asociación significativa. Tampoco los caballos. Creo que Lenore no tiene nada que ver con los asesinatos que están investigando.

Mina asintió. Ella también había llegado a esa conclusión. Aun así, había merecido la pena intentarlo.

—Sin embargo —añadió Vincent deteniéndose—, para Lenore los niños son ante todo un medio de ganar dinero. Eso me lleva a pensar que padece un trastorno profundo de la capacidad de empatía. Podría deberse a un defecto fisiológico del cerebro, como una disfunción de la amígdala o un daño de las sinapsis entre los lóbulos frontales y el hipocampo. Pero me inclino a pensar que se trata de un mecanismo psicológico de defensa. ¿Lirios blancos? Lenore tiene una fijación con la muerte. Sufrió abusos por parte de su tío cuando era pequeña. Ese tal Ulf. Se ha esforzado por reprimir esos recuerdos, pero las experiencias de la infancia han creado gran parte de la mujer que has visto en esa sala. Tal vez deberían preguntarle si quiere hablar con un psicólogo.

Mina se quedó mirando a Vincent. Aparte de los nombres de los niños, solo le había preguntado a Lenore por cinco palabras. Nada más. Aun así sabía más de ella de lo que la policía había podido averiguar en una semana de interrogatorios.

—Solo una pregunta —dijo—. Luego pasaremos a buscar a Peder e iremos con él a Beckholmen. Pero si no me lo dices, no podré dejar de darle vueltas. ¿Cómo nada el Rey León?

Vincent contuvo una sonrisa.

—Simba-ñador —respondió.

Después estalló en carcajadas y siguió riendo hasta que Mina le dio un golpe en el hombro para que parara.

Nathalie recogió las herramientas que había utilizado y lentamente volvió al cobertizo. Estaba agotada, pero tenía que colgar el martillo y la sierra en su sitio. El orden era importante para Karl.

Se les habían unido varios miembros más del círculo íntimo, todos vestidos de blanco, para trabajar con ellos en las obras de reforma. En realidad la ropa blanca era muy poco práctica, porque cada día acababa cubierta de polvo y suciedad, sobre todo cuando tenían que limpiar el edificio incendiado, un poco más lejos. Nathalie había preguntado varias veces qué había sido aquella construcción, pero nadie le había respondido.

Hizo unos estiramientos para destensar los músculos. El trabajo físico le proporcionaba una satisfacción que era nueva para ella. Pero no estaba habituada y no tenía la fuerza muscular ni la energía necesarias, por lo que incluso cerrar la puerta del cobertizo después de una jornada de trabajo le suponía un gran esfuerzo.

Monica y Karl la enviaban por la mañana a trabajar con los demás y la hacían seguir todo el día. Como resultado, estaba tan cansada que habría podido dormirse de pie. De hecho, ya se habría dormido de no haber sido porque se moría de hambre. Por otro lado, eran tan amables todos los del grupo que no quería ser la primera en quejarse. Pero estaban siendo unas vacaciones de verano diferentes de todas las demás.

Siguió a los otros al edificio que desde hacía unos días se

había convertido en su casa. Todavía no se había aprendido el nombre de sus compañeros, aunque no eran muchos. Pero era difícil distinguirlos, con la ropa blanca y las caras siempre sonrientes. Dirigió sus pasos hacia el dormitorio, sintiendo que se le caían los párpados. No veía la hora de acostarse en la cama plegable que le habían asignado. También tenía que llamar a su padre. Después de todo, no hablaba con él desde...

Se paró en seco.

¿Cuánto hacía que no hablaba con su padre?

Los días pasaban volando. Intentó contarlos con los dedos y calcular el tiempo transcurrido desde su encuentro con Ines en el metro. ¿Una semana? ¿Dos? Le dolía la cabeza de solo pensarlo. Necesitaba descansar un poco. Pero después sí. Después llamaría a su padre.

Solo tenía que cargar la batería del teléfono. ¿Dónde habría un cargador?

—¡Nathalie! ¡Nathalie! ¿Adónde vas?

¡Estaba tan cerca de la cama! A solo dos o tres metros de distancia. Pero por el tono de voz de su abuela notó que quería decirle algo importante. Se volteó y la saludó. Ines también vestía de blanco, como Nathalie, pero en lugar de camiseta y pantalones, llevaba una larga túnica. Y, sobre los hombros, una banda verde con pliegues.

—¿Qué pasa? —fue lo único que Nathalie consiguió articular.

—Ha llegado el momento de que empieces a comprender el significado de las palabras de John —anunció Ines—. Ven conmigo.

Su abuela la tomó de la mano y la llevó a la sala que hacía las veces de comedor. Nathalie estaba demasiado cansada para protestar. Las mesas donde solían sentarse estaban arrimadas a las paredes y una larga tabla apoyada sobre caballetes se extendía por el centro de la habitación. Los otros miembros del grupo se alineaban hombro con hombro, con las manos descansando sobre la tabla. Nathalie se situó en un extremo de la tabla, junto a Karl, e Ines fue a ocupar su lugar a la otra punta.

—Todo es dolor, sufrir purifica —dijo Ines.

—Todo es dolor, sufrir purifica —repitió el grupo.

—Cada uno de ustedes soporta el dolor de diferentes maneras —prosiguió Ines—. El dolor nos ayuda a ver el mundo con claridad. Hoy tenemos a alguien nuevo con nosotros: mi nieta Nathalie. Su dolor es más espiritual que físico, pero no por eso menos real. Damos la bienvenida a Nathalie y recordamos una vez más que no tememos al dolor, porque nos proporciona claridad.

A continuación empuñó una fusta y se dirigió a la persona más próxima, un hombre de cabellos grises, de unos sesenta años, que de inmediato tensó el cuerpo.

—Todo es dolor, sufrir purifica —dijo la abuela.

—Todo es dolor, sufrir purifica —repitió el sexagenario en voz baja.

La fusta silbó a través del aire y fue a estrellarse contra la tabla y los dedos del hombre, despertando ecos en la sala. El hombre se estremeció como si hubiera recibido una descarga eléctrica, pero no retiró las manos de la tabla. En los dedos le apareció una marca escarlata y los ojos se le llenaron de lágrimas. Nathalie intentó comprender lo que acababa de suceder. ¿Lo había castigado su abuela? No, no lo parecía. No estaba enfadada. Al contrario. El ambiente de la sala era de reverencia casi religiosa. El hombre frunció el ceño, profundamente concentrado. Al final sus labios se curvaron en una leve sonrisa. Le hizo un gesto afirmativo a Ines, que se desplazó hasta la siguiente persona.

—Todo es dolor, sufrir purifica —dijo levantando la fusta.

Nathalie tenía dificultades para pensar con claridad, por el hambre y el cansancio, pero no quería que su abuela le pegara. La fusta parecía hacer un daño espantoso y ella no quería sufrir.

—No tengas miedo —le susurró Karl—. El dolor pasa enseguida. Pero la claridad... Te prometo que verás el mundo de una manera totalmente distinta después de esto.

Ines siguió avanzando a lo largo de la fila. Las cinco personas que habían recibido un golpe con la fusta se abrazaban, algunas riendo y otras llorando. Nathalie solo sabía que si retiraba las manos y dejaba de apoyarse en la tabla probablemente se caería de cansancio. Los demás parecían felices y ella quería ser como ellos.

La fusta silbó en el aire a su lado y oyó que Karl contenía el aliento justo cuando le alcanzaba los dedos con un ruido como de disparo. Después Ines se volteó hacia ella. Karl había bajado la cabeza y respiraba con dificultad. Una gota de sangre le brotaba de la línea roja que le cruzaba los dedos.

—Hola, cariño —le dijo Ines a Nathalie, apartándole de la cara un mechón de cabello—. Bienvenida a la verdad.

Cuando la fusta le alcanzó los dedos, estalló una parte de su cerebro. Era como si se le estuviera quemando la mano o como si la hubiera metido en un avispero. Ines le agarró los brazos para que no apartara las manos de la tabla.

—No opongas resistencia —susurró—. Observa el dolor. Abrázalo. Mira a través de él.

Nathalie intentó obedecer, pero la sensación era demasiado intensa y abrumadora. Habría querido alejarse del dolor tanto como fuera posible.

—Estás conmocionada —le dijo Ines al oído—. Pero tienes que contemplar el dolor y verlo tal como es.

Nathalie volvió a intentarlo. Le dolía mucho, era un dolor terrible. Pero ¿qué era en realidad el dolor? Un conjunto de señales en su cerebro y nada más. Trató de percibir distintos elementos en el dolor, como había visto hacer a los adultos con el vino. Se esforzó por distinguir diferentes sabores, notas, sensaciones.... Y de repente el dolor se volvió más fácil de soportar. Todavía le dolía muchísimo, pero no tanto como antes. Aspiró con fuerza el aire entre los dientes. Notó también cierta claridad, un aumento brusco de adrenalina en el cerebro. Supo ver lo que era importante y lo que no. Comprendió lo que había querido decir su abuela cuando se había referido a las palabras de John.

Entonces Ines la ayudó a poner las manos dentro de un tazón de agua helada que alguien había dejado sobre la tabla. El alivio fue una sensación demasiado intensa para Nathalie, que estalló en un llanto incontrolable. Su abuela tenía razón. El dolor purificaba. Y ella tenía demasiado dolor dentro, un dolor que hasta ese momento ni siquiera sabía que existía. Ines la hizo apoyar la cabeza sobre su pecho y Nathalie se acurrucó contra ella.

—Tranquila, mi amor —la consoló su abuela—. Nunca dejaremos de cuidarte. Te lo prometo. Ahora eres una de nosotros.

Peder se apoyó en el muro rugoso. Esperaba que los cuatro metros de profundidad del dique seco les proporcionaran cierta protección contra el calor, pero se llevó una decepción. Dentro del dique, sobre unas vigas metálicas, había tres embarcaciones que probablemente necesitaban algún tipo de reparación.

—Sí, fue una tragedia lo del invierno pasado —le estaba diciendo el hombre que tenía delante—. Me refiero a lo del niño.

El hombre se llamaba Bengt y trabajaba en el astillero de Beckholmen. No había encontrado el cuerpo, pero había denunciado el hallazgo a la policía.

—Aquí tenemos barcos todo el año —prosiguió—, pero la mayoría vienen en verano y no suelen permanecer más de una semana. En cualquier otra circunstancia el cuerpo habría sido arrastrado al mar al inundar el dique. Pero el barco que teníamos este último invierno necesitaba un cambio completo del forro, por lo que estuvo aquí varios meses. Al niño lo descubrieron los operarios. Fue tremendo. ¿Se imagina tener que seguir trabajando como si nada en un lugar donde...? Por supuesto, las obras se retrasaron, porque la policía quiso averiguar si había algún sospechoso entre los que trabajaban en el barco. Se puede decir que nos alteraron todo el plan de trabajo para el resto el año, pero...

—¿El forro? —lo interrumpió Peder.

Bengt lo miró como seguramente miraría a todos los que no sabían nada de náutica.

—¿Ha visto alguna vez un barco de madera? ¿Se ha fijado en los tablones que cubren la estructura de la embarcación por fuera y que componen el casco? Eso es el forro.

Peder asintió. Después fingió que se interesaba en alguna cosa lejana y huyó en dirección a Mina, que se había refugiado en una esquina del dique adonde no llegaban los rayos del sol.

Vincent iba y venía entre las embarcaciones, analizando el entorno con las manos a la espalda. Peder notaba la concentración en el rostro del mentalista a pesar de los lentes de sol. Observó que los lentes eran de un modelo que había dejado de estar de moda en los años cincuenta. Aun así, hacían buen efecto.

Peder se había sorprendido al ver a Vincent, porque nadie le había dicho que estaba participando en el caso. Era evidente que la idea había sido de Mina, pero Julia había dado el visto bueno. La vez anterior había hecho un buen trabajo, así que él no tenía nada que objetar. Mientras no volviera a darle una de sus charlas sobre los beneficios del sueño, podía participar todo lo que quisiera.

Sin embargo, no entendía qué pensaba encontrar el mentalista en el astillero. Cada vez que entraba o salía un barco había que inundar el dique seco, como había señalado Bengt. Y eso podía repetirse una vez por semana. Por lo tanto, cualquier posible indicio habría sido arrastrado por el agua.

—¡¿Buscas algo en concreto?! —le gritó Peder rascándose la barba.

Aún no había terminado la batalla con Anette por culpa de su barba. Por un lado, su mujer se quejaba de que le picaba a ella más que a él y aseguraba que le producía urticaria. Por otro, reconocía que le quedaba tremendamente *sexy*..., pero solo en las fotos. Si no se afeitaba era mejor que se abstuviera de volver a casa y le enviara solo fotografías.

Negando con la cabeza, Vincent regresó hacia donde se hallaban Peder y Mina.

—Solo quería conocer el lugar —respondió—, por si fuera en sí mismo un indicio. Pero no he encontrado ninguna conexión. Quizá Nova haya acertado con su teoría del agua. Después de todo, estamos en un astillero. Pero me parece una relación demasiado genérica, demasiado vaga. En esta ciudad hay agua por todas partes. No tiene sentido fijarse en ese elemento común. Puede que Ruben tenga razón y que el caso de William no esté relacionado con los otros dos. Probablemente su padre lo mató y lo arrojó al dique para que pareciera un accidente. Si es así, William no es el punto B que buscábamos y no hemos descubierto ningún patrón.

—A Ruben le encantaría oír eso que has dicho —observó Mina.

—Volvemos a la casilla de salida. —Peder suspiró.

—Por cierto, ¿sabes que un estudio alemán ha demostrado que las mujeres encuentran más atractivos a los hombres con barba? —dijo Vincent.

—Eh, no... Pero eso podría explicar... —empezó Peder, notando que otra vez se la estaba rascando.

—¿Tenía barba Amir? —interrogó Vincent, lanzándole a Mina una mirada cargada de intención.

Peder no tenía la menor idea de quién podía ser el tal Amir, pero era evidente que Mina lo sabía, porque le dirigió a Vincent una mirada asesina.

—Por otro lado, la mayoría de los otros estudios que se han realizado han llegado a la conclusión opuesta —continuó Vincent, sin darse por aludido—. Por ejemplo, el de Barnaby Dixson en Nueva Zelanda, o las investigaciones de Nicke Neave y Kerry Shields en el Reino Unido. Según sus resultados, una barba incipiente de dos o tres días resulta atractiva, pero a partir de entonces deja de serlo. Lo más divertido es la explicación que dan los alemanes de su resultado divergente. Según ellos, la barba oculta el rostro de los hombres y de ese modo las mujeres tienen más libertad para imaginarlos a su gusto.

Peder se preguntó si Anette tendría sangre alemana, porque eso habría explicado muchas cosas de su relación y no solo su actitud hacia su barba. Vincent no parecía notar que su perorata no estaba despertando ningún interés. Había empezado y ya nada podía pararlo.

—Pero para tu trabajo como policía quizá te resulte más interesante el estudio de Dixson, según el cual la barba acentúa y refuerza las expresiones de ira —prosiguió Vincent—. Si en algún momento quieres parecer peligroso o amenazador, vas por el buen camino.

Mina sonrió irónicamente desde su puesto en la sombra.

—Seguro que ahora estás pensando en Ruben —observó.

Vincent se volteó hacia ella y asintió, antes de continuar.

—También hay un trabajo de fin de máster de la Universidad de Twente, en los Países Bajos, que analiza la influencia de la barba en las entrevistas de trabajo. Según sus conclusiones, una barba larga tiene el mismo efecto positivo que una cara recién afeitada, pero todos los estadios intermedios dan peores resultados. Por eso, Peder, tu barba también es un punto a tu favor si tienes pensado cambiar de trabajo. Y todo eso siempre que no te importe el contenido de patógenos humanos de una barba, que según un estudio realizado en Suiza hace unos años es muy superior al del pelaje de un perro cuando está muy sucio...

Vincent hizo una pausa de repente. Mina había abierto mucho los ojos en cuanto mencionó los patógenos. Típico de ella. Ahora Peder no podría sentarse a su lado en las próximas reuniones. Tendría que situarse por lo menos a dos sillas de distancia hasta que se hubiera afeitado. Lo que no sabía era si Bosse, el perro de Christer, sería bienvenido después de ese comentario. Maldito Vincent. ¿Por qué había tenido que hablar de gérmenes? Ahora Peder se vería obligado a distraer a Mina, porque de lo contrario le impondría una visita al barbero antes de regresar a la jefatura.

—A propósito —dijo de pronto en medio del silencio—, ¿les he enseñado ya el video de las trillizas cantando con...?

Ya estaba sacando el teléfono del bolsillo cuando notó la expresión de espanto de su colega. Dejó escapar un suspiro y se lo volvió a guardar. Por lo visto, hablar de barbas estaba bien, pero enseñar el video de unas niñas que eran como tres soles era un pecado. Era la típica reacción de las personas sin hijos. No podían entenderlo.

—Nos enseñaste el video el lunes —replicó Mina—. Y ya lo habíamos visto la semana pasada y también la anterior. Ruben no exagera. Hemos visto ese video de las trillizas prácticamente cada semana desde el último concurso para ir a Eurovisión, que fue el invierno pasado, o la primavera pasada, o no sé cuándo, si te soy sincera.

¿Y qué? ¿Acaso alguien podía cansarse de las trillizas? Por fortuna, Peder podía enseñar unos cuantos videos más, que eran como mínimo igual de emocionantes que el de la canción del festival. Pero al menos Mina había dejado de mirarle la barba con repugnancia.

De repente el mentalista frunció el ceño y se dirigió al lugar del dique donde habían hallado a William. Con un gesto les indicó a Peder y a Mina que lo siguieran.

—¿Qué pasa? —preguntó Mina.

—Me he dado cuenta de que todas las fotografías que tienen del lugar donde encontraron a William fueron tomadas desde este ángulo —contestó Vincent—. Sitúate justo aquí e imagina que eres una cámara. Ahora cuéntame lo que ves a través del objetivo.

—¿Por qué...? Bueno, de acuerdo —dijo Mina—. Veo... el suelo de concreto donde yacía William. Un poco más allá, un muro de piedra que asciende unos cuatro metros. Hay neumáticos colgados del muro, probablemente para que los barcos no choquen contra la pared cuando entran en el dique. Arriba, sobre el borde del muro, un barandal rojo. Y una casa también roja.

—Baja un poco —le indicó Vincent—. Hasta la parte superior de la pared, antes de llegar al barandal.

—Sí, lo había pasado por alto. La parte más alta del muro no es de piedra, sino de concreto. Veo unos cuadrados pintados en la pared, con unas palabras dentro: *Archipiélago*, *Rayo de Sol*, *Panamá*, *Afrodita*... —Se volteó hacia Vincent—. Supongo que son los nombres de los barcos que han pasado por aquí.

Vincent asintió.

—Has descrito con exactitud lo que se veía en las fotos de la policía. Miremos ahora las imágenes que no habíamos visto, lo que había detrás de la cámara cuando fotografiaron el cuerpo de William.

—No te entiendo —dijo Mina.

—Date la vuelta. ¿Qué ves?

Mina hizo lo que le pedía y Peder también miró en la misma dirección. Estaba tan perplejo como su colega.

—Lo mismo que antes —replicó ella—. El suelo de concreto, la pared de piedra, las palabras pintadas, el barandal... Por este lado no se ve ninguna casa roja y además son menos los nombres de barcos escritos en el muro.

—Muy bien. Imaginemos ahora que el cadáver de William yace aquí, a nuestros pies. Si tomaras una foto con el cuerpo en primer plano, ¿cuántos de los nombres escritos en la pared aparecerían en el cuadro?

Mina encuadró su campo visual, formando un rectángulo con los dedos índice y pulgar de las dos manos.

—Dos. *Jera* y... otro nombre que empieza por hache. El resto no se ve, porque lo ha borrado el agua. Creo que termina con la letra *o*. Pero no, espera. *Jera* no saldría en la foto, porque el formato tendría que ser vertical para que se viera toda la pared. Creo que solo se vería el nombre que empieza por hache.

Peder dejó escapar una carcajada.

—¡Qué nombre tan horrible para un barco!

Mina y Vincent lo miraron sin comprender. Que Vincent no lo entendiera era normal, pero a Peder le sorprendió que Mina no viera de inmediato a qué se refería.

—¿No ven lo que pone? —preguntó—. Es verdad que el agua lo ha borrado bastante, pero no es tan difícil de leer. Es el nombre de unos vehículos utilizados por el ejército y la policía de

Sudáfrica en los años setenta. Estaban diseñados especialmente para atravesar campos minados. Digo «diseñados», pero en realidad se trataba de antiguos vehículos militares británicos retirados de servicio y luego acorazados. Eran pesados y no era fácil conducirlos, porque desde dentro apenas se veía el exterior. Eran más parecidos a carros de combate que a unidades antidisturbios. Pero cumplían su función. Eso siempre que no les dispararan. Podían resistir la explosión de una mina, pero al parecer no se les daba tan bien parar las balas. Espero que el barco que lleva su nombre no sea tan pesado, porque a estas alturas ya se habría hundido.

Mina y Vincent seguían mirándolo sin comprender.

—¿Qué pasa? ¿A ustedes no les interesa ningún tema? ¿No tienen ninguna afición? Para que lo sepan, en mi tiempo libre hago algo más que cuidar a las trillizas.

Eso último no era del todo cierto. Había visto el documental sobre la guerra en Sudáfrica porque las trillizas se habían quedado dormidas encima de él después de derrotarlo en un combate de lucha libre. No se había atrevido a levantarse del suelo por miedo a que se despertaran. Tenía el televisor a cuarenta centímetros de la cara y el documental duraba una hora. Por suerte había llegado Anette para rescatarlo.

Vincent se volteó hacia Bengt, el empleado del astillero, y le señaló el nombre casi ilegible escrito en la pared.

—¡¿Cuándo estuvo aquí ese barco?! —le gritó.

Bengt se hizo pantalla con las manos sobre los ojos, aunque ya llevaba gorra con visera, y pareció reflexionar un momento.

—A decir verdad —dijo el hombre en tono dubitativo—, no puedo recordar todas las embarcaciones que han pasado por este dique, pero estoy casi seguro de que nunca hemos tenido un barco con ese nombre. Eso debe de haberlo pintado algún adolescente sin nada mejor que hacer.

—No lo creo —replicó Vincent mirando a Peder—. ¿Sabes si los militares sudafricanos se inspiraron en la guerra de Troya cuando bautizaron su vehículo?

Peder se arrepintió de haber dicho que era un gran aficionado a la historia militar. No recordaba que el documental mencionara a los antiguos griegos.

—¿Troya? —repitió, para ganar tiempo—. ¿El lugar donde construyeron aquella cosa de madera donde se escondieron los soldados?

—Exacto. Porque el nombre de tu vehículo militar, el mismo que alguien pintó justo encima del sitio donde hallaron muerto a William, es una palabra griega: *hippo*. —Vincent esperó unos segundos, para que también Mina pudiera distinguir la palabra escrita sobre el concreto—. *Hippo* significa «caballo» —añadió enseguida.

Ruben iba atravesando el parque. La zona de juegos infantiles donde William había sido visto con vida por última vez estaba desierta. Nadie se movía a causa del calor. Los que no habían huido en busca de una playa se quedaban encerrados en casa, delante de un ventilador.

—Pero tú debes de resistir mejor estas temperaturas, ¿no? —preguntó Ruben mientras se secaba el sudor con la manga del uniforme de verano.

—¿Por qué lo dices? —replicó Adam, caminando varios pasos por delante.

Los dos se dirigían hacia la entrada del edificio donde vivía la vecina de Lovis.

—Porque... Por nada, olvídalo.

Ruben tuvo que apretar el paso para no quedar rezagado. No sabía si Adam se hacía el tonto o si lo era de verdad. Su pregunta había sido bastante normal. Las personas de piel oscura como él tenían que soportar mejor el sol y el calor de África, mientras que los nórdicos como Ruben, de piel pálida, estaban mejor preparados para resistir los largos inviernos del norte. No creía que fuera racista decirlo. Era un hecho biológico.

Una mujer de unos treinta años se acercó a ellos empujando un cochecito. Una sombrilla protegía al niño del sol, pero la mujer parecía muy acalorada. Se detuvo justo delante de ellos, por lo que Adam se vio obligado a parar en seco para no llevarse por delante el cochecito.

—Solo quería decirles una cosa —dijo la mujer.

—Por supuesto —respondió Ruben avanzando un paso—. ¿De qué se trata?

—Mi hijo Maximilian irá a la escuela infantil el año que viene —empezó ella, señalando el cochecito—. Estábamos emocionados esperando ese momento. Pero ya no. —Apuntó a Ruben con el dedo índice, como si fuera a clavárselo—. Secuestran a los niños en la puerta de las escuelas y ustedes se quedan de brazos cruzados —prosiguió, apoyando el dedo sobre la placa de policía cosida a la camisa—. ¿No les da vergüenza? Yo en su lugar mc buscaría otro trabajo. O me aventaría a las vías del tren. Ted Hansson tiene razón. No quiero que Maximilian crezca en un mundo donde los inmigrantes pueden llevarse a nuestros niños delante de nuestras narices sin que la policía haga nada. —Después miró a Adam con los ojos entrecerrados y añadió—: Aunque es evidente por qué.

—No hay ningún indicio de que haya «inmigrantes» implicados en estos casos —replicó Ruben, con una sonrisa que se le congeló en los labios.

—Ya, y yo me lo creo —soltó la mujer con ironía, alejándose ya con el cochecito—. ¡Cuando Ted gane las elecciones —les gritó desde lejos, por encima del hombro—, los pondrá de patitas en la calle a ti y al tipo negro ese!

Ruben miró con el rabillo del ojo a Adam, que se quedó observando a la mujer hasta que dobló una esquina y se perdió de vista.

—Era la puerta B, ¿no? —preguntó entonces Adam, señalando el edificio más cercano.

Ruben asintió.

—Puerta B, séptimo piso. Oye, lo de ahora...

—No te preocupes —contestó Adam—. No ha sido la primera vez ni será la última.

—¿Te acabas acostumbrando a esas cosas?

—¿Tú te acostumbrarías?

Ruben negó con la cabeza. Entraron en el recibidor, donde

el calor seguía siendo agobiante. Una nota escrita a mano llamó su atención en el vestíbulo. El ascensor estaba estropeado.

—¡Mierda, no! —exclamó Ruben mirando hacia arriba.

Siete pisos. Siete malditos pisos.

—A ver cómo estamos de forma física —comentó Adam, y de inmediato salió disparado escaleras arriba.

Si ya no le caía muy bien a Ruben, esa reacción hizo que le cayera todavía peor. Siete tramos de escalera más tarde este estaba al borde del infarto, no tenía ni un centímetro del cuerpo seco y respiraba como un fuelle agujereado. Sin embargo, para su gran satisfacción, también Adam estaba sudoroso y parecía exhausto. Un pequeño triunfo, pero un triunfo al fin.

Llamaron al timbre y al cabo de unos segundos oyeron unos pasos apresurados al otro lado de la puerta. Una mujer menuda, de aspecto enjuto y edad indeterminada, abrió la puerta y los observó por debajo de una gruesa cadena de seguridad.

—Si venden algo, no quiero nada, ni tampoco me interesa Jesucristo, ni quiero oír hablar de la gracia divina ni de la salvación del Hijo de Dios.

—Somos policías —dijo Adam enseñándole la placa.

Ruben pensó que también debería mostrarle la suya, pero no encontró fuerzas para hacerlo. Después del ascenso por la escalera no le respondían los brazos ni las piernas.

—Policías... Bueno, pueden pasar.

La señora cerró la puerta, retiró la cadena de seguridad y volvió a abrir para dejarlos entrar en el recibidor. A Ruben se le hizo un nudo en la garganta. El departamento olía como la casa de su abuela y el tictac que se oía en algún lugar del interior era igual al que había oído durante toda su infancia. Era un sonido que lo hacía sentirse seguro.

—¿Se les antoja un café?

La señora, que según constaba en sus papeles se llamaba Viola Berg, caminó lentamente delante de ellos hacia la cocina. El tictac se fue volviendo más intenso a medida que se acercaban al objeto de donde provenía, que resultó ser un hermoso reloj de péndulo de los que se fabricaban en otro tiempo en la región de Dalarna.

—¿Es usted de Dalarna? —preguntó Ruben—. Mi abuela nació en Älvdalen.

—¿En Älvdalen? Entonces somos paisanas. Pero hace mucho que no vuelvo por allí. Me mudé a Estocolmo cuando tenía diecinueve años, pero no pienso decirles en qué año fue. —Les guiñó un ojo y se volteó hacia la cafetera, que ya estaba encendida—. Supongo que vinieron por lo del chico —aventuró mientras servía el café en tres delicadas tazas de porcelana decoradas con motivos florales.

Fue rápidamente hacia un armario en la otra punta de la cocina y al cabo de un momento aparecieron unas galletas sobre la mesa. Ruben dudó. Tenía que pensar en su salud, sobre todo ahora que era padre. No quería sufrir otra amenaza de infarto cuando tuviera que subir otros siete tramos de escalera. Pero al ver que Adam tomaba una galleta sin la menor preocupación, decidió hacer lo mismo. Si Adam podía tener marcada la tableta abdominal y comer galletas, él también podía permitirse un capricho.

—Sí, por lo del chico —contestó Adam—. Sabemos que ha tenido que contarlo varias veces y somos conscientes de que ha pasado bastante tiempo desde entonces. Pero necesitamos que vuelva a describirnos todo lo que vio el día de la desaparición de William.

—Entonces ¿ya no creen que fuera su padre? —preguntó Viola, mirándolos con atención.

Se colocó un terrón de azúcar entre los dientes y bebió varios sorbos de café a través del azucarillo. Así lo hacía siempre la abuela de Ruben. El policía tragó saliva.

—No podemos comentar nada relacionado con la investigación —se excusó Adam mientras se servía otra galleta casera. Ruben lo imitó.

—No, desde luego que no —dijo Viola—. Pero Lovis siempre ha dicho que el energúmeno de su marido no había matado al niño. Yo no sabría qué decir. Todos los vecinos veíamos y oíamos cómo los trataba a ella y a la criatura. Las paredes no son tan gruesas. Pero yo vi lo que vi, aunque nadie en la policía haya querido hacerme caso.

—Entonces, aquella mañana... —dijo Adam, para ayudarla a empezar.

—Sí, eso mismo. Aquella mañana vi que William estaba solo en los columpios. No me pareció raro, porque siempre se levantaba muy pronto los fines de semana y salía a jugar solo. Supongo que lo haría para estar tranquilo.

—¿Sabe qué hora aproximada sería cuando lo vio?

—Sé la hora exacta y se los he dicho cada vez que me lo han preguntado. Estaba sentada en el balcón, esperando a que empezara el *Crucigrama musical*, un concurso que hacen en la radio, no sé si lo conocen. Suele comenzar hacia las diez, aunque a veces se retrasa hasta las once. Pero aquella mañana empezó antes de lo habitual. Apenas me dio tiempo de encender la radio. Por eso sé que eran las nueve y media exactamente. Fue entonces cuando vi que aquel hombre se acercaba a William y le hablaba.

—¿Un hombre? ¿Estaba solo?

—Sí, no había nadie más. Era joven y elegante. De buen aspecto, pero sin nada que destacara. Traje oscuro. Rubio. Cabello corto. Estaba demasiado lejos para verle la cara. Así, en general, parecía una persona corriente.

—Por favor, no se lo tome a mal —intervino Ruben—, pero ¿cómo tiene usted la vista? ¿Puede distinguir algo en la zona de juegos?

—Últimamente veo cada vez peor —respondió Viola riendo—. Por eso me he comprado binoculares. Con ellos distingo incluso lo que pasa dentro de los departamentos al otro lado del parque.

Ruben soltó una carcajada y miró a Adam.

—¿Cuánto tiempo habló aquel hombre con William? —preguntó este último. Después se mojó el dedo y recogió las migajas desperdigadas sobre el mantel de cuadros.

—No mucho. Un minuto, tal vez dos. No le presté atención. Había empezado mi concurso y el hombre no parecía... peligroso. Tenía una sonrisa bonita. Eso sí que pude verlo desde aquí.

—¿Y después?

Adam se llevó el café a los labios, sin dejar de mirar a Viola. La delicada taza parecía fuera de lugar en su mano enorme.

—Después tomó a William de la mano y se marchó con él. Yo no sospeché nada. Supuse que sería un pariente o un amigo de Lovis que habría venido a ayudar. Les aseguro que esa familia necesitaba desesperadamente que alguien les echara una mano. Un hombre fuerte capaz de hacerle frente a ese monstruo no le habría venido mal a Lovis. Yo esperaba que fuera eso. Que Lovis hubiera entrado en razón.

—¿Y ya no volvió a verlos? Me refiero al hombre y a William.

—No, no volví a verlos. Quise contárselo a la policía. Intenté decirles que no había sido el padre del chico. Pero nadie me prestó atención.

Viola negó con la cabeza, empujando hacia sus invitados el plato de las galletas, pero Ruben se dio unas palmadas en el vientre.

—No, gracias —respondió—. Ya he comido demasiado.

—Yo también —convino Adam poniéndose de pie—. Muchas gracias.

—Ha sido muy agradable —dijo ella mientras empezaba a recoger la mesa—. En estos tiempos no recibo muchas visitas.

Cuando cerró la puerta tras ellos Ruben siguió oyendo el tictac del reloj de péndulo. Enseguida pensó en lo último que había dicho Viola. Tendría que hacerle una visita extra a su abuela antes de volver a casa.

TERCERA SEMANA

Una semana más. Habían dedicado el jueves y el viernes a recopilar la información que llegaba al grupo, que a decir verdad no era mucha. Mina había intentado aprovechar el tiempo libre y disfrutar del fin de semana. Sabía que lo necesitaba, pero estaba tan nerviosa que habría podido subirse por las paredes antes de que acabara el domingo. Tenía que ponerse en movimiento y trabajar para no pensar en sus cosas. Por eso se alegró de estar otra vez con Milda Hjort en el Instituto de Medicina Forense el lunes por la mañana, aunque Milda le hubiese pedido que esperara mientras terminaba lo que estaba haciendo.

Mina se acercó con curiosidad para ver cómo trabajaba. Loke, el ayudante, le enseñó un instrumento a Milda, que se inclinó sobre el cadáver en la mesa de autopsias con expresión de gran concentración. El cuerpo pertenecía a una mujer de unos treinta y cinco años, delgada, rubia y con claros indicios de heridas cicatrizadas. El objeto que Loke tenía en la mano era un bisturí, con el que procedió a trazar una profunda incisión en línea recta desde el cuello hasta el pubis de la mujer. Después, con un costótomo, abrió la caja torácica. Nada de este proceso perturbó a Mina. Sabía por qué le había propuesto Milda que se encontraran en la sala de autopsias y no en su despacho. Había pocos lugares donde Mina se sintiera tan cómoda y tranquila como en la aséptica sala donde trabajaba la forense.

—¿De qué murió? —preguntó Mina—. ¿Ya lo saben?

Milda hizo un gesto indefinido, que podía significar tanto

que sí como que no. Para entonces la caja torácica estaba abierta y los órganos, expuestos.

—Cuando ingresó en el hospital su marido declaró que se había caído por la escalera —contestó Milda—. Murió unas horas más tarde y había muchos detalles que no coincidían con la explicación del hombre. Por ejemplo, los extensos hematomas que presentaba el cadáver en torno al cuello. Por eso quiero extraer enteros los órganos de la garganta.

Loke retrocedió un paso y dejó que Milda ocupara su lugar junto a la mesa. Mina sabía que hasta ahí llegaba el trabajo del asistente y que probablemente habían alcanzado un punto de la autopsia en el que Milda prefería actuar por sí misma.

—No entiendo. ¿Por qué le abres el tórax si lo que quieres ver es la garganta? —preguntó.

Ver a Milda en acción era como ver a una artista trabajando, una artista que —como bien sabía Mina— solía cantar éxitos de la música pop cuando estaba absorta en su tarea y no la escuchaba nadie.

—Ya verás —respondió Milda, manipulando una especie de cuchillo—. Ahora estoy soltando los músculos y ligamentos que sujetan los órganos. —Deslizó las manos en dirección a la cabeza de la difunta—. Esta es la parte más difícil. —Con infinito cuidado fue desplazando el cuchillo, muy poco a poco—. Ahora estoy separando la piel de los músculos del cuello, tratando de no perforarla, por supuesto.

—¿Cómo lo haces para ver lo que estás cortando? —preguntó Mina fascinada.

—No lo veo. Es cuestión de experiencia y de tacto.

Milda se incorporó y enderezó la espalda. Después depositó el cuchillo en una bandeja e introdujo la mano derecha por debajo de la mandíbula de la mujer. Tiró suavemente y entonces la lengua y los órganos del cuello descendieron hacia la caja torácica, desde donde pudo extraerlos como un conjunto completo e intacto.

—*Et voilà!* —Milda se quitó los guantes desechables con un

chasquido triunfal y señaló con orgullo el paquete de órganos que ahora yacía junto al cuerpo, sobre la brillante superficie metálica—. Seguiré dentro de cinco minutos —le dijo a Loke—. Ve a estirar las piernas si quieres. Tengo varias cosas que hablar con Mina.

El ayudante abandonó la sala con discreción. Milda lo siguió con la mirada negando con la cabeza mientras se marchaba.

—No entiendo a este chico —dijo—. ¿Sabes que podría vivir sin trabajar, a pesar de lo joven que es? Por lo visto ha heredado una fortuna o algo así. Podría pasarse el día jugando a la consola si quisiera. Sin embargo, es el primero en llegar todas las mañanas y el último en irse. Y es increíblemente eficiente. Lo suyo es auténtica vocación. No sé si yo haría lo mismo si estuviera en su lugar.

—Yo sí lo sé. Si no trabajaras, soñarías con autopsias —replicó Mina sonriendo—. Eres la mejor y lo sabes.

—Gracias —dijo Milda, y después señaló los órganos que yacían sobre la mesa—. ¿Qué opinas?

Mina los observó con atención.

—¿Lesiones por aplastamiento?

—Buena vista. Sí, evidentes lesiones por aplastamiento y no solo en la laringe, sino también en el hueso hioides y el cartílago tiroides. Si a esto le añadimos las heridas cicatrizadas, te puedo asegurar que al marido le espera una larga temporada a la sombra.

—¡Qué horror! Pero esto nos lleva al caso de William. Como sabrás, su padre está en la cárcel por asesinato.

—Sí, con lo que sabíamos entonces puedo entenderlo —replicó Milda mientras llenaba de agua un vaso de papel—. Solo podemos guiarnos por los hechos que conocemos en cada momento.

—No estoy culpando a nadie. Como bien dices, ahora conocemos otros hechos que arrojan una luz diferente sobre la muerte de William. Por eso Ruben y Adam irán hoy mismo a interrogar de nuevo al padre del niño. ¿Has tenido tiempo de releer el informe de la autopsia?

Milda tragó saliva y asintió.

—Lo he estudiado detenidamente y he encontrado varias similitudes entre el caso de William y las muertes de Lilly y Ossian.

—¿Cuáles?

—Como era de esperar, William tenía más lesiones externas que los otros dos niños. Al tratarse de una víctima de abusos prolongados, no era extraño ver señales de aplastamiento de las costillas en los pulmones. Pero el hallazgo adquiere un interés particular si tenemos en cuenta que Lilly y Ossian presentaban las mismas marcas. Por desgracia, sigo sin poder relacionar esas lesiones con un curso probable de los acontecimientos.

—Espera, ¿qué quieres decir? ¿Ossian también tenía marcas en los pulmones? ¿Por qué no lo habías dicho antes?

Milda la miró sorprendida.

—Está en mi informe.

Mina maldijo entre dientes. Era un detalle de la mayor importancia y lo habían pasado por alto. Ella misma lo había pasado por alto, porque no había leído el informe de la autopsia de Ossian. El colega que se había encargado de esa parte de la investigación merecía una buena reprimenda, quienquiera que fuese. Sin embargo, el dato podía ser inmensamente útil, aunque llegara tarde.

—Entonces ¿crees que sin duda los tres asesinatos están relacionados? —preguntó Mina, sin preocuparse por disimular su impaciencia.

—Si solo fuera por las marcas internas, no me atrevería a sacar esa conclusión —respondió Milda—. Como ya te dicho, William las habría presentado de todos modos. Pero... —Hizo una pausa y miró a Mina—. Las fibras —prosiguió—. Había fibras en la garganta de William. Las mismas que presentaban Lilly y Ossian. No es un hallazgo inusual de por sí. No imaginas la cantidad de fragmentos microscópicos de cosas variadas que podemos tener en el cuello a lo largo de la vida. Pero los tres tenían exactamente el mismo tipo de fibras de lana. Y eso, en combinación con las lesiones pulmonares...

La relación aún no estaba garantizada. Todavía no. Siempre era difícil determinar si un detalle significaba algo o era mero producto del azar. Pero Mina lo sentía en todo su cuerpo. Milda había encontrado justo lo que buscaban: una conexión.

Por fin tenían algo.

—Hay que estudiar mejor esas fibras —dijo tratando de que no se le notara demasiado el entusiasmo.

—Me temo que eso cae fuera de mi ámbito —replicó Milda—. Pero la policía científica podrá ayudarte.

En ese momento regresó Loke, oliendo levemente a humo de tabaco.

—*Undo my sad, undo what hurts so bad* —iba cantando entre dientes mientras se lavaba las manos.

Mina reconoció enseguida la canción.

—Así trabajamos aquí —se excusó él, a todas luces incómodo por ser objeto de la atención de Mina.

Se había acabado la pausa.

—Una cosa más antes de irme —dijo Mina—. ¿Tienes algo más que decir acerca de William?

—Nada, aparte de que alguna gente no debería andar suelta por el mundo —respondió Milda secamente—. Espero que Jörgen Carlsson se siga pudriendo en la cárcel, a pesar de todo.

Sacó un par de guantes nuevos de una caja de cartón y empezó a ponérselos.

—Gracias, no los molesto más —se despidió Mina, saludando con una inclinación de la cabeza al ayudante de Milda antes de marcharse.

Cuando la puerta se cerró tras ella, comenzó a vibrarle el teléfono en el bolsillo. Lo sacó y miró la pantalla. El padre de Nathalie quería hablar otra vez con ella. Las señales del GPS seguían siendo erráticas, pero Mina supuso que su hija no habría vuelto aún a casa, teniendo en cuenta el mensaje. En cualquier momento el padre de Nathalie iría a buscarla en helicóptero.

Ruben se quitó el reloj y lo depositó en una bandeja gris de plástico, junto con su teléfono celular. Después de hurgar unos segundos en los bolsillos, extrajo las llaves de su casa y las dejó también en la bandeja. Reprimió un bostezo. Los lunes le costaba más empezar la jornada que el resto de la semana. Sin embargo, había pasado todo el fin de semana deseando dejar atrás esta visita de una vez por todas.

—Sí, Magnus dijo que vendrías después del fin de semana —comentó el funcionario que les habían asignado para pasar el control de seguridad en la prisión de Hall.

—¿Magnus?

—Svensson. El director. Tu jefa habló el viernes con él. Si llevan el arma reglamentaria, tendrán que dejarla ahí —dijo señalando un armario con un voluminoso candado en la puerta.

Ruben negó con la cabeza. No llevaba armas.

Habían considerado la posibilidad de presentarse en Hall de uniforme, pero habían llegado a la conclusión de que una visita más distendida, en ropa de paisano, sería más propicia para lograr que Jörgen Carlsson se sincerara con ellos. Si Ruben no recordaba mal, no era un hombre que se dejara impresionar por las formalidades de la policía, lo cual no era de extrañar, si en efecto había sido condenado por un crimen que no había cometido. No por eso dejaba de ser una escoria humana, por supuesto. Pero los errores judiciales nunca eran positivos.

Ruben y Adam se encontraban con el funcionario de prisiones en una pequeña sala que hacía las veces de puente entre el exterior y la cárcel. Había en ella varios casilleros con instrucciones precisas sobre la clase de objetos que había que dejar en cada una. Hall era una prisión de máxima seguridad, donde nada quedaba al azar.

—No me han notificado que vayan a entrar con equipo técnico —dijo el funcionario—. Si han traído algo, tendrán que declararlo.

—Ni armas ni dispositivos electrónicos —contestó Adam—. Solamente queremos hablar con él.

El funcionario asintió y les indicó el detector de metales en el otro extremo de la habitación. La última vez que Ruben había pasado por uno de esos aparatos había sido en su viaje a Palma.

—Pasen por ahí —les pidió el funcionario—. Carlsson los está esperando en la segunda sala de visitas, a la derecha.

—El viaje organizado más siniestro del año —murmuró Adam mientras pasaba por el detector.

Ruben lo siguió y salieron juntos a un pasillo.

—¿Por qué han traído a Jörgen a esta prisión? —le preguntó a Adam cuando estuvo junto a él—. ¿No es una cárcel para reclusos con riesgo de fuga o pertenecientes a bandas peligrosas? Crimen organizado y esas cosas... Jörgen es la persona menos organizada que conozco.

Adam se encogió de hombros.

—Se ve que intentó fugarse mientras estaba en prisión preventiva —contestó—. Y ante la gravedad del crimen que se le imputaba, no han querido dejar que lo intentara por segunda vez.

Llegaron a la sala y abrieron la puerta. Jörgen Carlsson los esperaba sentado a una mesa. Llevaba el cabello bastante largo y peinado hacia atrás y el bigote más fino que Ruben hubiera visto en su vida. Tenía los brazos flacos, bronceados y cubiertos de tatuajes. A Ruben le costaba creer que alguien de aspecto tan enclenque hubiera podido aterrorizar tanto a su familia. Pero la violencia no dependía únicamente de la fuerza muscular.

—¿Por qué han venido? —preguntó Jörgen cruzándose de brazos.

—Yo soy Adam y este es Ruben —se presentó Adam sentándose—. Somos policías, como ya sabes. Queremos hablar contigo sobre el momento de la desaparición de tu hijo.

Jörgen enderezó la espalda y apoyó las manos sobre la mesa.

—¿Desaparición? —replicó con una sonrisa irónica—. ¿No decían que lo había matado yo? Pero no me quejo, ¿eh? Aquí la comida es bastante mejor que la basura que me preparaba Lovis. El sexo sí que se le daba bien. Pero la imbécil se quedó embarazada y tuvo al niño.

Jörgen era todavía más repugnante de lo que Ruben recordaba. Se visualizó a sí mismo levantándose de la silla y clavándole un puñetazo en la cara sonriente. Tuvo que respirar hondo para controlarse. Probablemente Jörgen sabía lo que hacía. Buscaba los puntos débiles de sus interlocutores. «Se quedó embarazada y tuvo al niño». Ruben no pensaba revelarle que había encontrado el suyo.

—Las pruebas contra ti no se sostienen —dijo Adam—. Por eso estamos buscando otras explicaciones. Pero necesitamos tu ayuda.

Ahora era Adam quien buscaba puntos débiles y, por lo visto, había acertado. Jörgen se inclinó hacia delante con ojos brillantes.

—De acuerdo. Colaboraré, pero solo si me revisan la pena —repuso—. Podré salir de aquí, ¿no?

—¿No decías que te gustaba la cárcel? —replicó Ruben fríamente.

Le resultaba indignante que la prisión fuera tan cómoda para el maldito cabrón. Pero no podían hacerlo de otra manera.

—He dicho que la comida no está mal, pero me gustaría poder ir a cagar sin que nadie venga a limpiarme el culo.

Adam asintió y se inclinó también sobre la mesa. Cuando habló, su tono sonó casi conspiratorio, como si Jörgen y él compartieran un secreto.

—Si nos ayudas, te anularán la condena por asesinato —le anunció en voz baja—. Y no puedo prometerte nada, pero no solo saldrás en libertad, sino que es muy posible que puedas reclamar una jugosa indemnización.

Ruben disimuló una sonrisa. Con su tono de voz Adam había conseguido que tanto él como Jörgen se acercaran para oír mejor lo que decía. En realidad, no estaba mintiendo. No del todo. Sin embargo, aunque le revisaran la condena por asesinato, aún quedaría en pie la sentencia por malos tratos, por lo que supuso que Jörgen tendría que seguir yendo acompañado al retrete durante bastante tiempo más. Ruben esperaba que los conocimientos jurídicos del recluso procedieran solo de las series de televisión.

—Ayúdanos a demostrar que te han condenado injustamente —insistió Adam, apartándose después de la mesa—. Cuéntanos quién se llevó a William de la zona de juegos del parque si no fuiste tú.

Jörgen abrió los brazos y se apoyó también en el respaldo de la silla, como había hecho Adam.

—Ni idea —respondió.

—Tendrás que esforzarte un poco más —intervino Ruben—. Por lo que a nosotros respecta, bien pudo ser un colega tuyo quien se llevó a William a Beckholmen, y allí lo mataron entre los dos. Te creía más listo.

Una gota de sudor apareció sobre el labio superior de Jörgen, que se alisó el fino bigote con el índice y el pulgar. El aire acondicionado no era mejor que el de la jefatura. Al menos en eso había justicia en este mundo.

—Fuera de casa nunca le levantaba la mano al niño —aseguró el criminal—. No soy un hijo de puta. Pero no estaba presente cuando desapareció y no tengo ni idea de quién se lo llevó. Ya lo he dicho en todos los interrogatorios.

Ruben se agarró con fuerza a la mesa. ¿Cómo podía esa escoria reconocer con absoluta frialdad que le pegaba a un niño indefenso, a una criatura que probablemente y a pesar de todo seguía queriendo a su padre? ¡Y encima se consideraba listo por mantener los malos tratos ocultos entre las cuatro paredes de su casa! El puñetazo que llevaba unos minutos reprimiendo habría sido más que merecido.

—Es cierto, declaraste que estabas... «pasando el rato en el bar» —dijo Adam echando un vistazo a Ruben con el rabillo del ojo—. Por desgracia, nadie confirmó tu coartada. De lo contrario no estarías aquí.

Jörgen miró hacia un costado, después hacia el otro y se pasó una mano por el cabello.

—De acuerdo —replicó en voz baja—, muy bien. Ustedes ganan. No pensaba decirlo, por ella; pero llevo medio año metido aquí dentro y estoy hasta las narices. Estaba en casa de Sussi. Estábamos dándole al tema, ¿sí? Pero no quise mezclarla en esto, porque es amiga de Lovis. ¡Más que amiga! Lovis y ella son como hermanas. Sussi no se lo dirá nunca a la policía, porque sabe lo que le pasaría. En cualquier caso, cuando volví de su casa iba apestando a sexo, ja, ja, ja... Y William había desaparecido.

Ruben suspiró. Incluso dentro de la cárcel Jörgen presumía de su poder sobre los demás. Adam sacó un bloc de notas y le pidió al delincuente la dirección de Sussi, pero Ruben ya no los estaba escuchando. No hacía más que mirar fijamente el fino bigote de Jörgen, que para entonces estaba perlado de sudor. Le habría gustado arrancárselo. Adam dijo algo más y se puso de pie. Ruben lo imitó.

—Creo que tenemos lo que necesitamos —oyó que decía Adam agitando el bloc de notas a modo de despedida.

Ruben ya sabía que Sussi no les aportaría nada de interés. Jörgen había dicho la verdad. No tenía ni idea de quién había podido llevarse a su hijo.

—Tendrás noticias nuestras en cuanto sepamos algo.

Ruben se volteó para marcharse. Quería salir de la sala lo antes posible.

—Una cosa... —dijo de repente Jörgen detrás de él—. Yo quería a William, ¿lo entienden? Ese niño lo era todo para mí.

Ruben se detuvo con la mano apoyada en el picaporte. Ya no podía más. Algo estalló en su interior.

Volvió a visualizar las fotografías del cadáver de William.

Los cardenales en todas las zonas del cuerpo que podía cubrir la ropa.

Los brazos nervudos y llenos de tatuajes de Jörgen, constantemente levantados en la amenaza de un golpe.

«Ese niño lo era todo para mí».

La cara de Lovis contorsionada de terror, quizá protegiendo al niño, o quizá no.

Y de repente: Astrid. Su Astrid.

Solo unos años mayor que William.

«Me gustaría poder ir a cagar sin que nadie venga a limpiarme el culo».

William.

Los golpes.

Astrid.

Ruben se volteó bruscamente y agarró a Jörgen por el cabello.

—¡Eh! —gritó el recluso—. ¿Qué demon...?

La frase quedó interrumpida cuando Ruben le estrelló la cara contra la mesa. El hombre se puso a gritar como un cerdo el día de la matanza, que en opinión de Ruben era justo lo que le correspondía. El policía se limpió la grasa del cabello de Jörgen en los pantalones y se volteó hacia Adam, que lo estaba mirando conmocionado.

Su colega no le hizo ningún comentario mientras salían por el pasillo. Pasaron por el detector de metales y fueron a recuperar sus pertenencias sin que Adam abriera la boca. Ruben recogió sus llaves y su teléfono celular.

—Por cierto —le dijo Ruben al funcionario de prisiones—, supongo que la sala de visitas tiene cámaras de seguridad. Si miran la grabación, verán que Jörgen Carlsson ha tropezado y se ha golpeado la frente contra la mesa cuando nos íbamos. Deberían llevarlo a la enfermería. Pero sin prisas.

—¡Tenemos una pista!

Mina volvía de su encuentro con Milda con un capuchino en la mano cuando se topó con Ruben, que salía corriendo por la puerta principal de la jefatura. Por suerte, Mina logró salvar el café. Había caminado mucho para comprarlo en el único sitio de los alrededores donde le daban tazas desechables no contaminadas. Bebió un sorbo.

En realidad era mejor el café del quiosco de la esquina, en el que Julia había conseguido una rebaja para todo el grupo. Pero ¿de qué le servía que el café estuviera bueno si se estremecía de horror cada vez que tocaba la taza y tenía que hacer un esfuerzo enorme para bebérselo? Sin embargo, en la cafetería Espresso House trabajaba Wille, que conocía las particularidades de Mina y abría un paquete nuevo de tazas desechables cada vez que la veía. Si él no estaba, ella daba media vuelta y se iba sin pedir nada. No quería correr riesgos. Pero esta vez había encontrado a Wille en su puesto y por eso llevaba un capuchino caliente en la mano. Y había estado a punto de volcárselo encima.

—¿De qué hablas? —le preguntó a Ruben caminando detrás de él—. ¿No estabas en Hall con Adam?

Había un coche de policía estacionado delante de la entrada y Mina observó que Ruben llevaba las llaves en la mano.

—Hemos vuelto hace un momento —respondió dirigiéndose a grandes zancadas hacia la puerta del conductor—. Adam está escribiendo el informe. Pero esto es más importante. Te lo contaré por el camino. Ven, sube.

Tras un instante de duda Mina abrió la puerta del acompañante. Solo en su coche podía permitirse forrar de plástico los asientos, por lo que ese tipo de situaciones siempre le suponían una dura prueba. Pero era el precio que debía pagar para tener una vida más o menos funcional. Si se hubiera dejado dominar completamente por sus fobias, se habría quedado sin trabajo. Y ella adoraba su trabajo.

También le gustaba cobrar un sueldo, pagar el alquiler y no tener que vivir debajo de un puente. Se estremeció, pero la idea de que su vida podía ser mucho peor hizo que le resultara un poco más fácil subirse al coche, que por otra parte estaba bastante limpio para ser un vehículo de la policía.

—Hemos recibido una llamada —explicó Ruben mientras arrancaba—. Un cliente ha encontrado ropa de niño escondida en los lavabos del restaurante de Mauro Meyer, en la calle Sveavägen.

—¿Ropa de niño?

—De la talla de Ossian.

—Parece inverosímil como pista —dijo ella llevándose la taza a los labios—. Es más probable que unos clientes hayan cambiado de ropa a su hijo. No sé, quizá se había orinado encima. Y puede que se fueran dejando la ropa sucia en los lavabos sin darse cuenta.

Ruben negó con la cabeza mientras tomaba una curva con excesiva velocidad. Tras un segundo de vacilación Mina se agarró a la manecilla de la puerta. Tuvo que obligarse a hacer una serie de respiraciones lentas y profundas.

—Hemos enviado una foto de las prendas a los padres de Ossian —reveló— y las han reconocido. Además, algunas están marcadas con el nombre del niño.

Mina apretó las mandíbulas. Le costaba combinar esa información con la imagen que tenía del padre de Lilly. El Mauro que ella había conocido era un hombre cariñoso, que le masajeaba los hombros a su mujer embarazada y le añadía cubitos de hielo en el agua donde se refrescaba los pies. Por otro lado, había visto lo suficiente a lo largo de los años en el cuerpo de policía como para saber que las apariencias podían ser engañosas.

De hecho, era una verdad que se veía obligada a recordar cada vez que se miraba al espejo.

—Pero esta no puede ser la ropa de Ossian —replicó frunciendo el ceño—. El niño iba vestido cuando lo encontraron.

—Sí, claro, como no tienes hijos, no lo sabes, pero a esa edad suelen llevar una muda de ropa en la mochila cuando van a la escuela —respondió Ruben muy seguro de sí mismo—. Josefin y Fredrik no recuerdan qué ropa de reserva llevaba el chico el día que desapareció, pero piensan que podría ser la que han hallado. Además, las prendas se suelen marcar para que no se mezclen con las de los otros niños.

Mina lo miró. ¿Desde cuándo Ruben se había vuelto experto en las rutinas de los preescolares? Se mordió los labios para no responderle que ella tenía bastante más experiencia en niños pequeños de la que él jamás podría tener.

Se detuvieron delante del restaurante y se estacionaron detrás de otro coche de policía. El local había sido vaciado de clientes y acordonado para que las fuerzas policiales pudieran trabajar con comodidad. Una bandera italiana en la fachada indicaba la orientación culinaria del establecimiento. Y por si quedara alguna duda, el olor a tomate y albahaca habría delatado su origen nada más cruzar el umbral. Mina tragó saliva. Conocía las estadísticas de los restaurantes de Estocolmo sancionados cada año por la inspección de seguridad alimentaria y eran demasiados para que pudiera cenar con tranquilidad en cualquiera de ellos sin antes comprobar personalmente sus estándares de higiene. Por fortuna, no estaba allí para cenar.

—Por aquí —les indicó una agente uniformada que salió a recibirlos.

Mina y Ruben la siguieron al interior del local hasta llegar a dos puertas gemelas, con símbolos indicativos del género de las personas que podían pasar por cada una de ellas. La ropa había sido hallada en el lavabo de señoras. Se asomaron a la puerta, sin entrar. Había unos técnicos buscando huellas dactilares y Mina observó que habían retirado la tapa de la cisterna.

—¿Es ahí donde...? —preguntó señalando el depósito de agua del inodoro.

—Tengo entendido que una clienta ha encontrado la ropa en una bolsa ahí dentro —indicó Ruben.

Mina reprimió una arcada.

—¿Cómo se le puede ocurrir a alguien levantar la tapa de la cisterna en los lavabos de un restaurante? —replicó—. ¿Qué se proponía esa clienta? ¿Esconder droga?

Ruben negó con la cabeza.

—No, en este caso no —dijo—. Es una abuela de unos setenta años, que ha entrado en el lavabo con su nieto. Ha notado que la tapa no estaba bien puesta y ha querido colocarla bien. Entonces ha visto que había algo en el agua. Por lo que sabemos, había leído en la prensa acerca de Mauro y el asesinato de Lilly, y también acerca de Ossian, y ha decidido llamar de inmediato a la policía.

—Miss Marple —comentó Mina arqueando una ceja.

—No, no se llama así. Y no es extranjera. Es sueca —respondió Ruben.

—Miss Marple es un personaje de... Déjalo. Es igual. —Supuso que Ruben ni siquiera conocería el nombre de la escritora—. ¿Qué ha dicho Mauro? —preguntó en cambio mientras de disponía a regresar a la sala del restaurante.

—De momento, nada. Según el personal, ha salido hace una hora hacia el hospital, porque su mujer se ha puesto de parto. Tenemos un coche listo para ir a buscarlo.

—Creo que deberíamos esperar un poco —contestó Mina—. Supongo que no saldrá corriendo mientras su mujer está en pleno trabajo de parto.

Después decidió acercarse a una chica joven con el logo del restaurante en la camisa, que contemplaba azorada la escena sentada a una mesa.

—Hola. Me llamo Mina Dabiri. ¿Puedo sentarme contigo?

Con el rabillo del ojo vio que Ruben se dirigía a su vez hacia otros dos miembros del personal, de pie en un rincón, junto a la puerta de la cocina.

—Sí, claro —dijo la chica encogiéndose de hombros—. ¿Qué... qué es todo esto?

Era guapa, pero sus facciones tenían el aspecto ligeramente hinchado que se había puesto de moda entre los jóvenes. Sus labios parecían demasiado carnosos y Mina se preguntaba si podría cerrarlos con facilidad o si se vería obligada a mantener siempre la misma expresión de asombro, con la boca entreabierta.

—Perdona, pero antes ¿podrías decirme tu nombre?

—Paulina. Paulina Josefsson.

—Gracias. Por desgracia no puedo darte mucha información y más bien necesito hacerte algunas preguntas. Espero que no te importe.

—No, para nada. —Paulina volvió a encogerse de hombros.

—¿Cuándo ha estado aquí tu jefe por última vez? —dijo Mina.

—¿Mauro? Estaba aquí esta mañana. Siempre es el primero en llegar para abrir el local. Y es un jefe estupendo, que quede claro. El mejor jefe que he tenido. Es superamable.

—Sí, te creo —replicó Mina asintiendo—. ¿A qué hora se ha marchado?

Estuvo a punto de apoyar los codos sobre la mesa, pero en el último momento notó que había restos de mantequilla en la superficie. Era evidente que Paulina no había tenido tiempo de limpiar después de la hora punta del almuerzo.

—Hará una hora, más o menos. Lo ha llamado su mujer. Empezaba a tener contracciones, así que Mauro se ha ido a casa. O directamente al hospital, no lo sé. En todo caso, ha salido.

—Te parecerá trillada esta pregunta, pero ¿has notado algo raro en los últimos tiempos? ¿Ha variado de alguna forma su conducta?

—Sí... Lo noté un poco raro cuando salió la noticia del niño desaparecido. Pero es normal, ¿no? Teniendo en cuenta lo de Lilly. Solo ha pasado un año.

—Y cuando se supo que el niño había sido hallado muerto, ¿cómo reaccionó?

—Creo que ese día llamó para decir que estaba enfermo. No lo suele hacer nunca. Pero lo entiendo. Es muy triste lo que pasó con Lilly. Y a su ex se le ha ido totalmente la cabeza. Cada poco tiempo se presenta por aquí, se pone a gritar y le arma un escándalo delante de los clientes. Está perturbada.

Mina asintió. El comentario encajaba con la descripción que Julia y Peder le habían hecho de Jenny. Por otro lado, sabía que el hecho de que una persona gritara y armara escándalos no significaba que estuviera equivocada.

—¿Con qué frecuencia limpian los lavabos? —preguntó, sin estar segura de querer oír la respuesta.

—Todos los días. Mauro tiene contratada a una señora que viene a diario. Es muy exigente con esas cosas.

Todos los días. Pero no tenía por qué ser un dato importante. Ni siquiera la más maniática de las limpiadoras levantaba cada día la tapa de la cisterna para limpiarla por debajo. Por otro lado, podía ser interesante para el análisis de las huellas dactilares que estaban buscando los técnicos, aunque por lo general era una auténtica pesadilla clasificar las huellas de los sitios frecuentados por mucha gente.

Ruben fue hacia ella y le indicó con un gesto que tenían que marcharse.

—He hablado con Julia —dijo—. Vamos a detenerlo.

—¿A quién? —intervino Paulina, que por primera vez parecía preocupada—. No será a Mauro, ¿no?

—Como ya te he dicho, no puedo decirte mucho en este momento —respondió Mina poniéndose de pie—. Pero te agradezco la colaboración.

Fuera del restaurante se acumulaban los curiosos. La naturaleza humana no fallaba nunca. En los últimos tiempos los policías se encontraban siempre con un mar de celulares grabando sus operativos. Pero Mina reconoció un rostro entre la gente apiñada en la calle. ¿Qué hacía allí, tan pronto, un periodista del *Expressen*? Notó que Ruben también lo había visto y ambos se apresuraron a subir al vehículo. Algo en su interior le decía que estaba a punto de desencadenarse el caos. Era la calma previa a la tormenta.

Vincent tocó la puerta del cuarto de Benjamin y entró. Todavía no dejaba de sorprenderlo que la habitación de quince metros cuadrados estuviera relativamente limpia y ordenada. Su hijo estaba absorto en la pantalla de la computadora, estudiando cifras.

—Nunca pensé que te vería interesado en las cotizaciones de la Bolsa, en lugar de los manuales del *Warhammer*. —Vincent sonrió—. ¿Cómo tienes tiempo entre clase y clase?

—Aún me quedan un par de posiciones por cerrar —respondió Benjamin sin desviar la vista de la pantalla—. ¿Podrías esperar unos minutos?

Vincent asintió, mirando a su alrededor. La cama aún estaba deshecha, por lo que no era un buen lugar para sentarse. Apoyó la espalda contra la pared y esperó a que Benjamin terminara de comprar y vender acciones. En realidad, no le extrañaba que su hijo se hubiera interesado por todo ese tema. Solo le habría gustado saber cómo encontraba tiempo para compaginar esa actividad con sus estudios de derecho. Pero Benjamin ya era mayor de edad y podía tomar sus propias decisiones. Vincent tenía que morderse la lengua y desear que todo fuera para bien.

—¿Querías algo? —preguntó Benjamin levantándose de la silla.

—Sí. ¿Recuerdas que hace dos años colaboré con la policía en una investigación? Verás, ahora estoy ayudando otra vez a

Mina... o, mejor dicho, a la policía, en un nuevo caso. He estado todo el día en la jefatura y dentro de poco tendré que volver.

Benjamin soltó una carcajada.

—¿Qué pasa? ¿Tienes más hermanas ocultas? —preguntó—. ¡Menuda familia la tuya!

Vincent negó con la cabeza mientras Benjamin estiraba el edredón. Agradecido, se sentó en la cama de su hijo.

—No, esta vez no hay ninguna hermana de por medio —respondió—. Ni ningún otro pariente, te lo prometo. Pero, tal como pasó la otra vez, hay ciertos indicios de un código, o por lo menos de un patrón, que sería preciso descifrar. El problema es que no sé si realmente existe ese código o si son imaginaciones mías. ¿Te suena el nombre de Nova?

Benjamin se sentó otra vez en la silla de oficina y empezó a girar alternativamente para un lado y para otro.

—Claro que me suena —contestó—. Siempre me salen sus videos en Instagram.

—¿Ah, sí? Por lo visto ha convencido a la policía de que hay una secta implicada, o, en todo caso, una organización con estructura sectaria.

No lo había notado antes, pero incluso las figurillas pintadas de personajes de videojuegos que antes se alineaban sobre las estanterías habían desaparecido y, en su lugar, había una hilera de manuales con títulos jurídicos difícilmente comprensibles.

—¿Por qué una secta? —preguntó Benjamin—. Parece demasiado extremo, ¿no?

—Quizá porque se trata de conductas extremas llevadas a cabo por diferentes personas. Podría parecer que alguien les ha ordenado que hagan cosas que de otro modo no harían. Además, hay algunos elementos rituales en la ejecución de los asesinatos. Al menos en opinión de Nova.

—Entonces ¿se trata otra vez de asesinatos? —dijo Benjamin palideciendo.

Había cometido un error. No quería contárselo. Pero aún

estaba a tiempo de ocultarle que las víctimas eran niños. Benjamin no necesitaba esa información.

—Sí, me temo que sí —respondió—. Tres asesinatos, en el peor de los casos. Tres personas secuestradas y muertas.

—Y tú ¿qué piensas? ¿También crees que se trata de una secta?

—Sería una explicación complicada —replicó—. La navaja de Occam, ¿recuerdas? Por otro lado, ¿creo que una misma persona está detrás de las tres muertes? Sí, lo creo. Pero para eso no hace falta una secta con un líder. Basta con que alguien disponga de argumentos convincentes para conseguir que otros cometan en su nombre actos de apariencia inocente pero devastadores. No es tan difícil inducir en la gente una visión distorsionada de la realidad y pedirle que actúe en consecuencia. Puede que los secuestradores ni siquiera fueran conscientes de que sus víctimas iban a morir.

—¿Quieres decir que creían estar participando en una broma o algo así? —dijo Benjamin.

Vincent asintió y se encogió de hombros.

—Lo más terrorífico de la idea de una secta es que abre demasiadas puertas. Cuando Shōkō Asahara, el líder de la secta Aum Shinrikyō, diseminó gas sarín en el metro de Tokio y mató a doce personas (trece, contando a la que murió más tarde en el hospital), creía que estaba asumiendo el karma negativo de sus víctimas y que de ese modo las liberaba y les permitía acceder al nirvana. Desde su perspectiva de la realidad no estaba haciendo nada malo, ni era un asesino, sino que estaba realizando una buena acción.

—Entonces, los miembros de una secta como la suya no se consideran malas personas, sino que creen estar ayudando a sus víctimas cuando las matan —comentó Benjamin con cara de asombro.

—Así es. Y en Suecia hay muchas sectas destructivas. Pero no he oído hablar de ninguna que sea destructiva con personas ajenas a la secta. Por eso, antes de que nos metamos en ese agujero quiero investigar quién ha podido organizar esos secuestros sin necesidad de buscar un líder.

Benjamin asintió y se volteó hacia la pantalla.

—Entonces ¿cuál es ese código o ese patrón del que hablabas? —preguntó, abriendo otra vez el documento semejante a una hoja de Excel que habían utilizado la vez anterior.

—Ahí está el problema —respondió Vincent, retorciéndose para encontrar una posición más cómoda sobre las irregularidades que formaban las sábanas bajo el edredón—. Aparte de que los asesinados llevaban tres días desaparecidos cuando fueron hallados, solo hay dos elementos más. Para empezar, todos fueron encontrados cerca del agua, lo cual no es extraño en sí mismo, tratándose de una ciudad construida sobre el agua como la nuestra. Aun así Nova cree que hay un significado simbólico en eso. Puede que esté en lo cierto, pero tengo mis dudas. Por mi parte he descubierto que en todos los casos había algo relacionado con caballos cerca de los tres cadáveres.

Había esperado una carcajada, pero Benjamin se limitó a registrar la información, sin valorarla. Vincent se sintió orgulloso al comprobar una vez más el grado de concentración de su hijo cuando tenía ante sí un problema.

—Tres días... Agua... —repitió Benjamin—. Caballos... ¿Te refieres a los animales o a las piezas?

—A ninguno de los dos... Pero ¿qué quieres decir? ¿Qué piezas?

—Los caballos del ajedrez, por ejemplo. Representan a los caballeros que defendían el castillo del rey. En alemán, la pieza se llama *Springer* y en sueco, *springare*, que además de significar «corcel» hace referencia a su particular manera de moverse por el tablero, saltando por encima de las otras piezas. El nombre es similar en noruego y en danés. En español es simplemente «caballo», igual que en italiano, *cavallo*. Creo que también en ruso. Pero si no recuerdo mal, en siciliano el nombre significa «burro». Me parece que solo en inglés tiene un nombre que no se refiere a la montura, sino al jinete. Se llama *knight*, que significa «caballero».

Vincent se quedó mirando a su hijo.

—Una amiga suele decirme que parezco una Wikipedia andante —dijo—. Hasta ahora no comprendía muy bien lo que quería decir. ¿Por qué sabes todo eso?

—Porque es interesante —respondió Benjamin—. Seguro que tú me entiendes.

Vincent asintió. Claro que lo entendía. Y de hecho se sentía muy orgulloso de su hijo. Pero había algo que Benjamin había dicho al principio sobre las piezas que... ¡mierda!

—¡Has dado en el clavo! —exclamó entusiasmado—. Las piezas de ajedrez pueden ser un vínculo con las organizaciones extremas, sean o no sectarias.

Benjamin levantó la vista de la pantalla y miró a su padre desconcertado.

—No sé de qué hablas.

—¿Sabes quién es Robert Jay Lifton?

Benjamin frunció el ceño durante un segundo.

—Creo que sí —contestó enseguida—. ¿El psiquiatra que estudiaba el lavado de cerebro y los fundamentalismos?

Vincent asintió. No cabía duda de que Benjamin era hijo suyo. De tal palo, tal astilla. Decidió no revelarle que en sus funciones solía emplear varias de las técnicas de control del pensamiento observadas por ese investigador en la China comunista.

—Según Lifton, en todo movimiento fundamentalista la mayoría de los miembros descubren tarde o temprano que la organización no es lo que esperaban, pero no pueden abandonarla. No pueden salir. Para no derrumbarse mentalmente muchos optan por amoldar del todo su propia voluntad a las normas del movimiento. Y de ese modo se convierten en el instrumento ideal para engañar y manipular a otros, a costa de haber renunciado a su propio criterio.

—No veo la relación con los caballos y las piezas de ajedrez. Ni con los asesinatos. —Benjamin abrió la aplicación de Spotify y se puso a buscar una lista de reproducción. Era evidente que el tiempo que pensaba dedicarle a su padre estaba a punto de agotarse.

—Lifton le ha puesto un nombre a la estrategia que consiste en renunciar de forma voluntaria al juicio propio —dijo—.

La denomina *the psychology of the pawn*, «la psicología del peón». Como ya sabes, un peón es una pieza que se puede sacrificar. Como los peones del ajedrez, por ejemplo. El mismo juego donde también hay caballos, como tú mismo acabas de indicarme con todo lujo de detalle...

Vincent intentó prestar atención a todas las asociaciones que se disparaban en su mente, pero la carga era excesiva. Tendría que ir a acostarse sobre la alfombra del suelo de su estudio para ordenar los pensamientos. Con suerte el rompecabezas comenzaría a resolverse por sí solo en su subconsciente.

Benjamin ya había buscado la frase *psychology of the pawn* en Google y estaba leyendo los resultados.

—Según Lifton, la persona no solo se convierte en una pieza —dijo Benjamin, mirando la pantalla—, sino en un maestro del juego. Supongamos que se trata de una secta. ¿Podríamos estar hablando de miembros de la secta asesinados por no haber dado la talla? ¿Por no haber jugado como debían? ¿Será que los asesinatos y los caballos son una señal para los otros peones, es decir, para los otros miembros de la secta? ¿Una advertencia para que se comporten bien? ¿Para que no les pase lo mismo?

Vincent parpadeó y apoyó la cabeza contra la pared.

—Es una teoría interesante pero inverosímil —replicó—. Por dos razones. La primera es que los caballos hallados junto a los cadáveres no eran piezas de ajedrez ni de ningún otro juego. La segunda... la segunda... Verás, Benjamin, las víctimas no podían ser miembros de ninguna secta.

—¿Cómo puedes estar tan seguro?

Habían estado cerca. Pero los fragmentos del rompecabezas seguían sin encajar. No habían llegado a ninguna parte. Y todavía andaba suelta una persona capaz de cometer el peor de los crímenes que Vincent podía imaginar. Respiró hondo.

—Porque ninguna de las tres víctimas tenía más de cinco años —respondió.

A Mina le resultó extraño franquear de nuevo la puerta de la sección donde se encontraban los paritorios. Era como entrar en la memoria de una época lejana, solo que el olor la volvía real. De inmediato se sucedieron en su mente fogonazos de recuerdos, en una combinación de dolor y felicidad que ninguna otra situación de la vida habría podido ofrecerle.

—¿Oyes los gritos? —preguntó Ruben incómodo—. Hay dos mujeres gritando a la vez. Estas salas deberían estar insonorizadas. Parece que estuviéramos en una cámara de torturas, ¡por el amor de Dios!

Sin hacerle caso, Mina se dirigió al mostrador. Tras un momento de discusión y después de enseñar las placas, los dejaron pasar. Aunque a regañadientes, reconoció que Ruben tenía su parte de razón. Resultaba ligeramente terrorífico adentrarse por el largo pasillo de aspecto hospitalario, oyendo alaridos que se entremezclaban en un siniestro coro de prolongado sufrimiento detrás de las puertas cerradas.

—¿Cuál es la sala? —preguntó Ruben.

—La número cinco.

—Esta misma —dijo él accionando el picaporte de la puerta marcada con un cinco.

La sala estaba desierta.

—No pueden haberse ido a casa todavía, ¿verdad? Aunque el niño haya nacido ya, las cosas no son tan rápidas, ¿no?

—No, Ruben, no son tan rápidas. —Mina resopló—. Aguda observación la tuya. Deben de haber ido a tomar un café.

—¿Hay una cafetería aquí dentro?

—Sí, Ruben. Todas las maternidades tienen un Starbucks. La nueva política de la empresa es centrarse en hospitales y aeropuertos.

—¿En serio? —Ruben abrió todavía más los ojos.

—¡Por el amor de...! ¡Claro que no! ¿No has visto nunca un ala de maternidad en un hospital, con su típica sala de descanso, donde hay una cafetera y una mesa con cosas para prepararse sándwiches? ¿No has entrado nunca en uno de estos sitios, ni siquiera en acto de servicio, a lo largo de todos estos años?

—No, nunca había puesto un pie en una —confesó Ruben.

De repente Mina tuvo la sensación de que su colega lo decía con cierta tristeza.

—Allí —le indicó señalando una habitación un poco más grande, donde había un espacio de cocina, unos sofás y un televisor.

En uno de los sofás estaban sentados Mauro y Cecilia. A su lado había una cuna de plástico con ruedas.

—Hola —dijo Mina entrando.

De inmediato se sintió incómoda. Mauro y Cecilia acababan de traer al mundo una nueva vida. Debían de estar agotados pero felices. Y ahora Ruben y ella tenían que irrumpir en su universo para destrozarlo. Miró con el rabillo del ojo la cuna de plástico. Un bebé de sexo indefinible dormía bocarriba, envuelto en una manta. A su lado había un pequeño elefante gris de peluche.

—¡Hola! —los saludó Mauro sorprendido—. ¿Son los mismos que...?

Mina supuso que la visita de la policía era lo último que esperaba. Con expresión sombría, el hombre se puso de pie.

—¿Qué ha pasado? —dijo.

—¿Podemos hablar un momento en privado? —preguntó Mina echando un vistazo a Cecilia, que a pesar de la bata blanca de hospital parecía increíblemente pletórica de energía para ser una mujer que acababa de dar a luz.

—No. Lo que tengan que decir lo podemos escuchar los dos.

Mina intercambió una mirada con Ruben, que hizo un gesto afirmativo. Abrió la boca, pero antes de empezar a hablar notó que Mauro y Cecilia habían palidecido. Debía de ser por algo que habían visto en el televisor, detrás de Mina.

Se volteó para verlo ella también. En la pantalla aparecía Jenny. Estaba delante del restaurante de Mauro, hablando con el periodista del *Expressen*, el mismo que Mina había reconocido poco antes.

—¡Volumen! —exclamó Mauro precipitándose hacia el control remoto.

En cuanto pulsó el botón la voz de Jenny llenó toda la habitación. Mientras hablaba miraba con furia a la cámara. Sus ojos eran oscuros y feroces, y había tanto odio en su voz que Mina lo podía sentir bajo la piel.

—Siempre he sabido que fue él —dijo enfatizando cada sílaba—. Nadie más que yo lo vio. Solo yo supe ver lo que había detrás de su fachada. Sabía lo que le hacía a Lilly y espero que mi hija me perdone por no haberla protegido. Y su maldad ha destrozado a otra familia. Es un monstruo. Pero ahora todo el mundo lo sabe.

Su mirada era triunfal. No había parpadeado ni una sola vez. Mina notó que Mauro estaba temblando. Ruben dio un paso al frente y lo agarró de un brazo.

—Será mejor que venga con nosotros.

En la cuna de plástico el bebé empezó a llorar.

Nathalic estaba acostada en el catre, mirando las vigas de madera que se unían en el techo, unos metros más arriba. Ella misma había ayudado a construir ese techo. Se sentía ingrávida, como si pudiera subir flotando hasta las vigas y formar allí un nido. El hambre constante ya no la incomodaba tanto. Y no porque le dieran más comida, sino porque había empezado a acostumbrarse. Ya no le dolía tanto el estómago. En lugar de eso se sentía... más ligera. Más alerta. Como si toda la comida que antes consumía hubiera sido un lastre que le impedía despegarse del suelo.

Pero ya no.

Ahora podía flotar.

Por supuesto, le resultaba difícil pensar mucho en algo sin que el pensamiento saliera volando y fuera a confundirse con las otras ideas que habían quedado suspendidas entre las vigas. Sabía que antes era capaz de analizar mejor las cosas. Pero ¿de qué podían servirle las reflexiones complicadas? Estaba con Ines. Se sentía segura. Era lo único que necesitaba saber. Pensar mucho era propio de su vida pasada. Del mundo exterior.

Pero lo que había fuera ya no era importante. Era como si ya no existiera. Todo lo que existía estaba allí mismo, en ese mismo instante. Con las personas que había a su alrededor. Con su abuela.

Contempló el vendaje que le envolvía los dedos, preguntándose si todavía tendría la marca roja. Esperaba que sí. De lo contrario, quizá su abuela podría causarle otra. O tal vez pudiera conseguir una de esas ligas para el cabello, como la que llevaba su abuela en la muñeca. Nathalie no quería que los otros tuvieran una mala opinión de ella o que creyeran que no se esforzaba lo suficiente. Sentía que pertenecía a ese lugar. Y todos le daban mucho amor. Lo mínimo que podía hacer era devolvérselo.

Siempre había vivido dentro de una burbuja, siempre cuidada y protegida. Esa no era la realidad. No era la vida, sino una simple existencia. Ahora sí que estaba viva.

La periferia de su campo visual pareció titilar cuando intentó incorporarse. Estaba mareada. Volvió a hundirse en la cama y dejó volar otra vez los pensamientos hacia el techo. Había algo que quería hacer, pero ya no recordaba qué. No tenía importancia. Ines le diría todo lo que necesitaba saber. La abuela sabía lo que era bueno para ella. La abuela tenía todas las respuestas.

Vincent había tomado la precaución de esperar hasta el último momento para vestirse, para no estar sudoroso cuando llegara a la reunión con Mina y el resto del equipo. Durante las funciones del fin de semana había notado que ni siquiera la ropa de las actuaciones olía muy bien. Había tenido que llevar todos los trajes al tinte el día anterior, a primera hora de la mañana. Y Mina era bastante más sensible que el público del teatro. Por una fracción de segundo Vincent incluso se había planteado ponerse en el bolsillo un poco de detergente para la ropa, pensando que quizá el olor tendría un efecto positivo. Pero enseguida descartó la idea porque sabía que tarde o temprano acabaría metiéndose la mano en el bolsillo por error.

Cuando Mina salió a recibirlo en el control de seguridad de la jefatura, lo sorprendió su cara de preocupación. Tal como estaba, probablemente ni siquiera habría reparado en el olor a detergente.

—Hola, Vincent —dijo con expresión grave.

—¿Qué ha ocurrido?

—¡Cielo santo! —exclamó ella mientras lo dejaba pasar—. ¿No puedes fingir un poco, al menos?

—Perdona. ¿Qué tal estás? ¿Cómo te va con el pádel?

Mina le sonrió con tristeza.

—Así está mejor —dijo—. Pero tienes razón, por supuesto. Ha ocurrido algo. Desde ayer tenemos un posible culpable en el caso de Ossian. El verano pasado ya lo habían acusado de estar implicado en el asesinato de Lilly.

Vincent admiró la eficacia de sus movimientos mientras recorrían el pasillo. Mina se movía con la exactitud de quien no duda nunca. Supuso que habría tenido que practicar mucho para conseguirlo.

—¡Pero eso está muy bien! —exclamó—. ¡Qué comienzo de semana! Por lo que dices, no se trata de ninguno de los secuestradores. Eso significa que Nova acertó cuando dijo que era un grupo organizado. ¿Han encontrado al cerebro de la organización?

—Eso parece —respondió Mina—. Pero todo es muy complicado. Ahora mismo Mauro Meyer está desorientado y conmocionado. Si de verdad es la mente criminal que buscamos, debe de ser el mejor actor que conozco. Sin embargo, las pruebas contra él son bastante más contundentes que cualquiera de las pistas que hayamos podido encontrar tú y yo. Solo quiero que lo sepas. Si hubieras venido hace dos días los otros te habrían escuchado. Ahora no sé cómo reaccionarán. Además, se rumorea que a la dirección no le ha gustado que pidiéramos la colaboración de Nova. Quieren que nos centremos en Mauro.

Para el grupo de policías Vincent volvía a ser el mentalista con sus teorías descabelladas. La situación no había cambiado mucho desde la última vez. Pero se daba cuenta de que no le importaba. E incluso se alegraba de que fuera así. Si no lo tomaban en serio, a nadie le sorprendería que se equivocara y que las conexiones que había creído ver solo existieran en su mente.

Aunque el nombre de Mauro Meyer le resultaba familiar. Se lo habían mencionado hacía poco tiempo. No. Lo había leído. Unos días antes. Pero había alguien más a su lado. Una voz. Mina. Recordaba que estaba con Mina y... Cuando cayó en la cuenta, miró sorprendido a su amiga.

—¿Mauro, el padre de Lilly? —preguntó.

—Ya te he dicho que la situación es complicada. Ven, nos esperan. Y no te olvides de pedirle a Christer uno de sus ventiladores.

El calor en la sala hacía vibrar el aire. El peor momento era el mediodía. Mina se detuvo ante la puerta, preguntándose si de verdad quería estar en la misma habitación donde se apiñaban los demás. De no haber sido por Vincent habría buscado una excusa para saltarse la reunión.

Un zumbido como de avispa surgía del miniventilador que Christer sostenía en la mano. Sobre la mesa había una bolsa con otros diez o doce, recién comprados. Había que reponer las existencias porque se estropeaban al poco tiempo de usarlos, pero refrescaban bastante. Christer le tendió uno a Vincent al notar su mueca de horror cuando sintió el calor reinante dentro de la sala.

Las manchas de sudor bajo los brazos de Ruben habían alcanzado proporciones desmesuradas sobre la tela clara de la camisa, e incluso Julia parecía agobiada.

—Gracias por la celeridad con la que han trabajado en el caso de William —empezó Julia, y enseguida se volteó hacia Ruben y Adam—. De hecho, ha sido una suerte que visitaran a Jörgen Carlsson a primera hora de la mañana, porque poco después tuvo un pequeño accidente. Parece ser que tropezó, se dio un golpe y hubo que aplicarle dos puntos de sutura. No he entendido exactamente cómo fue, pero me han dicho que los maltratadores de mujeres y niños suelen desarrollar trastornos del equilibrio dentro de la prisión. ¿Saben algo al respecto?

Miró a Ruben y Adam con expresión inquisitiva, pero el primero se puso a toser y el segundo pareció estar muy interesado en algo que había en el techo.

Mina comprendió entonces que había llegado su turno y el de Vincent, pero ya no sabía por dónde empezar.

—Puede que tengamos algo más —anunció mirando al mentalista con el rabillo del ojo—. Algo que hemos visto... Vincent y yo. Soy consciente de que la pista de Mauro es sólida y de que lo nuestro son meros indicios. Antes Vincent me ha dicho que nos movemos en la fina línea entre una conexión realmente existente y una imaginaria. Nos parece muy poco probable que sea una coincidencia lo que vamos a exponerles, pero no podemos excluir esa posibilidad.

—Dices «hemos visto», «nos parece»... Pero ¿no será solo Vincent el que ha visto y el que opina? —preguntó Ruben—. Ya estás hablando como él y ni siquiera has empezado a contarnos nada.

—De hecho, los dos hemos descubierto el patrón, cada uno por su lado —respondió Mina—. Pero Vincent ha visto algo más. ¿Podrías explicarlo, por favor?

—Sí, claro —contestó el mentalista aclarándose la garganta—. He oído que Nova ha estado aquí y ha señalado los aspectos rituales de los asesinatos, el intervalo de tres días y el hecho de que los secuestradores fueran diferentes personas como indicios de que no se trata de un único asesino en serie, sino más bien de un grupo de personas, lo que a su vez haría pensar en algún tipo de organización. De hecho, podemos ver un patrón que se repite en los tres asesinatos.

—Hablas de tres —objetó Ruben—, pero en realidad son dos. Déjame recordarte que, aunque no sepamos quién mató a William, su caso todavía no forma parte de ese supuesto patrón. Además, es bastante evidente que Mauro es el asesino de Ossian y Lilly, pero no tiene ninguna relación con William.

—En ese caso —replicó Vincent—, lo que voy a decirles puede ayudarles a reafirmar lo que ya saben de Mauro o bien apuntar en otra dirección. Como ha dicho Mina, solo disponemos de indicios. Pero cuanto más numerosos sean, más podremos confiar en la existencia de una conexión. Y debo decirles que Mina y yo hemos descubierto un elemento que conecta a Ossian con Lilly e incluso con William. Ya lo habíamos visto en los casos de Ossian y de Lilly, pero no me atreví a afirmar que podía ser importante hasta que lo observamos también en relación con William, cuando visitamos el dique seco, el miércoles pasado. Pero desde entonces estoy seguro. Peder también lo vio.

—¡Dilo ya de una vez! —le exigió Ruben—. ¿De qué elemento estás hablando?

—Caballos.

Durante un segundo todos los del grupo se le quedaron viendo boquiabiertos. Después Ruben estalló en sonoras carcajadas, mientras la barba de Peder se movía espasmódicamente a causa de la risa contenida. Mina dejó escapar un suspiro. Sabía que podría haberlo expuesto de manera más convincente. Pero no culpaba a sus colegas. Ni siquiera ella misma estaba segura.

—No me refiero a caballos vivos —aclaró Vincent—. Lilly llevaba encima un separador de libros, probablemente añadido con posterioridad, que presentaba el dibujo de un pura sangre árabe. Ossian fue hallado con una mochila de *My Little Pony* que no era suya. Y en el lugar donde fue encontrado William, alguien había escrito en la pared la palabra *hippo*, que en griego significa «caballo». Es demasiado extraño para que sea casualidad.

—Alguien intenta decirnos que los niños son caballos. ¿Es eso, Vincent? —bromeó Ruben.

—O quizá debamos buscar a una persona con una obsesión enfermiza por los caballos —intervino Peder con ironía.

—En ese caso, tendremos que interrogar a todas las niñitas de diez años de la ciudad —replicó Christer entre carcajadas.

Ruben interrumpió bruscamente la animada plática.

—¿Qué generalización estúpida es esa? —Resopló—. No todas las niñas de diez años están locas por los caballos.

Christer lo observó sin salir de su asombro y sin percatarse siquiera de que el miniventilador que tenía en la mano se había apagado. Mina no sabía de qué estaba hablando Ruben. Últimamente lo notaba muy extraño.

—No es tan sencillo —prosiguió Vincent. Tomó un plumón y empezó a escribir en el pizarrón blanco—. Si Nova no se equivoca y de verdad existen elementos rituales en los asesinatos, es posible que el caballo sea un símbolo importante para los autores de los crímenes. Desde la Edad del Hierro ha habido sectas que adoraban al caballo como una divinidad, o como un rey o un guerrero. El culto al caballo también está presente en las mitologías más conocidas. Los antiguos griegos creían que su dios Poseidón había creado al primer caballo. Y no debemos olvidar a Loki, en la mitología nórdica, que se transformó en yegua y dio a luz a Sleipnir, «el mejor de los caballos». Pero no lo sé. Hay algo que...

Vincent guardó silencio y se quedó un momento mirando al frente. Mina siguió con la vista su mirada. Parecía estar rumiando algo mientras contemplaba el plano colgado en la pared, que mostraba los distritos centrales de Estocolmo en un cuadrado perfecto. Pero enseguida regresó al presente.

—Todavía en la actualidad hay religiones que rinden culto al caballo —prosiguió—, algunas de ellas en el sur de Asia. No debería sorprendernos. Después de todo, el caballo es un símbolo universal de libertad sin barreras.

Hizo una pausa y pareció interesarse de nuevo en el mapa. Una ligera arruga se le marcó en la frente. No se estaba comportando de la manera habitual. Mina habría querido ayudarlo, pero notaba algo extraño.

—Entonces, si les hacemos caso a Nova y a ti, tendremos que buscar una secta acuática de adoradores de caballos que matan a niños pequeños —apuntó Ruben con ironía—. Una teoría muy probable, sí. Mucho más que la de Mauro Meyer. ¿Necesitas más papel de aluminio para reforzarte el gorro contra las ondas cósmicas, Vincent? ¡Santo cielo! Cuando quieras venir a tomar un café o charlar un rato con Mina, simplemente dilo. No es necesario que te inventes todas esas... tonterías.

Mina sintió que se le encendían las mejillas. Pero no pensaba darle a Ruben la satisfacción de mostrarse molesta.

Cuando levantó la vista notó que Adam la estaba mirando con curiosidad y eso la hizo sonrojarse todavía más.

—¿Qué? —dijo Vincent con expresión ausente—. No, no es para eso para lo que estamos aquí. Lo que quería decir...

Volvió a guardar silencio y se dirigió al plano de Estocolmo. Una vez delante, trazó sobre el mapa una especie de cruz con el dedo índice.

—Por una vez, has dado en el clavo —replicó Ruben—. ¡Por supuesto que no estamos aquí para eso, sino para investigar a Mauro Meyer, acusado por su exmujer de haber asesinado a su propia hija y sospechoso de haber matado a Ossian! Pero sin ninguna conexión con William, fuera de tu fantasía.

—Mina, ¿por qué has tardado tanto en contarnos esto? —quiso saber Julia—. Fuiste al astillero el miércoles pasado y hoy es martes. ¿Pensabas que no era importante?

—Sí, pero sospechaba que la reacción sería más o menos la que hemos tenido ahora —respondió Mina—. Por eso preferí esperar hasta después de hablar con Milda acerca de la autopsia de William, por si era posible encontrar algo más. Y así ha sido. Ossian, Lilly y William presentaban el mismo tipo de fibras de lana en la garganta y marcas similares en los pulmones. Todavía no sabemos de dónde procedían las fibras ni cómo se produjeron las marcas, pero hay demasiadas coincidencias para que los tres casos no guarden relación entre sí.

Se hizo un silencio en la sala.

—¡Carajo! —exclamó Ruben—. Entonces es posible que William sea una víctima más, después de todo..., y que Mauro sea un asesino en serie.

—*The psychology of the pawn* —murmuró Vincent entre dientes, junto al plano de la ciudad—. Esperen un momento.

El mentalista fue a buscar uno de los plumones del pizarrón y una regla larga. Después apoyó una silla contra la pared y se subió encima. Ayudándose con la regla, trazó siete líneas verticales que atravesaban la ciudad de norte a sur y, a continuación, siete horizontales.

—¿No te gustaba el aspecto que tenía antes el plano? —preguntó Ruben con sorna.

Vincent no le respondió. En silencio se bajó de la silla y retrocedió, para ver mejor la cuadrícula que había dibujado.

Mina esperaba que no le hubiera dado un golpe de calor y estuviera desvariando, porque en ese caso iba a tener que oír la anécdota durante los diez años siguientes, probablemente a diario. Era innegable que su amigo parecía haber perdido la cordura.

—¿Nos lo explicas, Vincent? —preguntó Julia.

El mentalista se volteó y miró a los miembros del equipo con expresión de sorpresa, como si hubiera olvidado que no estaba solo en la habitación.

—Es por algo que ha dicho mi... un amigo. Algo sobre los caballos como piezas de un juego. Como los miembros de una secta. Por eso estaba dándole vueltas a en qué juegos hay caballos.

Ruben suspiró y levantó las manos en un gesto de incredulidad.

—En el ajedrez —respondió Christer, que de repente parecía más interesado—. También en las carreras, claro. Con las carreras te arruinas y con el ajedrez, te humillan.

Mina comprendió de repente lo que había hecho Vincent. Había dividido el centro de Estocolmo en ocho filas y ocho columnas, que formaban una cuadrícula regular. Como un tablero de ajedrez. El borde exterior enmarcaba con exactitud la parte más central de la ciudad.

—He pensado que los niños podrían simbolizar piezas de un juego —dijo Vincent mientras numeraba rápidamente las filas, del uno al ocho, empezando por abajo.

A continuación escribió las letras *a*, *b*, *c*, *d*, *e*, *f*, *g* y *h* al pie de las columnas.

—Entonces ¿por qué no hay otras piezas, como alfiles o torres? —objetó Christer—. Nadie juega al ajedrez solo con caballos.

—En general tienes razón. Pero...

Vincent se acercó al plano y buscó el lugar donde había sido hallada Lilly. Estaba abajo, en la esquina inferior derecha, en la casilla marcada con la letra *h* y el número uno. Allí escribió el nombre de la niña. Después escribió «William» en el barrio de Beckholmen, en la casilla g3, situada en la penúltima columna y la tercera fila contando desde abajo. Por último, puso el nombre de Ossian en el de Skeppsholmen, que estaba en la casilla f4, correspondiente a la sexta columna y la cuarta fila.

—Hay un antiguo problema de ajedrez, conocido como el «problema del caballo», que en inglés tiene un nombre un poco más romántico: *«the knight's tour»*, algo así como «el viaje del caballero» —explicó—. Aparece mencionado por primera vez en un texto sánscrito, con el nombre de *turagapadabandha*, que significa literalmente «orden creado por los pasos del caballo».

Mina tosió de forma discreta y, con un gesto casi imperceptible, le sugirió a Vincent que no se fuera por las ramas con las explicaciones cuando él se volteó para mirarla. Habría sido una pena perder la atención de los presentes justo cuando empezaban a escuchar.

—Solo quería subrayar la conexión con los caballos —dijo el mentalista en tono de disculpa—, pero puede que ustedes... Bueno, en todo caso el problema consiste en mover el caballo por un tablero de ajedrez de tal manera que visite todas las casillas una sola vez, sin repetir ninguna. Si partimos del lugar donde fue hallada Lilly, que es la esquina inferior derecha, veremos que solo hay dos casillas posibles a las que puede saltar el caballo, respetando el movimiento de esta pieza según las reglas del ajedrez.

Señaló con el plumón dos de las casillas trazadas en el mapa.

—Uno de esos movimientos, como pueden ver, es el salto a g3, donde William fue encontrado medio año después. Desde aquí hay cinco casillas nuevas a las que puede desplazarse la pieza.

Indicó con un punto cada una de las casillas posibles.

—Pero ninguna de ellas coincide con el lugar donde hallamos a Ossian —dijo Adam.

—Correcto. Sin embargo, miren bien...

El mentalista señaló el mapa, invitando a los presentes a completar su razonamiento. Pero, al cabo de unos segundos sin obtener respuesta, suspiró y apuntó con el dedo uno de los puntos, dentro de la casilla e2. En medio de la casilla estaba el parque de Fatbur.

—Este es uno de los movimientos posibles a partir de la casilla de William. Y desde aquí podemos pasar directamente a la casilla de Ossian, la f4. De hecho, el parque de Fatbur es el único movimiento sensato después de la casilla de William, si no queremos que nuestro caballo quede encerrado en una esquina.

—Muy interesante, pero tu teoría no se sostiene —objetó Ruben—, porque en ese parque no ha aparecido ningún niño muerto. Lo habríamos descubierto enseguida, es un lugar muy frecuentado. Pero reconozco que me ha gustado la idea de considerar a los niños piezas de ajedrez sobre un tablero gigante que abarca toda la ciudad. Y también ha estado bien asociar el separador, la mochila y el garabato en la pared con el... ¿cómo se llamaba? *¿Knight's day?*

—*Knight's tour.*

—Eso. Pero no sé cuántas veces más tendré que decirlo: en esta ocasión no hay enigmas ni códigos. Tenemos a Mauro Meyer. Y te aseguro que es incapaz de inventarse todo eso. Ya tiene suficiente con cambiar pañales —dijo Ruben irritado.

—En medio del parque de Fatbur hay una fuente —masculló Peder—. Cerca del agua...

—¿Tú también? —protestó Ruben.

—¿Han mirado bajo la fuente? —preguntó Vincent.

—No, ¿para que íbamos a hacerlo? —Ruben se indignó—. ¿Tal vez porque no teníamos nada mejor que hacer, mientras íbamos a detener a Mauro?

Bosse jadeaba con la lengua fuera, echado en el suelo junto a Christer.

Mina ni siquiera había reparado en la presencia del animal, que hasta ese momento había estado en silencio.

El maldito bochorno los estaba matando a todos, de manera lenta pero inexorable.

—Solo les sugiero una cosa —prosiguió Vincent—. Registren el parque. Si no encuentran nada, no volveré a molestarlos. Aunque no me crean, me encantaría que Ruben estuviera en lo cierto, que el hombre que han detenido sea el asesino, que Nova y yo nos equivoquemos por completo y que los patrones que hemos observado sean imaginarios. Nada me gustaría más. Pero, si encuentran algo, entonces mi teoría quedará confirmada.

Julia empezó a agitar una carpeta como abanico improvisado y el movimiento hizo que todos se voltearan hacia ella.

—El costo sería considerable —observó—. Registrar todo el parque, destrozar una fuente... No son decisiones que podamos tomar impulsivamente solo porque tú hayas dibujado una cuadrícula en un mapa. Y menos ahora, cuando tenemos un sospechoso en los calabozos. Sería un suicidio para nuestro grupo. Tendrías que darnos argumentos más sólidos, Vincent. Además... —Titubeó un instante—. Además, he recibido instrucciones precisas de la dirección. Consideran que la investigación de la secta no conduce a ninguna parte y nos piden que nos centremos en Mauro. Las indicaciones han sido inequívocas. Si nos apartamos mínimamente de esa línea nos arriesgamos a desaparecer como equipo. Y no digo que yo discrepe. De hecho, creo que por esta vez la dirección no se equivoca. La teoría de Vincent no me parece verosímil.

El mentalista le puso la tapa al plumón y señaló con la punta varias de las casillas vacías del plano.

—Te entiendo. Pero ¿qué pasará si la dirección se equivoca? Consideremos por un momento la posibilidad de que Mauro Meyer no sea el culpable de estos asesinatos. Supongamos que el asesino sigue en libertad. Si de verdad Ossian, Lilly y William representan los primeros movimientos en la solución del problema del caballo, entonces quedan muchas casillas por delante. Cada nuevo salto de la pieza por el tablero puede significar otro niño asesinado. Y todavía hay sesenta y una casillas sin tocar, después de estas tres. ¿Van a correr ese riesgo?

Vincent dejó que los demás salieran de la sala. Cuando Peder pasó por su lado, se le cayó algo del bolsillo. Era una caja roja, pequeña y plana, que Vincent habría reconocido de inmediato en cualquier parte. La recogió del suelo. Contenía una baraja, pero no una baraja cualquiera, sino un juego de naipes de la marca Bicycle, de la United States Playing Card Company, con el dorso rojo y formato de póquer, un poco más ancho que el de las clásicas cartas suecas de bridge.

El mentalista conocía solamente dos tipos de personas que empleaban esa baraja: los jugadores de póquer y los magos. Pero Peder no parecía pertenecer a ninguno de los dos grupos.

—¡Espera, Peder! —lo llamó, apresurándose para alcanzarlo con la caja en la mano—. Se te ha caído esto.

Peder se detuvo, se volteó y puso cara de asombro cuando vio lo que Vincent le estaba tendiendo.

—¡Gracias!

—Los jugadores de póquer no suelen llevar encima sus cartas —dijo el mentalista acercándose—. ¿Por qué tú sí?

Peder miró el pasillo a su alrededor. Después le indicó a Vincent que pasara a una sala cercana y cerró la puerta al entrar.

—No quiero que los demás me oigan —explicó en voz baja—. Pero las trillizas tienen un primo: Casper. Su madre es hermana de mi mujer, Anette. Casper cumple años dentro de tres semanas y Anette y su hermana han decidido que yo haga de mago durante la fiesta. El niño se puso muy contento cuando se enteró. Por eso ahora estoy intentando desesperadamente aprender unos cuantos trucos de cartas.

La expresión de Peder era tan desoladora que Vincent tuvo que morderse los labios para no estallar en carcajadas.

—¿Cuántos años tiene Casper? —preguntó.

—Cinco.

Vincent depositó la baraja sobre una mesa y le indicó a Peder que tomara asiento. Él también se sentó.

—En ese caso creo que empiezas por lo más complicado —comentó—. El público infantil es el más difícil para un mago.

Peder pareció todavía más desmoralizado.

—¿Por qué resulta tan fascinante la magia? —prosiguió Vincent—. Porque quebranta las leyes de la naturaleza. Todos sabemos que el ser humano no puede volar. Por eso desafía nuestra imaginación y nuestra comprensión del mundo que una persona salga volando de un escenario de Las Vegas. Pero los niños aún no conocen esas leyes. Para ellos el mundo es un vasto territorio inexplorado, y no hay ninguna razón para que no exista la magia.

—Como las Winx —replicó Peder con expresión sombría—. Sus aventuras son muy reales para las trillizas.

—No sé de qué hablas, pero sí, tienes toda la razón. Lo que pretendo decir es que a un niño pequeño no le impresiona que una carta de tu baraja desaparezca de un sitio y aparezca en otro, porque todavía no sabe que eso es imposible.

Peder suspiró y se pasó una mano por la cara.

—Entonces ¿me estás diciendo que no es posible hacer magia para niños? —dijo al cabo de unos segundos—. Gracias. Se lo diré a Anette. Su hermana me odiará. ¿Puedo darles tu número de teléfono?

—Me has entendido mal —aclaró Vincent—. Por supuesto que se puede hacer magia para niños. Pero tienes que sorprenderlos, lograr que participen, dejar que lo toquen todo y, sobre todo, hacerlos reír. Si te fijas esos objetivos en lugar de esforzarte por aprender a la perfección un par de trucos, tendrás mucho éxito. Tienes que centrarte en lo importante.

—Sorprenderlos y lograr que participen... Nunca lo conseguiré.

Vincent tomó la caja con la baraja y la sostuvo sobre una papelera.

—Pero olvídate de esto —dijo dejándola caer.

—¿Cómo crees que ha ido?

Vincent había desaparecido después de la reunión, porque por lo visto tenía algo que tratar con Peder. Pero nada más terminar había ido a buscarla. Ella no veía la hora de hablar con él, pero no en la jefatura, donde las paredes tenían oídos y los colegas, por desgracia, lanzaban miradas irónicas. De hecho, había visto las expresiones de Ruben mientras Vincent exponía su teoría.

Por eso se lo había llevado al parque de Kronoberg, que en realidad no era un parque sino una plazoleta con unos cuantos árboles, entre la jefatura y Fridhemsplan. Pero los árboles eran una buena protección contra el sol despiadado y a su sombra estaban a varios grados menos que en la sala de reuniones.

—Agradezco que la reina Mina me haya concedido una audiencia en medio del bosque —dijo él—, pero lo preguntaré otra vez. ¿Piensan que estoy loco?

Mina lo miró con fingida sorpresa.

—¿Acaso alguien lo duda? —exclamó—. ¡Todos sabemos que estás majara!

—Vaya. Entonces sí que lo piensan. —Recogió una ramita y empezó a rasparse algo del zapato—. Recuérdame que no vuelva a comprar tenis blancos —dijo.

—Si te soy sincera, me he preocupado un poco al verlas —replicó ella—. He pensado que habías perdido el estilo de tiempos pasados.

Vincent dejó caer al suelo un trozo de fango y agitó la ramita sucia en dirección a Mina, como represalia por su comentario. Ella le lanzó una mirada que podría haber inflamado la madera.

—Mientras sigas pensando que soy un genio, me doy por satisfecho —declaró él arrojando el palo al suelo.

—Por supuesto —convino ella apartando el palo con el pie—. ¡Eres tan listo! ¡Y tan fuerte! ¡Y tan misterioso!

—Y no olvides que también soy muy bueno con los niños.

Mina se preguntaba por qué no podía hablar de la misma manera con Amir. O con cualquier otra persona. La culpa no era de Amir, sino suya, y ella lo sabía. Siempre le pasaba lo mismo.

Hasta que apareció Vincent.

Con Vincent se esfumaban sus problemas de comunicación.

Y eso en sí mismo era un problema.

—Hablando en serio, lo que has dicho hace un rato... —empezó—. Ha sido un poco excesivo. ¿Ajedrez y matemáticas? ¿Con caballos?

—Lo sé. —Vincent se volteó hacia ella. Su expresión era triste—. Después de todo lo que pasó con Jane ya no soy el mismo —dijo—. No consigo ver conexiones que debería descubrir a la primera y a veces veo patrones que no existen. Es como si mi cerebro ya no fuera mi amigo. Una parte de mí desea que tengan razón, que hayan encontrado al asesino y que todo haya terminado. Pero al mismo tiempo creo que hay demasiados elementos comunes para que solo sean fantasías mías.

—En todo caso, tus fantasías deben de ser bastante extrañas —comentó ella.

Vincent se sonrojó y desvió la mirada.

—¿Por qué no me llamaste nunca? —preguntó en voz baja al cabo de unos segundos de silencio.

Fue tan abrupto el cambio de tema que Mina necesitó unos segundos para entenderlo.

—¿Yo? —replicó finalmente—. Pensaba que no querías... Tú tampoco me llamaste.

—Lo sé. No sabía qué decir... Después de todo, el caso ya estaba resuelto. Intenté buscar otros motivos para llamar, pero ninguno era verdadero.

Seguía sin mirarla directamente a la cara.

—Entonces ¿cuál es la verdad? —preguntó Mina.

—Me temo que cada vez conozco menos la respuesta a esa pregunta —contestó él mirándola por fin a los ojos.

Ella contempló sus ojos azules y notó que tenía los hombros más caídos que de costumbre. Su postura habitual era erguida y altiva. Pero ya no. Era evidente que estaba preocupado por algo. No era de extrañar, considerando lo que le había contado hacía unos días acerca de su mujer. Sin embargo, tenía la impresión de que había algo más, algo que lo afectaba en lo más profundo, en ese lugar que solo ella había podido vislumbrar. En su yo más auténtico. Mina le apoyó una mano sobre el hombro.

—Vincent... —empezó.

—¡La cita! —exclamó él de repente—. No me has contado nada de tu cita.

—Aquí termina la audiencia —replicó ella cortante—. ¿Por qué no te buscas un palo para jugar?

Ruben estaba delante de la casa amarilla, intentando armarse de valor. Era absurdo ponerse nervioso cuando él siempre mantenía la calma. Pero no era una situación corriente y la última vez no le había salido bien. Respiró hondo y tocó el timbre. Casi de inmediato se abrió la puerta y la tuvo delante. Largos cabellos castaños, camiseta de algodón y *jeans*. Tenía la cara de su madre. Pero también se parecía a otra persona. A un tipo que veía todas las mañanas en el espejo.

—Hola, Astrid —dijo. De repente le costaba tragar.

—Hola, Ruben —contestó alegremente la niña, que enseguida volvió a meterse en el recibidor.

Él la siguió. No sabía si debía quitarse la chamarra y los zapatos, o si eso habría sido imponerse demasiado. Era mejor no precipitarse. Astrid se quedó a pocos pasos de distancia, mirándolo con curiosidad pero sin decir nada.

—Bueno... —empezó él—. ¿Cómo te va en la escuela?

—Es verano. Estoy de vacaciones.

Ruben habría querido darse un golpe en la frente. ¿Cómo podía ser tan estúpido? ¡Claro que estaba de vacaciones! Un padre tenía que saber esas cosas.

—Hola, ¿ya estás aquí? —dijo Ellinor saliendo de la cocina—. No había oído el timbre. —Miró el reloj. Por su expresión se notaba que no se alegraba de verlo, pero al menos su tono de voz era un poco más amable que la vez anterior—. Ven, pasa.

El pequeño recibidor daba acceso al comedor, donde había

una mesa de roble cubierta de papeles y acuarelas. Era evidente que a alguien de la familia le gustaba pintar. El ambiente era espacioso, con paredes blancas y muebles en tonos claros. La luminosidad acentuaba el colorido de los cuadros que adornaban las paredes. Cuando estaban juntos Ellinor solía decir que quería empezar a pintar. Debía de haber cumplido su deseo. Y, por lo visto, tenía talento.

Se sentaron a la mesa, pero Ellinor no le ofreció nada. La cafetera sobre la barra estaba apagada. El mensaje era claro. No podía quedarse más de lo estrictamente necesario.

—Me alegro de verte otra vez —comenzó él—. Lo digo de verdad. Me alegro de verlas a las dos. Gracias por contestar.

No se había equivocado cuando se había enamorado de ella. No había nadie como Ellinor. ¿Cómo había podido perderla? Había sido un completo imbécil. Pero no pensaba cometer el error de quedarse anclado en el pasado, porque entonces todo sería aún peor.

—Reconozco que me sorprendiste —dijo Ellinor—. Pero una cosa es que tú lo sepas y otra muy distinta es que yo vuelva a confiar en ti. ¿Qué has pensado? ¿Qué plan tienes?

—He pensado que quizá Astrid y yo podríamos pasar algunos ratos juntos —contestó él—. Cuando ella quiera. Y cuando pueda. Y cuando tú se lo permitas, por supuesto.

Ellinor lo miró desconfiada.

—No eres la persona más responsable que conozco —dijo—. No me extrañaría que te la llevaras a un bar de copas.

—Ya sé que te costará creerlo, pero no soy el mismo de hace diez años —replicó él—. Ni siquiera soy el mismo de hace un año. Te sorprenderías.

—¿Tú qué dices, Astrid? —preguntó ella—. Ya sé que lo hemos hablado varias veces, pero todavía estás a tiempo de cambiar de idea. Aunque Ruben sea tu padre biológico, no tienes ninguna obligación de estar con él si no quieres. ¿Qué te parece?

—Me da un poco de cosa —respondió Astrid—, pero creo que todo irá bien. Además, tengo el celular.

—Muy bien. Dos horas, para empezar. Y de vuelta en casa para la cena.

Dos horas. No era exactamente lo que Ruben esperaba. Pero era mejor que nada. Después de todo ya era por la tarde, y él no sabía a qué hora cenaban las niñas de diez años ni cuándo se iban a la cama. Si no cometía grandes errores quizá pudiera pasar más tiempo con ella la próxima vez.

En el recibidor tomó la gorra de policía que había llevado consigo y se la puso a Astrid. Le quedaba enorme. ¿Le haría gracia el gesto o se enfadaría con él? No sabía cómo comportarse con una niña de su edad, pero recordaba las cosas que le gustaban a él cuando tenía diez años. No podía ser tan diferente.

—He pensado que podríamos dar una vuelta en el coche —dijo— y después ir a ver los perros de la policía. De hecho, mi jornada de trabajo aún no ha acabado. ¿Te gustan los perros?

Astrid asintió entusiasmada. Ruben se planteó llevarla también al polígono de tiro, pero enseguida comprendió que eso habría sido pasarse de la raya. Tenía que guardarse algo para la siguiente ocasión.

—Me encantan los perros —dijo la niña—. Pero ¿no son muy grandes los perros policía? ¿No muerden?

—Pueden ser bastante malos, pero solo con los ladrones —replicó Ruben riendo.

—Ah, qué bueno —contestó Astrid ajustándose la gorra en la cabeza—, porque yo no lo soy. ¡Mamá! Ruben y yo nos vamos.

Astrid salió. Ruben se disponía a seguirla, pero Ellinor lo retuvo, apoyándole una mano en un brazo.

—Si no te comportas, no volverás a verla en toda tu vida —le advirtió ella—. Tienes una oportunidad. Una sola y nada más.

Ruben tragó saliva. No estaba habituado a sentirse inseguro y no le gustaba nada la sensación. Asintió en silencio y salió. Astrid ya iba de camino hacia el estacionamiento. ¡Mierda! No le había preguntado a Ellinor si Astrid podía comer helado. Pero enseguida se dio cuenta de que no era necesario. Él mismo podía decidirlo. Después de todo, era su padre.

Vincent leyó una vez más el mensaje de correo electrónico que le había enviado Umberto. Lo había recibido mientras estaba en el parque con Mina, pero no lo había leído hasta llegar a casa. El logo de TV4 destacaba en rojo junto a la firma, al lado del dibujo de la señora sonriente que caracteriza a la productora Jarowskij. Umberto solo había escrito una línea: «Ya es una realidad, *amico mio*», y había añadido un emoji con lentes de sol. El resto del texto era de la productora. Vincent se sintió morir por dentro mientras se dejaba caer en una de las sillas de la cocina.

El mensaje le indicaba su itinerario hasta una pequeña isla en la costa de Francia, más concretamente hasta el lugar donde se desarrollaba el rodaje del concurso *Prisioneros en el fuerte*. La productora también le había enviado una serie de fotografías de la fortaleza, imaginaba que para despertar su interés. Sin embargo, las imágenes de la pétrea construcción militar obraron el efecto contrario. Era el último lugar del mundo que deseaba visitar. Ampliando la imagen, le pareció ver el cañón. Estaba seguro de que lo elegirían a él para ese número. Lo sabía.

Según el mensaje, faltaban poco más de tres semanas para el viaje. Veinticinco días. Tiempo más que suficiente para buscar un abogado y hacer testamento. Vincent quería asegurarse de que Umberto y ShowLife Productions no recibieran ni un céntimo en caso de que muriera.

—¿Qué es eso? —Rebecka estaba detrás de él, husmeando con curiosidad la pantalla de su teléfono por encima de su hombro—. ¡Es el fuerte Boyard! Pero, papá.... No me digas que vas a participar en *Prisioneros en el fuerte*...

Vincent se volteó y miró a su hija. Parecía que hubiera olvidado el sándwich que sostenía en la mano. Su expresión de horror no era fingida.

—¿Y si te dijera que sí? —repuso él.

—Entonces no podré ir a clase en todo el semestre. Tendré que irme a vivir a casa de Denis y no salir nunca más.

—Nada de eso —respondió Vincent—. Me llevaré a Dionisio para que me haga de intérprete. ¿No es francés? Ya he mandado imprimir unas cuantas camisetas con la foto donde sales tú con cara de espanto en la montaña rusa de Liseberg. Las llevaremos puestas todo el tiempo Dionisio y yo.

La expresión de su hija pasó del horror al odio.

—Se llama Denis —soltó acentuando la última sílaba—. Y si alguna vez le enseñas esa foto, te mato.

Un coche fabricado con piezas de Lego entró en la cocina, seguido de cerca por Aston. El niño iba tarareando una canción que probablemente fuera de Queen, aunque no resultaba fácil reconocerla. La influencia de Rebecka sobre Aston era preocupante y a la vez conmovedora.

—¡Mira, papá! —exclamó Aston—. ¡Vacaciones en familia! En este coche cabemos todos. ¡Fantasía familiar!

—Yo más bien diría «pesadilla familiar» —comentó Rebecka.

—Verás, Aston. Benjamin y Rebecka tienen otra mamá, pero eso no significa que tenga que venir de vacaciones con...

Al ver que su hijo no le hacía caso, Vincent renunció a las explicaciones.

Rebecka lo miró con una mueca de disgusto.

—Espero que te disparen por el cañón y se les olvide atarte —dijo en voz baja, y se marchó a su habitación agarrando con fuerza el sándwich.

—¿Podrías dar de comer a los peces, ya que el acuario te queda de camino? —le pidió Vincent.

—¡Te echaría a ti a la pecera! —le soltó ella antes de dar un portazo.

Aston empezó a tararear otra vez, pero al llegar al estribillo se puso a cantar a todo pulmón, porque eran las únicas palabras de la canción que se sabía.

—*The show must go on!*

Vincent estaba totalmente de acuerdo. El espectáculo tenía que continuar. La pregunta era hasta cuándo.

Un sonido estridente despertó a Mina. Al principio le costó identificarlo, inmersa como estaba en una secuencia onírica con caballos, fibras de lana, Milda con un bisturí en la mano y piezas de ajedrez más grandes que ella que amenazaban con aplastarla desplazándose por un tablero gigantesco.

Miró a su alrededor desconcertada. En la televisión estaban echando el típico programa veraniego de entretenimiento. Se había quedado dormida en el sofá. Oyó otra vez el ruido estridente y entonces comprendió que procedía de su teléfono. Lo localizó sobre la mesa de centro, con la pantalla iluminada.

—¿Sí? —Su voz sonó áspera al contestar. Se aclaró la garganta y lo intentó de nuevo—. ¿Diga?

—No pienso esperar más, Mina.

La habilidad del padre de Nathalie para llamarla cuando estaba durmiendo era casi irreal. La asaltó una ligera ansiedad, como siempre que oía su voz. En retrospectiva le costaba mucho recordar una época en que no obrara en ella ese efecto. Siempre la había hecho sentirse observada, como si ella tuviera muchas deficiencias y él fuera un dechado de perfección. Le gustaba reparar cosas, arreglarlas, poner orden. Quizá veía así su relación con ella. En cualquier caso, su actitud encajaba muy bien con el papel que tenía actualmente.

—Es jueves. Han pasado once días —dijo él—. Y no he tenido ninguna noticia suya. Un adulto responsable habría ido a buscar hace tiempo a su hija.

Un adulto responsable. Mina sabía muy bien a quién se refería su interlocutor.

—No tiene sentido que vayas y les des un susto de muerte —replicó consultando el reloj—. Mañana casualmente tengo que ir a la granja por un asunto de trabajo. Creo que impresionaré a Ines si me ve de uniforme. No me parece que vaya a revelarle a nadie quién soy.

—¿Por qué mañana? —preguntó él—. ¿Por qué no ahora mismo?

—Porque son las once y cuarto de la noche —contestó ella—. Y no creo que haya ninguna urgencia. Hablé con Ines hace unos días y todo estaba bien.

—¿Y desde cuándo te fías de tu madre? Ve a verla en cuanto te levantes y llámame enseguida.

El padre de Nathalie colgó sin esperar su respuesta y Mina pudo relajar los hombros.

Le rugió el estómago. Se le había olvidado cenar.

Se levantó, abrió el congelador y sacó una caja. Durante un momento consideró las opciones: pasta con salsa Alfredo o *nasi goreng*. Se decidió por la pasta. A continuación inspeccionó cuidadosamente el plástico que envolvía la caja. Sostuvo el paquete bajo la luz de la cocina, en busca de pequeños orificios que hubieran arruinado el envasado al vacío dejando vía libre a las bacterias. Pero el plástico parecía intacto. Con mucho cuidado lo retiró y puso la caja en el microondas. La dejó más tiempo del necesario, con la potencia al máximo. De ese modo la comida quedaba recocida, pero la prefería así. No tenía ninguna prueba científica, pero estaba convencida de que cuanto más tiempo actuaran las ondas electromagnéticas, más eficaz sería la destrucción de todos los gérmenes que pulularan por el platillo preparado.

Al final abrió la puerta del microondas y extrajo la caja. El vapor le quemó la piel.

—¡Mierda!

Dejó caer la caja sobre la barra y empezó a soplarse los dedos. Esperaba que no le salieran ampollas. Se imaginó una serie de grandes ampollas repletas de líquido creciéndole en las yemas de los dedos y la sola idea estuvo a punto de hacerla vomitar. Antes que eso habría preferido amputarse la mano. Consideró la posibilidad de irse a la cama sin cenar, pero su estómago no estuvo de acuerdo.

Cuando la caja se hubo enfriado un poco intentó tocarla de nuevo. Esta vez fue mucho mejor. Agarró el recipiente, un tenedor y una caja de toallitas y fue a sentarse en el sofá, a cenar sola delante del televisor. Como siempre. Limpió bien el tenedor con una de las toallitas, tomó un poco de pasta y respiró hondo. ¡Y pensar que había empresas que presumían de vender yogur con bacterias vivas! ¡Qué asco! Mina esperaba que todo lo que hubiera en su comida estuviera convenientemente muerto. En la televisión Benjamin Ingrosso cantaba una canción sobre el amor perdido. Mina lo ignoró y se llevó el tenedor a la boca.

—Eres consciente de que esto no confirma precisamente tu teoría, ¿verdad?

La fuente del parque de Fatbur medía apenas medio metro de altura y no tenía profundidad suficiente para ocultar un cuerpo en su interior sin que nadie lo viera. Ni siquiera bajo los bordes curvos habría sido posible esconder nada. Vincent la rodeó mientras Peder se refrescaba las manos en el agua.

—Julia te ha hecho un favor al pedirme que te acompañe —prosiguió Peder, reprimiendo un bostezo matinal—. Lo que dijiste el otro día era bastante difícil de tragar. Además, creo que le debes un nuevo plano de la ciudad al cuerpo de policía. Pero estamos aquí porque Julia quiere que veas por ti mismo que tu jueguecito con el tablero de ajedrez no conduce a ninguna parte. Y espero que entiendas lo mucho que arriesga al dejarte seguir en la investigación. Si la dirección llega a enterarse, tendrá un problema muy gordo. Y lo mismo el resto del grupo.

—No es ningún jueguecito —replicó Vincent—. El problema del caballo es un desafío matemático, un recorrido en el que ningún punto se puede visitar dos veces. Es lo que hace nuestro asesino, que siempre encuentra un lugar nuevo donde abandonar a sus víctimas.

Contempló el parque, que era llano y no muy extenso. Era posible abarcarlo con la mirada de un extremo a otro.

—Pero tú mismo lo estás viendo —insistió Peder—. Aparte de la fuente, no hay ningún sitio donde sea posible dejar un cadáver sin que lo descubran de inmediato. Si hubiera un cuerpo ya lo habríamos encontrado. Y si lo hubiéramos hecho, tendríamos que darte la razón. Pero como no ha sido así, te toca a ti reconocer el error. Y mira que lo siento, porque la teoría es muy interesante, aunque sea un poco loca.

—A menos que el cuerpo esté enterrado —objetó Vincent—. Quizá deberían excavar un poco.

Peder dejó escapar un suspiro y golpeó con el pie los adoquines que rodeaban la fuente.

—Como ha dicho Julia, no podemos registrar todo un parque y destrozar una fuente solo porque a ti te guste el ajedrez —repuso, echándose a la cara un poco de agua fría—. Además, ni siquiera sabríamos dónde buscar. No. Incluso la absurda teoría del agua de Nova me parece más creíble.

Suspiró feliz por el alivio que le producía el frescor del agua, mientras Vincent comenzaba a recorrer el sendero en torno a la fuente.

—Nova es muy competente en lo suyo —reconoció el mentalista—. Pero en la práctica su teoría es inútil. Solo sirve para retrasar la investigación. Aunque fuera correcta, en esta ciudad hay más sitios cerca del agua que lejos. El simbolismo de dejar un cuerpo junto al agua pierde toda su fuerza si prácticamente no se puede hacer otra cosa. Además, sería más sencillo suponer que el asesino se desplaza en barco.

—¿Y deja los cadáveres en tierra, en el primer sitio que encuentra? ¿Es eso lo que quieres decir? —contestó Peder pensativo—. De hecho, me parece interesante la idea. Y mucho más simple que la secta de Nova o tu tablero de ajedrez.

Todavía brillaban varias gotas de agua en su poblada barba. Supuso que Mina tendría un par de cosas que decir acerca de la higiene del agua de la fuente que le caía a Peder por la barba y le mojaba la camisa.

—Créeme —dijo Vincent—, me encantaría estar equivocado respecto al grado de inteligencia que le supongo al asesino. Nadie se alegraría más que yo si nunca hubiera oído hablar del problema del caballo y fuera simplemente el propietario de una pequeña Flipper fuera de borda, porque sería mucho más fácil atraparlo. Pero, por desgracia, tenemos un pequeño problema. William fue hallado en el astillero cuando el dique estaba vacío de agua. Las únicas embarcaciones que podían entrar eran las que ya estaban dentro.

—Por otro lado, aquí en el parque no hay ningún lugar donde esconder un cadáver —observó Peder—. Lo digo por tu tablero de ajedrez.

—Que no lo veamos no quiere decir que no exista —objetó Vincent, sin parar de mirar a su alrededor.

—Estamos argumentando en círculos —dijo Peder—. ¿Qué te parece si hacemos un trato? Tengo que volver un momento a casa con Anette. Esta mañana he ido a comprar pañales y me los he dejado en el coche. Pero tú puedes seguir investigando. Si encuentras un sitio donde piensas que podría haber un cadáver y crees que puedes convencernos, te prometo que intentaré persuadir a Julia para que ordene la excavación. Pero solo en un sitio concreto y solo una vez. ¿De acuerdo?

Vincent contempló el parque, con sus extensiones de hierba, sus árboles y sus columpios.

El parque donde era imposible esconder nada sin que se descubriera de inmediato.

El parque donde nadie había encontrado ningún cadáver.

—Me parece perfecto —contestó.

Mina tomó el desvío de la granja donde Epicura tenía su sede. Por seguridad, había anunciado por la mañana su visita, para que Nova e Ines estuvieran preparadas y mantuvieran la discreción delante de Nathalie. Mina acudía únicamente en calidad de policía. Al margen de lo que pudiera pasar con Nathalie, Nova podía serles útil para la investigación, y Mina no quería que sus asuntos personales interfirieran en la relación de Nova con el equipo policial. Estaba obligada a mantener las dos cosas separadas.

Levantó la mano y saludó cuando vio que Nova la estaba esperando en el patio. El calor hacía vibrar el aire pese a lo temprano de la hora, pero Nova no parecía sufrirlo, con su habitual ropa fresca de seda blanca. En cambio Mina sintió que el sudor empezaba a correrle por la espalda en cuanto se bajó del coche. ¿Qué clase de sádico habría decidido que el uniforme de la policía fuera negro? Tuvo que reprimir el impulso de volver a meterse en el vehículo, poner el aire acondicionado al máximo y proponerle a Nova que conversaran allí dentro.

—¡Bienvenida! —exclamó Nova sonriendo.

Fue hacia ella, pero esta vez no hizo ningún ademán de abrazarla.

Ya era algo.

—Ven, entremos —dijo la mujer lanzando una mirada al uniforme de Mina—. Hace demasiado calor para estar fuera.

Nova se dirigió a paso rápido hacia el edificio principal y

Mina la siguió, en un baño de sudor que le desbordaba por los poros. Se tocó el bolsillo para asegurarse de que el paquete de toallitas seguía ahí y después miró a su alrededor. No sabía exactamente qué esperaba, pero no estaba preparada para que la sede de Epicura fuera tan... acogedora.

El frescor que la invadió nada más franquear la pesada puerta principal fue una bendición. Cerró los ojos, sintiendo que sus pulsaciones volvían a la normalidad. Si seguía así quizá tendría que pedirle a Vincent que le enseñara unos ejercicios de respiración.

El ambiente en la recepción era tranquilo y apacible. Los techos eran altos y los grandes paneles de cristal dejaban entrar mucha luz. Se estremeció al sentir que las gotas de sudor se le enfriaban sobre la piel.

—¿Tienes frío? Aquí dentro mantenemos la temperatura bastante baja —dijo Nova en tono de disculpa.

—No; es muy agradable —respondió Mina negando con la cabeza—. Me gusta el frío.

—Vayamos a mi despacho, así podremos hablar sin que nadie nos moleste —dijo Nova con una sonrisa—. Aquí todos tienen cierta tendencia a pedirme o preguntarme cosas todo el tiempo. Además, supongo que no quieres... ser vista más de lo necesario.

Dobló a la izquierda por un largo pasillo y abrió una de las puertas del final. Mina entró con ella en el despacho, que también eran grande y luminoso. El mobiliario era sobrio y sencillo, de tonos claros y con el verde de las plantas como único detalle de color. Nova se sentó detrás de un gran escritorio de material transparente, que parecía caro y de diseño, y le indicó a Mina con la mano que tomara asiento en una de las dos butacas que tenía delante. La pared a su derecha estaba cubierta por una estantería llena de libros. Además de los libros también había fotografías con marcos de plata.

—¿Puedo echar un vistazo? —preguntó Mina acercándose a la librería para ver mejor las fotos.

—Desde luego.

Nova se levantó de la silla y la siguió hasta la estantería. Le señaló una de las fotografías: una imagen en blanco y negro de un elegante señor mayor de aspecto austero. A su lado había una adolescente en silla de ruedas, con las dos piernas y uno de los brazos escayolados, además de un collarín en torno al cuello. La expresión de la chica era grave y a Mina le llevó unos segundos reconocer a Nova.

—Mi abuelo y yo. Después del accidente.

—¿Qué pasó? —dijo Mina tímidamente—. Si me permites que te lo pregunte.

—Un accidente de tráfico. Mi padre murió. Yo sobreviví, pero con heridas graves.

—Lo siento.

Nova se encogió de hombros.

—Fue hace mucho tiempo. En otra vida. Y tuve suerte, porque mi abuelo se ocupó de mí.

—¿Te recuperaste por completo?

Mina desplazó la vista hacia otra fotografía, en la que pudo ver a un hombre más joven, de expresión alegre y franca, cabellos largos y camisa desabrochada.

—Sí y no. Las heridas sanaron, pero el dolor permanece. Con el tiempo he aprendido a verlo como una ventaja. Gran parte de lo que hacemos aquí se basa en aprender a soportar el dolor e incluso en considerarlo algo positivo. Me refiero tanto al dolor físico como al psicológico, si es que podemos distinguirlos. El dolor es dolor y la diferencia entre cuerpo y alma no es tan grande como solemos pensar.

Nova volvió a su escritorio y se sentó. De pie, Mina le señaló la foto del hombre joven.

—¿Tu padre?

—Sí. Mi padre.

Nova no dijo nada más y Mina comprendió que no debía seguir preguntando. Había sentido la pena en la voz de Nova y no quería ahondar demasiado en las emociones que un progenitor ausente evoca en su hija, por miedo a lo que pudiera decirle.

Se sentó en una de las butacas y Nova la miró con sus intensos ojos castaños.

—¿Cómo va la investigación? ¿Han avanzado?

—Tenemos varias pistas que parecen prometedoras —fue la respuesta evasiva de Mina.

Nova continuó observándola con tanta intensidad que era como si la estuviera atravesando con la mirada.

Mina tenía la sensación de que esa mujer podía verla por dentro. Solo Vincent la había hecho sentirse así. Pero la mirada de Vincent siempre era amable y prudente, mientras que la de Nova era semejante a un rayo láser. Era imposible no ser absolutamente sincera con ella.

—Todavía no hemos descartado nada —añadió Mina—, tampoco la idea de que se trate de un grupo organizado. Sin embargo, parece tan poco...

—Parece poco verosímil —completó la frase Nova—. Ya lo sé. —Lo dijo sonriendo, pero era una sonrisa apenas esbozada, como si sonriera más para ella misma que para su interlocutora—. Justo por eso prosperan las sectas —continuó—. Nadie cree que pueda ser captado. Nadie piensa que las sectas existen de verdad y menos aún en el entorno más inmediato. Nadie se considera sugestionable. Pero el ser humano es un animal gregario. Nos gusta seguir al rebaño y el rebaño necesita un líder que lo dirija. Las sectas simplemente se aprovechan de nuestra programación psicológica más instintiva y profunda.

—Aun así, confío en la capacidad del individuo para pensar por sí mismo —replicó Mina.

—También es un factor, desde luego. Pero es mucho más limitado de lo que nos gustaría creer. Las personas somos borregos. Y nuestra resistencia a aceptar esa realidad impide que veamos la telaraña, la trampa que nos tiende gente con malas intenciones. Y caemos en sus redes, convencidos hasta la muerte de nuestra fuerza de voluntad.

—Es terrible lo que dices —repuso Mina mirando asombrada a la mujer que tenía delante.

Una cálida sonrisa iluminó el rostro de Nova.

—Sí, ya lo sé. Lo siento. La explicación me ha salido más siniestra de lo que esperaba. En Epicura trabajamos precisamente en el fortalecimiento del yo, porque creemos en la capacidad inherente del individuo. Lo que impulsa a una persona a integrarse en un grupo suele ser el miedo, y todos los temores en el fondo remiten a lo mismo. El miedo a probar cosas nuevas procede del miedo a ser juzgado, que deriva del temor a no caer bien a los demás, que a su vez tiene origen en el miedo a ser marginado, que responde al temor a no poder compartir los recursos del grupo, que en definitiva es miedo a la muerte. Todos los miedos se pueden retrotraer al miedo a la muerte. Y la esencia misma del epicureísmo es alcanzar la ataraxia, que es la paz física y mental, así como la aponía, la ausencia de dolor. De ese modo erradicamos el miedo a la muerte. Solo cuando has superado el miedo a la muerte puedes ser completamente libre como persona. Creemos que todas las personas son capaces de alcanzar la felicidad y la paz espiritual. Pero ¿cuántas pueden afirmar hoy que lo han conseguido?

—Impresionante —contestó Mina asintiendo pensativa—. Pero no acabo de entender cómo se traduce todo eso en la práctica. ¿Cómo incide esa filosofía en su trabajo diario? ¿Qué aprenden desde el punto de vista práctico las personas que siguen sus cursos?

—Puedo matricularte en uno, si quieres. Serás bienvenida.

—Creo que ya hay demasiados miembros de mi familia en Epicura.

Nova dejó escapar una risa cristalina.

—Intentaré explicártelo —dijo—. La obra que inició mi abuelo y que yo he decidido continuar es un centro donde ofrecemos las condiciones necesarias para vivir de acuerdo con las enseñanzas del epicureísmo. Aquí puedes alejarte de todo lo que te preocupa. La política, las discusiones, los conflictos...

Puedes vivir con tranquilidad y sencillez y descubrir las cosas que te aportan una felicidad duradera, en lugar de una satisfacción inmediata y fugaz. No todo el placer es bueno. No todo el dolor es malo. El placer a corto plazo puede producir dolor a largo plazo y a la inversa. Pero, por encima de todo, aquí enseñamos a la gente a vivir en el presente.

—¿Cuánto tiempo suelen quedarse?

A su pesar, Mina estaba fascinada. En cierto modo envidiaba la firmeza de las convicciones de Nova, aunque seguía pensando que toda su filosofía era muy poco práctica.

—Tenemos de todo, desde cursos de un solo día para directivos hasta personas que deciden abrir un paréntesis en su vida y quedarse aquí durante bastante tiempo —respondió Nova—. Algunas llevan años con nosotros. Como tu madre, por ejemplo.

—Ya que la mencionas —dijo Mina—, tengo también un encargo personal. Nathalie debe volver a casa con su padre. Espero que ese viaje interior del que hablabas haya sido fructífero para ella y para Ines, pero ahora debe terminar. Lo mejor sería que la pusieras en el primer autobús a la ciudad esta misma mañana. También podría venir conmigo en el coche, si lo prefieres. Pero tiene que ser hoy, si no quieres que su padre se presente con un pequeño ejército y se la lleve por la fuerza. Se le ha acabado la paciencia.

—Lo haría con mucho gusto —contestó Nova—, porque también creo que debería volver a casa. El problema es que no he visto a Nathalie ni a Ines desde hace... más de una semana, diría yo.

Una sensación fría y desagradable invadió a Mina. Tendría que haberlo sabido. No podía confiar en su madre.

—¿Quieres decir que no están aquí? Entonces ¿dónde están?

—No es raro que los miembros de nuestra organización se vayan al bosque durante varios días —contestó Nova con una sonrisa—. Es una buena manera de conocerse y hay muchos sitios donde pernoctar en los alrededores. Supongo que Ines se habrá llevado a Nathalie a una de esas excursiones. Es lo único que se me ocurre.

—¿Durante más de una semana?

—Con buen tiempo y el material necesario en la mochila, pueden estar fuera tres semanas sin ningún problema —dijo Nova—. Lo hacemos a menudo. No hay nada mejor que dormir bajo las estrellas en verano y buscar la comida en la naturaleza. Deberías probarlo.

Claro que sí. Lo probaría cuando hubieran asfaltado el bosque. La Ines que Mina había conocido no habría sabido ni atarse unas botas. Pero su madre había cambiado. Lo había notado cuando se habían visto. Se daba cuenta de que había infravalorado el «viaje interior» de Ines. Quizá parte de ese viaje consistía en encontrarse a sí misma en plena naturaleza. Aquella madre bebedora de café, fumadora y alcohólica se había convertido en una aficionada a la vida al aire libre. ¿Y por qué no? No era menos absurdo que otras cosas que también habían pasado.

Por otro lado, no le gustaba que Nathalie desapareciera justo cuando ella había ido a visitar la granja. Era demasiada coincidencia. Miró a Nova, que se limitó a devolverle la sonrisa.

—No hay ningún peligro, te lo aseguro —dijo—. Ines sabe orientarse por el bosque.

—Llamaré al padre de Nathalie y se lo explicaré —replicó Mina—. Pero te sugiero que intentes localizar a Ines. Por su bien, espero que regresen lo antes posible, porque de lo contrario será la primera y la última vez que vea a su nieta.

Después de la reunión con Nova Mina fue directamente al parque de Fatbur, donde la esperaba Vincent. En cuanto volviera a la jefatura pensaba cambiarse toda la ropa interior, empapada de sudor. En los últimos tiempos usaba por lo menos dos calzones desechables al día, y a veces más, según el calor que hiciera. Incluso había empezado a complementarlas con ropa interior barata que compraba en paquetes de cinco y que desechaba después de un solo uso. La pequeña reserva que mantenía en su despacho comenzaba a parecerse a la trastienda de una mercería. Pero no le preocupaba, porque nunca recibía visitas.

Miró a Vincent entrecerrando los ojos cuando lo vio en el parque. Su amigo se las arreglaba para derrochar estilo, incluso vestido con una camiseta blanca holgada. Ella en cambio debía de parecer una ruina. Una ruina sudorosa. Maldito Vincent.

Los paseos con el mentalista por diferentes parques se estaban convirtiendo en costumbre, pero el de Fatbur era demasiado pequeño para dar realmente un paseo. En lugar de eso se sentaron en un banco a contemplar el entorno. Mina había extendido sobre el asiento una lámina protectora de plástico. No pensaba permitir que un banco del parque le contaminara la ropa, por muy limpio que estuviera en apariencia. Pero tampoco podía desinfectarlo con alcohol, sobre todo delante de Vincent.

No mencionó nada de lo que le había dicho Nova. Hasta ese momento Vincent era el único que sabía de la existencia de su hija y, por supuesto, ignoraba todos los detalles. Pero ella no tenía ningún control sobre la situación en Epicura y sentía como si faltara muy poco para que el mundo entero lo descubriera todo. Entonces empezarían las preguntas. Preguntas que ella no tenía ningún deseo de responder.

Ante todo pensaba en Nathalie. Habría dado cualquier cosa por que su hija no supiera nunca la verdad. O al menos para ser ella quien se la revelara. Quizá podría hacerla comprender sus motivos. Sin embargo, intuía que no tendría esa oportunidad. Estaba convencida de que Ines se lo contaría durante su excursión por el bosque. ¡Qué idea tan estúpida! ¡Irse al bosque para conocerse a uno mismo! Como resultado, Nathalie no querría saber nada de Mina cuando se enterara de que su madre estaba viva.

—Gracias por venir —dijo Vincent interrumpiendo el hilo de sus pensamientos—. Así pienso mejor.

—¿Cuando estoy contigo, quieres decir? —replicó ella, y enseguida notó que él se sonrojaba.

Vincent se aclaró la garganta.

—Por cierto, ¿cómo fue tu cita? —preguntó.

—¿Cómo te va a ti con Ulrika? —contraatacó Mina—. ¿Algún otro encuentro espontáneo en el Gondolen?

—¡Ay! —Vincent hizo una mueca de dolor—. De hecho —prosiguió—, mi curiosidad es auténtica. Verás. Mi hija tiene un novio, o al menos eso dice ella, porque nunca lo he visto. Se llama Denis. No ha venido nunca a casa y, al parecer, la razón de que no venga soy yo. Por lo visto resulto demasiado embarazoso. Y como no puedo hacerle a mi hija preguntas incómodas sobre su vida sentimental, te las hago a ti.

Mina cambió de posición, tratando de encontrar la manera más cómoda de sentarse. El plástico del banco crujió. Vincent había hablado en tono ligero, pero su expresión era seria. Era cierto que quería saber. Pero ¿qué iba a decirle ella? Era una pregunta muy personal e incluso íntima. Sin embargo, no había nadie con quien se sintiera tan a gusto como con Vincent. Si no podía hablar de este tema con él, jamás podría hablarlo con nadie. Además, probablemente ya se imaginaría cómo había acabado la cita.

—Digamos que me he dado cuenta de lo que quiero de verdad —respondió—. Pero ¿qué me dices de este parque? ¿Sigues pensando que hay un cadáver oculto?

El cambio de tema había sido de una torpeza casi molesta, pero aparentemente había dado en el clavo, porque notó que a Vincent se le iluminaba la cara.

—El parque de Fatbur es uno de los más singulares de Estocolmo —dijo él—. La mitad sur, que puedes ver ahí delante, es un semicírculo de césped ajardinado con senderos sinuosos. La mitad norte, donde nos encontramos ahora, es toda concreto y líneas rectas. Si no recuerdo mal, el arquitecto que diseñó este parque quería ilustrar el orden y el caos. El yin y el yang. Dioniso y Apolo. —Señaló una escultura de bronce a pocos metros del banco—. Allí puedes ver al dios griego Apolo —prosiguió—. Dioniso está al otro lado. Pero lo han representado como una jarra de vino. Al menos Apolo tiene figura humana, aunque le hayan puesto patas de caballo.

—¿Qué te pasa a ti con las estatuas de los parques? —preguntó Mina riendo—. Tienes una obsesión que no puede ser sana.

Vincent se encogió de hombros.

—Muchas de las esculturas que ves en la ciudad son de inspiración pagana o tienen un simbolismo oculto. Me fascinan. Forman una especie de red que nadie ve y a la que nadie presta atención. Si tuviera inclinaciones místicas, las consideraría una fuente de energía oculta para la ciudad. En realidad no creo en nada de eso, pero opino que las esculturas pueden tener efectos psicológicos en las personas. En algunos casos es muy evidente. —Señaló la fuente baja, en medio del parque.

Mina la habría podido describir como un desmesurado baño para palomas, o como un plato partido por la mitad, con los bordes abollados.

—¿Y qué crees que se disputan Apolo y Dionisos en este parque? Justamente se pelean por Afrodita, la diosa del amor. Y allí está ella. O, mejor dicho, su sexo abierto por completo.

—¡Vincent!

Pero Mina vio enseguida lo que quería decir el mentalista. La fuente tenía formas decididamente eróticas, que solo resultaban evidentes si se conocía su significado.

—Todo ese simbolismo obra un efecto sobre nuestra mente sin que lo notemos —explicó Vincent—. ¿Cuántas personas pasarán junto a esta fuente y de repente se sentirán avergonzadas, excitadas o incómodas, sin saber por qué? ¿Por qué crees que vienen tantas parejas a este parque a hacerse arrumacos?

En efecto, en la otra mitad del parque Mina distinguió varias parejas acostadas sobre mantas en el pasto, unidas en un abrazo y aparentemente ajenas al mundo a su alrededor.

—Si hay un cadáver en el parque, espero que esté allí, bajo la hierba —comentó Vincent poniéndose de pie—. Es mucho más fácil excavar en el césped que levantar un suelo de asfalto o de concreto.

También Mina se incorporó. Haciendo pinza con las yemas de dos dedos agarró la protección de plástico empapada en sudor y la arrojó a una papelera. Después se acercó a la fuente. Sospechaba que tenía una mancha oscura en la parte trasera de los pantalones cortos. Por precaución se situó de manera que Vincent no pudiera verla por detrás.

—Lo que te pasa es que estás celoso porque no puedes venir tú también a hacerle arrumacos a alguien sobre la hierba —dijo.

De inmediato observó que era imposible ocultar un cuerpo dentro de la fuente. Era demasiado baja. El suelo de adoquines que estaba pisando tampoco parecía un buen lugar para sepultar a nadie. ¿Quién podía tener tiempo y recursos para levantar todo un sendero de piedra y volver a colocarlo solo para esconder un cadáver, aunque fuera muy pequeño?

Siguió a Vincent por el sendero, hasta llegar al césped. El

semicírculo del sur del parque medía unos cien metros de un extremo a otro.

—Si quisieras enterrar un cuerpo aquí, ¿cómo lo harías? —preguntó Vincent, quizá en voz demasiado alta.

La pareja más cercana, un hombre y una mujer de unos treinta años acostados en la hierba sobre una manta amarilla, pareció sobresaltarse y se volteó para mirarlo.

—Puede que al borde de uno de los senderos —respondió ella esforzándose por mantener la misma expresión seria que el mentalista.

La mujer se sentó y recogió las rodillas bajo la barbilla, contemplando desolada la hierba alrededor de la manta. El hombre tenía cara de querer asesinarlos.

Vincent asintió pensativo.

—El césped se puede retirar y volver a colocar sin que se note —dijo.

La pareja empezó a guardar sus copas, su botella de vino y su manta. La cita había terminado.

—¡Qué malo eres, Vincent! —exclamó Mina dándole un codazo suave en un costado.

El mentalista arqueó las cejas y la miró con expresión inocente.

—No sé a qué te refieres. —Después bajó la voz—. Pero ¿qué me dices de aquellos árboles? Los han plantado tan cerca unos de otros que la gente tiene que rodearlos. Además, no hay bancos donde sentarse. Si excaváramos por allí y lo hiciéramos con cuidado, probablemente nadie lo notaría antes de que volviera a crecer la hierba.

Se dirigieron hacia el grupo de árboles. De repente Vincent la tomó del brazo y apuntó con el dedo. No solía tocarla. La conocía demasiado bien para imponerle el contacto físico. No debía de ser consciente de que la estaba tocando. Además, ella solo llevaba encima una camiseta de tirantes, por lo que no había nada entre su piel y la de Vincent.

Pero no se dejó llevar por el pánico.

Al menos por el momento.

No pretendía decir nada si no era absolutamente necesario. En lugar de pensar en la mano de Vincent sobre su brazo, intentó averiguar qué le estaba señalando el mentalista. Enseguida vio que la hierba entre los árboles era más oscura que el resto del césped.

Vincent se agachó y arrancó unas briznas.

—¿Por qué crees que parece más oscura? —preguntó.

—No lo sé, pero yo también lo noto. ¿Será porque la hierba que está entre los árboles no recibe tanto sol?

—Puede ser. Pero en todo caso es un 125715.

—¿De qué estás hablando?

—El código del color verde musgo. Si sustituyes los números por letras, te sale «Lego». No me preguntes por qué, pero está relacionado con *Prisioneros en el fuerte*.

Mina no entendía nada de lo que estaba diciendo su amigo y no podía saber si estaba bromeando o no. Probablemente no.

Vincent se puso a estudiar las hojas de los árboles más cercanos. Después se alejó un poco e hizo lo mismo con otro árbol, un poco más allá. Cuando regresó, llevaba varias hojas en las manos.

—Estos árboles también tienen las hojas de un verde más intenso que los del resto del parque. Y aquí crecen más malas hierbas. Es extraño, porque la dirección de parques y jardines suele cuidar bastante estas cosas.

Ella se limitaba a mirarlo.

—¿Tienes una bolsita de plástico?

No era necesario preguntar. Vincent sabía muy bien que Mina siempre las llevaba encima. Su amiga le dio una bolsa pequeña con cierre hermético, donde el mentalista procedió a guardar las hojas y algunas briznas de hierba. Después cerró la bolsa.

—¿Ahora te dedicas a la botánica? —soltó ella—. Si quieres prensarlas entre las páginas de un libro, como hacías a los quince años, te diré que hay hojas más bonitas para elegir. ¿También vas a secar rosas para colgarlas de la pared?

—No es necesario. Maria me regaló rosas secas para mi último cumpleaños. Las tengo puestas encima de la cama. —Sacó el teléfono del bolsillo—. No sé cuánto tiempo se mantienen frescas las hojas y la hierba, así que será mejor que también les haga unas fotos.

Empezó a fotografiar el contenido de la bolsa e hizo lo mismo con la hierba entre los árboles. Después enfocó más de cerca las hojas.

—No sé si quiero saber lo que estás haciendo —comentó Mina—. Volviendo a nuestro caso, ¿de verdad crees que un ajedrecista demente ha enterrado un cadáver en este parque?

De repente notó el zumbido de una notificación en su teléfono. Vincent le acababa de enviar todas las fotografías que había tomado.

—Puede que no sea nada —dijo él entregándole la bolsa con las hojas y las briznas de hierba—. No quiero hacer ninguna afirmación antes de estar completamente seguro. No he quedado en muy buenos términos con su equipo después de la reunión de ayer. Además, esta noche tengo función. Este fin de semana haré las últimas actuaciones de la temporada. Pero creo que sería buena idea que le llevaras estas fotos y esta bolsa a Milda. Si tengo razón, será mejor que se los diga ella.

—¡No tienes tiempo para esto!

Su madre resopló y se cruzó de brazos, pero Adam se limitó a sonreír.

—Deja de decidir por mí si tengo tiempo o no —replicó—. Tengo derecho a invitar a cenar a mi madre todas las veces que quiera.

—Ya sabes lo que pienso —dijo Miriam examinando con ojo crítico el pequeño estudio con cocina americana—. Esta casa necesita la mano de una mujer.

—Me las arreglo muy bien yo solo.

—Me cuesta creerlo. ¡Mira eso! —repuso Miriam señalando un tiesto con una planta que había conocido tiempos mejores—. Y tú también necesitas la mano de una mujer —añadió—. No hay ningún hombre que no la necesite.

—Para ya, mamá, que me haces sonrojar.

—Lo que quiero decir es que no siempre tendrás a tu madre a tu lado. Necesitas alguien que te cuide.

Los dos guardaron silencio. Las palabras de Miriam estaban cargadas de significado. Adam aún no le había preguntado por el resultado de las últimas pruebas practicadas en el hospital Karolinska. No estaba seguro de querer conocerlo.

Miriam se aclaró la garganta y se esforzó para sonreír. Adam sabía que lo hacía por él y se lo agradecía de todo corazón, pero el esfuerzo de su madre no volvía más fácil la situación.

—¿No decías que ahora tienes nuevos compañeros de trabajo? —prosiguió ella—. ¿Alguna chica que te pueda convenir?

—De hecho, sí. Hay una. Es muy especial.

—¿Se lo has dicho?

—¡No! ¿Estás loca? Me he cuidado de no mostrarle ningún interés. No creo que ella... Me parece que sería complicado. Además, aquí no cabe nadie más.

Adam recorrió con la mirada el pequeño estudio de treinta metros cuadrados que era su hogar en Farsta, mientras colaba el agua de los espaguetis.

—¡Bah! —dijo Miriam dándole una colleja que le hizo echar parte del agua fuera del fregadero—. ¡Prestas atención a cosas que no tienen ninguna importancia! ¿Así te he criado yo? ¿Por qué dices que no cabe nadie más? Aquí hay sitio para una mujer y cuatro niños. Esto es un palacio en comparación con lo que teníamos tu padre y yo en Uganda. Vivíamos en...

—Sí, sí, no hace falta que me lo cuentes otra vez. Lo dices como si hubieras vivido en una choza con suelo de tierra.

—Eres un niño malcriado —masculló ella dándole otra colleja.

—¡Ay! ¿No sabes que en Suecia las madres no pueden pegar a sus hijos?

—Tonterías. Te he parido y puedo hacer lo que quiera. Y no creas que vas a salvarte de la correa solo porque seas grande y mayor de edad.

—¿Así que piensas tener cuatro nietos? —preguntó él—. Te he oído.

—Eso para empezar. Tienes que darte prisa, porque los años pasan. Pero quita de las paredes esos cuadros de Ikea. Ninguna mujer querrá sentarse en esta habitación mientras los tengas colgados. —Señaló con la cabeza la fotografía en blanco y negro de unos operarios almorzando sentados en una viga durante la construcción de un rascacielos en Nueva York.

—Ven, siéntate —dijo Adam riendo mientras colocaba sobre la mesa la cacerola con los espaguetis humeantes. Después dejó al lado el cazo con la salsa boloñesa.

—Comida para niños —comentó Miriam, aunque no por eso dejó de servirse una generosa porción—. Es evidente que también en la cocina te hace falta la mano de una mujer.

Comieron un momento en silencio. Luego Adam apoyó los cubiertos sobre la mesa.

—¿Qué te han dicho?

Su madre rehuyó su mirada. Se sirvió un poco más de pasta y a continuación murmuró:

—Empiezo el tratamiento mañana.

En el silencio que se instaló en la cocina cada tintineo de los cubiertos sonaba como un disparo.

Adam apartó el plato. No podía comer más.

Milda siempre sentía el corazón lleno de felicidad cuando iba a visitar a su abuelo. La casa roja de Enskede simbolizaba todo lo bueno de su infancia. Era la personificación de su abuelo Mykolas.

El abuelo le abrió la puerta antes incluso de que llamara al timbre.

—¡Buenos días! —la saludó en un tono de voz excesivamente alto—. Ya estoy preparando el café.

Milda entró en el recibidor, lleno de geranios y hortensias, y se quitó los zapatos. No pudo reprimir una mueca de pena mientras lo seguía hasta la cocina. El abuelo hablaba a gritos porque oía cada vez peor. Su pérdida de audición no dejaba de ser un triste recordatorio del paso inexorable de los años. A Milda le habría gustado mantener la ilusión de que su abuelo viviría para siempre, pero sabía muy bien que no era más que una fantasía.

—Siéntate, pareces cansada —le indicó el anciano colocando sobre la mesa una taza de café caliente.

—Estás gritando, abuelo —le dijo ella levantando la voz.

El hombre se echó a reír y se le marcaron todavía más los surcos de las mejillas curtidas.

—Sí, ya lo sé. No oigo muy bien. Pero podría ser peor. ¡Podría ser la vista!

—He traído panecillos —dijo ella mientras los sacaba de una bolsa de papel.

Pan tierno, como le gustaba al abuelo.

Cortó los panecillos por la mitad y fue a buscar queso y mantequilla al refrigerador. Después se sentó a la mesa, frente a él.

Sin prestar atención al queso y la mantequilla el abuelo tomó medio panecillo y lo mordió con los ojos cerrados.

—¡Mmm! —exclamó—. ¡Pan recién salido del horno! No hay nada mejor. —Después se puso serio—. Bueno, ¿me contarás qué pasa? Me doy cuenta de que hay algo.

—No, no es nada —respondió ella haciendo un gesto evasivo con la mano, aunque sabía que era inútil. Su abuelo no se daría por vencido.

—¿Es por Adi?

Milda suspiró. El abuelo era demasiado listo y siempre metía el dedo en la llaga. Tuvo que contarle en pocas palabras las pretensiones de Adi respecto a la casa, mientras se preparaba un panecillo. El anciano puso los ojos en blanco y apoyó una mano huesuda sobre la suya.

—Todas las familias tienen una manzana podrida —dijo—. Pero tú eres una buena manzana. Una manzana Mio, que en opinión de muchos es la mejor variedad que existe. La pulpa es jugosa y sabe un poco a fresa. Procede de una variedad inglesa y otra sueca y ha heredado lo mejor de ambas. Debe su belleza a la variedad madre: Worcester Pearmain. Y su delicado sabor, a la variedad padre: Oranie.

—¿No es Mio un personaje de Astrid Lindgren? ¿De ahí le viene el nombre? —Milda sonrió. Le encantaba que la compararan con una manzana.

—¡Sí, exacto! —Los ojos del abuelo se iluminaron—. Eres la manzana de oro. O al menos eso creo.

—¿Y qué tipo de manzana es Adi?

El abuelo resopló.

—Tu hermano no es ninguna manzana. Es una polilla del manzano. Sus orugas se comen la pulpa de la fruta hasta llegar al corazón.

—Pero él también es tu nieto...

El abuelo Mykolas frunció el ceño.

—En efecto. Y así no se comporta uno con la familia —murmuró—. Voy a tener que decirle un par de cosas a esa polilla.

Milda miró a su abuelo. Muy pocas veces lo había visto enfadado. Pero a juzgar por su expresión, Adi podía estar seguro de que iba a llevarse una buena reprimenda.

Enseguida el abuelo volvió a sonreír.

—Pero supongo que no es por eso por lo que has venido. No estás aquí solamente para hablar de Adi.

Milda bajó la vista. Se prometió que la próxima vez visitaría su abuelo sin tener algo específico que pedirle. Muy pronto. Y además de llevarle panecillos, les diría a Vera y Conrad que la acompañaran. Pero esta vez había ido por algo concreto.

—No te preocupes —la tranquilizó el abuelo—. Me alegro de que mis conocimientos sigan siendo útiles fuera de mi pequeño invernadero. Solo espero que no me hayas traído otra bolsa llena de pelos. Aquello fue un poco... especial.

Milda sonrió y negó con la cabeza. El abuelo siempre conseguía que todo resultara sencillo. Siempre había sido así. Nada era complicado cuando estaba presente. No quería ni pensar cómo habría sido su vida sin él.

Apartó el desayuno y sacó las fotografías y la bolsa de plástico que le había enviado Mina. Había imprimido las imágenes ampliadas, para que el abuelo pudiera ver más fácilmente los detalles.

—No, nada de cabello esta vez —dijo—. Unas briznas de hierba y unas hojas del parque de Fatbur, en Södermalm. Como puedes ver en las fotos, hay un lugar donde todo parece más verde. Las hojas más oscuras proceden de los árboles que rodean ese punto del parque. El resto de los árboles y de la hierba presentan una tonalidad bastante más clara. ¿Qué crees que puede significar esa diferencia? ¿Podría deberse a la exposición solar? ¿A alguna otra causa?

El abuelo Mykolas apartó con la mano las migajas de pan que habían quedado sobre la mesa y extrajo las hojas de la bolsa. Levantó dos de ellas para examinarlas al trasluz. Después las giró entre el pulgar y el índice, antes de acercárselas a la nariz para olerlas.

—El sol es sin duda un factor para todas las plantas —dijo—. Pero del mismo modo que la luz es determinante para su crecimiento, también lo es el sustrato: la tierra. Y la tierra varía según la localización. Puede contener más o menos minerales, más o menos nutrientes... Puede estar más o menos húmeda... Estas hojas y estas briznas de hierba son más oscuras porque han producido más clorofila que las del resto del parque. Eso significa probablemente que la tierra donde crecen es más rica en nitrógeno. También parece más rica en nutrientes en general, teniendo en cuenta la cantidad de malas hierbas que se ven en las fotos.

—Entonces estamos hablando de un cambio muy localizado de la composición química del suelo, ¿no es así? —replicó Milda—. ¿Qué puede producir un aumento tan notable de la concentración de nitrógeno en un área tan reducida? ¿Líneas eléctricas cercanas? ¿Tuberías de cobre? ¿Diferencias de temperatura?

—A decir verdad, no lo sé —reconoció el abuelo—. Necesitaría una muestra de ese suelo para averiguarlo. —Volvió a guardar las hojas y las briznas en el sobre y lo cerró con cuidado—. ¿Vas a contarme a qué se debe este interés repentino por la fotosíntesis? —preguntó—. ¿Algún proyecto escolar de Vera?

Pero Milda no lo estaba escuchando. De repente se le había ocurrido algo horrible. El cuerpo humano contenía alrededor de dos kilogramos de nitrógeno. Por supuesto, gran parte de ese nitrógeno se transformaría en amoniaco durante el proceso de descomposición, algo que ella como médico forense siempre tenía en cuenta cuando manipulaba cadáveres antiguos. No había ninguna necesidad de respirar amoniaco. Pero incluso después de ese proceso, en un cuerpo humano sepultado tenía que quedar suficiente nitrógeno para multiplicar por lo menos por cincuenta la concentración de ese elemento en el suelo. Y eso sería más que de sobra para el aumento en la producción de clorofila que había mencionado el abuelo.

Se quedó mirando la imagen ampliada que mostraba la mancha verde entre los árboles. Toda el área no medía más de dos metros cuadrados. Lo suficiente para enterrar a un niño.

La gorra de policía la protegía del sol e impedía que se le quemara la coronilla. Por otro lado, el calor bajo la gorra comenzaba a alcanzar niveles difícilmente soportables. Julia les había pedido a todos que se pusieran el uniforme. Necesitaban mostrarse ante la sociedad, para que la gente viera que estaban trabajando. Pero Mina empezaba a arrepentirse de haberle hecho caso. Buscó la sombra de uno de los árboles del parque y se quitó la gorra. De inmediato se sintió mejor.

Vincent fue a situarse a su lado.

—¿Cómo ha conseguido Julia que se pusieran a trabajar tan rápido? —preguntó.

Julia se encontraba junto al grupo de técnicos, que en ese momento excavaban con gran cautela, capa a capa, bajo el césped que se extendía a pocos metros de distancia.

Los expertos en georradar, también llamado «radar de penetración terrestre» o GPR, habían detectado la presencia de un objeto que podía ser un cadáver, gracias al estudio del subsuelo mediante ondas de radio. Pronto podrían descubrir lo que ocultaba la hierba del parque de Fatbur.

Antes de comenzar la excavación habían hincado largas varillas en el terreno, para determinar eventuales variaciones de densidad. De ese modo habían podido delinear los contornos aproximados de la posible sepultura. Todo parecía indicar que el cuerpo, si realmente lo era, estaba en contacto directo con la tierra, sin ninguna protección.

Milda le había explicado a Mina que si lo hubieran enterrado dentro de un saco de plástico, por ejemplo, el nitrógeno no habría pasado a la tierra. En cualquier momento los técnicos de la policía científica podían encontrar el cuerpo en avanzado estado de descomposición. Como no querían dañarlo, todo el trabajo se parecía bastante a una excavación arqueológica, por la cautela con que se desarrollaba.

—De hecho, le pedí a Julia que empezara a presionar el martes, cuando mencionaste el parque —dijo Mina—. Esta mañana, cuando Milda ha llamado para exponernos sus sospechas, todo estaba preparado. En pocas horas hemos movilizado a todo el equipo.

—Entonces, cuando tú yo estuvimos ayer aquí, ¿Julia ya había solicitado autorización para excavar? ¿Y no me dijiste nada?

—Ya ves. Tú tampoco me dijiste nada de la mancha de humedad que tenía yo en los pantalones.

—¡Pero no es lo mismo! Además, jamás se me ocurriría mirarte el trasero. Y aunque lo hubiese mirado, un caballero nunca dice ese tipo de cosas.

—¿Eso significa que habías visto la mancha? ¿Reconoces que me miraste el trasero?

Vincent se sonrojó visiblemente y se puso a toser con fuerza.

—Ya sabes que siempre observo el lenguaje corporal. Por cierto, ¿no están tardando demasiado con la excavación? —dijo—. Debería ir a echar un vistazo.

Puede que fuera una maldad por parte de Mina, pero burlarse de Vincent se había convertido en uno de sus pasatiempos favoritos. Sospechaba que la venganza sería cruel cuando llegara. Pero habría merecido la pena.

—Creo que les haces tanta falta a los técnicos como un monitor de natación a un arquitecto —replicó ella sonriendo—. Pero tienes razón. No es lo mismo. No te lo dije antes porque esperaba que estuvieras equivocado. Por lo general este tipo de autorizaciones pueden tardar varias semanas. Pero la municipalidad de Estocolmo no quería arriesgarse a que un turista encontrara el cadáver de un niño en uno de los parques de la ciudad. Probablemente nos habría proporcionado también las palas si Julia las hubiera pedido. Sin embargo, todavía espero que estés equivocado. Lo deseo con todo mi corazón. Porque las consecuencias de que hayas acertado...

—Lo sé —repuso él—. No quiero ni pensarlo.

De repente uno de los técnicos llamó la atención de los demás agitando un brazo.

—¡Aquí! —gritó—. Tengo algo.

Vincent se volteó para mirar y enseguida agarró a Mina por un brazo, tal como había hecho la vez anterior. E igual que en aquella ocasión, no pareció ser consciente de lo que estaba haciendo. Mina sintió el contacto de su piel, pero no la incomodó.

De pie junto a los técnicos, Julia se inclinó para ver lo que habían encontrado, al tiempo que un intenso olor a amoniaco se difundía por el aire.

Pareció que se tomaba su tiempo para estudiar detenidamente el hallazgo. Quizá necesitaba unos minutos para comprender lo que estaba viendo. O tal vez no quería comprenderlo. Cuando lo hubo asimilado se acercó a Mina y Vincent.

—Esto tendrá consecuencias muy negativas —le dijo a Mina—. Puede que sea macabro hablar de política en estas circunstancias, pero tengo que hacerlo. La política de la jefatura afecta a la existencia de nuestro grupo, y este hallazgo va en contra de la línea que deseaba mantener la dirección. No encaja en el cuadro que querían pintar. —Después se volteó hacia el mentalista—. Parece que tenías razón, Vincent. Felicidades.

Julia se aclaró la garganta. Había un notable desfase entre la relación privada que mantenía con Östen, su padre, y la relación laboral entre ambos. Eso en sí mismo no era extraño, sino bastante natural. Después de todo, su padre era el jefe de la policía de Estocolmo.

—Me han llegado algunos datos inquietantes. Parece ser que han vuelto a hacerle caso a ese... mago.

—No es mago, papá. —Julia suspiró—. Es mentalista.

Por la expresión de Östen notó que para él no había ninguna diferencia.

—Tenemos unos indicios sólidos y un sospechoso: Mauro Meyer —replicó él—. Y yo tengo bastantes más años que tú en el cuerpo de policía. Según mi experiencia, la respuesta más sencilla suele dar en el clavo. Sin embargo, esta otra pista... Cada vez estoy más cerca de ordenarte directamente que la abandones. Ya te expresé mis dudas cuando trajeron a Nova como asesora. Pero al menos ella... Ahora la situación se les ha ido por completo de las manos. Cambiar a Nova por ese... ese...

Julia respiró hondo. Se sentía como si volviera a tener siete años y su padre la estuviera regañando por haber dejado la leche fuera del refrigerador.

—Te entiendo. Pero no podemos pasar por alto que hace unas horas hemos encontrado un cadáver en el parque de Fatbur gracias a Vincent y a sus teorías. Por eso no puedes afirmar que sus ideas sean absurdas.

—Nunca he dicho que ese... hombre... esté equivocado —repuso Östen, con el mismo tono de voz que había empleado la vez que ella se olvidó de cerrar la reja y el pastor alemán de la familia se escapó y dejó embarazada a la cocker spaniel de los vecinos—. Pero una cosa no tiene por qué excluir la otra. Puede acertar en sus conclusiones sin que por eso debamos descartar la culpabilidad de Meyer. Tienen que concentrarse en presionar a Meyer para que reconozca su culpa y señale a sus cómplices.

—Pero ¿cuál sería su motivo? —preguntó Julia, sin poder hallar una postura cómoda en la silla.

—Ya lo veremos. Siempre hay un motivo. A veces lo descubrimos y otras no. Pero tienes que investigar a partir del acto perpetrado: los hechos, las pruebas, los detalles más concretos y tangibles... Como el hallazgo de prendas infantiles ocultas en los lavabos de su restaurante. Eso es un hecho. O que su mujer llevara mucho tiempo señalándolo como una persona peligrosa. Otro hecho. A veces desearía que todos nosotros, como sociedad, supiéramos prestar más atención a esas advertencias. Pero por desgracia esta es la realidad que nos ha tocado vivir.

Östen negó con la cabeza con expresión pesarosa y Julia tuvo que morderse la lengua. Sabía que era inútil. Cuando su padre se subía a su pedestal de superioridad moral era imposible razonar con él. Tenía buenas intenciones y era todo corazón, pero pertenecía a una generación de policías formada para actuar dentro de un determinado marco. Y si los hechos no encajaban en ese marco, entonces estaban dispuestos a forzarlos un poco, incluso a costa de la verdad. Julia se veía obligada a seguir hasta cierto punto esa misma línea, porque la generación de su padre continuaba tomando las decisiones y estableciendo las reglas. Además, ella ya sabía dónde se estaba metiendo cuando había ingresado en el cuerpo de policía. Lo sabía mejor que nadie.

—No dediques más tiempo a esas otras historias. No te apartes del verdadero trabajo policial.

El tono de su padre era cortante y Julia comprendió que la

reunión y el correspondiente sermón estaban tocando a su fin. De repente el rostro del hombre se iluminó.

—¿Cuándo nos traerás al chiquitín? Hace mucho desde la última vez. ¡Si seguimos así, Harry se habrá marchado de casa cuando vengan a visitarnos!

Se levantó y le dio un abrazo. Julia se permitió apoyar durante un segundo la cabeza sobre su hombro, como había hecho tantas veces cuando era pequeña. Pero enseguida se apartó.

—Iremos en cuanto acabe todo esto —respondió ella, y le dio a su padre un beso en la mejilla.

—No te preocupes, Julia. Ya casi lo han conseguido. ¡Ya tienen al culpable!

Las palabras de su padre la siguieron mientras salía por la puerta.

Vincent estaba en el escenario. Después de la función de esa noche tenía otra al día siguiente, que era viernes, y otra más el sábado. Y con eso habría terminado la temporada. Se acercaba la parte del espectáculo en la que se estrangulaba con el cinturón y se alegraba de que solo tuviera que repetir ese número tres veces más, porque ya no lo soportaba. Tras la función anterior había tenido que maquillarse las marcas rojas que le habían quedado en el cuello. Además, durante las últimas funciones el número había derivado hacia otra temática, diferente de la sobrenatural. Ya no hablaba de establecer contacto con los espíritus. Su actuación seguía siendo la misma, pero el marco se había vuelto más actual. Tal vez era una forma de procesar los horrores que se estaban produciendo a su alrededor. En cualquier caso, el número se había tornado mucho más intenso. Su nuevo tema, relacionado con las sectas, era tremendamente popular.

Había llegado al Teatro Oscar de Estocolmo tres horas antes de que empezara la función, para prepararse bien. Como eran las últimas funciones, había decidido emplearse a fondo. Sus asistentes esperaban al público en el vestíbulo, donde repartían gorras gratuitas entre todos los que aceptaran ponérselas. Las gorras presentaban un motivo decorativo de puntos negros sobre fondo blanco.

Al menos cincuenta de los espectadores sentados en la sala se habían puesto una. Cuando Vincent volvió al escenario después del entreacto, se había cambiado de ropa y llevaba una camiseta blanca con el mismo dibujo de puntos.

—Me alegro de que tantos de ustedes se hayan atrevido a ponerse una gorra sin conocer su significado —afirmó separando los brazos para que el público viera bien su camiseta—. Me consta que todos ustedes, los ochocientos cincuenta y siete espectadores, formen parte de la porción más inteligente de la población. La prueba irrefutable es que están aquí.

La broma era un poco tonta, pero el cumplido le sirvió para crear una relación de cercanía con el público. La mayoría de los espectadores sonrieron satisfechos. Pero Vincent estaba a punto de hacer saltar por los aires la relación que acababa de crear.

—Por otro lado, algunos de ustedes han llegado más lejos que otros —prosiguió—. Los que han aceptado ponerses la gorra son evidentemente más curiosos que los demás. No formulo ningún juicio de valor. Solo enuncio un hecho. Diría que la mayoría de los que llevan la gorra están interesados en llegar a ser la mejor versión de ustedes mismos, tienen en casa varios libros sobre desarrollo personal y quizá incluso hayan asistido a algún curso sobre el tema. Los que han aceptado la gorra comparten una determinada actitud mental que el resto del público todavía no ha alcanzado.

Varios de los espectadores con gorra asintieron entusiasmados, al tiempo que algunos de los demás comenzaban a cruzarse de brazos decepcionados. ¡Era tan fácil crear un ambiente de «nosotros contra ellos»! Lo único que había hecho Vincent había sido, como antes, utilizar el llamado «efecto Barnum», consistente en formular afirmaciones que parecían personales y específicas cuando en realidad se podían aplicar a la mayoría de las personas. También se aseguró de hablar en un tono más amable y de sonreír más cuando se dirigía a los portadores de la gorra. Los resultados no se hicieron esperar.

—Cuando alguien tiene una mente tan única y abierta como la suya —dijo—, es posible establecer una comunicación a un nivel especial. Comparten conmigo una esfera mental única.

Más halagos, sin el menor fundamento real. Si hubiera hablado de «esferas mentales únicas» nada más empezar, nadie del público habría dado por bueno el concepto. Pero todo su discurso anterior había sido una preparación para guiar psicológicamente a los espectadores e inducirlos a aceptar ideas que de otro modo ni siquiera se habrían planteado. Era alarmante la rapidez con la que podía lograrlo. Casi nunca tenía que hablar mucho para conseguir el resultado deseado.

—Ya sé que puede parecer extraño —añadió con una sonrisa, en tono de disculpa—, pero se trata de una capacidad que es posible entrenar. Hay que desconectar la mente del cuerpo. Permítanme que se los enseñe.

Se armó de valor. Había llegado la hora del cinturón. Un asistente ayudó a una de las personas con gorra a subir al escenario y sentarse en una butaca junto a Vincent. El mentalista se pasó el cinturón por el cuello y, como siempre, un murmullo recorrió el público.

—Esto es para desconectar de manera simbólica, pero también literal, el cuerpo de la mente —explicó con voz tensa. Después le tendió la mano al hombre de la gorra, que lo contemplaba atemorizado—. Hazme el favor de tomarme el pulso y de avisar al resto de los espectadores cuando empiece a volverse más lento. En ese momento intentaré sumergirme en nuestra esfera de conciencia compartida.

El maldito cinturón hacía tanto daño como siempre. Pero eran las últimas funciones. El resto del número se desarrollaba más o menos como antes. Vincent logró detener el pulso de la muñeca y fingió perder el conocimiento. En los minutos siguientes se refirió a ciertos episodios de la infancia del hombre, describió varios de sus recuerdos y reveló algunos de sus secretos. Realmente parecía como si Vincent y el voluntario que había subido al escenario compartieran la misma mente.

En realidad el mentalista solo había utilizado el efecto Barnum, combinado con simples conjeturas y deducciones derivadas de la forma de vestir, la manera de expresarse y el lenguaje corporal del hombre, todo ello aderezado con aseveraciones que en el fondo eran demasiado vagas para tener sentido.

Si algunas de sus suposiciones no se correspondían con la realidad, se disculpaba diciendo que debía de haber captado las ondas mentales de otra de las personas «especiales» presentes en la sala. De inmediato alguno de los portadores de gorras sofocaba una exclamación y murmuraba que era cierto y que eso le había pasado a él o a ella.

Cuando Vincent hubo terminado su exhibición, se aflojó con cuidado el cinturón en torno al cuello y dejó que el pulso volviera a la normalidad.

—Gracias por su atención —dijo, y a continuación se dirigió exclusivamente a los que llevaban puesta una gorra—. En realidad todos ustedes poseen esta capacidad. De hecho, tengo un centro en las afueras de Estocolmo donde imparto cursos y enseño a acceder a esa esfera de conciencia compartida. Las personas interesadas tienen que venir a vivir conmigo durante dos semanas. Pero tengo que advertirles que el curso no es barato y solo hay diez plazas disponibles. ¿A alguno de ustedes le gustaría iniciar esa aventura?

Veinticinco manos se alzaron de inmediato entre el público. Vincent asintió pensativo. Contó por dentro hasta diez, para prolongar la pausa tanto como fuera posible.

—Y así es como se crea una secta —dijo entonces.

Se hizo un silencio sepulcral en la sala.

Una oleada de nuevas emociones recorrió al público. Los que no se habían puesto la gorra dejaron de sentirse marginados y accedieron directamente a la euforia de verse reivindicados. Los que la habían aceptado pasaron de la alegría de creerse elegidos a la decepción de sentirse traicionados. Habían confiado en el mentalista y él los había dejado en ridículo. Vincent disponía de cinco segundos para activar el pensamiento racional del público antes de que sus emociones tomaran las riendas. El truco consistía en hacerles tomar la amarga medicina sin que llegaran a odiarlo.

—Perdónenme —dijo, haciendo lo posible por parecer sinceramente compungido, lo que desde luego también era parte de la actuación—. Antes de explicar lo sucedido quiero aclarar una cosa. De verdad creo que todos ustedes son personas inteligentes. Todos y cada uno de ustedes. Pero no hay ninguna diferencia entre los que se han puesto la gorra y los que no. Lo único que los distingue es que algunos recibieron una prenda de vestir de manos de mis asistentes y otros no. Pero las gorras han creado de inmediato un sentimiento de comunidad entre los que las llevaban puestas, un sentimiento que yo me he ocupado de reforzar. Además, las gorras han contribuido a desdibujar la identidad individual de cada uno, algo muy interesante cuando el propósito es crear una secta. Se han convertido en un colectivo. ¿Y la «esfera de conciencia compartida»? Una tontería sin sentido. Pero una secta necesita su propia jerga para reforzar todavía más el sentimiento de comunidad.

Para entonces la mayoría de las gorras habían desaparecido. Sus antiguos portadores se movían incómodos en sus asientos.

—Lo diré una vez más —insistió Vincent—. Cualquiera de ustedes podría haberse puesto una gorra. No hay ninguna diferencia entre los que las han aceptado y los que no, independientemente de lo que haya afirmado hace un momento. Ni tampoco hay ninguna diferencia entre ustedes y yo. Lo que me han visto hacer son meros juegos psicológicos y sencillos trucos de feria, pero lo bastante convincentes para que estuvieran dispuestos a pagar unos cursos costosos e incluso a venir a vivir conmigo. En definitiva, el mensaje es este: cuídense de los falsos profetas.

No pensaba transformar toda la función de la noche en una charla, pero a veces era inevitable. El siguiente número tendría que ser mucho más ligero, para compensar.

—¡¿Significan algo los símbolos?! —gritó alguien desde el patio de butacas, agitando su gorra—. ¿Los puntos negros?

—¡Ah, los puntos! —exclamó Vincent, y enseguida guiñó un ojo con expresión traviesa—. Es un texto en braille. Pone: «Yo obedezco».

Todo el público estalló en una liberadora carcajada. Vincent contempló el mar de espectadores y sonrió. Quizá pensaran que se había excedido, pero ahora las ochocientas cincuenta y siete personas que tenía delante eran bastante más difíciles de engañar que cuando habían llegado.

Cuando cambió la luz el mentalista reparó de pronto en una cara que reconoció. Hasta ese momento no la había visto. Nova estaba en la primera fila de la primera galería. No reía como los demás. Tampoco aplaudía. Solo lo miraba con los brazos cruzados.

Al cabo de unos segundos se levantó y salió.

Había alguien en la antesala de los camerinos cuando Vincent bajó. El mentalista se estremeció involuntariamente al distinguir el contorno de una persona en el sofá. No esperaba que hubiera nadie. De hecho, no debería haber nadie.

—Perdón. No ha sido mi intención asustarte —dijo Nova al notar su reacción—. Pero me han dicho que podía esperarte aquí.

Vincent tardó un instante en rehacerse antes de contestar. Durante una fracción de segundo había creído ver a Anna, la chica de los tatuajes, la que lo perseguía y estaba obsesionada con él. Sin embargo, Nova y ella eran completamente distintas. Su mirada se dirigió a la mesa. Durante la función alguien le había dejado un tazón con caramelos y tres botellas de agua. Casi como si se hubiera propuesto molestarlo.

—No es necesario que te disculpes —respondió—. Es un problema mío, porque en mi gira pasada había una persona que intentaba subir al escenario después de cada función. Al final la conocí y... no fue agradable. Tenía una habitación llena de fotos mías. Y una especie de altar. Desde entonces me pongo un poco nervioso cuando encuentro a alguien al acabar la actuación. Además, aquí suelo estar solo.

Miró el suelo con el rabillo del ojo. Había llegado con la intención de cerrar la puerta con seguro y acostarse directamente sobre las tablas, pero a Nova le habría parecido extraño que lo hiciera. Además, necesitaba hacer algo para que dejara de haber tres botellas sobre la mesa. Se sentó en el segundo sofá, frente a Nova, y se preparó para recibir una dura crítica por el número de las sectas. No había mencionado de forma explícita el epicureísmo. Pero casi.

—No quiero importunarte —dijo ella—. Solo he venido para saludar. Y también para agradecerte la charla. Ha sido apasionante.

—¿De verdad lo crees? Imaginaba que te habrías disgustado, por lo que he dicho al final... sobre los gurús y las sectas. ¿Quieres agua?

Nova negó con la cabeza. «Mierda», pensó Vincent. Habría sido perfecto para deshacerse de una de las tres botellas.

—¿Por qué iba a disgustarme? —replicó Nova—. Todo lo que has dicho era cierto. Además, creo que es importante educar al público para que sepa diferenciar entre movimientos auténticos y constructivos, como el nuestro, y sectas destructivas que manipulan a sus miembros.

Vincent no estaba seguro de que fuera ese el mensaje que quería transmitir.

—Por otro lado, si te interesa... —prosiguió ella, abriendo el bolso.

Vincent observó que era un Louis Vuitton. Nova extrajo de su interior un folleto con el logo de Epicura y se lo tendió.

—Puedes venir a verme cuando quieras —dijo.

Vincent abrió el folleto. En la primera página había una cita en cursiva.

> *Epicuro aconseja para la nueva era lo mismo que para épocas pasadas. Acepta solo la inquietud que pasa rauda como una estrella por el vasto cielo: fugaz e imperceptible. La calma purifica. No has de padecer ni sufrir. Olvida los anhelos y evita el deseo que es condena. Aléjate con ahínco del dolor. Busca la paz. Así lograrás el éxito cuando alcances el Todo*
>
> *John Wennhagen*

—He visto esa cita en su página web —dijo el mentalista—. No sabía que también tu padre fuera epicureísta.

—Lo era sobre todo mi abuelo —respondió Nova—. Mi padre lo ayudaba de vez en cuando con los textos y otras cosas. No compartía la filosofía de mi abuelo en su totalidad. Esas líneas fueron las últimas que escribió antes de... desaparecer.

—¿De desaparecer? Creía que había muerto en un accidente.

Nova palideció y bajó la vista.

Vincent se arrepintió de haber hablado. Había sido insensible. Era evidente que Nova no había querido referirse a la muerte de su padre en términos tan crudos. Y ahora él no solo la había obligado a hacerlo, sino que además le había recordado el accidente a consecuencia del cual aún padecía dolor crónico. Buen trabajo para alguien que se jactaba de interpretar la mente humana.

—Estuvieron dragando durante dos semanas después del accidente —explicó ella—. Pero nunca hallaron el cuerpo. Soy consciente de que ya no está entre nosotros, pero una pequeña parte de mí, una parte de aquella niña que estaba con él en el coche, alberga todavía la esperanza de que algún día aparezca sano y salvo. Solo con el cabello un poco mojado.

Vincent trató de apartar de la mente la imagen de un John Wennhagen de regreso del mundo los muertos, con el cabello lleno de algas, llamando a la puerta de Nova. Sabía que no era eso lo que ella había querido decir, pero no pudo evitar visualizarlo así.

—Se expresaba de manera muy poética tu padre —dijo Vincent, señalando el texto en un intento de encaminar la conversación por otros derroteros.

Nova estalló en una carcajada. La estrategia había funcionado.

—No es necesario que seas cortés —replicó ella—. Ese texto es prácticamente incomprensible para alguien de fuera. Pero se obligó a escribirlo utilizando un número determinado de palabras que él mismo se había fijado de antemano. A menudo se imponía ese tipo de desafíos creativos. El resultado solía ser un poco... En cualquier caso, seguimos usando este texto para honrar su memoria. Encontrarás al dorso la dirección de nuestro centro, por si quieres visitarnos. ¿Aún estoy a tiempo de aceptar el agua que me habías ofrecido? —añadió señalando una de las botellas sobre la mesa.

¡Por fin!

—Tómala tú misma —respondió él, fingiendo despreocupación, mientras apartaba el folleto.

Nova utilizó un abrebotellas que encontró dentro de un tazón y Vincent respiró aliviado. No era consciente de lo tenso que estaba. Se levantó y llenó un vaso para él con agua de la llave.

—Por cierto, estoy colaborando en la misma investigación policial que tú, la de los niños asesinados —dijo a continuación volviendo a sentarse—. Y me interesa tu idea de que detrás de las muertes hay un grupo organizado. Sin embargo, la mayoría de los grupos destructivos intentan mantenerse fuera de los focos de la atención pública, ¿no es así? Este, en cambio, parece que se esforzara para que lo veamos.

Nova bebió directamente de la botella, sin dejar de mirar a Vincent. Su labial no manchó el cuello de la botella ni se alteró en lo más mínimo.

—Quizá no quieran llamar la atención sobre el propio grupo —repuso ella—, sino sobre su mensaje.

—¿Y cuál sería ese mensaje? Si te refieres a tu teoría sobre el agua, por desgracia ha quedado descartada. La policía ha encontrado el cuerpo de otro niño en el parque de Fatbur hace unas horas. Creo que todavía no le han practicado la autopsia, pero estoy seguro de que el hallazgo guarda relación con los otros dos asesinatos. Y no hay ninguna masa de agua cerca del parque de Fatbur, si exceptuamos la fuente.

Nova sonrió. Le brillaban los ojos y su presencia parecía llenar toda la habitación. Resultaba impresionante, incluso para Vincent. A él también le habría gustado tener su personalidad y ser igual de... magnético, por decirlo de alguna manera. Era extraño que no le hubieran ofrecido aún a Nova un programa de televisión para ella sola. O quizá ya se lo habían ofrecido y ella lo había rechazado. No parecía buscar más notoriedad de la necesaria, algo poco frecuente entre los nombres habituales del circuito de conferencias.

—Al contrario. Diría que el hallazgo confirma mi teoría —replicó ella—. Tú deberías saber más que nadie que el parque de Fatbur ocupa el lugar de un antiguo lago, que hace unos seiscientos años se encontraba en el centro de Södermalm. Era una importante fuente de agua dulce para los habitantes de la zona, que además pescaban en él.

Por supuesto, Nova tenía razón. El parque era lo que quedaba de uno de los lagos más extensos de Estocolmo, y el mentalista se avergonzaba de no haberlo recordado. Tendría que habérselo dicho a Peder cuando se lo había preguntado.

—A finales del siglo XVII había tanta basura y desechos en el lago que la gente lo llamaba «el vertedero de Fatbur» —continuó Nova—. El hedor era insoportable. Pero hubo que esperar hasta mediados del siglo XIX para que lo desecaran por completo, a raíz de la construcción de la estación ferroviaria de Söder. En cualquier caso, siempre había habido agua en la zona, desde antes de la fundación de la ciudad hasta el drenaje total del lago hace poco más de doscientos años. Después se convirtió en parque, el mismo donde ahora han hallado un cadáver. ¿Por qué sonríes de ese modo?

Vincent se echó a reír. No era consciente de que estaba sonriendo. Nova también rio, mirándolo con sus ojos luminosos. El mentalista se vio obligado a aceptar la idea de que quizá era ella quien tenía la razón y no él. Pero si lo que afirmaba Nova era cierto y sus conclusiones eran erróneas, entonces no podía prever lo que sucedería a continuación. Estaba más lejos de comprender al asesino que al principio de la investigación.

Nova se levantó del sofá y le apoyó una mano sobre el brazo.

—Tú y yo somos más parecidos de lo que crees —le espetó—, pero yo soy un poco más lista. Ven a verme cuando quieras. Tienes la dirección.

Peder se había asegurado de estar en la puerta de la tienda antes de que llegara Herman. En realidad los viernes no abría antes del mediodía, porque por la mañana solía hacer inventario de los artículos recibidos a lo largo de la semana. Pero teniendo en cuenta lo que habían hablado por teléfono, quería interrogarlo antes de que abriera el local a los clientes.

Se inclinó sobre la vitrina y contempló los objetos expuestos sobre un trozo de tela azul oscuro.

—Gracias por llamarnos —le dijo a Herman.

—Era mi obligación. Reconocí enseguida el reloj cuando me enviaron la descripción. Lástima que no lo tuviera unos días antes. Pero lo he guardado para ustedes —replicó, dándose unas palmadas sobre el vientre con expresión satisfecha.

Peder había hablado muchas veces con Herman, el dueño de la casa de empeños, y sabía que siempre estaba dispuesto a ayudar a la policía.

—¿Y dices que tiene una inscripción?

Herman sonrió cordialmente y le dio la vuelta al reloj.

—«Para Allan Walthersson en su 60 cumpleaños» —leyó Peder.

Allan Walthersson era el abuelo de Ossian. El padre de Fredrik.

Herman apenas cabía detrás del mostrador a causa de su abultado vientre, que cada vez parecía más grande. Peder y sus colegas solían bromear diciendo que algún día se quedaría atascado y habría que excarcelarlo de la tienda de Gamla Stan con la ayuda de los bomberos.

—¿Esto es todo lo que te han traído? —preguntó Peder examinando el resto de los objetos—. ¿Te ha dado tiempo a vender algo?

Además del reloj, había un anillo de oro, un broche de perlas y un brazalete de oro a juego con el broche.

—No, todo está aquí. No acepto artículos robados. Por eso os llamé de inmediato, al ver que estos lo eran. Mi padre era policía, ¿sabes? Me enseñó desde pequeño que hay que colaborar con el brazo armado de la ley.

—Y nosotros te lo agradecemos —contestó Peder dándole unas palmadas en el hombro—. Pero ahora viene la pregunta del millón. ¿Quién te trajo todo esto?

—Oh, un viejo conocido mutuo. —Herman rio—. Supongo que por eso le presté más atención de la habitual.

Después hizo una pausa. Peder conocía bien el juego. Herman siempre quería sacar el máximo partido a las situaciones y a Peder no le importaba que lo hiciera. Contempló el pequeño comercio a su alrededor. Algo en la abigarrada colección de artículos expuestos despertaba en él una fascinación infantil. Había de todo, desde televisores antiguos hasta joyas, además de un equipo de buceo, álbumes de sellos cubiertos de polvo y algo parecido a un tejón disecado.

—¿No quieres saber quién fue? —insistió Herman mirándolo intrigado.

—Sí, desde luego que sí —respondió Peder—. Nada me gustaría más, Herman.

—Entonces tendrás que resolver mi adivinanza.

—No te pediría que lo hicieras de ninguna otra manera —replicó Peder riendo—. Vamos a ver. ¿Qué enigma me vas a plantear hoy?

Herman soltó una carcajada.

—Aquí va. ¿Cuál es el efecto que buscamos todos los comerciantes?

—Mmm... Complicado —comentó Peder. Se rascó la barba mientras pensaba. Otras veces había acertado la respuesta, pero en este caso no tenía la menor idea. Suspiró—. Eres demasiado ingenioso para mí, Herman. Me doy por vencido.

El hombre guardó silencio durante un momento para aumentar el suspenso.

—¡EL EFECT-IVO! —exclamó, y pareció que fuera a partirse de risa.

Peder sonrió y negó con la cabeza.

—¡De verdad que no sé de dónde sacas las ideas! Pero ahora apiádate de un pobre policía un poco torpe y dime: ¿quién te trajo esas joyas? ¿Decías que era un viejo conocido?

Herman asintió.

—Así es. Un habitual de esta casa. Su nombre rima con *granate*. —Volvió a soltar una risita entre dientes.

Peder frunció el ceño. Esta vez intentaría adivinarlo. Granate... Enseguida se le iluminó la cara.

—¡Matte! ¡Matte Skoglund!

—¡Bingo! —exclamó Herman masajeándose la barriga. Después señaló los artículos expuestos sobre el trozo de tela—. Son joyas buenas. ¿No hay ninguna posibilidad de...?

—Lo siento, Herman. Me las tengo que llevar. Ya lo sabes. Pero vete pensando una nueva adivinanza para la próxima vez.

—¡Solo si te afeitas la barba! —replicó Herman cuando Peder ya se dirigía hacia la puerta—. ¡Buen fin de semana!

Peder sacó el teléfono del bolsillo nada más salir a la calle.

—Hola, Adam. Aquí Peder. Creo que podemos descartar las teorías de la conspiración en torno al atraco en casa de los padres de Ossian, en Bellmansgatan. El culpable es un viejo conocido: Matte Skoglund. Sí, exacto. Les pediré a los chicos de las patrullas que estén atentos por si lo ven. Pero he recuperado lo robado y ya podemos cerrar esa parte de la investigación.

Puso fin a la comunicación y enseguida se echó a reír para sus adentros. Efect-ivo. ¡Qué ingenioso ese Herman!

—Buen trabajo —se limitó a decirle Milda.

De fondo se oía la voz de Charlotte Perrelli, cantando su éxito *Las mil y una noches*. La forense tarareaba de vez en cuando la canción, probablemente sin darse cuenta. A su lado Loke se mantenía siempre en segundo plano, como una sombra, listo para seguir sus instrucciones.

—El mérito no es mío —replicó Mina mirando al mentalista—, sino de Vincent.

Por alguna razón su amigo presentaba esa mañana una marca roja en el cuello. De hecho, desde que había comenzado a colaborar en la nueva investigación le había notado varias veces marcas parecidas. Tendría que esperar una ocasión más propicia para preguntarle al respecto.

Vincent tenía la vista fija en el cadáver sobre la mesa de autopsias. Mina le había aconsejado que se lo pensara dos veces antes de entrar. Los cadáveres de adultos ya eran de por sí bastante impresionantes, pero los de niños eran muy difíciles de asimilar. El mentalista había insistido en acompañarla, pero a juzgar por su cara, mucho más pálida que de costumbre, lo estaba pasando bastante mal.

—Justo acabo de coserlo —dijo Milda mientras se quitaba los guantes con sendos chasquidos.

—¿Qué puedes decirnos? ¿Presenta las mismas lesiones que los otros?

Mina desvió la mirada del anónimo cadáver infantil sobre la

mesa. Le parecía indigno desconocer su identidad. Alguien en algún lugar debía de llevar mucho tiempo echándolo de menos.

Oyó que Vincent tragaba rítmicamente, como si el contenido de su estómago le subiera y le bajara por el esófago como un yoyó. Pero el hecho de que Mina no se hubiera derrumbado no significaba que a ella la afectara menos la situación. La muerte de un niño era algo totalmente antinatural. Y ya iban cuatro.

—Como el cuerpo ha pasado ya cierto tiempo sepultado, las circunstancias son un poco diferentes —respondió Milda mientras bajaba el volumen de la música—. Lo que nos favorece es que un cadáver enterrado tarda un poco más en descomponerse, en parte porque el suelo está más frío y en parte porque no está expuesto a las moscas. Aun así, la putrefacción está bastante avanzada. La piel se ha separado en capas, lo cual nunca facilita mi trabajo, y los tejidos han empezado a saponificarse. Aparte de eso, hay similitudes significativas con las otras víctimas.

Guardó silencio. En la sala de autopsias solo se oía la voz de Charlotte Perrelli cantando: «*Te tengo en mis sueños...*».

Vincent tragó saliva una vez más y abrió la boca para hablar.

—¿Cómo de significativas? —preguntó con voz ronca.

—Bastante, diría yo —contestó Milda—. Tiene las mismas marcas en los pulmones que el resto de las víctimas. Y he hallado fibras similares en la garganta —añadió, indicando con un movimiento de la cabeza un carro metálico donde había depositado varias muestras, listas para enviarlas al laboratorio de la policía científica.

—¿Piensas que se trata de un mismo culpable?

—Eso no debo decirlo yo, sino ustedes. Pero mi opinión como forense es que existen grandes semejanzas en la forma de actuar.

Mina asintió pensativa. Con el rabillo del ojo notó que había llegado el momento de sacar a Vincent de la sala. Aun así el mentalista consiguió hablar una vez más antes de que ella tuviera tiempo de decirle que ya se marchaban.

—¿Momento del asesinato? —dijo Vincent—. ¿Cuándo crees que pudo suceder?

Milda se volteó para contemplar el cuerpo sobre la mesa y frunció el ceño.

—Es muy difícil determinarlo. Solo puedo hacer conjeturas, pero diría que el cadáver no ha estado enterrado más de dos meses. No obstante, tomad este dato con las debidas precauciones. Es complicado establecer la fecha del óbito cuando ha empezado el proceso de saponificación, que consiste en la transformación de los tejidos grasos en cera. En algunas ocasiones, si el proceso es rápido, puede facilitarnos la tarea, porque a veces la cera cadavérica conserva el aspecto de las lesiones. Pero en este caso, por desgracia, no ha sido así. En cuanto a los objetos hallados cerca del cuerpo, tampoco sirven para establecer el momento del deceso, porque el plástico no se degrada en la naturaleza. —Milda señaló un recipiente transparente sobre la mesa. Parecía contener un juguete rojo y otro azul.

Vincent se acercó para estudiarlos y sus mejillas recuperaron parte del color perdido.

—Coches construidos con piezas de Lego —dijo sacando el teléfono—. ¿Puedo...?

Tras un gesto afirmativo de Mina, empezó a hacer fotos. El interés de Vincent por las construcciones de Lego parecía casi tan intenso como el de Milda por los cadáveres.

—¿Crees que eran suyos? —preguntó Mina.

—No hay ninguna razón para pensar lo contrario —respondió Milda—. Por supuesto, es un poco extraño que los hayan enterrado con el cadáver, pero no es ni mucho menos lo único extraño que hay en todo esto.

Mina asintió. Aunque le disgustaba reconocerlo, Milda tenía razón. Vincent volvió enseguida a su lado, absorto en las fotografías que acababa de tomar.

—Gracias, Milda —dijo Mina—. Te llamaremos en cuanto estén listos los análisis de las muestras, o llámanos tú si ves algo nuevo o tienes alguna intuición o una corazonada. Necesitamos todo lo que podamos conseguir.

—Sí, te entiendo —replicó Milda con firmeza, indicando a su ayudante que ya podía llevarse el cuerpo.

Cuando Mina y Vincent llegaron a la puerta, oyeron que subía el volumen de la canción de Charlotte Perrelli: «*Sombras cayendo en el crepúsculo azul / me hacen anhelar el amor / y saber... / que solo puedo soñar, / que nunca podré olvidar...*».

La puerta se cerró a sus espaldas. Vincent respiró profundamente varias veces, con la cabeza caída sobre el pecho. Luego levantó la vista y vio los ojos de Mina.

—Cuatro niños —dijo—. Secuestrados por diferentes personas, asesinados de la misma manera. Nunca más podré conciliar el sueño, después de esto.

—Lo sé. Pero tenemos un problema. El cuerpo que está allí dentro parece confirmar tu teoría del ajedrez: tu *knight's tour*. De hecho, lo hallamos en el parque de Fatbur, justo donde tú indicaste. Sin embargo, sin una conexión con los caballos, no podemos saber si este crimen se encuadra en el mismo patrón o si todo ha sido una mera casualidad. La relación que tú has descubierto se basa en dos elementos. La colocación de los cuerpos es uno de ellos. El otro es el que se materializa en el separador, la mochila y la pintada en la pared. Pero los coches de Lego, hasta donde yo sé, no tienen nada que ver con los caballos.

Vincent asintió pensativo.

—Ya lo sé —respondió—. También he visto que uno de los juguetes me resultaba vagamente familiar. Hay algo muy raro en todo esto.

Vincent tocó el timbre de la entrada, en la dirección de Birkastan que les habían indicado. Enseguida se oyó un zumbido y pudieron empujar la puerta para abrirla.

—No estoy segura de que esta sea la mejor manera de emplear nuestro tiempo —comentó Mina con escepticismo.

—Ya sé que tienen a un sospechoso en los calabozos —replicó él—. Pero todavía no podemos descartar por completo que actúe en grupo. Piénsalo. Cuatro asesinatos. ¡De niños! ¿Quién puede hacer algo así? Hasta ahora no he querido emplear la palabra *secta*, pero empiezo a preguntarme si no será la mejor descripción de lo que tenemos entre manos. Es posible que Mauro sea su líder, pero eso ya lo veremos más adelante. De momento solo una persona puede ofrecernos el panorama más completo de los movimientos sectarios que existen actualmente en Suecia. Después de esta visita espero que podamos decidir si tiene sentido descartar la teoría de un grupo organizado, como le gustaría al jefe de policía.

—Pero Mauro está detenido desde el lunes y ya es miércoles. Tenemos que concentrarnos en él mientras lo tengamos.

—Piénsalo así: si Mauro está detrás de todos esos asesinatos, ya lo han atrapado y por lo tanto tienes todo el tiempo del mundo para hacer esta visita. Pero si no es él, el tiempo sigue corriendo y hay un niño en peligro en algún lugar de la ciudad. No podemos pasar nada por alto. Y lo que averigüemos aquí podría ser increíblemente importante.

Mina lo miró.

—Si me lo dijera cualquier otra persona... —empezó—. Pero sí, de acuerdo. Espero que nos sirva de algo.

Subieron al tercer piso por la escalera. El ascensor parecía que apenas podía acomodar a un adulto, de modo que Vincent se negó a encerrarse en un espacio tan estrecho. Por fortuna tampoco estaba muy limpio, por lo que también Mina lo descartó nada más verlo.

—Confía en mí —dijo Vincent mientras llamaba al timbre de la puerta con el apellido Ljung escrito—. Después te invito a comer.

Una pelirroja de treinta y tantos años les abrió enseguida y les dio la bienvenida.

—Gracias por aceptar que nos veamos en casa —dijo en tono de disculpa, apartándose para que pasaran—. Aquí tengo la mayor parte de mi material.

Vincent notó que Mina miraba a su alrededor con preocupación. Supuso que nadie tendría una casa que cumpliera todos los requisitos necesarios para que pudiera relajarse. Además, sospechaba que apelar a su confianza en él no sería suficiente para contrarrestar su sensación de que estaban perdiendo el tiempo sin ninguna necesidad.

Afortunadamente el departamento de Beata estaba limpio y ordenado. Mina respiró aliviada. Vincent intercambió con ella una mirada y Mina asintió, como señal de que todo estaba bien.

—Acompáñenme a mi estudio, por favor.

Beata los hizo pasar a una habitación grande y luminosa, llena de estanterías con libros y carpetas ordenadas en pulcras hileras.

—Por lo que me ha dicho Vincent, eres la principal experta de Suecia en lo referente a información e investigación sobre sectas —empezó Mina, sentándose en un sillón de rayas blancas y azules después de inspeccionar el tapizado, probablemente para comprobar si tenía manchas.

—¡Vaya! ¡Parece tan solemne cuando lo dices! —exclamó Beata dejándose caer en una silla detrás de la mesa de escritorio.

Era una mesa grande y hermosa de madera oscura. Vincent se quedó de pie en medio del estudio, sin saber muy bien dónde sentarse.

—Disculpa, pero solo puedo ofrecerte ese asiento —dijo Beata señalando un puf gris de grandes dimensiones.

Mina sofocó una risita mientras Vincent se hundía en el puf e intentaba ponerse cómodo, buscando sobre todo una posición que le permitiera conservar un mínimo de dignidad. No lo consiguió del todo y tampoco ayudó el hecho de que su traje de lino fuera exactamente del mismo tono que el asiento. Contrariado, pensó que debía de parecer una cabeza flotante sobre una masa de tela gris. Lo único que destacaba eran sus calcetines azul turquesa con dibujos del Monstruo de las Galletas.

—He leído muchos de tus artículos —le dijo a Beata en un vano intento de actuar con naturalidad— y me han impresionado la extensión y la profundidad de tus conocimientos. Tengo entendido que además de la carrera de periodismo tienes un grado en psicología, ¿no es así?

—Sí, me costó decidirme —respondió Berta riendo—. Al principio pensé que quería ser psicóloga, pero cuando estaba a punto de terminar la carrera comprendí que en realidad prefería el periodismo. Pero ese rodeo inicial me ha beneficiado mucho en mi trabajo. Por eso no me quejo cuando me llegan los recibos del préstamo que tuve que pedir para estudiar las dos carreras.

—Un momento, ¿tú has escrito el libro sobre el caso de Järvsö? —preguntó Mina señalando un libro sobre el escritorio.

Vincent no lo había leído, pero recordaba que se había hablado mucho al respecto unos años antes. Por lo que sabía, describía de manera excepcionalmente detallada lo sucedido en la isla de Järvsö la infausta noche de enero en que dos familias habían sido aniquiladas como culminación de muchos años de cerrazón sectaria en la pequeña comunidad. Había oído además que habían hecho una serie de televisión a partir del libro, por lo que se sentía bastante impresionado.

—Sí, así es —respondió Beata, y los miró expectante—. Bueno, ¿qué quieren saber?

—En realidad todavía no estamos seguros —contestó Vincent retorciéndose sobre el puf, que crujió bajo su peso—. Aún no sabemos del todo bien lo que buscamos. Quizá a un grupo de personas que en este momento está actuando de forma... incomprensible. Por eso necesitamos saber qué grupos con características sectarias existen en la actualidad en Suecia y cuáles podrían ser potencialmente peligrosos.

—Creo que entiendo lo que quieren decir, pese a su deliberada vaguedad. Pero, como comprenderán, se trata de un área muy vasta. Solo podremos rascar un poco la superficie. Aun así intentaré darles todas las respuestas que pueda. Tengo un hijo de cinco años, así que los hechos me han conmovido especialmente. —Beata señaló con la cabeza la fotografía colgada en la pared de un precioso niño pelirrojo que sonreía de oreja a oreja con un diente de menos—. Bueno, para empezar, algunas generalidades sobre las sectas —dijo a continuación—. ¿Qué saben al respecto?

—Hemos hablado con Nova, que nos ha explicado algunas cosas —dijo Mina.

—Nova conoce el tema. Ha trabajado mucho en la desprogramación de personas afectadas —repuso Beata—. Imagino que les ha dicho que hay entre trescientas y cuatrocientas sectas en Suecia, de las cuales unas treinta podrían considerarse destructivas.

—Sí, es más o menos lo que nos ha dicho —confirmó Mina, asintiendo.

—De hecho, la palabra *secta* no implica en sí misma que un grupo sea peligroso. Es como decir que un cuchillo es un arma peligrosa. Si lo usas para hacerle daño a alguien, lo es. Pero si lo empleas para cortar y picar los ingredientes de un platillo exquisito, no tiene nada de negativo. Lo mismo puede decirse de una secta. Todo depende del propósito, del objetivo, del contenido del movimiento. Muchos creen que todas las sectas son religiosas, tal vez porque es lo más frecuente. Pero también hay sectas basadas en la economía, en la filosofía e incluso en las ventas.

—Nunca lo había visto de esa manera —comentó Mina.

—Pero, sea cual sea la orientación —prosiguió Beata—, lo que mueve a la mayoría de las sectas destructivas es el poder. El ansia de poder de sus fundadores. No tienen por qué empezar así, pero el poder corrompe. Hace que la gente se pudra por dentro. A menudo va unido al dinero, pero no siempre. A veces el poder es lo único que importa. Por desgracia, en muchas ocasiones todo acaba en tragedia. Imagino que habrán oído hablar de suicidios colectivos. En Jonestown murieron cerca de novecientas personas, la mayoría después de beber mosto mezclado con Valium y cianuro. A los que se negaron los mataron a balazos. En cuanto a la secta Heaven's Gate fueron casi cuarenta los fallecidos tras ingerir vodka con somníferos. Hay una larga lista de ejemplos similares.

—Es tremendo —dijo Mina—. Pero supongo que solo determinadas personas se arriesgan a acabar en una secta: personas crédulas, escasamente educadas o con problemas de soledad... —Se inclinó hacia delante en el sillón.

Era evidente que la conversación le estaba pareciendo más interesante de lo que preveía. Vincent esperaba que le hubiera perdonado ya su insistencia para asistir a la reunión.

—Es arriesgado hacer ese tipo de suposiciones —replicó Beata—. No solo las personas marginadas socialmente, vulnerables o solitarias corren el riesgo de ser captadas por una secta. Todo ser humano busca el sentido de la vida y desea encontrar un propósito para su existencia. Es algo inherente a las personas. Todos buscamos una respuesta, aunque tengamos una vida estable y relaciones satisfactorias con familiares y amigos. Muchos estaríamos dispuestos a renunciar a todo y con más rapidez de lo que imaginan a cambio de encontrarle un sentido a la vida. Supongo que Vincent podría explicarnos más al respecto.

—Así es —dijo Vincent asintiendo—. Si creces en un ambiente caótico, es posible que de mayor detestes el caos. Entonces te resultará atractiva una organización con férreas medidas de control. Pero, al mismo tiempo, si tu educación ha sido muy estricta, también es posible que te sientas como en casa en un grupo con normas muy rigurosas. Como el control y el caos forman parte de nuestro desarrollo personal, es posible que sean determinantes para nosotros de manera ineludible. Pero tengo una pregunta para ti, Beata: ¿qué sectas, aparte de las más obvias como la Iglesia de la Cienciología y otras similares, son las primeras que te vienen a la mente en este contexto? —Volvió a cambiar de posición sobre el puf, que crujió una vez más.

Beata frunció el ceño. Extrajo una liga para el cabello de un cuenco que tenía sobre la mesa y se recogió en un moño la melena pelirroja. Vincent percibió un punto de envidia en la mirada de Mina. ¡Había tantos mitos sobre las mujeres pelirrojas! Se decía que eran más alegres, más salvajes... Quizá Mina estaba pensando en eso. Vincent sospechaba que, en su mundo personal, las mujeres pelirrojas no tendrían que rociarse las manos con alcohol con tanta frecuencia, ni se someterían a las mismas restricciones que ella. O tal vez simplemente estaría pensando que Beata tenía un cabello muy bonito.

El mentalista habría querido decirle que, al margen de lo que pudiera afirmar el Sansón bíblico, la personalidad no está en el cabello. Le habría gustado asegurarle que su densa cabellera negra como el ébano era fantástica, tanto cuando la llevaba larga como cuando se la cortaba. Pero ¿cómo iba a decir algo así sin quedar como un idiota?

—Depende del ángulo que elijas —respondió Beata—. ¿Qué sectas te interesan? ¿Las establecidas? ¿Las que ya conocemos bien? ¿Las nuevas? ¿Las que todavía no hemos estudiado? Puedo darles una lista que he recopilado, aunque no les garantizo que sea exhaustiva. La he confeccionado a partir de datos reunidos por otras personas, entrevistas con antiguos miembros y, en algunos casos, trabajo personal de infiltración en ciertas sectas. Son muchos años de investigación sobre los movimientos sectarios en Suecia, pero no puedo afirmar que mi lista esté completa. Las sectas tienen una habilidad increíble para presentar una fachada de normalidad. No todas, desde luego. Algunas son manifiestamente extravagantes desde el principio. Pero la mayoría no. Y a veces esas son las peores. Además, el ciudadano medio nunca ha oído hablar de ellas, aunque sean muy influyentes y tengan mucho dinero. ¿Han oído hablar, por ejemplo, del Relámpago Oriental?

Tanto Vincent como Mina negaron con la cabeza.

—Su nombre oficial es Iglesia de Dios Todopoderoso. Fue fundada en 1989, en China, y tiene varios millones de fieles. Si buscan información, verán que tiene un largo historial de asesinatos, secuestros y «robo de miembros» a otras Iglesias. Uno de sus pilares es la creencia de que Dios se ha vuelto a encarnar en el mundo, en la persona de una mujer china llamada Yang Xiangbin. Sus fundadores han tenido que huir de China y ahora la secta se ha extendido al resto del mundo. Desde hace cierto tiempo está presente también en Suecia. Otra secta que tenemos por aquí es la de los hermanos de Plymouth. ¿Les suena?

Mina volvió a negar con la cabeza, pero Vincent la había oído mencionar.

—Controlan todo un imperio industrial —explicó Beata—. Treinta y ocho empresas suecas tienen alguna relación con ellos. Son una secta religiosa extremadamente hermética, con unos cuatrocientos miembros en nuestro país. Son muy conservadores, consideran que el hombre es superior a la mujer y viven aislados del resto de la sociedad. Disponen entre otras cosas de su propia escuela. Ya lo ven, podría seguir así durante horas. Espero que mi trabajo les sea útil, aunque tenga lagunas. Es un rompecabezas al que le faltan muchas piezas.

—Lo entendemos perfectamente —dijo Vincent.

Cuando trató de levantarse del puf, no lo logró. Al notarlo Mina reprimió una risita. El mentalista la fulminó con la mirada y volvió a intentarlo, emitiendo un involuntario gruñido, fruto del esfuerzo. Esta vez Mina no pudo contener la risa y se la contagió a Beata, que también estalló en carcajadas. Entonces las dos se apiadaron de él, se levantaron de sus asientos y lo agarraron cada una por un brazo. Jalaron con fuerza hasta que consiguieron extraerlo de las profundidades del puf.

—¡Santo cielo! —exclamó él—. Los hombres de mediana edad no deberían sentarse en muebles hechos para adolescentes. Por un momento he creído que tendría que pasar la noche hundido en ese asiento.

Se pasó las manos por los pantalones y la chamarra para alisárselos. En realidad, habría hecho cualquier cosa para no tener que mirar a Mina a los ojos. Había sido intensamente consciente de su proximidad y de su calidez cuando lo había ayudado a incorporarse.

Mina parecía igual de decidida a no intercambiar una mirada con él. Ya iba de camino a la puerta.

—Muchas gracias, Beata. ¿Nos enviarás el documento por correo electrónico? —preguntó por encima del hombro.

—Sí, por supuesto —contestó la dueña de la casa.

Vincent y Beata se estrecharon la mano mientras Mina salía.

Cuando el mentalista salió del departamento Mina ya estaba un piso más abajo. Mientras bajaba la escalera echó un vistazo despreocupado a las notificaciones de su teléfono. Una de ellas lo sobresaltó e hizo que apretara el paso.

—¡Espera! —le gritó a Mina—. ¡Espérame!

La alcanzó poco antes de llegar a la entrada y le enseñó el celular.

—Te había invitado a comer, pero no podrá ser. Mira.

—¿Qué? —Mina se acercó para ver mejor y enseguida maldijo en voz alta—. ¡Mierda! Mauro.

En la pantalla de la computadora, el titular resplandecía en grandes letras negras.

SOSPECHOSO DE ASESINAR NIÑOS,
CONDENADO PREVIAMENTE POR ABUSO DE MENORES

Irritada, Mina se puso a tamborilear con los dedos sobre la mesa. Había acudido directamente con Vincent a la jefatura y ahora sentía el estómago como un pozo profundo y vacío. Debería haberle insistido al mentalista para que la invitara a comer en el camino de vuelta. Tenía tanta hambre y tanta indignación que estaba a punto de estallar.

—¿Por qué no sabíamos nada de esto? —preguntó.

—Porque tenía diecisiete años cuando ocurrió —respondió Julia—. Era menor. El antecedente fue eliminado de todos los registros.

—Pero ¿cómo se han enterado los periódicos? —insistió Mina—. ¿Y cómo pueden publicarlo?

—Eso ahora es irrelevante —replicó Ruben, que parecía tan irritado como ella—. Lo importante es que es verdad. Y que tiene lógica. Esos comportamientos no se manifiestan por primera vez cuando la persona ya es adulta. Empiezan mucho antes.

—¡Pero hay tantas cosas que no cuadran! —exclamó Mina contemplando con frustración a sus colegas en torno a la mesa—. Además, Mauro sigue negando toda implicación.

—¡Claro que la niega! —Ruben resopló.

—Sin embargo, no creo que podamos tenerlo encerrado mucho tiempo más, ni siquiera con esta nueva información —intervino Peder.

—El hecho incontestable es que la ropa de Ossian fue hallada en su restaurante —dijo Julia—. Escondida, además. Y ahora nos enteramos de esta sentencia... Creo que Ruben tiene razón.

—La ropa estaba escondida en la cisterna de un inodoro —repuso Mina—. No sé de ningún asesino en serie que guarde sus trofeos en un sitio tan poco adecuado.

—¿Cuánta experiencia tienes tú en trofeos y asesinos en serie? —preguntó Ruben en tono sarcástico—. ¿Cuál sería un sitio adecuado, en tu opinión?

Julia le lanzó una mirada desaprobadora y Ruben puso los ojos en blanco, molesto. Parecía que el calor los estaba volviendo más irritables a todos. Los periodistas ya se habían comportado como tiburones en aguas sanguinolentas antes incluso de la última revelación. Y la presión había aumentado desde que se había filtrado la detención de Mauro. Ted Hansson, líder de la Unión por el Futuro de Suecia, no perdía ocasión de repetir en las redes sociales y a todo el que quisiera escucharlo que Mauro no era sueco de nacimiento. Ahora podría llevar todavía más agua a su molino. Mina no se atrevía a pensar en la explosión mediática que podía producirse si la prensa llegaba a enterarse de que ya eran cuatro los niños asesinados.

—Solamente digo que hay muchos detalles que no cuadran —dijo con un suspiro—. Y no solo es el lugar donde fue hallada la ropa de Ossian. Hay más. ¿Cómo hizo Mauro para llevarse la muda de ropa de la escuela infantil sin que nadie lo viera? ¿Y qué hay del testimonio de la niña, la que dijo que Ossian se había marchado con una mujer? Jenny afirmó que Mauro podía tener cómplices, pero nadie de su entorno se ajusta a la descripción de la sospechosa. Hasta ahora habíamos dado crédito a la declaración de la niña. ¿Vamos a empezar a dudar ahora, solo porque nos empeñamos en que una pieza cuadrada encaje en un hueco redondo? Además, ¿qué relación tiene Mauro con Ossian, por no hablar de William o del niño que encontramos el martes en el parque de Fatbur? Milda ha confirmado que también este último presentaba las mismas fibras e idénticas marcas en los pulmones. ¿Por qué iba a asesinar Mauro a esos tres niños? ¿Solo para dejar pistas falsas? ¿De verdad lo creen? ¿En serio piensan que empezó matando a su hija y después ha seguido con otros niños escogidos al azar? Todos lo han visto. ¿Les parece probable ese comportamiento? Deberíamos averiguar más sobre la condena anterior. Saben muy bien que en la mayoría de los casos no todo es blanco o negro. ¡Vincent, di algo! —Se volteó hacia el mentalista, que hasta ese momento había seguido la reunión en silencio.

—No puedo pronunciarme, lo siento —respondió cambiando incómodo de posición—. No tengo elementos para opinar acerca de Mauro, porque no lo conozco. Pero, aparte de eso, estoy de acuerdo contigo. Los detalles que mencionas no parecen encajar del todo.

—¡Por supuesto que estás de acuerdo con Mina! —exclamó Ruben dejando escapar un suspiro.

—Si no ha sido Mauro —intervino Peder acariciándose la barba—, entonces habría que explicar algunas coincidencias curiosas. De hecho, hay más piezas en el rompecabezas. Por ejemplo, el detalle de los caballos que ha señalado Vincent.

—¿Qué quieres decir? —preguntó Mina.

Peder señaló el ejemplar del periódico *Aftonbladet* que yacía sobre la mesa, con la portada a la vista.

JINETE DE ALTA COMPETICIÓN, ACUSADO DE ASESINAR NIÑOS, rezaba el titular. Y debajo, una fotografía de Mauro con un rectángulo negro que le tapaba los ojos.

Mina se estremeció. Jinete de alta competición. De pronto le vinieron a la memoria los trofeos en las estanterías de Mauro. Él mismo lo había dicho: «Fui muy activo en mi juventud. Hice de todo, desde hípica hasta esgrima».

Ella había estado en su casa y había visto de cerca su pasado:

los trofeos de equitación, con figuras de caballos. Debería haber establecido la conexión en ese momento. ¿Cómo se le había podido pasar por alto? Por otro lado, era un dato de la juventud de Mauro. Habían transcurrido muchos años desde entonces. Y la hípica solo había sido un breve comentario de pasada. Mauro no era ni mucho menos la única persona del mundo aficionada a los caballos. No eran tan raro que Mina no hubiera visto la relación.

Peder miró a sus colegas en torno a la mesa.

—Lo que quiero decir es que resulta un poco extraño, ¿no? —dijo—. Nuestro sospechoso tiene un pasado relacionado con la equitación y, al mismo tiempo, tenemos estos... caballos, que no dejan de aparecer, si hemos de dar crédito a lo que afirman Mina y Vincent. ¿Piensan que es casualidad? Pues yo opino lo contrario. Creo que ese antecedente refuerza las pruebas contra Mauro.

—En este país es muy corriente que la gente practique la equitación en algún momento de su vida —repuso Mina separando las manos—. La mitad de las chicas de mi clase iban a clases de hípica.

—Sí, pero aun así se trata de un dato interesante —insistió Peder, manifiestamente incómodo por tener que defender por una vez un punto de vista diferente al de Mina.

—Tienes razón —convino Vincent—. Hay una conexión evidente entre Mauro y los caballos. Y también la hay entre los caballos y los asesinatos, tanto por el problema de ajedrez como por los objetos hallados junto a los cuerpos. Pero Mina también tiene razón. La federación sueca de hípica tiene ciento cincuenta y cinco mil miembros. Hay muchas personas relacionadas con los caballos, además de Mauro.

Julia arqueó una ceja sorprendida.

—He consultado el dato hace poco —se justificó Vincent.

—Además, Mauro tiene una coartada —añadió Mina.

—Sí, pero su coartada es su mujer —replicó Julia—. No podemos descartar que mienta.

Bosse se acercó con la cabeza gacha después de beber agua de su plato en el rincón y Christer lo acarició por detrás de las orejas.

—Aun así, me inclino a pensar que Mina tiene razón... —dijo este dubitativo.

Julia se volteó hacia Adam, que estaba de pie, con la espalda apoyada contra la pared y los brazos cruzados.

—¿Tú qué opinas?

Adam pareció reflexionar un momento antes de contestar.

—Entiendo a las dos partes —se pronunció finalmente—. Estoy de acuerdo con Mina en que todavía quedan muchos interrogantes. Sin embargo, las pruebas materiales son contundentes. ¿Qué otra explicación razonable puede haber para que Mauro tuviera en su posesión la ropa de Ossian? En cuanto al lugar donde fue hallada, es fácil encontrar un motivo. Quizá Mauro había escondido la ropa en un sitio donde temía que la encontraran y entonces, movido por el pánico, la ocultó provisionalmente en la cisterna.

—Me gustaría hablar con Mauro —dijo Mina mirando a Julia con expresión inquisitiva—. Y quiero que Vincent venga conmigo.

Tras un instante de duda la jefa asintió.

—A mí me bastan la relación con los caballos y la ropa escondida —repuso Ruben con cara de pocos amigos, hojeando despreocupadamente el *Expressen*—. Considerando además que el sujeto ya tiene a sus espaldas una condena por abuso de menores, no hay nada más que hablar. Tenemos al culpable.

—No entiendo nada de todo esto.

Mauro parecía exhausto y deprimido después de varios días en la cárcel. Las sillas proyectaban sombras alargadas a la luz de los tubos fluorescentes en la pequeña sala vacía, y el uniforme verde de la prisión confería un tono grisáceo a la cara del recluso. Mina estaba sentada a la mesa frente a Mauro, mientras que Vincent ocupaba una silla pegada a la pared para observar mejor la conversación.

—Alguien debe de haber plantado la ropa del niño en los lavabos de mi restaurante —prosiguió Mauro—. ¡Jenny! ¡Seguro que ha sido ella!

—Jenny tiene una coartada y ninguna relación con Ossian —repuso Mina—. Además, hay otros indicios en tu contra, aparte del hallazgo en el restaurante.

Se movía con mucho cuidado para no tocar la mesa, ya que no podía sacar las toallitas húmedas en una situación de interrogatorio. Con las manos apoyadas sobre las rodillas, intentaba no pensar en la silla donde estaba sentada, que tampoco había podido limpiar.

—¿Cómo? No puede haber más indicios. Yo no he hecho nada. Jamás podría...

—Por lo visto, a los diecisiete años hiciste algo —lo interrumpió Mina—. ¿Qué pasó entonces?

Mauro la miró boquiabierto.

—¿Eh? Pero eso... Eso fue...

—Como comprenderás, nos gustaría saber por qué ocultaste que habías sido juzgado y sentenciado. He repasado todas tus declaraciones a lo largo de la semana y no he visto ese dato por ninguna parte.

—Nadie me lo ha preguntado —replicó Mauro separando las manos.

—No te hagas el tonto. Sabías muy bien que era una información de la mayor relevancia en las presentes circunstancias. ¿No salió a relucir durante el juicio por la custodia de tu hija? ¿Estaba Jenny al tanto?

—No —contestó Mauro en voz baja—. No, ella no sabía nada de eso. De haberlo sabido lo habría empleado en mi contra. Pero no es... no es lo que parece.

—¿Qué es entonces? —preguntó Mina.

—No fue ningún abuso —respondió Mauro—. Éramos novios. Yo tenía diecisiete años y ella, catorce. Fue una relación voluntaria y consensuada. Competíamos por el mismo club de hípica. Pero sus padres no aceptaban nuestra relación. No me consideraban lo suficientemente bueno para ella. Ni lo suficientemente sueco...

—¿Lo dijo ella en el juicio? ¿Declaró que había dado su consentimiento?

Mauro sonrió con tristeza.

—No. Sus padres le prometieron un caballo nuevo si cambiaba su declaración. Y ella se moría de ganas de tener ese caballo.

Mauro guardó silencio. Cruzó los brazos sobre el pecho y se introdujo las manos en las axilas. Después bajó la cabeza y se quedó mirando la mesa. Mina le echó un vistazo fugaz a Vincent, que hizo un gesto afirmativo casi imperceptible. Era evidente que Mauro estaba diciendo la verdad.

Permanecieron un instante en silencio. El zumbido de un ventilador era lo único que se oía en la sala.

—También deberíamos hablar un poco de los caballos —comenzó Mina.

—¿De los caballos?

—Sí. Estamos siguiendo una pista que tiene que ver con... caballos. Comprenderás que no te favorece haber practicado la hípica en el pasado.

—No soy el único que lo ha hecho.

—Lo sé. Hay ciento cincuenta y cinco mil personas más.

Con el rabillo del ojo, Mina vio que Vincent sonreía débilmente, apoyado contra la pared.

—Pero ¿cómo empezaste a montar a caballo? En Suecia se considera una afición propia de niñas.

Mauro dudó un instante.

—Es verdad —dijo por fin—. El noventa por ciento de las personas que montan a caballo son chicas. Pero fue idea de mi madre. Su familia criaba caballos en Italia y a ella le encantaban. Por eso me apuntó un verano a un campamento de hípica. Lo hizo también para que yo saliera un poco al aire libre y viera algo que no fuera asfalto y concreto. Y a mí aquello me encantó desde el primer momento. Además, resultó que tenía aptitudes para la equitación, así que seguí adelante. Mis padres no solo dedicaron tiempo y entusiasmo a mi carrera deportiva, sino que además se dejaron en ella todos sus ahorros.

A Mina le llegaron al corazón las palabras de Mauro sobre sus padres. Los suyos no habían sido tan buenos. Ni tampoco ella había sido una buena madre para su hija. Se puso de pie.

—Probablemente pasarás un tiempo más en prisión preventiva, pero prometo que comprobaré toda tu información.

—Gracias —contestó Mauro.

—Una pregunta, nada más —intervino Vincent, disponiéndose también a abandonar la sala—. Empezamos con e4, e5 y llegamos a una apertura italiana. ¿Cómo te defiendes?

Mauro lo miró desconcertado.

—¿Defenderme? ¿De qué? Lo siento, pero no sé nada de futbol. ¿Por qué lo preguntas?

—Olvídalo —respondió Vincent—. Me he confundido.

Mina abrió la puerta y Vincent salió al pasillo.

—No sabe nada de ajedrez —le susurró a Mina cuando pasó a su lado.

Lo último que vio de Mauro fue su mirada apagada.

En la sala desierta seguía zumbando el ventilador.

Ruben contemplaba con disgusto la expresión triunfal de Ted Hansson en el televisor de la sala de reuniones. La rueda de prensa anterior había sido un éxito y varios videos del líder de la Unión por el Futuro de Suecia se habían vuelto virales. Por eso, en cuanto Ted anunció que tenía algo nuevo que decir, los medios de información no tardaron en subirse masivamente al carro. Los servicios informativos de TV4 habían enviado un equipo para entrevistarlo en directo.

Era evidente que iba a hablar de Mauro. Ruben no se había molestado en llamar a sus colegas, ya que todos estaban ocupados. Además, no creía que Hansson fuera a hacer ninguna revelación interesante para ellos. Si fuera necesario, podrían recuperar la entrevista más adelante. En todo caso, tendrían que soportar el nuevo culebrón televisivo, les gustara o no.

También en esta ocasión el líder de la ultraderecha se presentó acompañado de Jenny, la madre de Lilly. Habían convocado a la prensa delante del Parlamento. Con toda probabilidad Ted habría pensado que daría una imagen más popular si recibía a los periodistas fuera del edificio. Tanto él como Jenny tenían la inconfundible expresión de quien se regocija por la desgracia ajena.

Ruben se puso a hojear el periódico *Aftonbladet* mientras vigilaba con un ojo lo que aparecía en la pantalla. Personalmente, no dudaba de la culpabilidad de Mauro. A diferencia de Mina, cuando oía ruido de cascos lo atribuía de inmediato a un caballo y no a una cebra. Pero el deleite que Ted Hansson y Jenny Holmgren parecían experimentar ante el desarrollo de los acontecimientos le producía un intenso malestar.

—Es un alivio y un motivo de alegría para nosotros que la verdad haya salido por fin a la luz. Mauro Meyer es un criminal. Tal como ha afirmado desde el principio la madre de Lilly, sin que nadie le prestara oídos, es un monstruo que abusa de niños inocentes. Es un depredador al que jamás deberíamos permitir que vuelva a moverse libremente por las calles de Suecia. Esperamos que se haga justicia y que Jenny obtenga la reparación por la que tanto ha luchado.

Ted le apoyó una mano en el hombro a Jenny, que procedió a limpiarse una lágrima invisible.

Ruben resopló. No entendía que los medios ofrecieran espacio a ese tipo de espectáculos.

—Sí, así es. Quiero agradecer las enormes muestras de cariño que me han hecho llegar desde que se descubrió la verdad —dijo Jenny—. Espero que Mauro reciba el castigo que merece. Sé que allá en el cielo mi Lilly estará sonriendo, feliz de que su mamá no haya dejado nunca de luchar por ella.

Se secó otra lágrima invisible y la mano de Ted le apretó el hombro de una manera que hacía pensar en una garra. Ruben desvió la mirada y volvió a concentrarse en las páginas del *Aftonbladet.* Sus voces ya le resultaban lo suficientemente desagradables como para tener que verles también las caras.

En las páginas centrales del periódico había una larga entrevista a Jenny. La habían fotografiado en su casa, para conferir más intimidad a la historia. En una de las imágenes aparecía sentada en un sofá con una fotografía de Lilly sobre las rodillas. A sus espaldas se veían más fotos de familia, alineadas sobre un escritorio.

De repente Ruben dio un respingo. Se acercó la fotografía a la cara y la estudió concienzudamente. Después soltó una maldición.

—¡Maldita sea! Mina tenía razón. No fue Mauro.

Detrás de Jenny había una gran foto enmarcada en la que aparecía ella misma junto a una cara conocida. Ruben desplazó la mirada hacia el televisor e hizo una mueca. El regocijo que sentía Ted Hansson por la desgracia ajena estaba a punto de pasar a la historia.

Vincent intentó fingir serenidad dentro del ascensor. Había salido de la jefatura para pensar. La conversación sobre hípica le había recordado que aún no habían descubierto ninguna conexión entre los caballos y el último cuerpo hallado. Tampoco habían resuelto todavía el misterio de los coches de Lego. Por eso había ido a pie hasta el ayuntamiento de Estocolmo, para ver las cosas literalmente desde una nueva perspectiva.

Cerró los ojos y trató de convencerse de que estaba en la cola de las cajas del supermercado y no en el ascensor abarrotado de gente que subía a la torre. Los cuerpos apretados contra el suyo contribuían a reforzar la ilusión. Cuando las puertas se abrieron y los turistas abandonaron en masa el estrecho recinto, pudo volver a respirar.

Fue el último en salir del ascensor y se quedó un momento parado para mirar a su alrededor. Estaba solo a media altura de la torre. El ascensor lo había llevado a lo que parecía ser un pequeño museo.

—Perdón!

Una familia alemana cuyos hijos lucían gorras adornadas con la bandera sueca y coronadas por pequeñas hélices pasó a su lado, obligándolo a apartarse.

—*Bitte* —murmuró él mientras abría la puerta de la escalera que conducía al mirador.

Solía pensar mejor cuando podía alejarse y disfrutar de cierta perspectiva. Ver la ciudad desde lo alto siempre le resultaba útil cuando intentaba descubrir nuevos patrones. Podía perderse en el entramado de las calles, observar la ubicación de los parques y los edificios públicos, y ver conexiones y relaciones que permanecían ocultas para quienes las contemplaban desde el nivel de la calle.

Era imposible ver la totalidad de un esquema estando inmerso en su interior. El cerebro necesitaba ayuda para alejarse y apreciar el conjunto.

Encontró la escalera y levantó la vista al cielo. La manera en que se disponían los peldaños le recordó de forma sorprendente la escena de la escalera en la película *Vértigo* de Hitchcock. El ascensor ya había sido un reto, pero esto era otro nivel. Y también había muchísima gente. No estaba seguro de poder superar el desafío.

Sin embargo, había elegido el ayuntamiento porque estaba muy cerca de la jefatura y no se atrevía a regresar a su mirador habitual, en el restaurante Gondolen. De hecho, hacía dos años que no pisaba el local, desde que había coincidido allí con Ulrika, su ex, y habían... No, prefería no recordarlo. Pero tendría que esperar por lo menos a que hubiera cambiado todo el personal para decidirse a volver.

Puso un pie en el primer escalón, intentó no pensar en la sensación de encierro que le producían las paredes y empezó a subir. Había un total de trescientos sesenta y cinco peldaños en la torre, tantos como días en un año. La torre medía ciento seis metros de altura y el ascensor lo había llevado más o menos hasta la mitad: cincuenta y cuatro metros. Quedaban cincuenta y dos metros hasta la cima, tantos como semanas en un año. ¿Sería casualidad que tanto la cantidad de peldaños como la altura de la escalera simbolizaran un año? Por supuesto que no.

Para distraerse mientras subía lentamente los peldaños, sacó el teléfono del bolsillo y buscó las imágenes de los dos modelos de Lego hallados en el parque de Fatbur. Se había desplazado hasta allí para resolver ese misterio. No podía descartar que Milda estuviera equivocada. No estaba tan seguro como ella de que los juguetes pertenecieran al niño.

Un coche azul de carreras y una grúa roja. Tan inocentes y tan llenos de significado.

O tal vez él se empeñaba en ver relaciones y significados donde no había nada. Mientras seguía subiendo la escalera pensó que le sucedía cada vez con más frecuencia. ¿Cómo era posible que apenas unos días antes hubiera pensado a la vez en el color verde musgo y el Lego, y que a continuación la policía encontrara unos coches fabricados con piezas de Lego bajo un césped verde musgo en el lugar que él mismo había señalado? Era como si él hubiera depositado allí los juguetes, pero nada más lejos de la realidad. A veces pasaban cosas increíbles por pura casualidad, pero él odiaba profundamente cada una de esas manifestaciones del azar.

Se detuvo para recuperar el aliento. Todavía quedaban muchos peldaños hasta el final.

El coche azul le había resultado familiar cuando lo había visto. Había supuesto que sería capaz de recodar por qué, pero no lo había conseguido. Volvió a mirar las fotos. Notó que había una calcomanía desgastada en un costado del coche. Amplió la imagen tanto como pudo y logró distinguir las letras «drif», que de inmediato relacionó con el «drifting», un estilo de carreras en el que los coches derrapan de manera muy espectacular.

Mientras emprendía otra vez el lento ascenso, escribió «Lego drift» en Google. Era una suposición razonable, tratándose de un coche de carreras. La búsqueda dio como resultado varios coches de Lego, pero ninguno era el modelo que le interesaba. Volvió a examinar la calcomanía y observó que la palabra no empezaba con la «d», sino con otra letra medio borrada. No se veía bien cuál era, pero no podía haber muchas alternativas. Probó suerte y buscó «Lego adrift». Fue un acierto. La pantalla de su teléfono se llenó de imágenes del coche hallado en el parque. Había fotos publicitarias, enlaces a las instrucciones de ensamble y referencias al número del artículo.

Vincent comprendió enseguida por qué le había resultado tan familiar. El modelo pertenecía a una serie llamada Lego Racers, que había salido a la venta en formato miniatura cuando Benjamin era pequeño. Él mismo le había comprado un coche similar a su hijo, junto con la caja de piezas sueltas que había recordado hacía poco tiempo.

Ya en lo alto de la torre salió al mirador. Un Estocolmo veraniego se extendía a sus pies en todo su esplendor, pero ya no podía prestar atención a la ciudad. Los fragmentos del rompecabezas habían comenzado a encajar en su cerebro. Rápidamente sacó una pluma, pero enseguida comprendió que no tenía donde escribir. Decidió emplear para ello el dorso de su mano y allí apuntó todo lo que tenía hasta el momento.

Lego Racers. 8151. Lego Adrift.
Lego Classic. 6116. Piezas sueltas.

Reflexionó un segundo y tachó la segunda línea. La caja de piezas sueltas de Benjamin no podía tener ninguna relación con el caso. Pero el coche rojo encontrado junto al cuerpo era del mismo tamaño que el azul, por lo que probablemente pertenecía a la misma serie. Estudió más de cerca la fotografía en el celular y descubrió que también este coche tenía una calcomanía medio arrancada. «Tow t», leyó. El coche era una grúa, por lo que enseguida dedujo que las palabras completas debían de ser *tow truck*, es decir, «grúa» en inglés. Buscó «Lego Racers Tow Truck» en Google y ya en el primer resultado aparecieron las instrucciones de ensamble del coche rojo. Por fin comenzaban a fluir sus pensamientos. Enseguida escribió la nueva información.

Lego Racers. 8151. Lego Adrift.
~~Lego Classic. 6116. Piezas sueltas.~~
Lego Racers. 8195. Tow truck.

Ahora solo faltaba encontrar una conexión entre todos los elementos.

Contempló por encima del agua el distrito de Södermalm, a lo lejos. Al oeste divisó las frondosas arboledas de Långholmen, la isla donde se encontraba la antigua prisión transformada en hotel y albergue juvenil. Había agua dondequiera que mirara. Agua y niños asesinados.

Adrift. Truck.

La relación con la caja de Lego de Benjamin le hizo ver al menos una cosa: el coche rojo era un poco más nuevo que el azul, pero hacía por lo menos diez años que ninguno de los dos modelos estaba a la venta. Y ese tipo de modelos pequeños rara vez aparecía en el mercado de segunda mano. Si eran un mensaje del asesino, entonces tenía que suponer que alguien había estado planeando durante mucho tiempo el asesinato del niño hallado en el parque de Fatbur, durante más tiempo incluso que los años vividos por el pequeño. ¿Qué podía significar eso? ¿Cómo era posible que alguien planeara matar algún día a una persona que aún no había nacido? Probablemente la pregunta tendría su importancia, pero no era preciso responderla enseguida.

Sin una conexión con el problema del caballo, el niño encontrado en el parque de Fatbur no era más que la víctima de un trágico asesinato. Quizá los coches de Lego no fueran después de todo complicadas pistas dejadas por un refinado criminal aficionado a los juegos. En apariencia, no tenían nada que llamara la atención. Habían sido construidos siguiendo escrupulosamente las instrucciones de ensamble. Existía la posibilidad de que Milda tuviera razón y de que fueran solo los juguetes que el niño tenía en las manos cuando lo asesinaron.

Pero la intuición le decía lo contrario.

Los niños con las gorras de hélices pasaron corriendo detrás de él, gritando en alemán, y Vincent tuvo que aplastarse contra el barandal para hacerles sitio. Mucho más abajo había gente tomando el sol en la hierba de los parques. Si la pista no estaba en los objetos en sí mismos, ¿podría encontrarla quizá en sus nombres? Las palabras no le decían nada, pero intentó traducir en letras los números de serie de los artículos, siguiendo el orden en que los modelos habían sido puestos a la venta. Las cifras 8-1-5-1-8-1-9-5 equivalían a las letras H-A-E-A-H-A-I-E, lo cual no tenía ningún sentido.

Pero, obviamente, en el alfabeto había más letras, aparte de las primeras nueve. En caso de querer señalar alguna de las letras posteriores, habría sido preciso agrupar las cifras de dos en dos. Lo intentó. Las dos primeras se convertían en el número ochenta y uno, pero no había ninguna letra en esa posición del alfabeto. Así pues, la primera letra tenía que ser la correspondiente al ocho, es decir, la *h*. Las dos siguientes formaban el quince, y ese número sí que podía señalar una letra: la *o*. Lo mismo podía decirse del dieciocho: la *r*. Y del diecinueve, que era la *s*. Ya solo faltaba el cinco, que indicaba la letra *e*.

Vincent se quedó mirando las letras que acababa de escribir, una tras otra.

HORSE

«Caballo» en inglés.

Turagapadabandha, el orden creado por los pasos del caballo.

El *knight's tour*. El problema del caballo en ajedrez.

Había acertado desde el principio.

Los niños alemanes se pusieron a gritar con más fuerza todavía.

—¿Son conscientes de lo que han hecho?

La voz de Ruben temblaba de ira contenida. Por lo general era capaz de mantener las emociones a raya en el trabajo. Pero la tontería que habían cometido superaba con creces casi todo lo que había visto a lo largo de su carrera. Julia y él habían acudido a Mynttorget, la plaza que hay enfrente del Parlamento, tan deprisa como habían podido, justo a tiempo para el final de la entrevista. Cuando abordaron a Jenny Holmgren, Ted Hansson se retiró manera precipitada. Probablemente querría evitar por todos los medios que lo vieran cerca de la policía, sobre todo cuando estaba rodeado de cámaras y de curiosos, aunque muchos de ellos fueran turistas.

Ruben le había pedido a Jenny que los acompañara a la jefatura, dejándole claro que no tenía opción, y ella había tenido la sensatez de no armar una escena.

Pero al hacerla pasar a la sala de interrogatorios su aparente despreocupación se había convertido en irritación manifiesta.

—No sé de qué me están hablando —les espetó—, y no entiendo que tengan la poca sensibilidad de venir a buscarme en un coche de policía delante de todo el mundo. Me dan ganas de demandarlos. ¡Y pobre Ted! ¿Qué va a pensar la gente? Pero supongo que Mauro ya los habrá enredado con sus mentiras. Es un maldito encantador de serpientes. Todos se creen su maldita fachada de buena persona. ¡Qué ingenuos son!

Ruben intercambió una mirada con Julia, sentada a su lado.

El tono rojizo de sus orejas revelaba que estaba tan indignada como él. No necesitaban trabajar con idiotas que les hacían perder un tiempo muy valioso. Matte Skoglund ya estaba entre rejas por el robo en casa de los padres de Ossian. Ni siquiera se había atrevido a negarlo cuando lo habían detenido.

—Será mejor que recapacites, antes de hundirte todavía más —dijo Julia con voz sedosa.

Por primera vez desde que la habían llevado a la jefatura apareció un destello de preocupación en los ojos de Jenny.

—Un colega nuestro ya ha hablado con tu hermano Matte —prosiguió Julia con la misma suavidad—. Dentro de un momento volveremos a interrogarlo en otra de estas salas. Me pregunto qué querrá contarnos, sobre todo si le ofrecemos a cambio una rebaja de la pena.

En la mirada de Jenny había odio y temor a partes iguales. La habían descubierto y lo sabía.

—Nada de lo que diga Matte se puede tomar en serio —replicó haciendo un gesto de desprecio con la mano—. Seguramente ya habrán comprobado sus antecedentes: cárcel, drogas, robos, denuncias por malos tratos... Sería más fácil enumerar lo que no ha hecho.

—Estamos al tanto —repuso Ruben—. Los robos en domicilios privados parecen ser su especialidad, como tú misma has dicho. —Le tendió a Jenny varias fotografías—. Tu hermano ha intentado vender estos objetos —prosiguió—. ¿A que no adivinas de dónde proceden?

Jenny soltó un exabrupto:

—Le había dicho a ese imbécil que se deshiciera de todo.

—Ahora que ya lo has reconocido, supongo que podemos dejar de fingir —dijo Julia—. Ya sabes que estos objetos fueron sustraídos de la casa de los padres de Ossian. Les pedimos que comprobaran si faltaba alguna prenda entre la ropa de su hijo y resultó que sí. La descripción de las prendas faltantes coincide exactamente con la ropa hallada en una cisterna de inodoro en los lavabos del restaurante de tu exmarido.

—Debió de llevársela Mauro de la escuela cuando secuestró al niño.

—Eso pensamos nosotros también. Pero la muda de ropa extra que Ossian había llevado aquel día a la escuela todavía estaba en su mochila cuando se la devolvieron a sus padres. Las prendas halladas en el restaurante desaparecieron de la casa del niño cuando se produjo el robo. ¿Dirías que es una coincidencia?

Jenny bajó la vista hacia la mesa y guardó silencio.

—Hemos solicitado que se retiren todos los cargos contra Mauro —anunció Ruben sin poder ocultar su satisfacción—. Ya ha sido puesto en libertad y ahora irá de camino a casa, para reunirse con su familia. ¿Sabías que han tenido otro bebé?

—Pero tu hermano y tú quedan detenidos —añadió Julia incorporándose—, acusados de una serie de delitos, desde robo con fuerza hasta obstrucción de la justicia.

—No pueden hacerme esto. Tengo amigos muy influyentes que...

—¿Te refieres a tu nuevo colega Ted Hansson? —la interrumpió Julia—. ¿El líder de la Unión por el Futuro de Suecia? No querrá tocarte ni con pinzas cuando se entere de lo sucedido. La prensa acabaría con él. Me temo que tus quince minutos de fama se han terminado.

—Puta cerda —la insultó Jenny.

Julia se puso de pie, se inclinó sobre la mesa y acercó su cara a la de Jenny.

—Estás hablando con una madre de familia. Vuelve a decir eso una vez más y...

Jenny desvió la vista.

—Eso pensé —dijo Julia—. Buen fin de semana.

Cuando Ruben y Julia salieron de la habitación, Jenny se quedó mirando el vacío con expresión amarga.

—Buen trabajo, Ruben —afirmó Julia.

A Ruben lo sorprendió tanto el elogio que se limitó a asentir sin decir nada.

La abuela de Nathalie parecía preocupada, sentada a la sombra de unos árboles, en los muebles de jardín que ellos mismos habían fabricado. Leía una y otra vez las líneas escritas en un papel que tenía en la mano.

—¿Pasa algo? —preguntó Nathalie inquieta.

—Nos estamos quedando sin dinero —respondió Ines, enseñándole los números que estaba estudiando—. Las reformas han costado más de lo previsto y tenemos muchas bocas que alimentar. No sé si podremos seguir viviendo en esta finca.

Nathalie recibió las palabras de su abuela como una bofetada. Enseguida fue a sentarse a su lado.

—¿No podremos quedarnos? —quiso saber—. Pero... ¿qué haré yo entonces? ¿Adónde iré?

La abuela se encogió de hombros con resignación.

—La mayoría han sido generosos y han aportado todo el dinero que podían. Pero no es suficiente. A ti no te lo quiero pedir, porque eres demasiado joven. En cualquier caso, tampoco serviría de nada. Necesitaríamos muchísimo dinero para salir adelante.

Nathalie se avergonzó. ¿Cómo podía haber sido tan egoísta? Había estado viviendo del dinero y el esfuerzo de los demás sin darse cuenta. Sin embargo, debería haberlo imaginado, porque el dinero siempre tiene que salir de algún sitio. Quería decirle a su abuela que no era una niña pequeña y que se preocupaba por el bien del grupo tanto como los demás. Pero las palabras no eran suficientes. Necesitaba ayudar. Y sabía cómo hacerlo.

—Papá y yo tenemos dinero guardado en casa —reveló—. En mi habitación hay una cajita con forma de cofre de pirata. Ahí es donde guardo el dinero que me regalan por mis cumpleaños. Y de vez en cuando mi padre también añade un poco. Solemos decir que cuando tengamos suficiente nos iremos de vacaciones con nuestro dinero pirata. Así es como lo llamamos. Debe de haber unas diez mil coronas. Podemos ir a buscarlas.

La abuela la miró sorprendida y después sonrió.

—¿Estás segura? —preguntó—. Significaría mucho para nosotros y además sería una manera de demostrar tu compromiso con el grupo. Pero es mucho dinero. Y es tuyo.

—¿Qué significa eso de «demostrar mi compromiso»?

—Perdona, no debería haberlo dicho —replicó Ines tomándola de la mano—. Pero a veces los otros comentan. Algunos piensan que recibes un trato especial por ser mi nieta.

Si antes Nathalie no estaba del todo segura, ese comentario bastó para decidirla.

—Quiero darles el dinero —anunció—. Vamos ahora mismo a buscarlo.

Su abuela volvió a sonreír con aquella sonrisa cálida y acogedora que comunicaba la certeza de que todo era tal como debía ser.

—No. Esperaremos a que Karl pueda venir con nosotras —dijo—. Nunca se sabe cuándo es preciso contar con la ayuda de un hombre robusto. Puede que tengamos que enfrentarnos con tu padre.

Christer se secó las gotas de sudor de la frente al entrar en el restaurante Ulla Winbladh al que llevaba cierto tiempo acudiendo todos los sábados, excepto las dos últimas semanas, cuando la investigación del caso de Ossian se lo había impedido. Miró con preocupación a su alrededor, mientras se adentraba en el vasto y majestuoso local de la isla de Djurgården. Ya en su segunda visita había decidido que la pequeña mesa para dos del rincón, al fondo a la izquierda, era la suya. En una ocasión la había encontrado ocupada por una joven pareja, por lo que se había visto obligado muy a su pesar a elegir otra. Había pasado todo el almuerzo lanzándoles miradas asesinas a los dos tortolitos, pero con discreción, para que no lo notaran. En realidad estaba enfadado consigo mismo, ya que ellos no podían saber que la mesa era suya.

—¡Vaya! ¡Ha vuelto el hijo pródigo!

Al jefe de sala se le iluminó la cara cuando lo vio entrar, y una cálida sensación invadió el pecho a Christer. Esperaba no ponerse a sudar otra vez. Echó una mirada rápida al jefe de los meseros y le llamó la atención, como siempre, que tuviera el cabello tan rubio como lo recordaba, sin una sola cana, ni rastros de que se lo tiñera.

—Empezaba a temer que nos hubiera abandonado —dijo el hombre guiñándole un ojo—. Su mesa está lista. —Tomó una carta al pasar y condujo a Christer hasta su mesa, que lo esperaba con su mantel blanco, sus cubiertos de plata y una vela encendida.

Esta vez sí que lo haría. Se presentaría. Se daría a conocer. Ese era el día. Sin ninguna duda. Con toda seguridad.

—No... Estas últimas semanas no he venido porque tenía mucho trabajo —mascullo Christer.

—¿Desea consultar la carta? Pero me temo que no hay ninguna novedad. ¿Tomaremos lo de siempre?

El jefe de sala le tendió la carta a Christer, que la aceptó, mientras se sentaba de espaldas a la pared. «¿Tomaremos lo de siempre?» ¿A qué «nosotros» se refería? Christer se preguntó si lo habría reconocido de otra época. Deseaba que así fuera, pero a la vez deseaba desesperadamente que no. Todavía no. Necesitaba reunir un poco más de coraje.

La vista a través de la ventana era magnífica. Había mucha gente paseando por los senderos, algunos con perros, y Christer echaba de menos a Bosse. Por lo general lo llevaba a todas partes, pero el restaurante no permitía la entrada de animales y no podía dejarlo encerrado en el coche, con el calor que hacía. Por eso lo había dejado en casa. Le había costado enseñarle a quedarse solo. La primera vez le había destrozado su mejor par de zapatos y la segunda había acabado con el reposabrazos izquierdo del sillón donde se sentaba para ver la televisión. Esperaba que valiera la pena.

—Echaré un vistazo a la carta —murmuró esforzándose para no mirar al hombre que se la estaba tendiendo.

El corazón le palpitaba con tanta fuerza que tenía la sensación de que todos los presentes en la sala lo estarían oyendo. Muy pronto se atrevería a hablar.

—Tómese su tiempo. Hoy tenemos un día tranquilo. La gente debe de haberse ido a sus casas de campo o a navegar por el archipiélago.

Christer mascullo una respuesta y fingió estar absorto en el estudio de la carta. Ya lo había decidido. Tomaría pescado, como siempre. Pero quería prolongar el instante y concederse unos segundos para dar con la manera perfecta de empezar, aunque hacía tres meses que frecuentaba el restaurante y aún no la había encontrado. O quizá sí, pero enseguida la había perdido. Ya no lo sabía.

—Por cierto... —dijo el hombre rubio con el pulcro uniforme de jefe de sala. Había comenzado a alejarse en dirección a la cocina, pero se había parado y había vuelto atrás.

Christer levantó la vista desde la carta y se topó con su mirada. Sus ojos eran tan azules como los recordaba.

—Lo he pensado varias veces —continuó el hombre—, pero no he dicho nada, porque siempre había mucho trabajo o no tenía tiempo. Pero... ¿nos hemos visto antes en algún sitio? Su cara me resulta muy familiar.

Un leve surco de preocupación se dibujó en su frente. El azul de sus ojos se volvió más intenso a causa de la luz del sol que incidía sobre su cara en un ángulo perfecto. Las pulsaciones de Christer eran tan potentes que debían de retumbar en todo el local. Los pocos comensales presentes se estarían preguntando qué pasaría en la pequeña mesa del rincón. Pero nadie se volteó hacia él. Nadie parecía percibir el estruendo que Christer sentía en los oídos. Respiró profundamente. Era la forma perfecta de empezar a hablar que llevaba tanto tiempo buscando.

Por fin.

Sin embargo...

—No, no creo que nos hayamos visto antes —se oyó a sí mismo decir—. Tomaré los arenques. Y una cerveza.

Cerró la carta y se la devolvió al jefe de sala, que se encogió de hombros y se alejó en dirección a la cocina. Christer lo siguió con la mirada hasta que desapareció de su vista. Después dejó escapar un largo suspiro.

La próxima vez sí.

La próxima vez se lo diría.

Un día libre no era mucho pedir. Además, era domingo. Y había hecho un trabajo excelente el viernes, cuando gracias a él habían detenido a Jenny y a Matte, y dejado a Mauro en libertad. Ruben opinaba que se merecía un descanso.

Pero por lo visto no era así.

Iba conduciendo tan rápido como se lo permitían sus reflejos. Había tomado un coche de policía porque pensaba que a Astrid le gustaría y en consecuencia no tenía que preocuparse por los límites de velocidad. Pero si alguien notaba que había una niña a su lado en el asiento delantero, mientras circulaba como una exhalación por la autopista, podía tener problemas. Esperaba que la gorra de policía que llevaba puesta Astrid disimulara un poco su edad. De hecho, Ruben ya la veía un poco mayor.

Era típico de Vincent convocar una reunión sin apenas antelación, justo cuando Ruben acababa de recoger por segunda vez a Astrid de la casa de Ellinor. «Dejad lo que esten haciendo y venid en quince minutos», les había dicho. ¿Qué maneras eran esas? ¡En domingo! Por otro lado, la última vez que Vincent había convocado una reunión, hacía dos veranos, se las había arreglado para pasar a ser el principal sospechoso en apenas media hora. Ruben estaba ansioso por saber qué pensaba decirles en esta ocasión.

—¡Qué rápido conduces! —exclamó Astrid a su lado, riendo—. ¿Estamos persiguiendo a un ladrón?

—Casi —contestó Ruben—. Te voy a presentar a un telépata, una persona que puede leerte el pensamiento.

La niña guardó silencio y pareció reflexionar unos segundos sobre lo que acababa de decir Ruben.

—Entonces ¿podemos poner la sirena? —preguntó finalmente.

Ruben se emocionó. ¡A la mierda el protocolo! Si su hija quería poner la sirena, él se la pondría. ¡Claro que sí! Encendió la sirena y la señal luminosa azul, y pisó todavía más a fondo el acelerador. Astrid chilló de felicidad.

Cuando entraron en la jefatura la niña saludó al personal de la recepción como si ya los conociera. Subieron por el ascensor y se dirigieron a paso rápido a la sala de reuniones. Al entrar, Ruben no entendió en un primer momento las miradas de asombro. Pero enseguida se dio cuenta de que no lo miraban a él, sino a su hija.

—Bueno, sí. Esta es Astrid —dijo—. Hoy está conmigo.

Se hizo un silencio en la habitación.

—No sé si es muy adecuado que... —empezó Julia, pero no dijo nada más y se limitó a negar con la cabeza.

—¿Es tu...? —murmuró Peder a través de la barba—. Quiero decir... ¿Cómo has...? —Pero él también guardó silencio.

Vincent estaba de pie delante de la pared donde aún lucía el plano de Estocolmo que él mismo había cuadriculado. Las imágenes de Lilly, William, el niño del parque de Fatbur y Ossian estaban pegadas con chinchetas en los lugares donde habían sido hallados los cadáveres. Alguien, probablemente Vincent, había trazado una línea entre todos ellos, de tal manera que podía verse la ruta seguida por el asesino.

—Hola, Astrid —dijo Vincent sonriéndole a la hija de Ruben—. Me alegro de conocerte. Te pareces muchísimo a tu papá, incluso sin la gorra de policía.

—¿Tu papá? —repitió Christer, y se los quedó mirando con la boca abierta.

—¿Qué pasa? —Ruben resopló mientras le indicaba a Astrid dónde sentarse y se sentaba junto a ella—. ¿No ven que es mi hija? ¿Son tontos o qué? Vincent tiene razón. Se parece mucho a mí. Solo yo podría ser el padre de una niña tan guapa.

Le acercó a Astrid la bandeja de los bollitos, sin prestar atención a las indisimuladas sonrisas que se extendían en torno a la mesa. Hasta a Mina se le había suavizado la expresión.

Astrid eligió un bollito de mermelada y a Julia se le iluminó la cara con una sonrisa enorme.

—Conozco a un Aston que tiene prácticamente tu misma edad —le dijo Vincent a la niña—. Y su nombre se parece mucho al tuyo, solo que en masculino.

—¿Está aquí? —preguntó Astrid esperanzada—. ¿Puedo jugar con él?

Christer se había llevado el café a los labios y empezó a mascullar dentro de la taza.

—Sí, claro —gruñó—. ¿Has visto, Ruben? A partir de ahora puedes quedar con Vincent para que sus hijos jueguen juntos.

La idea no pareció agradarle a Ruben, que se aclaró ruidosamente la garganta.

—Bueno, ¿qué es eso que era tan urgente? —preguntó—. Astrid y yo tenemos otras cosas que hacer a lo largo del día.

—Sí, es verdad. Será mejor que empecemos —convino Julia—. ¿Qué querías decirnos, Vincent? Y tú, Ruben, tápale los oídos a Astrid si ves que se asusta.

—No se asustará —respondió él ajustándole la gorra a la niña, que procedió a servirse otro bollito.

—Como ya sabrán, ha habido un... hallazgo en el parque de Fatbur —comenzó Vincent con cautela, lanzando una mirada a la pequeña—. También en este caso había un caballo. Pero no un caballo de verdad, Astrid, sino solo unos modelos de Lego que contenían un mensaje: la palabra *horse*. Es la demostración de que mi teoría sobre el *knight's tour* es correcta. Por otro lado, como se me ha señalado, el hallazgo tampoco contradice la teoría de Nova sobre la proximidad del agua. También creo que Nova acierta cuando afirma que nuestro criminal y sus cómplices constituyen un grupo con características sectarias. El hecho de que las diferentes... víctimas... hayan sido secuestradas por diferentes personas hace pensar por fuerza en un grupo organizado.

—Todavía no sabemos quién se llevó a la víctima hallada en el parque de Fatbur —observó Christer, y Vincent asintió.

—Así es. Eso no lo sabemos. Pero hay otros factores que permiten concluir que se trata del mismo asesino.

Los ojos de Astrid se ensancharon cuando oyó la palabra *asesino*. A juicio de Ruben, era típico de Vincent ser tan insensible. Pero la niña no dijo nada y se limitó a apretar con fuerza su mano. Si antes ya estaba orgulloso de su hija, al notar su reacción se enorgulleció todavía más. La pequeña no se dejaba llevar innecesariamente por el pánico. Algún día sería una gran policía.

—Pero la teoría de Nova no nos sirve para hacer predicciones. En caso de producirse otro... hallazgo... solo podemos suponer que será cerca del agua. O incluso en un sitio donde ha habido agua en el pasado. Y eso es lo mismo que decir toda la ciudad. Pero gracias al problema del caballo, o *knight's tour*, sabemos al menos dónde mirar. Por eso, si te parece bien, Julia, quiero proponerles que sigan investigando a partir de mi teoría hasta que encuentren algo mejor.

Sin esperar respuesta, Vincent señaló en el plano la casilla correspondiente a Lilly. Después repasó con el dedo la línea que había trazado, hasta llegar primero a William, luego al parque de Fatbur, a continuación, al lugar de Skeppsholmen donde había sido hallado Ossian y, finalmente, a la siguiente posición en el mapa.

—Según el recorrido marcado en el mapa, el próximo... hallazgo... se producirá en Djurgårdsbrunnsviken —dijo.

—Es un canal —replicó Peder—. ¿No queríamos agua?

Vincent lo miró con expresión sombría.

—Esto no es suficiente, Vincent —intervino Julia—. Tu método solo nos señala el lugar adonde podemos ir a buscar si volvemos a fallar. Pero tenemos que evitar que haya otro secuestro.

Es preciso alertar a todas las escuelas infantiles, pedirles que extremen las precauciones en la recogida de los niños y que no dejen a ninguno sin vigilancia ni un segundo.

—¿Por cuánto tiempo? —preguntó Peder—. Entre Lilly y William pasó más de medio año, pero mucho menos entre William y la víctima del parque de Fatbur, o entre esta última y Ossian. No parece que haya un intervalo regular entre un crimen y el siguiente. ¿Durante cuánto tiempo tendremos que vivir atemorizados los padres?

—Las familias ya están cansadas —añadió Ruben pensando en la mujer que Adam y él habían encontrado cuando habían ido a visitar a Lovis—. Por cada día que pasa, Ted Hansson gana más puntos, con o sin la ayuda de Jenny Holmgren.

—No creo que las advertencias sirvan de nada —comentó Christer con amargura—. Hasta ahora los secuestradores han sabido burlar tanto a los padres como a los vecinos de las víctimas.

Ruben miró a Astrid. Tenía solo unos pocos años más que los niños de los que hablaban. Vincent y Nova estaban convencidos de que había toda una organización detrás de los crímenes. A Ruben le era difícil asimilar que pudiera haber tanta maldad concentrada en un solo lugar y que ese lugar fuera su ciudad.

De repente sintió que le costaba tragar saliva y tuvo que distraerse arreglándole la gorra a su hija. El cabrón que se atreviera a tocarle un solo cabello de la cabeza tendría que vérselas con él.

Los demás abandonaron la sala, pero Vincent se quedó mirando el plano y repasando con la mano el camino del caballo por el tablero, el trayecto que había seguido el asesino por los diferentes distritos de la ciudad. Se les estaba escapando algo. Lo intuía.

Mina le dijo algo desde la puerta.

El mentalista no podía parar de pensar en lo que había dicho Peder. El tiempo transcurrido entre los secuestros parecía aleatorio. Alguien tan meticuloso como su asesino no dejaría ese detalle al azar. Todo lo que sucedía en el mundo tenía su lugar y su hora: un punto preciso en el espacio y un momento específico en el tiempo. Siempre había un dónde y un cuándo. El patrón que se desprendía del plano mostraba con claridad dónde. Pero el dónde no era más que una pieza del rompecabezas. Faltaba la otra. Necesitaban descubrir el cuándo.

—¡Vincent!

El mentalista se volteó. Mina seguía en la puerta y parecía esperar una respuesta.

—Perdona —dijo él—. ¿Qué has dicho?

—Te he preguntado si vienes.

Vincent retrocedió en su memoria, tratando de hallar las palabras exactas de Mina. Pero sus propios pensamientos habían sofocado el sonido de la voz de su amiga. No tenía ningún recuerdo almacenado en la memoria. Bajó la mirada, sin atreverse a confesar que no la había escuchado.

—No te preocupes. Ya sé que no me estabas oyendo —dijo Mina—. Y en parte por eso te lo he dicho. Creo que necesitas despejarte un poco la mente. Ven conmigo.

Vincent salió por la puerta que ella le estaba sosteniendo, pero no tuvo valor para preguntarle adónde iban. Se dirigió con ella hasta el ascensor, sintiéndose incómodo.

—Llama a Maria y dile que llegarás tarde a casa —le aconsejó Mina mientras se abrían las puertas del ascensor—. Dile que la reunión en la jefatura ha durado más de lo previsto o algo así.

—De acuerdo, pero ¿puedo preguntarte adónde vamos?

—Los dos necesitamos oxigenarnos un poco la mente, para funcionar mejor —respondió Mina pulsando el botón del garage—. Deberías saberlo.

Cuando las puertas se abrieron Vincent esperó un segundo antes de salir. No le gustaban los ascensores, pero los garajes subterráneos le gustaban aún menos. Los techos siempre eran demasiado bajos. Por otro lado, se alegraba de que Mina no se hubiera estacionado en la calle, porque en ese caso su coche se habría convertido en una sauna ambulante para ir adonde fuera que iban.

Al llegar al automóvil de Mina notó que el asiento del acompañante no estaba forrado de plástico y dedujo que haría bastante tiempo que no llevaba a nadie con ella.

—¿Estás segura de que así está bien? —preguntó.

—Hay fundas de plástico en la guantera —respondió ella mientras encendía el motor—. Puedes ponerlas tú mismo.

—Desde luego, sabes hacer que un hombre se sienta bienvenido —replicó él obedeciendo.

Atravesaron el puente de Sankt Erik y continuaron hacia la plaza de Odenplan. Justo antes de llegar a la Biblioteca Pública Mina tomó un desvío y entró en un estacionamiento.

—Está un poco lejos del trabajo —explicó—. Pero por eso vengo.

Cuando salieron del estacionamiento Vincent se fijó en el rótulo del local más cercano: las letras ROQ junto a una calavera. Eso lo desconcertó todavía más. ¿Qué sitio era ese?

—Ya lo sé —dijo Mina cuando notó que miraba el cartel—. Intento venir cuando no hay música en directo. No tengo nada contra la música, pero ¿tienes idea de la cantidad de partículas que se levantan cuando un batería se emociona con las baquetas? Deberían tocar metidos en una caja de cristal.

Vincent entró con Mina en el local, pero sus ojos tardaron unos segundos en ajustarse al pasar de la luminosidad de la calle a la penumbra del interior. Enseguida vio que se encontraban en una vasta sala, con varias hileras de mesas de billar vacías.

—Ya te he dicho que me gusta jugar al billar —explicó Mina—. He pensado ofrecerte una lección de humildad ganándote. Así podrás dejar de sentirte superior durante un rato, para variar.

Vincent la observó en silencio. No sabía ni por dónde empezar. ¿Billar?

Le costaba ubicar en una sala de billares a una mujer policía que no apreciaba el contacto humano y entraba en pánico cada vez que alguien mencionaba los gérmenes. Por otra parte, también era cierto que la sala estaba vacía. Era temprano y acababan de abrir. El local estaba limpio y ordenado. Y era verdad que Mina había dicho que le gustaba jugar al billar, aunque hubiera pasado una eternidad desde entonces.

—De momento estamos estancados en la investigación —comentó Mina—. No resolveremos nada dándonos cabezazos contra la pared. Haremos mejor nuestro trabajo si nos permitimos pensar un rato en otra cosa.

—¡Hola, Mina! —la saludó una mujer detrás de la barra.

—¡Hola, Alice! ¿Qué tal va todo?

La mujer llamada Alice llevaba una camiseta de tirantes negra con el logo del local impreso en el pecho encima de otra blanca, y un estilo de peinado cuidadosamente descuidado. Ante la pregunta de Mina se encogió de hombros.

—Ya sabes —respondió—. Es muy testarudo. A veces tengo que respirar y contar hasta diez. Tienes la mesa ocho reservada, como siempre.

Se agachó detrás de la barra y sacó una bandeja con un frasco de desinfectante y una caja metálica con toallitas húmedas.

—Si se pone imposible, llámame —dijo Mina—. Puedo enviarle a un par de colegas para que lo hagan entrar en razón. —Tomó la bandeja y se dirigió hacia la mesa de billar.

Vincent no tuvo más remedio que seguirla.

—Bueno, ¿qué hacemos ahora? —preguntó—. No querría meter el dedo en la llaga, pero ¿lavamos primero todas las bolas? ¿Forramos la mesa de plástico? ¿Has traído en el bolso un taco de billar antiséptico plegable? No es mi intención disuadirte, pero no entiendo cómo vas a hacerlo. Piensa que miles de personas han tocado estas cosas. Y ten en cuenta que toda esa gente bebe cerveza, se mete tabaco en la boca y suda durante las actuaciones en directo...

—Gracias, pero calla ya —contestó Mina.

—¿Qué es esto? ¿Una versión agresiva de la terapia cognitivo-conductual?

—Si necesito terapia, será solo para aguantarte a ti —respondió ella—. Desde que dejé de ir a las reuniones de Alcohólicos Anónimos vengo aquí todas las semanas, a veces más de un día. Está lo suficientemente lejos del trabajo como para que nadie me reconozca y para estar tranquila. De hecho, esto me ha ayudado más que las reuniones de Alcohólicos Anónimos. Alice, la chica que has visto en la barra, limpia la mesa antes de que yo llegue. También los tacos y las bolas. Y antes de que lo preguntes, sí: le he pedido que se ponga guantes para hacer todo eso. No le ha parecido extraño. Esto no es nada en comparación con las cosas que le pide su marido. Es aficionado al *dogging*, sexo en público, o como se llame lo que hacen.

Vincent la observó mientras colocaba las bolas dentro de un triángulo de plástico.

—¿Quieres decir que le gusta tener sexo en sitios públicos, preferiblemente en lugares donde pueda llegar a ser descubierto? —preguntó—. Debe de ser agotador. —Se inclinó y movió un poco la mesa de billar para comprobar su estabilidad. Era demasiado fácil imaginar lo que podía haber sucedido encima de esa mesa.

—Imbécil —lo apostrofó ella cuando notó su expresión—. Como comprenderás, eso fue lo primero que le pregunté a Alice. —Le tendió un taco a Vincent y levantó el triángulo de plástico—. Sacas tú.

El resto de la partida se desarrolló según las predicciones de Mina. Fue despiadada. Pero Vincent estaba jugando espantosamente mal. La preocupación por el momento de los asesinatos no había desaparecido del todo; le seguía rondando el cerebro e impedía que se concentrara.

Mina apuntó con cuidado para imprimirle efecto a la bola, que fue a estrellarse contra otra, que a su vez golpeó a una tercera, provocando una reacción en cadena que hizo caer a la última en la tronera. Vincent observó intrigado la secuencia e intentó reproducirla en su interior como si se tratara de una película. Había algo en la manera en que las bolas chocaban entre sí, a intervalos cada vez más breves. El tiempo. Un acontecimiento llevaba al siguiente a lo largo del tiempo, un tiempo que se alargaba a cada paso de la secuencia, cuando una bola chocaba con otra...

—Mina —dijo.

Inclinada sobre la mesa, con el taco de billar preparado, Mina levantó la vista hacia él.

—¿Te parece posible convocarlos a todos otra vez en la jefatura? —preguntó Vincent—. ¿Esta misma tarde?

—Y hasta aquí ha llegado la diversión —replicó ella incorporándose y apoyando el taco contra la mesa—. ¿No te relajas nunca?

—Sí, una vez, cuando tenía nueve años, creo —contestó él—. Fue aburridísimo. Pero responde a mi pregunta. ¿Podríamos...?

—La mujer de Peder te hará picadillo —señaló Mina—. Y el marido de Julia se pondrá a la cola para rematarte. Aparte de eso, no creo que haya ningún problema. ¿Por qué?

—Te lo contaré por el camino.

—¿Estás seguro de que no es una excusa para no perder? —preguntó ella mirándolo con suspicacia.

—Te prometo que no.

Mina suspiró y se puso a recoger sus cosas. Se dirigió a la barra y le devolvió a la sorprendida Alice la bandeja con los artículos de limpieza.

—Ha sido breve hoy —comentó la mujer de la barra.

—Me ha surgido un imprevisto —se justificó Mina—. Pero nos vemos esta semana.

Vincent esperó a estar fuera del local, de camino al coche de Mina.

—¿Has visto las miradas que le echaba a la mesa mientras jugábamos? —preguntó—. Estoy seguro de que su marido y ella lo han hecho allí mismo.

A Mina le resultó fácil reunir otra vez al grupo, pues todos sus integrantes excepto Ruben se encontraban aún en la jefatura. Sin embargo, las caras de cansancio y de mal humor en torno a la mesa permitían deducir que la popularidad de Vincent iba en franco declive. De hecho, Mina se había esforzado por dejar claro que la idea de convocar otra reunión había sido únicamente del mentalista. Ni siquiera Peder parecía entusiasmado. Pero ella comprendía a sus colegas: había estado a punto de obligar a Vincent a regresar caminando a la jefatura, como castigo por su último comentario. Por su culpa tendría que pedirle a Alice que le reservara otra mesa la próxima vez.

—Discúlpenme por haberlos hecho venir de nuevo —empezó Vincent—, pero habría sido demasiado complicado explicarlo por teléfono. Al salir de aquí me he quedado pensando en algo que ha dicho Peder hace... —Echó un vistazo al reloj que llevaba en la muñeca—. Hace dos horas.

—¿Y qué han estado haciendo ustedes dos durante estas dos horas? —preguntó Ruben en tono burlón.

Ya no lo acompañaba Astrid y había vuelto a ser el de siempre.

—Nada que te importe —le contestó Mina—. Pero puedo asegurarte que las bolas estaban desinfectadas y que Vincent tiene mejor mano de lo que pensaba.

Christer y Peder se echaron a reír, pero las mejillas de Ruben adquirieron un tono rojo carmesí y por un momento pareció como si no supiera dónde meterse. Fue fantástico para Mina. Por fin se había vengado. Después de tantos años de miraditas, comentarios e insinuaciones, había conseguido hacerlo sonrojar como un estudiante.

—Espero que te refieras al billar —aventuró Adam.

Las carcajadas de Christer subieron de volumen.

—Bueno, niños, ¡orden en el salón! —exclamó Julia—. Aunque me encantaría seguir haciendo bromas de quinto de primaria, tengo una persona muy importante en casa con la que me gustaría pasar el resto de la velada. Y, por cierto, su conversación es bastante más madura que la suya.

Mina observó que Julia había dicho «una persona» y no «dos». Era evidente que la situación con Torkel seguía siendo delicada.

—¿De qué se trata? —preguntó Julia mirando a Mina, que enseguida retrocedió un paso e hizo un ademán en dirección a Vincent.

—Todo tuyo —le dijo.

Vincent se aclaró la garganta y se situó de nuevo junto al mapa de la pared, como la vez anterior.

—Tal como he señalado hace un rato, si mi teoría es correcta el próximo cuerpo aparecerá aquí, en la zona de la bahía de Djurgårdsbrunnsviken. Sin embargo, hasta ahora no sabía cuándo pensaba actuar el asesino o, mejor dicho, la organización de asesinos, la secta. Pero creo que lo he averiguado. Peder tenía razón. Las fechas de los asesinatos son como bolas de billar que chocan entre sí, pero con aceleración creciente en lugar de decreciente.

Los policías lo miraron perplejos.

—¿Y para hablarme de bolas de billar me has hecho venir desde Vallentuna? —protestó Ruben.

Pero Mina estaba encantada. Así le gustaba Vincent: absorto en sus pensamientos, como si estuviera solo en la sala. Cuando discurría, su lenguaje corporal se transformaba y se volvía más libre y confiado. Era como si siempre estuviera en guardia excepto en esos momentos. Ese era el Vincent al que había permitido atravesar sus barreras defensivas.

—Antes no había visto el patrón —prosiguió Vincent, que no parecía haber oído el comentario desaprobador de Ruben—. Tampoco lo vi cuando Milda determinó que el cuerpo hallado en el parque de Fatbur no podía llevar más de dos meses sepultado. Pero encaja demasiado bien para que sea casualidad.

—¿Qué es lo que encaja con qué? —preguntó Ruben, más irritado aún.

Adam y Julia observaron a Vincent expectantes, mientras Christer fruncía el ceño, como si realmente estuviera intentando comprender lo que pretendía explicar el mentalista. Peder, en cambio, contemplaba decepcionado la bandeja vacía. Ruben había permitido que Astrid se llevara los últimos bollitos e incluso la había animado a hacerlo.

—Con la tasa de aceleración —respondió Vincent dirigiéndose hacia el pizarrón blanco. Tomó un plumón y empezó a escribir—. Verán. El uso del problema ajedrecístico del caballo indica que estamos ante individuos que abordan sus acciones de manera estrictamente matemática. No hay ninguna razón para que no mantengan ese enfoque en lo relacionado con la frecuencia de esas mismas acciones. Lilly desapareció a principios de junio del año pasado, y William, a finales de enero. Entre los dos secuestros transcurrieron siete meses. Si el cuerpo del parque fue sepultado hace dos meses, tal como indica Milda, entonces lo más probable es que desapareciera a mediados de mayo, tres meses y medio después que William. Y Ossian fue secuestrado ocho semanas más tarde. ¿No lo ven? —Vincent señaló lo que acababa de escribir.

Lilly → William, 7 meses
    William → Fatbur, 3.5 meses
    Fatbur → Ossian, 1.75 meses (8 semanas)

—Cada intervalo entre crímenes es la mitad del anterior —explicó.

Esperó a que el resto de los reunidos vieran lo que él ya había visto.

—Mierda... —murmuró Christer.

—Eso significa que la próxima desaparición se producirá cuatro semanas después que la de Ossian —dedujo Julia.

—Exacto —confirmó Vincent asintiendo.

—Pero espera un momento —intervino Christer—. ¿No decías que puede haber un total de sesenta y cuatro asesinatos si no conseguimos detener a los criminales? ¿Tantos como casillas hay en un tablero de ajedrez? Si los intervalos se siguen reduciendo a la mitad, no creo que puedan producirse tantos crímenes.

—Tienes razón —dijo Vincent—. Bien visto. Si el intervalo entre cada crimen se sigue reduciendo a la mitad, entonces los asesinos podrán actuar como máximo unas cuatro veces más. A partir de entonces tendrían que secuestrar a un niño cada día y, al cabo de poco tiempo, a un niño por hora, lo cual es del todo absurdo. Por lo tanto, existe una barrera natural a partir de ocho secuestros. No digo que serán ocho, sino únicamente que podrían serlo. Pero lo importante ahora es impedir que se produzca el quinto.

Ninguno de los presentes dijo nada. Todos parecían haberse tomado en serio lo que acababa de revelarles Vincent, incluido Ruben.

—Entonces ¿qué sugieres, Vincent? —preguntó Julia en voz baja—. ¿Cuánto tiempo tenemos hasta el próximo secuestro?

—Como tú misma has señalado —respondió el mentalista golpeando el pizarrón con los nudillos—, tendría que producirse cuatro semanas después de la desaparición de Ossian. Hoy es domingo. El miércoles hará tres semanas del secuestro de Ossian. Si no resolvemos el caso, dentro de diez días desaparecerá otro niño en algún lugar de Estocolmo.

CUARTA SEMANA

—¡Hola!

El saludo sobresaltó a Ruben. No había notado que se le había acercado alguien.

—¡Hola! —replicó, levantando automáticamente la mano para arreglarse el mechón que le caía sobre la frente.

Esa mañana su cabello parecía tener voluntad propia.

—¿Cómo va todo? —le preguntó Sara, de la unidad de seguimiento y análisis, la persona que solía ayudarlos a clasificar toda la información y que, por algún motivo, daba la impresión de tener algo contra él.

Cuando se sentó a su lado Ruben percibió un suave aroma a colonia mezclado con suavizante para la ropa. Sara parecía recién salida de la ducha, a pesar del calor que hacía en la habitación, y Ruben tuvo que reprimir el impulso de olerse los sobacos. Para no hacerlo se concentró en la tarea que tenía entre manos.

—Nuestro trabajo se ha vuelto infinitamente más difícil. —Suspiró y señaló el monitor—. Ahora que los asesinatos están en el centro de la atención mediática, las familias denuncian la desaparición de sus hijos cuando no han pasado ni quince minutos desde que los han perdido de vista. Tenemos una avalancha de denuncias. Además, la gente está indignada. Nos critican porque piensan que no hacemos bien nuestro trabajo y tienen miedo. Los padres no se atreven a soltarles la mano a sus hijos ni un minuto.

—Con las denuncias es mejor pasarse que quedarse corto —comentó Sara mirando la pantalla.

—Por si fuera poco, este fin de semana supimos que el asesino quizá vuelva a atacar el miércoles de la semana que viene —añadió Ruben con un suspiro—. Y después del fiasco con Mauro, hemos regresado a la casilla de salida. Me avergüenza reconocerlo, pero no tenemos nada. Ayer pasamos el día entero repasando las notas de los interrogatorios en torno a la desaparición de Ossian, sin ningún resultado. Es como si nuestro asesino fuera un fantasma.

—¿Hay algo que pueda hacer yo? —se ofreció Sara, dejando sobre la mesa la taza de café que había ido a buscar.

—Gracias, pero en este momento no se me ocurre nada. Y ten cuidado con ese café si lo has comprado en la máquina. Es veneno para ratas.

Sara se echó a reír. Su risa era cantarina y melódica. Ruben se sorprendió de no haberlo notado antes.

—Estoy acostumbrada a la basura de café que se bebe en Estados Unidos —contestó ella antes de darle un sorbo—. En comparación, hasta el peor café de Suecia me sabe a gloria.

—Te entiendo. ¿Y todo lo demás? Me refiero a Estados Unidos. He oído que piensas quedarte en Suecia definitivamente.

—Lo que debes de haber oído es que me estoy divorciando.

Sara dejó escapar un suspiro. Ruben hizo un esfuerzo para no mirar sus curvas, que sin duda estaban en todos los sitios adecuados. Su marido debía de ser un imbécil.

—Descubrimos que teníamos maneras muy diferentes de ver la vida —continuó ella—. Mi ex quería que me ocupara de la casa y que me quedara callada la mayor parte del tiempo. Y yo... no estaba de acuerdo.

—Lo entiendo —replicó Ruben mientras seguía desplazándose por la lista de denuncias en el monitor—. Perdóname si te parece que me meto donde no me llaman, pero ¿qué van a hacer con los niños, si piensan vivir en diferentes continentes?

Sara lo miró sorprendida.

—Esa faceta tuya es nueva. Creía que ni siquiera sabías que tengo hijos.

Ruben se sonrojó, pero enseguida se rehízo. Sara había acertado. Tenía una nueva faceta. O en realidad no era tan nueva. Siempre se había considerado una persona amable y atenta, pero hasta ese momento no había tenido ocasión de ocuparse mucho de nadie. Mejor dicho, hacía bastante tiempo que tenía una persona de la que debería haberse ocupado, pero no lo sabía. Pensando en esas cosas había empezado a emocionarse. Pero la emoción era algo bueno, según Amanda, su psicóloga. Si se emocionaba significaba que estaba progresando, aunque a veces resultara agotador.

—Me he enterado hace poco de que tengo una hija —le reveló a Sara—. Se llama Astrid y tiene diez años.

—¡Vaya, felicidades! —exclamó ella aún más sorprendida que antes—. ¿Y cómo...? ¿Qué se siente?

—¡Es fantástico! —respondió él y, al decirlo, se dio cuenta de que era la pura verdad.

Realmente era fantástico. Y Astrid era increíble.

—Lo único que lamento —añadió— es haberme perdido una parte de su infancia. Pero así están las cosas. Además, no sé si habría podido ayudar mucho. Su madre es muy sensata. De algún modo creo que tomó la decisión correcta al alejarme de su vida. Pero ahora quiero hacerlo lo mejor posible y ser tan buen padre como pueda.

Sara negó con la cabeza, levantó la taza, miró el café y lo volvió a apoyar sobre la mesa.

—¡Cuántas cosas pasan por aquí cuando una se ausenta unos días! —comentó—. Pero me alegro mucho por ti. Y respondiendo a tu pregunta acerca de los niños, creo que será... complicado. Yo quiero quedarme a vivir aquí, cerca de mi familia, y quiero que mis hijos crezcan en Suecia. Pero él no. Y las leyes estadounidenses no protegen demasiado los derechos de la madre, sobre todo si es extranjera. Tengo miedo de que se quede a los niños y no me los devuelva si viajan para visitarlo.

Por eso le he dicho que tendrá que venir a verlos. De momento nuestros abogados están «negociando» —añadió, marcando el entrecomillado con los dedos.

—¡Carajo, qué panorama! —soltó Ruben espontáneamente.

Sara se limitó a asentir con la cabeza. Bebió otro sorbo de café e hizo una mueca.

—Tenías razón. Es veneno para ratas.

—Te lo he dicho —replicó Ruben—. ¿Te apetece ayudarme a repasar las denuncias de niños desaparecidos en las últimas semanas? A la mayoría ya los habrán encontrado o habrán vuelto por su propio pie, y los padres no se han molestado en comunicárnoslo. Por eso te propongo que empecemos a llamar a las familias. No creo que encontremos a nuestro secuestrador, que en teoría no volverá a actuar hasta la semana que viene, pero es un trabajo que hay que hacer.

—De acuerdo —respondió Sara mientras se sentaba a su lado y sacaba el teléfono—. ¿Quién sabe? Puede que descubramos alguna cosa interesante. El tiempo de los milagros no tiene por qué haberse acabado.

Ruben la miró de reojo. ¿Por qué no había hablado nunca con ella? Era inteligente y divertida. ¡El tiempo de los milagros! ¡Qué ocurrencia! Y, por si fuera poco, parecía como si no la afectara el calor. Ruben se introdujo discretamente una mano bajo la axila. ¡Mierda! Tenía la camisa empapada. Y era de color gris claro. Tendría que haberse puesto la camisa negra.

Peder se vio obligado a reconocer que la barba le picaba con una intensidad que comenzaba a anular los beneficios en cuanto a apariencia física que en su opinión le aportaba. En realidad parecía ser el único en juzgar que su imagen ganaba mucho con la barba. Hasta Anette se había pasado al campo enemigo. De no haber sido por el picor constante, habría sido capaz de resistir la presión grupal, pero empezaba a sentir que su determinación flaqueaba.

Se rascó una vez más mientras estudiaba el registro con su habitual meticulosidad. Esa parte del trabajo era la que más le gustaba. Sumergirse en cantidades ingentes de datos y descubrir relaciones y discrepancias en las estadísticas. Disfrutaba con el desafío de encontrar una aguja diminuta en un pajar enorme, el reto de hallar la pequeña pepita de oro que podía suponer la resolución definitiva del caso. Pero el registro que estaba revisando era diferente a los demás. La lista de niños desaparecidos no se podía reducir a una serie de datos anónimos. Ruben y Sara ya habían hecho un primer cribado para descartar a los que ya no estaban desaparecidos, que eran la mayoría. Pero todavía quedaban unos cuantos. Demasiados.

En cada rostro, en cada denuncia con las señas de un niño, no podía dejar de ver las caras de las trillizas. Desde que las niñas habían llegado a su vida, era como si todo su organismo y cada uno de sus sistemas vitales estuvieran conectados directamente con ellas. Para Peder las trillizas eran Yggdrasil, el árbol de la vida, las venas y los capilares de su cuerpo, los pulmones que le permitían respirar. Cada uno de los niños que veía en la base de datos de la policía tenía al menos un padre o una madre que se habían quedado sin esa pulsión vital.

En la mayoría de los casos había una explicación probable de la desaparición. Un familiar que se había marchado al extranjero y se había llevado al niño. Una familia de refugiados que se había escondido para no ser devuelta a su país de origen. Un menor que por su propia voluntad y por mil posibles razones —todas ellas horribles— había huido de la casa de sus padres, del hogar de acogida o de la institución donde vivía.

Pero en unos pocos casos no había ninguna explicación verosímil. Y esas desapariciones inexplicables eran justo las de mayor interés. Peder las comparaba una por una con el informe de Mina sobre el cuerpo hallado en el parque de Fatbur. Aunque la autopsia no había arrojado mucha información útil, debido al mal estado del cadáver, al menos había algo. Y Milda sabía recopilar todo aquello que podía tener alguna relevancia.

Peder leyó una vez más las notas de Milda y repasó los datos. Altura: aproximadamente un metro veinte. Edad: alrededor de seis años. Cabello: castaño. Sexo: varón. Además, el niño se había fracturado el fémur derecho en algún momento de su vida. Por el grado de curación, Milda había calculado que la fractura se habría producido unos dos años antes del fallecimiento. Había que considerar ese dato con cierta precaución, por supuesto, pero aun así era un detalle importante.

Peder se desplazó lenta y cuidadosamente por todos los documentos. A veces se paraba, creyendo haber encontrado lo que buscaba, pero siempre había algún dato que no encajaba.

Al final se detuvo. Leyó lo que tenía delante, lo comparó con su lista, volvió a comprobarlo y empujó la silla hacia atrás.

Necesitaban con desesperación una nueva pista, algo que supusiera al menos un pequeño paso para acercarse al asesino. Y Peder acababa de encontrarlo. Sabía quién era el niño del parque de Fatbur.

—Papá, ¿qué es esto? —Rebecka estaba hojeando con una mueca de disgusto el folleto de Epicura que había encontrado en la mesa del sofá—. No va nada con tu estilo. ¿«Los cuatro pilares del pensamiento de Epicuro»?

Vincent levantó la vista del libro. Hasta ese momento había estado profundamente inmerso en la lectura de *L'invention du quotidien*, de Michel de Certeau, del primer tomo en concreto, un interesante ensayo sobre la diferente percepción que tenemos de una ciudad cuando la contemplamos al nivel de la calle o desde un mirador elevado. Había estado pensando al respecto mientras observaba Estocolmo desde la torre del ayuntamiento.

—El epicureísmo es una filosofía —explicó cerrando el libro—. Una colega mía, Nova, tiene un centro donde imparte cursos sobre el tema. Por cierto, veo que esta noche estás en casa. ¿Todo bien con Denis?

—Nova está buenísima —comentó Benjamin desde su esquina del sofá—. Mucha gente sigue sus cursos por Instagram.

—Denis ha ido a ver a su familia —contestó Rebecka—. Y tú, Benjamin, ¡qué asco! Nova podría ser tu madre.

—¿Y qué? ¿No puedo decir que está buena?

Aston salió de su habitación bailando al ritmo de una música que solo él podía oír. Últimamente se empeñaba en hacer *twerking* mientras cantaba. En algún momento Vincent tendría que preguntarle dónde lo había aprendido.

—Está buenísima... —llegaba cantando Aston, con la melodía de *The Show Must Go On* de Queen.

Por lo visto, este último tema había desplazado a *Radio Ga Ga* del primer puesto en su particular lista de éxitos.

Vincent comprobó una vez más que cuanto más crecían sus hijos, menos los entendía.

Maria estaba en un rincón, concentrada en el teléfono. No hacía falta ser mentalista para saber qué estaba haciendo ni con quién intercambiaba mensajes.

—Entonces ¿la conoces, a esa Nova que está tan buena? —preguntó—. ¿Cuánto la conoces?

—¡Pero si ya te lo he dicho! —protestó él—. Es una vieja colega mía. Coincidimos de vez en cuando en el circuito de conferencias. Y ahora, además, participa en la misma investigación policial que... —Se detuvo en cuanto comprendió su error.

Pero ya era tarde.

Maria se había transfigurado.

—¿La misma donde participan esa policía y tú? —preguntó—. ¿Esa Mina? ¿Y ahora también está esa mujer con ustedes? En serio, Vincent, ¿no te da vergüenza? ¿Investigación policial? ¡Sí, claro! ¡Ya te diré yo lo que es! —Se levantó del sillón hecha una furia. Parecía haber olvidado por completo el intercambio de mensajes con Kevin—. ¡Una orgía! ¡Eso es lo que es! —exclamó.

—¡Pero, Maria! —protestaron a la vez Benjamin y Rebecka.

—Es lo que es, es una orgía —canturreó Aston feliz, agitando las caderas delante del acuario de la sala.

Vincent se llevó las manos a la cara. Solo faltaba que también los peces quedaran traumatizados. Consultó el reloj. ¡Oh, no! Se le había hecho tarde para tomar el tren a Gävle, donde esa noche daba una charla. No había tenido en cuenta esa última actuación cuando se había alegrado de que hubieran terminado las funciones. Pero una charla era mucho más fácil. No tenía que ahorcarse con un cinturón.

—Eso que estás cantando... —empezó a decir—. No deberías... Mamá te lo explicará. Ahora tengo que irme. Pero volveré en el tren de las diez y estaré en casa cuando te despiertes, Aston.

Recogió el maletín con la *laptop* y salió al recibidor. Maria lo siguió y él se preparó para una última reprimenda, pero su mujer lo sorprendió.

—Suerte con la charla —le dijo en voz baja—. Y no me olvides.

Sobresaltado, la observó. Pensaba que le estaría hablando con sarcasmo o que vería un reproche oculto en sus ojos, pero su mirada era sincera y ligeramente brillante. Le había dicho justo lo que sentía. Incluso parecía un poco triste.

—¿Eso crees que hago cuando no estoy en casa? —le preguntó él—. ¿Crees que me olvido de ti?

Era algo del todo nuevo y Vincent intentó deducir qué podía significar. No habían llegado a nada parecido durante toda la terapia, pero este nuevo elemento explicaba muchas cosas: la agresividad de Maria, su actitud irónica... Por supuesto, Vincent ya sospechaba que se trataba de un mecanismo de defensa, pero nunca la había oído reconocerlo abiertamente. Y le dolía que ella se sintiera así.

—Vincent Walder, el maestro mentalista —dijo ella quitándole un cabello invisible de la camisa—, el hombre por el que todas suspiran. No es fácil convivir contigo, ¿sabes?

—Deberías venir a verme a una de mis funciones o a una charla —respondió él—. Entonces comprenderías que solo les interesa ver mis actuaciones. Y, además, a una distancia prudencial. No es lo mismo. —Dejó el maletín en el suelo y tomó su cara entre las manos—. En cuanto a olvidarte —añadió—, sucede exactamente lo contrario. Pensaba que era evidente. Lo único que me hace sentir medio normal cuando salgo a trabajar es saber que los tengo a ustedes, que pase lo que pase allí fuera los encontraré cuando vuelva a casa. Sin ti y sin los niños no soy nada.

Maria parpadeó un par de veces y sonrió un poco. Después una sombra recorrió su cara.

—Eso cuando no estás con Mina, ¿no?

Vincent suspiró y recogió otra vez el maletín. ¡Habían estado tan cerca de entenderse! Quizá la próxima vez. En la sala Aston seguía cantando a todo pulmón sobre la orgía mientras él salía por la puerta.

—No lo entiendo... ¿Cómo acabó en el parque de Fatbur? ¿También estaba Vendela?

Thomas Jonsmark apartó la mano de la maquilladora y se volteó hacia Ruben. La policía había tardado varios días en conseguir una cita con el gran actor. Pero Ruben y Peder no querían explicarle a su agente los detalles del caso. Thomas tenía que ser el primero en conocerlos.

—Me han pedido que estés listo dentro de diez minutos —observó tímidamente la maquilladora.

—Tendrán que esperar —replicó Thomas con brusquedad, pasándose una mano por el denso cabello oscuro—. ¿Puedes dejarnos solos un momento?

Ruben contempló con envidia la famosa cabellera. Durante todos sus años de donjuán, Thomas Jonsmark había sido su ídolo y su modelo. No solo era una gran estrella del cine y la televisión, sino también el sueño húmedo de la mayoría de las suecas.

Los periódicos sensacionalistas llevaban años publicando sus idilios con una larga sucesión de mujeres, tanto famosas como desconocidas. Y Dexter era hijo suyo. O, mejor dicho, había sido su único hijo. Ruben sintió que se le encogía el corazón con solo pensarlo.

De repente vio ante sí la cara de Astrid y durante un breve instante lo sobrecogió la sensación de que podía pasarle algo. Sintió como si estuviera cayendo al vacío y tuvo que hacer un esfuerzo para reaccionar. Estaba en terreno desconocido y no sabía cómo gestionar las emociones.

—Por desgracia, todavía no hemos hallado a su exmujer —dijo Peder—. Tampoco nos ha sido fácil concertar un encuentro con usted.

—Exnovia —lo corrigió Thomas, y Ruben notó que le estaba mirando la barba a Peder—. Vendela y yo no estábamos casados. Dexter fue... Vendela y yo tuvimos una relación bastante corta y, si les he de ser sincero, Dexter fue un accidente, al menos por mi parte.

Dejó la insinuación en el aire. El tema era conocido. Ruben recordaba los titulares de la prensa y las revistas de chismes. La relación de Thomas con Vendela pareció agriarse desde el principio, entre duras recriminaciones mutuas. Y todo se había complicado a raíz de los problemas de salud mental que padecía Vendela y que no tardaron en hacerse públicos.

—Nos conocimos en un rodaje. La habían contratado como asesora para que me ayudara en mi papel en *Sangre en el crepúsculo*, aquel por el que me dieron el Guldbagge al mejor actor.

Volvió a pasarse la mano por el cabello y Ruben asintió, aunque en realidad no sabía de qué película estaba hablando ni qué premios le habían concedido. Solo iba al cine cuando el protagonista era Bruce Willis, Tom Hardy o Dwayne Johnson.

—Era preciosa —continuó Thomas—. Una auténtica belleza. Era muy fuerte, pero parecía frágil. Me quedé fascinado nada más verla.

Una chica joven con auriculares asomó la cabeza por la puerta.

—Necesitan que salgas ahora mismo a escena.

Thomas le hizo un gesto con la mano y ella se marchó amedrentada.

—¿Qué nos puede decir de la desaparición de Vendela y Dexter? —preguntó Peder—. ¿Qué sabe al respecto?

—Como ya les he dicho, no vivíamos juntos. Nunca habíamos compartido casa. Y las temporadas que Vendela pasaba ingresada, Dexter se quedaba con su madre. Pero aquella vez Vendela acababa de salir de la clínica.

—¿Tenía motivos para preocuparse? —intervino Ruben.

Thomas reflexionó un momento, mordisqueándose la cutícula de una uña.

—No, a decir verdad, no. Vendela siempre tendía al dramatismo. Había tenido varios intentos de suicidio a lo largo de los años, pero todos habían sido... más teatrales que otra cosa.

—¿Había vuelto a amenazar con suicidarse? —preguntó Ruben.

—Sí, me había enviado varios mensajes. Se había enterado por la prensa de que yo tenía una nueva relación con una modelo brasileña. Y, como siempre, se había enfurecido. Pero con los años yo había aprendido que lo mejor era no hacerle caso.

Hizo un gesto con las manos. Un mechón de cabello le cayó sobre la frente y Ruben no pudo dejar de pensar que entendía lo que veían en él las mujeres.

—¿Notó algo diferente el día de la desaparición? —preguntó Peder rascándose la barba.

Ruben se dijo que había llegado el momento de sugerirle que se la afeitara, pero aún le quedaba por decidir cómo de directo debía ser.

—No. Solo empecé a preocuparme cuando me llamó la madre de Vendela para decirme que no conseguía localizarla y que Dexter no había ido a la escuela. Eso sí que era inusual.

—¿Y después encontraron la carta en el departamento? —lo interrogó Peder.

—Sí. La madre de Vendela tenía una llave, así que fuimos juntos y fue entonces cuando vimos la carta en la mesa de la cocina. Bueno, en realidad no era una carta. Solamente decía «adiós». Nada más.

—¿Se lo tomaron en serio?

De repente alguien comenzó a golpear la puerta. Una mujer mayor de expresión severa la abrió y entró en la habitación sin esperar respuesta.

—¡Tienes que venir ahora mismo!

—No puedo. Estoy hablando con la policía. Han encontrado a Dexter —le espetó Thomas secamente.

La mujer palideció y asintió.

—Tómate todo el tiempo que necesites —dijo antes de cerrar la puerta y marcharse—. Se lo comunicaré al resto del equipo.

—Respondiendo a su pregunta, no —continuó Thomas—. No nos tomamos en serio su mensaje.

Por primera vez la máscara del actor pareció a punto de resquebrajarse y Ruben pudo ver en su rostro algo similar al auténtico dolor. Pero Thomas se rehízo enseguida, como si su vida fuera otro más de sus muchos papeles.

—Solo al ver que no volvían a casa por la noche comprendimos que podía haber sucedido algo grave. Entonces llamamos a la policía. Y el resto ya lo saben. Fue vista por última vez cuando se embarcó en el ferry con destino a Tallin. Y, según los testigos, viajaba con un niño, aunque solo había comprado un boleto de adulto. Pero no bajó del ferry en Estonia. —Se mordisqueó la cutícula de nuevo.

—Hemos vuelto a tomar declaración a los testigos hace un momento, antes de venir a hablar con usted, y ya no están tan seguros de que el niño que vieron viajara con ella. Creemos que Vendela se embarcó sola en el ferry. Es probable que saltara al mar. Pero Dexter no iba con ella.

Peder le lanzó una mirada compasiva a Thomas, que parecía hundirse cada vez más en su silla giratoria con toda la nueva información que estaba recibiendo. El maquillaje ya casi estaba listo cuando habían llegado y, viéndolo de cerca, Ruben distinguió su piel empolvada y sus cejas rellenas con delineador. Nada de eso se notaba cuando salía por televisión.

—Pero ¿cómo ha podido pasar? ¿Y por qué lo han encontrado en el parque de Fatbur?

—Todavía no lo sabemos —respondió Ruben—. Por desgracia, nos vemos en la necesidad de comunicarle que su hijo fue asesinado, aunque aún no tenemos claro quién lo hizo. No podemos descartar a Vendela, pero, por motivos que no podemos revelar, creemos que no fue su exmu... su exnovia quien lo mató.

—Los niños... —murmuró Thomas mientras su piel palidecía visiblemente bajo la base de maquillaje—. Los niños que han aparecido en las noticias...

—Como ya le hemos dicho, de momento no podemos decir nada —contestó Peder.

Los dos policías se levantaron.

—Si recuerda algo, cualquier cosa que pueda ser relevante, no dude en llamarnos.

Peder le apoyó una mano en el hombro. Cuando salieron, Ruben vio con el rabillo del ojo que Thomas giraba en su silla y volvía la cara hacia el espejo.

—Estaciónate aquí —dijo Nathalie—. Es mejor que no nos acerquemos demasiado.

Karl asintió, puso el intermitente y estacionó el vehículo. Estaban en Karlvägen, a dos calles de la casa del padre de Nathalie en la calle Linnégatan. A esa distancia probablemente estarían fuera de su radar.

—¿Quieres que vaya contigo? —se ofreció Ines.

—No creo que sea buena idea. Prefiero ir sola. Ustedes dos espérenme aquí.

Se colgó la mochila del hombro, salió del coche y dobló deprisa la esquina de Jungfrugatan. Se preguntaba cuánto sabrían los guardias contratados por su padre. ¿Les habría comunicado su desaparición? En ese caso lo llamarían en cuanto la vieran. Pero no podía hacer nada al respecto. Ya decidiría qué hacer si sucedía. Siguió caminando por Linnégatan. Había un vehículo negro estacionado delante de la fachada. Quizá era el coche de un vecino, pero también podían ser los guardias de su padre. No tenía manera de saberlo. Pero no vio a nadie cuando entró en el edificio.

Subió los cuatro pisos por la escalera, en lugar de tomar el ascensor. Las rejas del ascensor producían un chirrido característico que se oía desde el interior del departamento y no quería que su padre lo notara. Se detuvo delante de la imponente puerta negra y aguzó el oído. Enseguida reconoció el ruido que hacía su padre en la cocina. Debía de estar preparando algún platillo innecesariamente elaborado, a pesar de estar solo. A Nathalie le costaba entender que dedicara tanto tiempo y esfuerzo a hacer la comida.

Introdujo poco a poco la llave en la cerradura, la giró y entró en silencio en el recibidor. Desde allí distinguió a su padre de espaldas. Estaba de pie con un paño de cocina sobre el hombro, probando una salsa que con seguridad habría preparado con cuatro tipos diferentes de pimientos frescos. Al mismo tiempo controlaba la temperatura de la carne salteada y elegía los mejores tomates, que él mismo había cultivado. Nathalie no se explicaba por qué no abría un restaurante, si disfrutaba tanto cocinando.

Se dirigió a su habitación con sigilo. El pequeño cofre del tesoro estaba como siempre sobre su mesa de escritorio. Era negro y tenía una calavera de plata sobre la tapa. Lo abrió y miró en su interior. Había bastante más de las diez mil coronas que le había mencionado a su abuela. Orgullosa, pensando en lo mucho que iba a alegrarse Ines, introdujo el cofre en la mochila. Después abrió el cajón superior de la cómoda y sacó todos los calzones y calcetines limpios que encontró. Consideró también la posibilidad de llevarse unos *jeans*, pero la descartó. Su abuela le proporcionaba toda la ropa que necesitaba, excepto ropa interior. Se acordó de buscar el cargador del celular y a continuación se dirigió al baño para agarrar su neceser, que también guardó en la mochila.

Volvió al recibidor sin hacer ruido, tal como había hecho al entrar. Desde la cocina le llegaba el chisporroteo de las sartenes y su estómago comenzó a protestar. Se detuvo un momento y vio a su padre a escasos metros de distancia. Se dijo que podía ir a saludarlo. Se habría alegrado mucho de verla y ella podría comer todo lo que quisiera.

Se miró las manos y la línea de color rosa que aún le recorría los dedos. El aroma de lo que estaba cocinando su padre era celestial. Podría regresar y que todo volviera a ser como antes sin dificultades. Solo tenía que dar un paso y entrar en la cocina.

Pero entonces era probable que no la dejaran ver a su abuela nunca más. E Ines la necesitaba. También los otros. Ahora ellos eran su familia, y no el hombre que estaba en la cocina.

Salió rápidamente y cerró la puerta con un chasquido casi inaudible.

—¡Hombre! ¡Dichosos los ojos! Empezaba a preguntarme si hoy no vendría. Después de todo, es sábado.

El jefe de sala le sonrió y Christer tragó saliva. Había sido una idea pésima. Pero todavía estaba a tiempo de arrepentirse. Podía darse la vuelta y salir por donde había entrado.

Pero ya que estaba ahí, podía comerse unos arenques y beberse una cerveza. Y después se marcharía.

—Sígame. Su mesa está lista. ¿Tomaremos lo de siempre?

El jefe de sala lo guio hasta su mesa en el vasto espacio del restaurante. Los otros comensales charlaban en voz baja. El restaurante Ulla Winbladh era uno de esos sitios donde la gente hablaba para dentro, como decía su madre.

El recuerdo de su madre le cortó el aliento. Ella jamás habría aceptado las ideas que últimamente le venían a la cabeza día y noche, todo el tiempo. Su madre nunca le habría dado su visto bueno. Pero ella ya no estaba. Sus opiniones ya no importaban. Christer tenía todo el derecho del mundo a vivir su vida como mejor le pareciera.

Solo necesitaba armarse de valor.

Dio un paso atrás y miró por la ventana. Esta vez había llevado a Bosse. Se habría arruinado si hubiese tenido que seguir sustituyendo los muebles que destrozaba en su ausencia. Lo había dejado atado en un estacionamiento para bicicletas, a la sombra, con un plato de agua que había llevado especialmente para la ocasión. Pero, aun así, se sentía culpable. Hacía demasiado calor. Se dijo que habría sido mejor...

—¿Lo ve? Preparada para usted. ¿Gusta ver la carta?

La sonrisa del jefe de sala iluminó el espacio ya de por sí soleado y Christer se sentó torpemente a la mesa.

—Arenques —murmuró con la vista fija en el mantel—. Y una cerveza.

—Lo de siempre, entonces. Yo también creo que es lo mejor de nuestra carta. ¿Para qué arriesgarse? Eso se lo dejamos a los jóvenes.

«A algunos jóvenes, en todo caso», pensó Christer. La risa del jefe de sala retumbó en las paredes y le hizo sentir un nudo en el estómago. Era como si pudiera leer sus pensamientos. Levantó los ojos y dijo con voz un poco temblorosa:

—A propósito de jóvenes, tenías razón —lo tuteó—. La semana pasada.

El jefe de sala lo miró extrañado, con una expresión que Christer recordaba bien. Sintió que se sonrojaba, pero respiró hondo.

—Me lo preguntaste. Y sí, es verdad, nos habíamos visto antes. De hecho, no solo nos habíamos visto.

A partir de ahí ya no pudo seguir adelante. El pánico se apoderó de él. ¿Qué estaba a haciendo? Se levantó de repente y con la precipitación estuvo a punto de derribar la silla y la mesa.

—Perdona, pero tengo que contestar esta llamada —dijo enseñando un teléfono celular claramente apagado—. Asuntos policiales.

Se volvió a disculpar y salió corriendo mientras sentía en la espalda la mirada del jefe de sala.

Peder sudaba profusamente bajo la chistera. La fiesta de cumpleaños de Casper estaba en pleno apogeo aquel domingo por la tarde y diez pares de ojos infantiles lo miraban con escepticismo. Las trillizas, con sus dos años y medio, eran las más pequeñas del público, y su primo Casper, que cumplía cinco años, era el mayor.

Después de la tarta Peder hizo su entrada con una chistera y con la barba pintada de azul, insistiendo en que no era Peder, sino Pedro, su hermano secreto. A los niños les pareció divertidísimo. Cuanto más le gritaban que era Peder, más se empeñaba él en negarlo, y las trillizas se retorcían de risa señalando su barba azul.

Sus carcajadas le inspiraban tanto amor a Peder que sentía que le estallaba el corazón, pero al mismo tiempo lo llenaban de angustia. El anuncio de un probable nuevo secuestro se repetía como un eco en su mente desde la reunión con Vincent la semana anterior. La identificación del niño del parque de Fatbur, que él mismo había hecho posible, había supuesto un importante paso adelante. También habían vuelto a repasar todos los registros de niños desaparecidos, para comprobar por segunda y tercera vez que no habían pasado nada por alto. Adam les había trasladado toda la información existente sobre el astillero de Skeppsholmen. Habían dedicado la semana entera a prepararse tanto como les había sido posible.

Sin embargo, aún no sabían qué podían esperar para el

miércoles, ni dónde buscar hasta entonces. Y la policía no tenía suficientes efectivos para vigilar todas las escuelas infantiles de la ciudad. Tampoco tenía sentido dar la voz de alarma de manera genérica, porque solo habrían conseguido desatar el pánico entre las familias con niños pequeños. Y en situaciones de pánico siempre podía haber víctimas.

El grupo de policías se sentía atrapado, sin margen de maniobra. Pero si no hacían nada un niño desaparecería cuando hubieran transcurrido tres días.

Podía ser Casper, una de las trillizas o cualquiera de los otros niños que estaban en la fiesta. Todos ellos tenían tantas probabilidades de ser la víctima como cualquier otro niño de la ciudad. Por eso era necesario salvarlos a todos. Pero Peder no sabía cómo.

Y en lugar de averiguarlo estaba ahí, intentando montar un espectáculo de magia.

Para empezar, había hecho desaparecer una bola roja, pero la reacción de los niños había sido discreta. Después había fabricado un sombrero de papel para Casper y entonces las trillizas se habían puesto a contarles a los demás lo que hacían las hadas de Winx, que de verdad eran mágicas. Para colmo, el sombrero había resultado ser pequeño para la cabeza de Casper.

Peder disponía solo de unos segundos antes de que el aburrimiento alcanzara un nivel crítico y comenzara una guerra de trozos de tarta. Había llegado la hora del arma secreta: el truco que le había dado Vincent. No había tenido tiempo de probarlo, pero confiaba en que le saldría bien si seguía las instrucciones. No le quedaba otra opción.

—Y ahora, el último y más peligroso de mis trucos —dijo en voz alta para que lo oyeran por encima de la conversación sobre Winx—. Por culpa de este truco se me puso azul la barba la primera vez que lo hice.

Los niños guardaron silencio cuando oyeron la palabra *peligroso*. Tenía su atención, al menos durante unos instantes. Echó un vistazo a las instrucciones y sacó dos grandes pañuelos amarillos, que procedió a anudar.

—Dos pañuelos grandes —anunció— que yo, Peder, o mejor dicho, Pedro, voy a atar por las esquinas con un nudo muy apretado. Es importante que estos dos pañuelos estén en un sitio donde nadie pueda hacer ninguna trampa con ellos. Por suerte, dispongo del mejor de los escondites.

Arrugó la parte anudada y se la introdujo por dentro de los pantalones, de manera que los pañuelos quedaron colgando por fuera.

—¡Se los ha metido en los calzoncillos! —gritó uno de los niños, y los demás estallaron en carcajadas.

De repente se dio cuenta de que lo estaba pasando en grande. Era lo que había querido decirle Vincent cuando le había aconsejado que se centrara en divertir a los niños y no en hacer magia. Consultó otra vez las instrucciones y sacó un tercer pañuelo, que en este caso era rojo, y lo enseñó de la manera más teatral que pudo. Los niños mayores rieron entre dientes. Entonces introdujo el pañuelo rojo en la chistera y volvió a colocársela en la cabeza.

—Si ahora todos gritan «¡Abracadabra, pata de cabra!», el pañuelo rojo desaparecerá del interior del sombrero y aparecerá atado entre los dos pañuelos amarillos —anunció solemnemente—, ¡dentro de mis pantalones!

Los niños volvieron a reír.

—¡Abracadabra, pata de cabra! ¡Todos juntos!

—¡Abracadabra, pata de cabra! —gritaron los niños a pleno pulmón.

Peder sonrió con todo el orgullo y la confianza de que fue capaz, agarró los pañuelos amarillos por las puntas y tiró con fuerza.

—¡Tachán! —cantó.

Primero se hizo un silencio, pero enseguida las carcajadas sacudieron la habitación. Casper se cayó al suelo de risa y empezaron a correrle lágrimas por las mejillas.

—¡Peder! —exclamó Anette escandalizada.

Pero ella también le estaba sonriendo y su hermana resplandecía de satisfacción a su lado.

Vincent sabía de lo que hablaba. Peder se quedó mirando los pañuelos con fingido asombro. Entre los dos pañuelos amarillos había un par de calzoncillos gastados.

Probablemente tendría que explicar un par de cosas en la escuela de las trillizas cuando contaran a todo el mundo que su papá se había quitado los calzoncillos en una fiesta infantil. Pero habría valido la pena. Se había convertido en su héroe. Y en ese momento no había ni una pizca de maldad en el mundo. Peder había acabado con todo lo malo.

Las carcajadas de los niños siguieron resonando en sus oídos mucho después de que terminara la fiesta de cumpleaños.

QUINTA SEMANA

Benjamin había ido al buzón a recoger la correspondencia. En la pequeña pila sobre la mesa de la cocina estaba la revista del Club de Lego de Aston, varios avisos para Maria de muestras que debía ir a buscar y un sobre dirigido a Vincent. No mucho para ser lunes. Por lo visto, las vacaciones habían empezado de verdad.

Vincent supo de inmediato lo que contenía el sobre, aunque había llegado medio año antes de lo previsto. Retiró la calcomanía navideña que lo sellaba y dejó caer sobre la mesa los trozos de papel recortados como figuras del Tetris. La ansiedad que le habían causado los otros rompecabezas lo invadió de nuevo en cuanto vio las piezas, pero con redoblada intensidad. ¿Por qué las había recibido ya, en pleno verano? ¿Qué podía haber cambiado?

Cuando abrió la felicitación navideña que acompañaba a las piezas se quedó boquiabierto. No estaba en blanco, como las anteriores. Esta vez tenía escrito un mensaje.

Veo que no aprendes y me estoy cansando de esperar. Por lo tanto, Ossian tendrá que ser omega. (Una aliteración vulgar, ya lo sé, pero hay cierta poesía en el significado.)

Y recuerda: no puedes culpar a nadie salvo a ti mismo. Podrías haber elegido otro camino, pero no lo hiciste.

Hemos llegado a tu omega.

El principio de tu fin.

P.D.: Si te estás preguntando por qué has recibido el rompecabezas tan pronto, piensa que omega es la vigesimocuarta letra del alfabeto griego. Y veinticuatro dividido entre dos (tú y yo) es obviamente doce, lo que nos lleva al 24/12, es decir, el día de Nochebuena. Por eso te deseo felices fiestas por adelantado.

Se le tensó el cuello, como si un insecto le estuviera caminando por la nuca. Omega. La alusión a la letra omega lo remitía de forma alarmante a lo que él mismo había pensado cuando había visto a Julia hablando de la desaparición de Ossian, en la rueda de prensa. Recordaba haber pensado que la letra griega representaba el día del juicio. El fin del mundo. También lo inquietaban los cálculos para llegar a la fecha de la Nochebuena, semejantes a los que él solía hacer para distraerse. Quien había escrito ese mensaje conocía demasiado bien su manera de pensar. Y no solo la conocía, sino que parecía vivir dentro de su cabeza, con acceso directo a sus pensamientos. «Tú y yo». Se estremeció con solo pensarlo.

La ansiedad pareció despertar las sombras en su interior. Era lo último que necesitaba en ese instante. Si abrazaba la oscuridad no podría ayudar a nadie. Tenía que concentrarse en resolver el rompecabezas, una tarea que activaría el lóbulo frontal del cerebro y mantendría a raya la amígdala, centro de las emociones. No podía permitirse que la situación lo abrumara. No en ese momento.

Las piezas de Tetris le resultaron más difíciles de combinar que las veces anteriores. Probablemente era un signo de que aún tenía un exceso de hormonas del estrés y de adrenalina en la sangre, lo cual dificultaba el pensamiento racional. Tragó saliva. Tenía la boca reseca.

Al final consiguió formar una figura irregular, que como las anteriores presentaba varios huecos. Y, al igual que las anteriores, contenía un mensaje:

Regaba ciega, maniatada.

¿Maniatada?

¿Ciega?

Nova hablaba en sus conferencias de la conducta ciega de los miembros de grupos sectarios. Seguir el trayecto marcado por el problema del caballo podía considerarse sin duda una de esas conductas, llevadas a cabo sin intervención de la voluntad individual, como si la persona estuviera ciega y maniatada. ¿Sería el asesino el remitente de los rompecabezas?

¿Quién era esa persona?

¿Sería el mensaje un reto, por el cual el asesino invitaba a Vincent a descubrir su identidad? ¿Habría estado siempre presente ese reto, también en el primer rompecabezas? ¿Incluso en el que había aparecido en su buzón medio año antes de que fuera hallado el cadáver de Lilly, la primera víctima?

De pronto lo asaltó una idea horrible. ¿Y si Lilly, William, Dexter y Ossian habían sido un desafío dirigido a él? ¿Y si el asesino era uno de sus admiradores, que había leído acerca de él en la prensa y había decidido crear un enigma para que él lo resolviera? Era posible que él, Vincent, fuera la razón de que cuatro niños hubieran muerto, solo porque no se había tomado en serio unas felicitaciones de Navidad.

La idea era demasiado espantosa para planteársela.

El mensaje de la tarjeta era claramente personal. «No puedes culpar a nadie salvo a ti mismo. Podrías haber elegido otro camino». Se lo había escrito alguien a quien había decepcionado.

Volvió a mirar el texto. Un grafólogo habría dicho que las marcadas mayúsculas hacían pensar en una persona intensa y de gran inteligencia, y que la fuerte inclinación de las letras revelaba emociones fuertes, al borde de la agresividad. Las oes cerradas indicaban una persona introspectiva y ensimismada, al tiempo que las esbeltas eles sugerían un deliberado autocontrol.

En conclusión, se trataba de una persona muy inteligente e introvertida, que intentaba controlarse pero estaba a punto de estallar emocionalmente.

Vincent fue a buscar un vaso de agua y contempló de nuevo las tres palabras del rompecabezas: «Regaba ciega, maniatada». Esta vez pensaba resolver el enigma.

En un cajón de la cocina encontró un rollo de cinta adhesiva y procedió a pegar con cuidado las piezas para que no se movieran. Después fue a buscar los dos rompecabezas anteriores, que estaban guardados en un cajón de su escritorio, y también los pegó. A continuación colocó los tres misteriosos mensajes sobre la mesa, uno junto a otro.

Imagine a Greta acabada.
Abdica, Gea. Maria te gana.
Regaba ciega, maniatada.

Dio un buen trago de agua. Estaba fresca y le permitió respirar mejor. Veinte letras en cada mensaje. Exactamente las mismas en cada uno de ellos. Dejó escapar el aire por la nariz. Ya no le cabía ninguna duda. Eran anagramas. Esa era la clave. Solo cabía preguntarse cuál podía ser el verdadero mensaje. Lo tenía ante sí, en alguna de las muchas combinaciones posibles de las veinte letras, pero todavía no era capaz de verlo.

Bebió un poco más de agua y echó un vistazo al reloj. Maria estaba con Kevin. Rebecka, Benjamin y Aston habían ido al lago a bañarse. O al menos Aston se estaría bañando. Le costaba creer que Benjamin también lo estuviera haciendo, sobre todo teniendo en cuenta que habían ido con dos amigas de Rebecka. En cualquier caso, tardarían por lo menos una hora en volver a casa. Hasta entonces no se vería obligado a explicarle a nadie lo que estaba haciendo.

Fue a la habitación de Aston a buscar el Scrabble de su hijo. Después volcó todas las letras sobre la mesa de la cocina y eligió las que figuraban en los mensajes. Eran veinte. En total, existían 2.432.902.008.176.640.000 maneras posibles de combinarlas entre sí.

Había empezado a hacer el cálculo manualmente, pero su

cerebro se había rendido y había tenido que recurrir a un programa llamado WolframAlpha para obtener el número exacto. Después había dedicado unos segundos a determinar cómo leerlo y había llegado a la conclusión de que debían de ser casi dos trillones y medio. Era posible combinar las veinte pequeñas fichas de Scrabble en más de dos trillones de secuencias diferentes. Suficiente para volverse loco.

Por fortuna, el número de permutaciones posibles disminuía de forma significativa si solo se tenían en cuenta aquellas que daban como resultado palabras realmente existentes. Y la cantidad se reducía aún más si todas las palabras debían pertenecer a un mismo idioma, y más todavía si se consideraban solo las frases inteligibles y con una sintaxis correcta. Si además las frases debían tener un significado que interpelara a Vincent de manera directa, entonces los números caían en picada. Y como estaba convencido de que el texto era un mensaje dirigido a él, dedujo que sus probabilidades de resolver el enigma eran bastante altas. Al menos en teoría.

Empezó a colocar cada una de las veinte fichas al azar. Al principio formó palabras cortas y sencillas.

ATA

DATA

ACABA

AMBIENTAR

Una palabra de nueve letras como *ambientar* no estaba nada mal, aunque en una partida de Scrabble solo le habría valido trece puntos. Pero no le decía nada. Intentó otra vez formar palabras más cortas.

GAMA

AMIGA

MAGIA

Contempló la palabra que acababa de formar. *Magia* podía tener alguna conexión con él. ¿Y si intentaba combinarla con alguna de las anteriores?

MAGIA
ACABA

Se quedó mirando las letras y tragó saliva. De repente había comprendido lo que venía después, pero se negaba a aceptarlo. No quería que fuera esa la respuesta.

Sin embargo lo estaba viendo. Había acertado. La solución lo interpelaba personalmente. Entre más de sesenta billones de combinaciones posibles, solo una era la correcta. Solo una se refería a él. La oscura sombra que albergaba en su interior se levantó del lago de su infancia y se irguió sobre el horizonte, amenazando con caerle encima en cualquier momento. Sintió el impulso de arrojar a la papelera los tres rompecabezas pegados con cinta adhesiva y fingir que nunca habían existido. Pero necesitaba saber más. Volvió a su estudio y buscó el sobre marrón de formato A4 que le había dado Ruben casi dos años antes. Contenía un artículo del periódico *Hallandsposten* acerca de la muerte de su madre.

Vincent había supuesto que Jane se lo habría enviado a Ruben para señalarlo a él como sospechoso durante la investigación. Sin embargo, cuando se lo había dicho a su hermana ella había negado saber nada al respecto. Ahora comprendía por qué.

La sombra rugía ensordecedora sobre el horizonte.

Extrajo el artículo del sobre y lo dejó encima de la mesa, junto a la caja de Scrabble. Después fue colocando las fichas una a una sobre las letras del titular a toda página. Le temblaba la mano mientras las alineaba. Coincidían a la perfección. Los tres rompecabezas eran anagramas de una frase que Vincent había esperado no tener que ver nunca más.

MAGIA ACABA EN TRAGEDIA

No había ni la más remota probabilidad de que fuera una coincidencia. La persona que le había enviado los rompecabezas las dos Navidades anteriores y que le había hecho llegar uno más en pleno verano era la misma que dos años antes se había asegurado de que Ruben recibiera el viejo artículo de prensa. Era alguien que ya entonces lo conocía mejor que la mayoría de la gente.

Alguien que no era Jane.

Pero no tenía ni idea de quién podía ser. Volvió a contemplar el mensaje manuscrito.

Hemos llegado a tu omega. El principio de tu fin.

¿De su fin? ¿En qué sentido? Una omega siempre tiene su alfa, su principio. Si habían llegado a su omega, ¿cuál había sido su alfa? ¿Qué había empezado él, que ahora el asesino quería terminar? Si no lo averiguaba no podría protegerse. Y la oscura sombra en su interior le dijo que le quedaba muy poco tiempo.

Para variar, decidió almorzar en el comedor de la jefatura. Prefería el aire acondicionado del local a tener que ir caminando al restaurante más cercano, con el calor que hacía. Además, era martes y el platillo del día era *raggmunk*, las tradicionales tortitas de papa que en opinión de Ruben ocupaban un lugar de honor en la lista de éxitos gastronómicos. Eso siempre que se sirvieran con tocino y mermelada de arándanos rojos. Y posiblemente con puré de manzana. Pero nunca jamás con camarones ni con ninguna de las estúpidas fantasías de algunos restaurantes. ¿Para qué tratar de mejorar algo que ya era perfecto?

Todo el grupo estaba en alerta máxima para las próximas veinticuatro horas. Al día siguiente el secuestrador volvería a atacar si ellos no lo impedían. Ruben esperaba sinceramente que Vincent se equivocara y que en realidad todo hubiera acabado ya.

La comida fue un bienvenido paréntesis para él, dentro de la frustración de no haber llegado a ninguna conclusión útil. Pero la sensación de poder respirar con más libertad durante unos segundos se esfumó cuando vio a Gunnar y al resto de sus colegas sentados un poco más allá en el comedor. La posibilidad de fingir que no los había visto desapareció cuando le hicieron señas para que se acercara. Maldiciendo entre dientes, fue a sentarse con ellos.

—Me han dicho que te ha salido una hija —comentó Gunnar con una risita—. Quién lo hubiera dicho, ¿no?

¡Sí que corrían con rapidez los rumores en la casa! Seguramente habría sido Peder el primero en contarlo, encantado de tener otro papá en el grupo.

—Sí, se llama Astrid —repuso—. Tiene diez años.

Ruben probó la consistencia de las tortitas de papa. Un poco blandas, pero dentro de lo aceptable. La alternativa habría sido salir a la calle con más de treinta grados de temperatura. Era mejor quedarse y comérselas, aunque no fueran perfectas.

—¡Carajo, Ruben! ¡Una hija! —exclamó Gunnar—. Creía que tomabas precauciones, hombre. Pero, claro, a nadie le gusta comerse el plátano con la cáscara.

Ruben se metió en la boca un buen pedazo de tocino como excusa para no tener que contestar. Un trozo de arándano rojo se le deslizó del tenedor y le cayó en el pecho de la camisa blanca. Mierda. Y Gunnar todavía no había terminado de decir estupideces.

—¿Diez años, has dicho? —cacareó—. Espera de aquí a cinco años, cuando te traiga a sus amiguitas. Carne tierna servida directamente en casa.

Ruben tragó el tocino y sonrió con expresión paciente.

—Como tu hijo, ¿no? —observó.

—¿Cómo? —preguntó Gunnar desconcertado.

—Filip tiene dieciséis, ¿no? —prosiguió Ruben, tratando de recoger la conserva de arándanos con el tenedor—. ¿Por qué no le dices que venga a la jefatura con sus amiguitos? Tenemos muchas colegas femeninas que sabrían apreciar un poco de carne tierna. Y algunos colegas masculinos también. La orientación sexual ya no es un problema.

La sonrisa de Gunnar se congeló y desapareció.

—¿Qué carajos me estás diciendo?

Había enrojecido y Ruben vio con el rabillo del ojo que el resto de los presentes habían dejado de comer. Probablemente habrían preferido tener a mano una bolsa de palomitas. Ruben miró a Gunnar como si no entendiera su pregunta.

—¿Qué pasa? —le preguntó con expresión inocente—. He dicho lo mismo que tú.

—¡Pero no es lo mismo! Filip es... es...

—Es exactamente lo mismo —replicó Ruben levantándose de la mesa con la bandeja en la mano—. Vete a la mierda, Gunnar.

Se volteó y se fue. El silencio a sus espaldas era ensordecedor.

Tendría que apuntar a Astrid a un curso de defensa personal. De krav magá, por ejemplo. Había demasiados tipos como Gunnar en el mundo.

Le doy un golpe e intento soltarme, pero no puedo. Me tapa la boca para que no grite, pero entonces lo muerdo con todas mis fuerzas. Dice palabras muy feas, porque le ha dolido de verdad. Y yo me alegro.

Pero nadie lo persigue cuando me toma en brazos y se echa a correr. O quizá sí, porque hay mucha gente. Muchos lo han visto. Pero corre muy rápido. Agito las piernas para golpearlo, pero sigue corriendo. Al final me mete en un coche.

En el coche no me atrevo a pegarle muy fuerte, porque si se sale de la carretera podríamos morir los dos. Lo que hago es gritar. Todo el tiempo. No puede taparme la boca mientras conduce. Pero no para. Me quedo casi afónica de tanto gritar.

No quiero estar en su coche. Quiero ir a comprar un helado. Llevo en la mano el dinero que me ha dado mamá. Tengo que darle lo que me sobre cuando vuelva a casa con el helado.

Después de un rato me duele la garganta de tanto gritar y me quedo callada un momento.

—No tengas miedo, Wilma —me dice el hombre.

—Sé lo que eres —le respondo.

Noto que se sobresalta.

—¿Lo... sabes?

—Sí. Eres uno de esos que se llevan a los niños. Un pelófido.

—¿Qué? No, no. No soy nada de eso —me responde, y parece un poco asustado—. No quiero hacerte daño, todo lo contario. Te haremos nacer de nuevo.

—¡Yo no quiero nacer de nuevo! —exclamo—. No quiero volver a ser un bebé. Llévame a casa ahora mismo.

Me enfado tanto que empiezo a pegarle igualmente. Doy golpes al volante y le pego en los brazos y en la cabeza. Entonces de repente me grita. Muy fuerte. Me da tanto miedo que me pongo a llorar. Y siento que me he hecho pipí encima.

Julia iba y venía por el pasillo. Era miércoles, el día señalado por Vincent como fecha del siguiente secuestro, y era como si todo el mundo estuviera conteniendo la respiración. Estaba enfrascada como siempre en una conversación telefónica en voz baja, en el tono amargo que parecía reservarle a Torkel.

—A ver si te he entendido bien —dijo—. ¿El problema es que Harry por fin se ha dormido pero ahora eres tú el que no puede dormir? ¡Qué tragedia! Te mereces una banda sonora con violines y todo.

—Julia, yo...

—¡Calla! ¿Los oyes? Son los violines.

En ese momento Mina llegó corriendo por el pasillo. Por su respiración agitada Julia dedujo que había subido por la escalera en lugar de usar el ascensor. Por lo tanto, era algo urgente. La jefa interrumpió la comunicación sin despedirse de su marido.

—Acabo de hablar con Sara, del área de seguimiento y análisis —anunció Mina agitando un bloc de notas—. Ha vuelto a suceder, tal como había pronosticado Vincent.

—¿Está segura? —preguntó Julia—. Estos días estamos recibiendo cientos de denuncias de niños supuestamente secuestrados que al final se han ido a dar una vuelta con el abuelo.

—Y también puras invenciones de gente que solo busca notoriedad y salir en los periódicos. Ya lo sé —añadió Mina—. Pero Sara es muy buena en lo suyo. Estudia a fondo todas las denuncias y no habría dado la voz de alarma si no estuviera segura. Y en este caso lo está. Según los testigos, un hombre rubio con bigote y lentes de sol se ha llevado en brazos a una niña junto al centro comercial de Fältöversten, en Östermalm, ha corrido hasta un coche estacionado en las proximidades y se la ha llevado. La niña iba gritando y protestando, pero el hombre ha actuado con rapidez. Había otros muchos adultos en la escena del aparente secuestro. Sin embargo, cuando han caído en la cuenta de que no se trataba de una niña que gritaba porque se había enfadado con su padre, ya se la había llevado.

Julia se quedó mirando a Mina y recordó que el mayor problema de su marido en la vida era la dificultad para ajustar su ritmo de sueño con el de su hijo pequeño. ¿Qué pensaría si tuviera que trabajar un solo día en la jefatura?

—¿No estaban con ella sus padres? —preguntó.

—Precisamente ese ha sido el dato definitivo para Sara —respondió Mina—. Poco después de la denuncia que acabo de mencionar, ha llegado un aviso de un matrimonio, Jens y Janina Josefsson. Sí, ya lo sé. Demasiadas jotas. Viven al lado del centro comercial o, mejor dicho, justo encima. Su hija había bajado sola por primera vez a comprarse un helado. No pensaban que pudiera haber ningún peligro. El quiosco se encuentra literalmente a diez metros de su entrada. Pero la niña no ha vuelto. Los padres han supuesto que se habría distraído, que estaría sentada en un banco junto al quiosco o que habría entrado en el centro comercial. Han salido a buscarla, pero no la han encontrado. La hora coincide justo con el momento en que el desconocido se ha llevado a la niña.

Julia sintió que se mareaba. El secuestrador debía de haber estado al acecho esperando, tomándose su tiempo. No podía creer que existiera gente tan terriblemente enferma.

—Los testigos han descrito el coche como un Renault Clio rojo —prosiguió Mina—. Al hombre no parecía preocuparle que lo vieran, por lo que podemos suponer que llevaba peluca y que el bigote era falso. Probablemente habrá abandonado el coche en algún descampado.

Julia se deslizó por la pared hasta el suelo y cerró los ojos.

—¿Y dices que eso ha pasado hace media hora? —preguntó—. ¿Por qué no hemos reaccionado antes? Deberíamos haber salido a perseguir ese coche hace veintiocho minutos, teniendo en cuenta que estamos ante un caso de prioridad máxima.

—Como tú misma has dicho, tanto la policía como el 112 están recibiendo este tipo de llamadas a todas horas —replicó Mina sentándose en el suelo a su lado—. No podemos atender todos los avisos que nos llegan. Nos faltan recursos. La situación es una pesadilla y el asesino la ha aprovechado. Es posible que los propios secuestradores hicieran muchas de esas llamadas, para distraernos.

Julia hizo un gesto afirmativo.

—Voy a dar la alarma a todo el cuerpo de policía —dijo—. Esta vez vamos a atrapar a ese cabrón. No habrá lugar donde pueda esconderse.

—Le pediré a Christer que compruebe las descripciones en el registro —anunció Mina levantándose—. Como ya te he dicho, creo que el sospechoso iba disfrazado, pero nunca se sabe.

—Por favor, diles a Adam y Ruben que vayan a hablar con los padres.

—Sí, claro.

Julia detuvo a Mina cuando ya se iba, apoyándole una mano en el brazo.

—La niña —dijo—. ¿Cómo se llama?

—Wilma. Se llama Wilma.

Vincent estaba destrozado por no haber podido hacer nada. Había descubierto la relación entre los lugares donde habían sido hallados los cadáveres y el *knight's tour*, el problema del caballo de ajedrez. Incluso había sido capaz de predecir la fecha del siguiente secuestro. Pero nada de eso había servido para atrapar al criminal. Y aún no sabía quién era el cerebro de la organización, ni por qué mataba niños ni cómo estaban conectados los diferentes elementos.

Y por eso, por no haber averiguado lo suficiente, ahora Wilma había desaparecido y no se sabía nada de ella desde la tarde anterior.

La culpa era suya.

Mina lo había llamado para comunicarle la desaparición, pero Julia no le había pedido que fuera a la jefatura. Y él tenía claro por qué. Habían confiado en que resolvería el caso. Mina había depositado en él su confianza, pero la había defraudado.

Benjamin entró en la cocina. Llevaba en la mano el folleto que Nova le había dado a Vincent y tenía la mirada desenfocada, como si estuviera pensando febrilmente.

—Papá, ¿tienes un minuto? —dijo en voz baja echando un vistazo rápido en dirección a Maria.

Vincent asintió.

Benjamin señaló su habitación con la cabeza y se marchó.

Maria mordisqueaba una pluma, absorta en la creación de un logotipo para su tienda *online*. Estaba como en otro mundo.

Ni siquiera notó que Vincent se levantaba y se iba detrás de su hijo.

Cuando el mentalista entró en la habitación, Benjamin cerró la puerta.

—¿Qué ocurre? —preguntó Vincent—. ¿Por qué estás tan misterioso? ¿No vas a desayunar?

—Ya he desayunado —respondió Benjamin—. Pero tú tienes cara de no haber pegado ojo en toda la noche. ¿Ha pasado algo?

Vincent hizo un gesto afirmativo.

—Sí, ya te lo contaré —contestó.

—Muy bien. Te he pedido que vengas porque a Maria no le gusta que hablemos de Nova delante de ella. Mira, lee esto.

Señaló el texto del folleto y Vincent leyó por enésima vez la declaración programática del epicureísmo.

> *Epicuro aconseja para la nueva era lo mismo que para épocas pasadas. Acepta solo la inquietud que pasa rauda como una estrella por el vasto cielo: fugaz e imperceptible. La calma purifica. No has de padecer ni sufrir. Olvida los anhelos y evita el deseo que es condena. Aléjate con ahínco del dolor. Busca la paz. Así lograrás el éxito cuando alcances el Todo*
>
> *John Wennhagen*

Vincent sospechaba que John había formulado la idea de manera deliberadamente enrevesada para que pareciera más profunda de lo que era. No tenía nada en contra del epicureísmo, pero no pensaba que fuera demasiado misterioso.

—Estoy de acuerdo en que es de una vaguedad innecesaria —observó—, pero cuantas más interpretaciones sean posibles, más probabilidades habrá de que muchas personas estén de acuerdo. No puedo decir que sea mi técnica de venta preferida, pero es todo un clásico.

—Fíjate en el texto —replicó Benjamin señalando otra vez—. No prestes atención al significado. ¿Ves la te mayúscula de la palabra final? ¿Has notado que no hay ningún punto después? Desde el principio me ha llamado la atención.

Vincent apartó de la silla un libro titulado *How to Make Money in Stocks* y se sentó.

—Este tipo de folletos no suelen pasar por muchas revisiones ortotipográficas —argumentó—. Además, esto lo escribió el padre de Nova en algún momento de los años noventa. Supongo que el hecho de publicarlo así, manteniendo incluso los pequeños errores, forma parte del homenaje.

—Puede ser —repuso Benjamin—, porque lo han publicado exactamente igual en la página web. En cualquier caso, he estado estudiando el texto con más detenimiento. ¿Recuerdas aquel problema de ajedrez del que me hablaste? ¿Cuántas casillas hay en un tablero de ajedrez?

Vincent empezó a hojear el libro que enseñaba a ganar dinero en la Bolsa. Le interesaba sobre todo ver qué párrafos había marcado Benjamin como interesantes. Para él la Bolsa siempre había sido un misterio.

—Lo sabes tan bien como yo —respondió mientras leía el libro—. Un tablero de ajedrez tiene sesenta y cuatro casillas.

—Exacto. Y este texto tiene sesenta y cuatro palabras.

Vincent cerró el libro y miró a su hijo.

—Esto no es un juego, Benjamin —dijo—. No estoy tratando de resolver un problema de ajedrez, sino intentando comprender la mente de un asesino en serie que mata a niños. En este momento tenemos indicios de que el asesino sigue un esquema derivado del mundo del ajedrez, pero solo son indicios. No podemos presuponer que cualquier detalle relacionado con el ajedrez vaya a tener necesariamente una conexión con los asesinatos.

Vincent ya se había adentrado en terreno pantanoso cuando había presentado sus teorías al grupo de policías. Todos sabían que estaban basadas en pruebas muy endebles, por no decir que eran meras conjeturas. Si se atrevía a meterse todavía más en la madriguera del conejo de Alicia, se arriesgaba a salir por el otro lado convertido oficialmente en el Sombrerero Loco. Y Mina no volvería a dirigirle la palabra.

—Es probable que tengamos sesenta y cuatro cubitos de hielo en el congelador —prosiguió—, o que ahora mismo estén echando por televisión una película protagonizada por un rey y una reina. ¿También en eso verías una relación con los asesinatos?

—Entiendo lo que dices —contestó Benjamin mientras se sentaba en la cama con su *laptop*—. Correlación no es lo mismo que causalidad. Ya lo sé.

—Exacto. ¿Recuerdas hace unos años, cuando algunos decían que las antenas de 5G eran malas para la salud y lo «demostraban» enseñando mapas del país donde se veía con claridad que en los lugares donde había más concentración de antenas también había más personas enfermas?

Benjamin asintió.

—Claro que lo recuerdo —replicó—. En esos mismos lugares también había más concentración de perros, de coches e incluso de personas sanas, porque simplemente eran las zonas más pobladas. Pero supongamos, al menos por un rato, que la relación que te he señalado es válida. Imagina que estamos en uno de tus espectáculos.

A Benjamin le brillaban los ojos. Vincent comprendió que habría sido imposible hacerlo desistir, por lo que levantó los brazos dándose por vencido. Su hijo podía jugar a ser detective, si le apetecía, siempre y cuando fuera consciente de que no era más que un juego. Ya había abierto Google en una ventana en el monitor.

—Como el autor del texto es John Wennhagen —dijo Vincent—, podemos empezar por buscarlo.

Benjamin escribió el nombre en el buscador y giró la *laptop* para que su padre pudiera ver la pantalla.

La búsqueda arrojó 71.000 resultados. Para afinarla Benjamin escribió «John Wennhagen Epicura», pero solo aparecieron referencias a blogs o páginas de autoayuda que habían publicado la declaración programática de Epicura o que hacían referencia al libro de Nova. No había nada que les ofreciera más información acerca del propio John.

—Prueba con «John Wennhagen Estocolmo» —propuso Vincent.

Salieron 50.700 resultados.

—Mejor, pero necesitamos algo más concreto —dijo Benjamin—. ¿No tenía John una especie de granja en las afueras de la ciudad? ¿Sabes cómo se llamaba?

Vincent negó con la cabeza. Sabía muy poco acerca de la infancia de Nova, más allá de lo que habían publicado los periódicos. Además, tenía por costumbre no confiar demasiado en la información de la prensa.

—Si lo que quieres es meterte de cabeza en la madriguera del conejo, aunque no te lo recomiendo —empezó—, podríamos ir por otro camino. Pero recuerda que lo hacemos solo como ejercicio y nada más. Tenemos un texto escrito por el padre de Nova que se compone de sesenta y cuatro palabras. También tenemos cuatro cadáveres que por las ubicaciones donde han sido hallados hacen pensar en un tablero de ajedrez, que como ya sabemos tiene sesenta y cuatro casillas. Por lo tanto...

Benjamin escribió «John Wennhagen ajedrez».

Enseguida aparecieron en la pantalla diversas imágenes de publicaciones de ajedrez locales, entre ellas la portada de un boletín llamado *Revista de ajedrez*, que parecía de ámbito nacional.

En el número señalado por Google se veía en la portada la fotografía de un hombre sonriente, de cuidado bigote, que levantaba un trofeo. «John Wennhagen, nuevo maestro regional», rezaba el titular.

—Es justo lo que te quería demostrar —dijo Vincent—. Si buscas lo suficiente, siempre acabas encontrando alguna relación con cualquier cosa que te propongas. El hecho de que una persona con el mismo nombre que el padre de Nova haya sido jugador de ajedrez no significa que... —Se detuvo bruscamente y se quedó mirando la foto.

John Wennhagen sostenía el trofeo con una mano y le daba la otra a una niña, una criatura de cabello negro que ya entonces destacaba por su mirada intensa.

No había ninguna duda.

Era Jessica Wennhagen.

Más tarde conocida como Nova.

—Es su padre —añadió Vincent con un hilo de voz—. El padre de Nova. No me lo puedo creer. Era jugador de ajedrez y, por lo visto, bastante bueno. Esto no demuestra nada, por supuesto, pero aun así... Bienvenido a la madriguera, conejo blanco.

Benjamin se echó a reír.

—Prefiero ser Alicia —replicó—. El personaje del conejo blanco estresado te pega más a ti. ¿Le echamos un vistazo al texto?

Vincent solo pudo asentir.

Seguía considerando muy poco probable que hubiera una relación relevante para la investigación. Mejor dicho, deseaba que no la hubiera. Que todo hubiera sido fruto del azar y nada más que eso: una casualidad. Todo el tiempo se producían coincidencias, más de las que la gente suponía. Incluso las más improbables se daban alguna vez, por pura estadística. Hasta era posible que varias se dieran al mismo tiempo. Vincent esperaba que esa fuera la explicación.

Pero entonces recordó lo que Nova le había dicho en el Teatro Oscar, cuando se habían encontrado después de la función. Le había explicado que su padre había escrito el texto obligándose a utilizar un número determinado de palabras.

El ajedrecista John Wennhagen había elegido el número sesenta y cuatro. Ni más, ni menos. Como el número de casillas de un tablero de ajedrez.

Benjamin tenía razón.

El texto era la clave.

La sensación de estar ante algo tremendamente maligno y enfermizo comenzó a agitarse en su interior y por algún motivo supo que la sensación empeoraría antes de disiparse.

Tomó la *laptop*, abrió un documento nuevo y escribió el texto dividido en ocho líneas de ocho palabras cada una.

Epicuro aconseja para la nueva era lo mismo
que para épocas pasadas. Acepta solo la inquietud
que pasa rauda como una estrella por el
vasto cielo: fugaz e imperceptible. La calma ***purifica.***
No has de padecer ni ***sufrir****. Olvida los*
anhelos y evita el deseo que es condena.
Aléjate con ahínco del dolor. Busca la paz.
Así lograrás el éxito cuando alcances el ***Todo***

—De acuerdo. Cada palabra del texto representa una casilla del tablero de ajedrez —comentó Benjamin pensativo—. Ocho por ocho. ¿Y ahora qué?

—El problema del caballo. El *knight's tour*. Una vez más.

—¡Claro! A ver... ¿Qué palabras o, mejor dicho, qué casillas del tablero corresponden a los lugares donde fueron hallados los... niños?

Era un signo de su sensibilidad que le hubiera costado articular la última palabra.

—En un tablero de ajedrez, serían las casillas h1, g3, e2 y f4 —respondió Vincent.

De pronto sentía la boca seca. Demasiado seca. Necesitaba ir de inmediato a buscar agua a la cocina. Pero al mismo tiempo sabía que era una reacción psicológica de huida ante el horror que en cualquier momento cobraría forma en la pantalla de la *laptop* de su hijo. Se obligó a continuar.

—Si seguimos con el recorrido, la próxima casilla será h5 —prosiguió—, que en el plano de Estocolmo es el canal de Djurgårdsbrunn. Allí encontraremos el cuerpo de Wilma dentro de dos días si no logramos resolver el misterio.

—Muy bien. Empezaremos por h1, en la esquina inferior derecha —dijo Benjamin, y procedió a buscar las cinco palabras que correspondían a las posiciones del caballo en el tablero de ajedrez.

Una vez localizadas las marcó en negrita.

Epicuro aconseja para la nueva era lo mismo
que para épocas pasadas. Acepta solo la inquietud
que pasa rauda como una estrella por el
vasto cielo: fugaz e imperceptible. La calma ***purifica.***
No has de padecer ni ***sufrir****. Olvida los*
anhelos y evita el deseo que ***es*** *condena.*
Aléjate con ahínco del ***dolor****. Busca la paz.*
Así lograrás el éxito cuando alcances el ***Todo***

—Purifica, sufrir, dolor, es, todo —dijo a continuación—. No sé. Por un momento he pensado que saldría una frase con sentido. Pero parece que la madriguera no era tan profunda, después de todo.

Vincent fijó la vista en las palabras marcadas en la pantalla.

—Al contrario —anunció apoyando una mano sobre el hombro de Benjamin—. La te mayúscula de «Todo» no es un error tipográfico. La palabra *todo* no es el final de una oración, sino el principio. Lee las palabras en el orden en que te he mencionado las casillas, el mismo orden en que fueron asesinados los niños.

Benjamin unió las palabras con el dedo sobre la pantalla.

—Todo... es... dolor... sufrir... purifica. Cielo santo.

—«Todo es dolor, sufrir purifica» —confirmó Vincent—. La frase más célebre del padre de Nova. Con mayúscula inicial en la primera palabra y punto al final. No podría ser más evidente, ni era tan complicado. Solo se necesita un paso más para completar la frase y será el último. Tengo que llamar a Mina.

John Wennhagen sonreía ampliamente desde la portada del boletín de ajedrez. De repente Vincent pensó que la mano que sostenía la manita de la niña no era una muestra de cariño, sino una garra de acero para no dejarla huir.

Mina puso fin a la llamada. Vincent le había hablado de una manera muy rara. Se había disculpado mil veces por estar, como él mismo había dicho, «cognitivamente incompleto en las últimas semanas». También había mencionado algo acerca de su espectáculo, algo referente a una privación de oxígeno autoimpuesta que le impedía pensar con claridad. Después había añadido que tenía una cosa importante que enseñarle esa misma mañana, antes de que ella saliera hacia el trabajo, y que era difícil explicarlo como era debido por teléfono. Por eso iba de camino. A su casa.

Miró el departamento a su alrededor. La única diferencia desde su última visita, dos años antes, eran las paredes recién pintadas de gris claro. Era el mismo tono de siempre, por supuesto, pero más limpio. Las reservas de calzones, camisetas y artículos de limpieza que guardaba en el estudio podían asustar fácilmente a cualquiera. Con ellas podría resistir una pequeña guerra mundial o una pandemia. Pero no era necesario que Vincent las viera. La puerta del estudio se podía cerrar con llave.

Por otro lado, no se sentía preparada. Le gustaba la compañía de Vincent, pero recibirlo otra vez en su casa era otra historia. Su casa era la ciudadela que la protegía del mundo exterior. Pero no le había dado otra opción.

Consultó el reloj. Faltaban unos diez minutos para que llegara. Tenía tiempo de darse un baño rápido. Por lo general se bañaba con el agua lo más caliente posible; le gustaba imaginar que las bacterias se abrasaban y morían sobre su piel. Pero el tórrido verano no invitaba a padecer más calor, así que se duchó con agua helada. Con suerte no volvería a sudar antes de que llegara Vincent.

Después de la ducha fue a buscar ropa interior nueva al estudio. Tardó en ponerse el resto de la ropa, para prolongar la sensación de frescor. Luego agarró un frasco de gel hidroalcohólico y limpió todos los picaportes de la casa, los respaldos de las sillas y la superficie de la mesa.

Se pasó una mano por la frente y notó que estaba ligeramente húmeda. Maldición. Volvió a consultar el reloj. No tenía tiempo de bañarse de nuevo, a menos que quisiera arriesgarse a que Vincent la encontrara en ropa interior.

Pero ¿qué estaba pensando?

Se mordió los labios. ¿Por qué se había colocado a sí misma en ropa interior y a Vincent en la misma frase? Se echó unas gotas de gel en las manos y se las frotó. Después se echó unas gotas más y se las pasó por la frente y las axilas. El alcohol le escoció un poco, pero ¿qué podía hacer? Ya se daría otro baño más tarde.

El ruido del timbre la sobresaltó. Debía tranquilizarse. Solo era Vincent. Tuvo que recordarse que de hecho quería verlo.

Repasó por última vez todo el departamento con la mirada y fue a abrir la puerta.

—Hola —saludó, apartándose para dejar pasar al mentalista.

Vincent tuvo la precaución de apoyar los dos pies sobre el pequeño felpudo y de quedarse allí mientras se quitaba los zapatos. Mina notó que sus pantalones no encajaban con su habitual forma de vestir. Parecían más sueltos y holgados que de costumbre.

—¿No habrás salido a la calle con... los pantalones de la pijama? —preguntó.

Vincent bajó la vista y se sonrojó.

—Uf... Bueno, sí, se ve que sí... Tenía un poco de prisa y...

—balbuceó—. Estaba desayunando, entonces ha venido Benjamin y... —Se quedó mirándola con desolación—. Quizá podrías ponerte tú también una pijama —propuso—. Para que me resulte menos incómodo.

Ya volvía a salir el tema de Vincent y la ropa interior. Demasiada intimidad, cuando ni siquiera lo había dejado entrar del todo en el departamento. Debió de notársele en la cara lo que estaba pensando porque Vincent retrocedió un paso en el pequeño felpudo y levantó las dos manos.

—Perdóname —dijo—. He hablado sin pensar. Por suerte, no he venido a enseñarte mis pantalones. Y puedes fingir que me he puesto un traje de lino o algo así. Afortunadamente no suelo dormir en calzoncillos. ¿Dónde está el gel hidroalcohólico?

Mina le señaló con un gesto el baño, donde había dejado el frasco, y enseguida Vincent fue a lavarse las manos.

Nunca se comportaba como si sus rituales le parecieran raros, simplemente se adaptaba a ellos. En eso era distinto de los demás. Y ella también se había adaptado a las particularidades de Vincent e intentaba comprender sus giros mentales y sus extrañas maneras de pensar. Suponía que no habría mucha gente que tratara de entenderlo, por muchos aplausos que recibiera cuando estaba en el escenario.

Vincent salió con el frasco de alcohol en la mano.

—Está fresco el aire en el baño —comentó—. ¿Has empezado a bañarte con agua fría?

Mina asintió, procurando que no se le saltaran las lágrimas al ver que Vincent estaba desinfectando el picaporte que acababa de tocar.

—Es interesante bañarse con agua fría —prosiguió él—. El método Wim Hof se está imponiendo. De hecho, tiene muchos beneficios físicos y psíquicos documentados, desde aumentar la resistencia al estrés hasta mejorar la capacidad de concentración. Pero en realidad esos efectos son el resultado de sorprender negativamente al organismo con un tratamiento que no le gusta. El incremento del nivel de cortisol que se produce al someter al cuerpo a un descenso brusco de la temperatura, si repetimos el ejercicio con regularidad, determina una mayor tolerancia a dicha hormona, que es la del estrés. Además, el frío extremo hace que la respiración se vuelva más profunda, lo cual oxigena la sangre y, por lo tanto, el cerebro. Y eso determina una mejora de las funciones cerebrales, entre ellas la capacidad de concentración, al menos durante un breve periodo de tiempo. En cuanto a la afirmación de que los baños de agua fría son buenos para la fuerza de voluntad, supongo que se debe a que se necesita mucha determinación para seguir sometiendo al cuerpo al mismo tratamiento cuando te está pidiendo todo lo contrario. Por lo tanto, no es que los baños con agua fría en sí mismos tengan un efecto mágico. Lo importante es nuestra manera de reaccionar ante ellos. Es un poco como tener una piedrecita en el zapato. Y tú, ¿con qué propósito lo haces? Me refiero a los baños.

Mina le quitó el frasco de gel de la mano.

—Te diré dos cosas, Vincent. En primer lugar, demasiada información. Has vuelto a hacerlo. Pensaba que a estas alturas ya habrías aprendido a controlarte. En segundo lugar, me he bañado con agua fría porque hace mucho calor. Nada más. Y ahora dime, ¿qué era lo que corría tanta prisa?

Vincent sonrió con amargura.

—Tengo algo que deberías ver. He querido enseñártelo a ti antes que al resto del grupo para que puedas decidir si me he vuelto loco. Pero, antes, ¿alguna novedad acerca de Wilma?

Mina negó con la cabeza mientras invitaba a Vincent a pasar a la sala.

—Adam y Ruben fueron ayer a ver a la familia —dijo—. Se repite la historia de Ossian. Los padres están conmocionados. No hay antecedentes de amenazas ni de conflictos familiares. Ni el más remoto indicio de quién pudo haberlo hecho. Ninguna pista. En cualquier caso, los padres nos han dado una fotografía, pero no creo que esta vez nos atrevamos a convocar una rueda de prensa. Los medios nos crucificarían. Así que enséñame lo que tengas. Esta investigación necesita algo nuevo, aunque te hayas vuelto loco.

Se dejó caer en el sofá y Vincent se sentó a su lado, antes de sacar del maletín un folleto, un plano de Estocolmo, una reproducción de la portada de una revista impresa en blanco y negro y un texto escrito a mano sobre una lámina de plástico transparente.

—Este folleto es de Epicura —explicó—. En él puedes encontrar el mismo texto que he escrito en la lámina transparente. Solamente he cambiado la separación entre las palabras y las líneas. El padre de Nova lo escribió poco antes de sufrir su accidente mortal. Por cierto, se le daba muy bien el ajedrez.

Señaló la portada impresa, en la que un hombre sonriente de grandes bigotes sostenía un trofeo. El titular mencionaba a John Wennhagen, por lo que Mina supuso que sería el padre de Nova. Vincent tomó una pluma y comenzó a marcar localizaciones en el plano con la misma cuadrícula que el mapa de la jefatura.

—Lilly, William, Dexter y Ossian fueron hallados aquí, aquí, aquí y aquí, en estos puntos del plano. Y según el problema ajedrecístico del caballo, Wilma aparecerá aquí, en el canal de Djurgårdsbrunn.

Entonces colocó la hoja transparente sobre el mapa, de tal manera que el texto lo cubriera pero los puntos pudieran verse todavía a través del plástico. Por último trazó una línea entre las palabras marcadas, para indicarle a Mina el orden en que debía leerlas.

—Todo es dolor, sufrir purifica —leyó ella en voz alta—. Pero ¿qué demonios...?

—Esa ha sido también mi reacción. John Wennhagen redactó el texto de los epicureístas hace por lo menos treinta años. Decidió de forma consciente que estuviera formado por sesenta y cuatro palabras, y ya entonces escondió en sus líneas ese mensaje: una frase invisible que coincide exactamente con los lugares donde fueron halladas las víctimas. Ya sé que parece una locura, pero el padre de Nova es el asesino que buscamos. Lo tenía todo planeado desde hace mucho tiempo.

Mina no sabía qué decir. Solía criticar a Vincent porque siempre ofrecía un exceso de información, pero ahora sentía como si solo hubiera entreabierto una puerta y no tuviera la menor idea de lo que había detrás. Y no le gustaba esa sensación. Además, era imposible que Vincent estuviera en lo cierto.

Contempló los ojos de la persona retratada en la portada en blanco y negro, como si pudiera encontrar en ellos una respuesta. John Wennhagen se limitó a sonreírle desde la fotografía.

—No te lo tomes a mal, pero espero que todo esto sea el efecto de una sobrecarga de trabajo y nada más —le dijo a Vincent—. Si te he entendido bien, estás sugiriendo que la colocación de los cadáveres reproduce un texto escrito por John hace treinta años, que además solo se puede leer si sabes tanto de ajedrez como él. Sería muy convincente si no fuera porque es imposible. Los asesinatos se están produciendo en el presente y el padre de Nova murió hace mucho tiempo.

—¿Estás segura? Su cuerpo nunca fue hallado. Nova ha dicho que lo buscaron, pero no lograron encontrarlo. Puede que haya una explicación. Creo que hay unos cuantos indicios de que John Wennhagen está mucho más vivo de lo que pensábamos.

Mina lo observó y sintió que de pronto se le helaba la sangre. Ya no necesitaba el baño de agua fría. No recordaba los hechos, porque era demasiado pequeña cuando habían sucedido, pero había leído al respecto varios años más tarde, cuando cursaba estudios en la academia de policía. Así se había enterado del trágico incendio de la granja y del posterior accidente de tráfico, del que solo una niña había podido salvarse mientras el coche en el que viajaba se hundía en el agua. El cuerpo del conductor nunca había sido hallado. Se suponía que se habría ahogado o que se lo habría llevado la corriente. Pero, tal como había apuntado Vincent, podía haber otra razón para que no hubieran encontrado el cadáver: que hubiera sobrevivido y se hubiera mantenido oculto, esperando a que pasara el tiempo. Esa hipótesis encajaba muy bien con la conclusión del mentalista.

—Dios mío —dijo asintiendo—. Tienes razón. John Wenhagen está vivo. ¿Crees...? ¿Crees que Nova lo sabe?

—No necesariamente —respondió él—. Puede que también se lo haya ocultado a ella. Sería lo más sensato, porque de otro modo la implicaría. Y teniendo en cuenta la actividad de Nova en Epicura, es imposible que esté de acuerdo con los crímenes de su padre.

Mina exhaló el aire contenido. Entonces era un hecho. Pero Nathalie estaba allí. Necesitaba localizar a su hija y asegurarse de que todo estaba en orden. Lo más sencillo habría sido llamar al padre de Nathalie, pero ella misma le había pedido que no interviniera. Le correspondía a ella encontrar a su hija, que quizá simplemente se había ido a acampar con su abuela.

—¿Cómo ha podido John permanecer oculto todos estos años? —preguntó.

—Supongo que no es difícil cuando se tienen sus recursos, o al menos los que tenía su padre. Además, es fácil volverse invisible si todos creen que estás muerto.

Mina negó con la cabeza. Aún le costaba asimilar la nueva información.

—Tenemos que contárselo a los demás —dijo.

Vincent asintió.

—Todavía estamos a tiempo de salvar a Wilma —observó—. Por fin sabemos quién es el asesino. Ahora solo tenemos que averiguar dónde está.

Vamos mucho tiempo en el coche por la carretera, fuera de la ciudad, por el bosque. Al final llegamos a una especie de establo. Salimos del coche e intento salir corriendo, pero alguien me agarra. Le muerdo la mano con todas mis fuerzas. Oigo que grita y me suelta. Pero otra persona me atrapa antes de que pueda huir. Pataleo y doy golpes en todas direcciones hasta que me encierran. Intento empujar escaleras abajo a la persona que me tiene agarrada, pero no lo consigo. Entonces tengo que bajar yo.

Por la mañana me preguntan si quiero desayunar. Me muero de hambre, pero no quiero su comida asquerosa.

Me piden que me tranquilice.

Dicen que conocen a mi mamá y a mi papá.

Pero yo sé que no es cierto.

—¡Es mentira! —les grito cada vez que dicen algo—. ¡Los odio! ¡Quiero irme a casa!

Ya no se me acercan. Estoy muy enfadada. También tengo miedo, pero es mejor estar enfadada. Porque si no, podría ponerme triste y tener todavía más miedo. Y no quiero asustarme más.

Duermo en un colchón en el suelo. No parece blando, pero lo es.

Me dejo caer en el colchón y hundo la cara en la almohada para gritar. Siento algo duro. Meto la mano por debajo de la almohada y saco un iPad. ¡Claro! El tipo que me trajo me habló de él. Dijo que podía usarlo todo lo que quisiera. Lo tiro contra la pared, pero no se rompe. Entonces lo estrello contra el suelo y la pantalla queda destrozada.

—¡Esto es lo que hago con sus cosas! —grito—. ¡Y si no me llevan a casa ahora mismo, los mataré a todos!

Si grito mucho puede ser que me oigan.

Quizá venga papá a rescatarme, hecho una furia.

O mamá, arriba de su bici superrápida.

Pero no viene nadie.

Nadie.

Los miembros del grupo se quedaron con la mirada perdida, como si se negaran a entender lo que acababa de contarles Vincent. Sin embargo, el mentalista tenía la impresión de haber sido meridianamente claro. Incluso había preparado mejor que antes el material, cuando se lo había explicado a Mina. Christer lo había ayudado a encontrar un viejo proyector de transparencias en un almacén de la jefatura y Ruben había estallado en carcajadas cuando lo había visto instalar el aparato en la sala de reuniones.

Pero tras explicar todo lo relativo al mensaje de John, y una vez respaldada su hipótesis con la proyección del texto sobre el plano de Estocolmo pegado a la pared, todos habían guardado silencio. Por el movimiento de sus ojos se veía que todos estaban siguiendo la línea trazada en el plano para reconstruir el mensaje de John. Y que lo hacían sin parar, como si el texto fuera a cambiar si lo leían solo una vez más.

—Qué puto cabrón... —sentenció finalmente Ruben.

—John Wennhagen —murmuró Christer—. Si es verdad que no está muerto, ha tenido decenas de años para refundar su antigua secta. Nadie lo ha buscado. Seguramente se habrá cambiado el nombre y ya ni siquiera se llamará John.

—¿De qué antigua secta estás hablando? —quiso saber Ruben.

—¿No te acuerdas de los rumores que corrían por aquel entonces? —contestó Christer—. Eran muchos y vivían todos juntos, en un lugar a medio camino del puerto de Nynäshamn. Se comentaba que eran una secta, pero nadie lo sabía con seguridad, y después del accidente se dispersaron. Tengo entendido que Nova dejó de usar su apellido en cuanto pudo. Cuando afirma que conoce bien los movimientos sectarios, lo dice por experiencia propia. ¿Por qué creen que se dedica a desprogramar a las víctimas de las sectas?

—Dios mío —dijo Peder acariciándose la barba, que por alguna razón tenía grandes manchas azules—. Si ya entonces John dirigía una secta y ha seguido activo en secreto durante todo este tiempo..., ha tenido muchos años para lavarles el cerebro a los nuevos miembros.

Todos se voltearon hacia Vincent. La preocupación les marcaba profundos surcos en la frente. A todos menos a Mina, que ya había oído antes la explicación.

—Mierda —masculló Christer.

Abrió la bolsa de plástico que había dejado sobre la mesa y comenzó a repartir miniventiladores entre los presentes. Vincent agradeció el suyo. Solo entonces notó que Bosse no estaba en la sala.

—Lo he dejado en casa —aclaró Christer al notar que Vincent lo buscaba—. Allí estará por lo menos a medio grado menos. Y si conozco bien a ese perro, diría que ha encontrado la manera de darse un baño de agua fría.

Vincent sonrió ante la imagen mental del voluminoso golden retriever chapoteando feliz en una tina, probablemente con sales aromáticas.

—Tenemos que averiguar todo lo que podamos acerca de John Wennhagen —dijo Julia con gesto grave—. Y debemos hacerlo cuanto antes.

—Ahora mismo —replicó Peder abriendo su *laptop*.

—Alguien debería decirle a Nova que estamos buscando a su padre —propuso Christer, pero se detuvo de golpe—. ¿No creerán...? ¿No creerán que está al corriente de todo? ¿O que Epicura es parte de la trama criminal?

Se hizo un silencio en torno a la mesa.

Finalmente Mina negó con la cabeza.

—Nova siempre habla de su padre con auténtico dolor —observó—. Si John está vivo, no creo que ella lo sepa. Parece de veras convencida de su muerte. Además, aunque sé muy poco del epicureísmo, estoy segura de que no tiene nada que ver con el asesinato de niños. Sus enseñanzas se centran en evitar el estrés y tratar de llevar una vida lo más serena posible, como ella misma nos dijo. Justo lo contrario que John. Será un golpe terrible para Nova. Yo misma puedo ocuparme de darle la noticia.

Julia arqueó una ceja, pero no dijo nada.

—La pregunta es por qué está haciendo John todo esto —intervino Adam, que no conseguía hacer funcionar su ventilador.

—No, esa no es la pregunta —señaló Julia decidida—. Eso podemos averiguarlo más adelante. La cuestión ahora es saber dónde buscar. Tenemos hoy y mañana para encontrar a Wilma, siempre y cuando John mantenga también esta vez el plazo de los tres días. Y una cosa más, Peder. Tengo que preguntártelo. ¿Por qué tienes la barba pintada de azul?

Peder se sonrojó y bajó la vista hacia la mesa.

—Bueno... Me la teñí para una fiesta infantil —masculló—. Pero el color no se va, no sé por qué...

De repente apareció Milda por la puerta y no pudo disimular su asombro al ver a todo el grupo.

—Vaya, hola. ¿Están reunidos? —preguntó—. Venía a hablar contigo, Mina, pero no estabas en tu despacho. Tengo novedades sobre los niños o, mejor dicho, sobre el material que les encontramos.

—¿Te refieres a las fibras? —quiso saber Mina.

Christer le arrojó un miniventilador a Milda, que lo atrapó al vuelo con una mano sin la menor dificultad. Vincent supuso que habría jugado mucho al beisbol en el patio de la escuela.

—Gracias —dijo la forense—. Sí, exacto. Al principio solo pude identificarlas como fibras de lana. Pero los técnicos las han estudiado más a fondo y han encontrado bacterias, más concretamente, *Dermatophilus congolensis*. Están presentes en todas las fibras, lo que confirma la teoría de que proceden de un mismo sitio.

—¿Qué tipo de bacterias son? —preguntó Julia.

—Buena pregunta. Son las causantes de un trastorno en la piel de los caballos, pero también en el ganado vacuno y ovino. La enfermedad se llama estreptotricosis y, cuando se da en ovejas, se conoce como «lana de piedra». La humedad provoca grietas en la piel, por donde entran las bacterias y se forman costras. En muy raras ocasiones se puede producir el contagio de animales a humanos, por lo que también puede ser una zoonosis. La enfermedad se transmite por contacto directo cuando las costras se abren, liberando esporas que se adhieren a las crines y el manto de los caballos. —Milda hizo una pausa para encender el miniventilador.

Vincent no estaba seguro de haber entendido. Se habían hallado fibras en la garganta de los niños, pero esas bacterias se encontraban en la piel de algunos animales. Sentía que se estaba perdiendo algo.

—Entonces ¿por qué había bacterias en las fibras de lana? —preguntó.

Milda sonrió. Era la pregunta correcta.

Su ventilador se puso en marcha con un zumbido triunfal.

—La lana de donde proceden las fibras debió de estar en contacto directo con animales contaminados —explicó—. Además, la prenda de lana debía de ser lo suficientemente grande para cubrirles toda la cara a los niños y tal vez quizá rodearles también la cabeza. Suponemos que habrán inhalado las fibras al respirar, porque no hemos hallado ningún signo de que les hayan introducido la tela por la fuerza en la boca. Mi suposición..., y os recuerdo que no es más que una suposición extraoficial...

—¿Cuál es? —preguntó Julia impaciente.

—... es que las fibras proceden de mantas de las que se usan para poner sobre el lomo a los caballos.

El pensamiento de Vincent completó un círculo perfecto,

como una serpiente que se mordiera la cola. Caballos. Todo empezaba y terminaba en los omnipresentes y enigmáticos caballos.

—Escuchen esto... —dijo Peder, que seguía buscando en la *laptop* mientras Milda hablaba—. ¿Recuerdan la granja que John tenía en los años noventa? ¿La que se incendió?

—Sí, claro. ¿No estaba llena de animales, que murieron quemados? —respondió Julia—. Lo recuerdo muy bien. Fue una tragedia.

—Ya se imaginan qué animales eran, ¿verdad? —añadió Peder, girando la *laptop* para que todos pudieran ver la imagen que había encontrado.

Un hombre sonriente con bigote posaba junto a una valla. A su lado había varios animales de aspecto majestuoso.

—Caballos —dijo Peder—. John Wennhagen tenía una de las hípicas más famosas del país, a tan solo cincuenta kilómetros de aquí, en Sorunda. ¿Y saben una cosa? En las imágenes por satélite de Google Earth se ve que desde entonces ha sido parcialmente reconstruida.

Todos los presentes en la sala se miraron. Y enseguida se levantaron sin perder ni un segundo.

Julia le pidió a Christer que se quedara en la jefatura y tratara de conseguir más información sobre John Wennhagen mientras los demás se dirigían a los vehículos. A diferencia de los otros, que fueron en busca de coches de la policía, Mina prefirió utilizar el suyo particular. Mientras iban de camino, Julia llamaría a las unidades de intervención para que enviaran refuerzos.

Mina pisó a fondo el acelerador. A su lado Vincent se agarraba con todas sus fuerzas de donde podía mientras circulaban por Nynäsvägen en dirección a Sorunda. Al menos dentro del coche funcionaba el aire acondicionado. Pese a las ideas que se agolpaban en su cabeza sobre John Wennhagen y lo que podían encontrar en la granja, no podía negar que el frescor del interior del vehículo era una bendición.

—Estás muy callada —dijo.

—Concentrada —respondió Mina sin apartar la vista del camino.

—¿Sabías que la localidad de Sorunda es famosa por la tarta del mismo nombre? —preguntó Vincent—. De hecho, es un producto lleno de simbolismo, algo poco frecuente en un simple artículo de repostería. Lo suelen decorar con símbolos de la eternidad y de la fertilidad, y aunque normalmente lleva manzanas y ciruelas, cuando se sirve en un funeral se prepara solo con ciruelas, para que el color sea más oscuro. El simbolismo de la eternidad está relacionado con las ideas de Nova acerca del agua, que también representan la vida, la unidad y la...

—Vincent.

—¿Qué?

—Estás divagando.

Vincent se calló.

Mina comprendía su necesidad de hablar, ya que debía de estar tan nervioso como ella. No podían saber lo que les esperaba en la granja. ¿Encontrarían más cadáveres de niños? ¿Verían al propio John? Pero si la defensa de Vincent era hablar, la de Mina era el silencio. Y necesitaba compartirlo con él. Especialmente en ese momento.

Por fortuna el mentalista pareció darse cuenta.

—Tienes razón, perdona —dijo él desviando la vista hacia la ventana—. Ya sé que no estamos persiguiendo a un pastelero.

Tras unos segundos callado volvió a hablar.

—Por otro lado —dijo—, ¿sabías que hace unos años la Dirección de Tráfico retiró todas las señales que apuntaban a Sorunda? Ahora solo aparece Spångbro. Originalmente tenían...

Mina le lanzó una mirada asesina y él sonrió con sorna.

—Caíste —dijo.

Mina le propinó un puñetazo de broma en el hombro.

—¿Así que querías hacerme enojar? ¿Y qué más querrías hacer conmigo? —preguntó.

—¿Qué? Bueno, yo... En realidad... —balbuceó él moviéndose incómodo en el asiento.

—¿No hemos hablado ya de la necesidad de mantener la corrección en las relaciones profesionales, Vincent?

Mina casi pudo sentir que la temperatura del vehículo subía mientras Vincent se sonrojaba hasta la raíz del cabello. Dejó que sufriera unos segundos, que debieron de parecerle una eternidad, y finalmente anunció:

—Caíste.

Vincent soltó una cantidad de aire como para llenar un globo y después estalló en carcajadas mientras ella adelantaba a un Škoda destartalado.

—*Touché* —respondió—. Pero si te soy sincero..., no vas muy desencaminada.

Respiró hondo antes de continuar. Era evidente que no era fácil para él expresar lo que había decidido decir.

—Aunque la experiencia de hace dos años fue terrible —empezó—, nunca me he sentido tan vivo como durante aquellas semanas. Y sobre todo fue gracias a ti. Desde entonces he intentado olvidarlo y seguir adelante con mi vida, pero... no lo he conseguido.

Mina le echó una mirada rápida antes de verse obligada a concentrarse otra vez en la carretera.

—¿De verdad quieres que hablemos de eso precisamente ahora? —preguntó.

—Me parece necesario —replicó Vincent—. Vamos de camino al sitio donde quizá atrapemos al asesino. Es posible que todo esto acabe dentro de muy poco. Pero yo... te necesito en mi vida, Mina. Así de simple. No sé nada de tu situación, aparte de que has empezado a salir con una persona. Puede que no tengas tiempo para mí. Sin embargo, ¿te parece posible que podamos seguir... viéndonos, cuando todo esto haya terminado? ¿Tendrás espacio en tu vida para un amigo más?

Un amigo más. ¡Como si tuviera alguno! Mina habría querido golpear el volante y ponerse a gritar como una loca. ¡Ay, Vincent! Era increíble que la conociera tanto en algunas cosas y tan poco en otras. ¿Por qué tenía que haber vuelto? ¿Para derribar la coraza que con tanto empeño ella se había fabricado? Ella no quería necesitar a nadie. Pero necesitaba a ese maldito Vincent, ella también lo necesitaba. Y no podía hacer nada al respecto.

Tomó el desvío a Spångbro de forma tan brusca que Vincent se desequilibró y chocó contra la puerta.

—Entonces ¿no prefieres pasar el rato con Nova? —preguntó Mina.

—¿Con Nova? ¿Por qué demonios iba yo a...? Vaya, admiro los conocimientos y la experiencia de Nova. Me impresiona lo mucho que ha trabajado para llegar adonde está. Coincidimos a menudo en el circuito de conferencias y la aprecio como una buena colega. Pero eso es todo. Ella no es... No eres tú.

Mina asintió en silencio.

—Puedo enseñarte a jugar al billar —propuso.

Él también asintió.

—¿Has visto? —dijo después en un tono mucho más alegre—. El cartel de la salida indicaba «Spångbro» y no «Sorunda». Te lo he dicho.

Me duele mucho la garganta de tanto gritar. Pero no se me ha quitado el enfado. Lo he conseguido. En cuanto entra alguien le doy un puñetazo. O una patada. Se lo merecen. Los odio a ellos y odio a todos los adultos. Y no me gusta nada estar en el bosque.

Si no me llevan a casa, tendré que ir yo sola. Ahora no hay nadie. Subo a toda prisa y salgo sin que nadie me vea. Oigo ruido dentro del establo. Deben de estar dentro. No imaginan que soy capaz de irme sola. Huele a animales o, mejor dicho, a caca de animales. Es el olor más asqueroso del mundo.

Me paro un momento delante del establo, pero no sale nadie. Bien. Podré irme a casa. Empiezo a caminar por el sendero de grava y me alejo. Oigo un chirrido detrás de mí. Puede que sea una puerta que se abre, pero no pienso voltearme para mirar. Sigo caminando.

—¿Wilma?

Por la voz sé que es él, el que me trajo aquí, el pelófido. *Está detrás de mí, pero no le hago caso.*

—Wilma, ¿adónde vas?

Echo a correr. La grava cruje bajo mis pies. Pero también oigo el ruido de sus pasos. Me está persiguiendo. Intento correr más rápido, todo lo rápido que puedo.

—¡Wilma, espera!

Parece que al pelófido *le cuesta gritar y correr al mismo tiempo. Debe de ser porque está gordo. Pero tiene las piernas largas y yo no. Salto la zanja y corro hacia el bosque. Puede que allí le resulte más difícil encontrarme. Justo cuando estoy llegando a los primeros árboles, siento que alguien me levanta del suelo. Pataleo con todas mis fuerzas, pero estoy cansada.*

—Wilma —me dice.

Está sin aliento, pero aun así se ríe.

—No hace falta que corras. Ahora mismo te vas a ir de aquí —dice.

No le creo mucho, aunque esta vez lo dice como si fuera verdad. Dejo de patalear.

Entramos en el establo y me echa una manta sobre los hombros, aunque hace bastante calor. La manta da asco de lo mucho que huele a caballo. Los demás también están en el establo, pero veo que van hacia la escalera para bajar otra vez al sótano. Parece como si fuera a pasar algo. Algo malo para mí.

—¿Qué tal estás, Wilma? —me pregunta el pelófido*—. ¿Te acuerdas de cuando naciste?*

La carretera asfaltada se convirtió en camino de tierra. Estaban en medio del bosque y Vincent no comprendía cómo lo hacía Mina para conducir a tanta velocidad por una vía tan estrecha, sin saber lo que podía aparecer detrás de la siguiente curva. Por otro lado, Adam, Ruben, Julia y Peder los precedían en sus coches y también iban a toda velocidad. Si había algún imprevisto en el trayecto, ellos serían los primeros en sufrir las consecuencias.

Continuaron varios kilómetros entre los árboles, hasta que de pronto el bosque se abrió y llegaron a un claro. A la derecha había un vasto prado y, a la izquierda, la granja de John Wenhagen, dedicada a la cría de caballos. O, al menos, lo que quedaba de ella. Vincent supuso que las ruinas más cercanas serían de la antigua vivienda. Era imposible imaginar su aspecto original, ya que se había quemado hasta los cimientos y lo poco que se conservaba de las paredes estaba ahora cubierto por la vegetación. A lo largo de las últimas décadas el bosque había recuperado el terreno perdido. De no haber sido por el edificio que había detrás, probablemente ni siquiera habrían reparado en los restos de la antigua vivienda.

El edificio más grande, que debía de haber sido el de las antiguas cuadras, también se encontraba en pésimo estado, aunque a diferencia de la casa todavía conservaba algunos fragmentos de las paredes. El techo se había derrumbado y de los muros solo quedaban tablones ennegrecidos de bordes astillados. Estaba libre de vegetación, por lo que los restos carbonizados parecían aún más fantasmagóricos sobre el verde telón de fondo de los árboles. Vincent buscó la parte reformada que Peder había observado en el mapa, pero no vio más que ruinas.

—Allí —dijo Mina señalando el bosque detrás del establo.

Tenía razón. Unos tonos brillantes de rojo y blanco destacaban entre los árboles. El camino rodeaba la arboleada hasta llegar a un establo relativamente nuevo, con dos coches estacionados delante. Uno de ellos era un Renault Clio rojo, como el utilizado para secuestrar a Wilma.

—Acaban de llegar —comentó Mina.

—¿Cómo lo sabes? Esos coches podrían llevar medio año ahí parados.

—Míralos. No tienen encima hojas, ni agujas de pino, ni polvo, ni cagadas de pájaro. Están demasiado limpios para haber pasado mucho tiempo aquí. ¿No eras tú el experto en observar los detalles?

Adam estacionó detrás de los automóviles y Julia lo imitó con el suyo, bloqueando así a los vehículos estacionados.

—Es más divertido si los observas tú —respondió Vincent—. ¿Qué hacemos ahora?

Los otros ya se habían bajado de sus coches y se dirigían al establo. Mina se detuvo detrás del de Julia.

Bajaron del vehículo y Vincent se mantuvo en una segunda línea. El silencio del bosque resultaba casi ensordecedor. Era como si hasta los pájaros estuvieran conteniendo la respiración, a la espera de lo que iba a pasar.

Ruben fue el primero en avanzar. Mina se hizo pantalla con la mano sobre los ojos y frunció el ceño.

—¿Qué sucede? —preguntó Vincent tras ella.

—No sé, me ha parecido ver algo que se movía en la grava...

De repente se abrieron las puertas del establo y salió un hombre con una gran sonrisa en los labios. Era rubio y tenía bigote, como el hombre descrito por los testigos del secuestro de Wilma. Ni siquiera se había molestado en disimular su apariencia, lo que significaba que los cómplices de John confiaban en no ser descubiertos.

Aun así, cuando el hombre vio a los policías, se le borró de inmediato la sonrisa y se puso blanco como el papel. Era evidente que esperaba otra visita.

Giró sobre sí mismo y volvió corriendo al establo. Fue entonces cuando todos vieron a la niña que iba tras él. Llevaba una manta sobre los hombros y los miraba desconcertada.

Era Wilma.

—¡Alto! —gritó Ruben echando a correr hacia el hombre rubio.

Peder imitó a Ruben, igual que Julia, después de hacerle una señal a Adam para que se ocupara de Wilma.

Adam se acercó a la niña, que iba vestida con un traje, y se agachó para hablar con ella.

—Somos policías —le dijo—. Hemos venido a llevarte a casa con tu papá y tu mamá. ¿Querrás venir con nosotros?

Wilma asintió entusiasmada.

—¿Te han hecho daño? ¿Te han tratado mal?

—No —respondió la niña—. Pero ese hombre decía mentiras. Aquí no hay ningún caballo. Me había dicho que podría acariciarlos. Pero solo me ha dado esa manta asquerosa.

Entonces se puso a llorar y le tendió los brazos a Adam, que la levantó y la llevó al coche.

—¡Mina, ¿puedes ayudar con esto?! —le gritó Adam señalando con la cabeza el coche de policía.

Ella corrió a abrirle la puerta mientras Ruben, Julia y Peder sacaban a seis personas del establo. Vincent reconoció al hombre rubio y vio además a una mujer de mediana edad, un hombre mayor y tres chicas de unos veinticinco años. Todos tenían la cabeza gacha y no parecían dispuestos a oponer la menor resistencia. Aunque no podía estar seguro, Vincent habría apostado una suma considerable de dinero a que acababan de encontrar a los secuestradores de Lilly, William, Dexter, Ossian y Wilma.

—Aquí están todos —anunció Ruben—. No había nadie más. John no estaba con ellos. Pero estos personajes parecían estar preparando algún tipo de ritual allí dentro, por lo que no me extrañaría que el jefe se presentara en cualquier momento.

El ruido de un coche detrás de los árboles los hizo volverse. Un Audi azul frenó en seco, arrancando humo de la grava a un centenar de metros de distancia.

—¡Maldita sea! ¡Es él! —exclamó Ruben.

A Vincent le habría gustado ver cuánto había cambiado John, treinta años después de la foto en la portada de la revista de ajedrez, pero el reflejo del sol en el parabrisas le impedía ver bien.

Ruben solo tuvo tiempo de dar dos zancadas hacia el coche antes de que John diera marcha atrás y, con un brusco volantazo, describiera con su Audi un giro de ciento ochenta grados. Después se alejó tan deprisa como había llegado.

—¡Mierda! —gritó Ruben pateando impotente la grava—. Apuesto a que nadie se ha fijado en la matrícula. Vincent, ¿no decías que se te daba muy bien recordar cifras y ese tipo de cosas?

—A cien metros de distancia no suelo distinguir matrículas.

—No pasa nada —intervino Peder acariciándose la barba. Se volteó y sonrió a las seis personas que seguían con la vista fija en el suelo—. Nuestros nuevos amigos nos dirán quién era el misterioso visitante.

—No sé a quién te refieres —dijo una de las mujeres—. Todo lo hemos hecho por iniciativa propia.

—Sí, claro que sí —repuso Julia.

—¡Excelente trabajo de todo el equipo! —exclamó Julia con una amplia sonrisa—. Wilma parece estar en buen estado de salud y sin lesiones, pero muy enfadada porque todavía no ha podido volver a su casa. La han llevado al Karolinska para que le practiquen un reconocimiento médico a fondo. Allí se reunirá con sus padres. De no haber sido por ustedes esto podría haber acabado de una manera muy diferente. Y trágica.

Miró a su alrededor en la habitación, deteniendo la vista en cada uno de ellos. Todos parecían exhaustos, como solía suceder cuando un caso llegaba a su conclusión. La tensión y la adrenalina disminuían, y el cansancio caía como una manta húmeda sobre los que habían trabajado de forma tan intensa e incansable. Mina se sentía como un globo pinchado. Habitualmente era una sensación agradable, porque era la señal de que había pasado el peligro, pero esta vez solo podían permitirse un breve instante de relajación. Habían salvado a Wilma, pero John Wennhagen seguía libre. Y Nathalie aún no había regresado a casa.

—Christer, has tenido tiempo de reunir bastante información acerca de John. Estaría bien que comunicaras al resto del equipo lo que has encontrado. Todavía no sabemos qué detalles de su vida pueden ser relevantes.

Christer asintió y depositó sobre la mesa una pila de papeles.

—Un vividor. Su padre, Baltzar Wennhagen, había hecho fortuna en el sector inmobiliario. John creció entre algodones.

El típico niño mimado. No hay mucho más que decir respecto a sus primeros años, aparte de que ya entonces su padre había empezado a interesarse en el epi...epi...

—Epicureísmo —lo ayudó Mina.

Sin prestarle atención, Christer continuó.

—Después, cuando tenía veintipocos años, se fue de viaje al extranjero. A la India. Y se metió en una especie de secta... —Se inclinó sobre los papeles para leer—. El movimiento Osho. Se fue con ellos a Oregón, donde su actividad acabó en escándalo, por asuntos de asesinatos y esas cosas.

—¿No era esa la secta de aquel cantante, Ted Gärdestad? —intervino Peder.

—¿Estaba en una secta? —preguntó Ruben asombrado—. ¿Estamos hablando del tipo que fue a Eurovisión cantando no sé qué de un satélite?

—Sí, ese mismo —respondió Peder—. Fue una pena que se metiera en esas historias, porque tenía mucho talento. Aun así, ha dejado huella. No sé si saben que...

—Concentración, por favor —pidió Julia cansada, y le hizo un gesto a Christer para que prosiguiera.

—Por lo visto, John se marchó de Oregón justo antes de que todo se fuera al carajo y, cuando volvió a Suecia, se trajo a un grupo de colegas. Compró una granja y fundó allí su pequeña secta.

—¿A qué se dedicaban? —preguntó Ruben.

—Durante unos años a la cría de caballos. Es la finca que acaban de visitar. Allí nació Nova. Su madre era una de las mujeres que vinieron a Suecia con John. Pero no hay mucha documentación de esos años. Vivían bastante aislados. El único contacto que tenían con el mundo exterior eran los alumnos que acudían a las clases de hípica. Solo he podido encontrar un par de cartas al director del periódico local de vecinos que denunciaban los antecedentes sectarios del grupo. Las clases de equitación tenían mucho éxito entre los niños y supongo que alguna gente de los alrededores no las veía con buenos ojos. Eso explicaría lo que pasó después.

—¿El incendio?

—Exacto. No se han conservado los detalles del suceso, pero una noche la granja comenzó a arder. En la investigación realizada posteriormente los técnicos llegaron a la conclusión de que el incendio había sido provocado.

—Sí, me acuerdo. ¡Salió en los periódicos! —exclamó Peder.

—Así es. Fue noticia de portada en su momento. Muchos miembros del grupo murieron calcinados. Niños y adultos. También los caballos murieron. Solo John y Nova salieron con vida de la granja. Y hasta hace muy poco todos pensaban que John había muerto en el accidente de carretera que sufrió cuando huía con su hija del incendio. —Christer hizo circular entre los presentes una fotocopia de un artículo del diario *Expressen*.

—Es sorprendente que los medios de comunicación no hayan destacado más esta historia, teniendo en cuenta la fama de Nova —comentó Mina pensativa.

—Tampoco la han ocultado —replicó Vincent—. Supongo que nadie ha querido herir innecesariamente a Nova sacando una vez más a la luz ese asunto. No había nada nuevo que decir al respecto, y ella era una niña cuando ocurrió.

—¿Cómo ha conseguido John mantenerse escondido tanto tiempo? —dijo Peder rascándose la barba.

—Por ahí tenemos que empezar —propuso Julia—. Si logramos averiguar qué ha hecho, qué nombre ha usado y dónde ha estado, nos resultará mucho más fácil descubrir dónde se esconde.

—No es sencillo conseguir una identidad falsa en Suecia —apuntó Christer.

—También puede haber vivido sin ninguna identidad —repuso Ruben mientras garabateaba en un bloc de notas con expresión pensativa.

Mina observó que eran garabatos sin sentido. Algunas curvas parecían formar corazones, pero debían de ser imaginaciones suyas.

Ruben se aclaró la garganta y continuó.

—Si ha tenido gente a su alrededor, seguidores leales que

quizá también sobrevivieron al incendio y que se han ocupado de él, entonces ha podido vivir sin relacionarse con la sociedad. Después de todo, solo necesitamos identificarnos cuando establecemos contacto con las autoridades. Si ha tenido un techo y le han proporcionado comida, ha podido vivir sin ser detectado, sobre todo teniendo en cuenta que nadie lo buscaba porque todos creían que había muerto.

—Se ha dictado orden de busca y captura para John —anunció Julia—. Y estamos considerando la posibilidad de comunicarlo a la prensa. El problema es que no disponemos de ninguna fotografía reciente suya. La última es de hace treinta años. Pero estamos en el proceso de reproducir su envejecimiento para generar una imagen que se aproxime a su aspecto actual.

—¿Un retrato robot, quieres decir? Eso es pura charlatanería —soltó Christer, y miró en torno a la mesa buscando el apoyo de sus compañeros.

—Al contrario —replicó Adam negando con la cabeza—. Las bases científicas son bastante sólidas. Y ahora ya no se hacen a mano, como antes, sino por computadora. Incluso hay aplicaciones de celular capaces de envejecer cualquier retrato. Espera un momento y verás.

—Charlatanería —repitió Christer—. No me harán cambiar de idea.

Bosse levantó la cabeza, como si hubiera percibido el estado de ánimo de su amo, pero enseguida volvió a apoyarla sobre las patas delanteras y dejó escapar un largo suspiro.

—También estamos buscando el Audi azul, obviamente —añadió Julia—. Todavía no tenemos ninguna pista, pero es solo cuestión de tiempo. Todas las patrullas están avisadas.

—¿Y qué me dicen de los miembros de la secta? —preguntó Ruben mientras dibujaba garabatos cada vez más psicodélicos en su bloc—. Debe ser posible hacerlos hablar, ¿no? Ellos tienen que saber quién es John.

—Creo que Vincent podría intentarlo —propuso Mina—. Ya ha demostrado su habilidad en los interrogatorios. Con Lenore Silver, por ejemplo. De hecho, ha sido capaz de ver cosas que ninguno de nosotros había notado.

Julia miró al mentalista, que hasta entonces había guardado silencio.

—¿Qué opinas, Vincent? ¿Podrás ayudarnos?

Mina notó que Julia tenía grandes manchas de sudor debajo de los brazos. Discretamente levantó los suyos. Por el momento el desodorante parecía mantener a raya el sudor. Se había puesto un poco más después de la salida a la granja y había intentado limpiarse las axilas con toallitas húmedas. En realidad no había tocado nada que estuviera sucio, pero el hedor de los caballos y el carácter enfermizo de la situación se le habían metido por los poros.

—Por supuesto que sí —respondió Vincent—. Ayudaré en todo lo que pueda. Pero Adam tiene formación especializada en negociación. Creo que puede hacer un trabajo excelente. Quizá los seguidores de John estén fanatizados, pero no tienen tanta experiencia como Lenore en el trato con la policía. Creo que intentarán callar, pero no les durará mucho la determinación. En cuanto comprendan que han sido utilizados, empezarán a hablar.

—Estoy de acuerdo —convino Adam—. Solo tenemos que pintarles un futuro muy lúgubre. No será difícil que se derrumben y hablen sin su salvador.

—Bueno, me parece que ha llegado el momento de que vuelva a casa —dijo Vincent—, no sin antes darles las gracias por una tarde llena de grandes acontecimientos.

—No, somos nosotros quienes debemos darte las gracias a ti —replicó Julia—. Sin tu colaboración no habríamos encontrado a la niña. Cada miembro del grupo ha contribuido al éxito de esta operación, así que debemos darnos mutuamente la enhorabuena y felicitarnos por el trabajo bien hecho. La siguiente tarea será localizar a John Wennhagen. ¿Cada uno sabe lo que tiene que hacer?

Todos murmuraron que sí y asintieron con la cabeza antes de despedirse y marcharse.

Todos, menos Mina, que se quedó sola en la sala. Había algo que la incomodaba, algo que necesitaba recordar.

Un par de horas más tarde Mina seguía preocupada. Las cosas no terminaban de encajar. Sus colegas estaban ocupados en la búsqueda de John Wennhagen, que parecía haber regresado de la muerte. Por la tarde habían hablado con Nova, que había acabado reconociendo sus sospechas de que en realidad su padre no había muerto. Sin embargo, no había sido posible llegar más lejos. Nova había declarado no tener ningún tipo de contacto con John. Ni siquiera había vuelto a la granja después de la tragedia. Por supuesto, todas sus afirmaciones tendrían que ser comprobadas. La policía revisaría todas sus llamadas y probablemente efectuaría un registro de Epicura, una vez que dispusiera de la orden judicial. Pero a Mina le costaba concentrarse en lo que estaba haciendo.

Había visto algo en la granja.

Algo tan fugaz que no había tenido tiempo de guardarlo en la memoria antes de que todo sucediera tan deprisa. Pero sabía que era importante.

Las personas que tenían secuestrada a Wilma seguían detenidas. Vincent tenía razón: habían decidido guardar silencio, al menos por el momento. Adam ni siquiera había logrado que le dijeran sus nombres. Si sus huellas dactilares no figuraban en el archivo sería prácticamente imposible identificarlas. Era muy posible que al final tuvieran que convocar a la prensa para solicitar la ayuda de la ciudadanía.

Wilma se encontraba todavía en el hospital. En cuanto los médicos finalizaran el reconocimiento y confirmaran que estaba en condiciones de declarar, Julia y Peder irían a hablar con ella. Pero de momento solo podían esperar.

Mina se puso de pie y empezó a caminar de un lado a otro, entre la mesa y la pared. Era difícil concentrarse. Había dedicado un par de horas a repasar lo poco que había encontrado en los archivos acerca de John Wennhagen, confiando en que algún detalle de su pasado la guiara hasta su escondite. Incluso había buscado en el registro de la propiedad, por si había sido propietario de otros inmuebles aparte de la granja, pero no había descubierto nada.

Aun así sabía que el objeto de su búsqueda no estaba en ninguna base de datos, sino sepultado en su subconsciente, fuera de su alcance por poco. Sabía que estaba ahí, pero se le escapaba. La desafiaba. Habría querido expresar su frustración golpeando cosas. De repente se le ocurrió una idea. Puede que ella no fuera capaz de obligar a su cerebro a dar una respuesta. Pero conocía a alguien con la capacidad de hacerlo. Lo había visto actuar.

Una llamada telefónica fue suficiente para que ese alguien se pusiera en camino.

Vincent siguió a Mina hasta una de las habitaciones de descanso que había en la jefatura.

—Siento haberte hecho regresar tan pronto —se disculpó ella—. ¿Me odia mucho tu familia?

En la habitación había una cama, una mesa pequeña y una silla.

—Sí. Retiro todo lo dicho en el coche acerca de ser amigos —respondió él—. No, es broma. Maria no estaba en casa. Rebecka quería ir a ver a su novio, pero la he sobornado a ella y también a Benjamin para que se queden viendo una película con Aston hasta mi regreso.

Vincent notó que Mina se ponía rígida al ver la cama. Probablemente estaría pensando en las muchas personas que se habrían acostado allí para dormir, descansar o lo que fuera que hubieran hecho en la oscuridad de la jefatura, sin que nadie limpiara el colchón ni una sola vez.

—Les he puesto *Solaris* en Blu-ray —dijo—. La versión de Tarkovski, desde luego. En una entrevista Stanisław Lem parecía interesado en lo que han podido hacer Soderbergh y George Clooney con su novela, pero considero que la original rusa de 1972 es difícilmente superable. Benjamin ha prometido que se ocupará de las palomitas.

Mina lo observó fijamente.

—¿No dices que Aston tiene nueve años? —preguntó—. ¿Estás seguro de que querrá ver esa película... en lugar de... no sé, *Los Minions*?

—Yo vi *Solaris* por primera vez cuando tenía su edad —respondió el mentalista encogiéndose de hombros—. Y mira qué bien me ha ido. Además, dura casi tres horas, así que dispondremos de bastante tiempo.

Mina negó con la cabeza, pero al menos ya no parecía interesada en plastificar toda la habitación. La distracción había funcionado, de momento. Vincent se sentó en la cama y le indicó a Mina que se sentara en la silla.

—Y ahora explícame qué hacemos aquí, en esta habitación —le pidió—. ¿Qué era tan urgente?

—Tú hipnotizaste a Lenore, ¿verdad? —preguntó Mina—. Cuando la interrogaste...

Vincent dudó un segundo. La hipnosis era un tema controvertido y había tantas ideas sobre su verdadera naturaleza como personas que la practicaban. Pero cualquiera que fuera el punto de vista adoptado era poco probable que la policía quisiera fomentar su uso. Aun así, si Mina pretendía regañarlo por el método empleado, había elegido un lugar y un momento bastante extraños.

—Lo que hice fue... hablar con Lenore —contestó Vincent—, utilizando ciertas técnicas verbales y físicas para inducir en ella un determinado estado mental que le permitiera estar relajada y alerta pero sin cuestionarse ni analizar lo que decía.

—O sea, que la hipnotizaste.

—Si quieres llamarlo así...

—¿Podrías...? ¿Podrías hipnotizarme a mí?

Para Vincent fue una sorpresa. Jamás habría esperado que la conversación derivara en esa dirección. Mina había levantado imponentes murallas alrededor de su persona. Llevaba siempre una coraza de varios metros de grosor. ¿Y ahora le pedía que explorara sus interioridades más vulnerables?

—¿Me lo planteas como un desafío, porque no crees que sea posible? —preguntó él—. ¿O me estás pidiendo que lo intente?

—Antes, cuando estábamos en la granja, he notado algo —explicó ella—. Sé que estaba ahí, pero no recuerdo qué era.

Han pasado tantas cosas a la vez que no he podido guardarlo en la memoria, al menos conscientemente. Y no consigo recuperarlo, por mucho que lo intento. Pero sé que es importante. ¿Puedes hipnotizarme y ayudarme a recordar?

Vincent tragó saliva. Si se lo hubiera pedido cualquier otra persona no le habría parecido raro. De hecho, se lo habían pedido cientos de veces. Pero viniendo de Mina era diferente. Significaba que confiaba plenamente en él y que estaba dispuesta a dejarle explorar su mente a voluntad. Y que sabía que no se excedería en la exploración. De repente notó que la habitación se había vuelto demasiado pequeña. O demasiado grande. Se sentía incómodo, pero quería demostrarle a Mina que hacía bien en depositar en él su confianza. La cama crujió bajo su peso y ella hizo una mueca.

—En primer lugar —dijo Vincent concentrado—, no será necesario que te acuestes en la cama. Podemos hacerlo contigo sentada en la silla.

Mina pareció respirar aliviada. Sin embargo, seguía teniendo en la frente la pequeña arruga que se le había marcado la primera vez que mencionó la hipnosis. Era evidente que el concepto le resultaba inquietante.

—En segundo lugar —añadió enseguida el mentalista—, no creo que haga falta hipnotizarte. Puedo ayudarte a recordar lo que quieres con otras técnicas.

La arruga en el entrecejo de Mina desapareció. Vincent no se había equivocado. Si hubiera seguido adelante con algo que para ella fuera hipnosis, no habría obtenido buenos resultados. Había sido increíblemente valiente al pedirlo, pero era evidente que estaba asustada. Y el miedo levanta barreras. Por eso Vincent tuvo que utilizar otra táctica.

—Pero tendrás que cerrar los ojos y relajarte —le dijo—. ¿Podrías intentarlo ahora, solo por probar?

Mina cerró los ojos y Vincent notó que su respiración se volvía más lenta y regular.

—Bien. Puedes abrirlos otra vez. Todavía no hemos empezado.

Mina lo miró con cierta perplejidad.

—Pero después, cuando lo hagamos, quiero que seas consciente de tus manos sobre tus rodillas. Cierra los ojos de nuevo e inténtalo.

Mina obedeció y esta vez dejó caer un poco la cabeza hacia delante. Vincent contó hasta cinco en silencio.

—Fantástico. Vuelve a abrir los ojos. Todavía no hemos empezado.

Esta vez Mina tardó un poco más en abrirlos. Parecía un poco mareada.

—Pronto te ayudaré a recordar y entonces harás todo lo que te he pedido y volverás a la granja. Puedes hacerlo. Cierra los ojos... ahora. Vas a relajarte más que nunca.

Mina cerró enseguida los ojos y bajó la cabeza.

—Es una relajación profunda..., cada vez más profunda. Te sumerges en tu subconsciente y vuelves a experimentar todo lo que has vivido en la granja —prosiguió Vincent con voz monótona—. Percibes los olores, oyes los sonidos, ves todo lo que había a tu alrededor.

Le sostuvo la muñeca y le levantó la mano por encima de la rodilla. Cuando la soltó, la mano se quedó en el aire.

No le gustaba mucho el método que estaba utilizando, basado en una técnica denominada «fraccionamiento», que consistía en comenzar varias veces el proceso de la hipnosis e interrumpirlo enseguida, de manera que el agotamiento fisiológico inducido hacía que el cerebro del sujeto eligiera por sí mismo permanecer en el estado de hipnosis. La reacción se debía en parte a la sobrecarga de instrucciones. Era bien sabido entre los practicantes de la hipnosis que bastaba desconcertar lo suficiente al sujeto para que obedeciera las primeras instrucciones claras que le dieran sin oponer resistencia. En el caso de Mina, las instrucciones habían sido relajarse como nunca antes lo había hecho. A Vincent no le gustaba el método porque le parecía engañoso. Pero era indudable que era eficaz. Mina se encontraba en un estado de hipnosis profunda.

El mentalista apoyó el dedo índice sobre la mano de Mina y la empujó lentamente hacia abajo, en dirección a la rodilla.

—A medida que baja la mano irás recuperando los recuerdos —anunció—. Lo verás todo con la mayor claridad. Y cuando estés lista podrás contarme lo que ves.

Mina guardó silencio unos segundos.

—Estoy estacionado —dijo entonces—. Delante del establo. Salimos del coche. Ruben ya se dirige hacia la puerta. Yo miro a mi alrededor.

—¿Qué ves?

—El edificio nuevo. Árboles. Coches, los nuestros y los suyos. Arbustos. El suelo de grava.

—Pero hay algo que te llama la atención —observó Vincent—. ¿Es un ruido?

Mina negó con la cabeza.

—Algo brilla en el suelo —dijo—. No debería brillar, no es más que grava. Pero hay algo que refleja la luz del sol. Podría ser vidrio o alguna cosa afilada... Parece simétrico. No veo bien, tengo que hacerme pantalla con las manos sobre los ojos. Entonces Ruben grita...

—Espera, quédate ahí —le sugirió él—. Has visto una vez ese objeto, lo tienes en la memoria. Ahora tienes visión de rayos láser. Puedes ver a varios kilómetros de distancia. Detén el tiempo, vuelve a mirar ese objeto y dime qué es.

Mina asintió. Vincent notó que se esforzaba para recuperar el contenido de su memoria. De repente abrió mucho los ojos y miró al mentalista. Había salido bruscamente de la hipnosis, como si nunca se hubiera encontrado en ese estado.

—Ya sé qué es —anunció—. Tenemos que volver a la granja.

—Te das cuenta de que estás conduciendo a una velocidad excesiva, ¿verdad? —preguntó Vincent con voz temblorosa—. Otra vez.

Mina siguió con la vista fija en la carretera. Ya casi habían llegado. Había ido directamente al coche sin decir nada al resto del grupo. Primero quería asegurarse. No había quedado nadie en la granja y Vincent se había ofrecido para acompañarla, pero parecía a punto de arrepentirse, teniendo en cuenta la fuerza con la que se agarraba a la manilla de la puerta.

Mina giró a la derecha en dirección a Spångbro sin poner el intermitente y vio el camino que conducía a las cuadras de John Wennhagen. Sintió que una marea de repulsión la invadía, como si ya estuviera inmersa en la suciedad de la granja. La sentía bajo la ropa y en todos los poros de la piel. Pero la necesidad de averiguar si eran fundadas sus sospechas era más fuerte que el impulso de huir.

—Las probabilidades son remotas —comentó Vincent—. Puede que no sea nada.

—Lo sé —replicó Mina pisando todavía más a fondo el acelerador.

Una piedra se levantó del camino y le golpeó el parabrisas, astillándolo.

—¡Me cago en mi suerte! —maldijo Mina.

—Tendrás que echar un par de monedas en el frasco de las palabrotas —señaló Vincent, sin soltarse de la manilla de la puerta.

—¿Estás entrenando para hablar como un señor jubilado antes de los cincuenta años? —replicó ella.

—Ahora mismo no estoy seguro de ir a llegar a esa edad.

Mina lo ignoró mientras dejaba atrás las ruinas de la antigua vivienda y frenaba derrapando delante del viejo establo. El silencio al salir del coche les resultó inquietante. La única señal de vida era el graznido de un pájaro en la copa de un árbol, a cierta distancia. Sus pasos levantaban nubes de polvo sobre el suelo de grava.

Pasaron junto a los edificios incendiados para luego continuar en dirección a la nueva construcción. Pero antes Mina se detuvo y contempló las ruinas, ya que no quería pasar nada por alto.

—¡Qué horror! —exclamó mirando el techo derrumbado—. Casi me parece oír los gritos de las personas que murieron allí. Debió de ser espantoso. Las llamas, el ruido de las vigas viniéndose abajo... Y los caballos. Todos los caballos...

—A mí también me parece oírlo —repuso Vincent en voz baja—, con más claridad de la que me gustaría.

Durante unos instantes contemplaron la devastación. Mina había leído descripciones de ruinas invadidas por la vegetación, que parecían apacibles e incluso místicas. Pero nada de eso se aplicaba a las ruinas de la granja de John, que seguían siendo una negra cicatriz abierta en el bosque. Era como si lo sucedido allí hubiese sido tan terrible que incluso la naturaleza prefiriera apartarse.

Rodeó a paso rápido el bosquecillo para dirigirse hacia las nuevas construcciones. Se hizo pantalla con la mano sobre los ojos, tal como había hecho la vez anterior, pese a que en esta ocasión tenía el sol a la espalda y en realidad no le hacía falta.

—Allí —dijo señalando un punto en la grava, más adelante.

Se acercó un poco más, con Vincent siguiéndola.

—Mira.

Se agachó e indicó algo metálico en el suelo. Vincent se puso también en cuclillas.

—Una herradura —dijo él asintiendo con la cabeza.

—Algo que de por sí no tendría por qué ser raro —prosiguió Mina—, ya que aquí hubo unas cuadras. Y aunque ahora no haya caballos en la parte recién construida, es posible que John los tuviera aquí en el pasado. Seguramente habrá más herraduras. Pero deberían estar sucias y oxidadas, o al menos un poco gastadas. Sin embargo, esta está limpia y brillante. ¿Por qué?

Intentó levantarla para verla mejor, pero no pudo moverla.

—Está pegada al suelo —comentó asombrada.

Vincent se inclinó hacia delante para comprobarlo, tan cerca de Mina que le hizo sentir su aliento en la oreja.

—¿Ves que parece estar soldada a una argolla? —preguntó—. No es solo una herradura. Es un tirador.

Mina se volteó hacia él estupefacta. A lo lejos se oyó una vez más el graznido de un pájaro.

Mina tiró de nuevo de la herradura, pero no pudo moverla.

—Espera, parece que ahí hay un muelle —dijo Vincent—. ¿Lo ves?

Apartando la grava con la mano, le señaló un pestillo junto a un mecanismo de muelle, al lado de la herradura. Vincent presionó el resorte y lo mantuvo apretado con una piedra.

—Ya está. Ahora intentémoslo juntos.

Se situó detrás de Mina, extendió ambos brazos a los lados de ella y colocó también las manos sobre la herradura. Sin embargo, la herradura era tan pequeña que se vio obligado a cubrir en parte las manos de Mina con las suyas para poder sostenerla. Se quedó quieto un momento, a la espera de que ella dijera algo sobre el contacto físico directo, o le pidiera quizá que retirara las manos.

Pero, en lugar de eso, Mina se inclinó unos centímetros hacia atrás, presionando su espalda contra el cuerpo de Vincent. Su calor se difundió por el pecho del mentalista e impregnó todo su ser, obligándolo a contener el aliento.

—¿Vincent? —dijo ella.

—¿Sí?

—Jala ya la herradura.

Jalaron los dos con fuerza y poco a poco vieron abrirse una grieta en el suelo. Alguien se había ocupado de cubrir cuidadosamente con grava una trampilla, para disimularla; pero, cuando lograron abrirla, descubrieron un pozo oscuro, con una escalera que bajaba hacia la negrura. El mecanismo de muelle, situado a un lado de la trampilla, la atrancaba automáticamente cuando se cerraba.

—Bueno, veamos qué hay en la madriguera del conejo —indicó Mina con expresión sombría.

¿La madriguera del conejo? Algún día, cuando todo quedara atrás, Vincent tendría que preguntarle si había escuchado su conversación con Benjamin.

—¿Podrás? —tanteó.

—Si te soy sincera, me dan ganas de vomitar cuando pienso en lo que puede haber ahí abajo —respondió ella—. Pero no voy a dejar que bajes tú solo.

—De acuerdo —convino él—. Creo que hemos encontrado el búnker de John.

Vincent se arrodilló en la grava para tratar de distinguir algo dentro del pozo, pero era demasiado profundo para revelar ninguno de sus secretos.

—¿El búnker?

—Sí, es lo más probable. Las sectas suelen tener un elemento de milenarismo. El fin del mundo o alguna otra catástrofe anunciada constituye una amenaza compartida que une a sus miembros y a la vez les infunde terror, lo cual los vuelve más influenciables. La construcción de un búnker es una manera concreta y poderosa de fomentar la sensación de desastre inminente. Por supuesto, no solo las sectas tienen esas ideas. La escatología está presente en la mayoría de las religiones, incluso las más respetables. Otra posibilidad es que John sea paranoico y piense que necesita un búnker para su uso personal.

—¿La escatología? —preguntó Mina—. ¿Qué crees que encontraremos ahí abajo? —añadió mirándolo con cara de espanto.

—La escatología, sí —respondió él volviéndole la espalda a la trampilla y sentándose en cuclillas junto al borde—. La palabra deriva del griego *eschatos*, que significa «último», y *logos*, que significa «estudio». «Lo último», o *eskaton*, puede interpretarse como el fin de la vida de un individuo o bien como el final de los tiempos, si nos referimos al mundo. En el cristianismo se asocia entre otras cosas con la parusía, o segunda venida de Cristo a la Tierra, y con la lucha final entre Dios y el demonio.

El corazón le latía con fuerza cuando miraba hacia atrás, en dirección al pozo. No era necesariamente estrecho, pero estaba oscuro. Y era imposible saber cómo sería más abajo. Quizá fuera la entrada a su propia tumba.

—Según la doctrina bahaí, el *eskaton* no tiene que ver con la destrucción, sino con la construcción de un nuevo orden mundial de paz bajo la bondadosa protección de Dios —dijo rápidamente para distraerse, mientras introducía un pie en el pozo en busca del primer peldaño—. En otras palabras, su mensaje es más optimista. Pero el cristianismo siempre ha sabido aterrorizar a la gente.

Se daba cuenta de lo tensa que sonaba su voz, pero no podía evitarlo. Se concentró en su propia respiración mientras bajaba poco a poco.

Inhalar. Exhalar.

Inhalar. Exhalar.

Sentía muy cerca el pánico. En cualquier momento podía desbordarse y causarle una ansiedad tan profunda e inabarcable que quizá lo atrapara para siempre, impidiéndole regresar a la superficie.

Mina vio desaparecer el rubio cabello de Vincent en las profundidades del pozo oscuro.

—Todavía queda un poco más —lo oyó decir.

No respondió. La suciedad en el interior del búnker seguro que era terrible, no le cabía ninguna duda. La sola visión de los peldaños oxidados la hacía temblar.

—Ven, ya puedes bajar.

La voz sonaba más apagada que antes. Vincent debía de haber descendido un poco más.

—Está limpio aquí dentro. De verdad. Si no tocas las paredes, estarás bien.

Mina maldijo por lo bajo y se metió en el pozo. Peldaño a peldaño. Intentó no pensar en la cantidad de pares de zapatos sucios que habrían pisado los peldaños que estaba tocando con las manos y casi agradeció que la oscuridad le impidiera ver la porquería. Pero solo «casi», porque tampoco le gustaba la oscuridad. El hecho de no ver la suciedad y los gérmenes no significaba que no estuvieran.

Al final llegó al fondo. Vincent tenía razón. Estaba todo lo limpio que podía estar, tratándose de un búnker subterráneo. Era como haber bajado al infierno. Ni siquiera si todos los rayos del sol se hubieran derramado en el pozo le habría parecido suficiente luz.

—Aquí es donde debían de tener a los niños —observó Mina.

—Sí. Habría sido arriesgado dejarlos arriba. El lugar está aislado, sí. Pero habría resultado difícil esconderlos en caso de visitas inesperadas.

—Hemos tenido mucha suerte con Wilma —comentó ella mientras inspeccionaba el lugar—. Han debido de sacarla de aquí por alguna razón justo antes de que llegáramos.

No había mucho en el reducido espacio. Una pila de colchones. Unas cuantas mantas. Envoltorios abiertos de comida. Papel de caramelos. Un cubo.

—Caramba —dijo Vincent bajando la vista. Estaba de pie en medio del círculo de luz que proyectaba la abertura del pozo—. Parecen mantas de caballo —comentó señalándolas—. Podrían ser el origen de las fibras halladas en las gargantas de los niños, aunque todavía no puedo entender cómo llegaron ahí, ni tampoco a qué obedecen las marcas que tenían en los pulmones, según los informes de las autopsias. Hay muchas cosas que aún no sabemos. ¿Qué se propone John? ¿Por qué ha elegido precisamente a estos niños? ¿Y por qué de esta forma? John y sus secuaces han debido de vivir una existencia muy tranquila para no llamar la atención durante todos estos años. ¿Por qué han decidido actuar justo ahora?

Vincent guardó silencio, sin dejar de contemplar los colchones y las mantas. Por una vez no parecía capaz de encontrar ninguna relación. Mina no podía imaginar cómo se sentiría, teniendo en cuenta que normalmente veía conexiones y patrones incluso cuando no se lo proponía. Pero en esta ocasión no había nada. Solo oscuridad. Incluso el círculo de luz donde se hallaba se había ido reduciendo y ahora era solo un semicírculo. El cabello claro de Vincent relucía en el haz de luz procedente del exterior. Mina siguió su mirada.

Los colchones.

Las mantas.

Marcas que indicaban una fuerte presión sobre los pulmones.

Fibras dentro de la garganta.

Un viejo recuerdo cobró vida en su memoria. Algo que había leído antes de ser policía, uno de los casos que la habían impulsado a elegir esa profesión para hacer frente a tanta maldad.

—Recuerdo a una chica que murió en Estados Unidos —dijo en voz baja—. En el año 2000, creo. Se llamaba... Candace. Candace Newmaker, si no me falla la memoria. Su madre adoptiva la había llevado a ver a un psiquiatra, porque su conducta no le parecía normal.

Se le puso la piel de gallina. Habría querido salir de allí, volver a la luz del sol, llamar a Julia y pedirle que enviara un equipo de técnicos para que registraran el lugar milímetro a milímetro. La luz proyectada en torno a Vincent se redujo un poco más.

—Como la medicina no le solucionó el problema —prosiguió Mina—, su madre la llevó a la consulta de un terapeuta que practicaba la terapia del apego. Una de sus técnicas consistía en hacer renacer a los pacientes. Candace murió durante la segunda semana de terapia.

—¿Los hacía renacer? ¿Cómo?

Mina señaló las mantas y los colchones.

—A Candace la enrollaron en una manta y después le colocaron colchones encima para representar el canal del parto. Entonces le pidieron que se esforzara para salir al exterior y volver a nacer. No sé, supongo que la idea era favorecer el apego con su madre adoptiva. Fuera como fuese, mientras ella luchaba por salir, los adultos intentaban ponérselo difícil, apoyándose con todo su peso sobre las mantas. La pobre chica aulló, vomitó y gritó varias veces que estaba a punto de morir. Pero nadie le hizo caso. Al día siguiente los médicos certificaron la muerte cerebral por falta de oxígeno. Lo vi en una película.

—Cielo santo —dijo Vincent—. Todo eso coincide demasiado bien con los informes de Milda. Tenemos que llamar a Julia.

Ya no hacía tanto calor dentro del búnker, desde que el sol había dejado de incidir directamente en el pozo. El círculo de luz se había convertido en una delgada luna creciente.

La luz.

Había cada vez menos.

Mina desvió los ojos desde la escasa luz proyectada en el suelo hacia arriba, hacia la abertura.

—Vincent —dijo—. La trampilla. No la hemos asegurado lo suficiente. Me parece que se está cerrando.

Vincent levantó la vista y después miró brevemente a Mina, antes de precipitarse hacia la escalera. En el instante en que apoyó el pie en el primer peldaño, desapareció el último resto de luz y la trampilla se cerró sobre sus cabezas con un golpe seco. Mina no oyó el chasquido del mecanismo de muelle al cerrar, pero lo sintió en todo el cuerpo.

—¿Será posible que alguien nos haya encerrado?

Mina sintió que las paredes se le caían encima. Las sentía cada vez más cerca. Su respiración se volvió trabajosa. Ligera y superficial. De repente notó el contacto de una mano sobre el brazo. Normalmente el contacto directo con otra persona no habría apaciguado su angustia, sino que la habría multiplicado. Pero era la mano de Vincent.

—Por desgracia, me parece que esto solo es atribuible al factor humano —dijo—. A nuestra propia estupidez. ¿Por qué no hemos pensado en asegurar mejor la trampilla? ¿Cómo hemos podido ser tan descuidados? Sencillamente se ha vuelto a cerrar.

—Ábrela, por favor —le rogó ella con los dientes apretados.

Silencio. Un silencio demasiado prolongado. Mina sacó el teléfono y encendió la linterna para ver mejor a Vincent. Entonces pudo observar que su expresión facial era más sombría de lo que habría deseado.

—El cerrojo está fabricado de tal manera que solo puede abrirse desde fuera —dictaminó el mentalista.

—¿Qué? ¡Es absurdo! ¿No estamos en un búnker? Este tipo de refugios son para protegerse del exterior, no del interior. ¿Por qué iba John a construir un búnker del que no se puede salir?

—No puedes aplicar tu lógica a un profeta del juicio final —replicó Vincent—. En el universo de John, el día en que necesitara usar el búnker sería también el fin del mundo.

—Más absurdo todavía. ¿Por qué molestarse en construir un refugio, si pensaba que iba a morir de todas formas? ¿No podía esperar la muerte allá arriba?

Vincent se desplomó pesadamente sobre los colchones apilados en un rincón. No respondió. Mina notó que estaba cavilando y lo dejó reflexionar. Miró el teléfono. Sin cobertura. Tampoco se esperaba eso. Trepó por la escalera y acercó el teléfono a la trampilla. Igual que antes. Estaba inutilizable.

—Alguien con el tipo de personalidad de John se considera imprescindible —le dijo Vincent cuando volvió a bajar—. Y cree ir siempre un poco por delante de los demás. Posee todas las respuestas y siente que su responsabilidad es transmitirlas. Y para eso tiene que sobrevivir. Creo... Creo que John tenía planeado que todos murieran menos él. Esto era una trampa mortal. Es probable que guardara aquí algún tipo de veneno para matarlos. ¿Recuerdas lo que nos contó Beata Ljung acerca de las sectas de Jonestown o Heaven's Gate? Debía de ser algo similar. Son solo suposiciones, desde luego, pero es posible que John planeara encerrarse aquí abajo con el resto de los miembros de su grupo y decirles que el mundo exterior se había acabado. La única salida que les quedaría sería terminar con sus vidas. Como John solía decir: «Todo es dolor, sufrir purifica». Todos morirían menos él. John pretendía sobrevivir.

Vincent miró a su alrededor pensativo. Mina también contempló el espacio donde estaban encerrados, ayudándose con la linterna del teléfono. Al ver las desnudas paredes de concreto sintió que el pánico se apoderaba de ella.

—¿Cómo? —preguntó—. De aquí no se puede salir.

Le quedaba solo un nueve por ciento de carga en el celular y la batería se agotaba rápidamente cuando usaba la linterna.

—¿Tienes tu teléfono? Al mío le queda poca batería.

Vincent negó con la cabeza.

—Lo he dejado en el coche.

Se puso de pie y empezó a caminar a lo largo de las paredes. Se puso a palparlas mientras le indicaba a Mina que alumbrara con el celular. Una araña salió huyendo de la luz y a Mina estuvo a punto de caérsele el teléfono. Vincent se volteó.

—¿Estás bien?

—Puedo resistirlo. Sigue buscando.

Quedaba un ocho por ciento de batería.

—Apaga la linterna —dijo Vincent.

—¿Perdón? —replicó Mina mirándolo fijamente—. No, no pienso apagarla.

—Ya sé que será desagradable. Pero el sistema sensorial y la sensibilidad de mis dedos aumentan cuando no interfiere la vista. Necesito tocar y sentir lo que hay alrededor sin ninguna interferencia visual.

—Será mejor que encuentres una salida —le advirtió Mina mientras apagaba la linterna con dedos temblorosos.

La oscuridad se volvió impenetrable. Ni un atisbo de luz se filtraba por ninguna parte. No había nada que pudiera ayudar a la vista a habituarse. La negrura era total. Mina se quedó inmóvil, oyendo a Vincent, que se movía por el espacio del refugio.

Cerró los ojos. No había ninguna diferencia, pero la familiar oscuridad detrás de sus párpados se le hacía mucho más soportable. Era muy distinto mirar la negrura con los ojos abiertos.

—¡Mina! ¡Ilumina aquí!

Vincent estaba tras ella. Sobresaltada, se volteó. Aún con las manos temblorosas, encendió la linterna del teléfono y la orientó en dirección a su voz. Vincent tenía las dos manos apoyadas en la pared. Se puso a buscar en los bolsillos y sacó un llavero. Tomó una llave y empezó a rascar con ella la pared. El polvo de concreto le caía sobre los zapatos y Mina lo contemplaba fascinada. Poco a poco fue apareciendo en la pared una hendidura recta. Vincent la siguió con la llave hasta alcanzar una esquina, de la que partía perpendicularmente otra línea. Al cabo de un momento había descubierto un cuadrado marcado en el concreto.

Un acceso.

—Creo que he encontrado la salida secreta de John —declaró con voz serena.

Empujó la tapa y se oyó un chasquido. La retiró y la apoyó en el suelo. Mina sintió que se le encogía el corazón cuando se asomó por la abertura.

—Prefiero morirme a meterme ahí —manifestó antes de retroceder, tropezar con los colchones y caer.

Enseguida volvió a ponerse de pie. La sola idea de haber tocado los colchones le multiplicó el pánico. Y el hecho de que la única salida fuera el agujero repugnante que había descubierto Vincent no mejoraba la situación.

—No puedo...

—Mina. El aire que hay aquí dentro no es suficiente para los dos. Cada vez que respiramos estamos más cerca de agotar el oxígeno. Además, tú misma has dicho que estás a punto de quedarte sin batería. ¿No prefieres tener luz mientras sales de aquí?

Mina echó un vistazo al oscuro agujero que se abría en la pared.

—¿Qué es? ¿Un túnel?

Una parte de ella quería acercarse un poco más y mirar, pero otra se negaba a dar un paso más hacia el sucio horror que se escondía en el concreto. Notó que Vincent vacilaba un instante antes de responder.

—Supongo que será una antigua tubería de desagüe —dijo por fin—, probablemente de un edificio que habría aquí, antes de la construcción del búnker.

—¿Estás de broma?

Dio un paso atrás, con cuidado esta vez para no volver a tropezar con los colchones. Echó un vistazo a la pantalla del teléfono. Cinco por ciento. Mierda. Hacía tiempo que quería cambiarlo por otro con más autonomía, pero lo había ido aplazando. La carga seguía bajando y pronto tendría que arrastrarse por la tubería en la más completa oscuridad. O morir dentro del búnker.

La elección no era tan evidente para ella como quizá lo habría sido para otra persona. Pensó que podía aceptar la perspectiva de asfixiarse y morir en el refugio antes que ir al encuentro de lo desconocido en el interior del estrecho desagüe.

—Lo haremos juntos —intentó convencerla Vincent—. Estaré contigo todo el camino. ¿Quieres ir delante o detrás de mí?

La pregunta le resonó en los oídos. ¿Delante o detrás? ¿Peste o cólera?

Respiró hondo.

Sabía que Vincent tenía razón. No quería morir en ese pozo.

—Detrás —respondió.

—Muy bien, vamos —dijo Vincent asintiendo—. Lo conseguirás.

—Vamos antes de que me arrepienta —replicó Mina con expresión amarga, tendiéndole el teléfono.

Vincent agachó la cabeza y se metió en la tubería, donde comenzó a reptar sobre los codos mientras iluminaba el camino con el teléfono de Mina. Ella intentó concentrarse en los pantalones de lino del mentalista, que iban recogiendo la suciedad y le dejaban limpia la tubería, pero la idea no la ayudó a llegar muy lejos, porque el hedor dentro del desagüe era insoportable. Las arcadas le hicieron subir a la garganta el contenido del estómago y tuvo que tragarse el reflujo ácido. Vomitar dentro de la tubería no habría hecho más que empeorar las cosas.

—No puede ser muy larga —oyó que decía Vincent delante de ella, con un tono de voz curiosamente apagado—. Setecientos uno, setecientos nueve, setecientos diecinueve...

Prefirió no preguntarle qué estaba contando. Solo decía números impares y eso no podía ser buena señal, conociendo a Vincent.

Centímetro a centímetro siguió arrastrándose, mientras intentaba respirar por la boca para no sentir en las fosas nasales el olor a excrementos. Aún tenía fresco el sabor del reflujo en la boca. Cuando vio con el rabillo del ojo los depósitos acumulados en las paredes del desagüe y comprendió lo que debían de ser, ya no pudo contenerse más y vomitó. El contenido de su estómago fue a parar al zapato de Vincent, que tenía justo delante.

—Vaya, ¿estás bien? —le preguntó él con el mismo extraño

tono de voz que antes—. Setecientos cincuenta y uno, setecientos cincuenta y siete, setecientos sesenta y uno.

Mina tosió y escupió para deshacerse de los últimos restos que le quedaban en la boca.

—Bueno, total, tampoco olía bien antes —comentó Vincent—. Setecientos sesenta y nueve, setecientos setenta y tres.

La voz del mentalista se alejó. Con creciente repugnancia Mina comprendió que tenía las manos cubiertas de vómito y bilis, una asquerosa sustancia viscosa sobre la que se veía obligada a arrastrarse. Y todo eso dentro de un túnel que olía a mierda.

—¡Avanza más rápido! —le gritó a Vincent, sintiendo la pestilencia pegada a las mucosas de la nariz.

Los jugos gástricos vomitados estaban calientes y se le adherían al pecho y el vientre. Regurgitó un poco más y se concentró en respirar solo por la boca. De repente notó que algo se movía a su lado. Soltó un grito, se le resbaló un brazo sobre la sustancia viscosa y se dio un golpe en el hombro. Una araña enorme se perfiló dentro del haz de luz que le llegaba del teléfono que empuñaba Vincent. El corazón se le aceleró como si se le fuera a salir de pecho.

—Pronto llegaremos al final —dijo el mentalista—. O al menos eso espero. Ochocientos cincuenta y tres.

La idea de encontrar la salida la hizo arrastrarse con más rapidez. Ahora también se le habían pegado los pantalones a las piernas. Habría querido adelantar a Vincent y precipitarse hacia el aire fresco, pero el diámetro de la tubería no lo permitía.

Notó algo en el cabello y gritó de nuevo. El chillido despertó ecos en el túnel, se amplificó y volvió a ella convertido en un coro terrorífico. Seguía sintiendo la presencia de algo extraño en el cabello, pero no tenía espacio para levantar los brazos y quitárselo. Sin poder evitarlo, empezó a hiperventilar.

—¿Qué pasa? —preguntó Vincent—. ¿Necesitas ayuda?

—Sigue adelante —respondió ella jadeando, pero esforzándose para volver a respirar con normalidad.

De repente Mina comprendió que el timbre extraño de la voz de Vincent no se debía únicamente a la acústica de la tubería, sino también a que le estaba hablando con los dientes apretados. Había estado tan concentrada en sí misma que había olvidado los problemas del mentalista. Sin embargo, sabía que tenía fobia a los espacios estrechos. Debía de necesitar una enorme fuerza de voluntad para mantener la calma y seguir apoyándola como lo estaba haciendo, cuando en realidad estaría sintiendo tanto pánico como ella. La idea le dio fuerzas. Si él era capaz de hacerlo, ella también.

En ese instante se apagó la linterna y el desagüe quedó sumido en la más completa oscuridad.

Debía de haberse agotado la batería del celular.

Mina habría querido llorar, gritar y propinar golpes a su alrededor como una salvaje. Por un momento se olvidó de respirar por la boca y la pestilencia volvió a asaltarla en una oleada de acre olor a vómito y excrementos. Las lágrimas le quemaron los ojos, pero siguió avanzando centímetro a centímetro en la más completa negrura. Solo podía esperar que no faltara mucho más.

—¿Mina? —La voz de Vincent se abrió paso a través de la oscuridad.

—¿Sí?

—Creo que veo la luz. Mil doscientos noventa y siete. Hemos llegado a la salida. Mil trescientos uno.

Esta vez corrieron lágrimas de alivio por sus mejillas mientras algo continuaba moviéndose en su cabello. Poco a poco fue siguiendo la voz de Vincent hasta la libertad.

Cuando Vincent la vio salir arrastrándose de la tubería habría querido abrazarla, pero sabía que probablemente era lo peor que podía hacer, sobre todo teniendo en cuenta lo mal que olía y cómo se le pegaba al cuerpo la ropa sucia. Además, tampoco sabía si él mismo podría soportarlo. El esfuerzo para mantener controlado el pánico en el estrecho espacio del desagüe había agotado su capacidad de resistencia. Mina se sacudió el cabello con las dos manos y tres arañas de diferentes tamaños cayeron al suelo y se esfumaron rápidamente. Vincent siguió su ejemplo y se acostó entre las hierbas altas, con la mirada perdida en el cielo despejado.

La luz le hería los ojos después de la oscuridad, pero no le importaba. Podía respirar otra vez. Tenía aire y espacio a su alrededor. Giró la cabeza y vio a Mina, que también se había acostado en el suelo, bocarriba y con los brazos estirados a los lados, como si fuera a hacer un ángel de nieve sobre la hierba. El hecho de que se hubiera acostado por su propia voluntad sobre la maleza decía mucho de la experiencia que acababa de vivir. Supuso que su cerebro, saturado de adrenalina, habría desactivado todo lo que no fuera el instinto más básico de supervivencia para poder salir reptando por el desagüe. De momento ese instinto la seguía protegiendo del mundo exterior, pero no por mucho tiempo más. Ya empezaban a correrle lágrimas por las mejillas. Vincent notó que le dibujaban surcos en la suciedad de la cara. Olía muy mal. Y nunca la había visto tan guapa.

—¡Qué puto infierno! —exclamó ella con la voz quebrada. Debía de querer quitarse toda la ropa, pero parecía tener tan pocas fuerzas como él.

—¿Qué clase de enfermo es ese John? —añadió enseguida, con la vista fija en el mismo cielo azul que Vincent—. Si tus deducciones son correctas, pensaba matar a todas las personas a su alrededor y salir huyendo para salvar la piel. ¿Crees que se habría llevado a Nova? ¿O tendría planeado matarla también con los demás? ¿No es antinatural que un padre abandone a su hija?

Vincent contempló una nube que se desplazaba por el cielo. Se dio cuenta de que la pregunta no se refería solamente a John Wennhagen y se dijo que debía proceder con precaución. Mina no había dejado ver nunca una grieta en su coraza, ni se había mostrado dispuesta a hablar de lo que debía de ser para ella una herida abierta. Por eso Vincent no había querido preguntarle nada. No le correspondía a él decidir el momento.

—Yo creo... —replicó vacilante—. Creo que no es tan fácil como muchos piensan. En mi opinión, el amor que un padre o una madre sienten por su hijo o hija es una de las fuerzas más poderosas que existen en la naturaleza. Y podría mencionar mil razones para ello: científicas, psicológicas y evolutivas. Pero creo que hay algo más, algo que no se puede explicar recurriendo a la biología o a la supervivencia de la especie. Me gustaría decir que es un don, pero eso nos llevaría a plantearnos preguntas innecesarias acerca de quién nos lo concede.

Hizo una pausa dubitativa. Se estaba moviendo en la periferia extrema de sus propias convicciones sobre el estado de las cosas y no quería ofender a Mina con lo que estaba a punto de decir.

—Ese amor supera todas las distancias —continuó—. ¿Recuerdas la historia del rey Salomón? Dos mujeres acuden al monarca, famoso por su sabiduría. Hay una criatura y las dos aseguran que es suya. Ninguna quiere dar su brazo a torcer. El rey empuña una espada y anuncia que cortará al bebé por la mitad para que las dos mujeres puedan llevarse su parte. Una de ellas acepta encantada la idea, mientras que la otra se da por vencida. Prefiere que su rival se lleve al bebé antes que verlo morir. Salomón identifica entonces a la segunda mujer como la verdadera madre, porque es la única de las dos dispuesta a renunciar a su propia felicidad por el bien de la criatura.

Mina permaneció un instante callada.

—Fue lo más difícil que he tenido que hacer en toda mi vida —dijo entonces—. Renunciar a ella. Pero sabía que era lo mejor. O creía saberlo. No quería que tuviera una infancia como la mía, con una madre en la que no podía confiar, por culpa de la adicción. No tenía nada que darle, nada en absoluto. Yo no era nadie. No era más que una cáscara hueca. Y pensaba que nunca conseguiría ser nada más. Creía que nunca podría darle nada.

—¿Hablas de Nathalie?

—Sí. De Nathalie.

A Mina se le llenaron los ojos de lágrimas, pero enseguida se repuso. Otra nube pasó por el cielo. Siguió hablando en voz baja, una voz que parecía a punto de quebrarse.

—¡Estaba tan dolido, Vincent! Porque le había dejado, pero sobre todo porque había abandonado a Nathalie. Me dio un ultimátum. Si me iba, tendría que irme para siempre, y salir definitivamente de su vida y de la vida de mi hija. Creo que... No, no lo creo: sé con certeza que su intención no era mala. Pensaba entonces y sigue pensando ahora que lo mejor para Nathalie es una vida segura y rutinaria. Tiene sus razones para verlo así. Él también arrastra su mochila, como todos los demás. Pero sé que solo buscaba el bien de Nathalie cuando me dio aquel ultimátum. Y una parte de mí pensó que tenía razón. Yo misma decidí marcharme. Mi hija tenía cinco años y elegí renunciar a ella.

La nube había pasado y el sol volvía a calentar. Pero el aire libre no atenuaba el hedor que se desprendía de la ropa de Mina. Vincent se hizo a un lado para verla mejor. En cuanto a él mismo, su traje de lino debía de estar lleno de manchas de hierba, por no mencionar toda la porquería del túnel. Él tampoco olía bien.

—Lo bueno del ser humano —dijo— es que la vida es un cambio constante. Hoy no eres la misma mujer que entonces. Ni una sola célula de tu cuerpo es la misma. También tus pensamientos son diferentes. Podrás encontrarte con Nathalie de una manera que nunca habrías creído posible.

—¿Y si no quiere saber nada de mí?

La pregunta se elevó hacia el cielo como un grito desesperado. Vincent habría querido acariciar a su amiga y asegurarle que se equivocaba, pero mantuvo la mano inmóvil en la hierba. Mina estaba justo fuera de su alcance.

—No he dicho que vaya a ser fácil. Pero se te ha abierto una puerta y ha sido su padre quien te ha permitido entrar. Eso significa algo.

—En realidad, no le quedaba otra opción —replicó ella—. Si la hubiese tenido, me habría dejado fuera, como hasta hace poco.

—No digas eso. A veces no hacemos lo que realmente queremos hasta que las circunstancias nos obligan.

Mina no respondió. Una nueva nube apareció en el cielo y se puso a perseguir a la anterior.

—¿Qué estabas contando allá abajo? —preguntó al cabo de un rato.

—Estaba recitando la lista de los números primos. Necesitaba reducir la actividad del hipocampo para seguir arrastrándome.

—Ah.

Permanecieron callados un momento.

—Tengo que hacerte una pregunta —dijo Mina—. Esas marcas rojas que tienes a veces en el cuello, ¿deberían preocuparme?

—¿Qué marcas? —repuso él mirándola—. Ah, ya. Pensaba que no se me notarían. Son de mis funciones, pero ya no haré más ese número.

—Ah, entonces ¿no eres aficionado al sexo con asfixia?

Vincent no pudo evitarlo: una sonora carcajada brotó de su interior y despertó ecos entre los árboles. El ruido de la risa era profundamente liberador. Mina sonreía a su lado. Vincent tuvo que secarse las lágrimas que le corrían por las mejillas, pero eran de risa.

—¿Sabes cómo se forman los átomos? —preguntó al cabo de un instante.

—¿Los átomos?

—Sí, los átomos. Se forman en el interior de las estrellas.

—¿Como el sol? —tanteó Mina espiando el astro con los ojos entrecerrados.

Vincent asintió, y levantó también la vista al cielo. Estaban allá lejos, más allá del cielo azul. En la oscuridad.

—En realidad las estrellas son fábricas de átomos —prosiguió—. Allí dentro, donde las temperaturas son más altas, se forman los bloques de construcción del resto del universo: átomos que después salen despedidos al espacio y terminan por ejemplo aquí, en la Tierra. Todo lo que ves a tu alrededor, todas las personas y los objetos, están hechos de átomos, procedentes de miles o tal vez de millones de estrellas.

Mina empezó a estirarse la blusa. Probablemente el sistema de alarma de su cerebro acababa de determinar que el peligro había pasado y la concentración de adrenalina había comenzado a disminuir. Y eso la hizo caer en la cuenta del estado de su ropa.

—Esa blusa también —dijo Vincent—. Y el suelo de aquí abajo. Y tú y yo. Decir que venimos de las estrellas no es romanticismo poético, sino ciencia. Todo está hecho de átomos y todos los átomos proceden de las estrellas.

Guardó silencio un segundo, sin saber muy bien cómo continuar.

—¿Por qué estamos hablando de átomos? —preguntó ella.

—Porque cuando estoy contigo... —empezó él, pero enseguida se quedó callado.

Tragó saliva una vez y la miró a los ojos, esos ojos grandes y luminosos que contenían todo su ser. Todo lo que era Mina. Los ojos que lo observaban. Por un instante se vio obligado a desviar la vista, pero enseguida la volvió a mirar directamente a los ojos.

Tenía que ser ahora o nunca.

—Ya sé que sonará cursi lo que voy a decir. Pero cuando estoy contigo tengo la sensación de que tú y yo estamos hechos de átomos de la misma estrella, una estrella tan lejana que quizá los pocos átomos de esa procedencia que han llegado hasta aquí solo han sido suficientes para construirnos a ti y a mí. Nadie más tiene nuestros átomos. Porque yo... Porque es como si yo...

¿Cuál era la palabra exacta? ¿Debía decirle que la conocía? ¿Que la comprendía? No, no era suficiente.

—Porque yo te sé, Mina —dijo finalmente—. Aquí dentro, te sé. —Primero se señaló la cabeza, pero cambió de idea y se indicó el pecho—. Y nunca me ha pasado con nadie. No puedo explicarlo mejor. Contigo siento por primera vez que estoy con alguien... como yo.

Ella asintió lentamente sin responder. Vincent sintió que había hecho el ridículo. Se incorporó con dificultad.

—¿Te parece que volvamos ya? —preguntó.

—Si no me quito esta ropa en los próximos treinta segundos, me voy a poner a gritar —contestó ella extrayendo como pudo las llaves del coche del bolsillo de los pantalones—. Pero tengo ropa interior de repuesto en el coche. Para mí, al menos. Para ti tengo toallitas húmedas.

Vincent se miró el traje, sucio y desgarrado. Iba a tener que dar muchas explicaciones cuando llegara a casa.

Por cuarta vez en su vida Vincent iba de camino a una sala de interrogatorios. Cuatro veces más de las que habría creído posibles. Pero en esta ocasión era Adam quien le había pedido que lo acompañara a tomar declaración a uno de los miembros de la secta. La situación lo llenaba de curiosidad. Después de todo Adam era un experto negociador. Por otro lado, de nada le serviría su preparación si los secuaces de John decidían guardar silencio.

Adam lo estaba esperando en la entrada de la jefatura. Vincent habría preferido que fuera Mina, aunque desde la aventura del día anterior en el búnker no había salido de casa. La había llamado, pero no había obtenido respuesta. Suponía que habría pasado las últimas doce horas metida en la regadera.

—Gracias por venir —le dijo Adam tendiéndole la mano—. Me han contado lo que descubrieron ayer Mina y tú. Todavía pareces un poco afectado. ¿Estás seguro de que quieres acompañarme?

Vincent sonrió vagamente.

—Creo que esto es lo mejor que puedo hacer en este momento —respondió—. Cualquier cosa que me distraiga.

—Te entiendo. Pero de veras te digo que no te culparía si no quisieras volver a poner un pie en la jefatura. En cualquier caso, a ti esto se te da mejor que a mí y estaría bien tenerlo resuelto antes del fin de semana.

—¿Quieres asegurarte mi colaboración mediante elogios?

—preguntó Vincent mientras pasaba por el torniquete de la entrada—. Te creía más sutil.

—Tenía que intentarlo —replicó Adam con una carcajada—. Pero es verdad que necesito ayuda. Se niegan a hablar.

En otras palabras, estaba ocurriendo lo que Vincent había previsto.

—¿No puedes esperar sin más a que se cansen y hablen? —dijo.

Adam negó con la cabeza.

—No podemos tenerlos encerrados indefinidamente. Y no sabremos si esto ha terminado hasta que hayamos atrapado a John. Puede que la secta tenga más miembros. En el secuestro de Lilly los testigos vieron a una pareja mayor: un hombre y una mujer con abrigo lila. Pero entre los detenidos no hay ninguna señora mayor. Solo un hombre de cierta edad. ¿Te imaginas que secuestraran a otro niño mientras nosotros perdemos el tiempo intentando hacerlos hablar? He pensado que tú podrías captar algún mensaje subconsciente mientras yo los interrogo.

—Tengo una idea mejor —contestó Vincent—. Si vamos a hacer esto déjame que hable yo solo con uno de ellos. Pero deja el teléfono en la sala y graba todo lo que digamos.

Adam miró a Vincent y pareció reflexionar un momento. Después asintió y abrió la puerta de una sala idéntica a la que había visitado Vincent durante los interrogatorios de Lenore y Mauro, solo que esta vez los esperaba un hombre de unos sesenta años. El cabello blanco ondulado y las líneas de expresión en torno a los ojos le conferían el aspecto de un abuelo bonachón. O al menos eso habría pensado cualquiera que no conociera su probable implicación en el asesinato de varios niños.

El hombre los observó con atención cuando entraron en la sala, lo cual ya de por sí era una conducta interesante. Vincent esperaba una actitud cerrada o abiertamente hostil. También pensaba que los secuaces de John estarían cansados e incluso asustados después de pasar la noche en los calabozos. Al fin y al cabo no eran delincuentes habituales. Pero el hombre que lo aguardaba en la sala estaba... atento. Presente. No daba la impresión de ser alguien que no quisiera hablar. Solo era preciso descubrir qué tema quería tocar. Y Vincent tenía una idea bastante clara de lo que podía ser, teniendo en cuenta el fuego que ardía en los ojos del detenido. Las personas que se consideran salvadas desean convencer a los que aún no han alcanzado ese estado de gracia.

Adam se detuvo justo delante de la puerta y depositó un objeto pequeño sobre un estante. «El teléfono», supuso Vincent mientras entraba en la sala.

—Hola —dijo—. Me llamo Vincent. Estaba muy interesado en conocerlo.

El hombre no respondió.

—No soy policía —prosiguió Vincent, indicando con la cabeza en dirección a Adam—, por lo que esto no es un interrogatorio. Soy un estudioso de la filosofía moral y Epicuro es mi filósofo favorito. Por eso he pedido autorización para hablar con usted. ¿Me permite que me siente? También tengo algo de apetito. ¿Y usted? ¿Le apetece tomar algo? Había pensado en pedir café y galletas, si no le parece mal.

Vincent se volteó hacia Adam como si se estuviera dirigiendo a un mesero en una cafetería. Cuanto menos se asemejara su comportamiento al de un policía, mejor sería. Ahora solo necesitaba crear un vínculo con el hombre, encontrar algo que los uniera. Y la fingida indiferencia hacia la autoridad policial era un buen comienzo, aunque a Adam no pareció gustarle mucho su actuación.

—Unas galletas estarían bien —contestó el hombre—. Café también, si va a pedir para usted.

Uno a cero.

Vincent miró a Adam, que enseguida salió de la habitación. La táctica había funcionado. Pero la respuesta del hombre contenía también información importante. Las personas que se avergüenzan de sus actos rara vez aceptan regalos o favores, porque inconscientemente sienten que no los merecen. El hecho de que aceptara las galletas demostraba hasta qué punto había calado la influencia de John. No sentía ningún remordimiento. Eso significaba también que sería mucho más difícil sonsacarle lo que Vincent pretendía averiguar, porque su actitud indicaba que vivía fuera de la realidad, en un mundo paralelo creado por John, un mundo donde era posible secuestrar a niños e incluso matarlos sin sentir el menor arrepentimiento.

—«Todo es dolor, sufrir purifica» —enunció Vincent—. La brillante contribución de John Wennhagen a las cuatro reglas fundamentales del epicureísmo.

Los ojos del hombre se iluminaron.

—¿Podría ayudarme a comprender el significado de esa purificación por el sufrimiento? Después de todo, el filósofo Epicuro aconsejaba evitar el dolor.

—Veo que es usted una persona culta —dijo el hombre—, no como los otros que hay aquí. Como bien sabe, cuando Epicuro afirmaba que era preciso evitar el dolor, se refería en realidad a la angustia que acompaña al dolor, la angustia de vivir en el mundo moderno, seducido por lo perecedero. Lo mismo dicen los budistas. Pero John comprendió que cierto dolor, ya sea físico o emocional, confiere una perspectiva útil del mundo. Cuando uno vive con el sufrimiento desarrolla una visión penetrante, que atraviesa lo superfluo y va directamente a lo esencial. El dolor es una etapa para llegar a la ausencia de sufrimiento. Por cierto, me llamo Gustav.

El hombre le tendió la mano y Vincent se la estrechó. El apretón de manos de Gustav era cálido y firme, como correspondía a un buen abuelo.

—Nunca me lo había planteado de esa manera —respondió Vincent—. Entonces ¿es positivo sufrir?

—Veo que no ha conocido el verdadero sufrimiento —dijo Gustav.

Un caleidoscopio de imágenes se desplegó en la mente de Vincent. Su madre, dentro de la caja que él mismo había construido para hacer un truco de magia, muerta por su culpa. El tanque donde había estado encerrado con Mina. El agua que le llenaba la boca y las fosas nasales y amenazaba con ahogarlo. Y también a ella, a Mina, sin la que habría sido incapaz de seguir viviendo. Cerró los ojos para rechazar las imágenes y después sacudió la cabeza. No, ningún sufrimiento. Claro que no.

—Hasta que no experimente el verdadero dolor, no entenderá lo que quiero decir —prosiguió Gustav—. Yo sufrí una lesión por latigazo cervical. Estaba con mi mujer dentro del coche estacionado y nos arrolló otro vehículo. Me dijeron que me recuperaría en unas semanas con tratamiento médico y rehabilitación. De eso hace quince años. Cada vez que me muevo siento como si me clavaran cuchillos en la espalda. Se me entumecen los dedos y me mareo. A mi mujer la han operado cinco veces de la cadera, pero no ha hecho más que empeorar. No me malinterprete, no me quejo. El dolor nos ayuda a priorizar lo importante. Nos da una nueva perspectiva de la vida.

—Nunca lo había visto así. Entonces ¿el círculo más íntimo de John está integrado por personas que han comprendido que el sufrimiento purifica porque tienen una experiencia directa del dolor?

Gustav asintió.

—Exacto. Somos los únicos que vemos el mundo tal como es.

Vincent no se atrevió a voltear para comprobar si el teléfono de Adam en el estante seguía grabando. Esperaba que sí.

—¿Dónde está ahora su mujer? —quiso saber.

Gustav se mordió los labios. Había sido un error. La pregunta se parecía demasiado a las que podían hacerle durante un interrogatorio policial. Vincent tenía que recular.

—Solo pretendía interesarme por su salud —explicó, y Gustav pareció relajarse un poco—. Por cierto, ¿qué intentaban hacerles a los niños? ¿Enseñarles lo que es el dolor?

El hombre frunció el ceño. El abuelo bonachón había desaparecido de repente.

—Veo que no ha entendido nada —contestó—. ¿Por qué

íbamos a hacer semejante cosa? Nadie querría hacer daño a unos niños. ¿Está seguro de que no es policía?

—Perdón, pero me cuesta entender cómo puede justificar John la muerte de un niño.

Era una jugada un poco torpe y Vincent lo sabía, pero estaba obligado a sacar el tema de alguna manera. Había estado a punto de preguntarle cómo lo había hecho el líder para convencerlos de que lo hicieran, pero en el último momento lo había formulado de una forma más neutra. Lo último que quería era que Gustav se sintiera personalmente implicado, por mucho que lo estuviera en la práctica. Las probabilidades de seguir obteniendo respuestas eran mucho mayores si permitía que Gustav continuara contemplando la situación desde fuera.

—Nosotros no matamos a nadie. —Gustav resopló—. Esa es una visión demasiado estrecha de nuestra actividad. Gracias a la estrella que nos guía, les ahorramos el padecimiento que les reservaría la vida en este mundo. Les facilitamos el paso a la siguiente existencia, sin sufrimiento. Nuestra misión consiste en quedarnos y ayudar a otras personas a liberarse.

—¿A cuántos niños más van a liberar ustedes antes de dar por terminada la misión? ¿Y cómo los eligen?

Gustav entrecerró los ojos y se cruzó de brazos.

—Creía que estaba hablando con un iniciado —declaró—. Pensaba que entendía al menos en parte lo que significan el sufrimiento y el dolor. Pero es evidente que las palabras de John aún no lo han despertado. No tengo nada más que decirle. Ni tampoco quiero ya ese café.

Mina limpió con un trapo el espejo empañado y se miró. Le caían gotas de agua del cabello y de la punta de la nariz. Se examinó la piel de la cara y a continuación los dientes, para ver si encontraba algo que no debiera estar allí, aunque sabía que era imposible.

El jueves, nada más llegar a casa, se había metido en la regadera. Con un cepillo se había frotado cada centímetro cuadrado del cuerpo, dedicando especial atención a las uñas, los espacios entre los dedos de los pies y todos los sitios donde podía quedarse algo enganchado. También se había cepillado los dientes cuatro veces mientras estaba en la regadera, además de utilizar un litro de enjuague bucal. Pero no le sirvió de nada. Le habría gustado lavarse la boca y la garganta con cloro.

Ahuecó una mano delante de la boca para olerse el aliento. En su mente todavía apestaba.

Pero poco a poco iba mejorando. El jueves se había quedado tres horas en la regadera, con el agua más caliente que podía soportar. Al salir tenía la piel enrojecida y sudaba con profusión. Después había fregado toda la casa con cepillo y detergente, incluidas las paredes, y a continuación se había vuelto a bañar durante una hora entera. Al día siguiente también se había bañado varias veces, pero esta vez se había quedado solo media hora en la regadera, con el agua tan caliente como las anteriores. Ya no tenía la piel tan roja.

Pensándolo en retrospectiva, no entendía cómo había podido estar un rato echada en la maleza con Vincent. Era como si su cerebro se hubiera sobrecargado en aquella asquerosa tubería y hubiera desactivado durante unos minutos la sensación de angustia, solo para permitirle sobrevivir. O quizá tenía más fuerza de voluntad de la que creía.

Pero la sensación de asco había vuelto antes incluso de regresar al coche. Se había quitado la blusa, los pantalones, los zapatos y los calcetines, y los había dejado en el suelo. Enseguida había sacado una camiseta de tirantes de la bolsa que tenía en el coche. Le habría gustado cambiarse también los calzones.

Después le dieron escalofríos y se puso a temblar descontroladamente, por lo que Vincent se vio obligado a conducir. Mientras tanto Mina iba temblando, sentada a su lado en calzones y camiseta. Parecían dos personajes de una de las peores novelas machistas de detectives: el hombre fuerte e ingenioso que salva a la chica ligera de ropa. Podría haber sido una película de Brian De Palma. Le daba mucha rabia haber sido tan débil.

Por fortuna, Vincent se había dedicado a hablar del sistema nervioso durante todo el trayecto, sin tratar de dárselas de macho protector. Le explicó que a partir de ese momento tanto los temblores como los accesos inexplicables de llanto, e incluso el sentimiento de culpa, podían considerarse reacciones normales. Después de todo, habían pasado por una experiencia traumática.

Cuando llegaron se ofreció para vigilar hasta que ella pudiera subir a su departamento sin que la viera nadie por la calle.

Mina pensó en Nathalie y se puso a llorar. Debía de ser uno de los accesos de llanto que su amigo le había mencionado. Le había contado a Vincent la imperdonable mancha que pesaba sobre su vida. Su peor pecado. Cómo había dejado que la adicción destruyera su familia y cómo se había marchado, abandonando a Nathalie, su hija. Lo que ninguna madre haría nunca. ¿Y cuál había sido la respuesta de Vincent? Se había puesto a hablar de átomos.

Volvió a mirarse al espejo. Tenía el cabello como un nido de urracas. Se lo había lavado con detergente en lugar de champú, para asegurarse de eliminar toda la suciedad. Había tenido que elegir entre eso o raparse otra vez al cero.

Pero Vincent no la había rechazado, ni se había escandalizado por el vergonzoso secreto que le había revelado. Al contrario... ¿Qué palabra había empleado? Había dicho que la «sabía».

Maldito Vincent.

Había sido una mala idea. Una idea terrible. Además, estaba sudoroso. Christer sacó un pañuelo del bolsillo y se secó la frente. Bosse jadeaba a su lado, pero parecía mucho más satisfecho que él con el paseo. La isla de Djurgården estaba tan hermosa como siempre, pero a Christer le costaba apreciarla. La casita blanca con el tejado naranja y su exuberante huerto se veían desde lejos.

Había pasado una semana desde la última vez. El sábado anterior su visita al restaurante de Ulla Winbladh había acabado en catástrofe. El comienzo había sido excelente. Por fin se había atrevido a confesarle a Lasse, el jefe de sala, que se conocían. Pero enseguida había sentido pánico, había fingido recibir una llamada urgente y se había marchado precipitadamente.

Y ahora estaba de vuelta, aunque habría preferido aventarse por un acantilado. Elevó una plegaria silenciosa a una divinidad no especificada, pidiéndole al menos que Lasse no hubiera atado cables acerca de su identidad. Para poder empezar de nuevo. ¡Por favor! Si su madre hubiese podido verlo en ese momento, habría tenido un par de cosas que decirle.

Cuando Bosse reconoció el restaurante se dirigió corriendo al estacionamiento de bicicletas donde había esperado la vez anterior. Christer supuso que estaría buscando el plato de agua. Era un chucho muy listo, ese Bosse.

—Quédate aquí —le dijo acariciándolo—. No tardaré mucho.

Entró en el restaurante, pensando en lo que iba a decir y

dándose cuenta de que debería haberlo decidido de antemano. Pero Lasse lo vio en cuanto entró, restándole así toda posibilidad de planificación.

—Vaya —le soltó Lasse secamente—. Eres tú. —Su voz era fría y sin emoción.

Christer bajó la vista al suelo. El encuentro ya estaba yendo peor que en sus peores previsiones.

—Sí, quería disculparme —replicó, y enseguida tuvo que aclararse la garganta—. Por lo de la última vez. Me comporté como un imbécil. En realidad no había recibido ninguna llamada. Pero supongo que ya te diste cuenta. No quería armar una escena.

—Por supuesto que me debes una disculpa —dijo Lasse.

Christer lo miró sorprendido.

—Cuando saliste huyendo me di cuenta enseguida de quién eras. El mismo comportamiento de siempre. Estuve mucho tiempo esperando una explicación por lo sucedido hace treinta y cinco años. Confiaba en ti y me defraudaste. Me llevó mucho tiempo superarlo, ¿sabes? Pero al final me di cuenta de que nunca recibiría esa explicación. Y seguí adelante con mi vida.

Christer no esperaba que la conversación tomara ese rumbo. Tenía pensado pedir perdón y reírse un poco de su torpeza. Después revelaría su identidad, Lasse se alegraría y los dos pasarían un rato agradable rememorando viejos tiempos. Pero sus previsiones se estaban tornando cada vez más utópicas. Volvió a secarse el sudor de la frente con el pañuelo.

—¿Lo sucedido hace treinta y cinco años? ¿Qué quieres decir? —preguntó Christer—. No sé muy bien si... He venido solo porque quería... —Le costaba encontrar las palabras—. Oye —dijo al final—, ¿no podríamos hablar tranquilamente en otro sitio, cuando no estés trabajando?

Lasse echó una mirada al restaurante, que empezaba a llenarse de comensales. Algunos esperaban impacientes a que los atendiera y les indicara sus mesas.

—Creo que no será necesario —respondió, señalando con

un gesto a los clientes que al cabo de un minuto estaría con ellos.

—Por favor.

El rostro de Lasse reflejo una expresión lúgubre durante una fracción de segundo. Después miró a Christer a los ojos.

—De acuerdo —aceptó—. El sábado libro. A las doce en el parque Vasa, junto al quiosco. Sé puntual.

Unas mariposas comenzaron a revolotear dentro del abultado vientre de Christer, unas mariposas que habrían espantado a su madre. Se quedó mirando a Lasse, que se alejaba para atender a sus comensales. Luego salió, recogió a Bosse y se encaminó otra vez hacia el centro de la ciudad. Las mariposas lo acompañaron todo el trayecto.

Vincent había desplegado sobre la mesa de la cocina las diferentes secciones del *Dagens Nyheter*. Todavía iba en bata de baño y era incapaz de concentrarse en los titulares. Había estado todo el fin de semana sin energía. Su pensamiento volvía una y otra vez al desagüe por donde había tenido que arrastrarse con Mina, sin saber si podrían salir. La única manera de no dejarse llevar por el pánico en la oscuridad había sido enterrar las emociones mucho más profundamente que de costumbre. Había tenido que desconectar esa parte del cerebro y convertirse en un robot. Pero después, una vez fuera, los sentimientos habían regresado en tropel, todos al unísono.

No había padecido temblores, como Mina en el coche. Pero cada poco tiempo volvía a sentir físicamente que podría haber muerto dentro del desagüe. Se veía a sí mismo golpeándose la cabeza contra el final de la tubería y en su fantasía comprendía que no había salida y que se quedaría atrapado para siempre bajo tierra. Era una imagen que no lo abandonaba y que cada vez que se repetía en su mente le producía un acceso incontrolable de llanto. Por suerte, de momento no le había pasado nunca delante de la familia.

Supuso que su agotamiento era un mecanismo de defensa. Su cuerpo fragmentaba el trauma sufrido y lo abordaba poco a poco, al ritmo que se podía permitir. El viernes había sido muy positivo ir a la jefatura y hablar con Gustav, pero después lo había asolado un cansancio enorme. Ahora intentaba ayudar a su organismo a superar la experiencia traumática, activando otra vez el pensamiento racional, al menos en la medida de lo posible. Sopló el café para enfriarlo. La vieja cafetera había vuelto a ponerse en uso y el café seguía tan caliente como lo recordaba.

Para empezar, podía repasar lo averiguado en las últimas semanas. En primer lugar, los cuatro niños asesinados habían sido colocados en ubicaciones determinadas por el *knight's tour*, un problema clásico de ajedrez, porque así lo había dispuesto John Wennhagen, líder sectario e ilustre.

Y a los niños los habían matado, según había confesado Gustav en la cárcel, para evitarles el sufrimiento que les reservaba la vida.

«Todo es dolor, sufrir purifica».

Se trataba de una filosofía vital tan importante para John Wennhagen que el propio líder la había codificado en la declaración programática de Epicura y en su problema de ajedrez. Vincent suponía que de ese modo John habría cerrado algún tipo de círculo, pero se estremecía al pensarlo. Era demencial, incluso para él, que normalmente apreciaba los patrones y los enigmas. Pero todo tenía un límite.

Miró la cocina a su alrededor, intentando encontrar un hilo conductor que lo devolviera a un mundo más normal. Aston había salido a andar en bici antes de que hiciera demasiado calor; Benjamin estaba en su habitación, ocupándose de su cartera de acciones, y Rebecka seguía sentada a la mesa del desayuno, leyendo el periódico. A Vincent le encantaba que sus hijos leyeran de vez en cuando la prensa en papel y disfrutaba oyendo el ruido de las páginas al pasar, aunque jamás lo habría admitido en voz alta. De hacerlo, era probable que su hija no volviera a tocar un periódico en toda su vida. Últimamente la relación con ella era un poco complicada.

«Todo es dolor, sufrir purifica».

¡Qué horror! Y la policía aún no había localizado a John.

Seguía escondido en algún lugar y en cualquier momento podía retomar su empresa. Todavía no había hecho jaque mate.

Maria estaba en el garage clasificando los nuevos pedidos de figuritas de cerámica y carteles de madera pintados a mano. Le empezaba a ir tan bien en el negocio que la sala le quedaba pequeña. Era evidente que Maria y Kevin conocían mucho mejor que Vincent los gustos y las motivaciones del resto de sus congéneres.

Kevin.

Hacía tiempo que Vincent no oía hablar del gurú del emprendimiento. Por otro lado, Maria pasaba mucho rato absorta en la pantalla de su celular, con una sonrisa permanente en la cara, y eso las raras veces que estaba en casa.

Vincent vio el teléfono de Maria sobre la mesa de la cocina, lo agarró y lo giró entre los dedos. Nunca le había contado a su mujer lo sucedido entre Ulrika y él dos veranos antes. No siempre era necesario contarlo todo. Él no lo hacía y quizá ella tampoco.

Sus pensamientos derivaron una vez más hacia John Wenhagen. Parecía actuar siempre con precisión matemática y era evidente que le gustaba demostrar su inteligencia. ¿Sería posible descubrir dónde se escondía repasando su historia?

También era importante averiguar la razón que lo había impulsado a cometer unos crímenes tan horrendos. ¿Por qué había matado a cuatro niños inocentes? Vincent no entendía cómo podía llegar a esos extremos de horror una persona que anteriormente, al menos en apariencia, se había comportado de manera normal. Detrás de los hechos tenía que haber una convicción rayana en el fanatismo o un odio cegador.

Y su convicción con toda probabilidad no se vería mermada por el hecho de haber estado a punto de ir a la cárcel. La experiencia solo le habría servido para volverse más cauto.

Vincent bebió un sorbo de café y miró el teléfono que tenía

en la mano. Maria detestaba todo lo relacionado con la tecnología y no se había molestado en averiguar cómo funcionaba el reconocimiento facial para desbloquear el celular. Por mero reflejo, Vincent se preguntó cuál sería su número secreto de cuatro cifras. Los más frecuentes en todo el mundo solían ser el 1234, el 1111 y el 0000. ¿Cómo no le daba vergüenza a la gente usar esas contraseñas? Seguramente Maria se habría esforzado un poco más, aunque solo fuera para evitar un comentario irónico suyo, pero no tanto como para que el número elegido fuera difícil de recordar. Vincent pulsó el uno. Después probó con dos ceros. Y a continuación marcó el cuatro, ya que estaba justo debajo del uno.

El teléfono se desbloqueó.

Al mismo tiempo apareció la notificación de un mensaje nuevo de Kevin. El pulgar de Vincent quedó flotando sobre el ícono. Con una sola pulsación podría acceder a todo lo que Kevin y su mujer se escribían. Si lo deseara, también podría leer todo el contenido de su WhatsApp y su Messenger antes de que regresara.

Pero, pero, pero... le había pedido que confiara en su palabra en lo referente a Mina. ¿Qué clase de persona habría sido él si no hubiese hecho lo mismo y no hubiese confiado en la palabra de su mujer?

—¿Qué estás haciendo con el teléfono de Maria? —le preguntó Rebecka levantando la vista del periódico.

—Nada —dijo él mientras lo dejaba sobre la mesa—. Nada en absoluto.

En realidad no le había preguntado a Maria abiertamente por Kevin. Se lo había sugerido. Insinuado. Y ella, por supuesto, estaba en todo su derecho de ignorar la insinuación. Pero si decidía plantearle la pregunta, tenía que confiar en que ella le dijera la verdad. Cualquier otra posibilidad habría sido muy destructiva para su relación.

Como si hubiese podido leerle el pensamiento, Maria entró en ese momento en la cocina con una caja de cartón y le dirigió una mirada difícil de interpretar.

—¿Qué pasa? —preguntó—. Pareces preocupado por algo.

Vincent abrió la boca, pero enseguida la volvió a cerrar.

—No, nada —contestó—. Solo quería decirte que busques una contraseña más segura para el teléfono.

Después de ir el viernes a su casa en busca del dinero, Nathalie estaba otra vez en el edificio central de Epicura, donde se impartían los cursos. En lugar de regresar a la granja donde habían estado viviendo los últimos tiempos, Ines la había llevado de vuelta con Nova. Al principio fue una decepción para Nathalie, porque había ayudado a reconstruir los edificios de la granja y empezaba a considerarlos su hogar. Pero en comparación con aquellas construcciones, el centro de Nova era verdaderamente lujoso, por lo que no podía quejarse. Estar allí era casi como un premio. Y cuanto más reflexionaba al respecto, más se convencía de que en efecto lo era. Al fin y al cabo, había demostrado que era una de ellos.

Cuando volvió a su habitación después de lavarse los dientes por la noche, encontró una prenda de tela blanca doblada sobre su cama y, encima, una nota.

CÁMBIATE Y REÚNETE CONMIGO EN EL AULA PRINCIPAL.
TU ABUELA

Nathalie desplegó la prenda y vio que era una túnica semejante a la que se había puesto una vez Ines. ¿Sería una especie de camisón? Todavía no era la hora de dormir. Además, parecía... formal, de algún modo. Se quitó los pantalones y la camiseta, y se pasó la túnica por la cabeza. Se sintió limpia, importante..., como si fuera a pasar algo grande.

No sabía muy bien dónde se hallaba el aula principal, por lo que tardó unos minutos en encontrar el camino a través del complejo. Pero al final llegó a una gran sala blanca.

Ines estaba en el centro, junto a una pila de colchones y mantas. Detrás había unas diez personas, formando un semicírculo. Nathalie reconoció a algunas, pero la mayoría eran nuevas para ella. No vio a ninguno de sus amigos de la granja. Nadie tenía las manos vendadas.

—¡Bienvenida, Nathalie! —exclamó Ines con solemnidad tendiéndole los brazos—. Hoy es un día especial. Ya eres una de nosotros. Ha llegado el momento de que mudes la piel. Hoy abandonarás el cascarón hueco de tu antigua vida para adoptar una nueva existencia, una vida plena y una nueva personalidad fuerte y segura. Cuando vuelvas la vista atrás y recuerdes este día, lo verás como el momento en que naciste de verdad.

Nathalie no supo qué responder, pero lo que le decía su abuela parecía importante. Veía luces bailando en la periferia de su campo visual, como solía sucederle en los últimos tiempos. Su brillo hacía resplandecer la figura de su abuela.

—Gracias —dijo Nathalie en voz baja—. Me encantaría tener una personalidad tan fuerte como la tuya.

Ines sonrió, la tomó de la mano y la condujo hasta la pila de colchones, donde ambas se sentaron.

—Me has oído citar varias veces a nuestro gran líder, John Wennhagen —declaró Ines—. «Todo es dolor, sufrir purifica». Pero no te he explicado bien lo que significa esa frase. La primera parte alude al budismo. Al afirmar que todo es dolor, nos referimos al dolor que padecemos innecesariamente, al dolor físico y emocional que nos producen nuestros deseos y anhelos. Queremos comprar cosas que no podemos permitirnos. Pensamos que seremos felices si conseguimos mudarnos a una casa más grande y más bonita. Creemos que nuestros contactos de Instagram tienen vidas más interesantes que la nuestra. Todos nuestros sueños irreales y todas las cosas que deseamos, aunque no las necesitemos, nos producen un sufrimiento innecesario.

Hacen que nos duela el alma. Los budistas creen que la manera de superar ese dolor es renunciando a los deseos. ¿Me sigues?

Nathalie hizo un gesto afirmativo. La explicación de su abuela se parecía a las lecciones de Nova. Recordaba haber asistido a una de sus clases, pero ¿cuánto tiempo hacía de eso? Sentía como si hubiera transcurrido una eternidad.

—Lo que hacemos nosotros es cambiar la perspectiva —prosiguió la abuela—. En palabras de John: «Sufrir purifica». Ya has tenido ocasión de experimentar el significado de esa afirmación. Pero ¿cuál crees que ha sido el acontecimiento más doloroso de tu vida?

¿Cuál debía mencionar? En otro momento habría contestado que el día en que uno de los guardaespaldas de su padre había ahuyentado al chico que le gustaba. O el instante en que comprendió lo que implicaba que su madre estuviera muerta. Pero ¿qué podía decir ahora? Se encogió de hombros.

—Fue tu nacimiento —le dijo Ines—. Antes el dolor no existía en tu mundo. Tenías seguridad, calor y todo lo que necesitabas, y no conocías nada más. Pero, de repente, sin previo aviso, tuviste que avanzar poco a poco por un estrecho canal, hora tras hora, sintiéndote presionada y comprimida desde todas las direcciones, para salir finalmente a un mundo deslumbrante, frío y lleno de olores desconocidos, donde ya no podías oír los latidos del corazón de tu madre. Por eso vamos a recuperar esa memoria. Para saber quién eres en realidad, Nathalie, tendrás que nacer de nuevo. Desnúdate, por favor.

Maria estaba sentada en el suelo de la sala, empaquetando figuritas de cerámica. Vincent no sabía adónde se había ido el fin de semana. Había pasado dos días aturdido como un sonámbulo, sin hacer nada de provecho. Ya eran las diez y media de la noche del domingo y el fulgor del prolongado crepúsculo estival confería a las figuritas de Maria un carácter vagamente mágico. A la luz dorada del lento atardecer no parecían tan ridículas. Vincent contempló a su mujer. Tenía las comisuras de los labios contraídas en una leve sonrisa y las mejillas sonrosadas. Y cantaba en voz baja.

—*Mi amor brillará como una estrella en la noche* —entonaba entre dientes.

Vincent habría querido saber adónde se había ido su mujer y quién era la persona sentada en el suelo. Por desgracia, la respuesta era más que evidente. Le había dicho a Mina que prefería no conocer la verdad. Pero ya no era cierto.

—Cariño —dijo—, tenemos que hablar de Kevin.

Maria dejó de cantar y cerró una caja de color rosa y verde limón.

Después se volteó hacia Vincent.

—¿Y si en lugar de eso hablamos de Mina? —propuso—. Me parece mucho más interesante.

—Déjalo ya, por favor —replicó él separando las manos—. Recuerda lo que dijo la terapeuta. Son solo imaginaciones tuyas. Culparme a mí no cambiará nada. E insisto en hablar de Kevin.

—De hecho, es mucho más fácil tratar con él que contigo —masculló Maria.

La entrada de Benjamin interrumpió el hilo de la conversación. Iba con un iPad en la mano y Vincent supuso que estaría mirando las últimas cotizaciones de la Bolsa. Tenía un profundo surco de preocupación en la frente, lo cual permitía deducir que quizá alguna de sus inversiones no había dado los resultados esperados.

—Papá, ¿tienes un segundo?

Maria apretó los labios y se puso a empaquetar ostensiblemente otra figurita de cerámica.

—¿Podrías esperar un momento? —dijo Vincent—. Maria y yo estamos hablando de Ke... de su negocio.

Pero algo en el lenguaje corporal de su hijo lo hizo reaccionar. Fuera lo que fuese lo que quería decirle, era evidente que no podía esperar. Benjamin giró el iPad hacia él para que viera la pantalla. No eran cotizaciones de Bolsa, sino la web de Epicura.

El mentalista echó un vistazo hacia la puerta de la habitación de su hijo y arqueó una ceja, enseñándole dos dedos. Dos minutos. Necesitaba únicamente dos minutos. Benjamin asintió y se dirigió a su cuarto.

—Maria —empezó Vincent—, con independencia de lo que pase, hay algo que quiero que sepas. ¿Puedes mirarme cuando te hablo?

Ella levantó la vista de la caja. Sus ojos estaban llenos de rabia y reproches, pero también de lágrimas y tristeza.

—Quiero que seas feliz —dijo él—. Perdóname por hacer tantas preguntas. Las hago solo porque quiero entender. Pero lo único importante es que tú seas feliz. Y si no es posible que seas feliz, al menos me gustaría que te sintieras bien. Todo lo demás es secundario. ¿De acuerdo?

Maria lo observó un momento y después asintió.

—Muy bien —prosiguió Vincent—. Ahora tengo que ir a hacer de padre de un chico de veintiún años.

Se fue a la habitación de Benjamin y cerró la puerta. Su hijo se había sentado delante del escritorio y estaba mirando el iPad.

—¿Por qué tanta prisa? —preguntó Vincent sentándose en la cama, que curiosamente estaba hecha.

El mentalista observó que su hijo no había empleado la técnica habitual de estirar el edredón por encima de todo lo que pudiera haber debajo, sino que había hecho la cama como era debido. Estuvo a punto de preguntarle si debía preocuparle el cambio, pero enseguida notó que su hijo estaba pálido y cambió de idea.

—No lo sé con seguridad —contestó Benjamin señalando la pantalla con la cabeza—. Es solo una intuición. Me paso el día manejando cifras y estadísticas de la Bolsa. Sopeso riesgos, comparo probabilidades y tomo decisiones sobre inversiones sin disponer de toda la información necesaria. Al principio tuve que leer un montón de libros. Como dice David Tennant en *Doctor Who*, los libros son las mejores armas del mundo.

—No sabía que veías esa serie.

Benjamin lo miró fijamente.

—Soy tu hijo. ¿Cómo piensas que no iba a verla? Y estarás de acuerdo en que David Tennant es el mejor Doctor Who de la historia. Pero no era de eso de lo que quería hablarte. ¿Por dónde iba? Ah, sí. Mis decisiones. Muchas veces tengo que guiarme por la intuición. Confío en la capacidad de mi subconsciente para captar patrones que no llegan a mi mente consciente pero me generan la sensación de lo que es conveniente hacer.

Vincent sonrió. Cada día que pasaba, Benjamin se parecía más a él. No le deseaba ese destino a su hijo, ni mucho menos. Pero como padre se sentía orgulloso de la mente analítica de Benjamin.

—Exactamente así es como funciona —confirmó—. Es posible entrenar al subconsciente para que tome decisiones complejas con rapidez sin necesidad de que la mente consciente reflexione. Por supuesto, eso solo es posible si la situación en cuestión se repite con regularidad y si dispones de información completa sobre el resultado de otras decisiones similares tomadas en el pasado. Por desgracia, en la Bolsa hay demasiadas variables desconocidas y la mayoría de los patrones que crees captar en realidad son ilusorios. Pero sospecho que no me has llamado a tu habitación para hablar de tu cartera de valores...

Benjamin negó con la cabeza y señaló la web de Epicura en la pantalla.

—Lo que intento decir es que algo me preocupa en lo que encontramos, aunque todo parezca encajar a la perfección. Tú descubriste que los cinco asesinatos coincidían con las posiciones del problema del caballo en el tablero de ajedrez. Esas mismas posiciones nos hicieron ver cinco palabras y un mensaje oculto del padre de Nova, que además era ajedrecista. Todo coincide, ¿no? Aun así..., si esto fuera la Bolsa, mi intuición me diría que no invirtiera ni un céntimo en nuestras conclusiones.

—En ese caso, no sé si... —empezó Vincent, pero enseguida se quedó callado.

De repente había comprendido lo que quería decir Benjamin. Se le heló la sangre cuando vio el error que habían cometido. Cinco asesinatos. Cinco palabras. Sus conclusiones habían sido erróneas. Habían dejado de mirar demasiado pronto. No eran cinco.

Había enviado a la policía a perseguir al asesino equivocado.

No podía respirar. La presión llegaba desde todas las direcciones y era demasiado intensa para que ella pudiera defenderse. No podía mover los brazos ni las piernas y ya no estaba segura de dónde era arriba y dónde abajo. Solo sabía que estaba oscuro y que el oxígeno iba a agotarse.

Al principio, Ines la había envuelto en mantas, como un rollito de primavera. Hasta entonces Nathalie no había hecho más que reírse entre dientes, porque toda la ceremonia le parecía un poco tonta. Después, su abuela le había explicado que tenía que acostarse sobre una pila de tres colchones y que le colocarían otros tres encima, dejándola encerrada entre los dos montones. Nathalie pensó que iban a convertirla en una hamburguesa humana o en un *hot dog*.

Lo único que tenía que hacer era reptar entre los colchones y las mantas para salir al exterior y simbolizar de esa manera su nuevo nacimiento. No entendía muy bien el propósito del ejercicio, pero no se atrevió a oponerse.

Sin embargo, Ines no le había dicho que una vez que estuviera entre los colchones las personas presentes en la sala apoyarían todo su peso encima de la pila. De improviso, diez cuerpos adultos la aplastaron.

Sucedió tan de repente que casi la dejaron sin aire en los pulmones. Todo el cansancio y el ligero mareo que había sentido hasta entonces desaparecieron como por arte de magia, sustituidos por un torrente de adrenalina en la sangre. El relleno de los colchones distribuía parte del peso, pero Nathalie sentía que iba a morir aplastada de manera inminente.

Se daba cuenta de que la asfixia era muy posible en su situación. No tenía suficiente aire para gritar. Además, ¿quién iba a escucharla? No debía perder el conocimiento, pasara lo que pasase.

Si al menos hubiese podido liberar las manos y abrirse paso con ellas... Pero las mantas que la envolvían impedían todo movimiento de los brazos. La luz había desaparecido cuando le habían caído encima los colchones, por lo que tampoco veía nada.

Por momentos le resultaba difícil saber dónde terminaba su cuerpo y dónde empezaban las mantas. Lo único que podía hacer era retorcerse a un lado y a otro, y confiar en que sus movimientos serpenteantes fueran suficientes para avanzar, milímetro a milímetro. Al menos creía estar reptando, pero no podía estar segura.

Ines le había dicho algo referente a que allí, entre los colchones, descubriría quién era ella en realidad. Pero en ese instante no tenía más que sensaciones desnudas. Los pensamientos concretos se habían esfumado con el calor y la oscuridad. La principal sensación era de pánico. Pero también... de resignación.

La adrenalina ya no bastaba para impulsarla a luchar.

No le quedaba energía.

Y el aire se le estaba agotando.

Inspiraba el mismo aire viciado que exhalaba y apenas podía respirar, porque la presión le aplastaba los pulmones. Sentía que se estaba quedando dormida. El sueño intentaba llevársela lejos para que pudiera relajarse. Darse por vencida. Tal vez fuera lo mejor. ¿Acaso no lo había hecho ya muchas veces? Tanto en la escuela como con los amigos, nunca tomaba la iniciativa. Se limitaba a seguir la corriente de lo que fuera que estuviera pasando. ¿Para qué molestarse? La vida ya era lo suficientemente complicada. Por eso, quizá fuera mejor rendirse también ahora. ¿Acaso no era ella el tipo de persona que nunca luchaba?

No lo sabía.

Pero tampoco estaba segura de lo contrario.

Porque ella era... Nathalie, la chica que vivía en Östermalm con su padre, la que procedía de una familia rota y quería ser policía cuando fuese mayor, la chica que vivía rodeada de guardias de seguridad pero aun así había logrado tener un novio secreto sin que su padre se enterara. Todo eso había pasado antes, pero esa chica también era ella. Y ante todo era Nathalie, la chica que sabía que sufrir purifica y que el dolor se supera. Claro que se había rendido algunas veces. Pero ¿quién no?

Se puso a buscar los contornos de su cuerpo, para sentir dónde empezaba y terminaba entre las mantas. No era fácil. Sus pensamientos iban y venían, vacilantes, pero ella se negaba a darse por vencida. Y al final encontró los límites de su cuerpo. Allí estaban sus pies, sus piernas, su vientre, su pecho... Sus manos, sus brazos, su espalda, su cuello, su cabeza.

Allí estaba Nathalie.

La chica que iba a salir.

Todo lo demás era irrelevante. No le importaba lo que pensara su padre, ni lo que hiciera su abuela ni lo que dijeran sus compañeros de clase. Ya nada le importaba.

Solo había una cosa realmente importante.

Ella era Nathalie y tenía que salir.

En algún lugar encontró una fuerza que ignoraba que poseía. Aulló de rabia en la oscuridad. Las mantas se mojaron contra sus labios. Empezó a retorcerse con más fuerza y sintió que avanzaba. Enseguida volvió a gritar y a moverse reptando. Avanzó un poco más. Iba a conseguirlo. Iba a triunfar.

Un ruido sordo le llegó desde fuera, mezclado con voces agitadas que parecían discutir. Al menos había un exterior. Un lugar al que podría llegar.

Un rayo de luz rasgó la oscuridad justo por encima de su cabeza. Se abrió un hueco entre los colchones. Entró aire fresco y ella intentó llenarse los pulmones, pero la presión sobre el tórax era demasiado fuerte. Trató de respirar. La abertura estaba ahí.

A través del hueco oyó una voz, más clara que antes.

—¿Te has vuelto loca? ¡La necesitamos! ¿Se te ha olvidado la razón por la que está aquí?

Nathalie gruñó entre los dientes apretados y se retorció todavía más. Consiguió sacar la nariz y media cara por el hueco. Había pensado insultarlos a todos, pero se encontraba más allá de todo raciocinio. No era más que emoción y rabia. Empleó sus últimas fuerzas para lanzar un grito que parecía no tener final.

Sintió que disminuía la presión sobre su cuerpo.

Después cayó sobre el duro suelo. Alguien se sentó a su lado y la hizo apoyar la cabeza sobre sus rodillas. La misma persona le acarició las mejillas, la trató con cariño y le hizo ver que todo estaba bien. Entonces Nathalie abrió con cautela los párpados y vio los ojos de Nova.

—Perdón —dijo Nova suavemente—. No sabía que Ines pensaba hacerte esto. De haberlo sabido se lo habría prohibido. No quiero que corras ningún riesgo.

Nathalie hizo una inspiración profunda, sintiendo el aire en los pulmones y el oxígeno en la sangre. Se le llenaron los ojos de lágrimas a la luz cegadora de la sala. Estaba viva. Había vuelto a nacer en un mundo que antes daba por sentado. ¡Estaba increíblemente viva! Había sido una ingenua, pero ya no.

—No pasa nada —replicó tosiendo.

Su abuela tenía razón. Por fin sabía quién era. Era Nathalie, la chica que en ese instante se sentía segura y amada, cuidada y comprendida por alguien que se preocupaba por ella y que esta vez no la abandonaría.

Y eso era lo único que le importaba.

—Ojalá tuviéramos más tiempo, pero por desgracia se nos ha agotado —dijo Nova—. Ha llegado el momento de que sepas la verdad sobre tu madre.

Vincent habría querido pegarse un puñetazo. El vínculo con el padre de Nova estaba tan bien oculto que, cuando lo habían descubierto, se había contentado con eso. Aun así había ido a la jefatura hacía exactamente dos semanas y había presentado la pista correcta sin entenderla.

Habría podido atribuir su error a la urgencia del caso y al hecho de que las vidas de unos niños estaban en juego, pero nada de eso era una excusa válida. Después de todo, era el maestro mentalista. No podía cometer esos deslices. Debería haber elegido cualquier otro momento para empezar a comportarse como una persona corriente.

Fue al estudio a buscar su bloc de notas.

Por el camino pasó junto a Maria, ocupada en envolver jabones. La sala estaba impregnada de un inequívoco olor a lavanda.

Su mujer ni siquiera levantó la vista.

—Has dicho cinco asesinatos —le recordó a su hijo cuando regresó a su cuarto—. Y cinco palabras.

—Sí, la frase se completa con el último asesinato, el que impediste —convino Benjamin—. «Todo es dolor, sufrir purifica». Incluso hay un punto después de la última palabra.

Vincent pasó las páginas del bloc hasta encontrar el recorrido del caballo de ajedrez en el *knight's tour*. Para los no iniciados podía parecer el patrón de bordado más extraño del mundo, pero se trataba de una auténtica proeza matemática.

Descubrir que las posiciones donde habían sido hallados los niños remitían al problema del caballo ya había sido un reto en sí mismo, pero además Vincent había comprendido que la versión del recorrido elegida por el asesino cumplía ciertas propiedades.

Las matemáticas de ese problema en concreto tenían un punto extra de belleza y exigían que el recorrido del caballo sobre el tablero fuera simétrico. La pieza debía moverse de tal manera que los movimientos a la izquierda del tablero fueran un reflejo de los que iban hacia la derecha, formando un patrón de regularidad y armonía casi perfectas, tremendamente difícil de crear. Vincent solo había logrado encontrar los diez primeros pasos.

Desde el punto de vista psicológico eso significaba que el asesino no solo se guiaba por normas estrictas, sino que esas normas debían regirse a su vez por otras reglas. Su necesidad de control era tan intensa que probablemente requeriría medicación.

—¿Papá? ¿Hola? —lo llamó Benjamin—. ¿Adónde te has ido? Hablábamos de los cinco asesinatos.

Vincent tuvo que parpadear para volver a la realidad.

—Sí, eso mismo —respondió—. Solo que nunca han sido cinco. No sabíamos el número exacto. Calculé que había tiempo para ocho muertes, teniendo en cuenta que el intervalo entre los sucesivos crímenes se dividía por la mitad. Eso no significaba que fueran a producirse ocho asesinatos, sino que existía un límite. Esperábamos que fueran menos. Wilma habría sido la quinta. Y como habíamos encontrado una frase completa de cinco palabras, supusimos que también habría sido la última.

—Entonces... —dijo Benjamin—. Si no eran cinco y en cambio eran ocho los asesinatos, entonces también serían ocho las ubicaciones del mapa.

Vincent asintió.

—Ocho lugares en el mapa. Y ocho palabras en el texto.

Benjamin abrió en la pantalla la declaración programática

de Epicura, con las palabras ordenadas en una cuadrícula de ocho filas y ocho columnas.

—No leímos las tres palabras siguientes —dijo Vincent— porque pensábamos que el mensaje acababa ahí.

—Así es. ¿Adónde va el caballo tras la quinta posición en el tablero? —preguntó Benjamin—. Después de Wilma.

Vincent se aclaró la garganta y leyó en su bloc de notas.

—Tras la posición h5, con la palabra *purifica*, saltamos a... g7. En la segunda fila empezando por arriba y en la penúltima columna.

Benjamin marcó la palabra correspondiente en el texto.

—Después e8 y a continuación f6.

—¡Mira! —exclamó Benjamin, apartándose para que Vincent pudiera ver la pantalla.

Había destacado otras tres palabras en el texto de Epicura.

Epicuro aconseja para la ***nueva*** *era lo mismo*
que para épocas pasadas. Acepta solo ***la*** *inquietud*
que pasa rauda como una ***estrella*** *por el*
vasto cielo: fugaz e imperceptible. La calma ***purifica.***
No has de padecer ni ***sufrir****. Olvida los*
anhelos y evita el deseo que ***es*** *condena.*
Aléjate con ahínco del ***dolor****. Busca la paz.*
Así lograrás el éxito cuando alcances el ***Todo***

—En el orden que has señalado, se lee: «La nueva estrella» —observó Benjamin—. «Todo es dolor, sufrir purifica. La nueva estrella».

Un ligero mareo se apoderó de Vincent, que se vio obligado a agarrarse del borde de la cama con ambas manos.

Sabía perfectamente cómo se decía «la nueva estrella» en latín. Y suponía que su hijo también lo sabía.

—El mensaje no es de John —murmuró.

Hacía apenas unas semanas había oído a esa persona explicar por televisión que ella intentaba vivir su vida como un camino hamiltoniano, sin pasar nunca dos veces por el mismo punto. ¿Y qué era el problema del caballo de ajedrez sino uno de esos caminos?

El hombre mayor con el que había hablado en los calabozos de la jefatura incluso lo había dicho abiertamente, «la estrella que nos guía», alguien que convivía a diario con el dolor físico. Pero Vincent no lo había escuchado. Necesitaba decírselo a sí mismo en voz alta para que las palabras se volvieran reales. Pero cuando abrió la boca, tuvo que controlarse para no gritar.

—Una nueva estrella —dijo—. Stella Nova.

Benjamin parecía aún más pálido que antes, si es que tal cosa era posible.

—Ha sido Nova todo el tiempo.

SEXTA SEMANA

Mina encontró a Vincent sentado en un banco, cerca de la fuente de Kungsträdgården. Sobre el agua de la fuente flotaban flores caídas de los árboles circundantes, así como envoltorios de helados y servilletas de papel. Por mucho que los servicios de limpieza del ayuntamiento intentaran mantener la higiene, era evidente que estaban perdiendo la batalla. Era muy probable que también hubiera un par de jeringas en el fondo. Aun así el parque seguía siendo un lugar agradable, con muchos bancos a la sombra de los árboles.

La madera del asiento junto a Vincent parecía un poco más oscura que el resto y olía vagamente a desinfectante. El mentalista debía de haberla limpiado justo antes de que llegara Mina, pero no lo mencionaría. Iba vestido con pantalones cortos y camisa de manga corta con dibujos de medusas. Parecía un turista.

—¿Has cambiado de estilo? —le preguntó ella asombrada sentándose a su lado—. Pensaba que los pantalones cortos no eran lo tuyo.

—La tubería por la que nos arrastramos me ha hecho replantearme las decisiones en materia de ropa —contestó—. Sentía que necesitaba algo más... cómodo. Ya me he sentido suficientemente oprimido. Entonces ¿no te gusta la camisa? Puede que tengas razón. —Bajó la vista hacia las medusas—. Quizá no ha sido una de mis mejores ideas. Debería hacer como tú y salir en camiseta sin mangas.

—Ni se te ocurra —replicó ella—. No puedes venir al centro en camiseta sin mangas. Además, vistes mejor cuando vas un poco más formal.

Vincent la miró con el rabillo del ojo.

—Menos mal que has añadido eso último, porque de lo contrario habría tenido que revelarte que he lavado el banco con agua de la fuente.

Mina tuvo que reprimir el impulso de levantarse del asiento. Tenía que ser una broma.

Vincent jamás le haría algo así. ¿O sí? La tensión producida por el esfuerzo de quedarse sentada la hizo sudar. Y eso para ella era lo peor. Solo cuando vio que la papelera situada junto al banco estaba llena de toallitas húmedas volvió a respirar con normalidad.

—Por cierto, ¿de qué querías hablar? —preguntó, intentando en vano parecer despreocupada.

Notó que a Vincent le temblaban las comisuras de la boca. Ya vería luego, pensó Mina. Lo del agua de la fuente exigía venganza y ella pretendía llevarla a cabo cuando él menos se lo esperara.

—Quizá debería haberte llamado anoche —empezó el mentalista con una expresión que enseguida se volvió seria—. Pero era tarde. Además, tampoco habríamos podido hacer nada.

—No sé de qué me hablas. ¿Has encontrado otro modelo de Lego junto al agua? ¿Por eso me has citado aquí, al lado de la fuente?

Vincent negó con la cabeza y se puso a buscar en su maletín.

—La teoría de Nova sobre el agua era una pista falsa —respondió—. Fue una idea que nos plantó en la cabeza para que dedicáramos energía a algo que no iba a llevarnos a ninguna parte. La culpa es mía. He cometido un error espantoso.

Sacó una hoja plegada y se la dio a Mina.

—¿Recuerdas la frase del padre de Nova? —prosiguió—. ¿La que está oculta en la declaración programática de Epicura? Supusimos que el asesino era él, por ser el autor del texto.

—¿Y sin embargo...?

—Dejé de buscar demasiado pronto. Había más. De hecho, ni siquiera creo que John haya escrito esas líneas. Esa era otra pista falsa, una distracción, como la llaman los magos.

Desdobló el papel. Era el mensaje de la web de Epicura con las palabras distribuidas en sesenta y cuatro casillas, ocho de las cuales estaban destacadas en negrita.

—Leímos solamente la primera parte —explicó—, hasta el secuestro de Wilma. Pero son ocho palabras en total.

—Sí, recuerdo que dijiste que había un límite de ocho asesinatos, teniendo en cuenta los intervalos decrecientes entre los crímenes —contestó Mina asintiendo.

Vincent le señaló las tres últimas palabras.

—La... nueva... estrella —leyó.

Mina tardó un segundo en comprenderlo.

—Nova —dijo mirando a Vincent.

—Así es. Nova —convino él confirmando sus sospechas—. Ella es el cerebro detrás de todo esto.

Un chillido de decepción les llegó desde el otro lado de la fuente, cuando unos padres evitaron en el último momento que su hijo se metiera en el agua.

—No solo Nova —repuso Mina—. Todos los miembros de Epicura la pueden ayudar.

Vincent hizo un gesto afirmativo.

—Pero no todos estarán implicados —observó—. La mayoría de los que participan en la organización probablemente no habrán hecho nada más grave que darle a Nova su dinero. Aunque lo más seguro es que haya un círculo de confianza y es posible que lo integren las mismas personas que tienen detenidas desde la liberación de Wilma. No me extraña que no digan nada. Han estado con Nova desde el comienzo. Confían en ella tanto como Nova confía en ellos para hacer lo que se propone.

Mina sintió que se derrumbaba. El círculo interno de Nova. Ella misma había oído algo al respecto hacía poco tiempo.

—Como mi madre —dijo—. Como Ines.

Sin embargo, Ines no estaba con los otros en la granja cuando habían rescatado a Wilma. Había una posibilidad de que su madre no supiera nada, aunque fuera microscópica.

—Estuvimos a punto de atraparla —afirmó—. En la granja. Probablemente era Nova la que iba en el coche, cuando creíamos que era John. ¡Carajo! ¿Qué hacemos ahora? ¿Vamos a la sede de Epicura a detenerla?

—No creo que siga allí —respondió Vincent—. Nos entregó la pista falsa de John Wennhagen, pero debía de saber desde el principio que no pasaría mucho tiempo antes de que descubriéramos que era ella. Después de todo, ha firmado el mensaje. Yo en su lugar habría huido de la granja a toda prisa. Pero hay algo más. ¿Recuerdas cuando dijimos que el asesino..., es decir, Nova..., reduce a la mitad los intervalos transcurridos entre los sucesivos secuestros? Si no se lo hubiéramos impedido habrían pasado dos semanas entre el asesinato de Wilma y el siguiente, que habría sido el sexto. Después habría transcurrido una semana antes del séptimo y, a continuación, media semana antes del octavo y último. Pero logramos detener la racha criminal. Tienen entre rejas a los miembros de la secta que habrían podido ayudar a Nova a secuestrar a más niños. Por eso creo que pasará directamente al final: el octavo movimiento en el tablero de ajedrez. Y lo hará, según sus propias reglas, cuando haya pasado media semana.

El niño al otro lado de la fuente intentó una vez más meterse en el agua y volvió a soltar un chillido cuando sus padres se lo impidieron. Mina habría querido gritarles que lo dejaran bañarse, para que ella pudiera pensar en paz.

—Espera un momento —dijo—. Si salvamos a Wilma el viernes y hoy es lunes, entonces ya han pasado tres días, ¿no?

—Exacto —replicó Vincent volviéndose hacia ella.

Nunca lo había visto tan serio.

—El acto final de Nova tendrá lugar esta misma tarde —anunció.

Mina sintió que el pánico se apoderaba de todo su cuerpo.

—Nathalie —murmuró—. Tengo que sacar a Nathalie de allí.

Le temblaba tanto la mano que casi no pudo sacar el teléfono del bolsillo. Finalmente consiguió marcar el número del padre de su hija. No tenía alternativa.

—Hola, soy yo —dijo, y en cuanto él empezó a responderle lo interrumpió—. Tienes que ir a Epicura a buscar a Nathalie. Es importante. Y tienes que hacerlo ya. Te enviaré la localización. Podría ir con un coche de policía, pero tardaría demasiado en ir a buscarlo a la jefatura. No tenemos tiempo. Infringe todas las reglas del tráfico si es necesario. O ve en helicóptero. Pero tienes que llevarla a un lugar seguro.

Colgó antes de que él pudiera responder.

Nunca hasta ese momento se había atrevido a hablarle de ese modo. Nunca durante todos los años que había durado su relación le había dicho lo que tenía que hacer, ni mucho menos le había dado una orden. Seguramente su cambio de actitud tendría consecuencias. Pero no le quedaba alternativa.

Abrió la aplicación de GPS y, mordiéndose el labio inferior, trató de localizar el transmisor que le había colocado a Nathalie en la mochila. Pasó mucho tiempo sin que la aplicación detectara el aparato. Demasiado tiempo. Al final apareció una notificación. «Transmisor inactivo —decía—. Compruebe el estado de la batería».

Vincent abrió una vez más el maletín, extrajo el plano de la ciudad y lo desplegó sobre las rodillas. Con una regla había trazado sobre el mapa los ocho movimientos del *knight's tour* de Nova que conducían hasta el final de su mensaje.

—Mira —le dijo a Mina señalando el plano—. La palabra *estrella* está en la casilla f6 del tablero de ajedrez. Es el octavo y último movimiento. En el plano, se encuentra en medio de Östermalm. Allí no hay más que edificios. No hay parques, ni extensiones de agua. Pero en algún punto de esa zona Nova tiene prevista la última jugada.

Mina observaba el mapa mientras sostenía el teléfono para no perderlo de vista en ningún momento. El sol estaba cada vez más alto en el cielo, por lo que se veía obligada a hacerse sombra con la mano.

—La plaza de Östermalm está dentro de esa casilla —apuntó—. Puede que no sea un parque, pero es un gran espacio abierto. Y la iglesia que hay al lado también entra en la misma casilla. Tiene un cementerio adyacente, ¿sabes? Creo que a Nova le gustaría.

Vincent la miró. Era evidente que estaba haciendo todo lo posible para mantener la calma y él solo podía admirarla por eso. Pero parpadeaba demasiado y sus movimientos se habían vuelto ligeramente espasmódicos, lo cual indicaba la tensión a la que se veía sometido su diafragma. El mentalista habría querido ayudarla, pero no sabía cómo.

—No estoy seguro de que Nova busque la visibilidad que tendría en una plaza o en una iglesia —replicó—. Probablemente sospecha que estamos sobre su pista. En su lugar yo preferiría la discreción. Casi todos los edificios que hay dentro de esta casilla son viviendas. Es posible que en alguno de esos pisos viva un miembro de Epicura. Quizá tengamos que llamar a todas las puertas. Pero también está... esto de aquí.

En una de las esquinas superiores de la casilla había un edificio diferente a los demás.

—El Östra Real, el instituto de enseñanza secundaria de Östermalm —dijo Mina señalándolo con el dedo en el mapa—. De hecho, allí estudié yo el bachillerato.

—¿Una época feliz?

—Si de verdad quieres saberlo, en aquellos años yo no era tan... sensible. Pero era lo bastante rara como para que todos en clase me señalaran con el dedo. Recuerdo que en el primer curso me dejaban notas adhesivas con un círculo pintado, pegadas a la puerta del casillero, sobre todo en la cerradura. Al principio no entendía por qué. Después alguien me explicó que era la señal de que algún cerdo había pasado por ahí la punta del pene.

Vincent no pudo reprimir una carcajada, pero enseguida notó la expresión de desolación de Mina.

—Perdóname —dijo—. No me lo esperaba.

—Seguramente era una broma de mal gusto y nada más —prosiguió ella—. No creo que nadie se atreviera a hacerlo de verdad. Pero a partir de ese momento empecé a ponerme guantes de plástico para abrir el casillero.

Intercambió una mirada con Vincent. Sus ojos eran casi desafiantes, pese a estar anegados en lágrimas. El mentalista vio en ellos espíritu de lucha y negativa a ceder ante los demás. Puede que ese espíritu combativo fuera lo que impulsó a sus compañeros a hacerle aquella broma tan grosera. Ella sería la rara, pero no se dejaba doblegar. Porque era Mina. Directa, con fuego en la mirada y los puños siempre apretados.

—En cualquier caso, la escuela está cerrada por vacaciones

—dijo—, por lo que Nova no podrá entrar. Tenemos que preguntarle a Julia cuántos efectivos podrá enviar para tocar las puertas de las casas.

—Espero que con el tiempo tus acosadores hayan reconocido su error —replicó Vincent—. Pero supongo que tienes razón respecto al instituto. En verano solo los colegios como el de Aston están abiertos, y solo algunos días, cuando alquilan sus locales como salas de conferencias aprovechando que los alumnos no...

De repente guardó silencio.

Los dos se miraron.

Mina aún tenía el teléfono en la mano. Llamó enseguida a Christer y activó el altavoz. Su colega respondió casi de inmediato. Tenía la respiración un poco agitada.

—¿Estás en la jefatura? —preguntó Mina.

—No, espera —contestó Christer—. Estoy con Bosse en... Espera un momento.... ¡Bosse, deja tranquilo al perro de la señora!

—Christer —insistió Mina.

—Lo siento mucho —se disculpó Christer, aunque evidentemente no se lo decía a Mina—. Solo quería saludar. Por lo general no... Es macho, sí. Claro, lo entiendo...

—Christer —repitió Mina levantando la voz.

—Estoy aquí. Tenía que arreglar un asunto. ¿Qué pasa?

—¿Nos puedes hacer un favor? ¿Podrías comprobar si hay alguna conferencia programada en el Östra Real para esta semana? —preguntó Vincent—. ¿Ahora mismo, si es posible?

—Hombre, ya veo que también está Vincent. ¡Hola, Vincent! Sí, claro. Ningún problema. Pero antes tengo que llegar a la oficina y llenar de agua el plato de Bosse.

—Esto es prioritario —replicó Mina—. Primero el Östra Real. Después Bosse.

Se hizo un silencio. Vincent habría podido jurar que tanto Christer como Bosse los estaban mirando fijamente a través del teléfono.

—Perdóname, Bosse —dijo—. Tu amo te dará una piscina

entera de agua más tarde. Christer, no te lo pediríamos si no fuera urgente. Ya lo sabes.

—Ahora mismo lo hago —respondió Christer—. Los llamo en cuanto sepa algo.

Mina colgó y abrió de nuevo la aplicación de GPS. El transmisor no se había apagado del todo. El círculo que marcaba su ubicación se había vuelto un poco más pequeño, pero seguía siendo poco definido. Solo permitía suponer que Nathalie ya no estaba en la granja, tal como Vincent sospechaba.

—¿Crees que Nova piensa ejecutar sola su acto final? —preguntó Mina—. Hemos detenido a los presuntos autores de los secuestros, por lo que es probable que se haya quedado sin nadie que la ayude.

Vincent levantó la vista por encima de la fuente. Los turistas en el parque comían helados, se hacían selfis y bebían refrescos. Había grupos de adolescentes sentados en la hierba, haciendo lo que hacen los adolescentes cuando están de vacaciones. Faltaban pocos años para que Aston fuera uno de ellos. Pero Lilly, William, Dexter y Ossian ya no conocerían esa época de la vida. Para ellos todo había terminado. ¿Y por qué? ¿Con qué motivo? Todavía no había logrado comprender cuál era el propósito de Nova. Pero sabía que aún no había concluido su sucesión de crímenes.

—No creo que el octavo movimiento sea algo tan simple como un secuestro —comentó—. Después de todo, es la firma de Nova. Tiene que ser algo más. La última jugada. El final de la partida. Creo que ella estará presente.

Sonó el teléfono y Mina volvió a activar el altavoz.

—No entiendo por qué no pudieron llamar ustedes —dijo la voz de Christer en el teléfono—. Me atendieron enseguida. Solo tienen un día comprometido esta semana y es precisamente hoy.

Una notificación apareció en la pantalla del celular mientras Christer hablaba. El transmisor había vuelto a funcionar. La aplicación había localizado a Nathalie. Mina levantó el teléfono para que Vincent viera el mapa en la pantalla. Su hija se encontraba en el centro de Estocolmo.

—Lo gracioso es que conocemos a la persona que ha alquilado el local —continuó Christer mientras Mina hacía *zoom* en la zona del plano que le interesaba—. Lo ha reservado Epicura, que ha organizado un curso de un día para ochenta asistentes. Y ahora tengo que ocuparme de Bosse, digan lo que digan.

Christer se despidió y Vincent se hizo sombra con la mano para ver mejor el mapa en la pantalla del teléfono. Mina había acercado la imagen de tal manera que todos los edificios de la zona se distinguían claramente. No había ninguna duda. Nathalie estaba en el Östra Real.

Aunque el sol ya estaba alto en el cielo y el termómetro marcaba unos veintisiete grados, Vincent sintió frío y se rodeó a sí mismo con los brazos.

—Todo es dolor, sufrir purifica —dijo—. ¡Dios mío! ¿Recuerdas que John había construido el búnker como una trampa mortal? ¿Y lo que Beata Ljung nos explicó acerca de las sectas destructivas? Creo que Nova piensa seguir las enseñanzas de su padre hasta su conclusión lógica. Su acto final no es solo un asesinato. Son ochenta. Y Nathalie está con ellos. Nova pretende matarlos a todos.

Vincent se siente más impotente que nunca. Quiere ayudar a Mina y está convencido de que es su deber hacerlo, pero no sabe cómo. Se siente inútil. Mientras Mina se levanta del banco suena un tono de notificación en su teléfono.

—¿Es Christer otra vez? —pregunta él.

Mina se queda paralizada a medio movimiento, sin levantarse aún del todo. Mira fijamente la pantalla. El color ha desaparecido de sus mejillas.

—Nova —contesta, y le pasa el teléfono a Vincent para que lea el mensaje.

> Hola, Mina:
> Espero verte en las próximas horas.
> Pero me temo que tienes un pequeño problema.
> Puedes salvar a tu madre o a tu hija.
> Pero no podrás salvarlas a las dos.
> ¿Qué eliges? ¿Irás hasta el final del camino?
> Bienvenida.
> Nova

—¿Qué se supone que tengo que hacer? —dice Mina—. Ni siquiera entiendo qué quiere decir. ¿Qué tengo que elegir y a qué se refiere con eso de ir hasta el final?

Vincent lee una vez más el texto. Hay algo que le preocupa, pero no puede pararse a pensar.

—No le hagas caso —replica—. Solo quiere ganar tiempo confundiéndote. Lo mejor para ella es hacerte dudar, así que evítalo. Ve al Östra Real a buscar a Nathalie. Sálvalos a todos. Para enfrentarte a Epicura y detener a Nova no me necesitas a mí, sino a tus colegas del cuerpo de policía. Ellos saben cómo actuar. Yo no haría más que interferir. Por mi parte, me concentraré en el mensaje de Nova e intentaré comprenderlo. Seguro que esconde algo, en eso no te equivocas; Nova nunca es directa. Pero ten cuidado. Estará allí y no sabemos qué sorpresas tiene reservadas.

—Intentaré localizar una vez más al padre de Nathalie —dijo Mina—. Es un hombre de recursos.

Vincent asintió.

—Ahora vete.

—Será emocionante —dice Nova.

Nathalie no recuerda haber visto una mirada tan ardiente como la de Nova. Contempla la sala a su alrededor. «Solemne», piensa, aunque no sabe muy bien qué significa esa palabra.

—¿Por qué hemos venido? —pregunta—. ¿Por qué no estamos con los demás?

No entiende por qué han tenido que dividirse. Le gusta la compañía de Nova, pero le encantaría estar también con los demás, con la gente que de verdad la comprende.

—Ellos harán su propio viaje —responde Nova con una sonrisa—. Pensaba acompañarlos, pero he cambiado de idea. Me he dado cuenta de que aún no estoy preparada. Debo dejarlos partir antes que yo.

—Pero ¿por qué estamos en esta sala?

—Estamos aquí porque le he dado a tu madre la oportunidad de venir a buscarte antes de que llegue la hora de que yo... empiece de nuevo.

Nathalie no entiende del todo la respuesta, pero ya se está acostumbrando. Sabe que Nova es así, un poco misteriosa. Fija la vista en la puerta de madera como si pudiera obligarla a abrirse. Su madre. Todavía no ha superado la sorpresa de que esté viva. Hace un mes ni siquiera era consciente de que tenía una abuela y ayer Nova le contó que también tiene una madre. Una madre que no ha querido saber nada de ella durante toda su infancia. Y que por lo visto es policía.

Adiós a sus planes futuros.

Nathalie intenta recuperar los recuerdos que cree tener de sus primeros años, pero no sabe si son auténticos o si en cambio son simples sueños. Olores, voces, risas..., todo. No quiere que su madre vaya a buscarla. Ahora mismo la odia por encima de todo. Y su padre puede irse al infierno, por no haberle dicho nunca la verdad.

Nova es la única que la ha cuidado de veras y ha sabido verla tal como es. Es la única que no le ha mentido nunca, a diferencia del resto del mundo. Si dependiera de ella, se quedaría con Nova para siempre. No necesita ninguna otra madre.

Mina se dirige a paso rápido al gran edificio de ladrillos marrones. Hace muchos años que no lo visita. De hecho, esperaba no tener que volver nunca. No hay nadie en el inmenso patio delantero.

Echa un vistazo al teléfono. La señal del GPS de Nathalie sigue siendo clara. Está dentro del instituto. Le importa muy poco lo que esté haciendo Ines, pero Nathalie... Tiene que encontrar a su hija.

Adam y Peder están justo detrás de ella, totalmente equipados para actuar. Peder aún conserva restos de tinte azul en la barba. Mina ha llamado al grupo mientras iba hacia allá y sus dos compañeros han llegado al instituto al mismo tiempo que ella. Julia y Ruben están en camino, pero Mina no puede esperarlos. Y el padre de Nathalie no contesta. Tiene que darse prisa.

«Pero no podrás salvarlas a las dos».

—Usa esto —le dice Adam arrojándole un *walkie-talkie*—. Así podremos comunicarnos.

Consciente de ser la encarnación de todos los tópicos cinematográficos de la historia, Mina sube a toda prisa los peldaños que conducen hasta la enorme entrada, sin suficiente respaldo de sus compañeros. Pero si Vincent no se equivoca, en ese momento los miembros de Epicura solo son una amenaza para sí mismos.

Con sus dos colegas detrás, empuja la doble puerta de madera clara.

—¿Dónde están? ¿En qué sala? —pregunta.

Delante de la puerta hay una ancha escalera de piedra negra que Mina conoce demasiado bien. ¿Cuántas veces habrá llegado al pie de esa escalera pensando que quizá era preferible dar la vuelta y regresar a casa? El aire está quieto y hace calor como dentro de una sauna. Peder se seca el sudor de la frente y estudia con rapidez el plano de la entrada, donde puede verse la ubicación de todas las salas.

—Han reservado el auditorio —contesta señalando la escalera—. En el primer piso.

Mina vuelve a consultar la aplicación.

—Pero Nathalie no está allí —observa—. Está en una de las aulas.

Sin esperar respuesta de Peder ni de Adam, sube corriendo la escalera y empieza a recorrer el pasillo, con la vista fija en el teléfono. Nathalie está en la última sala, al final del pasillo. Las viejas puertas parecen muy robustas. Es poco probable que pueda entrar si los que están al otro lado oponen resistencia. Pero existe la posibilidad de que Nova aún no sepa que ha llegado. Echa a correr todavía más deprisa.

De pie junto a la ventana, Nova frunce el ceño.

—¿Pasa algo? —pregunta Nathalie.

—Pensaba que desde aquí veríamos la entrada —responde

Nova—, pero el ángulo no es el adecuado. Habría estado bien saber cuántos vienen. —Vuelve a sentarse junto a Nathalie y le dedica su más cálida sonrisa mientras le acaricia el cabello—. Siento que tengas que esperar —le dice—. Ya sé que habrías preferido quedarte en la granja. Pero ya conoces la premisa del epicureísmo: «Vive sin levantar polvareda». Además, no estaremos aquí mucho tiempo.

Nathalie necesita comer algo. Y tiene mucha sed. Está tan hambrienta que le duele el estómago y la lengua se le pega al paladar. Pero la mirada de Nova es amable y le transmite la sensación de que todo está en orden. Aunque no llega a entender lo que está pasando, siente que puede confiar en ella. Sabe que la cuidará.

—Si vas a ir a algún sitio, ¿me dejas que te acompañe? —le pregunta—. Eres la única persona que se preocupa por mí.

Nova sonríe y saca una botella de una hielera.

—Dentro de un rato estarás con tus amigos de Epicura —le responde mientras coloca la botella sobre la mesa al lado de un vaso—. Con Monica, Karl y toda la gente que conoces. También con Ines, por supuesto. Pronto estarás con ellos.

La botella parece contener té frío o tal vez jugo de fruta. ¡Por fin algo de beber! Agradecida, Nathalie tiende la mano hacia la botella, pero Nova se la aparta.

—Esto lo dejaremos para más tarde —dice. Vuelve a tener fuego en la mirada—. A menos que venga tu madre.

Vincent no puede olvidar el mensaje que Nova le ha enviado a Mina. Siente que hay algo extraño en la elección de las palabras. Seguramente Nova lo ha hecho a propósito, para confundirlos. Pero prefiere reflexionar solo al respecto y no involucrar a Mina, ya que ella necesita concentrarse en la situación del Östra Real. Después de todo se trata de su hija. Vincent no sabe si sería capaz de mantener la calma como su amiga en caso de que fuera Aston quien estuviera en peligro.

Pero el mensaje... Si algo ha aprendido en los últimos tiempos es que a Nova le gusta dejar pistas. Algunas falsas y otras verídicas. Es importante averiguar qué tipo de pista es esta.

«Pero no podrás salvarlas a las dos —ha escrito Nova—. ¿Qué eliges? ¿Irás hasta el final del camino?».

A primera vista la frase parece referirse a las dos personas que Mina puede salvar: Nathalie o Ines. Pero desde el punto de vista gramatical no es esa la pregunta. «¿Qué eliges?» es una referencia a la siguiente disyuntiva: ¿decidirá Mina «ir hasta el final del camino» o no? Ese es el dilema que plantea Nova.

Ir hasta el final del camino... o no.

Dos posibilidades.

Dos personas que salvar.

Llegar al final del camino o no llegar.

Nathalie o Ines.

Cuando comprende el significado, Vincent se levanta como impulsado por un resorte.

—¿Cuánto tiempo más tendremos que esperar? —pregunta Nathalie con un suspiro.

Nova consulta el reloj.

—No mucho —responde—. Deben de haberlo descubierto ya hace rato. Hice la reserva a nombre de Epicura. Seguro que algunos de ellos estarán en el edificio. Apostaría a que tu madre está intentando averiguar ahora mismo en qué aula estamos. Por lo tanto, en cualquier momento llegará alguien. O no vendrán.

Como de costumbre, Nathalie no ha entendido gran parte de lo que ha dicho. Pero renuncia a seguir preguntando. Además de estar famélica y sedienta, empieza a sentirse agotada. Tener a Nova para ella sola durante tanto tiempo es un honor y Nathalie lo sabe. Le parece casi un pecado no aprovechar al máximo cada segundo. Pero en realidad preferiría echarse a dormir un rato. Si lo hiciera, quizá no le dolería tanto el estómago. Ojalá pudiera beber un sorbo de algo. Vuelve a tender la mano hacia la botella de jugo, pero Nova la coloca fuera de su alcance.

—Tengo muchísima sed —insiste Nathalie poniéndose de pie—. Si no puedo beber jugo, iré a buscar agua.

—Lo siento, pero tienes que quedarte aquí —replica Nova con una mirada que la obliga a sentarse de nuevo.

Los ojos de Nova ya no son cálidos y sonrientes, sino fríos y acerados. El amor de hace un momento ha desaparecido.

Nathalie ya no quiere estar con ella. Querría marcharse, pero no sabe si le quedan fuerzas para levantarse de la silla.

—Tú eres mi seguridad —le dice Nova—, por si algo sale mal. Y no te preocupes por el jugo, porque dentro de poco podrás bebértelo todo.

Nathalie se acurruca en la silla. De repente ya no tiene sed. Parece como si alguien corriera debajo de ellas. Los pasos se acercan, pero enseguida vuelven a alejarse.

—¿Tu seguridad? —pregunta—. ¿Por qué? ¿Qué está pasando?

Nova le sonríe por toda respuesta. Pero la sonrisa ya no le ilumina los ojos. Nathalie empuja hacia atrás la silla para alejarse de Nova.

Mina llega al final del pasillo. De pronto se siente sola y asustada. Vincent no está a su lado y no ha conseguido hablar con el padre de Nathalie, pese a sus febriles intentos de localizarlo. Al final le deja un mensaje de voz. Ahora debe concentrarse. Tiene que salvar a su hija.

Las puertas no coinciden con las señaladas por la aplicación de GPS. ¡Qué puta mierda! Su hija no está en ese piso. Da la vuelta y regresa corriendo a la escalera, donde encuentra a Adam, que está hablando con Julia por teléfono.

Siente que le caen gotas de sudor por la nariz, pero en ese

momento no le importa. ¿A quién se le habrá ocurrido construir pasillos tan largos?

—¿Cuánto tardarán en llegar? —pregunta Adam intercambiando una mirada con Peder, que espera impaciente a su lado—. Los necesitamos ya mismo.

Mina pasa corriendo a su lado, sube un tramo más de escalera y echa a correr por el pasillo del piso de arriba. Esta vez intenta hacer menos ruido. Es probable que Nova esté con los demás, pero no puede estar segura.

Al fondo se encuentra el aula A311, famosa porque conserva un mural del pintor Georg Pauli. Una vez delante de la puerta, Mina apoya una mano sobre la madera mientras recupera el aliento.

Consulta la aplicación. Ahora no se equivoca. Está en el sitio correcto.

Nathalie está al otro lado de la puerta.

Pronto verá a su hija, una hija que no sabe quién es ella. No puede permitirse ningún error.

De repente oye crepitar el *walkie-talkie*. Enseguida retrocede para alejarse de la puerta, con la esperanza de que quienes estén dentro no lo hayan oído.

—Mina, acabamos de asomarnos a la puerta —le dice la voz de Adam—. Parece que están todos. Todo Epicura. Y da la impresión de que realmente es una conferencia y nada más.

Mina frunce el ceño. Todos los de Epicura. Si es así, tiene que estar su madre. Le resulta extraño que haya sido tan sencillo encontrarla. Esperaba que fuera más difícil, teniendo en cuenta el mensaje de Nova.

«Pero no podrás salvarlas a las dos».

Tiene que haber algo que no ha entendido.

Intuye que hay algo más, pero no tiene la menor idea de lo que puede ser.

—¿Qué están haciendo? —pregunta.

—Deben de estar en la pausa para el café. Pero no veo cafeteras, ni termos. Creo que van a beber refrescos. O jugo de fruta. Se ve que son gente comprometida con la vida sana.

Mina siente que un sudor frío le recorre la espalda. La sensación gélida en la columna vertebral le corta el aliento. Ahora lo ha entendido.

Nova deambula de un lado a otro por la sala. No es la Nova que Nathalie conoce. La de antes le recordaba a un ciervo, pero esta se parece a una loba.

—Empiezo a cansarme —dice Nova—. ¿De verdad soy la única persona dispuesta a jugar esta partida hasta el final? —Se vuelve hacia Nathalie, que retrocede al ver su mirada oscura—. Tu madre se interpuso en mi camino —comienza—. Me faltaban tres. Cuatro, con Wilma. Cuando terminara habría podido descansar de todo este dolor. Pero solo pude llegar a la mitad. Por eso ahora tengo que empezar de nuevo. Mejor dicho, ahora no. Más adelante. Tendré que desaparecer hasta que la gente se canse de esta historia y la olvide. Pero después...

Nova calla un momento.

—La culpa es de tu madre —prosigue—. De ella y de Vincent Walder. Intenté sembrarles el camino de obstáculos, pero no funcionó. Por eso estamos aquí. Pero ya me he cansado. Llevamos una hora esperando y aún no ha venido nadie. Estamos listas. Podrás reunirte con tus amigos de Epicura. Al fin y al cabo, tú misma has dicho que tenías sed.

Mina susurra con los labios apretados contra el transmisor. Una parte de ella es consciente de que tiene la boca apoyada sobre la misma superficie que hasta hace un momento estaba en la mano caliente de Adam. La sola idea le da náuseas. Pero es importante que no la oigan al otro lado de la puerta.

—Tienes que impedir que beban —murmura—. Vuelca la

mesa o haz cualquier otra cosa que se te ocurra. Vincent ha dicho que Nova piensa matarlos a todos. No es jugo lo que van a beber. Es veneno. Bajaré en cuanto pueda.

—¡Me cago en...! —exclama Adam de pronto—. Está pasando algo. Vamos a entrar.

La comunicación se interrumpe. Mina deja el transmisor en el suelo y vuelve a consultar la aplicación. No sabe qué puede estar sucediendo en el piso de abajo, pero se halla demasiado lejos para ayudar.

Detrás de la puerta no se mueve nadie. Con suerte, no la habrán oído. Respira hondo, abre la puerta del aula A311 y va al encuentro de su hija.

¿Irás hasta el final del camino?

Vincent lo ha comprendido. Nathalie e Ines no están en el mismo sitio. Ese es el significado del mensaje.

Nova nunca dice nada sin sopesarlo y considerarlo una y mil veces. Todo lo que expresa significa algo. Si ha empleado la palabra *camino*, no lo ha hecho por azar.

Y Vincent sabe exactamente a qué se refería.

Cierra los ojos e intenta ver de nuevo el programa presentado por Tilde de Paula Eby. Parece que haya transcurrido una eternidad desde que lo vio.

De entrada no encuentra el recuerdo. Es evidente que no le atribuyó suficiente importancia como para almacenarlo en la memoria a largo plazo. Entonces cambia de estrategia y empieza por recuperar la sensación de estar sentado en el sofá de su sala. Siente la suavidad del tapizado contra su espalda. A continuación combina esa sensación con el recuerdo sonoro de la voz de Maria, que dice «cursi y superficial», sentada a su lado.

Con eso le basta para activar la memoria visual del programa de televisión. Vuelve a verlo mentalmente casi con tanta claridad como la primera vez.

Nova e Ines están sentadas en el sofá del estudio. Hablan del dolor. Tilde le pregunta a Nova cómo lo ha hecho para no sentir rencor después del accidente que la ha condenado a un sufrimiento permanente.

—Caminos hamiltonianos —responde Nova—. Se trata de un concepto matemático. Es una manera de desplazarse entre los puntos de una figura geométrica pasando una sola vez por cada punto. Intento vivir mi vida del mismo modo.

Vincent había oído las palabras, pero no había comprendido que el planteamiento de Nova tenía varias interpretaciones posibles. No solo se refería a la necesidad de no hurgar en viejos recuerdos, sino a la manera de vivir de Nova, que la llevaba a recorrer literalmente un camino específico determinado por fórmulas matemáticas.

Vuelve a desplegar el plano de Estocolmo sobre el banco. El reflejo del sol en el papel lo deslumbra. Ya están marcados sobre el mapa los primeros ocho puntos del *knight's tour*, el recorrido que conduce al Östra Real. Por cada nuevo movimiento del caballo hay varias casillas posibles a las que puede ir la pieza, pero solo una es la correcta. Y eso aplica para todos los movimientos. No es de extrañar que se empleen computadoras para calcular ese tipo de cosas.

Vincent apoya el dedo sobre el octavo punto, que coincide con el instituto de Östermalm, el Östra Real. El que coincide con la palabra *estrella*. Aplica la regla de Warnsdorff, según la cual hay que elegir la casilla que ofrezca un menor número de movimientos posibles. De ese modo llega a la casilla e8, el Real Instituto de Tecnología de Estocolmo. Intenta que no lo afecte la marea de adrenalina que recorre sus venas, ya que no haría más que empeorar su pensamiento racional.

Sabe que le llevará cierto tiempo. Cada nuevo paso en el plano puede conducir a un callejón sin salida al cabo de cinco o tal vez diez movimientos. Y entonces tendrá que retroceder y empezar otra vez. Pero Mina no tiene tiempo.

«¿Irás hasta el final del camino?».

Todavía quedan cincuenta y cinco casillas en el plano para completar el *knight's tour* de Nova. Una de ellas tiene que ser el final del camino.

Solo hace falta averiguar cuál.

El aula sigue tal como Mina la recordaba. Las mesas y las sillas blancas parecen casi fantasmales bajo la intensa luz del sol que entra a raudales por las ventanas. Las figuras entre la vegetación del mural siguen en las mismas posiciones de siempre.

Por otra parte, la sala está totalmente desierta.

Lo primero que piensa Mina es que Nathalie tiene que estar oculta, pero no hay ningún sitio donde esconderse. Sobre uno de los pupitres más alejados hay un objeto, la única señal de que alguien ha estado en el aula.

Una mochila.

Hace dos años que Mina no la ve, pero no le cabe ninguna duda. Es la de Nathalie.

Va corriendo a buscarla. Encima de la mochila hay una hoja A4 doblada. La despliega, la lee y se queda sin aliento.

> Hola otra vez, Mina. El dispositivo GPS en la mochila fue una jugada ingeniosa por tu parte. Solo necesitaba pilas nuevas. Supuse que elegirías a tu hija antes que a tu madre. Buena elección. Mi padre hizo lo mismo. Por desgracia, no le sirvió de nada y a ti tampoco te servirá. Cuando leas esto tu madre estará bebiendo veneno un piso más abajo. Y estarás demasiado lejos para ayudar a Nathalie. Pero ya estás acostumbrada, después de todos estos años. Jaque mate, Mina. Ahora Nathalie es mía.
>
> Nova

Abre la boca para respirar, pero el pánico impide que el aire le llegue a los pulmones. Siente como si los brazos y las piernas no fueran suyos. Nathalie... Ve destellos de luz y la habitación comienza a girar a su alrededor. Tiene que salvar a su hija. Pero no se puede mover. Intenta apoyarse en la mesa, pero es como si la tuviera a un kilómetro de distancia. No puede abandonar a Natti. Pero sabe que ha fracasado.

Los fuegos de artificio que estallan ante sus ojos ocupan todo su campo visual. Se da cuenta de que está cayendo. De repente siente un dolor intenso en el brazo. Debe de haberse golpeado con una de las sillas al caer. Después se derrumba en el suelo y el aula A311 desaparece junto con el resto del mundo.

Adam oye un vocerío dentro del auditorio. Cualquiera que fuera el plan de Nova no parece que se esté desarrollando sin fricciones. Julia y Ruben todavía no han llegado, pero no hay tiempo para esperarlos.

Es preciso actuar.

Le hace una señal a Peder para ver si su colega está de acuerdo y entra en la sala.

—¡Policía! —grita—. ¡Dejen lo que están haciendo ahora mismo! ¡Que nadie se mueva!

En ese momento nota dos cosas. La primera es que ha estallado una violenta discusión entre los miembros de Epicura, que no les prestan atención a él ni a Peder. O tal vez el griterío y el caos les han impedido notar su presencia. Delante de la mesa hay una chica joven arrodillada en el suelo, llorando histéricamente. A su lado yace un hombre que padece convulsiones. Hay un olor penetrante e intenso en la habitación. Como a orina.

—¡No vamos a beber eso! —vocifera uno de los integrantes de un pequeño grupo de siete u ocho personas.

Un chico con aspecto de adolescente se abalanza sobre uno de ellos y le propina un golpe en las rodillas con un bate. El hombre grita y cae encima de varios cuerpos que ya están tirados en el suelo. Se abraza las rodillas, aullando de dolor. Los cuerpos sobre los que se retuerce no se mueven.

—Van a beber —dice el chico joven enarbolando el bate con gesto amenazador—. Todos van a beber. Sufrir purifica.

Alineadas a lo largo de la mesa, varias personas rezan en voz baja.

—Todo es dolor, sufrir purifica —oye Adam que repiten una y otra vez mientras se van pasando unos vasos de plástico.

La mujer que llora se incorpora e intenta apartar los vasos, pero no tiene fuerzas y los otros consiguen llevarle uno a la boca.

Lo segundo que ha notado Adam es una pistola que sostiene una mujer de baja estatura de unos sesenta años, enfundada en un abrigo lila. El arma apunta al grupo que se ha negado a beber, pero de repente se desvía hacia Peder y él. La mujer los ha visto.

—Ustedes son los que no se van —ordena.

Adam se queda quieto, con la mano apoyada en el arma de servicio, que no se atreve a sacar. Con el rabillo del ojo ve que Peder está en la misma situación.

—Nova me ha avisado que quizá vendrían —dice la mujer—. Por eso tengo el arma cargada. Dejen las suyas en el suelo. Lentamente. Tú primero. —Señala a Peder con la cabeza.

En ese momento Adam observa que dos de las personas junto a la mesa caen fulminadas, llevándose las manos al cuello. Un hombre que se ha negado a beber grita el nombre de una de ellas e intenta acercarse, pero otro se lo impide sujetándolo por los brazos, al tiempo que le acerca un vaso a la boca.

La mujer mayor no pierde de vista a Adam, ni tampoco a Peder, y le vuelve a hacer una señal a este último, que sostiene su arma con tres dedos y la deposita en el suelo con movimientos lentos y deliberados.

—Tu turno —le dice la mujer a Adam apuntándole con la pistola.

Adam imita a Peder. La mujer parece serena y segura de sí misma. Es poco probable que se le dispare el arma por nerviosismo, pero el policía no quiere que malinterprete ninguno de sus gestos, por lo que deja la pistola en el suelo con movimientos cautelosos.

El olor desagradable se ha vuelto más intenso porque muchas de las personas que yacen en el suelo se están orinando entre convulsiones. Adam intenta respirar por la boca. Aunque la mujer ha mencionado a Nova, no la ve por ninguna parte.

—Quédense allí, junto a la pared —les ordena la mujer, indicándoles con el cañón de la pistola el lugar al que se refiere—. Así no serán una molestia mientras terminamos. —Después levanta la voz, para gritarle a alguien que está un poco más lejos en la sala—. ¡Monica! ¿Te ocupas tú del resto?

—Sí, claro —responde una mujer junto a la mesa donde están los vasos—. Nos llevará un tiempo, pero no creo que tengamos problemas, ¿verdad que no, Karl?

Un hombre alto, rubio y en forma se sitúa a su lado y le entrega una porra extensible con una amplia sonrisa.

—Recuerden la promesa de Nova —dice Monica en voz alta dirigiéndose a todos los epicureístas presentes en la sala—. Por fin se librarán de su dolor. Por fin tendrán su recompensa. Y en la próxima vida seremos reyes y reinas, como reparación de nuestros padecimientos en esta vida. Acérquense y beban. Hay suficiente para todos.

Algunos de los miembros de la secta miran la porra. También se fijan en Karl y en la pistola que de momento apunta a Adam. Y a continuación se ponen en fila delante de la mesa.

—¡No lo hagan! —exclama Peder dirigiéndose a la mujer del abrigo lila—. ¡Están equivocados! ¡La vida es más que sufrimiento!

—Ustedes dos son la peor de las molestias —dice la mujer balanceando ligeramente el arma—. Esto estaba planeado desde hace muchos años. Pero ahora, por su culpa, tenemos que darnos prisa. No es lo mejor, pero no nos queda alternativa.

—¡No pueden matarlos a todos! —insiste Peder dando un paso al frente—. ¡Es una locura!

Adam mira las manchas azules de la barba de Peder y nota que el contorno de su campo visual comienza a ondularse. La adrenalina le está generando el efecto túnel en la visión. Pero no es suficiente. Parpadea con fuerza varias veces. Tiene que estar alerta y preparado para todo. Peder avanza un poco más y todo el cuerpo de Adam se tensa.

—No vamos a matar a nadie —dice la mujer de baja estatura retrocediendo, al tiempo que levanta la pistola hasta el nivel de la cara de Peder—. Solo queremos dar el siguiente paso. Todos los que están aquí han venido por voluntad propia. Puede que algunos se sientan un poco confusos, pero eso es comprensible, porque se trata de una decisión muy importante. —Los señala con el brazo libre—. ¡Todo es dolor, sufrir purifica! —grita.

—Todo es dolor, sufrir purifica —repiten todos al unísono.

La mujer sonríe.

—No cometan el error de pensar que no usaré esto —dice exhibiendo la pistola—. Haré lo que haga falta. En cualquier caso, solo me quedan unos pocos minutos más en esta vida.

—Pero piensa en todo lo que te perderás —replica Peder.

Su tono ya es desesperado. Adam se da cuenta de que quiere salvarlos a todos. Así es Peder, con su barba pintada de azul: siempre optimista. Pero no funcionará. De hecho, ya es tarde. Ya hay por lo menos veinte personas tendidas en el suelo. Adam sabe que nunca podrá olvidar este momento, el día en que se vieron obligados a observar cómo Nova asesinaba a todos los que confiaban en ella.

—Te demostraré lo que quiero decir —continúa Peder.

Increíblemente, está sonriendo en medio del horror.

—Aquí tengo un video de mis trillizas, cantando aquella canción del concurso para ir a Eurovisión —añade todavía con una sonrisa.

Se lleva la mano al bolsillo trasero del pantalón.

—La canción de Anis Don Demina. Si las ves, seguro que...

La mujer abre fuego. En la gran sala los disparos suenan como la explosión de una estrella.

Peder cae hacia atrás, como propulsado por una liga.
Su cuerpo choca contra la pared.
Alguien grita con todas sus fuerzas.
Puede que sea Adam.

Mina se sobresaltó. Sabía exactamente a qué correspondía el ruido que la había despertado. Un disparo de arma de fuego. Se puso de pie al tiempo que la realidad del mensaje escrito por Nova en la hoja de papel cobraba vida en su conciencia. Salió corriendo del aula, pero sus movimientos seguían siendo inseguros, por lo que derribó un par de sillas al pasar.

«Un piso más abajo», había escrito Nova. Su madre estaba en el piso de abajo. En el auditorio. ¿Estaría también Natti? Nova siempre jugaba al despiste, y Mina no podía estar segura de haberla entendido del todo.

El pasillo le pareció interminable, pero finalmente llegó a la escalera y bajó a grandes zancadas. A mitad del recorrido estuvo a punto de caer, pero consiguió evitarlo agarrándose del barandal. El corazón le latía con fuerza en el pecho y tuvo que obligarse a dar los últimos pasos con más calma.

Al acercarse al auditorio oyó gritos y voces airadas a través de la puerta semicerrada. La empujó con suavidad para poder asomarse y ver cuál era la situación dentro de la sala. Había un olor acre muy desagradable, como si todos los gatos del mundo hubieran acudido a un mismo arenero. Adam había desenfundado el arma y la apuntaba a un grupo de gente con los brazos en alto. También había muchas personas tiradas en el suelo, la mayoría completamente inmóviles, aunque unas pocas se retorcían de dolor. Pero lo que fuera que estuvieran haciendo en la sala parecía haber terminado. Una mujer mayor enfundada en un abrigo lila estaba sentada en el suelo con las manos a la espalda. Alguien, Adam o Peder, la había esposado. Un poco más allá Mina distinguió a Ines, acostada en el suelo con los demás.

Antes de entrar gritó para que sus colegas no le dispararan por error.

—¡Adam! ¡Soy yo, Mina! ¡Voy a entrar!

Sacó despacio el arma reglamentaria, mientras esperaba el visto bueno de Adam. Cuando recibió su señal, abrió por completo la puerta y atravesó la sala corriendo en dirección a Ines. Su madre se esforzaba para mantener los ojos abiertos. A su lado había un vaso vacío.

—¿Qué has hecho, mamá? ¿Dónde está Nathalie?

Ines la miró y, con gran esfuerzo, le tendió la mano. Tras un instante de duda, Mina la tomó. La sensación de tener la mano de su madre en la suya le resultó extraña y familiar al mismo tiempo. En el pasado era su madre quien tomaba su mano y ahora sucedía al contrario. La mano de Ines le pareció frágil y quebradiza, como si pudiera romperse a la menor presión. Estaba furiosa con su madre. Pero no podía permitírselo. ¡Tenían tanto que hablar, tantos interrogantes sin respuesta! Sin embargo, había una pregunta mucho más importante que todas las demás. Mina miró a su madre a los ojos y le dijo en tono suplicante:

—Mamá, ¿dónde está Nathalie?

—La engañé, Mina —contestó Ines con voz áspera—. Logré engañar a Nova. Perdóname. No lo comprendí hasta el final. No sabía lo que hacía, ni lo que hacían los demás. Pero en cuanto lo descubrí hice todo lo que pude. Por ti. Por Nathalie. ¡Nova pensaba matarla! Lo comprendí cuando ya era tarde. Entonces le dije que ganaría tiempo si se llevaba a Nathalie. Que necesitaría tiempo para completar su obra. Que ella era demasiado importante para marcharse con nosotros. Sabía que su narcisismo la haría escucharme...

—¿Adónde se la ha llevado?

Ines tosió y Mina comprendió que cada palabra le costaba un gran esfuerzo. No habría querido apartarse de su lado, pero tenía que ir a buscar a su hija. Entonces Ines le apretó la mano.

—Perdóname. Por todo. Perdóname.

Después la soltó y cerró los ojos.

Sonó el teléfono de Vincent. Era Mina. Sincronización perfecta.

—Ya sé lo que significa el mensaje de Nova —fue lo primero que dijo—. Nathalie e Ines están en sitios diferentes.

—Lo sé —resonó en su oído la voz de Mina—. Ha sido idea de mi madre, para mantener alejada a Nathalie. Pero no creo que dispongamos de mucho tiempo. Y no sé dónde está. ¡Dios mío, no sé dónde está! Aquí han pasado tantas cosas... Han bebido veneno e Ines... ella... ahora...

Todo estaba yendo mal. Muy mal. La voz de Mina se quebraba por momentos, como si no pudiera controlarla. Vincent oyó que Adam gritaba algo a lo lejos, pero no había tiempo para preguntar qué había ocurrido. Lo primero era Nathalie. Ya se ocuparían después de todo lo demás. Debía tenerlo presente si quería ser de alguna ayuda.

—Sé dónde está —anunció mientras corría por la calle hacia el lugar donde había estacionado el coche—. Nova te escribió en su mensaje que tendrías que ir hasta el final del camino para encontrarla, ¿recuerdas? Y yo lo he hecho. He calculado el resto del recorrido del caballo de ajedrez. Me ha llevado un rato, pero ahora estoy del todo seguro. Si quiere mantener un patrón matemáticamente simétrico, solo puede acabar en una casilla del tablero, o mejor dicho, del plano de Estocolmo. En esa casilla hay dos islas: Reimersholme y Långholmen. Me parecería muy raro que hubiera elegido la primera. Teniendo en cuenta el sentido de la teatralidad de Nova, apuesto a que se encuentra en la antigua prisión de Långholmen, reconvertida actualmente en hotel y albergue juvenil.

Alcanzó el coche y se puso a buscar la llave en el bolsillo.

—Pero eso está en la otra punta de la ciudad —exclamó Mina desesperada—. Tardaré toda una vida en llegar. E Ines...

—Yo ya voy de camino —la interrumpió Vincent, que había encontrado la llave y estaba abriendo la puerta del vehículo.

—¿Vincent?

—¿Sí? —repuso él con medio cuerpo dentro del coche.

—Conduce deprisa.

—Mi hija y Nova están en la isla de Långholmen. Tengo que ir —anunció Mina apartándose del cuerpo sin vida de Ines.

A su espalda oyó vagamente la voz de Adam. Era consciente de que le había dicho algo varias veces, pero no le había prestado atención. Nathalie ocupaba todos sus pensamientos.

—¡Mina! —insistió su colega.

Sobresaltada, se volteó.

—Mina, hay algo que debes saber.

El ruido de las sirenas en la calle se hizo más intenso. Estaban llegando refuerzos. Mina miró a su alrededor. Adam parecía tener la situación bajo control. No era necesario que ella se quedara a esperar a los compañeros.

—Y explícame también qué hace tu hija con Nova. Ni siquiera sabía que tuvieras hijos.

—No hay tiempo. Tengo que encontrar a Nathalie —contestó ella impaciente, dirigiéndose hacia la puerta.

—¡Mina!

Adam seguía apuntando con el arma al grupo de miembros de la secta, pero ninguno de ellos parecía dispuesto a desafiar su autoridad. Con un movimiento de la cabeza señaló el suelo al lado de la puerta. Mina no se había fijado al entrar, pero esta vez miró y vio un par de zapatos que asomaban detrás de unas sillas. Primero pensó que sería otro epicureísta que habría bebido veneno, pero después reconoció los calcetines. Eran de Bart

Simpson, los favoritos de su colega. Dio un par de pasos en esa dirección.

Pero no quería continuar.

Prefería no ver.

No saber.

Pero tenía que hacerlo. Avanzó unos pasos más y no pudo reprimir un grito, un alarido de animal herido. Detrás de las sillas yacía Peder bocarriba en el suelo, con la barba teñida de azul y los ojos abiertos. Un pequeño círculo rojo en la mejilla era lo único que delataba la tragedia. El círculo y la sangre que había salpicado la pared tras ellos y que ahora fluía libremente del orificio abierto en la nuca de su amigo.

—Ella le ha disparado —dijo Adam señalando sin mirarla a la mujer esposada sentada en el suelo.

Su tono era monótono, como si se le hubieran acabado todos los sentimientos.

Era demasiado para asimilarlo. Mina no podía soportar más muertes. Con los ojos nublados por las lágrimas, se volteó y se dirigió corriendo a la salida. No podía hacer nada por Peder. Pero estaba en su mano salvar a Nathalie. Y tenía que hacerlo.

Vincent iba al volante junto a los muelles de Söder Mälarstrand en dirección a la isla de Långholmen. El agua resplandecía a su derecha, pero no tenía tiempo para admirar el paisaje. Por una vez se alegró de que fuera un tórrido lunes de vacaciones, porque había muy poco tráfico. Siguiendo las instrucciones de Mina, iba tan deprisa como podía.

—Vincent —resonó la voz de Christer en el manos libres del coche.

Vincent lo había llamado en cuanto se había sentado en el vehículo.

—Tengo los datos: todas las reservas en el hotel y el albergue, tal como me has pedido. Están llenos para toda la temporada.

Vincent giró hacia el pequeño puente que conducía a Långholmen, la isla donde se erguía una de las instituciones penitenciarias más antiguas de Estocolmo.

—Pero hoy el hotel ha registrado una reserva poco corriente —continuó Christer—. La habitación 121. Solo la necesitaban tres horas, por eso han podido hacer la reserva. Adivina quién la ha hecho.

—Nova —replicó Vincent mientras entraba en el estacionamiento—. Gracias, Christer.

Tras estacionar el coche lo más rápidamente que pudo, corrió hacia la antigua prisión transformada en hotel.

Tenía que mantener la concentración. No debía pensar en lo

que podía esperarle, ni dejar que las emociones lo dominaran. Le gustaba la simetría del número de la habitación: 121. Empezaba como terminaba. Y el centro era el doble que los extremos. Una curva de distribución normal, en forma de campana.

Pero allí no había nada que fuera normal. Nathalie debía de tener la misma edad que Rebecka. Si no llegaba a tiempo... No, no podía pensar en eso. Tenía que concentrarse.

Levantó la vista y contempló el edificio de piedra amarilla. Sabía que su construcción había terminado en 1880, después de seis años de obras. Dieciocho más ochenta eran noventa y ocho. Menos seis, noventa y dos. La cárcel había comenzado a desmantelarse en 1972. Mil novecientos setenta y dos menos mil ochocientos ochenta también eran noventa y dos.

Vaya. Muy bien. Quizá había alguna relación matemática, pero no era capaz de verla, y no le gustaba que el azar fuera tan simétrico sin que él conociera la razón. Pero noventa y dos más noventa y dos eran ciento ochenta y cuatro. Dieciocho y cuatro. El dieciocho de abril. El cumpleaños de David Tennant, si no recordaba mal. David Tennant, el actor favorito de Benjamin en la serie *Doctor Who.*

Mientras entraba en el vestíbulo del hotel Vincent visualizó ante sí el alfabeto. Fue contando en grupos de tres y observó que las letras D, O, C, T, O, R, W, H, O se encontraban en las posiciones cuatro, quince, tres, veinte, quince, dieciocho, veintitrés, ocho y quince del abecedario. Y calculó que la suma de todos los números era... ciento veintiuno.

La curva de distribución normal.

La habitación donde Nova esperaba con Nathalie.

No podía permitirse llegar tarde.

En la recepción le explicaron cómo encontrar la habitación en el piso de arriba. Por alguna razón había tres personas detrás del pequeño mostrador. Los tres lados de un triángulo. Como las tostadas de su madre, cortadas en triángulos. ¿Por qué no eran suficientes dos personas detrás del mostrador?

Subió corriendo al primer piso y recorrió la hilera de celdas de la antigua cárcel, mientras recordaba que dos por tres son seis. Un número par. Un buen número.

Se detuvo delante de la puerta marcada con el 121 y se dio cuenta de que no tenía ningún plan. Pero no tenía tiempo que perder. Probó el picaporte y la puerta se abrió. No estaba cerrada con llave.

Nova estaba sentada delante de una mesa en la pequeña habitación, vertiendo en un vaso el contenido de una botella.

—Hola, Vincent —dijo con una sonrisa mientras dejaba la botella sobre la mesa—. Empezaba a cansarme de esperar.

—Lo siento, me ha detenido el tráfico —contestó él automáticamente, mirando a su alrededor.

No había nada amenazador en la habitación, nada que hiciera pensar en un estallido de violencia inminente. Lo único que veía era el vaso y la botella sobre la mesa, delante de Nova, que iba vestida con un elegante traje azul. Una chica joven que debía de ser Nathalie estaba sentada en la cama frente a ella. Llevaba camiseta y pantalones blancos. No parecía que estuviera allí contra su voluntad.

—Hola, Nathalie —la saludó él—. Me llamo Vincent, como ya habrás oído. Soy amigo de...

—De tu madre —completó la frase Nova.

Nathalie se transfiguró al oír esas palabras. Se cruzó de brazos, agachó la cabeza y se puso a mirar fijamente la cama.

—Bueno... ¿qué está pasando? —preguntó Vincent.

—Muy sencillo —contestó Nova—. Mi libertad a cambio de Nathalie. Te hago entrega de la chica y tú convences a la policía para que no me persiga.

—¿Cómo sabes que la policía no está rodeando ya el hotel?

Nova lo miró con una de sus hermosas sonrisas.

—¡Por favor, Vincent! Ya tienen suficiente trabajo en el Östra Real. Todavía se estarán un buen rato por allí. Además, ya sabemos que no son tan listos como nosotros. Solo tú has deducido que me encontraba aquí. Supongo que habrás venido a toda velocidad en cuanto lo has descubierto y eso significa que has venido solo.

Vincent se sentó en la única silla libre que había en la habitación. Nova había acertado y no tenía sentido fingir lo contrario.

—Nathalie, lamento mucho todo esto —dijo mirando a la joven—. Ninguno de nosotros sabía nada de las actividades de tu abuela.

—No le des demasiada importancia a Ines. —Nova resopló—. En el preciso instante en que supe que su hija participaba en la investigación policial y que tenía una nieta llamada Nathalie, le pedí que fuera a buscarla y la trajera. Nunca está de más tener un as guardado en la manga.

—¿Qué quieres decir? —preguntó Nathalie desde la cama—. Mi abuela...

—Tu abuela hizo lo que yo le ordené —respondió Nova—. Yo sabía desde hace un mes que en algún momento podrías resultarme útil. ¿De verdad pensabas que te encontraste con Ines por casualidad en aquel trayecto de metro?

Nathalie se acurrucó todavía más, como si quisiera volverse pequeña y desaparecer.

—Entonces ¿tu libertad a cambio de Nathalie? —planteó Vincent—. ¿Eres consciente de que llamaré a la policía en cuanto salgas por esa puerta? Nunca dejarán de perseguirte.

—Más vale que los convenzas de lo contrario —replicó ella—. Les indicaré dónde recoger a Nathalie solo cuando sienta que estoy a salvo. A ellos les corresponde decidir cuándo volverán a ver a Nathalie y si la volverán a ver.

—¿Qué te hace pensar que no me llevaré ahora mismo a Nathalie y la entregaré a la policía? —preguntó Vincent mientras sacaba su celular—. No acabo de ver cómo vas a impedírmelo.

—Puede que yo no te lo impida. Pero ¿por qué crees que estoy sola? Te aseguro que no pasarías del estacionamiento si intentaras salir del hotel con Nathalie.

Por supuesto, era probable que Nova tuviera a algunos de sus secuaces apostados en los alrededores. Vincent había notado que no dejaba de tocarse el cuello mientras hablaba, un tipo de gesto frecuente en situaciones tensas, ya que el contacto físico frena la liberación de hormonas del estrés. ¿Podía ser que estuviera mintiendo? Después de todo, la decisión de trasladarlo todo a ese día tenía que haber sido precipitada y el hecho de que Nova no se hubiera reunido con los demás no debía de formar parte del plan original. ¿Realmente había tenido tiempo de organizar su propia fuerza de seguridad?

Vincent miró por la ventana. Tres hombres con chamarras blancas se movían sin rumbo por el estacionamiento. Las chamarras parecían poco apropiadas para el calor estival. Podían ser turistas. O también podía ser que Nova estuviera diciendo la verdad y fueran sus esbirros. Vincent estaba indeciso.

Por otro lado, no le cabía la menor duda de que Nova no pensaba dejar a Nathalie en libertad. Tenía tantas vidas sobre su conciencia que una más no cambiaría nada. Había empezado a cavar la tumba de Nathalie en el preciso instante en que la chica llegó a Epicura. ¡Y pensar que él mismo le había asegurado a Mina que Nova era inofensiva! Si no hubiera sido por eso, el padre de la niña la habría ido a buscar hacía mucho tiempo. La culpa era suya. Le correspondía a él reparar su error. Echó otro vistazo por la ventana. Los hombres seguían en el estacionamiento.

Las probabilidades de que fueran guardaespaldas de Nova no eran muy altas, teniendo en cuenta el escaso tiempo de preparación y el hecho de que la mujer presentaba signos de estrés inconscientes pero indudables. Aun así Vincent no podía descartar que estuviera diciendo la verdad.

Calculó que había en torno a un treinta por ciento de probabilidades de que fueran guardias de Nova y alrededor de un setenta por ciento de que no lo fueran. En caso de serlo, ¿conseguirían atraparlos a él y a Nathalie? De hecho, había varios caminos para salir del hotel y algunos les ofrecían la oportunidad de marcharse sin que los hombres los vieran hasta que fuera demasiado tarde para ellos. Tal vez un veinte por ciento de probabilidades. Un veinte por ciento de treinta eran seis. Así pues, si los hombres del estacionamiento eran guardaespaldas de Nova, Nathalie y él tenían un seis por ciento de probabilidades de éxito. Y había un setenta por ciento de probabilidades de que fueran simples turistas. Por lo tanto, con o sin guardias, tenían un setenta y seis por ciento de probabilidades de huir si lograban reducir a Nova.

Aun así había un veinticuatro por ciento de probabilidades de fracasar. Y en caso de fracaso era casi seguro que uno de ellos perdería la vida, o incluso los dos.

Vincent no podía correr ese riesgo.

—De acuerdo, tú ganas —dijo guardándose el teléfono—. Pero todavía no entiendo qué hacemos aquí. Si solo querías utilizar a Nathalie para chantajear a la policía, habría sido más seguro para ti hacerlo por teléfono, desde un lugar desconocido. Has corrido un riesgo muy grande al venir.

—No —replicó Nova frunciendo el ceño—. Mi camino hamiltoniano acaba aquí. He tenido que venir porque aquí es donde tiene lugar la última jugada. Tú mismo lo has visto. Debo seguir el camino hasta el final. El próximo lugar al que vaya será el comienzo de un camino nuevo, un camino que aún no sé adónde me conducirá. Pero primero he de terminar este.

Vincent la miró fijamente. Desde el principio había sospechado que el asesino era esclavo de sus propias reglas matemáticas. Pero el caso de Nova era más extremo. Nova estaba loca. Era una persona brillante, pero desequilibrada por completo. Y faltaban pocos segundos para que se marchara de allí con Nathalie y para que Mina perdiera irremisiblemente a su hija si él no lo impedía. Tenía que convencer a Nova de que se quedara un rato más mientras preparaba un plan.

Pero ¿qué plan?

¿Qué podía hacer?

¿Qué?

La había oído decir algo... Algo respecto a seguir el camino hasta el final, hasta la última jugada.

Sí, era eso.

Ya lo tenía.

Le daría la oportunidad de demostrar que era más lista que él. Nova era tan narcisista que no podría resistirse.

—Como has dicho, esta es tu última casilla —comentó Vincent—. El final del recorrido. Pero la última jugada no puede ser un chantaje. Sería demasiado... burdo, tratándose de ti.

La sonrisa de Nova ya no le llegaba a las orejas.

—Y ya que hablamos de juegos —prosiguió él—, tengo que decirte que no acabo de entender los rompecabezas que me enviaste. ¿Eran solo para distraerme de la investigación, en caso de que me llamaran para colaborar? En cualquier caso, reconozco que tu capacidad de planificación es digna de encomio. Le enviaste el artículo a Ruben hace dos años, un año antes del secuestro de Lilly. Pero me temo que los rompecabezas no han producido el efecto deseado. Ya ves que estoy aquí.

Lo dijo por probar, pero era evidente que Nova estaba orgullosa de su concienzuda planificación. Con suerte, la sola idea de que alguien pensara que podía actuar de manera burda o que uno de sus planes no había funcionado la llevaría a aceptar lo que Vincent le propusiera, por puro engreimiento.

—No he enviado ningún rompecabezas ni ningún artículo a nadie —declaró.

Su sonrisa había desaparecido del todo.

No era lo que Vincent esperaba. Era posible que mintiera, por supuesto, pero lo más probable era que estuviera diciendo la verdad. Estaba demasiado orgullosa de sus acciones para negarlas. Sin embargo, si no había sido Nova, ¿quién le había enviado aquellos rompecabezas? El mentalista frunció el ceño. No tenía tiempo para pensar al respecto. Ya resolvería el enigma más adelante.

Le sonrió a Nova y agarró la botella que estaba sobre la mesa. Mina le había dicho que en el instituto de Östermalm había veneno. Era posible que la botella contuviera más de la misma sustancia, reservada para Nathalie.

Había llegado el momento. Llevaba un rato presionando mentalmente a Nova y esperaba que ella reaccionara como él quería y aceptara su desafío.

—Has jugado al ajedrez contigo misma —le dijo— y has llegado al final del camino. Literalmente. Por cierto, has trazado un dibujo de gran belleza sobre la ciudad. Cuando me di cuenta de que además era simétrico... Eso ya ha sido un punto extra. Pero ahora que estamos en la última casilla, juguemos como es debido. Porque ¿qué significa una partida de ajedrez si no hay nada en juego? ¿De qué te serviría empezar mañana un nuevo camino si no has terminado este de la manera correcta? Y no con un chantaje improvisado. Tú y yo sabemos que eres demasiado buena para eso. Juguemos para hacer jaque mate. Supongo que tendrás más vasos, ¿no?

Nova lo miró fijamente. Después volvió a sonreír y extrajo dos vasos más de su bolso Louis Vuitton, así como una segunda botella.

—Espero que esta no contenga veneno —comentó Vincent.

—Jugo de pera —confirmó Nova asintiendo.

Colocó la segunda botella junto a la primera. El contenido de ambas parecía idéntico, pero solo uno era un brebaje mortal. El otro era un refresco. Nova miró a Vincent a los ojos.

—Si yo gano y tú bebes el veneno, me llevo a Nathalie —anunció Vincent—. Pero antes les dirás a tus guardias que nos dejen en paz. La parte positiva para ti será que te librarás por fin de tu dolor crónico. En cambio, si ganas tú y yo muero, podrás llevarte a Nathalie y seguir adelante con tu plan. Porque yo sé que hay cuatro casillas que no llegaste a visitar. Cuatro niños que no pudiste matar. Así que ya ves. Pase lo que pase, sales ganando.

Nathalie abrió mucho los ojos.

—¿Qué niños? —preguntó mirando a Nova con la desesperación pintada en el rostro—. ¿Qué ha querido decir con eso?

Nova no se volteó hacia Nathalie y siguió con la vista fija en el mentalista. Si Vincent había visto fuego en los ojos de Gustav, lo que veía en la mirada de Nova era un auténtico volcán.

—No lo entiendo —insistió Nathalie con pánico en la voz—. ¿Qué veneno? ¿Van a jugar conmigo como si fuera una pieza de ajedrez? ¡No pienso participar! ¡Nova, di algo! Explícale que se equivoca, que tú nunca has hecho nada malo.

Nova no respondió.

—Creo que la alternativa que pensaba ofrecerte Nova era que tú también jugaras —le reveló Vincent—, y no con dos botellas, sino con una sola. Pensaba envenenarte cuando te fueras de aquí, Nathalie. No era cierto que planeara utilizarte como moneda de cambio con la policía. Iba a matarte para luego desaparecer. De esta manera tendrás al menos un cincuenta por ciento de probabilidades de éxito. Y si sale mal... Mejor yo que tú.

No dejó de mirar a Nova en ningún momento mientras hablaba. Temía no ser capaz de hacer lo que debía si giraba la cabeza y veía a Nathalie. Lo sucedido era culpa suya. No había sabido ver las señales de peligro a tiempo. Tenía que hacerlo por Nathalie. ¡Se parecía tanto a Mina! Se sentía capaz de hacer cualquier cosa por ella.

—Lo siento, Nathalie —dijo—. Ya sé que no es mucho. Pero es lo mejor que puedo hacer.

Desenroscó la tapa de la botella de veneno, llenó un vaso y golpeó un par de veces la botella contra el borde del vaso, para que cayera hasta la última gota. Después la dejó sobre la mesa y volvió a enroscar la tapa. Nova no perdía de vista sus manos. Vincent agarró la otra botella y empezó a llenar el segundo vaso.

—¿Estás seguro de haber agarrado la correcta? —preguntó Nova con una sonrisa.

—Eso espero —respondió Vincent sonriendo también—. Porque si no es así, acabo de echar veneno en los dos vasos. Sería un error muy tonto.

La sonrisa de Nova se esfumó.

—Nathalie —dijo Vincent—. Nova y yo te daremos la espalda y contaremos hasta diez. Mientras tanto, tú cambiarás los vasos de lugar unas cuantas veces para que no sepamos cuál es cuál.

—No quiero —replicó Nathalie con voz temblorosa.

—Yo tampoco —convino Vincent—. Pero lo haremos de todos modos. Uno...

Le indicó a Nova con un gesto que se volteara de espaldas a la mesa y él hizo lo mismo. Mientras contaba en voz alta hasta diez, oyó el ruido de los vasos que se movían sobre la mesa.

—... y diez.

Se volvió al mismo tiempo que Nova. Los vasos ocupaban el mismo lugar que antes y eran idénticos entre sí.

—Beberemos a la vez —le dijo a Nova mientras agarraba uno de los vasos.

Nova bebe el contenido de su vaso al mismo tiempo que Vincent y después mira al mentalista. El líquido sabe a pera, pero eso no significa nada porque el veneno es insípido. Los dos vasos saben igual.

Espera mientras la sustancia baja hasta su estómago. Busca signos de malestar, de ardor o de constricción en la garganta. Nada. El tiempo se ha detenido.

Huele su vaso. Sigue oliendo a pera.

Después observa la cara de Vincent.

El mentalista se ha quedado con el gesto congelado de llevarse el vaso a los labios. Poco a poco se le dilatan las pupilas. Empieza a bajar el brazo, hasta que su mano cae sobre la mesa con un golpe. El vaso vacío rueda sobre la superficie de la mesa, dejando un rastro húmedo.

Vincent sigue mirándola, pero tiene los ojos desenfocados, como si estuviera contemplando algo que no está en la habitación.

Entonces el mentalista comienza a inclinarse hacia un lado. La parte superior de su cuerpo se dobla cada vez más, hasta que se desequilibra y cae de la silla. Su cabeza se estrella contra el suelo con un golpe seco.

Nova espera unos segundos más. Nathalie está acurrucada en la cama, hecha un ovillo. Tiene la cabeza entre las rodillas y se balancea adelante y atrás. Puede que sea mejor para ella. Así no tiene que ver nada.

Nova no creía que fuera a ser tan fácil. Pero la soberbia precede a la caída, y Vincent ha pecado de soberbia.

Se levanta y se acerca al mentalista, que yace en el suelo con los ojos entrecerrados. Los movimientos del tórax son breves y espasmódicos. Se mantienen unos segundos y después se detienen.

Nova se agacha junto al cuerpo de Vincent y le toma el pulso.

Nada.

—Jaque mate —declara levantándose. Se limpia de polvo el traje azul y se vuelve hacia Nathalie—. Tengo que comprobar que Vincent realmente estaba solo y que nadie lo está esperando abajo —anuncia—. No te muevas de donde estás, o te daré lo mismo que ha bebido él.

Abre la puerta y sale al pasillo.

Siente que ha ganado.

Y no solo lo cree, sino que realmente lo ha hecho. Por fin es libre de continuar con su plan. Tendrá que desaparecer, por supuesto. Es una pena, con todo lo que había construido. Epicura se ha acabado. Pero puede volver Jessica.

Apoya una mano contra la pared y se detiene un momento para recuperar el aliento. Ha sido más agotador de lo que esperaba. Nathalie le resultará útil para mantener alejada a la policía mientras se pone a salvo. Después la hará... desaparecer. Cuando esté en un lugar seguro solo tendrá que esperar unos años para empezar de nuevo. Todavía le faltan cuatro.

Cuatro niños más para vengar a John.

Emprende el paso otra vez y se tropieza con sus propios pies. ¿Qué le pasa? Tiene que comportarse con naturalidad, por si alguien la estuviera observando.

Vuelve a pensar en los cuatro. La policía no ha descubierto qué eran los niños ni por qué morían. Por eso nadie podrá detenerla cuando empiece de nuevo. Tiene todo el tiempo del mundo.

De repente le cuesta respirar. La asalta una oleada de vértigo. Es algo más que cansancio.

Se vuelve hacia la puerta abierta de la habitación 121. Vincent todavía yace inerte en el suelo.

¡Mierda!

Nova ve otra vez ante sí el momento en que el mentalista echó el veneno en los vasos. Primero en uno y después... El imbécil debe de haberlo hecho de verdad. Había bromeado sobre que lo pondría en los dos, pero lo ha hecho de veras. Solo tenía una manera de frenar a Nova y la ha utilizado.

Se ha sacrificado por Nathalie.

Ha echado veneno en los dos vasos.

Nova cae al suelo mientras siente que se le cierra la garganta. Se lleva la mano al cuello sintiendo que se le queman los pulmones. Estaba equivocada. Ya no quiere librarse del dolor. Quiere continuar viviendo. No le importa padecer todo el sufrimiento del mundo. Al mismo tiempo otra parte de ella agradece lo que está pasando. Siempre había sido la superviviente, a costa de que murieran los que realmente importaban. Su padre había decidido salvarla a ella y no a su madre. Y, como resultado, Nova los había perdido a los dos. Pero ella había seguido viviendo.

Por una vez lo que sucede le parece justo.

Aun así le gustaría continuar.

Seguir viviendo.

Con la culpa, con el dolor.

Acostada en el suelo del pasillo, ve a Vincent, que yace en la habitación. En su campo visual bailan infinidad de estrellas, que tal vez sean estrellas nuevas, como ella. Son la señal de que el oxígeno se le está acabando y el corazón está a punto de darse por vencido. Tiende la mano en dirección a Vincent e intenta llegar hasta él a través de la distancia cuajada de astros. Querría preguntarle si él también ha vivido con el dolor y qué ha hecho para soportarlo. Y si ahora se siente liberado.

Pero ha llegado su hora.

—¡Nathalie! —Mina gritaba con todas sus fuerzas mientras subía corriendo la escalera del hotel.

Cuando llegó al primer piso estuvo a punto de tropezar con Nova, tendida en el pasillo.

—¡Estoy aquí! —le respondió la voz de una chica joven.

Era Nathalie. En algún lugar, un poco más allá.

—¡Espera, ya voy! —replicó Mina.

Pero antes se inclinó sobre Nova en busca de signos vitales. Sentía que ya no podía con tanta muerte, después de Peder e Ines, y tras presenciar la tragedia de Epicura, tan terriblemente absurda y sin sentido. Había visto más muertes en la última hora de las que habría querido ver en toda su vida. Pero si había alguna posibilidad de salvar a Nova, la salvaría, por mucho que la odiara por todo lo que había hecho. Aun así Nova parecía más allá de toda salvación. Y Nathalie estaba a escasa distancia.

Julia y Ruben iban justo detrás de ella. Podrían pedir una ambulancia para Nova, si no era demasiado tarde. Se incorporó y corrió hacia la puerta abierta de donde parecía provenir la voz de su hija.

Antes de entrar distinguió un cuerpo tirado en el suelo y solo pudo pensar que ojalá no fuera su Natti.

—¡¿Tú?! —exclamó Nathalie—. ¡Yo te conozco!

Mina asintió. Habían tomado un café juntas en Kungsträdgården, hacía dos veranos, pero entonces no le había revelado su verdadera identidad. Ni siquiera estaba segura de que su hija fuera a recordar aquel encuentro.

—Entonces ¿eres mi madre? No lo entiendo.

Pero Mina ya no la oía porque había visto quién yacía en el suelo. Y no quería verlo. Se negaba a aceptar que fuera Vincent. Su Vincent. La persona que la conocía por dentro. El único que sabía verla de verdad.

Y ahora estaba tirado en el suelo, como si no importara lo que fuera a pasarle a ella.

—¿Qué has hecho? —murmuró mirando al mentalista—. Vincent, ¿qué has hecho?

Se arrodilló en el suelo y buscó signos vitales, como había hecho con Nova. Pero tampoco los encontró.

—Hemos llamado a una ambulancia —dijo Julia al entrar en la habitación—, pero estoy bastante segura de que Nova está muerta, de manera que... —Enseguida guardó silencio cuando vio a Vincent—. Dios mío, Mina... —añadió horrorizada.

—Entonces ¿eres mi madre? —insistió Nathalie.

Mina no tenía fuerzas para responder. Acababa de recuperar a su hija. Debería estar eufórica. Pero cuando se levantó del suelo y se apartó de Vincent, cuando se incorporó para vivir el resto del día y también al día siguiente y lo que quedaba del año y del resto de su vida sin él, entonces comprendió que no había nada en el mundo aparte de un dolor inmenso.

Christer contemplaba con disgusto la cuadrícula blanca y negra en la pantalla de la *laptop*. Había perdido las ganas de jugar al ajedrez. Jessica, la hija de John Wennhagen conocida como Nova, le había arruinado para siempre el placer del juego. ¡Vaya loca! Por su culpa Mina había perdido a su madre. Pero gracias a Vincent, al menos había recuperado a su hija. No había sabido nada más de ella desde el día anterior, cuando había llevado a Nathalie directamente de Långholmen al hospital. Esperaba que estuviera bien. Lo curioso era que apenas unos días antes ni siquiera sabía que Mina tuviera una familia.

Volvió a mirar el tablero en la pantalla. Pensaba terminar la partida que había comenzado la semana anterior y no jugar nunca más.

Sabía que la humillación era inminente. Moviera lo que moviese, siempre perdía. Había querido posponer un poco más lo inevitable, pero era mejor acabar de una vez.

Seleccionó la partida en juego y las piezas aparecieron colocadas en el tablero, tal como las había dejado el último día. Contempló la configuración e intentó recordar si había tenido algún plan y, en ese caso, cuál era.

No parecía que hubiese tenido ningún plan.

No tenía ninguna posibilidad.

Hizo un par de jugadas a la desesperada para acortar el sufrimiento. Quedaban muy pocas piezas en el tablero. De hecho, la partida estaba yendo mejor que de costumbre. Movió el caballo que le quedaba. Y entonces oyó mentalmente la voz de Vincent, repitiendo todo lo que había dicho en las últimas semanas.

«Caballo».

«*Knight*».

«*Hippo*».

«*Horse*».

«Pura sangre árabe».

«*My Little Pony*».

«*The psychology of the pawn*».

«*Knight's tour*».

«*Turagapadabandha*».

En pocas palabras, maldito ajedrez. La computadora hizo su jugada y Christer volvió a mover el caballo. De repente el programa emitió un sonido que nunca había oído hasta ese instante.

«GANAN BLANCAS» fue la frase que apareció en la pantalla.

Las blancas eran sus piezas. ¡Eso! Había ganado. Después de tantos meses.

Christer se tomó un segundo para asimilar la noticia. Luego cerró la aplicación, buscó el ícono correspondiente en la pantalla y lo arrastró a la papelera. Hizo clic en «Vaciar papelera» y oyó el liberador crujido que indicaba el borrado definitivo del programa de ajedrez.

—¿Te apetece un café antes de irte?

Ruben intentó adivinar si la pregunta era el comienzo de una bronca, o si la cara de Ellinor era la que solía poner cuando quería «hablar seriamente».

La semana anterior, la noticia de que Astrid había estado presente en una reunión en la que se había hablado de niños asesinados había caído como una bomba. Maldito Vincent. Aunque tal vez ya no debería pensar en el mentalista en esos términos, tras lo sucedido en Långholmen.

Pero en esta ocasión Ruben no recordaba haber hecho nada malo. Ellinor tampoco parecía enfadada. Sin embargo, era una maestra en el arte de hacer emboscadas. La invitación a un café podía desembocar en una conversación seria que quizá acabaría con la prohibición total de volver a ver a Astrid.

Miró de reojo a su hija. Todavía llevaba puesto el traje blanco de las clases de artes marciales. Por lo que había oído, no era fácil convencerla de que se pusiera otra cosa para estar en casa.

—Sí, gracias —respondió cautelosamente—, si no es mucha molestia.

—Ven, Ruben —intervino Astrid tomándolo de la mano—. Podemos comer otra vez. Quiero enseñarle a mamá mi llave de la muerte.

—¿Cómo «otra vez»? ¿Ya comieron? —preguntó Ellinor arqueando una ceja.

—Puede que hayamos tomado un helado después del entrenamiento —contestó él—. O quizá hayan sido dos —añadió tras aclararse la garganta.

Cuando había ido a buscar a Astrid, había intentado mantenerse animado y no pensar demasiado en Peder. Ni en Anette y las trillizas. Ni en el sacrificio de Vincent por la hija de Mina. Habían pasado solo dos días desde todo aquello y ni siquiera había tenido tiempo de empezar a asimilarlo. Pero no quería que Astrid lo viera triste las pocas veces que estaba con él. También había esperado que su hija fuera un poco una terapia para él, pero su compañía no había sido suficiente para mantener la mente alejada de todo lo sucedido. Era demasiado. Por eso había intentado suplir sus limitaciones con un montón de helado, y eso sí que había funcionado.

Siguió a Ellinor a la cocina. Astrid ya se había sentado y estaba pintando con sus plumones. Era evidente que había heredado el talento de su madre. Ruben también se sentó y Ellinor le puso delante una taza.

—¿Quieres jugo? —le preguntó a Astrid, que mientras tanto se había levantado y estaba intentando aplicarle a su madre la llave que había aprendido esa tarde.

—¡Sí, *sensei*! —exclamó la niña, soltando a su madre y haciéndole una reverencia.

Ellinor se echó a reír. Hacía más de diez años que Ruben no oía esa risa. Solo entonces comprendió cuánto la había echado de menos.

—No te lo he dicho antes —empezó Ellinor mientras le servía café en la taza—, pero quiero agradecerte todo lo que haces por Astrid. Al principio pensé que le costaría bastante relacionarse contigo. Al fin y al cabo, no te conocía. Pero ha sido todo lo contrario. No entiendo cómo lo has conseguido, pero me alegro de que lo hayas hecho.

Ruben soltó una risita, un poco turbado. No se atrevía a mirar directamente a Ellinor. Después de un año de terapia con Amanda le seguía resultando incómodo hablar de ciertas cosas.

En lugar de eso se concentró en el café. Era fuerte, tal como recordaba que le gustaba a Ellinor.

—Me encanta estar con Astrid —dijo al cabo de un momento—. Le gustan las mismas cosas que a mí.

Ellinor lo observó un buen rato y después asintió.

—Puede que como pareja fueras un desastre —dijo en voz baja, echando un vistazo de reojo a su hija, que estaba muy ocupada mezclando diferentes jugos en una jarra enorme—, pero eres un buen padre. Quiero que lo sepas.

Ruben se limitó a asentir. Tenía miedo de que su voz sonara rara si decía algo.

—Tengo una cosa para ti —prosiguió Ellinor mientras le tendía un grueso álbum de fotos—. Es Astrid, desde que nació hasta ahora. He pensado que quizá te gustaría saber qué ha hecho en estos últimos diez años.

Ruben asintió una vez más. Si antes no había podido responder, ahora todavía menos. Tenía los ojos llenos de lágrimas y un nudo en la garganta. Volvió a pensar en Peder. Pero de pronto surgió la imagen de Sara en su mente. Recordó la calidez de su voz cuando hablaba de sus hijos y pudo comprenderla, porque él sentía la misma calidez interior cada vez que miraba a Astrid. Habría podido apostar que Sara era una madre excelente, como Ellinor. Y estaba seguro de que el marido de Sara era un imbécil.

Astrid se sentó a su lado con un vaso de jugo. Se lo bebió de un trago y soltó un sonoro eructo.

—¡Pero, Astrid! —exclamó Ellinor riendo.

—Ruben, ¿te quedarás a cenar con nosotras? —le preguntó su hija—. Quiero decir... papá. ¿Te quedarás, por favor?

Ruben miró a Ellinor con cautela, sin atreverse aún a decir nada.

Reinaba un silencio absoluto en la sala de reuniones. Nadie sabía qué decir. Y ninguno de los presentes tenía valor para mirar la silla vacía de Peder. Ninguno excepto Bosse, que contempló unos segundos la silla con ojos tristes y después fue a apoyar la cabeza sobre las rodillas de Christer con aire sombrío. La silla era el elefante en la habitación. Al cabo de un momento Ruben se levantó, la tomó y la arrojó violentamente a un rincón. Los demás se sobresaltaron. Pero Mina comprendió que no había sido un acto dictado por la ira, sino por la frustración. Ella también desearía romper algo.

Era muy injusto.

Y nada de lo que hicieran cambiaría las cosas.

Bosse gimió un poco y Christer lo calmó. Mina se volteó para mirar el plano de Estocolmo en la pared. Era el mismo que Vincent había cuadriculado y en el que luego había trazado un recorrido, un camino que solo conducía a la muerte. Demasiadas muertes.

Julia se acercó al pizarrón blanco que habían utilizado para analizar el caso. Todo seguía allí: las imágenes, las palabras, las flechas, las fotografías...

—Nos ha dejado un compañero, un amigo y una de las mejores personas que hemos conocido los que nos encontramos en esta sala —dijo en voz baja—. Lo lloraremos durante mucho tiempo. No será fácil, pero ahora debemos hacer lo que Peder habría querido que hiciéramos. Debemos asegurarnos de que no se nos ha escapado nada y de que podemos decir, sin la menor duda, que esto se ha acabado. —Se le quebró la voz y tuvo que aclararse la garganta.

A Mina le dolía el cuello por las lágrimas contenidas. Cuando había comprobado que Nathalie estaba sana y salva, se había permitido alegrarse brevemente al ver a su hija fuera de peligro. Pero no había sido más que una tregua pasajera.

Ahora la pena la golpeaba con tal fuerza que no sabía cómo afrontarla. Tampoco sabía qué iba a hacer el grupo para seguir adelante. Peder había sido el pegamento que los mantenía unidos, con su humor, su cordialidad y sus sempiternas bebidas energéticas. Mina habría dado cualquier cosa por volver a ver el video de las trillizas.

Y también estaba lo de Vincent.

¡Dios, todavía no lo había perdonado!

Se volteó y lo vio sentado a su lado. Había dejado las muletas en el suelo.

—Pero, antes, quizá Vincent podría explicarnos qué hizo para que Mina creyera que estaba muerto —dijo Julia secamente.

Vincent pareció muy avergonzado. Tenía razones para estarlo.

—Sí, claro. Verán. Sé detener la circulación de la sangre en un brazo durante un breve periodo de tiempo —replicó—. Es un truco que uso en mis funciones, para que parezca que no tengo pulso. Fue así como engañé a Nova haciéndole creer que había bebido el veneno. Esperaba que dejara en paz a Nathalie si pensaba que yo estaba muerto. Pero es un truco peligroso. No se los recomiendo.

—Un breve periodo de tiempo —repitió Adam—. Pero cuando Mina entró en la habitación seguías sin pulso detectable. ¿Quién eres? ¿Lázaro?

Vincent pareció aún más avergonzado. Se volteó un segundo hacia Mina, pero cuando ella le devolvió la mirada, apartó enseguida la vista.

—Oí un ruido y pensé que quizá era Nova, que había vuelto —contestó—. Me costaba pensar con claridad porque me dolía muchísimo el pie. Así que volví a parar el pulso o, mejor dicho, la circulación sanguínea. Por seguridad.

—Idiota —masculló Mina—. Te mereces haberte roto un pie. Por cierto, ¿habían oído alguna vez que alguien se fracturara los huesos del pie por caerse de una silla?

Había sentido pánico cuando lo encontró y todavía más cuando de repente el mentalista abrió los ojos y se puso a hablar con ella como si nada. Desde entonces casi no había intercambiado ni una palabra con él. La aparente muerte de Vincent, el pánico por lo que habría podido pasarle a Nathalie y la muerte de Peder se habían combinado en un mismo torbellino de emociones difícilmente manejables. Lo único que quería Mina era escabullirse hacia la seguridad de su departamento, acostarse en posición fetal y dejar fuera todo lo que la estaba desagarrando por dentro.

—Perdóname —dijo él en voz baja—. Lo hice por Nathalie. Por cierto, ¿viste a los tres hombres del estacionamiento? ¿Eran secuaces de Nova?

Mina sintió su mano sobre el brazo y miró sus ojos azules. Entonces supo que lo perdonaría. Al menos estaba vivo. Y también Nathalie.

—¿Los de las chamarras blancas? —preguntó—. Eran turistas japoneses.

—Todavía no entiendo las razones de Nova para hacer lo que hizo —comentó Christer—. ¿Cuál era su propósito? ¿Y por qué demonios fingió que nos estaba ayudando? Corrió un riesgo enorme al colaborar con la policía. —Tragó saliva para controlar las lágrimas.

—¿Me permites? —dijo Vincent mirando a Julia con expresión interrogativa.

Tras recibir una respuesta afirmativa el mentalista se levantó y se dirigió al pizarrón mientras ella se sentaba.

—He hablado con varios de los supervivientes de la secta

—dijo—. Se han vuelto mucho más habladores ahora que Nova ha muerto. La explicación que me ha dado falla en algunos puntos, pero aun así creo que contiene parte de la respuesta. Como saben, Nova tuvo una experiencia increíblemente traumática en la infancia. Sufrió lesiones graves en un accidente de tráfico y su padre murió con toda probabilidad esa misma noche, aunque ciertas pistas nos llevaran a pensar lo contrario. Después del accidente, que le dejó secuelas permanentes, Nova se fue a vivir con su abuelo, Baltzar Wennhagen, que la educó en las enseñanzas del epicureísmo. Pero creo que Nova ya había aprendido mucho de su padre, ya que había pasado con él los primeros años de su vida. Las diferentes versiones del epicureísmo se mezclaron y generaron una modalidad distorsionada de aquella filosofía, en la cual ocupaba una posición destacada el dolor crónico que padecía Nova. En la práctica la nueva doctrina la ayudó a encontrar un sentido a su sufrimiento. Esa búsqueda facilitó el acercamiento de otras personas que padecían dolor de forma permanente y que también trataban de hallar un sentido o un remedio que volviera más soportable su padecimiento. No olviden que el dolor de Nova era a la vez físico y psíquico, una combinación que resultó ser mortalmente destructiva. En su caso, la racionalidad y la lógica fueron sustituidas por el fanatismo y la desesperación.

El tono de voz y la elocuencia de Vincent lograron por un momento que todos pudieran asimilar mejor el horror. Si hablaba como si estuviera dando una charla, era más fácil verlo todo desde otra perspectiva, sin la enorme carga emocional.

Mina notó la intensidad con que los miraba mientras hablaba y comprendió que probablemente se estaba expresando de ese modo con el propósito de distanciarlos de los acontecimientos. El mentalista hacía lo que podía de la única manera que conocía, para que al menos durante un instante pasajero la pena les resultara más soportable.

—Todavía no entiendo por qué aceptó colaborar con la investigación —observó Christer—. No tenía nada que ganar con eso, ¿no les parece?

—Imagino que sentiría que lo tenía todo bajo control si podía enterarse de lo que sabíamos y además encaminar la investigación en una dirección errónea —repuso Vincent—. Pero creo que lo más importante en este caso era el principal rasgo de carácter de Nova: su narcisismo. No es raro que los delincuentes con personalidad narcisista intenten participar en las investigaciones policiales sobre sus propios crímenes. En eso Nova no era única, ni mucho menos.

—¿Sabían todos los de Epicura que mataba a los niños? —preguntó Julia.

—No, tengo entendido que no —respondió Vincent cruzándose de brazos—. Por lo general no todos los miembros de una secta tienen el mismo grado de información acerca de todo lo que pasa. Son como las capas de una cebolla. Cuanto más penetras en la estructura, más información recibes. La cienciología funciona de la misma manera, pero allí tienes que comprar cursos para progresar gradualmente hacia un nivel más elevado de conocimiento. En Epicura tenías que demostrarle a Nova que eras útil. Y, además, debías padecer un dolor constante.

—¿Lo sabía Ines? —preguntó Mina.

Era consciente de que se estaba exponiendo al plantear esa inquietud, porque para entonces todos los presentes conocían su relación con Ines y con Nathalie. Era muy posible que alguien hiciera algún comentario.

—Según los miembros con los que he hablado, no sabía nada —replicó Vincent.

Mina asintió, aunque no del todo convencida. Ella no tenía ni idea de quién era realmente su madre, ni qué papel había desempeñado en los crímenes. Sin embargo, poco antes de morir la propia Ines le había asegurado que nunca había sabido lo que planeaba Nova, y Mina se agarraba a esas palabras con todas sus fuerzas. Quería creer en ellas a toda costa.

—Nova decía que los niños habían emprendido el camino hacia una nueva vida libre de dolor —prosiguió Vincent—. Los niños son el símbolo de la inocencia por antonomasia y a menudo, en contextos religiosos, se los considera pioneros que marcan el camino. Los miembros del círculo interno de Epicura creían que los libraban del dolor y los hacían renacer como seres puros y nuevos. De ese modo serían los primeros en avanzar hacia una nueva era, la versión de Epicura del milenarismo.

—En resumen, otra mierda hippie —murmuró Ruben.

—No sé si no es más extraño que el hecho de que millones de personas crean en un Dios que murió y al tercer día resucitó —comentó Adam—. Cada religión y cada comunidad tienen sus mitos.

—Nova tenía mucha fuerza como líder —continuó Vincent—. Era persuasiva. Y ofrecía a sus seguidores lo que más querían en el mundo: librarse del dolor que padecían.

—Pero ¿por qué esos niños? —preguntó Julia pensativa—. Es una de las cosas que todavía no consigo entender.

—Yo tampoco lo sé con certeza —replicó Vincent—. Las personas con las que he hablado no lo sabían. Nova daba las instrucciones necesarias y los demás obedecían. Puede que eligiera a los niños de manera aleatoria. Quizá solo buscaba que fueran fáciles de secuestrar. Es lo más probable. Si utilizaba algún otro criterio para elegirlos, no se lo dijo a nadie.

Guardó silencio y observó a los presentes. Mina siguió su mirada. Vio a Adam, que por una vez llevaba camiseta en lugar de camisa. A Ruben, que se había enfadado en cuanto había oído hablar de los niños. A Christer, que con expresión sombría acariciaba la cabeza de Bosse. Y a Julia, con el ceño fruncido desde que había vuelto de la baja por maternidad. Por último Mina contempló los ojos azules de Vincent. Parecía cansado. Terriblemente cansado.

—Pero hay algo que deben recordar, en medio de todo esto —dijo el mentalista—. Si Nova no hubiera muerto la tragedia habría llegado a más familias. Sabemos que aún no había terminado. Con toda probabilidad han salvado la vida a tres niños, sin contar a Wilma. Nunca sabremos quiénes son. Pero están en algún lugar y sus vidas ya no corren peligro.

Nadie respondió. Las palabras de Vincent deberían haber sido alentadoras, pero era difícil encontrar alegría en un momento tan amargo.

Ruben se incorporó y fue a buscar la silla de Peder al rincón. La levantó del suelo, la colocó en su lugar y la arrimó con cuidado a la mesa. Después salió de la sala. Pero antes Mina atinó a ver que el labio inferior le temblaba de manera incontrolable.

Cuando la puerta se cerró tras él, el silencio fue abrumador. Solo la silla vacía de Peder parecía seguir hablando.

Estaban con Anette en su sala. Su hermana se había llevado a las trillizas a dar un paseo para que pudieran hablar tranquilos. Ruben sabía que nadie podía perder veinte kilos en unos pocos días, pero Anette parecía desmentir esa idea. Tenía la piel grisácea y la mirada perdida, como si estuviera observando alguna cosa que nadie más veía.

Al principio Ruben había expresado reparos cuando había surgido la idea de ir a visitarla, porque pensaba que los miembros del equipo debían de ser las últimas personas del mundo que Anette querría ver en esos momentos. Después de todo, eran los policías que no habían podido salvar a su marido. Sin embargo, se había mostrado asombrosamente serena cuando se presentaron. O quizá resignada.

—Ya sé que no te servirá de nada —le dijo Julia con suavidad, apoyándole una mano sobre el brazo—, pero quiero que sepas que pensamos todo el tiempo en ti. Y en Peder. Y recordamos lo fantástico que era como persona y también como padre.

—Tienes razón —replicó Anette en voz baja, retirando el brazo—. No me sirve de nada. Sigo pensando que voy a despertarme de esta pesadilla. Y que lo veré entrar por esa puerta, con su ridícula barba pintada de azul, y me dirá que todo ha sido un malentendido y nada más.

Las lágrimas le corrían por las mejillas sin que hiciera nada para disimularlas. ¿Cuántas lágrimas podría derramar una persona adulta? Demasiadas, probablemente. Anette parecía estar llorando sin tregua desde el último lunes.

Ruben observó que Mina se balanceaba, sentada al borde del sofá. Se movía de manera temblorosa, contemplando con cara de espanto la diversidad de objetos y los restos pegajosos que las trillizas habían dejado sobre cada superficie disponible, incluido el sofá. Por toda la sala había muñecas, gises, piezas de Duplo e iPads con fundas de colores, todo ello mezclado con sándwiches a medio comer y chucherías masticadas.

Ruben estaba a punto de decirle algo, pero entonces recordó que Mina también tenía una hija, igual que él. En algún momento del pasado su casa debía de haber presentado ese mismo aspecto, por impensable que pudiera parecer ahora. Además, era cierto lo que decía Amanda, su psicóloga. No nos definen nuestros pensamientos, sino nuestros actos. Y Mina seguía sentada en el sofá, por muy difícil que fuera para ella. De repente Ruben se sintió orgulloso de su colega.

Después pensó una vez más en las trillizas y en cómo bailaban en el video del teléfono de Peder, y se le encogió de tal manera el corazón en el pecho que tuvo que hacer un esfuerzo para seguir respirando.

—¿Las trillizas ya lo...? —empezó, pero no pudo terminar. Era demasiado difícil.

—No —dijo Anette negando con la cabeza—. Todavía no les he dicho nada. Creen que se ha ido de viaje unos días. Sé que debo decírselo, pero no sé cómo... ¿Cómo lo hago para explicarles a tres niñas pequeñas que su papá ha muerto? ¿Cómo? ¿Alguien lo sabe?

Ruben hizo un gesto negativo y volvió a tragar saliva. No podía imaginar nada más espantoso.

—Si quieres, puedo estar contigo cuando te decidas a contárselo —propuso Christer suavemente—. Casi siempre me toca a mí comunicar las malas noticias. Pregúntale a Julia. Sé que esas conversaciones no son sencillas, pero tengo experiencia. Estaré contigo, Anette, si quieres. Lo haremos juntos.

—Gracias —respondió ella sonriendo entre las lágrimas.

—En cualquier caso, es fantástico que tu hermana pueda quedarse estos días con ustedes —añadió Julia—. Además, ya sabes que la policía puede ofrecerte apoyo psicológico, si lo necesitas.

—Gracias, pero yo... De momento preferiría no tener mucho contacto con la policía. ¡Qué trabajo tan horrible! ¿Por qué tenía que arriesgarse de esa manera, con tres niñas pequeñas en casa? —Anette inspiró ruidosamente por la nariz—. En realidad, sí sé por qué —continuó—. Siempre decía que necesitaba ser policía porque tenía hijas pequeñas, puesto que de ese modo contribuía a dar forma al mundo en el que ellas crecerían.

—Y fue lo que hizo —intervino Adam—. Era un buen policía.

—El más amable —añadió Mina con los ojos llenos de lágrimas.

—No te tomes a mal lo que voy a decirte —dijo Anette volviéndose hacia Adam—. Pero ¿por qué le disparó esa mujer? ¿Por qué a Peder y no a ti? ¿Por qué no lo protegiste?

—Porque pensó que Peder iba a sacar un arma —respondió Adam—. Reaccionó instintivamente.

—¿Y era verdad? ¿Iba a sacar un arma?

—No. Era solo su teléfono. Quería enseñarle un video para que tuviera presentes las cosas buenas de la vida.

Anette guardó silencio y al cabo de un momento asintió.

—El más amable —repitió.

Adam estaba sentado delante de su escritorio, mirando anuncios de pisos en alquiler. Su madre tenía razón. Ya no podía vivir como si tuviera veinte años. Tenía que encontrar un departamento más presentable y buscar a alguien con quien compartirlo. Ninguna mujer lo tomaría en serio si veía el lugar donde vivía.

También debería apuntarse a un curso de cocina. No podía servir espaguetis y salsa de bote en una cena romántica. Mejor dicho, podía. Pero entonces quizá no hubiera una segunda cita. Sus habilidades culinarias eran bastante limitadas. Siempre había puesto el trabajo por delante de cualquier otro interés. Pero había llegado el momento de que eso cambiara.

Los anuncios pasaban delante de sus ojos. Departamento de una recámara en el centro. Sí, tal vez. Aunque sería preferible que tuviera una habitación más. Sería mejor para su imagen. Pero ¿podía permitírselo, sin compartir los gastos?

Se echó hacia atrás en la silla y dejó escapar un suspiro. Quizá estaba empezando por el final. Probablemente sería mejor descargar la aplicación de Tinder. O apuntarse a un curso de cocina.

Imaginó a su madre persiguiendo a cuatro niñitos que reían a carcajadas. Sonrió ante la imagen mental, que le hizo sentir una agradable calidez interior. Sería maravilloso. Pero cuatro niños eran demasiados. Su madre tendría que conformarse con tres.

Llamaron a la puerta entreabierta y Julia asomó la cabeza.

—Hola —la saludó Adam.

—Hola —dijo ella—. Solo quería decirte... que has hecho un buen trabajo. Y que me alegro de que formes parte de nuestro grupo. No siempre es tan intenso, te lo aseguro.

—Espero que no —respondió él riendo.

Su celular empezó a vibrar sobre la mesa. Número desconocido. No solía atender las llamadas de números desconocidos.

—¿No vas a contestar? —le preguntó Julia.

Adam se encogió de hombros, tocó el ícono del teléfono verde y respondió. Enseguida se le cortó el aliento.

—Ya voy —logró articular antes de colgar.

—¿Ha pasado algo?

—Sí. Mi madre.

Salió corriendo del despacho y siguió a toda prisa por el pasillo. Julia le gritó algo por detrás, pero él ya no podía oírla.

Christer lamentó no haber elegido una camisa más bonita. ¿En qué estaría pensando cuando decidió ponerse esa camisa de viscosa, de rayas marrones y *beige*? Le habría gustado ponerse el chaleco de punto, pero el calor se lo había impedido. Además, tampoco era tan bonito. Por otra parte, se sentía casi culpable por preocuparse de algo tan superficial como la apariencia física después de los últimos sucesos.

El jueves anterior Anette y él habían hablado con las trillizas. No era fácil hablar con niños, porque a veces lo entendían todo y otras, nada. Además, las trillizas eran muy pequeñas. Para ellas todo lo que les dijeran eran solo palabras. Aun así se pusieron tristes. También Anette y él estaban muy tristes, pero ellos tampoco entendían de verdad lo sucedido. La comprensión real no les llegaría hoy, ni mañana, sino más adelante. En algún momento las niñas comprenderían el alcance de la tragedia, cuando pasaran los días y su papá no volviera a casa. Entonces comenzaría el verdadero trabajo de Anette.

Y la vida seguiría su curso. La vida. ¡Qué horror!

Christer sacó el pañuelo y se secó la frente, mientras Bosse divisaba otro golden retriever un poco más lejos y le ladraba alegremente.

—No, Bosse, quédate aquí —le dijo tirándole de la correa.

Tenía la sensación de que todo era un gran error. ¿Por qué había llevado al perro? Cuando Lasse le había propuesto encontrarse en el parque Vasa, Christer había pensado automáticamente que sería un paseo perfecto para Bosse. Pero una cosa era dejarlo atado cerca de la puerta del restaurante y otra muy distinta la proximidad directa. Existía la posibilidad de que Lasse fuera alérgico a los perros.

Mierda.

Volvió a secarse el sudor de la frente con el pañuelo.

Un poco más allá, en el parque, vio el quiosco donde se habían dado cita. Había pensado llegar temprano, para que Lasse lo encontrara sentado ya a la mesa, con aspecto de policía experimentado con todo el peso del mundo sobre sus hombros, quizá tomando notas sobre un caso o leyendo el periódico mientras bebía un expreso doble. Quería parecerse tanto como fuera posible a su personaje de ficción favorito: Harry Bosch. Pero en ese momento ni siquiera estaba seguro de vivir en el mismo planeta que su detective preferido.

La sensación de zozobra se le trasladó del vientre a las piernas. Se paró en seco y miró el quiosco. Se sentía incapaz de hacerlo. Necesitaba regresar a casa. De inmediato. Justo cuando iba a dar la vuelta oyó una risa cantarina a su espalda. La voz a la que pertenecía se había vuelto más grave desde su juventud. Pero, igual que entonces, le produjo una sensación de tibieza en todo el cuerpo.

—¿Querías hacerme el truco del perro? —preguntó Lasse, y volvió a reír cuando Christer se volteó para verlo.

Estaba en cuclillas, saludando a Bosse.

—¡Hola, bonito! ¿Quién es un buen perro, eh? ¿Quién es un buen perro?

Le estaba acariciando el cuello mientras Bosse agitaba frenéticamente la cola y babeaba de manera incontrolable.

—¿El truco del perro? —Christer vaciló—. No, yo... Bueno... Quiero decir...

¿Qué pensaría Lasse? Se sintió patético, como si Lasse le hubiera bajado los pantalones. O quizá esa metáfora no fuera la más apropiada. Pero se sentía como si lo hubiera sorprendido haciendo algo malo. Como si lo hubiera atrapado con las manos en la masa.

Lasse se incorporó.

—Porque si es así, debo decir que es el truco más torpe que he visto en mi vida —añadió sonriendo—. Un sesentón entrado en carnes con un chucho pulgoso.

Christer recordaba esa sonrisa de cuando eran jóvenes. Siempre le había gustado. Intentó sonreír también, pero no sabía si era lo que correspondía.

—Es cierto que estoy enfadado contigo —prosiguió Lasse—. Tenemos algunos asuntos que resolver. Pero hay que reconocer que son un dúo encantador, ustedes dos. ¿Nos sentamos a tomar ese café?

Mina entró sin hacer ruido en la habitación del hospital. Suponía que no era mera casualidad que hubieran puesto a su hija en una habitación individual. Pero esta vez no tenía nada en contra de que el padre de Nathalie moviera los hilos.

La encontró apaciblemente dormida. No tenía lesiones aparentes, pero los médicos querían dejarla unos días en observación. Mina reprimió el impulso de tender la mano y acariciarle el cabello. ¡Hacía tanto tiempo que no la tocaba! Tenía miedo de haber olvidado cómo se hacía, cómo acariciaba una madre a su hija.

Tomó con cuidado una silla, la aproximó a la cama y se sentó lo más cerca que pudo, para mirarle la cara mientras dormía. Aunque la había observado durante años desde lejos, era muy diferente contemplarla de cerca. La sensación era a la vez de familiaridad y extrañeza. Cuando se había marchado, su hija era una niña bonita y despierta de cinco años. Algunos de los rasgos y gestos de entonces habían desaparecido, borrados por el paso del tiempo. Pero otros se habían mantenido, como el ligero temblor del labio superior cuando dormía o las largas y oscuras pestañas tendidas como abanicos sobre sus mejillas.

Mina no se cansaba de mirarla, pero se estremecía al pensar en el camino que les quedaba por recorrer. Tenían mucho equipaje que deshacer, muchos errores envueltos en excusas idiotas que ya no parecían tan racionales como en un primer momento.

Los párpados de Nathalie se movieron casi imperceptiblemente antes de abrirse. Durante una fracción de segundo Mina sintió deseos de huir. Salir de la habitación y dejar a su hija, sin necesidad de responder a las preguntas que con seguridad le plantearía.

—Tú... —dijo Nathalie con voz tensa, mientras regresaba poco a poco a la superficie de la conciencia.

Su mirada se fue volviendo más límpida a medida que se despertaba. Mina había dejado su mano junto a la de Nathalie. Al lado, pero sin tocarla. Su hija se la apartó y desvió la vista, volviéndose ostensiblemente hacia la ventana.

—¿Qué haces aquí? —preguntó con frialdad.

—He venido a ver si estás bien —contestó Mina.

La voz le temblaba un poco.

—Estoy bien —replicó Nathalie—. Ya te puedes ir.

Mina permaneció un momento callada, sin moverse.

—Sé que tengo muchas cosas que explicar —dijo al cabo de un rato—. Y que debo pedir muchas disculpas. Pero espero que estés dispuesta a escucharme.

—Papá y yo nos las hemos arreglado muy bien sin ti todos estos años. No te necesito para nada.

El tono de Nathalie era frío y desafiante, pero una ligera grieta en su coraza indicaba que las emociones estaban presentes y que bullían bajo la superficie.

—Ya sé que no me han necesitado —respondió Mina—. Y que tú has estado bien. Solo espero... Solo espero que haya un futuro que las dos podamos compartir de alguna manera.

—¡Te he dicho que te vayas! —exclamó Nathalie al borde del llanto e incapaz de mantener su aparente frialdad—. ¿No me has oído? ¡Fuera de aquí!

Mina se puso de pie. En ese momento oyó que alguien entraba en la habitación detrás de ella. Cuando se volteó vio al padre de Nathalie.

—Llevará tiempo —le dijo él con asombrosa amabilidad—. Todo es nuevo. Pero empiezo a darme cuenta de que interrumpir todo el contacto de forma tan radical no fue la mejor solución. Si hubiésemos actuado de otro modo, nada de esto habría sucedido. Ven a cenar con nosotros cuando Nathalie vuelva a casa. Será un nuevo punto de partida.

—¡No quiero que venga a cenar! —aulló Nathalie desde la cama.

Mina sofocó un sollozo. El padre de Nathalie le apoyó una mano sobre el hombro. Una vez más, la sensación era extraña y familiar al mismo tiempo.

—Ya verás como todo se arreglará. Te llamaré dentro de unos días. Pero ahora es mejor que te vayas. Y... perdona por no contestar cuando me llamaste para suplicarme que fuera a buscar a Nathalie. Estaba... en medio de una crisis... en el trabajo.

—Sí, ya lo he visto en los periódicos —replicó Mina asintiendo.

El padre de Nathalie bajó la cabeza, incapaz de mirarla a los ojos.

—El trabajo es... Ya sabes que la niña es mi prioridad. Siempre lo ha sido. Pero el maldito trabajo...

Mina se limitó a hacer un gesto afirmativo. Quería salir al pasillo antes de que le brotaran las lágrimas. No quería que su hija la viera llorando. No tenía derecho a llorar. Y no hacía falta que el padre de Nathalie se disculpara. Era ella la que había tenido otras prioridades durante toda su vida. La que había elegido otras cosas.

Cuando salió, se volteó un momento para mirar la habitación. Nathalie abrazaba con fuerza a su padre.

Tras unos pasos por el pasillo empezaron a correr las lágrimas por su rostro.

—¡Torkel! ¿Qué ha pasado? ¿Cómo está Harry?

Julia entró corriendo en la pequeña sala que le habían indicado al llegar al hospital infantil Astrid Lindgren. Torkel se levantó de la silla donde estaba sentado, fue a su encuentro y la abrazó con tanta fuerza que casi le corta la respiración. Cuando Julia consiguió soltarse vio a Harry acostado en una camilla. Una mujer en bata blanca lo estaba examinando.

—¡Harry! —exclamó Julia corriendo hacia él.

Los grandes ojos azules de su hijo se voltearon hacia ella y el pequeño gorjeó feliz cuando reconoció a su madre. Julia sintió tal alivio que estuvo a punto de caerse al suelo.

—Parece ser que este caballerito se las ha arreglado para armar un pequeño drama en casa —dijo la doctora sonriendo—. Se ha metido en la boca algo que no debía, pero su padre ha reaccionado enseguida y al poco tiempo tenían una ambulancia en la puerta. Creo que lo más grave ha sido que el papá ha estado a punto de sufrir un infarto.

La doctora levantó a Harry en brazos y se lo pasó a Julia, que lo apretó contra su pecho y después intercambió una mirada con Torkel.

—Gracias.

Su marido asintió. Tenía lágrimas en los ojos. Era la primera vez que Julia lo veía llorar. Ni siquiera con el nacimiento de Harry había llorado. Después del parto se había puesto a reír y a dar saltos sin parar, como un conejo de Duracell.

—¿Nos lo podemos llevar a casa?

La doctora asintió.

Torkel recogió sus cosas y salió de la sala detrás de Julia. Cuando le pasó un brazo por el hombro, ella notó que estaba temblando.

—Conduzco yo, tú ve con Harry en el asiento de atrás —le dijo en tono firme cuando llegaron al coche.

—De acuerdo —replicó Torkel sin protestar.

Tras asegurar en su asiento a Harry, que seguía haciendo gorgoritos con cara de felicidad, Julia rodeó el vehículo para ponerse al volante mientras Torkel se abrochaba el cinturón de seguridad en el asiento trasero. En el momento de poner en marcha el motor Julia sintió en el hombro la mano de su marido.

—Espera. Quiero decirte una cosa.

Julia vio la mirada de Torkel por el retrovisor. Notó que le costaba hablar.

—Me he portado como un imbécil —dijo finalmente.

—Torkel... —empezó ella, pero él la interrumpió.

—No, déjame hablar. Nunca he pasado tanto miedo como hoy. Pensé que iba a morirse, Julia. Te juro que pensé que se moría. Entonces he entendido por primera vez cómo debe de ser tu trabajo. Esos padres... —Se le quebró la voz—. Ni siquiera soy capaz de imaginar cómo lo hacen para seguir viviendo después de perder a un hijo. Y tú vas al trabajo cada día para ayudarlos a encontrar respuestas. Y para evitar que otros padres tengan que pasar por lo mismo. Y lo haces mientras yo estoy en casa lloriqueando como un puto niño pequeño. Perdóname. ¡Estoy tan avergonzado! Te prometo que de ahora en adelante se han acabado las protestas y los lloriqueos. No volveré a quejarme.

Hizo una pinza con los dedos y se los pasó por los labios de izquierda a derecha, como si estuviera cerrando una cierre. Y a continuación arrojó lejos una llave invisible.

Julia se volteó hacia él y lo miró a los ojos.

—Tienes razón. Te has portado como un idiota. Pero eres mi idiota. Y el mejor padre que Harry podría tener. Solo estabas un poco perdido. Por eso te propongo olvidarlo todo y empezar de nuevo. ¿Sabes qué? Todavía me quedan tres semanas de la baja por maternidad que podría usar para relevarte. Ya sé que acabo de incorporarme, pero después de estos últimos días ni siquiera mi padre me criticará si me tomo unas semanas libres. Y tú podrás ir a la oficina mañana mismo. O jugar al golf. O hacer lo que quieras. Yo me ocuparé de Harry.

—Ya sabes que detesto el golf —respondió Torkel con una carcajada—. Y en la oficina se las arreglan la mar de bien sin mí. Solo intentaba convencerme a mí mismo de que era imprescindible. Pero me parece bien que hagas una pausa. Podríamos tomar la baja los dos a la vez. ¿Te parece que nos levantemos una noche cada uno cuando llora Harry y que alternemos el cambio de pañales? Estaremos los dos en casa. Después yo me haré cargo de todo otra vez y tú volverás a la jefatura. ¿Qué me dices?

Julia sonrió y encendió el motor.

Volvió a encontrar su mirada en el retrovisor.

—Eso haremos —dijo.

Mina salió a dar un paseo por el parque Rålambshov para ordenar las ideas. Por supuesto, su exmarido tenía razón. Nathalie necesitaba tiempo. Y, por suerte, podía darle todo el que quisiera. Recordó que Vincent tenía tres hijos, mientras que ella tenía una sola. ¿Habría pasado también por momentos difíciles en su relación con ellos? Probablemente. Las dificultades formaban parte del trabajo de padre.

Vincent...

A diferencia de la vez anterior, no se habían despedido después de la reunión en la jefatura. Ni siquiera se habían dicho adiós. Solo un vago «hasta pronto». El problema era que no habían dicho cómo de pronto. Volverían a verse para el funeral de Peder, obviamente, pero eso no contaba. Mina tendría que asegurarse de que no volvieran a pasar otros veinte meses. Después de todo Vincent se había lesionado un pie tratando de salvar a Nathalie. De hecho, le había salvado la vida.

Tenía que ser excusa suficiente para llamarlo.

Sacó el teléfono y estaba a punto de marcar su número cuando un ícono con una llama blanca sobre fondo rojo la detuvo. Tinder.

De pronto fue consciente de lo que había hecho. Por una vez había actuado como el resto de las personas. Había seguido las reglas del juego. Había conocido a alguien de manera normal, había tenido una cita, se había comportado como era de esperar y se había reído cada vez que la situación lo exigía. Si alguien dudaba de que ella fuera capaz desempeñarse como cualquier otra persona, ya le había demostrado que se equivocaba.

Y no pensaba repetirlo nunca más.

Mantuvo el dedo sobre el ícono y eliminó la aplicación. Después se puso a caminar de nuevo por la orilla del agua.

En sus dos últimos paseos por ese mismo parque la había acompañado Vincent. Una vez en invierno y la otra, pocas semanas atrás. El parque le parecía menos interesante que con el mentalista a su lado. Vincent habría podido contarle alguna curiosidad sobre el efecto psicológico de los puentes tendidos sobre el parque, o sobre la relación matemática entre los muelles y la ubicación de los carriles bici.

Se pasó la mano por el cabello. En esta ocasión había reprimido el impulso de rapárselo al cero cuando había regresado a casa después de la aventura en el búnker. El pie de Vincent ya era suficiente herida de guerra.

¡Y pensar que durante un breve instante, que sin embargo le había parecido una eternidad, había creído que Vincent estaba muerto! Aún no se lo había perdonado. Algún día se lo haría pagar. Eso y la bromita del agua en Kungsträdgården. Quizá no fuera mala idea empezar a llevar un registro.

Metió la mano en el bolsillo y tocó algo de plástico. Mierda. Se le había olvidado dárselo. Sacó el objeto y lo miró. Con ayuda de Milda había conservado en un bloque de acrílico dos de las briznas de hierba que Vincent había recogido en el parque de Fatbur. Una clara y otra oscura, colocadas una junto a otra, dentro de un bloque de plástico transparente. Como una pieza de Lego.

Lo había hecho para regalárselo, como recuerdo de lo que habían vivido juntos. Pero tal vez fuera mejor que se le hubiera olvidado dárselo. Demasiado morboso. A veces Mina tenía dificultades para darse cuenta de ese tipo de cosas. Por otro lado, las briznas de hierba eran algo más que el recuerdo de un asesinato.

Eran Vincent y ella.

Representaban todo aquello que necesitaba un lado oscuro y otro luminoso para existir. Volvió a guardarse el bloque de plástico en el bolsillo y se ajustó los lentes de sol. El parque estaba lleno de gente, pero nadie parecía prestarle atención. Se alegraba de que fuera así porque era muy posible que hubiera comenzado a sonrojarse.

Vincent avanzaba a saltos con sus muletas por la pasarela de Tantolunden. Recordaba otro día caluroso en ese mismo lugar, con Mina a su lado, hacía demasiado tiempo. Se dijo que ya era hora de repetirlo, antes de que pasara el verano. Si ella quería, por supuesto. Sospechaba que seguiría un poco enfadada con él.

Pero no importaba. Tenía mucho tiempo para hacerla cambiar de idea.

No le había contado a nadie lo cerca que había estado de agarrar el vaso equivocado en la habitación del hotel con Nova. El amago de echar el veneno en los dos vasos había sido un gesto deliberado para introducir esa posibilidad en la mente de la mujer. Aunque no creyera que de verdad lo había hecho, la idea estaría presente en su cerebro y volvería más creíble su fingida muerte. Cuando había golpeado la botella de veneno contra el borde del vaso, lo había hecho para dejar lo que en la jerga de los magos se llama un *nick*: una marca invisible para cualquiera que no sepa dónde buscarla. De ese modo sabría cuál era el vaso bueno. Era una vieja técnica utilizada en ocasiones por los médiums, cuando celebraban sesiones de espiritismo para varias personas a la vez. Un número clásico de los espiritistas consistía en pedir que cada participante escribiera una pregunta personal en un papel. En primer lugar tenían que comprobar que todas las hojas fueran idénticas entre sí, para garantizar el anonimato de los autores de las preguntas. Pero cuando el asistente del médium recogía los papeles, les hacía una pequeña marca o *nick* en el borde con la uña. De ese modo, observando la posición de las marcas, el espiritista podía saber en qué sitio de la mesa estaba sentada la persona que había hecho cada pregunta y fingir que se lo revelaban los espíritus.

Pero en aquel vaso no había quedado ninguna marca. Debería haber golpeado con más fuerza. Después, cuando Nathalie los movió, Vincent no tenía manera de saber cuál de los dos contenía el veneno.

Se había visto obligado a confiar en el azar.

Y le había salido bien. A excepción del pie, por supuesto.

Tras la última reunión del grupo de policías les habían preguntado a Mina y a él si necesitaban hablar con un psicólogo, después de las situaciones traumáticas que habían vivido. Pero los dos habían rechazado la oferta. La única persona del cuerpo de policía con la que Vincent tenía necesidad de hablar era Mina.

No pensaba cometer el mismo error que la vez anterior y pasar meses sin dar señales de vida. Ahora se daba cuenta de que había sido una tontería innecesaria. ¿En qué estaría pensando? ¿Por qué se había aislado de esa manera? Maria tenía que entender que él quisiera tratar con otras personas. Y si no lo entendía, entonces tendrían que acudir a varias sesiones más de terapia de pareja. Porque Mina vivía en su interior, en lo más profundo de su ser. Era así y no podía hacer nada al respecto. La necesitaba para sentirse completo. A veces Mina era la única persona que le parecía real, aunque no pensaba decirlo nunca en voz alta, obviamente. No quería que lo tomaran por loco.

De hecho, podía llamarla e invitarla a dar un paseo en ese mismo instante. ¿Por qué no? El verano no iba a durar para siempre. Decidió que lo haría, pero antes necesitaba hacer otra llamada.

Se puso los auriculares para poder hablar por teléfono mientras iba dando saltos con las muletas. Buscó el número en el teléfono y lo pulsó.

—Hola, soy yo —dijo cuando descolgó Umberto, de ShowLife Productions.

—¡Vincent! —exclamó Umberto risueño—. ¡Cuánto tiempo sin noticias tuyas! ¿Estás listo para viajar mañana al lugar del rodaje de *Prisioneros en el fuerte*?

Vincent se alegró de que no fuera una videollamada, porque prefería que Umberto no viera su sonrisa.

—Precisamente por eso te llamo —respondió, tratando de parecer contrariado—. Por desgracia tengo malas noticias. Me he lesionado un pie. Tendré que andar con muletas varias semanas. Así que lo siento, pero no podré participar en el programa.

—Pero, Vincent, ¿no has recibido la última actualización del...? No importa, te lo cuento yo. Tienes una suerte increíble. Da igual que no puedas caminar con normalidad. La producción ha decidido meterte en el túnel de los bichos. Lo conoces, ¿no? Es un túnel estrecho, lleno de animalejos de ocho patas y cosas por el estilo. No necesitarás usar los pies. Podrás salir reptando, impulsándote con los brazos. Has tenido una suerte de locos, ¿verdad?

Vincent respiró hondo. La definición que tenía Umberto de una «suerte increíble» necesitaba una revisión profunda. Lo último que pensaba hacer Vincent en su vida era justo lo que su agente acababa de describirle.

Nunca más. Pero quizá podría librarse de participar en el programa si se fracturaba los dos pies, en lugar de uno solo. O si se los amputaba. Las dos alternativas le parecían razonables en comparación con lo que le esperaba.

—Por cierto, también he hablado con la ayudante de producción —prosiguió Umberto—. Se alegró mucho cuando supo que irías. Se llama Anna. Por lo visto te conoce. Probablemente sabes quién es, pero te diré una cosa un poco loca que se cuenta de ella: se rumorea que tiene tu cara tatuada en la espalda, así que podemos estar seguros de que te cuidará bien.

Vincent cerró los ojos y se apoyó en las muletas. Se vio a sí mismo con ropa ceñida de deporte, mientras un director frenético le daba órdenes y Anna, su acosadora, le reprochaba que no aprovechara al máximo la jornada de rodaje.

Mina iba a partirse de risa.

Fredrik Walthersson se estacionó en el sendero de grava frente a la pequeña casa de campo en Djurö. Josefin y él debían de haber llegado los últimos, a juzgar por la cantidad de coches estacionados delante. Atravesaron la extensión de hierba en dirección a la casa de paredes marrones. El jardín estaba en plena floración y había una hamaca colgada entre dos manzanos. Era un día espléndido: el verano escandinavo en todo su esplendor. Pero a Fredrik le costaba apreciarlo. Habían pasado varios días desde que la policía los había llamado para revelarles quién se había llevado a Ossian y comunicarles que la persona en cuestión se había suicidado.

Desde entonces Josefin y él no habían hecho más que esperar la llamada.

Y ahora estaban ahí.

Mauro Meyer salió a su encuentro y les tendió la mano.

—Los demás ya han llegado —anunció en voz baja—. Vamos a empezar.

Los hizo pasar a la casa. Había muchos zapatos en el recibidor y Fredrik se quitó automáticamente los suyos. Era curioso cómo se mantenían algunas rutinas, fueran cuales fueran las circunstancias.

Cuando entraron en la sala le llevó unos segundos reconocer a los demás. Todos habían envejecido, pero a cada uno de ellos la edad los había tratado de forma diferente. Algunos, como Mauro, habían mejorado. Los cuarenta le sentaban de maravilla. En cambio otros, como Lovis Carlsson, parecían llevar la edad como un recordatorio de una muerte inminente.

Fredrik saludó con una inclinación de la cabeza a Jens y Janina Josefsson, que estaban sentados en el sofá, en silencio. También vio a Hugo y Karin, junto a Henry y Tobias. Como Jens y Janina, ellos también tenían a sus hijos con vida. Había una clara diferencia de estado de ánimo entre la zona del sofá y la parte de la habitación donde se encontraban ellos, además de Mauro y Lovis.

Fredrik y Josefin se sentaron a la mesa. Mauro había preparado café y una bandeja de bollos, pero no parecía que nadie pensara tocarlos.

—En realidad debería ofrecerles algo más fuerte —dijo Mauro cuando notó que Fredrik contemplaba la mesa—. Pero después tendrán que conducir. —Se aclaró la garganta y continuó—. Será mejor que empecemos. Estamos todos excepto nuestra querida Vendela, que como ya saben, decidió quitarse la vida la primavera pasada. Todos creyeron que se había llevado consigo a Dexter, ya que los dos desaparecieron al mismo tiempo. Pero hace unos días apareció la noticia de que el hijo de Thomas Jonsmark había sido hallado en un parque de Estocolmo. Por lo tanto, tenemos que suponer que también su muerte fue obra de Nova..., es decir, de Jessica.

Jens y Janina se miraron.

Josefin recogía con un dedo los granos de azúcar de uno de los bollos de crema. Fredrik sospechaba que ni siquiera era consciente de lo que estaba haciendo.

—¿Lo sabe Thomas? —preguntó Henry.

Henry y Tobias tenían un hijo en común, Alfons. Fredrik no conocía al niño, ni tenía ganas de conocerlo. Porque, a diferencia de Ossian, Alfons todavía estaba vivo. Le daba vergüenza pensarlo, pero le habría gustado que fuera al contrario. Una vida por otra. Tal como había hecho Jessica. O Nova, según el nombre que había adoptado.

—No, no creo que lo sepa —contestó Mauro—. Tampoco le he dicho nada a Jenny. Las cosas se pusieron muy mal cuando intentó culparme de los asesinatos. Pero no le dije nada entonces, ni tampoco lo he hecho ahora. Cecilia tampoco sabe nada. En cierto sentido habría sido justo que me condenaran.

—No digas eso —intervino Josefin apoyando una mano sobre el brazo de Mauro—. Fue hace mucho tiempo. Además, fue un accidente. No imaginábamos lo que podía pasar. Éramos niños. Unos niños alocados y tontos.

—No, no fue un accidente —replicó Mauro con amargura—. Mentimos. John no había hecho nada. Era inocente. Pero nos inventamos historias sobre él y los demás. Ni siquiera recuerdo por qué. ¿Tal vez por la emoción de hacerlo? ¿Quizá como venganza por algo que nos había dicho? ¿O simplemente porque se rumoreaba que eran gente rara? Lo decisivo fue que nuestros padres se creyeron nuestras mentiras. Y la situación se nos fue de las manos de manera catastrófica. Nunca... Nunca había sido nuestra intención que... Ninguno de nosotros podía pensar que nuestros propios padres fueran a...

No completó la frase.

Nadie más dijo nada.

El sentimiento de culpa saturaba el aire de la habitación.

—Yo tampoco le he contado nada a Jörgen —comentó por último Lovis con voz ronca—. Está en la cárcel de Hall, condenado por el asesinato de William, y espero que el puto cabrón se pudra entre rejas aunque no lo haya matado.

Se hizo un silencio en la habitación. Casi todos los presentes tenían la vista fija en el suelo.

En otra época habrían sido capaces de caminar sobre brasas encendidas para estar juntos, pero desde entonces habían pasado muchas cosas. Algunas parejas seguían unidas y otras no. Algunos de ellos habían hecho una carrera profesional fantástica y otros tenían una vida mediocre pero tranquila. Solo a Lovis le había ido tremendamente mal. Y a Vendela, claro, la pobre

Vendela. Pero ¿quién habría podido prever que su existencia iba a acabar en tragedia?

Habían jurado interrumpir el contacto entre ellos de forma permanente. Ni siquiera el verano anterior, cuando Josefin y Fredrik se habían enterado por la prensa del hallazgo del cadáver de una niña con el nombre de Lilly Meyer, habían llamado a Mauro.

—Lo que ha sucedido es tan horrible que no hay palabras para describirlo —dijo Mauro—. Pero ha pasado. Jessica ha muerto. Por eso quería comprobar si la promesa que nos hicimos unos a otros sigue en pie. Si ninguno de nosotros piensa decir nada, o si ha cambiado alguna cosa. ¿Ha sentido alguien la tentación de hablar del pasado con la policía, o con la prensa?

Todos los presentes negaron enérgicamente con la cabeza.

—Muy bien —contestó Mauro—. Entonces seguiremos así. Los que mantengan contacto entre ustedes, sean precavidos. Comuníquense por WhatsApp y no utilicen su verdadero nombre. Pero, como ya hemos dicho, lo mejor es abstenerse de hablar con los demás. Tenemos que sobrellevarlo juntos, pero en silencio. Y los que aún tengan a sus padres vivos, hagan lo posible para que nunca lo sepan. Somos capaces de cargar solos con nuestra culpa. No necesitamos compartirla. Si no hubiésemos mentido, nada de esto habría pasado. Al menos así lo veo yo. Que descansen en paz los que ya no están.

Los demás asintieron. Después se levantaron y se marcharon sin despedirse.

Había anochecido. Casi toda la familia se empezaba a preparar para irse a la cama, pero Vincent estaba demasiado inquieto para acostarse. Se había declarado una inesperada tormenta estival y el viento azotaba los árboles. Las ramas crujían y las hojas se agitaban como si quisieran soltarse. Vincent estaba en la sala, mirando un artículo de periódico que ya había leído muchas veces más.

¡TRUCO DE MAGIA ACABA EN TRAGEDIA!

Un juego de ilusionismo se convierte en trágica realidad en una granja de los alrededores de Kvibille

Había perdido la cuenta de las veces que había leído ese titular y su correspondiente entradilla.

Pero desde que había sacado el artículo de la estantería la semana pasada, no había sido capaz de volver a guardarlo. Lo había leído una y otra vez, intentando rememorar la conversación con la autora del reportaje. Pero los recuerdos eran borrosos. Hacía demasiado tiempo y, además, en aquel momento él no estaba muy... centrado.

Recordaba a un policía amable y a una mujer entrometida, pero era imposible saber si estaba evocando hechos reales o meras fantasías, tejidas por su cerebro infantil a partir de imágenes de series de televisión, de libros o de la vida de otras personas. La verdad, como siempre, debía de estar en algún punto intermedio. Tenía claro que muy pocos o quizá ninguno de sus recuerdos coincidían exactamente con lo sucedido en realidad. Y los ojos desolados del niño de siete años que lo miraban desde el periódico eran un recuerdo que Vincent había hecho todo lo posible por borrar.

Pero los tres rompecabezas sobre su escritorio hablaban por sí solos. Alguien se empeñaba en hacerle recordar lo ocurrido en su infancia. Y fuera quien fuese, sabía que no era Jane ni Nova. Hasta hacía poco creía que se los había enviado Nova, con el propósito de desconcertarlo y desviar sus pensamientos de la investigación. También había considerado la posibilidad de que los rompecabezas contuvieran pistas importantes, teniendo en cuenta los rasgos narcisistas de Nova. No era inusual que personas con una elevada opinión de sí mismas sintieran el impulso de compartir la percepción de su propia brillantez con individuos dotados de suficiente inteligencia para comprenderlas.

Pero no había sido así. Nova no le había enviado los rompecabezas, ni le había hecho llegar el artículo de prensa a Ruben.

Alguien, en algún lugar, estaba jugando con él a un juego muy desagradable, y Vincent no tenía la menor idea de quién podía ser.

—¿Qué estás haciendo? —preguntó Maria desde la puerta—. El disco que has puesto en la sala se ha acabado hace rato. Comfort Module. ¡Vaya nombre para un grupo de música! —De repente la expresión de Maria cambió—. ¿No te sientes bien?

Vincent no pudo contestar. De hecho, no sabía si se sentía bien o mal. Instintivamente cubrió con las manos el artículo que tenía sobre el escritorio. Era una reacción infantil, por supuesto, pero no tenía fuerzas para responder a las preguntas que podía generar el recorte de prensa. Maria se fijó en el periódico, como Vincent sabía que haría, pero se limitó a mirarlo con severidad, sin hacer ningún comentario.

—Tienes mala cara —dijo—. Ven, te ayudaré a acostarte. Si vas a viajar mañana tendrás que estar despejado. Déjame que recoja todo esto y vamos a la cama.

Al recoger de la mesa los tres rompecabezas pegados con cinta adhesiva, los puso uno sobre otro. Por suerte para Vincent, no conocía su macabro mensaje.

—¿Dónde quieres que los guarde? —preguntó agitando los papeles bajo la lámpara del escritorio.

Vincent se frotó los párpados. Quizá Maria tuviera razón. No era bueno para él quedarse ahí sentado, solo con sus pensamientos. Apreciaba el espontáneo gesto de amabilidad de su mujer y se dio cuenta de que había echado de menos su cercanía.

De repente unas letras parecieron cobrar vida y bailar sobre la madera del escritorio. La luz de la lámpara las hizo temblar y se volvieron borrosas, pero enseguida recuperaron los contornos definidos. ¿Sería una alteración de la vista por frotarse demasiado los párpados? No, las letras eran reales. Un ruido sordo indicó que el viento acababa de quebrar una rama fuera de la casa.

—Espera —dijo quitándole los rompecabezas a Maria de las manos.

Ella se encogió de hombros.

—Al menos lo he intentado —comentó—. No tardes, por favor. Estás muy pálido.

Salió de la habitación mientras él estudiaba los papeles superpuestos.

Los huecos.

Los tres rompecabezas presentaban huecos grandes e irregulares entre las distintas piezas que no parecían tener ningún significado. Sin embargo, cuando se colocaban los tres uno sobre otro, las irregularidades pasaban a formar un patrón. Los huecos se encontraban más o menos en las mismas posiciones en los tres rompecabezas, pero tenían distintas formas. Cuando se superponían adquirían contornos nuevos y mejor delimitados.

Eran letras.

Los huecos formaban letras del alfabeto.

Vincent apartó el artículo de prensa y sostuvo los rompecabezas bajo la lámpara, como había hecho Maria. Al atravesarlos la luz proyectó sobre la mesa una palabra claramente legible:

CULPABLE

La sombra que habitaba en su interior comenzó a moverse y sus ojos se llenaron de lágrimas. Tuvo que parpadear con fuerza para ver bien.

No era justo. Había hecho todo lo posible. ¿Por qué no podía liberarse del pasado? Parpadeó una vez más y fijó la vista en la fotografía que ilustraba el artículo: el retrato del niño que había sido.

Las lágrimas difuminaron la foto y de repente vio en la imagen dos líneas más marcadas que las demás. Se secó los ojos con el dorso de las manos y volvió a mirar. Alguien había trazado unas líneas con pluma sobre la fotografía. Él también lo hacía cuando era pequeño y no tenía nada mejor que hacer. Incluso de adulto agarraba de vez en cuando un lápiz y repasaba los contornos de las personas o los objetos que aparecían en las fotos de los periódicos, mientras pensaba. A veces les pintaba bigote.

No había reparado en los trazos de pluma mientras leía el artículo, en parte porque la tinta se había desvanecido con el tiempo y en parte porque las líneas seguían los bordes rectos de la caja que se veía al fondo, la caja construida para el truco de magia.

La misma donde su madre...

Apartó de la mente esos pensamientos y volvió a concentrarse en la foto. Su sombra interior pareció crecer y cobrar fuerza. En realidad eran tres líneas. Una de ellas seguía el borde superior de la caja y se unía con la segunda, que bajaba por un costado. La tercera era un puente entre las dos.

De pronto comprendió lo que estaba viendo.

Era una A. La primera letra. Alfa, el principio.

Buscó la tarjeta que había recibido con el tercer rompecabezas y la leyó.

No puedes culpar a nadie salvo a ti mismo. Podrías haber elegido otro camino, pero no lo hiciste.

Hemos llegado a tu omega.

Había pensado que si descubría cuál era el principio, le sería más fácil comprender la intención del autor de los rompecabezas y saber a qué se refería cuando hablaba del final. Ahora lo había descubierto. La persona en cuestión, fuera quien fuese, le había indicado el comienzo dos años antes, cuando le había enviado el artículo del periódico a Ruben. Pero entonces Vincent no le había prestado atención. El principio era la muerte de su madre, a sus siete años, cuando se había convertido en Vincent Walder, el Vincent que prefería los números pares y buscaba complicadas relaciones entre los elementos más heterogéneos para protegerse contra las emociones. El momento en que la sombra se había instalado en su interior.

Esa era su alfa.

Creía haber seguido adelante con su vida, pero el mensaje de los rompecabezas era claro. No le estaba permitido dejar nada atrás. Lo que había empezado en la granja de Kvibille estaba a punto de alcanzarlo de nuevo.

Hemos llegado a tu omega.

El principio de tu fin.

El viento rugía en torno a la casa y golpeaba las ventanas, como si quisiera entrar. Se le exigirían responsabilidades. Más de cuarenta años después de la muerte de su madre finalmente tendría su castigo. No sabía quién se lo impondría ni cuándo llegaría. Solo sabía que estaba en camino. La sombra que habitaba dentro de él prorrumpió en un aullido tan atronador que tuvo que taparse los oídos con las manos para no oírlo.

GRANJA HÍPICA DE SORUNDA, 1996

Jessica había soñado. No recordaba muy bien el contenido del sueño, pero había sido bonito. Los niños mayores la habían dejado ir con ellos y por eso estaba segura de que había sido un sueño, porque nunca se lo permitían, ni siquiera de lejos. Decían que era pequeña. Y demasiado rara. Lo de pequeña lo entendía, aunque en realidad no había tanta diferencia de edad; pero lo de rara, no. Su familia no tenía nada de raro, aparte de que eran muchos y no era fácil comprender qué relación tenían unos con otros. Su padre y su madre no le planteaban dudas, pero todos los demás eran simplemente... la familia.

Se dio la vuelta en la cama y hundió la cara en la almohada. Habría dado cualquier cosa por regresar al sueño, donde nadie se burlaba de ella y todavía podía ir en autobús a la escuela de Ösmo sin oír risitas a sus espaldas. Los mayores eran unos envidiosos y nada más. Su padre les había prohibido que volvieran a la granja. Les había dicho que mientras no crecieran y aprendieran modales no podrían regresar. Y que no podrían acercarse a los caballos mientras siguieran difundiendo habladurías.

Su padre no solía ser tan severo. Por lo general era muy amable, el más amable del mundo. Su madre también era simpática, aunque a veces podía ser muy estricta. Su padre en cambio era especial. En ocasiones, cuando ella intentaba expresarle lo mucho que lo quería, se quedaba sin palabras. Él solía decirle que la quería hasta el cielo y hasta la luna. Pero la luna estaba demasiado cerca. Ella lo quería tanto que no podía describirlo.

De repente Jessica notó un olor raro. Apartó la manta y apoyó los pies en el suelo. Estaba descalza porque era verano, pero esa noche hacía más calor de lo normal. Le pareció oír voces agitadas. Voces de adultos. Pero no estaba segura de si las oía en sueños o en la realidad.

Abrió la puerta y salió en silencio de la habitación. El olor se volvió más intenso. Se le metió en la nariz y la hizo toser con fuerza. Con mucha cautela bajó la escalera, tapándose la boca con la mano. Tuvo la precaución de no pisar el peldaño que crujía, porque su madre podía enfadarse si la veía despierta a esas horas.

Nada más llegar a la planta baja vio las llamas. El olor acre la hizo lagrimear. Se estaba quemando el recibidor y la puerta estaba entreabierta. ¿Habría entrado alguien?

A través de la puerta vio el establo. También estaba ardiendo y se oían débilmente los relinchos angustiados de los caballos.

Sin pensarlo, corrió a través del fuego en dirección a la puerta. Las llamas la rozaron, pero no le prendieron la ropa. Con el corazón desbocado, atravesó el patio hacia el establo.

Al acercarse oyó el chillido agudo de Estrella, su poni favorita, una yegüita blanca con manchas grises y belfos rosas. Jessica adoraba a Estrella, casi más de lo que quería a su padre. Había estado presente en su nacimiento. La había visto dar los primeros pasos inseguros. La había alimentado con biberón y su padre le había dicho que era toda suya. Su primer poni.

Estrella gritaba con más fuerza todavía, como tratando de llamar la atención de sus hermanas estrellas en el cielo para que bajaran en su ayuda. Los resuellos y relinchos de los otros caballos se mezclaban con los suyos. Pero la puerta estaba cerrada. No podían salir. Las llamas se elevaban varios metros desde el suelo hacia el cielo nocturno, lamiendo las paredes del establo.

La puerta del establo estaba trancada. Con los ojos llenos de lágrimas Jessica intentó levantar la tranca. Los angustiosos chillidos de Estrella resonaban cada vez con más volumen, pero la tranca era muy pesada y estaba demasiado alta para ella. Ni siquiera la pudo mover.

Sentía que el calor del fuego se acercaba a un ritmo acelerado, pero no le importaba. Solo le preocupaba Estrella. Gritó de miedo y desesperación, rezó como nunca lo había hecho, pero la tranca de la puerta no se movió ni un milímetro.

Después sintió que alguien la apartaba de la puerta.

—¡No, no, no! —gritó agitando frenéticamente los brazos para soltarse, pero las manos que la sujetaban eran demasiado fuertes.

—Tranquila, ven aquí. Ya es tarde. No puedes salvarlos.

Era la voz de su padre en sus oídos. Sus fuertes brazos en torno a su cuerpo. Jessica lloró, gritó y le pegó a su padre en el pecho con los puños, pero solo consiguió que la agarrara con más fuerza aún. Al final levantó la cabeza. Sentía en la espalda la embestida del fuego.

—¿Mamá? —preguntó mirando la casa por primera vez desde que había salido.

El incendio del recibidor ya no se limitaba a unas pocas llamas. El fuego devoraba toda la casa y su crepitación era ensordecedora en la noche de verano.

—Es demasiado tarde —dijo su padre—. Me he despertado cuando ya no había nada que hacer. Pero tú y yo aún podemos salvarnos.

Hundió un momento la cara en el cabello de su hija. Después la levantó en brazos y atravesó corriendo el patio. Jessica ya no tenía fuerzas para tratar de soltarse. Lo había perdido todo. Solo le quedaban los brazos de su padre.

—Ha sido un accidente —dijo él—. No ha sido intencionado. La gasolina era solo una amenaza, pero estaban furiosos. Decían que sus hijos les habían contado que... No lo entiendo. Tiene que haber sido un accidente.

Jessica notó que hablaba sin creerse sus propias palabras.

La dejó en el asiento del acompañante de su coche, pero no le puso el cinturón de seguridad. Cerró rápidamente la puerta, rodeó el vehículo, se sentó al volante y arrancó.

En la oscuridad, a los lados del camino, se entreveían personas que los observaban. Las llamas les desfiguraban las caras y no era fácil saber cuántas eran. Al paso del automóvil se refugiaron en las sombras y permanecieron inmóviles.

El coche cayó en un bache y los faros iluminaron brevemente los rostros de las misteriosas figuras. Jessica pudo verlos con tanta claridad como a plena luz del día. Estaban boquiabiertos, contemplando fascinados el infierno que habían provocado. Los reconoció enseguida porque los había visto llevar a sus hijos a las clases de hípica.

De repente lo comprendió todo. Supo que los adultos habían iniciado las llamas que ahora se elevaban al cielo. Pero Jessica había oído los rumores que corrían en la escuela sobre su familia. Y sabía que en realidad los culpables del incendio eran los niños, con su maledicencia y sus mentiras. Sabía incluso quiénes eran. Conocía sus nombres: Fredrik, Lovis, Josefin, Mauro, Vendela, Henry, Karin, Tobias, Hugo, Jens y Janina.

—Juro... —dijo en voz baja, para sus adentros.

Pensó en Estrella, calcinada en el establo.

Y en su madre.

Era como si también sus entrañas estuvieran ardiendo.

—Juro que algún día les arrebataré lo mejor que tengan —continuó, con los dientes apretados.

Dejó de mirar hacia atrás. La decisión que acababa de tomar la había serenado. Todo saldría bien.

Tenía un propósito.

Viajar en la oscuridad era como moverse por un túnel con solo un pequeño círculo de luz al frente. Pero no tenía miedo porque estaba con su padre. Todo saldría bien.

Su padre conducía a toda velocidad, más deprisa que nunca. Jessica bajó la ventanilla, sintió el aire en la cara y cerró los ojos. El viento era cálido y le acariciaba el rostro mientras avanzaban por el camino de grava. Aún se oía el estrépito del incendio tras ellos. Pronto llegarían al puente. A Jessica le encantaba el puente y el agua que fluía impetuosa debajo. A veces su padre paraba el coche justo en medio para que ella se bajara a mirarla.

A Jessica la fascinaba la libertad del agua, que iba adonde quería y parecía que estuviera viva. Era como el fuego, pero al revés, porque daba vida en lugar de quitarla. Esperaba que también esta vez su padre se detuviera en medio del puente, para que el rumor del agua sustituyera en su mente los relinchos desesperados de Estrella. Pero su padre no redujo la velocidad. Al contrario, aceleró hasta que ya no estuvieron en el puente, sino volando libremente por el aire. Después el rumor del agua le llenó los oídos. Pero no le sirvió de nada, porque seguía oyendo los gritos agudos de Estrella.

Y sabía que nunca dejaría de oírlos.

A B C D E F G H
8 7 6 5 4 3 2 1
Vasastaden
Norrmalm
Östermalm
Karlaplan
Ladugårdsgärdet
Kålhagen
Blekholmen
Rålambshovsparken
Mälaren
Riddarfjärden
STOCKHOLM
Skeppsholmen
Kastellholmen
Djurgården
Beckholmen
Slussplan
Mariatorget
Södermalm
Medborgarplatsen
Åsötorget
Vitahamnen
Hammarby sjöstad
Årstaholmen
Vasadjupet

AGRADECIMIENTOS

Ya se ha dicho antes, pero vale la pena repetirlo. Para escribir un libro no basta una sola persona. Ni siquiera dos, de hecho. Tenemos una deuda de gratitud con todos los que nos han ayudado a mantener este libro en el buen rumbo.

En primer lugar, los que han contribuido con su contenido:

La doctora Kelda Stagg, médico forense de la policía científica de la región de Estocolmo, nos ha seguido explicando (con increíble profusión de detalles) lo que sucede con un cuerpo después de la muerte —por ejemplo, si queda enterrado bajo la hierba— y también cómo se abre un cadáver de la manera correcta. Con sus conocimientos de microbiología ha corregido nuestros errores más graves en lo referente a las bacterias susceptibles de ser transmitidas de caballos a humanos, un área mucho más compleja de lo que imaginábamos.

(La doctora Stagg es además uno de los tres cerebros detrás de la cuenta de Instagram *@liketefterdoden*. Síganla ahora mismo si la medicina forense les parece tan fascinante como a nosotros.)

También hemos contado con la inestimable colaboración de expertos en procedimientos policiales que nos han permitido desarrollar a nuestro nuevo personaje, Adam, y asegurarnos de que se comporta de manera creíble en situaciones de estrés y de que nuestros agentes actúan correctamente durante los operativos. Adam tiene sus defectos, desde luego, pero sentimos una profunda admiración por los negociadores policiales de la vida real y sus habilidades. Por las características de su profesión han querido permanecer en el anonimato, pero no se imaginan lo bien que se desenvuelven a diario en una profesión que es como caminar por la cuerda floja.

Magnus Svensson, inspector de policía del centro penitenciario de Hall, ha respondido con infinita paciencia a más correos electrónicos de los que probablemente esperaba para explicarnos los protocolos que se aplican en Hall a las visitas. Puede parecer una minucia. Pero, como se suele decir, el diablo está en los detalles.

Eline Dinnetz, con una cabeza para las matemáticas mucho mejor que las dos nuestras juntas, nos ha enseñado a calcular las permutaciones de los anagramas y otras cosas que para ella eran evidentes, pero que a nosotros nos provocaron nudos en el lóbulo frontal cuando intentamos hacerlo sin ayuda.

También nos gustaría dar las gracias a todos los que generosamente respondieron a nuestros crípticos correos electrónicos o llamadas telefónicas sobre pinturas en la pared, habitaciones de hotel o cualquier otra de las muchas cosas que necesitábamos saber, así como a los que colaboraron por otros medios con su información e inspiración.

Como siempre, hemos tenido que tomarnos ciertas libertades respecto a la realidad, tanto en lo referente al trabajo policial (por ejemplo, las casas de empeño no reciben listas diarias de joyas robadas, hasta donde nosotros sabemos) como al mundo en general (ni la escuela infantil de Backen ni la granja de Epicura existen realmente), pero esperamos que la historia haya mejorado como resultado.

Además de lo mencionado hasta aquí, hace falta mucho más para que todo ese contenido se transforme en libro. Sin las personas que citaremos a continuación, *La secta* seguiría siendo nada más que un larguísimo documento de Word.

Para empezar, tenemos al incansable equipo de la editorial Forum. Son muchas las personas que lo integran, pero hay dos que destacan por encima de todas. Le prometimos a nuestra editora, Ebba Östberg, que este libro no sería más largo que el anterior. Le mentimos. Esperamos que acepte nuestras disculpas. Esta vez nuestra editora, Kerstin Ödeen, tuvo que comprobar que más de un millón de letras y signos de puntuación estuvieran en su sitio, además de verificar que cientos de afirmaciones sobre todo tipo de cosas se ajustaran a la realidad. Muchísimas gracias y también a ella le pedimos perdón.

Otra persona que merece una ovación es nuestro genial diseñador, Marcell Bandicksson, que con sus portadas ha demostrado comprender a la perfección nuestros extraños cerebros y ha creado los libros más bonitos que se han publicado desde la invención de la imprenta.

Joakim Hansson, Anna Frankl, Signe Lundgren y todo el equipo de la agencia Nordin, así como Lili Assefa, Paulina Bånge y toda la gente de Assefa, desarrollan una labor internacional de primer orden que sigue dejando sin palabras. Si en una remota isla japonesa o en un refugio de montaña del Himalaya encuentran algún día un libro de las aventuras de Vincent y Mina traducido a la lengua local, será gracias a estas superestrellas.

Pero el mayor agradecimiento es para ustedes, nuestros queridos lectores, que decidieron acompañarnos en este viaje con Vincent y Mina. Un relato solo comienza a existir cuando alguien lo lee y lo hace suyo. Les damos las gracias por haber dado vida a Vincent y Mina. Esperamos que les caigan lo suficientemente bien para querer seguirlos también la próxima vez.

Agradecimiento personal de Camilla: Sin las personas cercanas que tengo en mi vida, jamás podría haber escrito ningún libro. Su apoyo, aliento y amor me hacen avanzar a través de las páginas. El agradecimiento más grande es para mi marido, Simon, y mis hijos, Wille, Meja, Charlie y Polly. Pero también quiero dar las gracias a quienes me ayudan diariamente en las tareas cotidianas y en el trabajo: Mathilda Norman, Natasa Maric y Johan Hultman. Y a todos los amigos... ¿Qué sería de mí sin ustedes? No diré nombres para que no se me quede nadie en el tintero, pero espero que sepan lo mucho que significan todos para mí.

Agradecimiento personal de Henrik: Escribir un libro durante una pandemia es algo muy especial. Esta novela fue cobrando forma en una época en que mi familia y yo nos veíamos más de lo que jamás habríamos creído posible. Por lo tanto, me gustaría conceder sendas medallas al mérito a Linda, Sebastian, Nemo y Milo, por no haberme asesinado mientras dormía. Tengo que dar las gracias también a todos los amigos que me han seguido alentando y apoyando. Y para terminar, un agradecimiento especial al mentalista y amigo Anthony Heads, por nuestras largas conversaciones regadas con buen whisky y cócteles mediocres.